献给北京大学建校一百二十周年

申　丹　总主编

"北京大学人文学科文库"编委会

顾问：袁行霈
主任：申　丹
副主任：阎步克　张旭东　李四龙
编委：（以姓氏拼音为序）
曹文轩　褚　敏　丁宏为　付志明　韩水法　李道新　李四龙
刘元满　彭　锋　彭小瑜　漆永祥　秦海鹰　荣新江　申　丹
孙　华　孙庆伟　王一丹　王中江　阎步克　袁毓林　张旭东

麦地

神秘的质问者啊

当我痛苦地站在你的面前

你不能说我一无所有

你不能说我两手空空。

——海子《答复》

北大中国文学研究丛书

陈平原 主编

无法终结的现代性

中国文学的当代境遇

陈晓明 著

图书在版编目（CIP）数据

无法终结的现代性：中国文学的当代境遇/陈晓明著. —北京：北京大学出版社，2018.3
（北京大学人文学科文库·北大中国文学研究丛书）
ISBN 978 - 7 - 301 - 29280 - 8

Ⅰ.①无… Ⅱ.①陈… Ⅲ.①中国文学—当代文学—文学研究 Ⅳ.①I206.7

中国版本图书馆 CIP 数据核字（2018）第 032210 号

北京市社会科学理论著作出版基金资助

书　　　名	无法终结的现代性：中国文学的当代境遇 WUFA ZHONGJIE DE XIANDAIXING: ZHONGGUO WENXUE DE DANGDAI JINGYU
著作责任者	陈晓明　著
责任编辑	延城城
标准书号	ISBN 978 - 7 - 301 - 29280 - 8
出版发行	北京大学出版社
地　　　址	北京市海淀区成府路 205 号　100871
网　　　址	http://www.pup.cn　新浪微博：@北京大学出版社
电子信箱	pkuwsz@126.com
电　　　话	邮购部 62752015　发行部 62750672　编辑部 62756467
印　刷　者	三河市北燕印装有限公司
经　销　者	新华书店
	965 毫米 × 1300 毫米　16 开本　33.75 印张　454 千字 2018 年 3 月第 1 版　2018 年 3 月第 1 次印刷
定　　　价	98.00 元

未经许可，不得以任何方式复制或抄袭本书之部分或全部内容。
版权所有，侵权必究
举报电话：010 - 62752024　电子信箱：fd@pup.pku.edu.cn
图书如有印装质量问题，请与出版部联系，电话：010 - 62756370

总　序

袁行霈

　　人文学科是北京大学的传统优势学科。早在京师大学堂建立之初，就设立了经学科、文学科，预科学生必须在5种外语中选修一种。京师大学堂于1912年改为现名，1917年，蔡元培先生出任北京大学校长，他"循思想自由原则，取兼容并包主义"，促进了思想解放和学术繁荣。1921年北大成立了四个全校性的研究所，下设自然科学、社会科学、国学和外国文学四门，人文学科仍然居于重要地位，广受社会的关注。这个传统一直沿袭下来，中华人民共和国成立后，1952年北京大学与清华大学、燕京大学三校的文、理科合并为现在的北京大学，大师云集，人文荟萃，成果斐然。改革开放后，北京大学的历史翻开了新的一页。

　　近十几年来，人文学科在学科建设、人才培养、师资队伍建设、教学科研等各方面改善了条件，取得了显著成绩。北大的人文学科门类齐全，在国内整体上居于优势地位，在世界上也占有引人瞩目的地位，相继出版了《中华文明史》《世界文明史》《世界现代化历程》《中国儒学史》《中国美学通史》《欧洲文学史》等高水平的著作，并主持了许多重大的考古项目，这些成果发挥着引领学术前进的作用。目前北大还承担着《儒藏》《中华文明探源》《北京大学藏西汉竹书》的整理与研究工作，以及《新编新注十三经》等重要项目。

与此同时,我们也清醒地看到,北大人文学科整体的绝对优势正在减弱,有的学科只具备相对优势了;有的成果规模优势明显,高度优势还有待提升。北大出了许多成果,但还要出思想,要产生影响人类命运和前途的思想理论。我们距离理想的目标还有相当长的距离,需要人文学科的老师和同学们加倍努力。

我曾经说过:与自然科学或社会科学相比,人文学科的成果,难以直接转化为生产力,给社会带来财富,人们或以为无用。其实,人文学科力求揭示人生的意义和价值、塑造理想的人格,指点人生趋向完美的境地。它能丰富人的精神,美化人的心灵,提升人的品德,协调人和自然的关系以及人和人的关系,促使人把自己掌握的知识和技术用到造福于人类的正道上来,这是人文无用之大用!试想,如果我们的心灵中没有诗意,我们的记忆中没有历史,我们的思考中没有哲理,我们的生活将成为什么样子?国家的强盛与否,将来不仅要看经济实力、国防实力,也要看国民的精神世界是否丰富,活得充实不充实,愉快不愉快,自在不自在,美不美。

一个民族,如果从根本上丧失了对人文学科的热情,丧失了对人文精神的追求和坚守,这个民族就丧失了进步的精神源泉。文化是一个民族的标志,是一个民族的根,在经济全球化的大趋势中,拥有几千年文化传统的中华民族,必须自觉维护自己的根,并以开放的态度吸取世界上其他民族的优秀文化,以跟上世界的潮流。站在这样的高度看待人文学科,我们深感责任之重大与紧迫。

北大人文学科的老师们蕴藏着巨大的潜力和创造性。我相信,只要使老师们的潜力充分发挥出来,北大人文学科便能克服种种障碍,在国内外开辟出一片新天地。

人文学科的研究主要是著书立说,以个体撰写著作为一大特点。除了需要协同研究的集体大项目外,我们还希望为教师独立探索,撰写、出版专著搭建平台,形成既具个体思想,又汇聚集体智慧的系列研究成果。为此,北京大学人文学部决定建设"北京大学人文学科文库",旨在汇集新时代北大人文学科的优秀成果,弘扬北大人文学科的学术传统,展示北大人文学科的整体实力和研究特色,为推动北大世界一流大学建设、促进人文学术发展做出贡献。

我们需要努力营造宽松的学术环境、浓厚的研究气氛。既要提倡教师根据国家的需要选择研究课题,集中人力物力进行研究,也鼓励教师按照自己的兴趣自由地选择课题。鼓励自由选题是"北京大学人文学科文库"的一个特点。

我们不可满足于泛泛的议论,也不可追求热闹,而应沉潜下来,认真钻研,将切实的成果贡献给社会。学术质量是"北京大学人文学科文库"的一大追求。文库的撰稿者会力求通过自己潜心研究、多年积累而成的优秀成果,来展示自己的学术水平。

我们要保持优良的学风,进一步突出北大的个性与特色。北大人要有大志气、大眼光、大手笔、大格局、大气象,做一些符合北大地位的事,做一些开风气之先的事。北大不能随波逐流,不能甘于平庸,不能跟在别人后面小打小闹。北大的学者要有与北大相称的气质、气节、气派、气势、气宇、气度、气韵和气象。北大的学者要致力于弘扬民族精神和时代精神,以提升国民的人文素质为己任。而承担这样的使命,首先要有谦逊的态度,向人民群众学习,向兄弟院校学习。切不可妄自尊大,目空一切。这也是"北京大学人文学科文库"力求展现的北大的人文素质。

这个文库第一批包括:

"北大中国文学研究丛书" (陈平原 主编)
"北大中国语言学研究丛书" (王洪君 郭锐 主编)
"北大比较文学与世界文学研究丛书" (陈跃红 张辉 主编)
"北大批评理论研究丛书" (张旭东 主编)
"北大中国史研究丛书" (荣新江 张帆 主编)
"北大世界史研究丛书" (高毅 主编)
"北大考古学研究丛书" (赵辉 主编)

"北大马克思主义哲学研究丛书"（丰子义 主编）
"北大中国哲学研究丛书"（王博 主编）
"北大外国哲学研究丛书"（韩水法 主编）
"北大东方文学研究丛书"（王邦维 主编）
"北大欧美文学研究丛书"（申丹 主编）
"北大外国语言学研究丛书"（宁琦 高一虹 主编）
"北大艺术学研究丛书"（王一川 主编）
"北大对外汉语研究丛书"（赵杨 主编）

此后，文库又新增了跨学科的"北大古典学研究丛书"（李四龙、彭小瑜、廖可斌主编）和跨历史时期的"北大人文学古今融通研究丛书"（陈晓明、王一川主编）。这17套丛书仅收入学术新作，涵盖了北大人文学科的多个领域，它们的推出有利于读者整体了解当下北大人文学者的科研动态、学术实力和研究特色。这一文库将持续编辑出版，我们相信通过老中青学者的不断努力，其影响会越来越大，并将对北大人文学科的建设和北大创建世界一流大学起到积极作用，进而引起国际学术界的瞩目。

2017年10月修订

丛书序言

陈平原

不同学科的国际化,步调很不一致。自然科学全世界评价标准接近,学者们都在追求诺贝尔物理学奖、化学奖;社会科学次一等,但学术趣味、理论模型以及研究方法等,也都比较容易接轨。最麻烦的是人文学,各有自己的一套,所有的论述都跟自家的历史文化传统甚至"一方水土"有密切的联系,很难截然割舍。人文学里面的文学专业,因对各自所使用的"语言"有很深的依赖性,应该是最难"接轨"的了。文学研究者的"不接轨""有隔阂",不一定就是我们的问题。非要向美国大学看齐,用人家的语言及评价标准来规范自家行为,即便经过一番励精图治,收获若干掌声,也得扪心自问:我们是否过于委曲求全,乃至丧失了自家立场与根基?

这么说,显得理直气壮;可问题还有另外一面——若过分强调"一方水土"的制约,是否会形成某种自我保护机制,减少突围的欲望与动力?想当然地以为本国学者研究本国文学最为"本色当行",那是不妥的。我们的任务,不是关起门来称老大,而是努力在全球化大潮中站稳自家脚跟,追求国际视野与本土情怀的合一。这么做学问,方才有可能实现鲁迅当年"要出而参与世界的事业"(《而已集·当陶元庆君的绘画展览时》)的期许。

既然打出"北大"的旗帜,出学术精品,那应该是起码的要求。放眼世界,"本国文学研究"做得好的话,是可以出原理、出思想、出精神的。比如你我不做外国文学研究,但照样读巴赫金、德里达、萨义德、哈贝马斯的书。而目前我们最好的人文学著作,在国际上也只是作为"中国研究"成果来征引,极少被当作理论、方法或研究模式。

随着中国政治、经济、社会、文化的迅速崛起,总有一天,我们不仅能为国际学界提供"案例",还能提供"原理"。能不能做到是一回事,敢不敢想或者说心里是否存有这么个大目标,决定了"北大中国文学研究丛书"的视野、标杆与境界。

2017 年 7 月 22 日于京西圆明园花园

自 序

　　本书是我近年写作的系列论文汇集而成,为求不重复并能是一本有主题的新作,只从最近几年的论文中选取15篇编辑而成。除其中有两篇稍早几年,其他13篇均属于最近几年之内的新作。虽然这不是一本有明确计划的专著,但也确实是有持续关注的主题。在一本书的名下来写各个章节并不是我所喜欢的方式,除非是写史或写教材,否则受逻辑框架的制约太严重,各部分的独立性和深化会受到影响。在独立的论文体例下来处理的问题,可以就某一个问题更为宽广、从容、充分地展开论述。书名"无法终结的现代性"还突显现代性主题,主要是这些年我的探讨始终围绕"现代性"这一问题展开,本书聚焦的问题显然是遗留下来的难点:中国当代文学(这里主要考虑小说)在经历过1980年代后期的后现代思想及文化的冲击之后,并未更全面地转向后现代;相反,却是现代性的那种审美意识和表现方式依然在起决定性的支配作用。"现代性"作为一项"未竟的事业",在中国当代文学中体现得尤其充分。在21世纪初,中国社会更全面地进入全球化,但是中国文学却是更深入地走向乡土叙事,在乡村的历史记忆和文化传承里、在乡村的大地上,中国文学却有了更为丰厚而充实的收获。不管我们以何种立场和角度去看待中国当代文学,相当一部分乡土叙事作品代表了当代中国文学最高的成就。这确实让我们不得不去思考:中国文学的现代性有其独特的道路,中国文学与世界文学的关系可能会相当复杂,中国文学与世界优秀文学的经验，比如现代主义，就不会像1980年代那样，只是直接明显的借鉴关系，可能需要在中国乡土文学的原创性意义上来重新梳理。这里的本质问题还是如何认识和评价当代中国文学，这显然不是什么单纯的思想评价和艺术评价，根本是要清理和把握住这些基础性的问题：乡土与传统、现代性与当代性、中国的现代主义与世界性、抵御与逃逸、革新与越界，等等，这些问题其实全部扭结在一起，它使中国文学处于一种特殊的历史境遇中。是故，本书的副题"中国文学的当代境遇"，就是为了揭示中国当代文学囿于现代性而内含的矛盾境况。本书所谈论的对象除了少数涉猎1990年代的作品外，主要是讨论新世纪这十多年涌现出来的作品，副题的"中国文学"似显笼统，但为求副题的简练而做此选项。

固然，我们阅读文学作品是通过活生生的形象和故事，通过语言和情感，文学作品必然是以感性直观的形式来发生作用，但所有这些问题都是研究者的理性抽象所为。人们也许会说，这些问题与是否是好作品无关，其实不然，真正的好作品，真正的优秀之作，内里一定是解决了文学传承至今的那些思想和艺术的难题，而这些难题从我的角度来看，正是凝结于这些关键词所表征的问题中。反过来说，那些优秀的作品，正是以其思想的力度和艺术表现力，触及了这个时代深刻的难题，这些难题是全部文学发展至今的关隘，或者说是其瓶颈和障碍。在这样的境遇里，文学要寻求拓路，寻求步伐和方向。每个有艺术创新自觉的作家，都是如此。解开这些难题是理解中国当代文学的复杂性、丰富性和深刻性的必要途径。

对于大多数同行来说，困扰着我的这些问题可能都未必是问题，或者觉得匪夷所思，或者觉得过于玄虚。不过，对于我来说，这些思考却是我几十年来追踪当代文学创作的点点滴滴所汇聚而成的。这本书是为解决问题困扰而作的一系列论文，实际上，我所涉猎的作品和作家有限。或许是因为上了年纪的缘故，对阅读作家作品越来越挑剔。真正能引起我冲动、让我信服的作品是越来越少。我似乎愈来愈相信，创作优秀作品还是需要极高的天分加勤奋,并非人人能为之。过去是这样,现在依然是如此。虽然在文化民主化的时代,参与写作的人越来越多,但好作品却只能是少数,好作家只能是凤毛麟角。所以我对那些指斥当今时代缺乏伟大作品的言论,从来觉得可笑。不可能到处都是优秀作品,到处都是优秀作家。虽然文学确实是一项人民的事业,在教育民主化和普及化的时代尤其如此,但这不等于许许多多的人可以创作优秀作品。现在的难题在于,在无数的日新月异涌现出的"作品云"里,要分辨出优秀之作,需要比以往任何时代都要高的阐释力,需要能把握更为复杂的情况,能充分体会到当今优秀的作品总是身处于一种境遇中。能在时代的境遇里发现优秀作品——它本身包含着矛盾,蕴含着分裂,在带着痛楚行进,这样的发现需要叶燮所说的"才胆识力"。尽管不少人说,今天人们已经生活在一个消费社会,娱乐化潮流席卷了一切,更何况还有云海般的网络文学;但是我依然坚持认为,这是一个比任何时代都需要优秀作品(说"伟大作品"显得太高调)的时代,因为今天的文学和文化太需要标杆和方向。

我当然不敢声称本书完成了我试图解决问题的任务,只能说在接近这些问题。今天比以往任何时候都难以达成共识,这种情况也是今天人文学的境遇。但这些努力对于我个人来说,是有成效的,在写完这一系列论文之后,我对中国文学走过的历程看得更清晰,对中国文学的当代境遇和命运也有了更为清醒的认识。70年前,穆旦在一首诗里说:"是在这块岩石上,成立我们和世界的距离,/是在这块岩石上,自然寄托了它的一点东西。"在文学"这块岩石"上,当代精神有一块立足之地,我们也有一块立足之地。我乐于这样来看问题,这就足够了。

拙著能加入"北京大学人文学科文库",当然是一项珍贵的学术荣誉。袁行霈先生在为文库作的总序中指出:这套大型文库"旨在汇集新时代北大人文学科的优秀成果",这是很高的期许,是故我也不能松懈。不敢自诩是"优秀成果",但也确实汇集了我这几年的辛劳。说起来,自2003年起,我从中国社会科学院文学研究所到北京大学中文系工作,转眼间不觉已有15年之久。彼时还忝列青年之伍(44岁),岁月如斯,转眼就到花甲之年,早已白发盈肩,几效阮籍穷途之状。到北大这十多年,自觉要勤勉工作,除去教学不敢怠慢,写作论文著作也是不甘落后。这15年间出版了《德里达的底线》《中国当代文学主潮》《众妙之门》等12部著作,论文评论也不在少数,中文系向来鄙视数量,是故不敢在此摆功,只是以资表明自己并未敢有片刻偷懒,尽力本分而已。目前所选这十多篇文章,在主题集中的前提下,算是我最近几年比较重要的论文,大多发表于核心权威期刊,如《文学评论》《文艺研究》《学术月刊》《上海社会科学》《当代作家评论》《文艺争鸣》《中国现代文学研究丛刊》等刊物,其中多篇为《新华文摘》转载。在此一并向这几家刊物的主编及责编致谢!

当然,本书得以出版要特别感谢申丹老师,她为建成"北京大学人文学科文库"不辞辛劳,多方努力。感谢陈平原先生应允拙著纳入文库中的"中国文学研究丛书"。这里还要感谢中文系现当代专业的全体同仁,我从他们的学术思想中获益良多。我尤其要感谢学术上的朋友们,他们是:曹文轩、孟繁华、丁帆、贺绍俊、李敬泽、程光炜、陈福民、郜元宝、张清华、朱国华、张柠、吴晓东、王尧、张燕玲、张学昕、谢有顺等朋友,这个名单是如此之长,以至于我无法一一列出。朋友们多年来的关怀和鼓励铭记于心,唯有感念之情长存。另外,我的学生们总是给我以无私的帮助,他们的名单更长,就不好再占篇幅。但丛治辰、饶翔、刘伟、张晓琴、王振峰等几位我还是要列出,他们给书稿提了许多宝贵意见,在此深表谢意!

有诗云:杨意不逢,或遇钟期;悠悠岁月,徒然只剩下白纸黑字。书稿几经编辑修改,增补删削,转眼又过一年有余。眼前就是北京大学建校120周年校庆,躬逢其盛,忝列人文学科文库,荣莫大焉!心怀感恩,谨以此书献给北京大学120周年校庆。

是以为序。

2017年夏于北大朗润园

目　录

导言：无法终结的现代性 …………………………… 1
 一　无法终结的当代史 ………………………………… 2
 二　文学现代性的两种进向 …………………………… 6
 三　当代性与中国文学的当代道路 …………………… 18

上编　无法终结

第一章　文学的"当代性" …………………………… 31
 一　文学史视野中的当代性 …………………………… 33
 二　现代性历史中的当代性 …………………………… 38
 三　文学中的"当代性" ………………………………… 49
 四　几点总结和遗留的问题 …………………………… 61

第二章　世界性、浪漫主义与中国小说的道路 …… 64
 一　文学的世界性意义是否可能？ …………………… 66
 二　现代性的源起与转向：浪漫主义文化？ ………… 73
 三　浪漫主义文化根基上的西方小说叙事 …………… 79
 四　中国的现实主义传统与被压抑的浪漫主义 ……… 86
 五　新的开启：浪漫主义在当代的涌动 ……………… 91
 结语：汉语小说的当下道路与未来面向 ……………… 97

第三章　城市文学：无法现身的"他者" …………… 101
 一　城市文学的一般前提辨析 ………………………… 101
 二　无法建构的他者史，怪影重重 …………………… 106

三	革命对城市的驱魔,乡土的胜利	111
四	城市崭露头角,不充分的主体	118
五	历史永不终结,城市他者化的延搁	127
六	乡土经验及现代性尽头的城市	133

第四章 现代文学传统与当代作家 …………………………… 138

引言:现代传统与当代的诡秘关系 …………………………… 138
一 伟大传统的展开与变异:从鲁迅到余华 …………………… 141
二 蹊跷的遗忘:书写乡土中国的传统 ………………………… 150
三 召回的幽灵:另一种现代性 ………………………………… 159
四 左翼革命传统在21世纪的复活 …………………………… 167
结语:传统的被重建与必要性 ………………………………… 174

第五章 重构多元语境中的"精神中国" …………………………… 179

一 重写现代性的文化想象 ……………………………………… 181
二 重建日常生活的人伦情怀 …………………………………… 187
三 发掘乡村心灵的丰富性 ……………………………………… 193
四 自我经验穿过现实困境 ……………………………………… 198
五 写出生命体验的复杂性 ……………………………………… 202

第六章 历史尽头的自觉

——新世纪十年的长篇小说 …………………………………… 211
一 乡土叙事的本真性:回到生活与有质感的现实 …………… 213
二 反思历史的深刻性:穿透人性与拷问灵魂 ………………… 222
三 艺术的张力:文体意识与叙述意识 ………………………… 233
四 回到汉语的写作:融合西方/世界的小说艺术 …………… 239

第七章 新世纪汉语文学的"晚郁时期" …………………………… 247

一 "晚期风格"的美学内涵 …………………………………… 248
二 20世纪的晚期:早衰的"中年写作" ……………………… 253
三 汉语小说在晚郁时期的美学特征 …………………………… 261

下编　越界之路

第八章　先锋派的常态化与可能性
　　——关于先锋文学三十年的思考 ················ 279
　一　先锋派的历史源起 ························ 279
　二　先锋派的现代主义本质 ···················· 283
　三　潜藏于常规化中的先锋意识 ················ 288
　四　反常规与越界的可能性 ···················· 293
　五　开辟汉语文学的可能性 ···················· 300

第九章　在历史的"阴面"写作
　　——论《长恨歌》隐含的时代意识 ············ 304
　一　阴面、暗处，何以成为一个问题？ ·········· 305
　二　"海上旧梦"在阴影里的顽强复活 ·········· 309
　三　重复的阴影，历史与修辞 ·················· 316
　四　"正当性"的焦虑或阴面的历史寓言 ········ 322

第十章　他"披着狼皮"写作
　　——从《怀念狼》看贾平凹的"转向" ········ 330
　一　狼皮与小说的神奇化 ······················ 332
　二　从实到虚，或邪异的隐秘踪迹 ·············· 336
　三　邪异的极致：了结和开辟 ·················· 343
　四　人的终结与物的哲学 ······················ 350

第十一章　给予本质与神实
　　——试论阎连科的顽强现实主义 ·············· 359
　一　给予本质：顽强写作的美学意味 ············ 360
　二　20世纪激进历史的本质质询 ················ 369
　三　填补的实在：肉身的神实 ·················· 376
　四　在墓地书写：消解本质或者向死而生 ········ 379
　五　写作的叛徒或顽命的孩子 ·················· 385

第十二章　逆现代性的异质写作

——雪漠的"灵知通感"与西部叙事 …………… 389

一　从历史到文化:当代小说的内在变异 …………… 392

二　异域性与原生态:现代性的另类生活 …………… 396

三　神灵经验的发掘:文本的开放与自由 …………… 405

四　宿命通的感悟:重构西部的大历史 …………… 411

五　附体与宿命通:越界的境遇 …………… 421

第十三章　"歪拧"的乡村自然史

——《木匠和狗》与现代主义的在地性 …………… 428

一　叙述的变异、钻圈与穿越 …………… 430

二　乡村的自然史与废墟的寓言 …………… 437

三　恶的伦理或万物为刍狗 …………… 442

四　中国现代主义的在地性属性 …………… 448

第十四章　我们为什么恐惧形式?

——传统、创新与现代小说经验 …………… 454

一　老到的体式眷顾传统 …………… 456

二　不能回避的现代小说经验 …………… 461

三　形式的决定意义 …………… 467

第十五章　乡土中国、现代主义与世界性

——1980 年代以来乡土叙事的转向 …………… 476

一　"85 新潮"与莫言、贾平凹的出场 …………… 477

二　马尔克斯的助推与回归本土的选择 …………… 485

三　"西方"的失效与乡土终结? …………… 492

四　结语或出路:民族的或世界的? …………… 507

索　引 …………… 515

导言:无法终结的现代性

这本书汇集了我最近几年的论文,虽然不是按很明确的体例来写的一本系统的专著,但却是我这几年一直关注的主题:关于当代文学与世界文学的共通性与差异性问题,关于中国文学创新性融会的文学传统经验与现代主义的关系;某些激进的探索也可能拓展了汉语小说的边界,所有这些指向开创、拓展和越界的新的文学经验,如何真正地、真实地体现了文学的当代性,有效地打开中国文学的当代道路(当代面向)等等——这些都是文学的现代性持续而反复缠绕的难题,于是本书取名《无法终结的现代性》。

以"无法终结的现代性"这个题名来阐释中国当代文学的历史特质及美学蕴涵,并非表达一种对中国现代性的无奈的感伤论调,而是就现代性在中国今天的存在方式作出一种表述。中国当代文学在1980年代中期一度经历了现代主义的匆忙洗礼,而后有一部分先锋派带来后现代气息,颇为有效地推动了中国当代文学的变革与审美风尚的转向。但是1990年代以后,中国文学转向传统,重构了历史叙事,现代性的历史观及审美表现方法压倒了后现代。尽管有一部分作家依然把后现代的历史观及美学观念深藏于其内,但整体上看,却是现代性的回潮,作家习惯于在宏大的历史编年体制中来叙事,在艺术表现方法上,也习惯于用有时间长度和持续性的命运逻辑来结构故事,悲剧性几乎是其情感主基调,这种情形甚至有效有力地延续到21世纪的当下。这就使我们不得不去思考什么是中国当代文学的"当代性"？为什么会有这样的当代转向和选择？这种"当代性"其实也是"当代面向"的打开和"当代道路"的选择，它显然受困于"现代性无法终结"这样的历史内在要求，确实，在中国当代文学的深层思考中，这个命题是需要探讨的。它包含了我们对当前中国文学的美学情势的一种把握，也预示了我们如何评判和期盼当代文学的未来开掘。

一　无法终结的当代史

按照哈贝马斯的看法，"现代性是一项未竟的事业"，1980年哈贝马斯获"阿多诺奖"，他作的答谢致辞正以此为题目。哈贝马斯不满于那时正在兴起的关于后现代社会到来的种种论说，认为以交往理性为要义的现代性的事业尚未完成，故而还要进行现代性的启蒙理性教育。实际上，早在1979年，理查德·罗蒂在《哲学与自然之镜》里就提出过这样的问题："我不知道我们是否真的处于某个时代的尽头。我猜想，这有赖于杜威、维特根斯坦和海德格尔是否认真想过这个问题。"①也是在这一年，列奥塔出版他后来影响卓著的《后现代状况》一书，这本书在那时宣称，现代性的宏大叙事已经终结。1981年，意大利著名哲学家詹尼·瓦蒂莫出版《现代性的终结》，显然，这里的"终结"回应了当时正在兴起"后现代"的论说。瓦蒂莫解释说：

> 如果我们讨论的是"历史性的终结"(the end of historicity)而不是"历史的终结"(the end of history)也许会有所助益，但是，这仍然会容许某种误解的存在：因为我们可能不能洞察我们置身于

---

① 理查德·罗蒂：《哲学与自然之镜》，李幼蒸译，北京：商务印书馆，2003年，第341页。此处引文略有改动，参照詹尼·瓦蒂莫《现代性的终结》中译本译文（李建盛译，北京：商务印书馆，2013年，第49页）。

其中的作为某种客观过程的历史,与作为意识到这种事实的特定方式的历史性之间的差异。当前,后现代经验中的历史终结是通过这种事实来描述的,即在历史性的观念对于理论变得更加麻烦的同时,作为一种统一过程的历史的观念对于历史编纂学及其方法论的自我意识也正迅速消解。①

关于现代性终结的种种说法,是与后现代理论表述相关联的。在1980年代,后现代理论初起时,也正是西方后工业化社会初露端倪、电子产业兴起并引发第三次产业革命的阶段,文学理论家和社会学家都以一种喜忧参半的腔调讨论现代性终结问题,那时的理论家们普遍认为,后现代与现代之间的断裂要比现代与传统社会的断裂严重得多。后现代论域似乎已经覆盖了现代性的历史,就此而言,也可以理解为现代性已经不知所终。列奥塔就认为,后现代主义并非现代主义终结的结果,而是处在新生状态的现代主义,而且"这种状态绵延不绝"②。奥斯本在《时间的政治》中论述说:"变成后现代就仅仅是保持在现代,在步伐上保持为时代的伴随者,成为同一时代的(con-temporary)。"其实,现代性成为一个反思性的热门问题,根本上就是因为后现代论说的出现,所以现代性本质上是一个后现代的问题。因此也就不难理解,关于现代性的讨论是从"现代性终结"的理论预设开始的,这也必然导致人们从社会历史实际来阐释"现代性终结"的命题。

在通常意义上,"现代性终结"与"历史终结"可以理解为内涵相当。当然,关于"终结"论之最重要的论说,当推日裔美国人福山于1989年夏天在美国《国家利益》杂志上发表的《历史的终结?》一文,福山认为西方国家实际的自由民主制度也许是"人类意识形态发展的终点",也是"人类最后一种统治形式",由此表明"历史的终结"。确切地讲,福山说:"它是指构成历史的最基本的原则和制度可能不再进步

---

① 参见詹尼·瓦蒂莫《现代性的终结》,李建盛译,北京:商务印书馆,2013年,第58页。
② 参见彼得·奥斯本《时间的政治》,王志宏译,北京:商务印书馆,2004年,第29页。

了,原因在于所有真正的大问题都已经得到了解决。"①此说之后紧接着出现了柏林墙倒塌、苏联和东欧剧变,关于"历史终结"的争论席卷了西方学术界。随后,福山《历史的终结及最后之人》于1992年由美国自由出版社出版,在国际学界迅速成为最为热门的读物。福山深受黑格尔的影响,他用黑格尔来回应马克思的问题,即黑格尔曾经断言历史已经走到尽头,"原因在于驱动历史车轮的欲望——为获得认可而进行斗争——现在已经在一个实现了普遍和互相认可的社会中得到了满足。没有任何其他人类社会制度可以更好地满足这种渴望,因此历史不可能再进步了"②。福山乐观地宣称,自由民主制度以及资本和科技发展将引导人类社会的运转,由此表明历史已经终结。历史的终结在福山那里不是什么悲观论调,而是关于资本主义制度的乐观和自信的宣言。福山的宣称迅速引起国际学界的强烈争论,最有力的回应当推德里达于1993年4月在美国加利福尼亚大学作的演讲。该演讲后来以《马克思的幽灵们——债务国家、哀悼活动和新国际》为名出版,这本书在左派、右派阵营都引发了极大的反响和持续的讨论,当然,随后的主题转向了马克思主义的遗产和后冷战时期的思想冲突问题。

德里达不能同意福山的"终结论",在他看来,今天世界局势、国际政治以及社会面临的诸多问题,很难让人们想象"这个绝对方向""终极目标",即自由民主制度与自由市场的联合,是如何在我们这个时代,"导致了一个被福山称之为'福音'的事件"。德里达强调对马克思的遗产的继承,他明确表示,今天我们都是马克思的后人,马克思提出的那些问题,今天远没有解决,更不可能结束。他指出:"在今天的世界秩序中,亦即在全球市场中,这种利益将大多数人置于它的桎梏之

---

① 福山:《历史的终结及最后之人》,黄胜强、许铭原译,北京:中国社会科学出版社,2003年,第3页。

② 同上书,第9页。

下,以一种新的奴役形式制约着他们。"①显然,历史并没有终结,也无法终结。

回到本书试图探讨的命题"无法终结的现代性",它无疑是包含着后现代的论说成分在内的。在后现代的论域,与后现代同时代的现代性无疑就是处在"无法终结"的状态,就现代性成为后现代的论域而言,它无法终结。但在中国,现代性之"无法终结"还具有历史本身的存在境遇。中国的现代性尤其是一项未竟的事业,不管是社会发展方面,还是思想文化建设方面,现代的任务都远未完成。而且现代形成的那些传统、习惯、观念、体制、制度等等,依然都以强大的社会构造能力在展开历史实践。"无法终结"虽然处于历史的"尽头",却表示了不肯终结、不愿结束的历史主体意愿;它决不是无可奈何的勉强延续,很可能是一种自我重构和顽强坚持。在终结的尽头却会有一段延伸和回旋,有一种不可屈服的倔强,有一种悲壮的昂然挺立的模样。就这一意义上来说,也是切中了当代中国思想文化及文学寻求自身道路的那种精神状态。

"无法终结的现代性"当然也是对中国百多年现代性历史的一种表述,不管在何种意义上来理解现代性,例如,现代性从西方中心扩展并强行进入中国,引起中国的现代性的形成与发展,乃至于展开激进化的变革和革命;即使认为中国现代性有其自身的起源,也不能否认西方现代性对中国直接而强大的影响作用。中国原发的现代性与西方现代性的强行影响混合一体,使得中国现代性形成自己独特的历史进程。长期以来,中国的主流思想会把五四新文化运动视为中国现代的开端,而引入"现代性"论述之后,关于中国"现代性"的源起与经典的、主流的关于中国"现代"的开端就有了不同的表述。最为著名的当推王德威的《被压抑的现代性》一书所提出的观点:"没有晚清,何来五四?"王

---

① 参见德里达《马克思的幽灵们》,何一译,北京:中国人民大学出版社,1999年,第132页。

德威以晚清诸多文化的情状揭示出文学现代性(审美现代性)的早期面目,而在晚清与五四新文化运动的"现代性"之根本意义上找到某种共通性。显然这样的"现代性"去除了政治的优先性,"反帝反封建"的政治社会现代性被文化的审美现代性所取代。如此看来,王德威扩展了中国早期现代性的文化内涵。百多年的中国现代性历史,今天无疑也是处在了一种"尽头"(终结),尤其是中间历经了剧烈的激进变革,当然还有超速的发展进步,迅速走完了西方现代数百年的历程,从而现代性被发挥到极致和极端。这表明百年中国的现代性进程,怀有巨大的历史渴望,那种民族自强不息的奋进意志,历经多少苦难、历经血与火的洗礼也在所不惜。它渴望翻身、渴望赶超和跃进,它不惧怕险峻,要赶超世界,在现代性的发展理念下,它以自身的成就、矛盾和困境表明它迅速走向了现代的前头。同时也不得不表明,那种中国的激进现代性本身处于历史尽头,也可以说,它如此迅速地被推进到极端。另一方面来看,当今中国也在一定程度上进入了后现代社会,特别是几个中心大城市(例如北上广深),生产与消费已经进入后工业化社会。现代性急切的发展模式,无止境地进步的欲求,已经受到严重的质疑,"科学发展观"的提出也是对"现代性"的激进发展观表达的疑虑。根本缘由也在于,现代性的变革和进步观念引导的社会实践很难进行下去,这也表明"现代性"处于终结的状态,但是,在转型中它必然会携带着过往历史的深重遗产。例如,长期形成的激进现代性的历史惯性,对宏大与内在整合的需求,现代性的观念和方法都必然占据主导地位。

二　文学现代性的两种进向

很显然,试图在社会现代性的层面来讨论"无法终结的现代性"过于复杂和庞大,非一个章节、一本书所能奏效,在这里,把问题限定在文学方面,可能更适合我们简洁明晰地接近问题的实质。"文学之现代性"或"现代性之文学"与社会现实当然可以高度吻合,文学不可避免地要扎根于时代。只是文学对现实之反映要复杂得多,审美现代性与社会现代性经常是反向的。就西方的现代传统来说,伴随着西方现代性的社会进程的文学艺术,对社会的现代性发展往往持批判和反思的态度。如英国"湖畔派"诗人华兹华斯和柯勒律治,对英国工业革命始终保持批判立场。巴尔扎克、托马斯·曼、狄更斯、哈代、托尔斯泰、乔伊斯等小说家,对工业化带来的西方进入现代的社会现实几乎也都是批判性的立场。至于现代诗歌,如波德莱尔《恶之花》、马拉美《牧神的午后》、王尔德《莎乐美》、戈蒂耶《珐琅与玉雕》、艾略特《荒原》等,单从作品题名就可以读出那种颓靡唯美的美学风尚,这与社会现代性的狂怪激进突变正好相反。

福柯曾经在文学(或审美)的意义上来描述现代性,他在那篇影响卓著的《什么是启蒙?》的文章中写道:

> 现代性经常被刻画为一种时间的不连续的意识:一种与传统的断裂,一种全新的感觉,一种面对正在飞逝的时刻的眩晕感觉。当波德莱尔把现代性定义为"短暂的,飞逝的和偶然的"时,他就是如此。但是,对他来说,成为现代人并不在于认识和接受这个永久的时刻;相反,它在于选择一个与这个时刻相关的态度;这个精心结构的、艰难的态度存在于重新夺回某种永恒的东西的努力之中,这种永恒之物既不在现在的瞬间之外,也不在它之后,而是在它之中。现代性区别于时尚,它无非质疑时间的过程;现代性是一种态度,这种态度使得掌握现在的时刻的"英雄的"方面成为可能。现代性不是一个对于飞逝的现在的敏感性的现象;它是把现在"英雄化"的意志。①

福柯从对时间的不连续性观念来理解现代性,他以波德莱尔为例,显然

---

① 福科(又译福柯):《什么是启蒙?》,汪晖译,参见汪晖、陈燕谷编《文化与公共性》,北京:三联书店,1998年,第430—431页。

是就文学的或审美的现代性而言,在这一解释中,福柯也试图把握住社会历史的现代性,但不连续性的时间表述中,社会历史的现代性只能隐约可见。实际上,社会历史的现代性与文学(审美)的现代性在时间意识上是悖反的:前者是向前的,奔腾而又持续地向前;而后者是断裂的、不连贯的,甚至是破碎的。西方现代以来的文学艺术尤其如此,故而福柯会把波德莱尔列为文学/审美现代性的最为典型的代表。在审美体验中经历的现代性时间往往是"短暂的、飞逝的和偶然的",更多的情形是文学艺术作品总倾向于怀旧,并且否弃逃逸当下。波德莱尔把当前瞬间定义为审美时刻,最为典型的例证来自于他那首著名的诗作《给一位交臂而过的妇女》。在人群中见到一位戴重孝的妇女,在那不经意的瞬间,感受到女人的眼神:

> 电光一闪……随后是黑夜!——用你的一瞥
> 突然使我如获重生的、消逝的丽人,
> 难道除了在来世,就不能再见到你?

这位妇女的出现携带着死亡记忆,这样的时刻其实也就包含了生命断裂的事件,诗人能感受到死亡的阴郁,也只有在这样的时刻,审美才意外发生,那惊鸿一瞥才令生命如此意味无穷。然而,这样的时刻没有未来,今后"彼此都行踪不明",这样的审美时刻并不是向着未来,它没有未来的进行性,但却是从过去的一个死亡事件的终结处诞生,它只有此刻。往过去,那是死亡记忆;往未来,却消失于川流不息的现世中。诗人由此透示出的无望情绪,无异于面对巨大的虚无。但是,这样的瞬间时刻却显示出存在的倔强性,如福柯所说,这就是现在时刻的"英雄化"。因为只有现在,没有过往(那是死亡事件),没有未来(那是无影无踪)。只有留住这样的当下,才有现代性的无限碎片化的时间延续。把这样的时刻塑造为"英雄意志",恐也难以理解,这不再是古典时代的金戈铁马,而是凡人的生命片刻,显然只有在审美的时刻才有可能。福柯解释波德莱尔的存在的艺术化("他的整个存在成了一件艺术品"):"现代人不是去发现他自己、他的秘密、他的隐藏的真实的人;他是试图创造他自己的人。这个现代性没有'在他自己的存在中解放人';它迫使他去面对生产他自己的任务。"①通过自我与那个时刻的审美化重建,现代性的破碎时间的此刻具有了现实性和历史感。

然而,如此一来,审美现代性与社会历史现代性在时间进向上就出现了二元分离。当我们把现代性定义为无限发展变化的合目的时间观念时,它确实只适合指称社会历史的现代性,例如工业革命及科技革命带来的现代社会的高速发展、迅猛的城市化、人口的超量聚焦和爆炸、民族国家力量的空前强大、国家间冲突直至爆发超大规模的现代化战争等。这一切都源于无止境地要发展的愿望以及发展能量的空前增强。但在另一方面,审美现代性却去表现和体验现代社会动荡给人类生活带来的困境,表现个人生活中的那些片断时刻,甚至是生命或生活的那些断裂的时刻,深陷于其中,无法摆脱、无法解救,直至面向死亡。这并非只是波德莱尔的专属主题,其他进入现代的作家几乎无不如此。看看司汤达《红与黑》中的索黑尔·于连与德瑞拉夫人的爱情,那么多惊心的美好时刻,却终至于要面向一个必死的结果,于连以被砍去头颅而终结了他成就自我的生命渴望。托尔斯泰《安娜·卡列尼娜》中的安娜那么心仪花花公子渥伦茨基;无疑有着生命颤抖的诸多时刻,但其结局却不可避免地要去死;福楼拜《包法利夫人》中的爱玛·包法利那么渴望艺术化的生活,她试图把每一个时刻都当作美的时刻来经验。法国哲学家雅克·朗西埃谈到小说中的主人公爱玛时曾说,她混淆了文学和生活的界线,让各种感受都等同了,这是现代兴起的以文学艺术的形式表现出来的"民主性格",引起了感性的广泛分配。把生活艺术化的企图无论如何不能回到生活本身,故而福楼拜在小说中给爱玛设置了必死的结局,这就保持了文学自

---

① 福科:《什么是启蒙?》,汪晖译,参见汪晖、陈燕谷编《文化与公共性》,北京:三联书店,1998年,第433页。

身的完整性和界线。①我们会看到,欧美现代以来的文学与社会现实构成了二元分离,即使"日常生活审美化"昭示了文学艺术向生活世界的渗透,但并不表示顺应了现代社会的所有规则或主导规则,它无论如何都要退回到自身所拥有的自律范围内。由此可以理解,西方以浪漫主义为源起的审美现代性,一开始就带着并且始终带着对现代性的分离甚至悖反,它在时间意识上倾向于回溯,倾向于在此刻的陷落,以其向死的取向表明此刻的绝对性(自我终结的时间意识)。

当然,即使在西方的社会学视域里,现代性在社会历史实践中的表现形态也可能被描述为断裂的、破碎的、不可测的、无法整合的情势。但从对现代性的基本一致性的定义来看,现代性还是体现了不断线性进步发展的时间观念,这在经验的意义上也容易得到印证。因此,从审美现代性到后现代,西方文学艺术的表现形态并不需要发生根本性的改变,因为那种回望性的、向后看的心理意识与碎片化的此刻时间意识是相通的。在19世纪80年代后现代主义研究方兴未艾之时,美国的一些后现代理论家,认为后现代主义文化与现代主义的区别,要远远大于现代主义与浪漫主义的区别。多年之后,我们现在回过头来看,二者之间的区别可能并没有那么鲜明,这主要是就审美现代性而言。看看乔伊斯这个作家,把他归为现代还是后现代,让后现代理论家很难定夺。本来作品存在本身就大于理论,要以理论划分出历史的不同阶段,那不过是我们理解历史的一种方法而已。在审美现代性这点上来看,它与社会实践的无止境进步发展的现代性有鲜明区别,文学的现代性(或审美的现代性)可以说是社会现代性的自反性,它或许也可以理解为是这个时期的总体现代性的一部分,也是现代性内部产生出来反对自身的一种力量。这或许也是西方现代性在其内部与外部形成一种平衡与自我调节的能量所在,唯其如此,它更有一种"进退自如""左右逢

---

① Jacques Ranciére, "Why Emma Bovary Had to Be Killed", *Critical Inquiry*, 2008, 34 (2), pp. 233-237.

源"的稳定结构。

显然,中国的情况颇为不同,中国百年的现代性社会实践推动了文学进入现代社会,并且激发了文学的变革。从文学革命到革命文学,中国现代文学与社会的现代性构成了一种紧密的互动。中国现代以来的文学成为现代民族国家建构的召唤力量,同时也是中国民众进入现代的启蒙引导。梁启超、蔡元培、胡适、陈独秀等,无不是最早以文学艺术观念变革引导社会走向现代的先师前贤;"鲁郭茅巴老曹"就是因为其文学作品对社会现实强大的介入和重塑能力而获得了文学史的崇高地位;更不用说自1942年以后左翼革命文学对社会的强大召唤。中国现代以来的文学与社会现实构成了相互激励推动的关系,这一特点毋庸赘述。所有这一切,都表明了在审美方面中国的现代性文学/美学与社会进步变革的顺应关系。很多年前,我读艾青《旷野》里的诗句时,就为那种艰难、坚韧和宿命所震惊:

> 灰黄而曲折的道路啊!
> 人们走着,走着,
> 向着不同的方向,
> 却好像永远被同一的影子引导着,
> 结束在同一的命运里。

现代中国文学的历史感和命运感都特别强烈,文学救国救民的诉求成为压倒性的时代愿望。所有作家诗人都为抨击黑暗社会、渴求光明与呼唤解放的责任所激励。茅盾的《子夜》、丁玲的《太阳照在桑干河上》、柳青的《创业史》、浩然的《艳阳天》这些作品,都以回答社会现实的紧迫问题为其出发点和主题,文学怀抱着巨大的理性的抱负,给社会的激进变革提供思想的、形象的和情感的支持。

很显然,关于五六十年代文学的现代性的认识并不清晰,因为显著的意识形态特征,其展开实践被不断进行的政治运动所裹胁,如何理解被政治支配的"十七年文学",并非一个可有可无的问题。实际上,没有对五六十年代文学的深刻体认,就很难真正认识到何以今天中国文学还是无法终结现代性的定位。在中国当代思想史的脉络中,评价中国"十七年文学"一度是拨乱反正最为棘手的问题,以至于它长期模棱两可地蛰伏于文学史的黯淡记忆中:或者以政治化的简单化类推给予高亢实则空洞的评价;或者同样以政治反思的名义对其嗤之以鼻。直至1990年代后期,海外及国内的知识左派的"再解读"叙事出现,以政治与审美混合的方式给予积极的评价,在相当的程度上释放了中国"十七年文学"的历史内涵和美学表征的意义。只是这一"再解读"虽然解释了"它是什么"的问题,但并未从根本上解决"它何以如此"的问题。只有解决后者,"十七年文学"在美学上的合法性才可能建立起来。

这种合法性的建立并非说它具有必然的美学上的正当性,而是揭示其在历史性的意义上的不可避免性,揭示其作为一种选择的积极意义。显然这一问题相当复杂,并非我们在这里简要说明就能全部解释清楚的。但提示一种思路可能会使我们对这一问题有新的认识。很显然,中国现代文学的兴起受到西方的直接影响,也可以说是西方现代性文化对中国的介入,引起了中国现代性的急剧形成和迅速壮大。在文化上的表现就是大量翻译作品的涌现、对新的生活方式的表现,尤其是新的感觉方式的生成。关于这一点王德威在《被压抑的现代性》这本著作中有精辟论述。在中国主流文学史的叙事中,五四新文化运动及《新青年》杂志的传播可以看成中国文学进入现代的标志,现代白话文学运动带来的文学革命就是文学进入现代的开始。但王德威提出的"被压抑的现代性"则试图证明,晚清早已有中国文学的现代性的诸多特征,他把"狎邪小说""侠义公案小说""丑怪谴责小说""科幻奇谭"这几类小说在晚清的兴盛流行视为现代性之滥觞。如此的"现代性"显然与中国长期占据主导地位的开天辟地般的"现代"理念相去甚远。在五四新文化运动中倡导的文学革命理论,恰恰是与王德威列为文学现代性之滥觞的那几个标志相对立,这些颓靡的文学现代性,在文学革命的理念中,有相当部分正是需要被清除和被打倒的传统余孽。但王德威的阐释则表明,这些颓靡的文学现代性与西方的审美现代性一脉相承,至少是遥相呼应。王德威指出:

> 诚如许多研究欧洲(19)世纪末的学者已经指出的,世界末现象除了显示19世纪价值观念的解体、典律的倾颓、体系的坍塌之外,同样也遥指20世纪诸种可能性的滋生。而我借镜此一欧洲术语所力图吁求的,绝非欧洲19世纪末与晚清文化文学景观肤浅的平行对应。我更希图证明,如果中国对现代性的追求受到欧洲模式的激发(尽管从不受制于这些模式),那么,重新理解一个世纪以来那些曾被压抑的多重现代性,与我们对中国诸种后现代性的思索,息息相关。①

当然,这是直至1990年代才有的后话,此前,在漫长的20世纪的大半个世纪中,五四运动以及《新青年》发起的白话文学运动才是中国文学的现代开启。随后展开的风起云涌的文学变革,新文学的主导潮流无疑是和社会现实紧密结合在一起,它构成了中国现代社会实践的一个有机部分。中国现代文学与中国现代社会变革紧密相关,它们在社会变革的激烈运动中相互促进,直至走向极端。

五六十年代中国文学的现代性无疑被打上了强烈而严峻的政治性烙印,但它力图在进步的观念性和积极的理想性意义上来塑造文学,尤其是要塑造引领时代进步的正面人物形象,这一意义可谓与欧洲19世纪以来的文学现代性截然不同。它固然受到苏俄的影响,带有相当直接的政治理念,但在文学的意义上,其客观结果则是有一种积极的、正面的、向上的、前进性的文学形象出现。我们看看那些在中国现代文学中,只是作为被损害、被践踏、被污辱形象出现的底层人民,在1942年以后的文学作品中,开始被正面塑造为积极的历史主人公的形象:《白

---

① 王德威:《被压抑的现代性》,北京:北京大学出版社,2005年,第16页。

毛女》中的张大春、《太阳照在桑干河上》中的张裕民、《柳堡的故事》中的李进、《创业史》中的梁生宝、《野火春风斗古城》中的杨晓冬、《艳阳天》中的萧长春等。在"十七年文学"中，这类人物形象可以构成一个庞大的阵容，有些人物形象更为饱满些，有些过分概念化。尽管整体上来看，这些人物依然都有不同程度的概念化倾向，但他们从底层受压迫的困苦境地中登上历史舞台，成为到来的历史的主人公，这在中国现代性文学中是不曾有过的，在世界文学的现代性谱系中也是少有的。这种理想性后来演化为完全由政治理念支配的概念化和公式化，终至于出现"三突出"这种全然政治化的创作方法，文学成为激进政治的工具。就其历史演化来看，"十七年文学"在政治激进化的体系中，并不是一次成功的实验，但它为中国文学建立起自己的当代性、建立起自己的道路和方向作出了激烈的努力，不能不说是极其悲壮的事件。它已经确立了中国当代文学的创作方法及美学理念，"文革"后的伤痕文学、朦胧诗都试图反抗这种被政治支配的文学理念。前者以主体基于深重创伤的控诉来摆脱政治的直接支配；后者则借西方现代主义重构新诗的语言和情绪。朦胧诗之源起与展开、变异与流散，始终与"十七年文学"的那种根基和脉络大相径庭。新诗或许是没有被整一的现代性规训的奇怪文体，或许是因为诗人的个体性而保持了异常顽固的姿态。但我们可以看到，1980年代整体的文学观念和创作方法，还是和"十七年文学"一脉相承的，也就是说，以"现实主义"之名起规范作用的那种观念和方法，本质上并未超离"十七年文学"。

此种情况直至1980年代中后期才有所变化，即所谓现代主义兴起，文学出现向内转的转型，以及从"85新潮"和"先锋派"文学开始，中国作家、诗人有可能以个人对历史社会的理解、个人对文学的探索作为创作的根基。当然，更深刻的转型发生在1990年代，中国社会转向以经济建设为中心，社会实践并不需要文学亦步亦趋地来开路引导，相反，文学一度陷入社会边缘化的境地。文学也因此不得不退回"自身"，文学面对社会现实可以建立疏离的反思性。也就是说文学可以从社会历史的现代性超离出来,展现自己的立场、角度和思想依据。尽管文学的观念方法依然沿袭"现实主义"规范,但反思性的态度使文学的现代性已经产生了自主性。当然,并不是现代以来的文学都被社会历史的现代性所支配,那样的一体化只有在最粗略的层面上可以成立,那些被压抑的和不起眼的文学现象,其实也一直存在于那里,只是无力构成一种有扩展力的谱系。王德威的"被压抑的现代性"的表述也适合于描述现代以来的中国文学中的现代传统,例如,鲁迅的另一侧面,沈从文、废名那类乡土文学,张爱玲、早期丁玲和茅盾那类文学,当然还有郁达夫、徐志摩那种传统,但所有这些显然一直未能纳入现代文学的主流叙事,作为被批判和排斥的对象,或者只是作为侧面的或被遗忘(遗漏)的部分,它们或隐或显,或者不时从一些作家的文本裂隙之间流露出来,或者只是存留于文学史记忆的边缘。"85新潮"以后开始形成的反思性态度,并非是"被压抑的"非主流的现代性的文学重构或凝聚,而是在现实语境中以作家个体的文学话语方式建立起来的。或许呼应了现代文学的启蒙传统,或许呼应了世界文学(欧美、苏俄、拉美等)的某些启迪;或许因为意识形态直接律令明显减轻,所有这些使作家个体有可能对历史作出富有个性的反思。由此使文学的表述与现代性的主导观念有疏离的空隙,从而可能生成文学现代性的自主话语,在文学现代性与社会现代性之间建构起一种批判性的紧张关系。

1990年代是中国传统文学复活重构的时代,这一潮流深刻影响到以乡村叙事为主导的当代文学。乡土中国叙事对20世纪的书写,从过去激进变革的乌托邦建构转向对传统文化的眷顾回归,内里隐含了对20世纪激进现代性的反思,如1990年代以来有影响的长篇小说作品《白鹿原》,把中国现代的崛起与传统宗法制社会的没落放置在一起,现代的到来伴生着剧烈的暴力,历史的新生以传统、家族和个人的死亡为铺垫,中国的激进现代性在20世纪的展开如此酷烈。《白鹿原》的历史叙事包含了深刻的历史反思,开启了中国文学现代性叙事的另一维度。尽管它的文学观念和历史编年的叙事方法是典型的现实主义手法,但它是1990年代文学率先作出的对20世纪的激进现代性历史进程的反思,也因此最早疏离开文学现代性与社会历史现代性的时间进向。也就是说:关于农业文明最后的历史书写(最后的史诗),代替了革命战胜旧历史的单一的逻辑,它相当深刻地表现了"短20世纪"(阿兰·巴迪欧语)的悲剧本质。

与《白鹿原》从乡土中国传统社会的最后命运的角度来书写不同,铁凝的《笨花》则是从20世纪的民族国家的历史冲突着眼,尽管其追踪的主要视角也是通过人物,但他们身上的"历史含量"十分充足,《笨花》写出了现代性激进历史如何席卷了乡村,如何把乡村的生活引入了剧烈的历史冲突。小说的大视角一直困窘于收拢与放开的难度中,它实际上转向了书写乡村生活的纯朴情状,并且以其面向死亡的悲剧直接向大历史提出疑问。这还是表明作家无法把20世纪的激进现代性的历史理性化,只有在文学形象的丰富与矛盾中来显现困惑。

贾平凹一直在书写西北乡村的风土民情,他的《秦腔》关注了农村的现实问题,写出了1990年代以来中国乡村转型过程中的困境。《古炉》进一步转向历史反思,描述了一个古朴的乡村卷入"文革"的惨痛过程.激进化的现代性给乡村带来的变革究竟意味着什么?鲁迅当年批判的国民性的愚钝与半个多世纪后乡村农民的觉醒,却又构成了反讽性的反诘。贾平凹对历史的反思推向了一个更大的视角,《老生》甚至引入《山海经》作为叙事的背景,要对20世纪中国的激进现代性直接发问。面对乡村社会卷入现代暴力冲突的惨痛记忆,面对现代性的持续推进,乡村的土地还能安放乡村的魂灵吗?贾平凹的疑虑比较消沉,但却也有一种刻骨的真实。

格非的《江南三部曲》着力去探究20世纪中国激进现代性的乌托邦问题,其独特之处不是将之作历史宏观的还原,不是去写作那些历史大事件的编年史,而是把乌托邦冲动放置在中国人的心里,像秀米、张季元、谭功达、谭端午这些人物,格非要写出的是他们内心的乌托邦冲动,那种要超越现实的精神渴求。格非要表现的是历史化的乌托邦即使与人的内心渴望结合在一起,也依然不可排遣人的命运遭际,大历史的乌托邦并不能与个人的经历和选择相协调,相反,它们总是矛盾和错位的。乌托邦想象更有可能是个人的幻觉和错觉,个人生活的偶然性却足以支配命运的结果。格非的这部小说执着于对20世纪中国历史的精神层面的审视,尤其是对个人与历史的联系进行了细致的描写,其独到与深刻发人深省。

当然,还有莫言的《丰乳肥臀》《生死疲劳》、阿来的《尘埃落定》、刘醒龙的《圣天门口》、苏童的《河岸》等作品,都对20世纪的激进现代性作出了深刻而独特的表现。这些当代最有影响力的长篇小说,在某种程度上可以找到其现代性书写的共同性,那就是既反思现代性的激进性,又以历史编年体制的形式来建构宏大历史叙事。这种审美意义上的反思是把现代性放置在"终结"的时间点上来思考,有些是作家较为主动明确的思考,有些则是小说叙事本身蕴含的自反性寓意,不管何种情形,都体现了文学共同体对20世纪现代性历史的一种认识。现代性成为一种被反思的论域,也必然表明自身"无法终结"的境遇。一方面,现代性的记忆、在精神史上的强大资源,使现代性历史记忆及其美学成为支配文学的主要力量;另一方面,对现代性的批判性反思又构成了1990年代以来文学叙事的主导价值立场。

当然,"无法终结"在时间和空间上并非都是突然到达或者非常短暂逼仄,"无法终结"可能会是一个比较长的时段,它会重合后现代,在社会实践和思维观念方面都会如此。然而,我们确实是要以反思性的立场来看这一现象,本来可以超越现代性,可以更有效地切入后现代性,何以中国当代文学还是以现代性思维及美学为主导?就是这种延搁的现代性,这种无法割舍的既激进又固守的传统性,使之无法脱离现代性的境遇。今天中国社会就最为鲜明地重合了这两方面的内容。"无法终结的现代性"其实表明现代性还有很强的张力,在终结的"尽头"将有冲刺,将有突破,将有向死的决心,将有视死如归的意志。"无法终结"意味着现代性渴求和抱负的最后激发和耗尽。

三　当代性与中国文学的当代道路

当然,关于现代性"无法终结"这种论说,并非在现代性之外。历史成为一种叙事表明历史把自身总体化了,现代性也是如此,套用一句马克思的话来说:现代性历史并非古已有之,作为现代性历史的历史是现代性的一个结果。①我们今天反思现代性也好,重写现代性也好,其实依旧归属于现代性的一部分。这本身就是"现代性无法终结"的一个共存的事相。

在"无法终结的现代性"之名下来思考中国文学的当代道路,是我们思考理论命题向现实实践探讨延伸的尝试。在今天中国文学又面临着深刻变异的时刻,这可能就是一个独特且必要的视野,当然也是一个较劲的角度。尽管作出"无法终结"这种论断只是一种理论阐释,但没有理论阐释就无法对历史、现实及未来开掘进行深入探讨,不管是创作还是理论批判,都不可能打开真正有拓展力的面向,不可能激发起新的阐释路径。因为在临近"终结"的时段中,中国当代文学的诸多变革、转型、选择和开启都获得了另一种解释的维度,也因此可以看出百年中国文学郁积于此的那种厚重、那种伤痛、那种渴求和不甘的心灵,可以看出其中的超常的力道、放纵的宣泄、莫名的诡异、向死的枯竭以及再生的渴望……所有这些,并不是要去建构一部华丽颓靡的末世论,而是要真切生动地展现出不屈的坚持与顽强的肯定。

很显然,中国文学的现代性展开至今,绵延至此,也是郁积于此,也就形成"当代性"的问题。从过去到"现在"再面向未来,这个"现在"就是当代性。对于进入现代已然百年的中国文学来说,它可能已经处

---

① 这里套用的是马克思在《政治经济学批判概要(草稿)》里的一句话:"世界历史并非古已有之,作为世界历史的历史(是)一个结果。"引文及相关论述参见彼得·奥斯本:《时间的政治》,王志宏译,北京:商务印书馆,2004年,第57页。

于一种历史的"晚期风格"中①;对于要展开21世纪的未来路径来说,它又是一个需要拓展的崭新的当下。"当代性"并非一个空洞的时间标记,也并非只是一个自明的现实性的指称。当代性的确立也就是关于未来面向的当下预设。这样的"当代性"的确立有没有向未来真正展开的能力,这就是"当代性"有没有真正的坚实性、有没有实践的现实性所在的问题。既然是向未来的开展,实则是关于"路径"或"道路"的取向的问题。如果立论于这一命题——"中国文学的当代道路"——可能会更加明朗。这里有必要更具体地探讨的是两个关键词:一个是百年中国文学至今的转型问题,另一个是"当代性"的意义指向。

百年中国文学固然无比宏大,但有几个根本性的问题是必须去思考的,也可以作为切入点。这里需要关注的主题就是:究竟可以在什么意义上去认识中国文学自己的道路,这就不可避免地要思考其前提,即在现代之初形成的传统,其独特性成为一种历史传统,几经变异和强化,在20世纪的激进现代性进程中是如何被建构起来的? 例如,我们此前探讨的激进现代性对文学的全盘支配作用,以及后来分化出现的文学现代性话语的建构,也是为了适应政治激进化、浪漫主义文学被放逐而现实主义成为压倒性的主导美学规范。甚至有较长的时段里,所有的文学问题都必须归结到现实主义名下讨论才是正当的。这一正当性使文学话语与激进性没有疏离的空间,毋宁说全面受制于激进性。由此可以认识到浪漫主义缺失、现实主义主导或许构成了中国现代性文学的一个重要特质。于是依然需要在现代性的语境中,去探讨浪漫

---

① "晚期风格"这种说法来自阿多诺研究贝多芬晚期创作时提出的观点,后来赛义德关注这一概念,在哥伦比亚大学多年开课讨论,学生据他的讲课整理成《论晚期风格——反本质的音乐与文学》(阎嘉译,北京:三联书店,2009年)。我呼应这一理论,关注中国进入21世纪初的文学,发表了《新世纪汉语文学的"晚郁时期"》,载《文艺争鸣》2012年第2期,可参见相关论述。

主义的重建与当代文学现代性的美学选择这样的主题,因为文学现代性具有了自主性,具有了与社会历史现代性疏离的美学能力,这很可能会重现中国现代早期的浪漫主义那种特征,并且与现代主义、后现代主义相互混淆,形成文学的多样化表现形式。这与其说是中国文学的当代性,不如说是中国文学发展至今不得不历经的转型路径。这一切当然不是理论的推导,而是从莫言、张炜、贾平凹、王安忆、铁凝、阎连科、阿来、苏童、余华、格非等作家的实际创作中分析体会到的。他们的创作混合了多种创作手法,不再只是现实主义起作用。这种美学要素丰富多样的表现手法,正表明中国当代文学话语既能把握社会现实,又有能力反思其现实性并与之疏离,使得文学有可能形成自身的话语情势。

确实,这是需要去思考的:百年白话文学发展至今,它的内在变革(转型)动力来自什么样的动机?外界(比如西方)还能构成挑战吗?没有面向世界的压力,也没有融合世界的渴望,传统、民族本位、当代的坚实性究竟以何种力道扎根于所谓自己的土地上?它与自说自话、自我重复有多少区别呢?今天中国文学还在相当程度上执着于社会化的现代性,例如,它保留不断进步的历史感,追求完整性的美学,构造民族性的寓言。它在文学现代性的个体话语方面的深化做得很不够,这样的保留和延续或许不可避免。中国文学的个体性、非整全性的表意形式、更加开放且多变的文学性等这些所谓后现代意识的延搁出场,无疑也是现实条件使然。在如此剧烈转型的时代,如何去理解文学表现的思想以及认识历史和事物的不同方法,对于文学共同体来说,并非很明确和明晰的问题。在何种意义上,当代文学可以有更理想的方案、理想性的选择,这也不是理论批评所能起作用的。这种当代性无疑受制于百年文学传统,尤其是五六十年代激进现代性建构起来的范式体系,在当今现实给定的条件下,文学的自主拓展和转型选择究竟有多大呢?但有一点我们可以看到,1990年代以来的中国文学开始以更加多样的方式,以文学自身的自觉和承担来寻求拓展的方向。其现实批判性反思也表明文学现代性与社会历史现代性的明显疏离,因此,当代性的真实含义,需要去探究一些有自觉意识的作家如何突破写作困境和寻求超越的路径,这本身可能表示了当代中国文学再次变革转型的内在必然性。

既然"当代性"并非只是一个自然的时间标记,那么它必然是一种存在感,是一种有历史感和现实感的存在时刻。科学史家萨顿曾经说过,生活于同一时代的人们在精神上不一定是同代人。这就是说,人们是否能感知到"当代性",是否真正具有当代性,还是一个疑问。然而,谁来判断呢?随后到来的历史吗?或者如海德格尔一样,认为是存在的绝对性所自明的本质?

德里达也曾经针对弗洛伊德的"潜意识文本",尖锐地解构过"当下性"这种说法。他不承认"当下"可以与过去严格区分开来,"当下"总是由过去的印记所构成。德里达说:"不存在一般意义上的当下/在场文本,甚至也不存在过去了的当下/在场文本,即作为曾经当下/在场的过去文本。以当下在场的形式出现的文本是无法想象的,无论这种形式是原初性的抑或是修改过的。"①他不同意弗洛伊德所言"潜意识文本"能在"当下"始终起支配决定作用,"当下"性的意识能以某种本质化的形式固定下来,并且永久不变地起作用。实际上,德里达这里说的弗洛伊德试图确定的"当下性",是童年经历中的某个受创伤的时刻。当它被确认为一个创伤机制时,这一"当时性"就转化成"潜意识文本",始终在人的一生中起作用。人们的生活似乎永远被这一"当下性"所决定。德里达认为,这样的"当下性/当时性"并不存在,"当下性"总是被过往或随后的经验所覆盖,它只是一些原初性的盖印。一切都始于复制。"其意指当下总是以延缓、追加、事后、替补的方式被重建的:追加指的也是替补性的。"②德里达试图解构弗洛伊德的当下性,其实是过去某个时刻形成的"当时性",它成为永远在场的起决定作用的潜意识,这样的"当下性"并不具有面向新的未来开放的活力,

---

① 雅克·德里达:《书写与差异》(下),张宁译,北京:三联书店,2001年,第382页。
② 同上。

反倒是过去困扰现在的创伤性的幽灵。德里达对当下、对今天的世界，总是更倾向于看出它的问题，并不愿意把它固定住，不把它看成某种先在的可以永久起作用的神秘在场。他后来在《马克思的幽灵们》里指出："我们的今天，当下性本身，当下的各种事务：在那里，它既存在（合适的去处），又不存在，它在那里腐烂或枯萎，在那里运作或作祟，在那里存在着，没有移动，仿佛它就是永远的现今。"[①]德里达的"当下意识"，就是解构"当下"的意识，他把"当下"看成不存在的空无，总是被过去涂抹，总是覆盖过去，并且总是向未来延异。我们当然不可能像德里达那样极端和彻底，对"当下"的意识并非是把"当下"实在化和绝对化，也是看到"当下"的交集、矛盾和冲突，看到它向未来的变异和新生。对"当下/当代"的意识，恰恰是具有创新活力的"当下"，能在与当前的无限开放场域交流中更新的那种自觉意识。它并不固定住自己，而是积极向未来开放。

然而，对于我们关于文学的诸多论说来说，我们所说的"当下"或"当代性"一定是具有文学本身生命的存在，就是在"无法终结"的这一时间中文学的存在具有承前启后的生命意义。它并非只能被百年的无法终结的现代性所困扰，一方面，"无法终结"确实也可能意味着"无法开启"，但是我们更倾向于看到在"当代"的这一节点上，终结与开启构成的冲突和张力，也使中国文学具有了更为充分的活力、更充足的肯定性和超越性。这也就是说，它正在酝酿开启它的未来面向道路，它有能力从此刻的存在中展开向未来的延伸。每一个存在、每一个文本、每一个词句，仿佛都是扎进现实的深处，并激活和充实了文学的当下向未来的展开。

"当代性"的意识与对"无法终结"的认识是可以沟通并重合在一起的。认识到"无法终结"，意识到中国文学历经百年沧桑在今天郁积

[①] 雅克·德里达：《马克思的幽灵们》，何一译，北京：中国人民大学出版社，1999年，第29页。

的诸多矛盾冲突,现代冲动的超常消耗直至枯竭,新的渴望蕴含着有限的能量,哪里是突破口?哪里是转型的路径?在电子化的时代,书写文明本身就陷入了终结的困境,文学书写是陷入绝境还是转型的新的开启时刻?这实在是诸多历史条件共同作用的结果。如果是一种时代的命运,一种文明存在的形式的宿命,那谁也没有办法。新的由电子科技主导的视听文明时代的到来,肯定会从根本上改变文学写作的存在方式,会要求和促使文学作出剧烈的变革,而文学为书写文明守灵,坚守于传统与经典的价值观和存在感,以及认知世界的方法。这一点可能恰恰是中国当代文学最有可能作出的选择。

当然,我们也渴求,也怀有侥幸之心,"无法终结"既是当下的境况,是某种临近历史性的终结,但也正是在对它的意识中,体验到变革的动力和方位。"无法终结"既然可以重合多个历史,也可能可以预示着一种新时代的到来。多年前,哈贝马斯在谈到尼采写于1870年的《悲剧的诞生》时说道:"这部思古的现代性的'迟暮之作'变成了后现代性的'开山之作'。"[①]哈贝马斯这句话对笔者影响甚大,他如此来理解尼采,对理解此后的人文思想的发展路径极具启发意义。尤其是在现代性的终结处,就是后现代的开启时刻,而这一个开启时刻,比我们通常理解的后现代的开始时间提前了一百年。这句话若出自别人恐有疑虑,可能并无阐释力,但出自哈贝马斯这位当代欧洲哲学史(思想史)最为权威的大师,自有他的道理。而他的那部影响卓著的《现代性的哲学话语》就是据此一句论断来展开现代思想史分岔路径的论说的。[②] 由此,我们也可以理解,在被我们称为立于"现代性无

---

① 哈贝马斯:《现代性的哲学话语》,曹卫东译,南京:译林出版社,2004年,第100页。
② 哈贝马斯认为,尼采对对现代性的批判在两条路线上被发扬光大:一条是以揭示权力意志的反常化和批判主体为中心的理性的兴起为路线,例如巴塔耶、拉康、福柯是尼采这一条路线的追随者;另一条则是内行的形而上学的批判者,把主体哲学的形成追溯到前苏格拉底,如海德格尔和德里达。参见《现代性的哲学话语》,曹卫东译,南京:译林出版社,2004年,第113页。

法终结"之境遇的作品中,倾尽全心去描写传统中国进入现代的那种深切创痛,也可以说是对农业文明最后衰败时期的痛楚表现。在这里,传统的衰败与现代的崛起重合在一起,更甚一步,当今时代对这两种历史痛楚的重合碰撞给予的书写本身,或许同处于那种历史时刻,共享同一种命运,例如前面提到的《白鹿原》《笨花》《尘埃落定》《生死疲劳》《老生》等。中国进入现代,农业文明的转型与终结,并不是社会生产形态方面进入现代、被先进的生产力替换,而是被社会变革剧烈地阻断,以观念性的社会改造促使社会剧烈转型,传统农业文明的社会存在根基迅速瓦解。《尘埃落定》讲述的最后一个土司的故事,甚至描述了游牧生产如何被现代暴力裹胁转为农业种植(种植罂粟和粮食),但是,根本性的改变是重构了社会的暴力机制。中国当代文学对农业文明衰败和转型的描写是发人深省的,历史学无法完全解答这样的难题,只有从美学、神话学的意义上才能给予解释。因为这样一种历史转型、衰败和更新,是如此痛楚、剧烈和迅猛,以至于无法从理性的意义上加以合理化地解释,但只在神话思维的意义上去体验其直观形象就足矣![1]在这一书写意义上,中国文学在世界文学中具有独特且重大的贡献。其他文学写过人类历史这样巨大、剧烈的转变吗?写过如此深切、深刻的历史创痛吗?

当然,中国文学的"当代道路"无疑只能是一种隐喻性的说法,我们不可能在文学上归结出一条明确清晰的路径,它可以从过去通往现在,并指向未来。关于"当代道路"的说法,只是我们对突出的现象作出一种具有意义指向性的归结,并给出一种同一性的维度的描述。所

---

[1] 这里的论述有参照哈贝马斯论述以尼采为表征的德国现代美学路径的观点。尼采的现代美学张扬了谢林的神话学思维。谢林曾说:"在永恒的、本源的统一中,已经在自然和历史里分离的东西和必须在生命、行动与思维里回避的东西仿佛都燃烧成了一道火焰。"参见谢林《作品集》第2卷,转引自哈贝马斯《现代性的哲学话语》,曹卫东译,南京:译林出版社,2004年,第103页。

有这些推断都只是一种理论设想、一种理论期盼,又确实是一种现代性的预设。后现代思维是没有方位、没有去向、没有同一性聚集的,而在当今中国,我们无疑还有对历史的判断和期盼,依然设想在总体性上去接近如此纷纭复杂的时代现象,试图给予历史的发展以更加理想化的期待。这也是现代性之无法终结的现实依据。

在很大程度上这依然是我们对过往文学现象的一种解释,并没有注入太多的理想性的解释,笔者倾向于去理解作家创作的完整性,尽可能从中获得新的经验。如果用既定的现成的理论和观念去套用作家的创作,那样张扬批评家的主体性和权威性是不恰当的(只有批评家自认为掌握和代表了至高的绝对真理才有可能)。回到批评家的主体性只有一种角度,而进入到作品文本却可以展开无限的丰富性。批评的阐释力不是去压制作家、简化文本,而是去塑造作家、激活文本。理论的力量在于从活的文学创造中获取启示,建构起有当下开创性、有未来展开能力的话语。

我们的理论阐释并不是去寻求某种历史的同一性,去规划某种历史之路。在关于道路进向的相对性思考名目下,文学理论和批评应怀着更大的热情去呈现中国当代文学的复杂性和多样性。正如德里达所说:"应当明确的是没有差异的纯粹拓路并不存在。作为记忆的印迹不是一种我们永远能够将之当作简单在场而重新获得的纯粹拓路,它是那些拓路之间的那种不可捕捉的无形之别。因此,我们已经知道心灵生活既非意义的透明又非力量的不透明,而是那种在力量较量中出现的差异。"[①]在现代性的尽头,在百年中国文学的后期,在一大批中国作家身处重重困难时期的当下,中国文学内在的复杂性正以各种矛盾的形式体现出来,它们正孕育着新变——这是对"当代性"的体认,也是对"当代道路"的选择。历史之变化的方向并非自然成形,也并非宿命般的被决定,它需要我们去寻求、呼唤和推动。所有这一切,我们

---

① 雅克·德里达:《书写与差异》,张宁译,北京:三联书店,2001年,第365页。

都不能想当然地用以往的经验、用既定的套路去规训,而应该回到历史中、回到文本中、回到作家的精神世界中,去捕捉和重视那些最有活力和生命力的要素,形成更为强大的汇合,不管是临近终结的坚持,还是面向未来的拓路,都是一种依据和可能的动力。

在某种临近终结的时刻,去思考百年中国文学在今天的状态或选择,是非常困难且令人疲惫的事,这会让笔者想起保罗·策兰在《棉线太阳》里的诗句:

> 因为你找到了苦难的碎片
> 在荒凉的村庄,
> 百年影子在你身边休息
> 听你思想……①

策兰写作此诗之时,大约是在两次精神濒临崩溃的间隙(1965—1967),要写下这些诗句,对于他真不知是多么沉重的事。他如此坚持,只是为了说出"那点儿真理在疯的深处"。这诗句是如此平静和缓,在安详的时间里,历史与思想可以相通。你很难想象这是疯人之思。就在策兰写作此诗时,德里达很可能正在法国心理分析学院发表那篇《弗洛伊德与书写舞台》的演讲(该演讲作于1966年3月),上面所引德里达关于拓路的差异问题的话就出自这次演讲,这是德里达关于弗洛伊德第一次发表的演讲。而策兰写作《棉线太阳》一诗时也是从弗洛伊德那里开始:"后面,被哀声扫描,弗洛伊德的大脑自动打开……"德里达一直非常喜欢策兰的诗,他与策兰有过多年的同事之谊,后来他十分懊丧自己竟然没有和策兰说上几句话,不过这实在是因为策兰不苟言笑。但在那个时间里,他们各自所思却如此贴近。令人惶恐之处在于,笔者思考百年中国文学,乡土叙事之侧,尽头停息之处……会如此自然地想起德里达的告诫:"唯有这种差异能解放'这条

---

① 参见《保罗·策兰诗选》,孟明译,上海:华东师范大学出版社,2010年,第347页。

道路的那种优先性'。"不想却遇见策兰,在疯去安详的片刻,在百年的影子身边休息、思想。这如何是好?所有这些命名、这些论断,是理论之疯所为吗?所有这些思索、这些守望,在这无法终结的时刻,在这路的尽头,听策兰说:"给我路的权利"!唯有重复那句老话:地上本没有路,走的人多了,也便成了路。

是以为序。

2016 年 8 月 10 日改定于北京万柳庄

上编　无法终结

你应无穷的古老,超乎时空之上;
你应无穷的年青,占有不尽的未来。
你属于这宏观整体中的既不可
多得、也不该减少的总和。

——昌耀《爱的史书》

第一章　文学的"当代性"

"当代性"(contemporaneity)在当代文学研究领域,与其说是自明的,不如说是有意含混的。我们似乎心照不宣地谈论"当代"和"当代性",但人们彼此都清楚,说的可能不是一个东西。我们都共同生活于"当代",当下产生的多种多样的文学都被归为"当代文学",但它们并不都是一回事,这并非是指它们各自的个性化的艺术特色或风格,而是指它们各自包含的精神属性(如果它们确实都有的话)。恩斯特·布洛赫曾经指出:"我们并非全部生活于同一个现在之中。"[①]这句话可以作这样的理解:生活于当今同一现实时空中的人们,他们在精神上未必是同代人,在精神上并没有共同的"当代性"。这或许就可以引出一个需要认真对待的问题,究竟什么是"当代性"?我们生活于当代,当代就在我们身边么?就在我们脚下么?就在我们的心灵和精神里么?尤其对于文学来说这更是一个令人费神的问题,对于研究中国当代文学的人来说则又是一个很不踏实的问题。其实,中国文学一直非常强调"现实性"或"现实感",这实际上指的就是"当代性"。何谓"当代性"?何谓中国文学的"当代性"?这是我们渴望

[①] 参见恩斯特·布洛赫《非同时代性和对它的辩证法的义务》(1932年),纳维勒和斯蒂芬·普莱斯译,剑桥:波利提出版社,1991年,第97—148页,转引自彼得·奥斯本《时间的政治》,王志宏译,北京:商务印书馆,2004年,第291页。

知道,又总是下意识地去回避的问题。

中国文学学科有一个约定俗成的划分,即"中国现当代文学",在"现代"之中再划分出"当代","当代"究竟从何时开始似乎也不用加以分辨,我们可以从历史划分那里获得支持。显然,这是从政治变革方面来建构历史时间的做法。但是,时间的意识根本上是哲学的意识,在文学上(和美学上)要认定"当代"却并不容易。1980年代后期,为了对时代的审美变化加以把握,人们划分出"后现代"这种说法,相对于整个"现代","后现代"显然更具有"当代性","后现代"就是当代,但是"当代"并不一定就是"后现代"。这就是中国语境,"当代"一词表示的时间具有鲜明的中国特色,包含了"当代"中国特有的历史感及时间意识。

今天,我们把"当代"当作一个自明的时间概念来使用,同时也把"当代"作为一种形而上的价值理念来标举,对于"当代"涌现的那么多作品,最常见的批评就是,这些作品能反映"当代"吗?不少在"当代"出现的文学以及文化现象,人们并不认为它们体现了"当代"的真实性或实质。难道说"当代"还有一种特定的精神性内涵?似乎人人心目中都有一个关于"当代"的本质化规定。这就可以去追问:自1949年以来,或者自1979年以来,或者自2000年以来,为什么它们就是"当代"的时间标记呢?那些时间节点上涌现出的作品,是否真的就属于"当代文学"呢?显然,时间区间的界线还好办,只是一个学术协商的结果;但是,真的存在一种"当代性"么?我们根据什么来确立"当代"或"当代性"的理念呢?究竟什么样的作品、哪些作品能体现"当代性"呢?要体现什么样的"当代性"和谁的"当代性"呢?显然,被称为"当代文学史"的时间节点,如果以1949年计,也有近七十年的历史,如果以1942年计,则有七十多年的历史,这个时间段的"当代性"显然不尽相同。如何理解中国当代文学的"当代性",这是我们需要去面对的一个重要的学理问题。从当代文学入手,进而体会大历史中的"当代性",这对我们接近这一问题或许不失为一条路径。

一　文学史视野中的当代性

　　从文学的角度切入当代性,选择几部有代表性的文学史或文学论著来讨论,或许是最为直接而切实的做法。因为文学史著作对这个被称为"当代"时段的文学现象的取舍把握,表明它已经作出了关于"当代"的确认和规划。洪子诚先生在《中国当代文学史》的前言里表示:他在这本书里使用的"中国当代文学","首先指的是1949年以来的中国文学。其次,是指发生在特定的'社会主义'历史语境中的文学,因而它限定在'中国大陆'的这一区域之中……第三,本书运用'当代文学'的另一层含义是,'当代文学'这一文学时间,是'五四'以后的新文学'一体化'趋向的全面实现,到这种'一体化'的解体的文学时期。中国的'左翼文学'('革命文学'),经由40年代解放区文学的'改造',它的文学形态和相应的文学规范(文学发展的方向、路线,文学创作、出版、阅读的规则等),在50至70年代,凭借其时代的影响力,也凭借政治权力控制的力量,成为唯一可以合法存在的形态和规范"。[①] 洪子诚先生把"当代文学"分为两个阶段,1950至1970年代这前半段是特定的文学规范取得绝对支配地位的时期;1980年代改革开放以后,这种规范及其支配地位"逐渐削弱、涣散,文学格局出现分化、重组的过程"[②]。很显然,这就包含着洪子诚先生对1949年以来的"当代"的时间、形态及本性的认定。何为当代? 体现了一体化和规范化的形成建立过程,这就是"当代"。换句话说,当代性就存在于这样的历史过程中,是其内在性质。然而,到了1980年代,"当代"走向了其反面,在变革、转折、解构的过程中,"当代"的本性才体现出来,或者说才实现了"当代性"。在这一意义上,"当代性"既是先验的,又是被建构起来的。

[①] 洪子诚:《中国当代文学史》,北京:北京大学出版社,2007年,第3—4页。
[②] 同上书,第4页。

这里的"当代性"显然也是历史之后的认识和概括,洪子诚先生后来进一步解释"一体化"所指称的文学形态方面的状况:"这涉及作品的题材、主题、艺术风格,文学各文类在艺术方法上的趋同化的倾向。在这一涵义上,'一体化'与文学历史曾有过的'多样化',和我们所理想的'多元共生'的文学格局,构成正相对立的状态。"①显然,这里对那个时代的"一体化"的批评,依据于此前的现代文学史的"非一体化",也与洪子诚先生秉持的"多元共生"的文学理想化的生存状况相关。然而,置身于"一体化"那样的历史中的人们,不管是自觉地进行"一体化"的建构,还是被历史裹胁,都会认为"一体化"是"当前的任务",体现了历史本质规律,表达了"人民的普遍要求"。如果说只有深刻地理解了当下的历史本质,才具有当代性,那么"一体化"无疑是那个时期的"当代性"。然而,多年之后,在洪子诚先生的论述中,那样的"一体化"显然不具有"当代性"或者说是虚假的"当代性"。

  洪子诚先生也并非把"一体化"看成铁板一块,他试图以辩证眼光去看一体化内在的涌动的能量,他也试图看到这个时期文学有更多的阐释可能性。例如,他论述到"百花时代"的文艺状况时,就勾画了那个时期的争鸣局面。虽然那是昙花一现,但却有着超出一体化的热烈时期。他在论述王蒙的《组织部来了个年轻人》和杨沫的《青春之歌》等作品时,也有超出一体化的解释。这些与当时倡导的社会主义现实主义存在偏离的作品,在洪子诚先生看来,反倒具有当代性,是少数最能反映当时真实的历史愿望的作品,体现了历史的更深刻的审美要求。如此看来,是不是意味着这些作品真正体现了"当代性"?

  洪子诚先生没有作明确回答的问题,在陈思和先生那里则成为把握当代文学真实的历史要求的线索。陈思和在他主编的《中国当代文学史教程》中,提出"潜在写作"和"民间"两个重要概念,以此来解释中国当代文学的历史内在性问题,也就是什么才是那个时代的真文学、有

---

① 洪子诚:《当代文学的"一体化"》,《中国现代文学研究丛刊》2000年第3期。

价值的文学？按此逻辑可以推论，什么才是反映那个时代的历史要求，具有真正的当代性的文学。陈思和在解释"潜在写作"时说道，提出这个词是为了说明当代文学创作的复杂性，他举沈从文在1949年以后写的家信为例，这些家信文情并茂，"细腻地表达了他对时代、生活和文学的理解。相对那时空虚浮躁的文风，这些书信不能不说是那个时代最有真情实感的文学作品之一。'潜在写作'的相对概念是公开发表的文学作品，在那些公开发表的创作相当贫乏的时代里，不能否认这些潜在写作实际上标志了一个时代的真正的文学水平。潜在写作与公开发表的创作一起构成了时代文学的整体，使当代文学史的传统观念得以改变"[①]。陈思和一再解释这是就"多层面"的当代文学历史而言，但不能读出其中真意，按陈思和先生的想法，"潜在写作"肯定更能触及当代性，更能真正表现那个时期的历史的真实状况、知识分子的心理和真实思想。这种"潜在的"的情绪、思想以及有限的文字形式，表达了当代史最为内在的、坚实的层面。

但是，不能回避的是：如何理解被主流思想表述的宏大历史呢？那些"宏大叙事"的历史依据即使是意识形态，它的历史要求、真实的历史愿望以及历史实际的情况该如何理解呢？

怎么理解"当代性"？不同的文学史家都有不同的视角、不同的认识。王德威在其著名的"被压抑的现代性"的表述下，将现代性延续、发展至"当代"，即1949年以后的中国大陆，那又会是怎么样的"当代性"呢？显然，王德威身处海外华语圈，视野无疑更为开阔，他有两岸三地的更为广大的文学视野。对于他来说，1949年以后的"当代"也必然是要放在现代以来的传统下来理解的。王德威还有一个更重要的视野，那就是"抒情传统"，这就不只是从现代来看中国当代的问题，还有如何看待中国古典文学传统的问题。在这个意义上来说，王德威是中国当代最具有历史感与美学意识的文学史家(批评家)，不管是"压抑"

[①] 陈思和：《中国当代文学史教程》，上海：复旦大学出版社，1999年，第12页。

还是"抒情"的视角,他看到的是历史之侧的景象,或者是历史零余的场景,他更愿意去观看在历史夹缝间的生存或历史在颓败之际存留的时刻。在他那本广受好评的著作《当代小说二十家》(北京:三联书店,2006年)中,他论及的大陆小说家有莫言、王安忆、阿城、苏童、余华,虽然这只是他关注的中国大陆当代小说的一部分,但也在一定程度上显示了他理解的当代文学的重点,这些作家最能体现他所理解的"当代性"。历史的变动与断裂,生活的变故与命运的玄机,人生的哀怨与无助,荒诞中透示出的执着与决绝……这些指向历史颓败的必然命运,也预示着当代不可抗拒的坚定性。既有沧桑的荒凉,又有不知所终的勇往直前——这就是中国文学的当代性境遇。王德威试图去讲述这样的"当代性",无疑有别于大陆主流的文学史。他在《抒情传统与中国现代性》这本书中,选择海子、闻捷、施明正、顾城为研究对象,去分析当代"诗人之死"的现象。当然,对于王德威来说,他并没有声明要研究中国当代最典型的事件,但这些极端的现象无疑是他理解中国当代作家诗人的存在方式的一个极重要的视角,他试图从这里看到什么呢?这样的视角能展示出什么样的历史真实呢?答案当然是不言而喻的。我们固然可以说这些极端例外的事件只能说明个人的事故,并不能揭示当代史的本质方面,还可以以更极端的批评认为王德威身处另一个文化情境中,对中国当代文学的现象采取了"猎奇"的方式,尽管如此,我们依然不得不同意,王德威所探究的也是当代史隐秘的那一部分,它是我们的主流历史不愿意或不能够去触碰的部分。1990年代初,"海子之死"的话题就遍及那个时期的各个诗歌讨论会的现场,多年来也成为相当一部分中国诗人的口头禅。尽管有借题发挥之嫌,但也不无认真严肃的大陆学者探讨这个问题,如吴晓东就写过与王德威同题文章《海子之死》,他指出:"诗人的自杀必然是惊心动魄的。在本质上它标志着诗人对生存的终极原因的眷顾程度,标志着诗人对'现存在'方式的最富于力度和震撼的逼问和否定。一种深刻的危机早已潜伏在我们所驻足的这个时代,而海子的死把对这种危机的体验和自觉推向极致。从此,生存的危机感更加明朗化了。"①显然,吴晓东也是把"诗人之死"看成叩问"当代性"为何、当代何为的典型案例。

王德威后来有专著更深入地探讨中国当代文学——《史诗时代的抒情声音:1949年前后的中国现代文人》②,关于大陆的作家、诗人,他选择沈从文、何其芳、冯至与穆旦等人,1949年这个时间节点,也意味着一种历史的断裂或重新开始,这些文人从现代历史走向当代,身陷囹圄,进退困难,这些人的境遇也体现了当代与现代的截然不同。从这里可以体味到当代所要求的那种进步性,那种巨大的理性力量。更极端的例子可能应该数胡风和丁玲,但王德威选择这几个人则显然还是想要触及当代史的复杂与微妙的层面。青年学者韩晗评论此书道:"《声音》(指《史诗时代的抒情声音》)采取'群像式'的写作范式,'抒情'与'史诗'两大概念贯穿全书,以中国现代文人中的不同个案为研究对象,构成了一部独特的中国现代文化史,意图在个人命运、文化命运与国家命运三者之间寻找平衡的研究支点。"③所谓"中国现代文化史"也就是在现代与当代转折,使个人、文化与国家之间构成了更为尖锐的对抗性关系,这也就提炼了"当代性"的本质方面。

孟繁华在他影响广泛的文章《乡村文明的变异与"50后"的境遇》这篇文章中论述说:进入21世纪,中国的乡村文明正处于解体的进程中,以城市文化为代表的"新文明"正在崛起,这个时代生活的本质方面是由60代、70代作家表现的,50代作家还固守在"过去的乡土中国",对新文明崛起后的现实和精神问题有意搁置,"当他们的创作不再与当下现实和精神状况建立关系时,终结他们构建的隐性意识形态就是完全有理由和必要的"。这里暂不讨论孟繁华对"50后"作家的

---

① 吴晓东、谢凌岚:《诗人之死》,《文学评论》1989年第4期。

② *The Lyrical in Epic Time: Modern Chinese Intellectuals and Artists Through the 1949 Crisis*, New York: Columbia Vniversity Press, 2014.

③ 韩晗:《国运如是,文运如何》,《中国图书评论》2016年第6期。

乡土叙事的批评是否中肯,可以直接感受到孟繁华强调了文学的当代性,这种"当代性"是与书写当代现实,关心当代精神事物相关联的。也是在这一意义上,他认为60后、70后的一批作家描写当代城市生活的作品更能体现"当代性"。①

基于不同的文学观念和价值立场,对中国当代文学的"当代性"——最能体现当代本质或内在精神的方面的理解,不尽相同。洪子诚先生看到"一体化"的规范力量,在此规范下,文学转化为意识形态的工具,未必能揭示当时的现实本质。而在陈思和先生看来,则是那些隐秘的潜在写作、被忽略的个人写作,更真实地表达了那个时期知识分子的心理情绪。如果有当代史的话,显然这些潜在写作才能指向真实的当代。王德威则从另外的角度去看现代和当代的断裂与转折,他看到作家诗人在当代的命运遭际,这就是活的当代史,存在与困厄,这就是当代的实质。这些研究或叙述,都试图从不同的角度接近当代,摹写不同的当代文学史,我们可以从不同的角度加以讨论或批判,但不能否认人们看到的"当代"如此不同,对"当代"的理解有如此大的分歧。何为当代性?当代何为?这显然不是一个简单的自明的问题。

二　现代性历史中的当代性

很显然,在西方思想史或哲学史中,"当代"或名词化的"当代性"(contemporaneity)如果具有时代意识的话,与"现代"(modern)或"现代性"是可以同义的,它属于现代的一部分,或者是现代的另一种表述。如果是"contemporary",它只是形容词性的"当前""当下",指正在发生的时间,不一定具有明确的时代意识。很显然,汉语的"当代""当代性"时代意识的意味很明显,意指说话主体对我们经历的这一时段的一种整体性把握,它包含了这一时段特殊的存在感,也表达了一种哲学

---

① 孟繁华:《乡村文明的变异与"50后"的境遇》,载《文艺研究》2012年第6期,第34页。

上的现实感。

哈贝马斯在解释黑格尔的"现代"概念时,揭示了"当代"的哲学含义。在黑格尔的历史哲学中,"现代"(moderne Zeit)就是指"新的时代"(neue Zeit),哈贝马斯认为,"黑格尔的这种观念与同期的英语的'modern times'以及法语'temps modernes'这两个词的意思是一致的,所指的都是大约1800年之前的那三个世纪。1500年前后发生的三件大事,即新大陆的发现、文艺复兴和宗教改革,则构成了现代与中世纪之间的时代分水岭"①。哈贝马斯分析了德国学界和学校课程里所划分的古代史、中世纪史和现代史,并且指出,只有当"新的时代"或"现代"("新的世界"或"现代世界")这样的说法失去其单纯的编年意义,"而具有一种突出时代之'新'的反面意思时,上述划分才能成立"。哈贝马斯解释说,在信仰基督教的西方,"新的时代"意味着即将来临的时代;而这个时代直到世界末日才会出现。谢林在《关于时代的哲学》中,则认为"现代是依赖未来而存在的,并向未来的新的时代敞开"②。基督教的现代时间概念跨度比较大,指从过去延续下来的时间和即将到来的时间,这个到来的时间显然不是客观的物理时间,而是弥赛亚降临的时间,是救赎和面向未来的时间。这个到来的向未来敞开的时间依然是相当长久的,当基督教的"到来"观念转化为世俗世界的"现代"观念后,按哈贝马斯的解释,从1500年开始,这个"新的时代"就开启了。显然,"新的时代"到来也表明了一种历史意识:"一个人必须从整个历史视界出发对自己的位置作反思性认识。"③西方世界在18世纪开始使用"现代"这个新词,它表明了历史哲学对人们所处时代的认识。"现代"就是新的时代,它与过去区分,打开了未来面向。哈贝马斯援引黑格尔在《精神现象学》前言中的文字解释新旧两个时代或两

---

① 哈贝马斯:《现代性的哲学话语》,曹卫东译,南京:译林出版社,2004年,第5—6页。
② 同上书,第6页。
③ 同上。

个世界的区别,重要的是人们的那种历史意识和时代感。黑格尔说道:

> 我们不难看到,我们这个时代是一个新时期的降生和过渡的时代。人的精神已经跟他旧日的生活与观念世界决裂,正使旧日的一切葬入于过去而着手进行他的自我改造。……现存世界里充满了的那种粗率和无聊,以及对某种未知的东西的那种模模糊糊的若有所感,都在预示着有什么别的东西正在到来。可是这种颓废败坏,突然为日出所中断,升起着的太阳犹如闪电般一下照亮了新世界的形相。①

对于黑格尔来说,新时代的到来就是现代,就是他生活于其中,感受到的"现在",也可以理解为就是那时的"当代"。黑格尔的历史哲学看待历史的根本着眼点在于历史是绝对精神的显现,只有显现了绝对精神的时刻,才构成历史时刻。他所描述的"这个时代",以及为太阳所照亮的"新世界的形相",也是绝对精神显现的"当代性"。

显然,在历史哲学中只有"现代",它包含了"当代",这里的"现代"是一个相当长的时段。"现代"是一次对时间进行总体化的哲学认识,按照利科的看法,因为有了时间化的生存论结构(existential structure),所以我们不可能逃避历史的总体化。总体化是一个可以协商但绝不可抛弃的实践过程。"事实上,历史总体化之争总是(无论它是否认识到这一点)它的形式、意义和限制之争,而不是它的可能性本身之争。黑格尔主义的难题不是来自总体化本身,而是源自它的特殊模式:把提出内在叙事(immanent narrative)的历史终结与主张绝对知识结合在一起。之所以需要其他立场,是为了把历史观念建构成一种发展着的整体。"②这就是说,历史之总体化不可避免,在杰姆逊那里被表述为"永远的历史化"。人们认识历史、现实,总是难免带有观念性,必然会

---

① 黑格尔:《精神现象学》,贺麟、王玖兴译,北京:商务印书馆,1978年,第8页。
② 彼得·奥斯本:《时间的政治》,王志宏译,北京:商务印书馆,2004年,第5—6页。这段话是奥斯本概括归纳利科的话后作出的表述。

带有特定的理念。如果不给历史命名、划分年代,给予这些年代以内涵,我们将无法认识被称为"历史"的那种对象。要把"当代"与"现代"区分开来,就要在二者之间赋予不同的意义。人们的争论不是要不要赋予意义,而是赋予什么样的意义。即使"后现代主义"的历史观试图对历史表示"无意义"的态度,实际上也是在赋予历史以另一种意义,否则人们无法谈论所谓后现代视野中的"历史"或"历史碎片"。

彼得·奥斯本认为,"现代性"扮演了历史分期范畴所具有的独特的双重角色:"它把一个时代的当代性(contemporaneity)指派给了作出分类行为的那个时刻;但是,它借助于一个在性质上新异的、自我超越的时间性来表明这种当代性,这种时间性在把现在与它所认同的最切近的过去拉开距离方面,产生了立竿见影的效果。"①彼得·奥斯本论述说,现代性是一种"质",而不是年代学或编年史,显然是在现代性的语境中来讨论"当代性",他认为现代性产生的时间基质有三个主要特征:

1. 专断地把历史性(不同于仅仅年代学上的)现在(historical present)置于过去之上……

2. 向一个不确定的未来敞开着;未来被赋予的特征只是它可能超越历史性现在,而且把这个现在贬低为将来的过去。

3. 有意识地弃绝历史性现在本身,把它当作在不断变化的过去和仍不确定的未来之间的永恒过渡这样一个正在消逝的点;换句话说,现在就是持续和永恒的同一……②

套用奥斯本讨论"现代性"时的说法:"当代性"没有一个固定的、客观的所指。它只有一个主体,它充满了这个主体。在每一种表达所处的场合,"它是历史的自我定义这个行为通过区分、认同和筹划而获得的

---

① 彼得·奥斯本:《时间的政治》,王志宏译,北京:商务印书馆,2004年,第30页。
② 同上书,第31页。

产物,在建构一个有意义的现在时超越了年代学的秩序"①。

要在总体上把握一个时代并不容易,除了黑格尔、汤因比,再就是伟大的马克思之外,还少有几个人可以对大历史作出自信而又决绝的表述。在很大程度上,究竟是时代情势太过复杂我们无从把握、无法命名,还是我们由于思想和概念的贫困无法去面对时代? 当然,很多情况下是一个时期理解历史的态度和方法使然。原则上来说,中国的历史哲学并不发达,甚至可以说严重缺失,马克思主义历史唯物主义的进入,当然提供了进步的唯物史观,对大历史进行了明确而有效的划分。在马克思主义的思想中,历史唯物主义正是着眼于未来划分过往的历史的,而当代(资本主义阶段)则被描述为一个过渡性的阶段,"当代"是必然要被未来战胜的。在革命的逻辑中,"当代"是要被超越的阶段,不用革命战争的形式,起码也要用"大跃进"的方式,而且还要再进行无产阶级专政下的"继续革命"。如果从历史哲学的意义上来看,毛泽东伟大的革命气魄在很大程度上来自对"当代"的蔑视(包括对当时的"苏修"和"美帝",例如"一切帝国主义都是纸老虎"),因为当代注定要被迅速超越,取而代之的是一个无限美好的未来。毛泽东思想中无疑是包含着历史哲学的,因而能洞悉未来超越当代现实。然而,谁能想到"当代"漫长而难以忍受,只有"继续革命"可以克服现实,可以保持对"当代"的革命。但是"继续革命"必然采取激进化的方式,历史又不得不以断裂和重复为其运行形式。

在文化上和审美上,人们总是保持着对"当代"的警惕和不信任,只有距离可以获得历史化的视角。在"文革"后的历史进程中,理解"当代"变成一个难题,因为"当代"不管是作为现实,还是作为一个哲学和文学的对象,它的存在都变得不可拒绝。它越来越需要获得一种生存论的时间结构。显然,这需要经过讨论、争论和清理。在哲学匮乏的时期这会变得异常困难。其实早在2001年,陈思和就尝试着从思想

---

① 彼得·奥斯本:《时间的政治》,王志宏译,北京:商务印书馆,2004年,第31页。

史的高度来探讨这一问题,他说道:

> 无名状态是随着时代的变化而盛衰,本身并不具备"当代性"。我的不成熟的想法是,"当代"不应该是一个文学史的概念,而是一个与生活同步性的文学批评概念。每一个时代都有它对当代文学的定义,也就是指反映了与之同步发展的生活信息的文学创作。它是处于不断变化不断流动中的文学现象,过去许多前辈学者强调"当代文学不宜写史",正是从这个意义出发的。……"现代"一词是具有世界性的文学史意义的,而"当代"一词只属于对当下文学现象的概括,要区分现当代文学的分期其实无甚意义。我们现在流行的"中国当代文学史"的提法,只是一种不科学的约定俗成的说法。国家教育部制定的学位点,没有当代文学只有现代文学,把当代文学归入现代文学的范畴,作为现代文学史的一个组成部分,这是比较符合实际情况的。①

尽管已经过去 16 年有余,陈思和的观点可以再加讨论,但他提出的这个问题今天依然没有解决。陈思和认为,"'现代'一词是具有世界性的文学史意义的",这是对的,但是,需要指出的是,欧美在文学方面指称的"现代":其一是和历史相关的现代史的概念,那是要比中国五四运动以来的"现代"漫长得多的时段,如前所述,可以追溯到 1500—1800 年。其二是指"现代主义"时期的文学,这是指 19 世纪末至 20 世纪 50 年代结束的一段时期,以具有现代主义典型特征的文学为其内涵。这个概念在欧美的文学理论观念中,严格地说不具有文学史的时段概念。其三,正如我们要看到中国的"现代文学"是中国自己的规划一样,无法与世界的"现代文学"重合,这就使我们要去理解"当代"被重新规划的不可避免。"当代"所包含的特定和复杂含义是西方或"世

---

① 陈思和:《试论 90 年代文学的无名特征及其当代性》,《复旦大学学报(社会科学版)》2001 年第 1 期,第 26 页。

界"所没有的,在文学史方面的使用尤其如此。它不只是对当下文学现象的概括,还包含着对一个特定时段的命名,赋予它以一种质的含义;并且通过这个命名,即通过确立"当代"的意义与外延,再返身确立"现代"的意义。尽管在欧美文学史的表述中,也可能出现"当代",但这个"当代"是时效非常短的"当下"或当前,或最近十多年发生的事情。

在以"现代"和"后现代"来划分历史时段出现困难时,特别是需要一个更加单纯的时间结构时,欧美学界也会使用"当代""当下"或"当前"。杰姆逊2002年在北京三联书店作过一次题为《回归"当前事件的哲学"》的演讲,据他所言,法国有一位"不太重要的哲学家"写了一本书,批评"现状哲学"(philosophy of actuality)。杰姆逊复杂的批判性思维颇为令人费解,他对现代性的批判性表述像绕口令一样令人莫衷一是。但是,他强调关注当前问题则是明确的。他把当前事件的哲学称为"当前本体论",并用于他在2002年正在出版的一本书的副标题。他说:"为了建立当前本体论,你必须了解目前发生作用的倾向,即倾向性的前景,根据过去给倾向性重新定位。当前是如此这般,倾向的力量在发生作用,这种本体论力图弄清它们之间的关系。"[1]按杰姆逊的历来思想来理解,这就是说,当前之能构成本体论,在于当前的存在具有向未来展开的能力,即不只是具有当下的合理性,也有未来的合理性,并且能够建立起未来的合理性,这也是"革命""解放"的另一种表述。当然,这还是黑格尔的历史逻辑与马克思主义的历史唯物主义的另一种表述。这个"倾向性前景"也可以理解为是黑格尔的"合理性的必然存在",这表明当下打开的倾向性前景必然构成当下的一部分,使当下不再是暂时存在,而具有时间的存在结构,建立起历史的总体化。其内里也就是历史唯物主义反复表述的历史发展的本质规律。这种打开未来面向的革命性思想,虽然不能与基督教的末世拯救的学说混为

---

[1] 詹明信(今多译为杰姆逊)等:《回归"当前事件的哲学"》,《读书》2002年第12期。

一谈,但在社会心理的意义上,它们具有结构上同源同宗的特征。

其实进入"现代"以后,人们关于"当前"或"当代性"的感受都被归属于"现代"之中,"当代"的社会学和心理学属性被"现代"命名了。因为"现代"一词已经足够让人们从过去、从旧有文明秩序中脱身而出,而"现代"几乎是飞奔向未来进发,"当前""当代"充斥着斗争、批判甚至战争,这表明"当代"只是暂时性的、过渡性的,需要被克服和迅速超越的。即使在美学上,"当代""当下"也被另一个词"瞬间"所替换。而"瞬间"只是现代性裂开的一道缝隙,它被迅速掠过,而不是撕开一道裂口,或打开一条路径。最为经典的表述就是福柯读解波德莱尔的那首诗,福柯把现代性的态度理解为一种把握现代时刻的态度,他说:"现代性不是与现时的关系的一种简单的形式;它也是必须建立的与自己的关系的一种模式……对于波德莱尔来说,现代人不是去发现他自己、他的秘密、他的隐藏的真实的人;他是试图创造他自己的人。这个现代性没有'在他自己的存在中解放人';它迫使他去面对生产他自己的任务"[①]。这种态度不只是对于飞逝的现在的敏感性的感受,而是把现在"英雄化"的意志。

在现代主义的历史观中,"当代"只是现代主义观念性的显现("英雄化"的意志),当代瞬间化也就是虚无化,它只是在归属于现代的总体化中才有显现意义。杰姆逊试图建立的"当下本体论",也就是具有未来面向才使得当下具有本体性的存在。当下无论如何都不能凭借自身获得自主的存在,它之所以被命名为"当下""当前"以至于"当代",是因为只有否定自身才能在过去的归属或未来的开辟中获得存在。

阿甘本曾经就"当代性"表述过另一个概念——"同时代性"以及"同代人"的概念。阿甘本2006年在一次讨论课上提出一个问题:"我们与谁以及与什么同属于一个时代?"他认为首先而且最重要的是:

[①] 福科:《什么是启蒙?》,汪晖译,参见汪晖、陈燕谷编《文化与公共性》,北京:三联书店,1998年,第432—433页。

"同时代意味着什么?"当然,他的问题的出发点倒不是着眼于当代,而是我们何以会与那些离我们年代久远的文本产生同时代感,也就是我们如何能成为那些文本的同代人从而感受到它们的意义。阿甘本的回答也是从破解"同时代"出发,他认为,有启发性的见解来自罗兰·巴特对尼采的总结,巴特说:"同时代就是不合时宜。"尼采在 1874 年出版了《不合时宜的沉思》,他写道:"因为它试图把为这个时代所引以为傲的东西,也即这个时代的历史文化理解为一种疾病、无能和缺陷,因为我相信,我们都为历史的热病所损耗,而我们至少应该对它有所意识。"阿甘本解释说:"真正同时代的人,真正属于其时代的人,是那些既不完美地与时代契合,也不调整自己以适应时代要求的人。因而在这个意义上,他们也就是不相关的。但正是因为这种状况,正是通过这种断裂与时代错误,他们才比其他人更有能力去感知和把握他们自己的时代。"①阿甘本分析尼采的"相关性"概念来解释个人与当下在断裂与脱节中的"同时代性"。他写道:

> 因此,同时代性也就是一种与自己时代的歧异联系,同时代性既附着于时代,同时又与时代保持距离。更确切地说,同时代是通过脱节或时代错误而附着于时代的那种联系。与时代过分契合的人,在各方面都紧系于时代的人,并非同时代人——这恰恰是因为他们与时代的关系过分紧密而无法看见时代;他们不能把自己的凝视紧紧保持在时代之上。②

作为一个马克思主义左派理论家,阿甘本对当代现实保持着尖锐的批判态度,对于西方激进左派来说,资本主义的现今时代无疑是需要批判乃至以革命方式彻底改变的,他们秉持着超越现实和面向革命未来的期盼,要与同时代拉开距离:资本主义现实是不值得过下去的社

---

① Giorgio Agamben, *What is Apparatus*, Redwood City: Stanford University Press, 2009, pp. 40-41.

② Ibid., p. 42.

会,身处这样的时代,毋宁说身处黑暗中。他如此表述就是理所当然的了:"只有那些允许自己为世纪之光所致盲,并因此而得以瞥见光影,瞥见光芒隐秘的晦暗的人,才能够自称是同时代的人。"① 这就可以理解,同样身为当代最为杰出的马克思主义理论家的巴迪欧极为赞赏诗人佩索阿以"匿名"的状态来写作诗歌,他生活于这个时代,只求隐藏于不断变换的假名之下。② 恰恰是这样,佩索阿代表了他的时代。身处这个时代,能感悟到这个时代的真实状况或者说"真谛"的,就是对当代保持批判性的警觉,所谓同时代性,就是对时代的疏离感和批判性。这也是德里达所表述的始终保持马克思的异质性批判精神。

就阿甘本的"同时代性"而言,实则是一种主体的态度或感受,人们当然也可以客观地评价这种"歧义"或"疏离感",这种存在的疏离或紧张关系本身也是一种历史关系,也具有历史的客观性。但其存在状态和性质却必须获得主体的自觉意识,它无疑还是主体主动意识所起的作用。按阿甘本的观点,"当代性"是主体与时代建立起来的一种关系。人们依然会去追究,当代性是主观的还是客观的? 这显然是一个难以解决的哲学问题。当代思想已经不这样提问题,但追问起来,依然难免会有此疑虑。当代性就存在于现实对象之中吗? 就是我们置身于其中的时代吗? 还是取决于我们认识现实或时代的立场和观点。不同的人看待现实会得出完全不同的判断,狄更斯在《双城记》开篇就写下这样的话:

> 那是最美好的时代,那是最糟糕的时代;那是智慧的年头,那是愚昧的年头;那是信仰的时期,那是怀疑的时期;那是光明的季节,那是黑暗的季节;那是希望的春天,那是失望的冬天;我们全都

---

① Giorgio Agamben, *What is Apparatus*, Redwood City: Stanford University Press, 2009, p.44.
② 巴迪欧:《哲学任务——成为佩索阿所代表时代的人》,参见 Alain Badiou, *Handbook of Inaesthetics*, trans. by Alberto Toscano, Redwood City: Stanford University Press, 2005, pp. 36-46。

在直奔天堂,我们全都在直奔相反的方向。①

这显然是自相矛盾的判断,"最好的"与"最坏的"都共存于一个时代之中,那么究竟哪一种更符合实际呢?哪一种是时代的本质呢?哪一种更切中当时的"当代性"呢?这既可以表明这个时代本身存在的复杂混乱的境况,也可以表明是观察者处于不同的立场、不同的视角看到的时代的不同面貌。前者着眼于时代的特征取决于主观性;后者表明这个时代的现实本身就是多样且矛盾的。

历史中的"当代性"究竟作何理解,不管是把它理解为某种精神性的显现(例如黑格尔或者现代主义美学),还是理解为主体自觉与同时代保持歧义性,并具有批判精神,"当代性"都包含了主客体的互动关系,"当代性"说到底是主体对置身于其中的时代建立起的一种叙事关系。阿甘本的阐释揭示出"当代性"这样的含义:"当代性"是作家诗人当前存在的一种意识,既意识到它的存在,同时又有能力超离它;不是深陷于"当代性",而是走出"当代性",在对未来面向的开掘中,逃离了当代性的命运。昌耀在1981年写下《慈航·记忆中的荒原》这样的诗句:

> 摘掉荆冠
> 他从荒原踏来,
> 重新领有自己的运命。
> 眺望旷野里
> 气象哨
> 雪白的柱顶
> 横卧着一支安详的箭镞……②

---

① 狄更斯:《双城记》,孙法理译,南京:译林出版社,1996年,第3页。
② 参见《昌耀诗集》,《慈航》首次发表于《西藏文学》1985年第8—9期合刊,昌耀注明该作品完稿于1981年6月。

昌耀在1980年代初期写下的诗句,一定是重新唤醒了他在五六十年代和70年代的记忆,他是那么沉重地被命运包围:幼年丧母,13岁去从军,18岁开始发表诗作,22岁被打成右派,颠沛流离于青海垦区。"文革"期间,伯父、父亲自杀亡故。从这样的诗句中读得出他和两个时代都是有着区隔的歧义,他身陷命运的困境,但不甘于命运摆布,"从荒原踏来",多年后,他用他的诗句"重新领有自己的运命"。就是在那样的时代,他也能在精神上逃离,他用他的文字区隔了时代对他的钳制,宁可迎接那等待他的箭镞,他会自豪地把那看成他命运的徽章。我们可以读出这样的"当代性"里浸含着沉甸甸的生命质量,他在历史中,他踏过历史的荆棘,把当代史装进他的命运。

三 文学中的"当代性"

尽管在社会现实意义上,"当代性"可以显现为政治的和文化的总体性,甚至我们可以归结出一个时代的文学风格,例如,盛唐气象、晚唐风韵、维多利亚时代、法国的古典主义时代等,但是,对于文学来说,具体到作家作品,实际上千变万化,同一时代,在不同的作家、诗人的笔下就会有不同的精神风貌、格调情愫。哪一种最能体现时代性或当代性,就只能视具体作品而言。严格地说,很难有哪一种表述是最被认可的、公认的、唯一的"时代性"(或当代性)恐怕很难成立,除非这个时代是极度集中、高度总体性或一体化的。叙事类文学作品通过人物形象来说话,具体到人物形象,各自体现的时代性(或当代性)则大异其趣。莱蒙托夫《当代英雄》中的毕巧林、屠格涅夫《罗亭》中的罗亭、托尔斯泰《复活》里的聂赫留朵夫,这些人物都以不同的方式,以自己的时代内涵表达了当时的俄罗斯的"当代性",抓住了那个时期历史不同的本质方面。同样的,在中国五六十年代,柳青的《创业史》、浩然的《艳阳天》、杨沫的《青春之歌》、王蒙的《组织部来了个年轻人》,至1980年代,卢新华的《伤痕》、刘心武的《班主任》、张洁的《爱是不能忘记的》、柯云路的《新星》、张承志的《北方的河》等,那个时代的总体性特征十分鲜明,故而一篇小说就能产生巨大的反响,这些作品以自己对时代的理解、对社会主义生活的理想性的探寻,写出了那个时期的"当代性"。1990年代,中国社会进入更为多元的时代,意识形态出现了分离状况,很难有一种思想能统合社会的共同愿望。于是,像贾平凹的《废都》书写的"性"(回归古典时代表征的当代的颓靡)、陈忠实的《白鹿原》表现出的文化记忆和历史创伤性经验(以及重写历史的愿望),可以在1990年代初获得最为普遍的反应,除此之外,没有那种强烈而深切的共同震撼。至于到了新世纪最初几年,文学的代际经验都表现出极大的差异,"80后"这代作家崭露头角,与其说他们是另类,不如说是当代文化/文学的内部分离所致,以至于不同代的作家(例如,60代、70代、80代)尽管生活于同一时代,却并不能完全共享一种文学观念,甚至认知方式和价值理念也不尽相同。历史发展到如此时刻,何为这个时代的"当代性",已经不能获得共同的经验和统一的认识。

我们通常谈论的"当代性"显然有不同的层级:

第一层级:即人们生活于其中的现实的当代性。这是原初的当代性问题,它具有客观的第一性的意义。不能说这种客观原初性具有本质化的存在样态,它也并非以黑格尔式的绝对精神存在于历史的总体性中。不过,它确实又具有客观的原初性,在某些时期构成了典型的特征,某些时期变得莫衷一是。但归根结蒂它还是会以无限多样的形态显现出时代的总体性特征,这也是一个时代区别于另一个时代的特点,如果我们不承认这样的特点的客观原初性,那就无法建立起任何关于时代差异的认识。例如,一个时代的生产力和生产关系、人们的生活方式、发生的历史大事件、政治与司法制度、占统治地位的意识形态、宗教信仰与活动等,所有这些都在表征一个时代的特征,它们在某种情势下会形成这个时代的总体性以及人们对这个总体性的认识。不管一个时代多么复杂或混乱甚至矛盾,它都可以体现出在总体上的当代性。比如,我们常说的古希腊时代、文艺复兴时代、工业革命时代、五四时期、社会主义革命时期,等等。

第二层级:指文学作品表现出的"当代性",这是主观认识的投射。文学作品如何反映时代,实际上已经经过作家主体认识的加工。我们迄今为止所能认识到的"当代性"都是文本化的,或者说是以语言的形式表现出来的。脱离了现有的语言、概念、范畴以及逻辑关系,我们无法理解"客观"事物,更不用说庞大而无限纷乱的"现实"。我们承认客观原初性的"当代性"有可能存在,但它只是构成我们理性认识的素材,或者说基础,至于我们认识到什么、给予它什么意义,则取决于主体的认识结果。就这一意义来说,文学中的"当代性"当然是作家表现出的对时代的认识。其主体性或主观性的特征十分明显,但如何理解这种主客体的关系,即使是主观性的认识,而且不同的作家对一个时代的表达会有本质性的区别,这又让我们如何去理解"当代性"的历史客观性或客观的原初性呢?

就理论的归纳而言,我们要看到"当代性"的理论内涵至少有以下几个方面的问题需要提出来说明。

其一,当代性的主体意识问题。我们评价文学艺术作品是否具有当代性,无疑是指这部作品是否反映了当代的社会问题和矛盾冲突,集中于其内,它是作家艺术家主体意识到的时代精神以及历史的深刻性。正如马克思在1859年《致斐迪南·拉萨尔》的信里指出的那样,拉萨尔所构想的冲突不仅是悲剧性的,"而且是使1848—1849年的革命政党必然灭亡的悲剧性的冲突"①。因此马克思完全赞成把这个冲突当作一部现代悲剧的中心点。这表明拉萨尔试图回应当时的现实问题,也是革命政党的紧迫问题,但是显然并没有真正做到。马克思认为,拉萨尔应该能够"在更高得多的程度上用最朴素的形式恰恰把最现代的

---

① 参见中国作家协会、中央编译局编《马克思、恩格斯、列宁、斯大林论文艺》,北京:作家出版社,2010年,第106页。

思想表现出来"①,这就是要求拉萨尔能够意识到历史的深度,并且以更加莎士比亚化的形式表现出来。仅仅是马克思回信29天后(1959年5月18日),恩格斯给拉萨尔也回复了一封信,表示同意拉萨尔自己提出的戏剧艺术的要求,即"较大的思想深度和自觉的历史内容,同莎士比亚剧作的情节的生动性和丰富性的完美融合",恩格斯认为,"这种融合正是戏剧的未来"。②问题的难度正在于,历史已然过去,现实存在于那里,人们身处不同的现实境遇,根据各自的利益——按照恩格斯的看法,他们(当然也包括作家和艺术家)"是一定的阶级和倾向的代表,因而也是他们时代的一定思想的代表,他们的动机不是来自琐碎的个人欲望,而正是来自他们所处的历史潮流"③。

因而,我们评价一部作品的"当代性"是否鲜明或具有深刻性,实则是在讨论作者是否能够意识到历史的深度,是否以恰当完满的艺术形式表现出历史深刻性。不管是关于历史的叙事还是现实的表现,都是身处当下的人所意识到的问题,在这一意义上,如克罗齐所言,所有的历史都是当代史。它必然是当代人所讲述的历史、所意识到的历史的本质方面。然而,人们身处当代,此一时彼一时,如何能意识到历史深度?在什么时间规定性中意识到历史深度,实在是一个难题。当代性具有时间的规定性,因而它又具有相对性。比如《太阳照在桑干河上》《暴风骤雨》这类作品,在当时无疑是最具有"当代性"的作品,它们都表现了中国的共产革命中的土改问题,而《创业史》表现了土改之后的问题。按《创业史》要回答的问题,农民分到土地后,中国乡村将面临重新致富和贫富分化的局面,土改打倒了地主阶级,而仅仅过去数年,又会出现新的地主、富农。《创业史》正是在处理这一难题,它表现

---

① 参见中国作家协会、中央编译局编《马克思、恩格斯、列宁、斯大林论文艺》,北京:作家出版社,2010年,第106页。

② 同上书,第112页。

③ 同上书,第112页。

了党在这一时期提出的方向,将农民组织起来,一起走社会主义合作化道路。但是,经历二十多年的历史实践,这一方向出现了严重的问题,其结果是中国农村一起贫困化,消灭富人的结果就是大家一起贫困,这是任何期望过好日子的人都难以接受的现实,显然不能说是一个美好的社会图景、一个人人向往的未来社会。二十多年后,中国重新将土地分给农民,允许私人拥有财产,并且允许一部分先富起来。那么,如何理解那些为政治的需要书写的作品呢？如何理解作品里表现出的"当代性"或时代的意识形态呢？

很显然,中国当代文学的"当代性"在很大程度上受意识形态支配,不用说五六十年代,"文革"后1980年代的"伤痕文学"在当时也是站在"拨乱反正"的前列,与其说这体现了作家对时代的敏感表现出的思想深刻性,不如说是对意识形态领会的即时性的成果。卢新华的《伤痕》、蒋子龙的《乔厂长上任记》、古华的《芙蓉镇》、鲁彦周的《天云山传奇》、张贤亮的《绿化树》、张承志的《北方的河》,固然都反映了时代的某些要求,但在多大程度上意识到了历史深度,则很难说。在意识形态高度集中的时代,作家并没有多少能力和自觉意识揭示"历史的深度",只有总体性的意识形态可以提供时代愿望,建构起时代想象关系。故而那些看来是作家个人敏感性表现的时代意识,实则是对意识形态回应的结果。在这种历史情境中,"当代性"或者已经被意识形态总体性所规定或遮蔽了。于是往往会发生这种情况,时过境迁,意识形态烟消云散之后,曾经风行一时的作品可能会变得肤浅而概念化。

相比较而言,"文革"后的"朦胧诗"对那个时代的表达就更持久地显示出其"当代性"的意义。在当时被称为"看不懂"或倾向有问题的诗作,却为青年人传颂一时,它们更加真实地抓住了时代情绪,表达了时代的呼声,开辟了面向未来的精神向度。新的诗风也代表了时代"新的美学原则在崛起"。

这需要我们去进一步探讨"当代性"的时间性问题。

其二,当代性的时间性问题。"当代性"在通常的意义上,当然是对当下的深刻意识,那些深刻反映了当下的社会现实的作品,更具有"当代性",这一点不难理解。就整体上来看,那些深刻有力的作品,总是抓住了当时的历史本质。不管是19世纪的批判现实主义的作品,狄更斯、巴尔扎克、司汤达、托尔斯泰等,还是中国的"鲁郭茅巴老曹"无不如此。但是,也有一部分作品体现出更长时效的"当代性",可能具有一种"非当下性"特点,这显然是矛盾的。也就是说,它未必是迎合当时的潮流,或者并不在意识形态的总体性圈定的范围内。因为其"前瞻性""前沿性",它并不属于当下性的时间范畴;或者相反,它的"落后性"使之无法与当下合拍。但是,随着时间的推移,它显现出一种坚实的当代性。例如,列宁说托尔斯泰是俄国革命的镜子,他写道:"作为俄国千百万农民在俄国资产阶级革命快要到来的时候的思想和情绪的表现者,托尔斯泰是伟大的。托尔斯泰富于独创性,因为他的全部观点,总的说来,恰恰表现了我国革命是农民资产阶级革命的特点。从这个角度来看,托尔斯泰观点中的矛盾,的确是一面反映农民在我国革命中的历史活动所处的矛盾条件的镜子。"[①]托尔斯泰的世界观具有保守性,鼓吹基督教的不抵抗主义,骨子里无疑是反对激进革命的。他显然不是立足于当下,前瞻性地去理解俄国的革命与未来的方向,而是保守性地看到俄罗斯农民所处的历史地位,他们受压迫和剥削的悲惨境遇,这种表现本身就为俄国革命的必然爆发提供了社会依据。

然而,我们毕竟要看到这一问题,"当代性"是一个有关现代性的紧迫感的问题,也就是说只有在"现代性"的激进方案里才会提出"当代性"的问题,也才会要求文学艺术具有"当代性"。列宁是在激进革命的叙事逻辑中来解释托尔斯泰的作品的时代性意义,也就是说,文学作品只有面向未来革命的意义才有价值。或者说,最高的价值从当代性与未来建立的联系产生出来。由此也不难理解,社会主义革命文学

[①] 参见中国作家协会、中央编译局编《马克思、恩格斯、列宁、斯大林论文艺》,北京:作家出版社,2010年,第192页。

尤其强调"当代性",强调意识到的历史深度,这一"深度"指向历史发展的必然逻辑,它离黑格尔的"绝对精神"并不远。中国五六十年代的那些作品——《创业史》《野火春风斗古城》《林海雪原》《艳阳天》《金光大道》等,都是在激进革命逻辑中来体现时代意识。1980年代中国的文学也依然如此,只有到了1980年代后期,"先锋小说"的时间意识才出现了问题,它们主要表现年代不明的历史故事,与其说它们没有未来性,毋宁说那些作品只是面对过去的死亡问题。但是,它们在小说艺术创新方面却是无与伦比的,同时,它们以历史的颓败与审美的颓靡,表达了一种历史的存在境遇,也不能说它们没有当代性,我们甚至能从中感受到一种更加深邃的奥秘的当代性。有如本雅明所说的那种"历史寓言"的形式,深切地表达了这一代人的现实体验。

在着眼于个体生存论的时间结构中,"当代性"的时间内涵也是统合了过去与未来的双重逻辑,这就是生与死的整全关系。海德格尔在《存在与时间》里说:"此在的本己存在就把自己组建为途程,而它便是以这种方式伸展自己。在此在的存在中已经有着与出生和死相关的'之间'。"[①]因为人类的存在本质或不可超越的规定性就是"向死而生",此在总是包含对过去的出生吸纳和向未来的规划,如果有对存在的领会的话,那一定是统合了过去与将来性的。海德格尔说:"就像当前在时间性到时的统一性中发源于将来与曾在状态一样,某种当前的境域也与将来和曾在状态的境域同样源始地到时,只要此在到时,也就有一个世界存在。"[②]如此,也可以引申理解为当代性如何能在此之时把过去与未来统合于自身而获得坚实性。

其三,当代性的境遇意识问题。固然当代性是一个现代性激进化方案里的叙事,但如果把这个问题不仅仅看成一个中国文学独有的现

---

① 马丁·海德格尔:《存在与时间》,陈嘉映、王庆节译,北京:三联书店,1987年,第441页。

② 同上书,第431页。

象,也不只是看成在激进革命逻辑中加以阐释的美学问题,那么,就有必要从时间的复杂结构中去理解。它不一定只是关于未来面向的当下意识,也有可能是一种对历史发展至今的生存论意义上的体验。它可以更为具体地表述为一种"境遇意识",这种境遇意识在时间向度上可以是面向未来,也可以是回溯过去,而当下仿佛是一个时间陷落的境遇,它是消弭了时间的当下场域。显然,关于未来面向的当代性比较好理解,这种当代性是显性的当代性,社会主义革命文学的经验最充分地体现了这种当代性。尽管我们会认为在美学的意义上,它尚欠精致和高妙,但它的粗陋与简单、质朴与豪迈,体现了强大的历史理性抱负,表达了解放的民族和人民对未来的无限期盼,向着未来的乌托邦进发是它超越现实的唯一道路。这种乌托邦美学是召唤式的,它的当代意识恰恰是超越当代,当代只是一个过渡,当代必然向着未来进发。如果从"现代性"的角度来看,如果说我们生活于现代性的时代,不可避免会在现代性的方案规划之内,那么我们对中国五六十年代的文学经验就会给予更多的理解,对它的必然性和肯定性的意义也会有更深的体认。

当然,"当代性"最难处理的问题,还是回溯历史的作品,这些作品经常表达出的是历史颓败的意味,苏童不少作品就有此特点。八九十年代之交,苏童有数篇作品重述历史,甚至去写古旧的历史。例如《罂粟之家》重写土改的故事,他把地主阶级的生命欲望困境与他们遭遇到的历史命运连接在一起,地主阶级的生殖与传宗接代发生错乱,地主阶级的最后一个后代刘沉草是妓女翠花花与长工沉茂偷情的产物,已经不是纯粹的地主阶级的血缘后代,这种偷换如同命运安排作弄,又是自作自受的圈套。刘沉草却是接受了现代启蒙教育的新一代地主,他正在着手乡村土地租赁的改革,也试图重建乡村的生产关系,这一切仿佛都有可能为地主阶级在中国乡村的现代转型提供新的途径。但是,激进革命到来了,农村的权力转换到卢方这样的革命者手中,同时也落到了沉茂这样的乡村无赖手中。刘沉草最后亲手击毙了他的血缘之父沉茂——这是不相容的阶级冲突,他也未躲过被同学卢方亲手击毙的命运。这不是刘沉草个人的命运,这是中国地主阶级,或者再往大里说,是中国农业文明进入现代所遭遇到的激进革命的挑战,是它不可逃脱的历史境遇。在八九十年代之交,苏童重新讲述这段历史,是对历史的回应,也是对百年中国现代史的反思。它显然与过去红色经典关于土改的革命叙事有所不同,在被遮蔽的历史领地,它另辟蹊径,顽强地走出自己的路径,表现出更深切的反思性。正因为此,这部作品在八九十年代之交发表,颇有震惊效果,它也开启了重写历史的小说维度。随后的不少作品,如陈忠实的《白鹿原》、阿来的《尘埃落定》等,都是在反省20世纪的激进现代性,传统农业乃至于农奴社会遭遇现代社会时的命运,它们顷刻土崩瓦解,留下的是无望的哀愁。

《白鹿原》某种意义上是1990年代中国文学最重要的作品,它何以会获得如此高的评价?我们固然可以从它集现实主义之大成、对历史与乡土中国反思之深入、对西北传统文化与民众风情的表现之真切等方面来把握,但它的磅礴大气、它令人扼腕而叹的格调、它的那些栩栩如生的人物等,所有这些其实都与中国传统农业社会进入现代时遭遇到的困境相关,它最为深刻地书写了中国农业社会最后衰败的命运,它并不偏执于某一种立场,而是最为朴实因而也是最真实地写出了中国农业文明最后的、也是它在现实之初的境遇,这才是最为令人震惊之处,因此它是一部"大历史"之书,是历史自己的作品。在1990年代之初,《白鹿原》仅就它进入人们的意识深处及其所激起的反响而言,就是具有"当代性"的作品。固然,《白鹿原》未必是明确反思历史的作品,也未见得有多强烈的批判意识,它在某种意义上还带着"寻根"的遗风流韵,因为偏居于西北一隅,陈忠实与文学主流有一些距离,这使他在跟上主流文学的变化节奏时往往慢了半拍。1980年代中后期文学界的热点是"寻根",贾平凹因为搭上"寻根"的末班车而迅速蜚声文坛,这无疑激励了陈忠实。他对"寻根"是在行的,他就生长于那片土地上,他的故乡灞桥区地处陕西关中盆地中部,境内还遗存有隋代的古灞桥遗迹,更久远的文化则有仰韶文化的半坡遗址、龙山文化的米家崖遗址和隋汉灞河古渡遗址以及白鹿塬等,陈忠实在1980年代中后期就着手构思和写作《白鹿原》,据说是在1988年清明时开始写草稿。这些或许都可表明他与寻根的错后联系,但是,陈忠实没有寻根的那种观念性和目的论,他带着对乡村文明的所有记忆,以他朴实深厚的乡村感情,对农业文明在20世纪遭遇的历史变故展开书写,唯其朴实厚道,使他既没有偏执地用传统文化替代激进革命,也没有赋予激进革命无可置疑的优先权。正是按照最为朴实的乡土记忆与经验来书写,他给予20世纪上半叶的中国乡村历史以本色的存在,历史的单纯与复杂、明晰与矛盾自然而然地呈现出来。陈忠实或许信赖传统文化,朱先生的形象就有原型,即关中大儒牛兆濂,陈忠实试图以朱先生的形象来表现传统文化的深厚底蕴、传统文人在战争动乱时代的坚持和正气凛然的品格。但是事实上,朱先生的形象并未达到应有效果,他的"神机妙算"既属偶然,又略带玄虚。陈忠实有意将其戏谑化,充其量也只是民间的狡黠与经验。对于打小从父亲那里听来的故事,陈忠实本来就半信半疑,他是一个忠于事实的人,既想用这个人物来支撑文化,但又没有把握,根本在于他也未必真的相信传统文化能在传统向现代转变时期,保持住民族的根基。朱先生的足智多谋并未显露出来,不管是在战乱中,还是在乡村的实际事务中,都没有发挥任何实质性的作用。更重要的在于白嘉轩这个乡村宗法制社会的正面领导者,他的身上体现了诸多理想性的价值内涵,然而,他也没有能力挽救乡村在现代到来时的溃败。面对军阀与日本侵略者再加上土匪给乡村带来的灾难,下一代白孝文、白孝武、鹿兆海、鹿兆鹏各自寻求政治道路,决定乡村命运的是现代民族国家的政治冲突(战争),是现代政党政治对乡村中国的全面渗透和改变,白嘉轩只能是一个被历史大变动抛到一边的老去的人物,他既不能把握现实,更没有能力面对未来,乡村自然的传统文化根本不可能指引乡村走向20世纪的大历史。陈忠实是以现实主义的忠实笔法来描写历史,来给予历史最为本色本真的回答。正是以现实主义的客观态度,陈忠实写出了中国乡村及其代表人物的历史境遇,这就是进入现代的20世纪后中国乡村遭遇巨变陷入的困境,它无望地被历史拖着走的命运。《白鹿原》正是写出了中国农业文明最后的境遇,这是今天对历史的深刻体认,看到了它无可逃脱的命运,讲述话语的年代与话语讲述的年代重合在一起,这就体会到各自的境遇,当下之震惊油然而生。

其四,当代性的美学问题。一部文学作品具有当代性,显然不只是作品的内容体现/表达了当代性,作品的表现方式、表现形式也必然具有当代性。反过来说,作品能充分且有力地体现出当代性,必然也是一个美学问题。只有那些站得很高,并把意识到的历史内容"用最朴素的形式"或者"莎士比亚化的手法"表现出来的作品,能完美地与内容结合一体,这才有可能充分地表现出"当代性",这就是说,艺术形象的当代性本身包含着审美的要素。这就需要我们进一步去探讨:文学作品的艺术表现方法和形式,或者说美学的风格、总体的气韵格调等等,是否也具有"当代性"?这里至少有两个层面的问题,第一个层面是作家意识到的历史深度(当代性),需要用完美或恰当的形式体现出来,以实现"当代性"。作家思想再深刻,再有能力抓住当代紧迫的问题,如果没有高超的艺术手法,其创作也显然表达不出当代性。正如前面所引述的马克思、恩格斯的观点,这一层面好理解。另一个层面是艺术形式的当代性问题,这牵涉到艺术形式是否有独立性的问题。我们究竟通过什么媒介,能与古典的作家或外国的作家产生共鸣,能理解另一个时代、另一个民族的文学作品的内容,并且能体验到那是伟大的作品?也就是阿甘本提出的何为同时性或同代人的问题,此问题也同样适宜于追问审美上的同时性。我们是否能与不同文化、语言的外国作家成为同时代人?除了思想内容、文化的普遍性、人性及人类心灵的相通等方面外,对优秀文学艺术作品的感受经验积淀并形成审美理念,故而对文学艺术作品的优美产生强烈的共鸣。特别是对那些有创新性特质的作品,敏锐的读者和批评家都能体会到其强大的挑战性。美学上的挑战性就如思想上的批判性一样,都处在艺术的前沿阵地,具有促使过去向未来开启的意义,其审美意识的当代性显示出感染力。

八九十年代之交的先锋派小说家,如苏童、余华、格非、孙甘露、北村等人,大多讲述年代不明的历史故事,他们的形式主义策略显然也是出于对现实规避而作的选择,他们尤其乐于去寻求那种超离现实的幻想、叙述方法的繁复演绎、语言的细腻精微的感觉以及抒情语式透示出的韵致,这些艺术上或者说美学上的意义在于把过去由现实主义正统规范的小说叙事,导向艺术的表现形式,导向汉语的更加丰富的表现力。1980年代中国文学急切地寻求变革,追逐西方的现代派,文学共同体不再愿意忍受中国文学的单一模式,创新就是要突破旧有樊篱。在小说的语言和叙事方法方面,先锋小说回到形式本身,形式革命就使得小说具有了新的存在样态和根基,百年中国文学发展至今,终于有能力凭借一己形式获得存在的正当性和充足性,这就是美学的当代性。这样的小说形式美学具有当代的合理性。

很显然,那些在艺术上陈旧的作品很难具有当代性,尽管它们可能表现了当下的生活现实,甚至还可能提出了关于当前的很尖锐的问题,但未必有当代性,因为陈旧的形式方法并不能把意识到的历史深度表现出来。对于文学艺术来说,能揭示出历史深度的作品,一定是找到了最为恰切的艺术表现形式、同时也最有创新的能量的作品。《白鹿原》在小说艺术形式方面虽然革新不足,但它是现实主义小说艺术的集大成者,它有丰富性、充足性,它刻画人物和描写生活的精细与准确是无与伦比的,而结构的恢宏和故事的曲折,都使它大大超出以往现实主义的小说,它几乎以其完美宣告了现实主义小说的终结。就此而言,它也算是完成了审美的当代性。1980年代中期,莫言的《红高粱》对乡土中国以及革命历史的表现都显示出崭新的风格,这得益于它的叙述方法和语言风格及对马尔克斯和福克纳的借鉴。它的神奇和狂放,又紧紧抓住1980年代中后期中国人的集体无意识,那就是个人主义以民族意识的混合形式宣泄出来,它的非法性与正当性都显得似是而非,表明了它需要激越放任的形式才能表现出来。电影《红高粱》的插曲《妹妹你大胆地往前走》与崔健的"新长征路上的摇滚"《一无所有》,相互呼应、相互诠释,表达了共同的时代情绪。不只是其中的内容,更重要的是其形式美学的巨大的冲击力——形式就是当代性。

然而,十多年后,阿来带着他的《尘埃落定》四处寻求出版社,直至2000年才得到出版机会,随后爆得大名,十年间《尘埃落定》的销量超过150万册。如果要论小说艺术的革新挑战,它已经没有了先锋派当年的冲击力;如果要说小说对一种文明消逝的描写,在重写西藏地区进入现代的历史这一点上,它也并不新颖。但是,阿来在小说艺术上有一个十分重要的贡献——既保持了先锋小说的叙述语言,又完全吸收了现实主义小说的故事与人物塑造的笔法,这种融合和协调,正是2000年中国小说迫切需要作出的艺术探索。它恰逢其时,在先锋文学已经全部撤退之后,《尘埃落定》更具包容性地重新出场,又具有了崭新的意义——也就是说,它在美学上恰恰最具有当代性。

要把文学中的"当代性"说得全面透彻,显然不是这几个方面概括得了的。以上触及的当代性的几个特征,也是相互关联、互为表里的。文学艺术作品最难区分的就是内容形式,严格地说,只是出于理解的需要对它们作出区别,脱离了内容的形式不能存在,脱离了形式的内容也不能成立。"当代性"是文学艺术作品整体表现出来的一种精神蕴涵,它是在时间与空间、主体与客体之间建构起来的认识关系。

四 几点总结和遗留的问题

我们在这里讨论文学的"当代性",并非是说文学必须要有当代性,也并不认为所有当代写作的文学作品,其最高标准是"当代性"。当代性只是我们理解文学的一种方式,只是在把握文学与时代的关系时所作的一种表述。有些非常优秀的作品,未必就有非常鲜明的当代性;特别是那些古典作品,已经脱离了它所处的时代,在它的那个时代,它或许具有当代性,也可能没有被人认识到,也可能被埋没了,后世发现了其价值。这些发现可能是纯粹艺术形式方面的,或者是其他的认识方面的。有不少非常优秀的作品,我们对它们的阅读和讨论也不一定要用到"当代性"这个概念。我们只是在这个视域中,强调当代文学艺术作品的一个基本特征而已。"当代性"的内涵无法本质化,试图给出定义也显得十分困难,故而我们有必要对前此的论述再作明确的归结:

其一,当代性是现代性论域中出现的问题。何谓当代?为什么会产生关于"当代"的论说?这都是现代性对自身的反思和超越的行为。

其二,当代性在现代性激进化的历史进程中被凸显出来,因为时间的紧迫感,因为要建构"当前"在政治与审美方面的合法性,故而"当代性"会成为一个有"价值"的论域。例如,在中国20世纪的现代性进程中,"当前""当代""当下"等时间性的范畴起到了极重要的作用。从来没有超越"当前"紧急历史境遇中的普遍性和超越性的价值,即使有,也是立足于当下实践构想出来的。

其三,"当代性"成为一个论题,这本身表明"当代"是一个矛盾聚焦的时间场域,也表明它的承压和要求超越的动力。因而"当代性"是一种文化的境遇意识——它总是明白自己身处特定的境遇中,在时间无穷无尽的流逝中,它陷于此刻此地,被命运包围,被无数的事件裹胁。

其四,当代性是主体意识到的历史深度,确实包含了一种主客体的关系,但是,归根结蒂,它是主体建构起来的一组叙事关系。

其五,当代性有不同的表现形式,同一时代在不同的作品中具有不同的当代性;在不同的文学史叙事中,当代性的意义并不相同。当代性具有不同的时效性,曾经被认为具有深刻的当代性的某些作品,时过境迁可能会被认为是应景之作,而另一些被认为世界观落后的作品,却可能体现了那时的当代性。

其六,在今天中国的文学创作实践中,强调"当代性"无疑是有积极意义的。在我们如此倡导文学与现实、与时代的关系的时候,强调"当代性"是要以更为真实的态度,以面对现实的勇气去写出当代中国的复杂性,去触及历史深度,去揭示中国民族的当代境遇。很显然,当今中国文学不只是表现出中国民族的生存境遇,而且也以它自身的矛盾性显现出一种文化的历史境遇,尤其它以语言形式传承的传统性,它经受着的世界文学的挑战,它承受着的当下汇集的矛盾和压力,中国文学在今天何去何从,它想怎么做,它能做什么——所有这些,都表明了它处于一种历史境遇中,它只有意识到这个境遇,深刻领悟了现实的命运和未来的召唤,才能走出自己的道路;道路从境遇中生长,在当下艰难开掘,向未来坚韧延展,中国文学因此才有力量,才能超越"当代性"。

多年前,昌耀在诗里写道:

> 没有墓冢,
> 鹰的天空
> 交织着钻石多棱的射线,
> 直到那时,他才看到你从仙山驰来。
> 奔马的四蹄陡然在路边站定。
> 花蕊一齐摆动,为你
> 摇响了五月的铃铎。

这首题为《邂逅》的诗,读后不只是让人感奋,而是使我们意识到一种命定的机缘,文学邂逅"当代性",不也是一种意外之喜吗?用诗人欧阳江河的话来说,有一种"侥幸之美"。但是,不管怎么说,对于今天的文学来说,对于身处于一种历史之中的中国文学来说,它能与当代性相遇就是说它们共同处于一种境遇之中。它能体验到"当代性"的唯一法则就是超越它、穿过它,如同穿过"墓冢"。昌耀穿过的历史曾经何其沉重,但他还是忽略了"墓冢",他跨过那么多命运的障碍,还是向往着如鹰、如奔马的人生,只有向前,向着五月的未来进发。这与其说是昌耀的誓言,不如说是中国当代文学的心灵渴望,是它的当代精神的证词。

(2017 年 4 月 28 日写于北大朗润园)

第二章　世界性、浪漫主义与中国小说的道路

全部中国文学发展至今，是更加具有世界性，还是更执着地走中国的道路？这样的提问，似乎可以用"越是民族的，就是越是世界的"这种命题回答。实际上，且不说这种回答还是"民族的"自我论断，重要的是，它还是没有具体回答"民族的"将是"世界的"什么？世界的一部分吗？是世界的补充，还是世界的核心价值的体现？此一追问，则是揭示"世界性"问题隐藏的奥秘。"世界性"提问的要点及难点，正在于"世界性"是被作为一种具有普遍性的而又是"最高的"艺术价值体现来理解的。此种理解的前提在于，西方价值一直是被当作现代规范性的价值来表述的，是其他文化进入现代应该学习和追求的范本。对于中国来说，历经了一百多年学习西方，在文化上，与西方可以说是接近与重合的方面愈来愈多，但总有那些文化最为根深蒂固的方面，始终难以达成完全的契合。例如，文学方面，进入21世纪，随着更深地卷入全球化过程，中国的城市生活与西方发达国家越来越接近，但文学上却是另一番景象。尤其是走向成熟的作家，近些年的写作，却是在乡土叙事方面有长足的进步——这几乎与中国卷入全球化的现实背道而驰。实际的情形是，近些年在乡土叙事方面的作品，已经显露出中国小说气象万千的格局。更加成熟的乡土叙事向着作家个人风格和小说艺术之炉火纯青的境界行进。

在"全球化"这个华丽布景的参照下,中国当代文学呈现出完全不同的"土得掉渣"的样子,然而却又因此真正有了自己的形状、气质和格调。这就需要我们去思考,是什么原因导致中国当代文学难以(甚至不愿)进入"世界性"的经验。在世界经济一体化的时代,中国文学并不理会这种世界性,它将要以何种方式重构自身的全球化/世界性经验?

在文化上和美学上,中国文学是在世界之外吗?这一追问显得过于极端,但我们还是不得不思考这样的问题:中国文学似乎总是与世界现代文学有区分,它似乎有着区隔于世界文学的另一侧面,以它的方式默默走着自己的路。这样的道路既受到西方文学的深刻影响,却又并不如出一辙,相反还渐行渐远,它们会殊途同归吗?也许在它们相距最远的那一刹,我们才能感受到/想象到它们在精神上的相通(即民族性与世界性的重合)。但这样的时刻显然还没有到来,我们还要去理解它们的差异,其中值得去探讨的问题在于:"世界性"的文学进入现代以来,是否有共同的或不同的文化根基?例如,本章关注"浪漫主义"文化在现代的兴起这一问题,在把浪漫主义看成现代文学艺术的文化基础这一理论视野中,我们看到西方现代以来的文学与中国现代以来的文学所走的不同的道路。如果有不同的文化根基,是否意味着世界性的普适性很长时期不可能建构起来,秉持普适性的世界性美学标准是否不公正?那么,如何去达成具有未来面向的文学世界性美学标准呢?当然,这里严格限定于美学价值,因为在人类普遍关怀的价值方面,我们无疑会找到更多的认同。在文学与审美经验方面,我们却又不得不去思考,可能随着社会化的世界性经验的积累,美学方面的建构会显得更加复杂微妙,其基本规则很可能是:通过体现民族本位的充分性,才能拓展世界性的边界,因而才有真实的抵达。本章试图去揭示世界性不同的文化根基,认识不同文化中的文学形成差异的历史依据;从而在差异和区分中,看清他们当下的道路和未来共同建构世界性的方向。

一　文学的世界性意义是否可能？

这样的追问是去清理中国当代文学的现代发生源流，如果不从根本上去清理，我们就不能真正理清中国文学的世界性问题。

当然，我们首先会发问：何谓世界性？何谓文学的世界性？是否有一种世界性？为什么最后一问才问"有"或"没有"？因为有或没有并不能首先发问，它只能是在给予的条件下去提问、去寻求，有或没有并不是一个本体论的、实存的存在，而是取决于怎么样的"世界性"。世界性如果存在，那也只是这样的世界性存在；那样的世界性不存在，那也只是那样的世界性不存在。

我们只能讨论这样的世界性，仅仅是"这样的"世界性。这就是在后现代的时代，我们还要讨论"世界性"，还可能讨论世界性的前提。"这样的"的世界性是怎么样的世界性呢？我们首先面临哲学上的一般认识论的问题，即它是普适性的，还是多样性的包容？即只有一种标准化的世界性，还是以民族特性为本位的多样化的世界性？前者当然也不是一个封闭的、单一的、僵化的世界性，它也具有在哲学的、美学的意义与价值的不同层面可延展的多样化，如果在这一层面，当然不难理解，因为诸如对人性的复杂性和多样性的揭示，可以抵达这种世界性，世界性实际上是一种更高级、更复杂、更深邃或更深远的意义而已。通过阐释和比较，这种意义无所谓其所表现的生活和人物，例如，完全可以论证鲁迅、茅盾、巴金的作品具有世界性的主题和思想意义。但难题显然是在一种艺术水准——也就是艺术表现方式所达到的艺术高度是否具有世界性。世界性与其说是一种意义问题，不如说是一种高度问题。这一直就是讨论中被混淆而且始终无法厘清的问题。

关于中国文学的"世界性"的问题，比较文学界曾经有过热烈的讨论，这主要是从影响的语境来阐明中国现代文学中的世界性因素。中国比较文学界要在世界文学的框架中讨论中外文学的关系，势必要关注到中国文学以何种方式、在何种程度上与世界文学发生关系。2000年,北京大学比较文学研究所发起了"关于中国文学中的世界性因素"研讨会,还因此出版了研究专号,其中最有影响的文章当推陈思和的长文《20世纪中外文学关系研究中的"世界性因素"的几点思考》,可以看作当代中国对中国文学的世界性因素论述最为全面透彻的文章。在这篇文章中,陈思和解释"世界性因素"说:

> "世界性因素"是我针对20世纪中外文学关系研究提出的理论设想之一。这个语词也包括了两种研究的视角:一是因为中国在20世纪被纳入世界格局,它的发展不能不受到世界性思潮的影响,在文学领域,世界文学思潮也同样成为中国的外部世界而不断刺激、影响中国文学的发展进程,形成了"世界/中国"(也即"影响者/接受者")的二元对立的文化结构;二是既然中国文学的发展已经被纳入世界格局,那它与世界的关系就不可能完全是被动接受,它已经成为世界体系的一个单元。在其自身的运动(其中也包含了世界的影响)中形成某些特有的审美意识,不管与外来文化的影响是否有直接关系,都是以自身的独特面貌加入世界文学行列,并丰富了世界文学的内容。在后一种研究视角里,世界/中国的二元对立结构不再重要,中国与其他国家的文学在对等的地位上共同建构起"世界"文学的复杂模式。本文所偏重讨论的,即是后一种研究视角下的"世界性因素"。[①]

陈思和这篇文章重在从比较文学角度来审视中外文学关系中的世界性因素,他强调说:"何谓'世界性因素',我觉得在考察20世纪中国文学现象时很难区别什么具有'世界性',什么不具有'世界性',因此本课题研究的'世界性'不反映对象的品质,只反映讨论方法的视野。"[②]陈

[①] 参见《中国比较文学》2001年第1期,第16页。

[②] 同上书,第16—17页。

思和这篇文章提出了关注中国文学世界性的重要性,但他重在讨论发现这种世界性因素的研究方法。后来在《中国现当代文学名篇十五讲》中,陈思和又以"探索世界性因素的典范之作:《十四行诗》"为专章,论述冯至的十四行诗中的世界性因素。他这样定义文学中的"世界性因素":

> 它是指20世纪以来中国与世界交往与沟通的过程中,中国作家与世界各国的作家共同面对了世界上的一切问题与现象,他们站在各自不同的立场上对相似的世界现象表达自己的看法,由此构成一系列的世界性的平等对话。世界性因素的主题可能来自于西方的影响,也可能是各个国家的知识分子在完全没有交流的状况下面对同一类型现象所进行的思想和写作,但关键在于它并非是指一般的接受外来影响,而是指作家如何在一种世界性的生存环境下思考和表达,并且如何构成与世界的对话。一部中国现代汉语诗歌运动的历史,可以说是在一系列世界性因素的主题观照下发展起来的,而冯至的诗歌创作尤其是突出例子。①

陈思和致力于通过一个诗人的具体创作来把握世界性因素,这是值得肯定的思考方向。他揭示出一种可能产生世界性因素的情境,它由影响、对话、各自的思考与写作以及对世界性因素的主题观照等构成。很显然,陈思和并未从文学作品本身的美学品质来论述世界性因素,世界性因素在这里主要还是一种世界空间里的不同民族、不同语言的文学交流与影响的语境。陈思和转向具体讨论冯至的诗歌创作时,主要是发掘冯至在受到里尔克的影响后诗歌创作发生的变化。这确实可以呈现出中国现代诗歌创作与世界诗歌交流的语境,但冯至的诗就此具有了世界性因素,还是一个有待分析的论域。陈思和分析说,冯至成功地

---

① 陈思和:《中国现当代文学名篇十五讲》,北京:北京大学出版社,2004年,第196—197页。

把里尔克的创作经验置于中国抗战的背景之下,把十四行诗的形式与里尔克式的沉思真正地中国化了,"显现了中国诗人在国际化的语境里与世界级大师对话的自觉"。

从理论上来说,诗人或作家在创作中受到"世界级大师"的影响,甚至写作本身就是与世界性大师对话,他的作品理应具有世界性的内涵品质。但文学创作实际上又深受诗人作家个人性格心理及经验的影响,同时还有时代的、民族的迫切要求的影响,那些与世界级大师对话的写作,转化为具体的作品,能保留多少世界性的因素,则还是一个疑问。问题的关键及难点,并不在于承认中国作家诗人的创作受到西方世界性大师的影响,而是在于中国的文学作品表现出来的思想内涵和审美价值是否具有世界性。简言之,这是一个关于伟大作品的世界性问题。很显然,陈思和"研究的'世界性'不反映对象的品质,只反映讨论方法的视野",还是遗留下最困难的问题,现在人们聚焦的问题也在于,中国文学到底有什么样的世界性的文学品质?中国文学得不到世界/西方的承认,关键也在于"文学品质",什么样的文学品质才是世界性的?比如,托尔斯泰、陀思妥耶夫斯基是世界性的,茨维塔耶娃、帕斯捷尔纳克是世界性的,卡夫卡、海明威是世界性的,鲁迅是世界性的,甚至巴金、曹禺可能也是世界性的,冯至要与里尔克建立内在联系,才可能是世界性的。那么王蒙、莫言、贾平凹、铁凝、刘震云、阎连科呢?就不好说了,我们的底气就完全不足了。这是因为他们作品所表达的主题、所揭示的历史命运,还是因为作品的艺术品质?其实很含混。

显然,这样给出的命题本身就有些不公正,甚至荒谬。难道中国的大师不是世界性的?世界性难道不是由各民族经验的多元性特征构成?离开了各民族的异质性的经验,仅仅表达普适性的世界性经验,就真的是世界性吗?

我这样的提问本身是对"世界性"这一概念的质疑,也是对它的颠覆。按照我的这一提问,普适性的世界性并没有优先权,甚至它也只是凭借某种话语权力而建构起来的一种优先价值。显然,"这样的世界性"是在西方现代性的影响和支配下建构起来的。因为只有现代性可以创建"普适性"价值,讨论世界性,显然也是在现代性的语境中来讨论问题。也就是说,我们承认这样的文学的、文化的或人文的交流语境,在这样的语境中,我们自觉认同了一种规则,这是共通性、普适性、交流最基本的语境前提。如果不承认这样的共通性和交流的基本前提,那么"世界性"这个概念就没有提出和讨论的必要。至于"世界性"这个概念或观念是如何形成的,无疑还相当复杂,非本书的任务,本书还是承认这样的前提和规则。与"世界性"及其普适性相对的,也就是民族性与特殊性。问题的难点,显然在于它们之间的差异如何构成同一?固然我们说同中有异、异中有同都容易,但"异"如何达成"同",在何种关系中转化为"同",可以成为"同"的有机部分,则是难以肯定的。①

如前所述,我们总是说,越是民族的,就越是世界的;这句话也被反着说,越是世界的,就越是民族的。但这种论述是依靠辩证法给出的论断,其前提在于,世界性是一种包容性的框架,它可容纳任何民族的多样性和异质性,在所有的民族性之上,有一种普适性的世界性。但实际上,我们讨论世界性时,通常所列出的那种符合人类普遍理想的人类性价值观,也依然是在西方的现代性影响下的普适性。在民族性被论述成世界性时,其实是消解了民族特性,我们获取的乃是民族性中适合世界性的那种价值。是否民族性只是在其具有整全性时才能充分给予自身特性?或者,民族性只有在其最突出的特性的表达中才能抵达世界性?前者的民族性是封闭的、不可改变的;后者则是在异质性的充分表

---

① 关于东西方文明之异同的讨论,是自五四以来就有的话题,杜亚泉、陈独秀、胡适、张君劢、冯友兰等都早有论述。钱穆晚年在《晚学盲言》里还在论东西方文明及哲学之差异。在 1980 年代的文化反思中,这也是一个重要的论题。本章并不是要作文明比较论,只是限定在现代文学之起源的文化依据的差异,由此在文学上表现出的审美品性的差异,来看普适的世界性的困难。但这并不意味着我是普适的世界性的反对者,恰恰相反,正是认识到此一问题的重要性和复杂性,故而只有更切合历史实际的探讨,才能为未来的世界性面向找到更加真实的道路。

现中来抵达世界性。显然,"越是民族的,就越是世界的"是在后者的逻辑中建构起来的叙述。在价值观表述方面如此,在审美经验的表述上也同样如此。

承认中国现代以来的文学就在世界之中,这没有问题;强调每一民族的特性都构成世界性的一部分,同样也没有问题。但这依然不能解决那个关键性的、难度最大的问题:世界性并不是民族性的多元相加,而是代表了某种普适的、更高的、更完美的艺术品质(价值)。文学艺术作品不只是有差异,更重要的是有高下,这就是伟大作品与普通作品的区别。就是在本民族范围内也存在高下之别,在世界范围内,品质的高下区别显得更为突出。

很显然,从根本上来说,这并不是一个理论难题,理论难题已经在后现代、后殖民理论以及当代文化差异的政治的叙述中解决了。从多元文化论或文化差异的政治角度来看,如果谁还认为西方的审美标准是普适性的,是高一等级的,是其他非西方民族都必须遵守臣服的标准,那就是逆历史潮流而动。理论上虽然可以这么说,但实际上,在审美经验的层面上,人们还是很难解决"伟大作品"的标准问题,这些标准当然要参照前人、本民族历史地形成的经典,尤其是西方的经验等。1994年,哈罗德·布鲁姆应伯克利出版集团重金相约出版《西方正典》,对多元主义观念下的文化差异造就的美学局面进行了全面抨击,那些在文化和政治上来审视文学的学派观点,都被他斥为"憎恨学派"。他奉莎士比亚为典律,再谈他早年的"影响的焦虑"理论——西方后世的著名作家,几乎都奉莎士比亚为父亲,无不是借与这个伟大父亲对话,才有了自己的创造。

世界文学史上历数的伟大作家无不是西方作家,现代世界史在文化上就是西方的历史,西方的伟大作家当然成为世界文学史的圭臬,与伟大作家对话,实际上也就是奉西方伟大作家为圭臬。对于处于另一种文化中的作家来说,奉其为圭臬是一回事,能不能完全实现或者再造这种"圭臬"是另一回事。文学创作最终的中介是个体经验,而个体经验实际上依靠三方面的资源,即文化传统、现实要求、艺术追求的审美理想。就算第三者来自西方伟大作家的影响,那么前两项实际上所起到的作用依然十分强大。如果其中任何一项要求以强大的权力律令起作用,那么平衡即被打破。实际上,中国现代以来的新文学运动,现实的要求始终起着决定作用。如果说新文学运动的最初阶段深受西方现代文学的影响,那么运动形成之后,现实的要求则成为其最重要的决定因素。当然,在这种过程中,也有一部分作家始终保持着艺术上的自觉,例如,冯至等人与里尔克那样的世界性大师对话,鲁迅与果戈理等苏俄大师对话,巴金在思想上与巴枯宁、克鲁泡特金对话,曹禺与奥尼尔对话,等等,但我们依然可以看到,中国作家本身的文化传统、中国社会的现实要求依然决定了其表达的主题及艺术形式风格。

在某种意义上,诗的艺术形式比较单纯,现代新诗也可以说就是无形式,其主题和形式转向世界性或者说转向更为纯粹的西方要容易得多;而叙事类文学如小说,则是一个民族生存历史与现实的表现,它受制于民族生活史要更多,因此,其主题与叙事形式的世界性特征就会小于民族性特征。

这一境况让我们去思考:文学作品的伟大性,是体现普适性的唯一的世界性,还是多元的、差异的世界性?前者的世界性实际上是被"唯价值主义"所笼罩,也就是说,世界性实际上是一个价值取向的概念,在价值意义上适用于所有的民族的世界性,在审美品质上也被认为是高一等级的艺术水准。这使世界性的"多元论"观念很难真正在美学上取得令人信服的支持。

问题的难点在于,如果承认多元的、差异的、以民族特性为单位的世界性(多样性相加集合而成的世界性),那么,这样的"差异性"在何种情况下、在何种程度上可以保证不是更差的、低劣的品质,而是同样高品质的差异性?谁来评判这种差异性?根据什么来识别这种差异性,从而让生长于另一种文化和审美经验中的人们心悦诚服地接受甚至热爱这种差异性?以什么方式和价值诉求来保证不同的民族和不同文化中的人会对其他民族产生敬佩之心？这里面包含着，或者不如说缠绕着如此多的难点和疑点，如果不作深入分析，就不能真正厘清其中的问题。

我以为这样几个问题是有必要去思考的：其一，这样的差异性是在起源性的意义上就发生的；其二，它是历史地形成的；其三，其内涵品质相当丰富，它是在与西方的世界性对话的语境中不断深化自身而生成的(是一种具有历史性和当代性的建构)。

二 现代性的源起与转向：浪漫主义文化？

文学的世界性问题当然是一个现代性的问题，自从歌德提出"世界文学"的概念，实际上表达了文学在现代性的历史中、在世界范围内的交流状况，更重要的是，现代社会的作家、艺术家具有世界性的胸怀，渴望对其他民族的文学有所了解，也意识到其他民族的文学具有不可低估的独特价值。现代性背景下形成的世界文学当然是多样化的，但这样的多样化实际上一直是在现代性的主导价值引导下形成的"现代美学价值取向"，我们也不得不承认，这一取向主要是西方的现代性的价值取向。按照沃勒斯坦的观点，现代性是一个由中心向周边区域扩散的过程，中心就是西方最早经历现代启蒙运动的那些民族—国家。[①] 如果这一观点可以成立的话，那么现代性由中心向周边扩散至少有三种境况可能出现：其一是中心价值的普适化推行与实现；其二是周边地区对中心化价值的吸纳与抵御；其三是那些文化传统深厚及社会政体强大的

---

① 参见伊曼纽尔·沃勒斯坦《现代世界体系》，罗荣渠译，北京：高等教育出版社，1998年。在为中译本写的简短序言中，沃勒斯坦简洁明了地批判了资本主义，显然他对这种中心与周边的现代世界体系的形成的历史过程也是持批判态度的。尽管态度可贵，但其鸿篇巨制揭示的历史实情，也不得不让人信服现代性由中心向周边扩展的历史过程。至于周边的现代性的自发的可能性，则是另一个庞大的历史问题。

周边地区,对中心化价值吸纳与修正后形成现代性社会。

如此理论前提导致我们去思考,现代性在世界范围内并不是平衡的,也不可能形成整齐划一的现代性步骤及文化形态,并不可能完全改变周边区域的文化形成。

我们总是会乐于承认,民族国家的文学扎根在其历史与文化根基上。如果寻求一个文化概念来描述现代性的话,我们的讨论将会更加紧凑与明晰。在这一论域下,以赛亚·伯林关于"浪漫主义"的论述,可以构成我们讨论的重要基础。

这一问题的逻辑行程至此,可以归结如下:其一,文学的世界性问题是一个现代性问题;其二,现代性包含着中心化与周边的紧张关系;其三,这说明现代性并不能建立整齐划一的世界性价值体系及文化形式;其四,西方现代性在文化上的表述可以归结为浪漫主义;其五,中西方的浪漫主义不同的表现则可以作为理解它们各自体现的世界性之同异的基础。

这样,我们就可以触及核心问题,但我们的论述还需要深入的论证。我们如果把此一问题的讨论,归结为中西现代性之浪漫主义文化基础的不同,可能对它们在文学方面的不同表现会有更明晰的认识。

西方的现代小说扎根于浪漫主义文化传统中,这里所说的浪漫主义文化传统,即是指自启蒙时代以来的西方文化转向现代的那种趋势。

以赛亚·伯林在《浪漫主义的根源》一书中说:"浪漫主义的重要性在于它是近代史上规模最大的一场运动,改变了西方世界的生活和思想……它是发生在西方意识领域里最伟大的一次转折,发生在十九、二十世纪历史进程中的其他转折都不及浪漫主义重要,而且它们都受到浪漫主义深刻的影响。"[①]在《现实感》里他划分西方历史为三个转折

---

① 以赛亚·伯林:《浪漫主义的根源》,吕梁等译,南京:译林出版社,2008年,第10页。显然,这样的浪漫主义概念与中国文学上经常使用的浪漫主义有些不同。例如,德国古典主义哲学在伯林和哈贝马斯那里,都被理解为主导的浪漫主义传统。

阶段:第一次转折以亚里士多德去世与斯多葛学派兴起为标志;第二次转折以马基雅维利为标志;第三次转折——在他看来是最重大的,因为此后再没有发生过如此有革命性的事情——他认为发生在18世纪末叶,主要是在德国,而且它虽然因"浪漫主义"的称呼而广为人知,但"它的全部重要意义和重要性即使在今天也没有得到应有的认识"。他指出:

> 十八世纪见证了伦理和政治学中关于真理和有效性观念的破灭,不仅仅是客观真理或绝对真理,也包括主观真理和相对真理——有效性也是这样的——同时也见证了因此出现的大量的、实际上是无法估量的后果。我们称为浪漫主义的运动使现代伦理学和政治学发生的转型,远比我们意识到的要深刻得多。①

从这一观点可以进一步去理解,浪漫主义运动使文学艺术发生的转型,可能更为深远。现代主义或后现代主义,乃是在浪漫主义的基础上发展出来的反叛性/批判性的思潮,浪漫主义是一种更为基础的和深远的西方的、现代性的思想文化运动。这是我们理解中西方现代小说叙事的大的哲学背景,或者说思想文化背景。

西方的现代小说是在浪漫主义文化中生长起来的艺术样式。中国的现代小说受到西方现代文学的直接影响,但又依然免不了要从传统脱胎而来;遭遇激进变革的现实挑战,迅速转向了为人生、为现实的艺术,最终启蒙与救亡形成一种紧张关系。当然,救亡也是一种启蒙。今天拟在这样的文化背景下来探讨中西小说叙事的不同艺术特征,目的是探讨:进入现代以来,汉语文学是紧跟西方走,还是在走着它自己的道路? 尽管一直是在西方的现代性引领下,但中国自身的现实条件,导致它改变了西方现代性的方向,而不得不走上中国的路径。

当然,本书不可能全面而深入地去论述西方的现代性在文化上的

---

① 以赛亚·伯林:《现实感》,潘荣荣等译,南京:译林出版社,2004年,第191页。

表征为何可以理解为浪漫主义,也不可能论述西方现代小说如何扎根于西方浪漫主义文化传统中。这一论断,只是据权威性论述而作出的推论。如果说以赛亚·伯林的论述还不足为据的话,那么从哈贝马斯对现代性的论述中,也可绅绎出近似的论点。

哈贝马斯对现代性有一个非常著名的论断,那就是以尼采《悲剧的诞生》为标志,由此显示了现代性的终结和后现代的开启。

哈贝马斯在他那本影响卓著的《现代性的哲学话语》中,把尼采作为转折性的标志,认为现代思想史从尼采这里步入后现代。这是一个大胆惊人的观点。哈贝马斯指出:

> 随着尼采进入现代性的话语,整个讨论局面发生了翻天覆地的变化。以往,理性先被当作息事宁人的自我认识,接着又被认为是积极的习得,最终还被看作补偿性的回忆,这样一来,理性就成了宗教一体化力量的替代物,并且可以依靠自身的动力克服现代性的分裂。然而,努力按照启蒙辩证法纲领设计理性概念,三次均以失败告终。面对这样一种局面,尼采只有两种选择:要么对以主体为中心的理性再做一次内在批判,要么彻底放弃启蒙辩证法纲领。[①]

哈贝马斯认为,尼采选择了后者,他放弃对理性概念再作修正,彻底告别了启蒙辩证法。

现代思想的转折从尼采这里开始,这是大多数现代以来的思想家都认同的说法,但转向何处、何以转折则说法不同。只有哈贝马斯一下子把尼采推到一个最为广阔的历史视野中,那是从现代转向后现代的历史大转折,是告别西方已经根深蒂固的现代理性主义传统的断然绝情的做法。尼采要抛弃历史理性,去寻求理性的他者。在哈贝马斯看来,尼采1870年写下的《悲剧的诞生》一书具有划时代的意义,其意义

[①] 哈贝马斯:《现代性的哲学话语》,曹卫东译,南京:译林出版社,2004年,第98—99页。

就在于尼采转向了酒神狄奥尼索斯精神。尼采明确地要用审美来替代哲学,世界只能被证明为审美现象。尽管德国的浪漫派——从黑格尔、谢林、费希特到施莱格尔也都尊崇艺术,都寻求把艺术审美作为哲学的最高境界,甚至在谢林那里,艺术还不只是哲学的工具,而是哲学的目的,但是,浪漫派试图尽最大努力去调和迷狂的酒神和救世主基督,浪漫派的弥赛亚主义的目的是要更新西方,而非告别西方。尼采当然也一度信奉这种浪漫派的理想,从他迷恋瓦格纳的音乐就可以看出这一点。瓦格纳一直怀着浪漫派的理想,把酒神精神与基督精神调和起来,尼采后来厌弃瓦格纳也正在于此。尼采要寻求的是彻底离开西方,不再试图从西方理性主义内部找到自我更新的依据。哈贝马斯认为:正是从尼采开始,现代性批判第一次不再坚持其解放内涵,以主体为中心的理性直接面对理性的他者。这个理性的他者就是以酒神狄奥尼索斯精神所展现的富有创造性激情的艺术审美世界。哈贝马斯写道:

> 尼采对现代性的批判在两条路线上被发扬光大。怀疑主义科学家试图用人类学、心理学和历史学等方法来揭示权力意志的反常化、反动力量的抵抗、以主体为中心的理性的兴起等等,就此而言,巴塔耶、拉康、福柯堪称是尼采的追随者;比较内行的形而上学批判者则采用一种特殊的知识,把主体哲学的形成一直追溯到前苏格拉底,就此而言,海德格尔和德里达可谓步了尼采的后尘。①

哈贝马斯这段话,堪称迄今为止最为深刻明晰地揭示了现代向后现代转折的历史路线图,而且他也非常清晰地在巴塔耶、拉康、福柯与海德格尔、德里达之间作出了辨析区分。

意识到尼采与德国浪漫派的根本区别,以及把尼采确定为后现代的转折标志,这种观点只有哈贝马斯才能提出。因为哈贝马斯是德国

---

① 哈贝马斯:《现代性的哲学话语》,曹卫东译,南京:译林出版社,2004年,第113页。

浪漫派的嫡系传人，他想完成的正是德国浪漫派未竟的事业，这一事业因为尼采和海德格尔而中断。

哈贝马斯显然不会走尼采和海德格尔的路径，他要重新接通现代理性主义的命脉，也就是更深地回到浪漫主义文化传统中，因而把现代性看成是一项"未竟的事业"。当然，这样理解浪漫主义文化及哲学，与中国在马克思主义的哲学框架内的理解颇不相同：我们习惯把康德、黑格尔为代表的德国哲学传统称为古典哲学，另一方面，我们对浪漫主义的理解，也只是将其看作18—19世纪在欧洲流行的一种文艺思潮；现在以赛亚·伯林把它看成欧洲18世纪以来的影响深远的文化运动，哈贝马斯则把它看成走向现代的欧洲的哲学运动。某种意义上来说，它也几乎就是世俗的现代性文化的全部，或者说，欧洲的世俗的现代性文化在根本特性上是一场浪漫主义文化运动。尼采既反基督教，也反对浪漫主义文化，他追求的酒神狄俄尼索斯精神，固然是打着反浪漫主义的名义，但却是比浪漫主义更为狂放不羁的现代或后现代精神。不过，它根本上依然可以看成是浪漫主义的极限发展，是浪漫之不得超过浪漫而已。海德格尔、福柯、德里达、巴塔耶、巴特等等，也都可以在这一延长线上加以解释。

如此看来，西方在浪漫主义之后，有现实主义、现代主义或是后现代主义，它们骨子里都是浪漫主义的延伸，其根子没有脱离浪漫主义文化。因此也就可以说，西方现代小说一直就是扎根在浪漫主义基础上，就小说这一艺术形式而言，浪漫主义文化根基决定了西方现代小说的艺术表现方式，由此也决定了它的内容、情感、人物性格及其关系，决定了它的美学品性。

如果这种观点站得住脚的话，那么我们有必要反过来思考中国的现代小说：它是否也有一个浪漫主义文化根基？如果有，它又是怎样一种浪漫主义文化？如果没有，它又是怎样一种文化根基？由此，我们才可以真正触及问题的根本：在"世界性"这一美学标准下，中国现代小说如果有自己的道路，那么它就只能以自身的异质性品质参与世界性。

以西方现代形成的"世界性"为普适标准,中国小说的美学品质就难以被识别,也难以得到恰当而准确的评断。

三 浪漫主义文化根基上的西方小说叙事

当然,这种理论上的推论要回到艺术史中去阐释,从小说文本的分析中去审视中西小说在艺术上的区别——不只是显著的,更重要的是那种根本的区别。

我们清理了浪漫主义如何成为西方现代性一场深远的文化运动的理论前提之后,依然要回到艺术史意义上的浪漫主义概念。显然,艺术史上的浪漫主义流派或思潮,乃是文化运动最突出而集中的表现,是它最典型的或最经典时期的表现。越过这样的时期,这场文化运动也就发生了内在的分裂甚至变异。例如,现实主义、现代主义以及后现代主义,就是其分裂与变异的产物。

就伯林本身来说,也未对自18世纪以来的浪漫主义运动下一个明确的定义。我认为,如果把浪漫主义看成现代性的源起的文化形态,则可以理解为:以观念化的方式认识世界和表现世界,并且寄望于观念化超越现实。因而,情感的激越、想象的瑰丽、自我中心、传奇的叙事、自主性的语言等都构成其认识世界和表现世界的方式。

伯林几乎是不证自明地把18世纪以来的西方思想文化运动定义为浪漫主义的文化运动。除了强调"观念性"特征,他并未作其他更具体明确的定义,但他试图定义文学艺术上的浪漫主义。在试图对浪漫主义特征进行概括时,伯林也遇到了困难,以至于他在《浪漫主义的根源》一书中说他甚至想打退堂鼓,认为自己选择浪漫主义这个题目很不明智。他对浪漫主义特征作了令人眼花缭乱的概括,所搜集的例子繁杂不一,但他无法舍弃。我以为他概括的特征基本可以分为两类:一类是狂怪病态的;另一类是偏向亲切美好的。关于后者,他写道:

它又是令人亲切的,是对自己的独特传统一种熟悉的感觉,是对日常生活中愉快事物的欢悦,是习以为常的视景,是知足的、单纯的、乡村民歌的声景——是面带玫瑰红晕的田野之子的健康快乐的智慧。它是远古的、历史的,是哥特大教堂,是暮霭中的古迹,是摸不到、估不出的事物。它又是求新变异,是革命性的变化,是对短暂性的关注,是对活在当下的渴望,它拒绝知识,无视过去和将来,它是快乐而天真的乡村牧歌,是对瞬间的喜悦,是对永恒的意识。它是怀旧,是幻想,是迷醉的梦,是甜美的忧郁和苦涩的忧郁,是孤独,是放逐的苦痛,是被隔绝的感觉,是漫游于遥远的地方,特别是东方,漫游于遥远的时代,特别是中世纪。但它也是愉快的合作,一起投身于共同的创造之中……简言之,浪漫主义是统一性和多样性。它是对独特细节的逼真再现,比如那些逼真的自然绘画;也是神秘模糊、令人悸动的勾勒。它是美,也是丑;它是为艺术而艺术,也是拯救社会的工具;它是有力的,也是软弱的;它是个人的,也是集体的;它是纯洁也是堕落,是革命也是反动,是和平也是战争,是对生命的爱也是对死亡的爱。①

伯林这里的概括主要是针对18—19世纪以诗歌为代表的浪漫主义,如果转化到小说方面来看,即使是典型的浪漫主义小说也不可能如诗歌这般激越。叙事类作品,因为情节故事与人物性格及关系的刻画,都要有相应的逻辑性,虽然是虚构,但其具体故事过程和细节也不悖于生活逻辑;不过被称为浪漫主义小说,又可见出其故事情节有离奇之处,人物性格执拗或乖戾,心理描写与情感表现都相当用力。典型的浪漫主义小说,如安·拉德克利夫的《奥多芙的神秘》(1794),讲述了一个孤女艾米丽受到监护人虐待的故事,主人公被监禁于城堡中的心理焦虑与绝望,被描写得如歌如诉,而恐怖之阴森与诗意之瑰丽又可平分秋

---

① 以赛亚·伯林:《浪漫主义的根源》,吕梁等译,南京:译林出版社,2008年,第24—25页。

色,故作者被司各特称为"第一位写虚构浪漫主义小说的女诗人"。浪漫主义的小说情节离奇古怪,心理描写相当活跃,人物性格也富有内在张力,矛盾解决经常以悲剧告终。霍桑的《红字》(1850)也被看作浪漫主义小说的经典之作,由于心理描写方面的出色,人们将其誉为现代心理小说的开创者。《红字》描写的压抑与内心涌动的情感,堪称小说的极致。

当然,最杰出的浪漫主义小说家当推维克多·雨果,其代表作《巴黎圣母院》(1831)、《悲惨世界》(1862)是浪漫主义小说的扛鼎之作。雨果的小说情节曲折离奇,人物性格鲜明突出,善与恶、美与丑的对立犀利尖锐,语言绮丽奔放,富有感染力。现代小说发展到雨果的浪漫主义这里,已经相当成熟。某种意义上说,浪漫主义奠定了西方现代小说的基础,反过来也可以说,浪漫主义决定了西方现代小说的基本美学品性。发展到现实主义这里,不过是使浪漫主义比较离奇的情节和夸张的人物性格更加现实化而已。批判现实主义一直被中国的文艺理论推为可资借鉴的西方小说范本,这当然是受马克思主义经典作家的影响,实际上,批判现实主义只是19世纪资本主义矛盾异常尖锐时期的写照,在西方现代小说史上,它的那种现实批判态度反倒是一个特例。西方现代小说乃是以人物情感为其主导叙事,其根基在浪漫主义小说上。到了现代主义与后现代主义,以人物心理情感为主导的叙事模式并未改变,只是发展到极端,例如伍尔芙的意识流小说。

西方自浪漫主义以来的现代小说,固然出现了众多大师级的小说家,每个人都有其艺术的独创性,都有其不同的叙事风格,对人类生活及人性的揭示层面也不尽相同,但其小说叙事最显著的特征就是较少的人物关系以及以情感纽带为核心构成内在冲突结构。

1809年,60岁的歌德出版了小说《亲合力》,他历来反对用观念性支配文学,寻求的是自然真实的情感流露,但这部小说以"亲合力"来命名,还是道出了浪漫主义小说乃至西方小说最根本的特征。歌德这部小说受到瑞典化学家托尔伯恩·贝格曼的科学著作《亲合力》的影响,但歌德此前(1799)写给席勒的信中就谈到了"亲合力"的问题,他认为激情由于亲合力的吸引而结合在一起。① 很显然,浪漫主义的小说需要激情,需要内在的亲合力。实际上,西方现代以来的小说,都有一种内在的亲合力,其小说叙事根本上需要亲合力关系的结合和变异来展开。本章并不想分析歌德这部小说,但我们可以看到小说中人物爱德华与夏绿蒂、奥狄莉以及上尉四人之间构成的多边关系,他们之间的情感往内里深化,终致命运发生震颤。西方的小说总是在人物之间的"亲合力"关系上做足功夫,由此来推动小说叙事发展。

西方的小说扎根于浪漫主义文化传统中,这就是它的观念性,以自我为中心,表现情感特别是病态的情感,表现人的精神困境,表现人的内心世界的复杂性和独特性,以至于是病态的和绝望的。其冲突方式是内行的,无止境地向人的内心推进,直至产生一种力道,由此生存处于绝境。亲合力本质上是向死的,正如歌德的小说《亲合力》一样,奥狄莉和爱德华都死了,并排躺在教堂的墓地里,这一切才又归于平静。

但是,到了现代主义和后现代主义,小说的内在情感要比浪漫主义小说狂怪得多,甚至人物只与自己内心斗争,只是回到自己的内心。加缪的小说《局外人》就是把自己与外部世界疏离之后,只和自己斗争。自己在内心重建了世界的原则,只要走向自己内心深处即可。1959年,纳博科夫出版《洛丽塔》,被看作后现代小说开启序幕的时刻,那是一个继父与少女乱伦的故事,仅通过这一故事内核,即足以看出"亲合力"在一开始就错位地纠结在一起,相互拉扯,无法获得平衡,它必然要往死结里纠结,终至于拉断命运的绳索。

现代主义、后现代主义依然与浪漫主义传统发生关联,反叛也是关联的一种方式,也建立在其基础之上。我们当然无需分析那些经典的现代主义或后现代主义的小说,只需借助一篇典型的西方当代小说,就

---

① 歌德:《亲合力》,洪天富、肖声译,南京:译林出版社,1998年,第398—399页。

可以看到浪漫主义的美学传统是如何贯穿至今的。

我在这里试图简要分析一下帕特里克·罗特的《泄密的心》①，这篇小说当然不能代表西方小说的全部，但在某种意义上，它是一篇极为典型的西方现代小说。小说讲述了一个15岁的德国男孩与一个25岁的英国女家庭教师的故事。他们一起阅读爱伦·坡的小说《泄密的心》，小说把这两个故事联系在一起，坡的故事是讲一个疯子谋杀一个邻居老人，罗特的故事则是讲小男孩爱上了这个英国女教师。表面写一个不谙世事的15岁少年一见钟情爱上一个大他10岁的女英语教师，深层则写当今时代的青年男女的社会问题。小说从少年的视角展开微妙的叙述，里面却隐藏着爱伦·坡的同名恐怖小说《泄密的心》（女教师带这个少年读坡的小说学习英语）。恐怖的谋杀故事在少年学习英语的过程中展开，少年面前的世界其实危机四伏，与坡的小说建立起反向的关系，美好与凶恶在暗中较量，甚至两个文本也在较量。小说通过修辞暗示了一系列的隐秘，但最重要的隐藏的秘密/真相则是这个女教师是个吸毒者。读了这篇小说会让我们在文学的艺术性上思考：这些隐藏的事实是如何相互发生关联的？坡的"泄密的心"，疯子的"跳动的心"，"我"的心也在跳动，小说结尾最后一句话，当叙述人"我"（15岁的少年）目击了那个血淋淋的针头时，"我的心静止了"。这篇小说利用互文本关系展开叙述，借用其他文本，叙述异常紧张，细致的心理描写投射到叙述节奏上。

这篇小说可以说是微言大义，以少年的朦胧爱欲去展示作者对社会的深刻思考。在青春、爱、家庭、婚姻背后，隐藏着一代青年——"68代"青年道路的真相。小说开头一句话："这应该是1968年秋的事……"阅读者可能不会注意这句话，通常都会认为这是回忆性叙事中的时间导语。但小说结束之后，再回过头来，就会发现这句话如此重要，一篇讲述少年第一次心理创痛的作品，实则是揭示了1968年至今

---

① 樊克选编：《红桃 J——德语新小说选》，丁娜等译，上海：上海译文出版社，2007 年。

的问题。回忆性的视点转向对"68代"的关注,法国的"五月风暴"刚过去不久,一代青年的革命梦想破灭,左派激进主义运动完结,这一句话就把个人的心理投射到了历史中去。确实,一部短篇小说写得如此精致,却又包含了如此丰富的问题,如此深远,一个少年的故事,却是"68代"的故事,一种历史的选项。甚至这样的问题都会跃然纸上:"68代"可以领导现代欧洲走向未来吗?小说的艺术确实令人惊叹!

在约翰·韦恩的《每况愈下》(*Hurry on Down*,1953)中,查尔斯到处晃荡,要逃脱中产阶级家庭的束缚,干劳动人民的活,例如,他乐于去擦窗户,而不是当中产阶级的律师、经纪人或大学教授。他与另一对同居的男女(当年的男女同学)住在一起,一个叫蓓蒂,也是反叛家庭的邋遢的女人,另一个是不劳而获的、声称能写出伟大作品的弗劳利希,他们的生存选择荒谬可笑、自欺欺人,但却源自自我真实的态度——他们不可能越过自我的坎,于是就有了如此荒谬的逃离中产阶级世界的反叛青年的神话。

在约翰·巴思的《路的尽头》(*The End of the Road*,1958)中,雅各布·霍纳经历了感情困境,奇怪地卷入了虚伪的乔·摩根与伦尼的家庭生活中,三个人演出了一场后现代的三角恋爱,结果以悲剧告终。他们的所有悲剧,都源自莫明其妙的心理怪癖。摩根鼓励妻子教霍纳骑马,虽然霍纳并不想骑马,但为了让伦尼高兴,还是答应了。伦尼也不知道为何要教霍纳骑马,不过如此这般后,他们的关系开始密切起来了。故事中人物的情感都不是有目的、合乎理性的举动。更令人不可思议的是,摩根让霍纳周末到家里陪伴他的妻子伦尼,自己却跑去外地,结果这二人发生了肉体关系。不幸的是,伦尼因此怀孕,最后死于人工流产。这三人的关系,就这样建构起怪诞的"亲合力",小说只有把他们往绝路上推,一直推到"路的尽头"。

即使到今日,西方的小说也是在人物内心和人物之间的内在关系上下功夫,由此才有故事迸发出来。英国作家拉塞尔·塞林·琼斯的小说《太阳来的十秒钟》(*Ten Seconds the from Sun*)中,主人公雷·格陵兰与他同父异母的妹妹有一种奇怪的"亲合力"的关系,雷在少年时代听从这个妹妹的怂恿,烧死了他10岁的亲妹妹,为此坐了十多年的牢。获释后,他想重新做人,娶了妻子并有了一双儿女,在泰晤士河上驾船,生活走上正轨。然而,他的那个同父异母的妹妹不期而至,不断讹诈雷,想过正常家庭生活的雷不得不动了杀机。在要杀掉这个妹妹的过程中,我们能感到雷对这个妹妹充满了爱,甚至是不伦之恋。雷这个曾经杀掉亲妹妹的人,现在又要动手杀掉另一个妹妹,但他并不是十恶不赦的人,他想过正常生活,想成为好人,对事物有清醒、正确的判断。他知道正义的方位在哪里,但是现实世界没有给他更多的选择。这个重新冒出来的同父异母的妹妹代表着过去的历史,以感情、伦理、人性之善恶的纠葛,要把他逼向生存绝境。小说仅仅凭着一个人要杀掉他同父异母的妹妹这个行为,就牵扯出泰晤士河畔底层生活的历史,反映出当代英国生活的另一侧面,写出了人性的复杂性与不可超越的绝境经验。

库切的《耻》通常被看作关于南非种族冲突问题的小说,但这部小说最基本的故事是讲一个中年男人卢里的心理情感危机。离异鳏居的卢里以在大学讲授浪漫主义文学为生,每周五下午召妓解决生理问题。一次他偶然在超市门口碰到妓女索拉娅,发现她是两个孩子的母亲,于是只好与她中止来往。他与女学生梅拉妮发生肉体关系,结果被学校当局开除。他选择与富有叛逆精神、在农场劳动的女儿露茜住在一起,露茜被黑人强奸,却打算嫁给以前的雇工佩特鲁斯做小老婆。在这部小说中,那些更为庞大的种族的问题、人的尊严问题,都是由自我危机引申出来的,这是典型的浪漫主义的情感,其小说叙述总是从个人的心理情感困境出发。所有的叙事要从个人情感最内在的困境中展开,总是伴随着自我与自我、自我与他人的内在"亲合力"关系,尤其是男人与女人之间内在化的"亲合力"的情感经验。不管小说随后向哪个方向变化——是现代主义还是后现代主义,其基本的叙事格局和方式依然是浪漫主义式的。

如此的文学经验,都是从个人的内心向外发散的文学。一切来自内心的冲突,自我成为写作的中心,始终是一个起源性的中心,本质上还是浪漫主义文化。

我们当然不是说西方现代小说的经验与历史无关,而是说内在的人物之间或人物与自我的"亲合力",构成了推动小说叙事的根本机制。从浪漫主义的自我文化中绎出那种从内在自我迸发出来的经验,再由这种经验投射到历史中去。很显然,过去我们总是把西方的小说经验看成世界性的、普适性的经验,在现代性的文化传播中,都要遵循此一范本来建构小说艺术,能与之相同且能达到相当水准的就是好作品,就有可能被视为"伟大作品",否则就不可能。在浪漫主义文化根基上发展出的西方现代小说,自有其历史文化的依据,处于不同历史文化根基的文学,是否有可能抵达那样的境界、建构那样的形式,则是令人怀疑的。特别是像历史文化如此深厚的中国,现实要求如此紧急迫切,其文学是否有自己的道路?这是值得我们认真思考的问题。不立足于这一问题进行思考,我们就不能认清中国小说的道路,也不能对中国的小说作出正确的评价。

四 中国的现实主义传统与被压抑的浪漫主义

如果说西方的现代小说扎根在浪漫主义文化基础上,那么也有必要去审视,中国进入现代以来的文化,到底与浪漫主义构成一种什么样的关系?中国现代小说又与浪漫主义文化构成什么样的关系?前者是对中国现代文化的性质的评断,后者是对中国现代小说所依据的文化背景的理解。

中国现代以来的小说奉现实主义为圭臬,这是不争的事实。何以会如此?在建构这一规范的进程中,中国现代以来的小说又是如何生成、选择、排斥、压抑与变异的?

中国现代的浪漫主义运动既晚到,又早衰。按以赛亚·伯林的看法,西方的浪漫主义运动发生于18世纪下半叶,那么按照我们经典的现代文学史叙述,也可以认为中国的浪漫主义运动发生于19世纪下半叶至20世纪初叶的白话文学革命时期。如果认同王德威的观点,即"没有晚清,何来五四?",那么晚清现代性体现的那种文化状态,是否也可视为浪漫主义运动的滥觞呢?甚至,我们如何去理解明代王阳明的心学所表达的主观唯心主义哲学呢?这与康德的主体性所表达的德国浪漫主义哲学是否亦有相通之处呢?如此看来,中国文化之现代浪漫主义起源要复杂得多。晚明社会的文学艺术所表现的感性肉欲,又该作何理解呢?它是否也是认知主体向外部世界的感性扩张,也表达了主体投射的内在激情呢?"世风日下"一词的道德批判还有言外之意,那就是感性与激情的泛滥。如果去除道德怀旧标准,那或许标示着主体的解放。在这一意义上,或许预示着浪漫主义文化在世俗社会涌动的历史浪潮了。

此一问题,因为牵涉到历史之深远与思想之复杂性,我们无法在有限的篇幅里加以讨论。但我们可以重新审视五四以来的现代文学中的浪漫主义传统,这一视角是把现代中国文学放在世界文学的框架中来理解。也就是说,深受西方现代文化思潮影响的五四新文化运动,可以进一步理解为根本上是对西方现代以来的浪漫主义思潮的反应,由此也可以理解五四启蒙运动本质上是一场中国的浪漫主义运动。要论证此一观点,当然也绝非易事,但现有的论述还是可以找到必要的切入点的。

深受白璧德影响的梁实秋,也继承了乃师反感浪漫主义的态度,1926年写有《现代中国文学之浪漫的趋势》,以浪漫主义来理解新文学的显著特征,并颇有微词。1960年代,李欧梵关注现代文学之浪漫传统,引述了梁实秋的论述,并且赞成梁氏把浪漫主义视为五四新文学的重要特征。李欧梵进而认为:"蒋光慈的'漂泊'与郁达夫的'零余',可说是'五四'文人的两大历史特征,表现在文学里,就是梁实秋先生所不满的'浪漫的趋势'。"①就蒋光慈的创作来说,可以看出左翼文学早期也是渗透了浪漫主义精神的。②

正如李泽厚的分析模式——"启蒙与救亡的双重变奏"一样,即使我们可以把救亡解释成另一种启蒙,一种更伟大的、现代激进革命的启蒙,但浪漫主义的夭折则是无法重新阐释的问题。当然,我们还可以有其他的方案,例如对中国现代文学的浪漫主义和现实主义重新定义,但与其如此,不如承认浪漫主义的夭折来得更具有历史的明晰性。在现代文学的现代性经验中,浪漫主义只是作为一种支流,或者说一种素质潜伏下来,一直受到压抑,以至于我们后来遇到浪漫主义也不敢承认,只能在现实主义的规范底下来阐释它的意义。

这使我们今天重看文学史时,可能会展开一些新的阐释面向。例如,对有些文学现象是可以重新审视的,把鲁迅、沈从文、废名这些乡土文学作家界定为现实主义也是可以再作商议的。至少,如何阐释他们作品中的浪漫主义因素也有可能重新开启他们的另一种面向。例如,茅盾、巴金是现实主义的,只有现实主义意义上,他们才能获得意义,但他们的作品有另一些素质,不能被关闭。普实克就看到了另外的侧面,他谈到茅盾的《子夜》中雷参谋与吴荪甫的太太林佩瑶的偷情,雷参谋在她的那本《少年维特之烦恼》中夹了一朵小白花,称之为向欧洲浪漫主义致敬的细节。普实克写道:这一段落"反映了欧洲浪漫主义的伟大作品是怎样在中国的革命青年中找到同类的精神和情调的。它证明了,中国的情调在很多方面会让人联想到欧洲浪漫主义情调及其夸大

---

① 李欧梵:《五四运动与浪漫主义》,原载香港《明报月刊》1969年5月号。引自冯牧主编《中国新文学大系1949—1976·文学理论卷》第一卷,上海:上海文艺出版社,1997年,第549页。

② 有关左翼文学的浪漫主义问题,可参见陈国恩《浪漫主义与20世纪中国文学》,合肥:安徽教育出版社,2000年,第149—164页。

的个人主义、悲剧色彩和悲观厌世的感受"①。

在主流的现代文学史叙述中,一直未能深入讨论巴金与浪漫主义的关系,既然现实主义才是现代文学的正宗,那么只有把巴金叙述为现实主义,才能确立巴金的崇高地位。巴金写于1944年的《憩园》无疑是一篇奇特的作品,以现实主义来理解显然是远远不够的,当然也并不是抹上浪漫主义的色彩就能解释更多的问题,但从浪漫主义的角度,可以理解这篇小说更多的侧面。例如,人物的病态心理、叙述人的旁观视角、叙述人犹豫不决的叙述与对自我的反思、小说叙述中的隐藏文本,等等,所有这些都表明,这篇小说不只是巴金最奇特的一部作品,也是中国现代文学中最值得玩味的一篇小说。

在如此语境中来看现代中国的现代文学,推论已经很清晰了。那就是现代的内在转折,革命叙事逐渐建构起了中国自己的现代范式,其意义之深远自不待言。我们今天来看,中国的革命文学叙事本质也是另一场浪漫主义运动,革命的、红色的、暴力的、激进的浪漫主义运动。革命的浪漫主义当然有着极为丰富的内涵,但有一点则是我在这里感兴趣的,那就是革命去除了现代启蒙的浪漫主义的小资产阶级感情、城市里的狂怪之恋与"乡愁"(怀乡病)——那个浪漫主义经常回归的牧歌家园。革命本身自带了理想的终极目标,革命的目标就是从起始到终结的自我回归,这就如同尼采式的永劫回归。"去自我"与"去乡愁",其实也就是去除现代资产阶级的浪漫主义运动的残余,而中国的革命文学只能建构在乡村叙事上,革命赋予了乡村叙事以现代的激进形式,那就是阶级斗争的历史意识。自我是被彻底清除了,我们当然不能说革命完全清除了"乡愁",从《红旗谱》《三里湾》《山乡巨变》以及《创业史》和《艳阳天》中我们都不难体验到一些"乡愁",但那也确实只是一些"乡愁"而已,它们再难充当乡村叙事的主导性的情绪和精神

---

① 雅罗斯拉夫·普实克:《普实克中国现代文学论文集》,李燕乔等译,长沙:湖南文艺出版社,1987年,第5页。

价值。乡土不是远方的、异地的、别处的怀旧中的他者,而是斗争和冲突的此在,是革命的自我在场。

正因为如此,革命文学对待浪漫主义始终存在矛盾。一方面,革命文学本质上是一场浪漫主义运动,它从主观理念和概念出发,这就如同中国革命一样,是马克思主义理论和中国历史实践结合的产物,而苏联的列宁主义也是其理论来源,革命在很大程度上依靠革命的理论。正如毛泽东所说,没有一个革命的理论,便没有革命政党,没有革命政党,就不会有中国的革命。另一方面,中国的革命文学也如同中国革命一样,声称自己是中国现实的需要,中国革命来自于中国身处三座大山压迫的处境、民族救亡的危机,有其现实性,在革命的合法性论说中,现实性是其根本的也是唯一的依据;而革命文学也同样如此,它不再声称与革命理念有何关系,总是在现实性上来声称其必要性和必然性。一场本质上是浪漫主义的运动,被改换成现实主义的运动。革命文学最终要解决革命浪漫主义的问题,然而此一矛盾无法解决,因为缺乏整体性的浪漫主义哲学基础,革命文学的观念化及浪漫主义想象的推进只能依靠一个接着一个的政治运动。

现实主义恰恰是消减革命理念的观念性色彩的一项艺术策略。整个革命文学中,其实是观念化占据绝对的支配地位,从革命发展的高度、从历史的本质规律的可能性来展开的文学实践,就是在观念性引导下的实践,它必然是一场浪漫主义的运动。又因为其观念性太强,故所有的文学理论批评都在大谈现实主义,都在谈现实的本质规律和典型化原则。生活的逻辑当然要服从革命的理念,这就是在现实的名义下所发生的革命的"浪漫主义"。如此活跃的浪漫主义,却又要受到压抑,只要与革命理念结合,浪漫主义就变身为现实主义。而源自于生命存在激情的浪漫主义则要被彻底压抑,直至清除。中国没有经历一个与个体生命经验结合在一起的漫长的浪漫主义阶段,这看起来是中国的现代性最致命的软肋。浪漫主义的观念性,先是被革命附身,随后被现实主义换名,于是中国现代文学就获得了现实主义的名声(肉身)。

其实这也不能怪革命夺取了浪漫主义的现代精神,因为中国自现代以来,一直未能发展出以个体生命为本位的价值观念,家族/家国的价值认同占据了绝对支配地位。家族转化为家国只有一步之遥,故而中国人认同家国,并且家国毫不留"情"地占据着个体生命意识,这还是有深厚的文化传统在起作用。因此,在现实主义之名下,中国的小说展开了轰轰烈烈的历史叙事,通过历史暴力来表现历史之动荡与变革,在历史叙事中来表现人物的命运,以追求强大的悲剧性来建构其美学效果。

总而言之,中国现代性的展开也一直涌动着浪漫主义文化,但是,因为个体生命价值未能最终占据主导地位,而家族/家国的意识更为强大,所以浪漫主义文化就被现实主义所替换,而且被驱逐和贬抑。中国现代实际上以革命之名,发展出现实主义的一套美学策略,实则其内里也流宕着浪漫主义的激情。但其表现世界的方法则是大相径庭。很显然,中国的现代性文学走了另一条路径,那是一种把握外部世界的文学:历史、民族国家的事业,改变现实的强大愿望……所有这些,都与西方现代性文学明显区别开来。西方现代文学发展出向内行/自我的经验;而中国的现代以来的文学则发展出向外行/现实的经验。

五 新的开启:浪漫主义在当代的涌动

历经1980年代的现实主义的"恢复","85新潮"之后,当代中国文学(主要是指小说)开始了向内转的深刻转变。马原、莫言、残雪等,开始偏离现实的社会问题展开文学叙事,文学不再是以对现实热点问题的回应而引起轰动效应,而是以文学本体——叙述、语言、艺术感觉、文化心性等引人瞩目。1987年以后,苏童、余华、格非、孙甘露、北村等,以更加鲜明的强调叙述方法和语言风格的叙事在文坛开启了另一片天地。在那样的历史语境中,就中国当代文学追逐西方现代主义思潮的倾向而言,先锋派文学在艺术变革上的时代意义,必然要定位在

"后现代主义"上。就一场以后现代主义为挑战性的文学变革而言,如果从更深远的文化变革和美学意义来看,时过境迁,我们可以更加全面和深入地审视其意义,回到以赛亚·伯林所说的浪漫主义运动的纲领底下来讨论。这样,中西文化及美学的大的世界性背景就更加清晰,其中的差异与同一性也可以在一个共同的平台上来讨论。很多难以解释以及难以评价的问题,都可以迎刃而解。另一方面,现实主义名下有些个人风格相当鲜明的作品。例如贾平凹那些讲究性情、性灵的创作,看上去淡漠平易,实则诡异神奇,可能是一种乡土浪漫主义。再如铁凝也总是被划归在现实主义名下,但她的一系列小说,从最早的《灶火的故事》《哦,香雪》,到后来的《秀色》《永远有多远》以及长篇小说《笨花》等,都有着超出常规的人物性格和叙事中发生变异的情节。她的人物总是要在反常性中来另辟一条生命的蹊径,总是不甘于平常化,总是要对现实逻辑耍一点小诡计。

铁凝深受孙犁的影响,这样的判断并非只是就其发表过感恩性的言说和阅读的经历而言,更重要的在于她的文本内在的活力甚至最具活力的那些因素与孙犁的小说结下的血脉。铁凝笔下的那些女性形象因为享有了时代的相对自由的空间,可以说进一步开掘了孙犁在那个时代所不能展开的精神内涵,并且复活和重建了文学中的浪漫主义传统。很显然,把孙犁、铁凝和贾平凹如此浓重的乡土叙事描述为浪漫主义,可能会招致相当多的人的怀疑。但我以为他们作品中的那种诗意叙述、他们对女性形象的独特表现、他们超出现实逻辑束缚的能力,都表现出他们的乡土叙事与沈从文、废名等人一脉相承的风格。浪漫主义在他们的作品里即使不是一种主导性的因素,至少也是起到重要的审美活力作用的因素。这仿佛是从乡土中国的泥土里滋生出的浪漫主义,虽无热烈的气概,但有一种独特的气质,潜伏于暗处,随时涌溢出来,有时决定了人物的性格发展和叙事的走向,在文本中熠熠闪光。

当然,在现实主义庞大的命名之下,当代小说中的浪漫主义只是一种潜伏于其中的要素。因为在当代小说美学中,这些要素被长期压抑,因此才显得可贵。也正因为如此,1980年代后期至今,中国当代文学伴随着现代主义及后现代主义思潮,也涌动着浪漫主义的潜流。之所以说是潜流,是因为它不再可能是大规模的、从哲学到艺术的全方位的运动,作为浪漫主义的激进化的现代主义和后现代主义已经使浪漫主义的原初精神发生了变异,浪漫主义只有幽灵化,只有从根子上加以追溯才能看到其形迹。而中国的情形之特殊在于,它也有一股潜流在涌动,不只是如幽灵一样在当代文学中时常显灵,也有条长长的颇成阵势的潮流在涌动。如近十多年来被描述为小资文化的那种情调,几乎成为当代中国消费文化的主流,它就是浪漫主义夹杂着后现代主义的那种文化。在当代西方,可能是以后现代为主,夹杂着一些浪漫主义的残余;而在当今中国,则是以浪漫主义时尚为主导,夹杂着后现代的前卫的因素,这些构成了当今消费文化的主流。这也是为什么说中国"80后"的作家,普遍是在浪漫主义与后现代主义的夹缝中生长。

但值得我们重视的是,一批中年成熟的作家,他们的作品也越来越"放得开"——这是否也是浪漫主义幽灵在作祟呢?去除了现实主义的客观化的唯物论,叙述人的自我及其主观性具有更大的自由。这种精神实质如果不理解为浪漫主义,就很难找到其他更为恰切的解释了。不妨说,浪漫主义的冲动,构成了相当多成熟老到的作家在叙事中依凭的情感动力机制,在很大程度上,是脱离现实逻辑而转向情感逻辑的内在渴望。

在这一意义上,莫言的作品可谓极其突出。他的现代三部曲《檀香刑》《丰乳肥臀》《生死疲劳》,写出了中国现代历经的艰难历程,也写出了中国人生长于这样的历史中的抗争与命运。其中流宕的浪漫主义情愫不只是他挥洒语言机智的动力,也是他给予历史以无限宽广背景的想象依据。莫言即使在叙述历史时,也不能遏止尼采式的、酒神狄俄尼索斯式的激情,甚至还有些恶作剧式的迷狂。他晚近的长篇小说

《蛙》则试图在多种文本的表演中来写出当代中国人惨痛的命运。莫言有意用文本变异的表演性来制造喜剧效果,他不能忍受在现实逻辑中来展开他的文学的叙事,在那些极其真切的事实性之外,他一直有一种要摆脱出去的冲动。他依靠书信来表明他真切的心迹,声称他是一个蹩脚的、老实的现实记录者,这一切都不能令他满意,他要写作戏剧,要把悲剧性的事件戏剧化。莫言的小说始终遏止不住这种冲动,这就是浪漫主义精神在作祟。

在刘震云的诸多作品中,他对历史的戏谑化,本质上也是根源于他的浪漫主义冲动。从《故乡天下黄花》《故乡相处流传》,到荒诞至极的《故乡面和花朵》,刘震云骨子里如果没有一种浪漫化的冲动,就不会有勇气对历史作如此戏剧性而又荒诞化的表现。2009年,刘震云出版《一句顶一万句》,这部小说开辟出一种汉语小说的新型经验,转向汉语小说过去所没有触及的经验:说话的愿望、底层农民的友爱、乡土风俗中的喊丧以及对一个人的幸存历史的书写。这里不再依赖惯常的现代历史暴力的时间脉络,在"去历史化"的叙事中,乡土中国自在地呈现了它的存在方式。这种文学经验与汉语的叙述表明:有一种乡土中国的现代性经验,那就是刘震云笔下的农民想找个人说知心话。在这部作品中,几乎所有的农民都在寻求朋友,卖豆腐的老杨和赶车的老马、剃头的老裴和杀猪的老曾,等等。这部小说一直在讲底层贱民说话的故事,这是他们说话说出的故事,心里有话,要找人聊聊,叙事的重点不再是叙述人的心理描写,而是人物自己的谈话,并且总是有对象的谈话。乡土贱民以他们的方式去寻求交流,并且以"说到一块去"作为生存意义的价值判断。刘震云显然在这里建构起一种新的关于乡土中国的认知谱系,一种自发的贱民的自我意识。他们也有内心生活,也有发现自我的愿望和能力。尽管这些贱民们的谈话和见识只限于小农经济的生活琐事,限于家乡方圆百里,但是对他人的认识、对世界的认识的可能性在大大增强。在这一意义上,刘震云的这种书写,不得不说有一种乡土中国的浪漫主义精神在里面,这显然是与西方现代浪漫主义完全不同的浪漫精神。或者说,这是一种浪漫主义式的对乡土中国的重新解释,只有在这一意义上,刘震云的写作才有其合理性的逻辑。这部作品表明,汉语小说既有自身的异质性,又能开启超出现实主义的新的叙事法则,它甚至有自身的浪漫气质。

当然,说到当代小说的浪漫主义精神,张炜无疑是最为全面的一个。说他全面,是因为他的浪漫主义几乎是彻头彻尾的。张炜早年写作《古船》,我们固然可以说那是1980年代现实主义占据主导地位时代的作品,但到了1990年代之后,张炜的作品开始明显偏向于浪漫主义。《九月寓言》《柏慧》《能不忆蜀葵》等,都以强烈的抒情笔调展开小说叙事,其中总是贯穿着叙述人"我"的反思和发问。至于其中表现的观点、立场,那种极端反对现代都市文明的态度,与19世纪欧洲恢复的浪漫主义传统如出一辙。张炜也是中国当代创造性转化了俄苏文学经验的作家,正是俄罗斯文学中的那种大地般的宽广精神和雄健风格,构成了张炜小说中鲜明的浪漫主义和抒情风格。

2009年,张炜出版《你在高原》,以十卷本、四百多万字而令文坛惊诧不已。实际上,这是张炜穷近二十年功夫陆续创作的作品,此前有些作品曾以单行本形式出版,合集出版时作了不同程度的修改。这部小说有着非常宏阔的历史视野,小说的主题、叙述人和叙述方式存在贯穿性,尤其是贯穿始终的关于地质学和人文地理学的思考、对胶东半岛的乡土情怀、对父辈历史的审视、寻父的痛楚以及对"橡树路"的批判,可以看出作者雄浑的叙述语式。但张炜能从中疏离出"我"的叙述,他始终要保持"我"的叙述语感,"我"的存在的此在性才构成所有叙述的动力机制。我们可以感受到"我"的叙述穿越历史,叙述人在所有关于历史与现实的叙事中穿行。张炜的叙述人"我"携带着他强大的信仰进入历史,并且始终有一个当下的出发点,这使作品与历史对话的语境显得相当开阔。张炜以他的思想、信仰和激情穿越历史,因此而能给出一个肯定,是一种难能可贵的肯定性的叙述。在这种肯定性中,我们重新看到个体生命意义展现出的浪漫主义激情贯穿庞大复杂的历史叙事,并使之激情四溢。

当然,在这里我并不能全面去分析这部宏大作品的叙事美学,但我们可以探讨一下"我"的视点如何穿过历史深处,通过具有多元转换的自由性表现出来。第一卷《家族》是给全书铺叙,一开始讲的是一个过去的家族故事,关于外祖父曲予。在家族的起源性的叙事中,却有非常精细的场景出现。那个女佣闵葵(后来的外婆),在花园里遇到了外祖父曲予,曲予向她表白,闵葵手中的花洒了一地。曲予把花一枝一枝拾起,插进清水瓶,他坐在屋子里,一天到晚盯着那束花。随后就是曲予带着闵葵私奔。小说到这里突然中断了,时间一转就是现在,转为研究所的故事。这里的故事从填履历表开始,那个青春可人的女子苏圆拿着表格让"我"(叙述人宁婍)填,当然这是要追究"我"的历史,而"我"的历史隐没于秘密、悬疑、困扰之中。家族开始的叙述突然中断,突然间叙述在这里断点,但那个开始的时间——地上拾起几枝花,放在屋里的清水瓶中——是非常有象征性的。在这里不妨勾连起《子夜》中林佩瑶手中的《少年维特之烦恼》中夹着的那朵小白花——如前所述,普实克认为这朵小白花意味着茅盾在向欧洲浪漫主义致敬。这一花的谱系,在张炜叙述的一个深远的历史暴力以及大家族败落的故事开头出现,也是耐人寻味的。张炜这部鸿篇巨制开篇的这束白花,可以看成是对中国现代中断的浪漫主义精神的重新提起。如此深重的历史之开头,花洒了一地,突然在这里断裂了,这样的叙述非常具有诗意。

张炜算是中国当代少数浪漫主义特征比较鲜明的作家。在张炜的叙说中,自我的经验非常强大,他具有非常强大的信仰以及思辨色彩,叙述情感亦很丰富和饱满。但是张炜的叙述同时有非常细致的情感和微妙的感受,那些细节贯穿在他对历史的叙述中,总是有非常微妙的细节出现。在叙述与朋友的交往时,他对友情的思考,总是和对朋友的注视相关。例如,《忆阿雅》临近结尾的第 23 章,就是写"回转的背影"。他想看清"50 代"这代人,而林蕖或许就是"50 代人"最奇特的代表,代表了那种可变性与隐晦曲折,甚至包藏着太多的秘密,但却显得那么有理想,甚至独往独来。小说在反思"50代人"时,实际上也是自我反思,自我的经验总是在那些细节中停留、咀嚼和感怀。

确实,有如此多的重要作家骨子里的浪漫主义情愫开始释放出来,从而书写出21世纪初最重要的一系列汉语作品,与其说这是对现实主义的超越或现实主义的开放,不如说是要补课般地回到现代之初的浪漫主义基础上,重建现代性的浪漫主义精神和审美风尚。如此,现实主义面对的后现代挑战的困境,则表明当下的现代性无法终结,并且有一种自我重构的生命冲动回到其历史之初。但所有这些,都表明中国当代的文学道路混杂着西方的普遍性的美学精神,又不得不以自我的历史前提条件重构并且展开未来面向。这是一场回归与挣脱的矛盾运动,也是综合与裂变的强行进发,面前的道路无疑变得更加宽广。

结语:汉语小说的当下道路与未来面向

本章试图从浪漫主义文化如何作为文学的世界性建构的基础,来看中西方文学在文化根基上的差异,由此去理解世界性的内在差异。因其现代文化根基及其在历史发展中的另一种选择,中国文学体现出来的"世界性"不得不打上它的民族特性的异质性。这种异质性的展开与世界性构成了复杂的运动,这才是理解中国文学的"世界性"所需保持的必要的理论视野。

其一,现代小说只能放在现代文化背景中去阐释,而放在这样的背景中,我们就要看到西方进入现代以来,在文化上有一场深远的浪漫主义运动,这样的浪漫主义当然不是我们原来文学艺术理论所规定的、与现实主义并举的浪漫主义,而是从思想观念到思想方法以及审美的感觉方式都进入现代的一场运动。因此,要理解西方现代小说,就必须将其放置在浪漫主义的根基上。这也就是为什么,西方现代以来的小说以个人自我的情感为中心来展开小说叙事,其根本目标也在于探究个人心理情感之复杂性、丰富性和微妙性。

其二,进入现代以来,中国深受西方现代性的影响,但中国的现代性还是有其自身发展走向的,根本差异在于,中国的浪漫主义运动并未充分发展起来,为现实条件所制约,它被更具有激进性的现实主义所替代。也正因此,只有从中国现代性的独特经验中才能更全面地理解中国文学的特性,也才能更清楚地看到中西现代以来的文学的差异,以及这种差异的根源在何处。这并不是要去拒绝西方现代性的经验,而是因为要看清我们既有的历史条件,我们只能在这种历史条件下创造自身的历史。

其三,即使如此,我们也要看到,中国现代以来的浪漫主义运动也并未停息,也就是说,以现实主义之名进行的现代思想文化运动,本质上——实则还是——也只能是一场浪漫主义运动,只是它借用了现实主义之名,借用了现实主义的外形,导致其浪漫主义精神向着另一方向发展,那是极度的观念性与极度的现实性相结合的革命文学。随后中国文学有恢复、反拨、拓路,但我们始终可以看到在暗中涌动的浪漫主义潜流。

其四,中国文学在现实主义纲领下走了历史叙事一路,无可否认,在这个过程中中国文学创造了其现代性的文学的独特面向。如果从西方浪漫主义文化背景形成的美学标准来看,中国的小说很不"浪漫",它无法抵达那种以个人心理情感为中心的美学极致,而是去书写历史进程中的人的命运。历史确实包裹个人。如果说西方现代小说是在以自我/个体经验为核心的浪漫主义基础上确立其美学标准,再把它作为世界性的普适性标准,那么像中国这样在不同的现代性文化基础上生长起来的现代小说,可能就难以合符其美学特征。

其五,因为深远的浪漫主义运动的缘故,"世界性"不会是一个静态的、永恒的、固定的特质,它恰恰是包含着西方的中心化价值与其他不同的多元文化持续互动的结果。而那些在自身的历史文化传统和现实要求推动下发展的文化,也会不断在西方中心化价值的挑战下,吸纳和改造自身。其结果是普适性的共同性增强了,同时自身的异质性的经验可能得到增强。普适性与异质性并不是此消彼长的二元结构,而是多边形的互动结构。例如,中国受西方影响越大,并不表明它就与西方更加趋同,而是有可能回到自身的道路,在把西方的价值转化成为其内在化的经验之后,它也创造性地拓展了自身的异质性。

其六,正是如此,在当今中国文化的大背景上,出现的文化主流实质上是一场浪漫主义的恢复运动,其根本意义在于,当代文化在迈向后现代文化的途中,要补上现代早期被压抑的浪漫主义文化。正是这样的一种补充,当代文学在情感与想象这两个方面,获得了更广泛的解放。由此就可以理解,进入21世纪的10年来,中国当代小说在感情和想象力的表现方面,显得更加自由和充分。在原有的现实主义的体制内,涌动着更多的新的元素,普遍表现为:作家的主体意识加强;自我感觉经常成为叙事的出发点;客观历史主义不再是小说叙事必然要依照的编年史线索;作家即使是叙述历史时,文本的自由与开放也表现得相当活跃。诸如这些现象,都表明汉语文学有一种更为自觉的意识。

这也就是说,中国当代文学既在世界性的普遍意义之内,又在它之外。它始终在西方现代性经验的影响下走向现代,但因为自身如此相异的历史与现实,它必然要走自己的现代性之路,在现代文化和文学方面,它呼应着世界性的现代潮流,又开创着自己的经验。它的现代经验是对"世界性"的展开,也是对其的补充和再创造。它在浪漫主义文化方面走过的历史曲折,正表明它与世界构成内在关系。

基于这些,我们乐于去展望,汉语文学正在酝酿一种新的可能性,这就是:它既有自身的历史条件限制下所形成的自己的道路,也始终在与西方对话,接近西方的挑战而作出兼收并蓄的融合。我们聚焦到文学上来看,那就是在中国过度发达的文学的现实主义规范底下的历史叙事,开始融合进更多的浪漫主义的因素,它必然要循着世界的现代构成方式去建构自身,但又有着另案处理不得不面对的错位、褶皱、重复与补充。这当然不是简单的浪漫主义的补课,或者是浪漫主义的回归,而是使当代文化与文学具有了更加厚实的精神根基,一种现实主义、浪漫主义、后现代主义混合的文学经验,这为当代中国文学提示了一条更加广阔而坚实的道路。

(2010年10月10日改定于北京万柳庄;原载《文艺争鸣》2010年第12期。)

第三章 城市文学：无法现身的"他者"

> 这样一个怪物，就像那难以捉摸的幽灵……
> 对此我们可以称它是一个游魂。
>
> ——德里达

一 城市文学的一般前提辨析

当代城市文学是中国社会转型的产物，也就是从以农业文明为主导的社会转向以城市文明为主导的社会的产物。正如马克思所说的那样："随着经济基础的变更，全部庞大的上层建筑也或慢或快地发生变革。"① 中国进入1990年代后，城市化发展迅猛，城市成为新的生产力和生产关系的集散中心。很显然，与1990年代中国的城市化相伴随的是第三次产业革命，其发展方向是后现代消费性城市。按照鲍德里亚的看法，这种城市是符号生产的中心，是传媒与文化的生产基地。因此，随着城市文化的兴盛，城市文学开始引起人们的兴趣②，它表达了当代人渴望了解城市、表现城市文化的历史愿望。

但是，文学就是文学，小说就是小说，为什么会有"城市

---

① 中央编译局：《马克思恩格斯选集》第二卷，北京：人民出版社，1995年，第82页。
② 我在1990年代初编有《中国城市小说精选》（兰州：甘肃人民出版社，1994年）；另参见拙文《表象与状态：后新时期城市小说概论》，《文艺争鸣》1994年第4期。

文学""城市小说"这种说法？其缘由就在于，在中国长期的文学主流历史中，乡土文学占据了主导地位，这使人们面对新兴的生活经验时，渴求文学有能力表现新的现实。然而迄今为止，城市文学始终是一个诡秘的存在，它是一个无法实现为主体的"他者"。首先，要准确地定义城市文学异常困难，换句话说，如果定义必须具有排他性，那么城市文学就无法独立存在，因为被称为城市文学的那些作品，也可以被称为别的东西。其次，"城市文学"是在什么样的意义上来命名的？它的命名的语境是什么？这也无法界定。也就是说，城市文学是一种类型、题材？还是一种主题、现象？或者是一种流派、思潮？这些问题都似是而非。从现代以来的中国文学史中，要清理出一条城市文学的线索并不困难，问题在于，这条线索与其他线索交织在一起，就不能算是其独特的历史。例如，与城市文学相关的那些作品同样可以划归到现代主义的线索中去，或者更具体地划归到关于个性解放、关于人的自我意识的作品中去。城市文学也无法在更宽泛的意义上被指认为一种题材，如果这样的话，这种划分就没有任何意义。因为写到城市生活时，它要表现的可能是另外的主题，与城市并无多少关系。因此，城市文学还是要有更本质的规定，那么在什么意义上可以确定这样的本质意义呢？

准确地说，只有那些直接表现城市的存在本身，建立城市的客体形象，并且表达作者对城市生活的明确反思，表现人物与城市的精神冲突的作品，才能称之为典型的城市文学。按此标准，在当代文学史中，这样的作品显然少而又少。纵观中国现当代文学史，与城市相关的作品倒是不少，但与城市构成内在关系的还并不多见。显然，按我们给出的定义来看，我们现在讨论的城市文学更侧重于那些表现大都市的作品，关于大都市的生活经验具有更强烈的城市感，相比之下小城市与乡村相去未远，其现代感并不强烈。正因为这些，城市文学也经常被称为"都市文学"。

"都市文学"确实更接近关于城市文学的理想性概念，只有那些描写大都市生活的作品才更能体现城市精神。但是，这又与英语翻译产生了一些偏离。在英语中,"城市文学"通常被称为"urban literature",这里的"urban"不过是城镇而已,比城市还低调。而我们理想的"都市文学",如果要硬译,则是"metropolis literature"。"Metropolis",即是大都市、大城市,这个词来自受古希腊语影响的晚期拉丁词 mētropolis,其词源构成是 mētros + polis,mēter 与 mētros 即是母亲,polis 即是城市,mētroplis 意即母亲城,也就是中心城、主要城市、首府等。这个词显然是对历史的美化,在晚期罗马帝国崩溃之后,公元 8—10 世纪,正是欧洲市镇跨入历史的时期,中心城市往往是行使军事霸权的地方。"大都市"(mētropolis)的词源学显然掩盖了历史真相,它把具有扩张愿望的中心城市表述为具有母爱般的包容与养育的空间中心。然而,后世的文学表达总是以朴素的、个人的情绪表达对大都市的怀疑和敌视,那是代表被大都市排挤和吞并的乡村所发出的历史反抗。19 世纪浪漫主义以来的文学的历史,总是包含着立足于乡村文明的对城市/大都市的无尽批判,这种批判正是对资本主义/工业主义批判的另一种表述。在整个现代性的文学书写的历史中,城市都若隐若现,即使它缺席,也总逃脱不了在场的乡村情绪的控诉。对城市的表达总是伴随着对城市的逃逸,城市像幽灵一样出现然后消失,现代性的文学从整体上说植根于乡村文明,于是对城市的表达就变成驱魔,文学始终不能接受城市强大的外形和强烈夺取的精神。

对城市的理解离不开城市与乡村的分离对立关系,城乡的矛盾构成人类文明进程中的重要关系,也构成人类精神生活中的内在冲突。马克思、恩格斯在《德意志意识形态》里指出:"物质劳动和精神劳动的最大的一次分工,就是城市和乡村的分离。城市之间的对立是随着野蛮向文明的过渡、部落制度向国家的过渡、地方局限性向民族的过渡而开始的,它贯穿着全部文明的历史并一直延续到现在。"[①]在马克思主义的历史唯物主义看来,城市与乡村的分工不过是人类社会发展的必

---

① 中央编译局:《马克思恩格斯选集》第一卷,北京:人民出版社,1995 年,第 56 页。

然产物；在另一些文化史家看来，这种分工则是一种隐秘的世界历史精神展开的结果。文化史家斯宾格勒曾经写道："真正的奇迹是一个市镇的心灵的诞生、一种完全新型的群众心灵——它的终极的基础永远是我们所看不到的——突然从它的文化的一般精神中长出来了。它一旦觉醒起来，就为自己形成了一种可见的实体。从那各有自己的历史的一群乡村农田和茅舍中出现了一个整体。它生活着、生存着、生长着并且获得了一种面貌和一种内在的形式与历史。"[①]斯宾格勒所说的市镇与城市、大都市是同义语，在他看来，所有的城市都导源于一种心灵或精神，他对城市持双重态度，既充满了狂热的赞颂，又不乏激烈的敌视。他更是激情地说道："'世界都市'的石像树立在每一个伟大的文化的生活进程的终点上。精神上由乡村所形成的文化人类被他的创造物、城市所掌握、所占有了，而且变成了城市的俘虏，成了它的执行工具，最后成为它的牺牲品。这种石料的堆积就是绝对的城市。它的影像，像它在人类眼前的光的世界中显得极尽美丽之能事那样，内中包含了确定性的已成的事物的全部崇高的死亡象征。"[②]城市不只具有巨大的外形，还有在现代性的世界历史中成长起来的那种心灵和精神。对于文学来说，这种类似历史通灵论或宿命论的城市精神似乎是它更为恰当的内在品质，它像幽灵般地依附在文学的身上，若隐若现，在场或缺席，文学总是以一种特殊的方式与之发生关系。既然作为一个被表现的生活空间，不是乡村就是城市，文学无论如何也逃脱不了城市的纠缠。

城市文学实际包含着双重矛盾：既有与城市融合一体的城市精神，又站在乡村立场上质疑与批判城市。后者并不一定是真正的乡村立场，而是浪漫主义和现代主义以来西方文学一直持有的立场，后现代主

[①] 奥斯瓦尔德·斯宾格勒：《西方的没落》，齐世荣、田农译，北京：商务印书馆，1991年，第200页。

[②] 同上书，第213页。

义也并不是对城市歌功颂德,相反,后现代甚至更经常地回到乡村来攻击现代城市文明——这是审美现代性所决定的延续至今的浪漫主义情绪。在文学的历史中,真正站在城市精神向度鼓吹一种城市文明,讴歌、赞颂城市文明的作品极为少见,更多的是对城市的批判、质疑和逃离,现代性有着无穷强大的历史渴望,在城市形象的确认方面却背道而驰。城市被塑造成一个巨大的他者化的客体,只是流浪者的乐园,只有波西米亚式的现代流浪汉艺术家们才会以城市(街道、广场)为家。资产阶级蛰居于城市的家中,并且期待着周末到乡间度假,他们对城市反倒没有强烈的感受。城市是在它的逃离者的逃离中呈现为一个令人向往的空间的。对城市的书写即是对它的诅咒,但也是感恩,也是对它的驱魔。这个驱魔是双重的,城市不只是受到居于主导地位的乡土文学(及其现实主义)的排斥,而且受到它的书写者的驱魔。如果这不是一个真正他者,一个像幽灵那样的他者,那又是什么呢?它如此令人恐惧,令人又爱又恨。正像德里达所说的那样:"欢迎它们仅仅是为了驱逐它们。一旦有某个幽灵出现,殷情和驱除就相伴而行。人们只有通过专心于驱逐诸幽灵,将它们赶出门去,才能沉迷于它们。"[①]

城市文学承载着新兴的文学观念、生活经验以及新的美学范式,它令人兴奋、激动和不安。它显然遭遇到主流的乡土文学的抵抗和排斥,在这场角逐中到底何者会获胜?城市文学可以存在下来吗?如果中国乡土文学的力量依然足够强大,那么城市文学还不能占据要津?如果乡土文学本身的主导地位乃是历史的特殊情势造成的结果,那么,城市文学胜利的结果也必然是与之同归于尽。因为乡土文学走向终结,城市文学也就不存在了。到那时,文学就是文学,无法也无必要划分为乡土/城市。中国的城市文学始终是生不逢时,它遭遇乡土中国永不衰竭的历史力量,尽管也具有强大的历史活力,但它只能是遭遇主导历史排

[①] 雅克·德里达:《马克思的幽灵》,何一译,北京:中国人民大学出版社,1999年,第197页。

斥的"他者",一个"大他者"。① 城市文学所在的这种角逐,其本质是一场后现代与现代(以及前现代)的角逐。然而,这种替代性的、不断变革和前进的观念,又是典型的现代性观念,后现代也要借助现代性的观念来获得它的未来。

由此也就不难理解,纵观现代以来的历史,城市文学若有若无地以不完全的形式和幽灵化的方式在不同的阶段显现,没有一部完整的历史,也不可能有其完整的自身。也就是说,它是一种不充分的、他者化的存在,因为它不能被本质化,也无法被历史化,它是逃脱、缺席和不在场的一种踪迹。我们越是接近它,它越是像他者的幽灵——只是我们需要的他者的幻影而已。

二　无法建构的他者史,怪影重重

中国的都市文学并不是从1980年代开始的,早在上世纪三四十年

---

① "大他者"的概念是斯洛文尼亚马克思主义理论家斯拉沃热·齐泽克的《意识形态的崇高客体》提出的概念,这个概念显然是对拉康理论发挥的结果。"他者"的概念同时吸收了列维纳斯的观点。拉康式的齐泽克的主体是无法完成自身的存在者,主体是被"大他者"质询的对象。而他的"大他者"反倒是一个巨无霸式的不在场而又能撕裂主体的绝对之物。他写道:"当主体面对着一个谜一般的、难以渗透的大他者时,他必须把握的事物就是,他对大他者提出的问题已经成了大他者自身的问题——坚固的大他者的所具有的不可渗透性……大他者已经在本质上被干扰,并围绕着某个难以消化的、抵抗符号化和符号整合的石头,被构造出来。"结果是主体始终不可能获得与自身的完全认同,正是因为有了这种不可能性,作为实体的社会,大他者已经成了主体。参见斯拉沃热·齐泽克《意识形态的崇高客体》,季广茂译,北京:中央编译出版社,2002年,第243页。齐泽克接受了拉克劳和莫菲的"社会的不可能性"的概念,最终是那个绝对的大他者成为实际的主体。这又是齐泽克试图回到黑格尔的企图。那个大他者令人想起黑格尔的绝对精神。在我这里,"大他者"反倒是无法实现自身的主体的那种存在者,主体是无限大的在场的主导历史。因此,我的他者概念更接近列维纳斯的原意。这个他者既是被主体排斥的,也是无法实现为主体的,但它又不可抗拒要反过来质询主体,由于这个他者也带着历史的合法性力量介入主体的历史,因而是"大他者"。

代,中国的城市(或都市)文学就在中国的现代性历史展开中留下了踪迹。穆时英、刘呐鸥、施蛰存这些人创作的"新感觉派"小说,写的就是都市场景和都市生活。李欧梵的《上海摩登》把这些小说作为对中国现代都市消费文化体现最生动的文本,从中他看到上海早期现代性蓬勃旺盛的欲望和活力。但中国的都市小说以及最早表现现代性都市文化的作品,在王德威的《被压抑的现代性》中还是被往前推了半个世纪。在王德威看来,韩邦庆的《海上花列传》不只是这个早逝的落魄才子的个人生活的写照,更重要的意义在于,它"凸显上海为一特定的地理场所,为有关沪上的故事提供了空间意义。作为中国第一座'现代'城市,19世纪末上海的都会气息不同于传统城市。它造就了新的社会群体、经济关系与消费习惯……《海上花列传》将上海特有的大都市气息与地缘特色熔于一炉,形成一种'都市的地方色彩',当是开启后世所谓'海派'文学先河之作"。[①] 在这里,《海上花列传》以对上海大都会形形色色人物的生活的表现,以及对上海新兴的都市面貌场景的表现,当可看成最早的现代都市小说。在这里提到的所谓"海派"文学,也可以看成都市文学的另一种说法,或者说是其最有力的佐证。但"海派"文学并不是"都市文学"这个概念能够涵盖得了的,"都市文学"也并不是"海派"文学看得上眼的绰号,在大多数情况下,这不过是"都市文学"的自作多情罢了。这正如20世纪三四十年代穆时英们的"新感觉派"小说,那也是在早期"现代派"的意义底下来论述的,"都市"不过是现代派的佐证。相对"现代派"来说,"都市文学"这种说法既像旁门左道,又像花言巧语,在整个现当代文学史的叙述中,它始终处于"进入"与"离去"的双重状态。

即使像张爱玲的《倾城之恋》这种作品,我们也无法在"都市文学"给定的框架系统内加以论述。几乎所有的论者都会把这篇小说作为"情爱"小说来对待,都会在个人"情爱"与历史变动的关系上来讨论。

---

① 王德威:《被压抑的现代性》,宋伟杰译,北京:北京大学出版社,2005年,第102—103页。

"倾城"之恋,其实与城无关,张爱玲这个城里的女人,这个上海滩颇具摩登气息的女子,主要过着深居简出的生活,如果不是胡兰成的出现打破了她生活的宁静,她几乎与上海正在发生的现代变化没有关系。她讲述的是旧时代的家的故事,讲述的是女人的内心。而"倾城之恋"的城市背景只是香港在兵荒马乱年代的破败混乱,"倾城"只是"倾心"的更夸张的修辞表达而已。但在小说的叙事上,"倾城"就像一个空降的词语,它的点题既勉强又诡秘。小说这样写道:"香港的陷落成全了她。但是在这不可理喻的世界里,谁知道什么是因,什么是果?谁知道呢,也许就因为要成全她,一个大都市倾覆了。成千上万的人死去,成千上万的人痛苦着,跟着是惊天动地的大改革……流苏并不觉得她在历史上的地位有什么微妙之点。她只是笑盈盈地站起身来,将蚊烟香盘踢到桌子底下去。"这样的"倾城"是对"倾心"的替换和消解,一种来自中国传统文化暗示的客观神秘主义的宿命论偷换了张爱玲再也无法正常表述下去的小资产阶级情爱神话。对于张爱玲来说,封建主义的少奶奶蒙受的家的压抑,不过是资产阶级小女人对浪漫情爱的幻想的一个必要前提,这种双重性印刻在她的每一个人物的心灵上。张爱玲对前者总是津津乐道,驾轻就熟,而对后者则只能随便张望几下。她是家族制及其文化最后的小说家,但她表达了中国传统社会的核心"家族制"文化的崩溃,她对城市的随意眺望,以及她没有来源的莫名的"倾城之恋",都表明她所表征的中国资产阶级的情感表达渴望在城市空间里获得了极其有限的维度。

然而,历史正如《倾城之恋》所表达的那样,小资产阶级的白流苏与范柳原遭遇兵荒马乱的动荡年代,他们的爱没有更为从容细致的表达场所,昔日白公馆已经残破不堪,范柳原依旧因袭着他的历史轨迹生活下去。现代性的小资产阶级情感依然是一个孤傲不群的"小自我",无法在历史巨大的变动中获得生长的天地。"城市"对于中国早期的小资产阶级的情感表达来说,存在着难以逾越的历史断裂,那是一个"大他者化"的客体。对于中国的现代性建构来说,城市只有通过现代性的最激进形式才能获得它的精神,才能穿上它的华丽外衣,才能用它的话语去言说。

中国现代的城市小说只是在左翼革命文学中才真正显露出它的宏大面貌。这一方面在于现代小说形式的成熟;另一方面在于现代小说开始具有更强烈的社会意识。只有左翼革命文学才具有这两方面的优势,也正因此,革命文学并不顾及中国现代性的情感及表达方式上循序渐进的模式,那是西方资产阶级文学走过的路程,世界历史的现代性在中国这里采取了最激进的形式,文学更是主动地创建着中国现代性的激进意识。革命文学在城市的空间一度获得了它的表达维度,蒋光慈一类的"革命+恋爱"不过小试牛刀,直到茅盾的《子夜》出来,革命文学与城市真正遭遇,这也就是中国革命的历史与阶级意识在文学中最全面而深刻的表达。革命文学直到这里,仍没有摆脱中国现代性原来的轨道,那就是中国的现代性不管是在经济上还是文化上,依然离不开中国的资产阶级建构起的基础,中国的文学亦如此,也要从中国的资产阶级文化与文学中来创建它的未来。在这里,本来作为他者的左翼革命文学携带着历史的合法性力量与占据主体地位的资产阶级启蒙文学决战,左翼文学倡导的无产阶级革命观念无疑是一种立足于城市革命的观念,因而对城市知识分子和进步人士都有强烈的吸引力,更有可能以城市叙事完成历史的主体化。

但中国的革命以它激进的方式否定了历史亦步亦趋的方案,采取了中国特殊的方式,也在文学上采取了它的特殊形式。本来更有可能的是,中国的现代性文学会从城市资产阶级的生活中来获取它的内容和形式,会在城市的街道、帝国建筑、消费主义的剧院和咖啡馆或是资产阶级的客厅和卧室来展开它的叙事现场,不用说,中国文学家正开始熟悉这些场所。中国的左翼作家都是城市里的文人,他们早先的经验是城市里的密谋家,从事秘密工作,策动各种冒险的暴力活动,在反感资产阶级的同时,也热衷于出现在资产阶级的文化场所。马克思在1850年就描写过这种早期的革命密谋者:"随着无产阶级密谋家组织的建立就产生了分工的必要……他们的生活动荡不定,与其说取决于他们的活动,不如说时常取决于偶然事件;他们的生活毫无规律,只有小酒馆——密谋家的见面处——才是他们经常歇脚的地方;他们结识的人必然是各种可疑的人,因此,这就使他们列入了巴黎人所说的那种流浪汉之流的人。"[①]左翼的无产者作家只是相对于资产阶级而言处于贫困的状态,他们的生存方式比资产阶级更具有城市的特征,更能体会城市的精神气息、形体状态和活动方式。

本来中国的现代性文学从上海的左翼作家这里最有可能产生出城市文学,或者说以城市生活为主导内容的文学更有可能构成中国现代性文学的主流方向。然而,历史在这里出其不意地拐了大弯,左翼文学没有在资产阶级启蒙理想的引导下去推进以个人情感为中心的现代性主题,而是转向了更加激进的政治革命。在新民主主义革命的纲领下,中国人民萌发了民族解放和反抗阶级压迫的历史意识,中国特殊的历史情势决定了中国革命的性质,因而中国的左翼文学转向了乡土,在那里去发掘激进革命更有效的素材。中国的现代性文学迅速被革命理念引领而转向中国本土的历史意识,不再是被西方的现代性理念推动的资产阶级的个人主义文学,而成为民族国家解放事业的一部分。"中国革命的首要问题就是农民问题"(毛泽东语),中国的左翼文学在激进革命的道路上更进一步,摆脱了它熟悉的城市小资产阶级的生活空间,转向对被压迫的农村和城市贫民的生活的表现。正如丹尼尔·贝尔所说,"20世纪的知识分子无法拒绝革命"始终是一个令人困惑的现象,20世纪的中国文学也不能拒绝革命,相反,它积极主动地从革命中汲取了充分的历史动力。中国的革命转向农村包围城市,中国的革命文学也转向书写乡土,革命成为中国现代历史的主导动力,文学也只有顺应这个主导动力。因此,毫不奇怪,中国20世纪的文学主流就是乡土文学,城市文学只是作为一些若隐若现的片断,作为被主体排斥和边

[①] 参见中央编译局《马克思恩格斯全集》第七卷,北京:人民出版社,2002年,第320页。

缘化的"他者"偶尔浮出历史地表。

三 革命对城市的驱魔，乡土的胜利

以上我们梳理了所谓"城市文学"的简史，看得出来，这样的梳理异常吃力，这样一种历史始终是一个未能验明正身的"他者化"的历史，几乎没有一个完整的历史线索或图谱。在整个20世纪的文学中，城市文学是什么？存在于哪里？有过它成为主体的完整身影吗？

1949年以后，中国文学的主流叙事就是乡村叙事，乡土文学以及文学叙述的"乡土"构成了文学的全部历史。从赵树理的小说被作为中国新文学的方向起，革命文学一直在努力让人民群众喜闻乐见方面疲于应付，传统中国在精神上和文化上成为社会主义革命的对象，但在审美趣味上却奇怪地成为革命文学梦寐以求的归宿，这意味着代表现代文明的城市在审美趣味上将要忍受被排斥的命运。"城市"在文化上和审美表达上就奇怪地变成一个被遗忘的角落，一个要被驱逐的幽灵。居住在城市的中国作家对城市完全没有感觉，不想也不愿意去感受它的存在。萧也牧的《我们夫妇之间》试图表达"革命干部"进城后发生的变化，城市第一次成为生活的背景，革命一旦陷入城市，就再也摆脱不了它的纯粹性，小资产阶级情绪几乎油然而生。在1956年的"百花时期"，王蒙的《组织部来了个年轻人》也呈现出一些城市生活的局部，但赵慧文唤起的记忆完全是小资产阶级的情调，几乎是不经意地勾连起五四文学叙事中的那种感伤浪漫的情愫。不用说，这些文学作品只是极为有限地触及了城市生活的某个侧面，但无法与革命的生活主流融为一体，即使是用批判的眼光也不行，革命的乌托邦与文学想象的城市乌托邦无法调和在一起，中间横亘着的不只是中国现代性历史的断裂，还有西方资产阶级启蒙文化的根本冲突。

中国革命的性质决定了中国文学的性质，那就是以农民、农村为叙事主体的文学。努力去除现代资产阶级的思想、情感和审美趣味，这是无产阶级文化建构的首要任务。不过,无产阶级在文化上并没有自己的资源——无产阶级是没有文化的阶级,是被现代城市资产阶级剥夺文化的群体,他们附属于现代资产阶级的文化,是被资产阶级作为启蒙的对象来处理的沉默的阶级。而中国的无产阶级本质上是农民阶级,建构新型的农民的文化就要驱除现代城市资产阶级的文化。新中国成立后,中国的社会主义文化是一种肯定性的文化,后者本质上是一种否定性的文化,资产阶级的现代文化表现在艺术上就是自我批判的文化。从浪漫主义、现实主义到现代主义,资产阶级文化的主导倾向都是批判性的、精神分裂式的。资本主义就在文化和审美的批判中来展开其文化实践,获取面向未来的可能性。资本主义的文化本质上是一种个人主义的文化,因而也是一种城市文化。中国的革命文化在其初级阶段则是农村文化,在回到文化的民族本位和历史本位时,都不得不借助乡土文化的资源。中国的社会主义要把历史重新建构在最广大的贫困农民的基础上,建立在土地的基础上,这就使得它在文化上要开创一种新的历史,那就是把中国现代性开始建立的、以民族资产阶级为基础的文化驱除出去,把文化的方向确立在以农民、农村为主体的基础上。就这一点而言,毛泽东《在延安文艺座谈会上的讲话》已经非常明确地阐述了革命文艺的方向。

这种激进的文化导向并没有激进的审美表现形式,罗兰·巴特说:"革命要在它想要摧毁的东西内获得它想具有的东西的形象。"①但中国革命的左翼文学并未在资产阶级的文艺形式中获得形式,相反它转向被民族资产阶级启蒙革命颠覆了的传统。革命的意识形态愿望与其语言的贫困构成惊人的历史悖论,激进的革命不得不从传统中、从既定的审美表达的前提中去获取形式。革命不只是信赖乡土——这种沉默的、无法用语言表达的历史客体,同时要依赖乡土——围绕乡土建立起来的、更具有亲和性的美学表达。那些表达本质上也是非乡

---

① 罗兰·巴特:《符号学原理》,李幼蒸译,北京:三联书店,1988年,第108页。

村的①，但因为其外表的相似性，被当作具有相同的客观性。乡村景物和大自然自有文学的古典时代起就构成文学表现的对象，不管是古典时代的借物咏志，还是现代浪漫主义发展起来的关注自然风景描写，乡村的自然环境都构成文学的本性的一部分。所有关于乡村的表达都具有乡村的朴实性和实在性，正如所有关于城市的表达都具有城市的狂怪奇异，乡土的氛围就这样悖论式地然而又如此融洽地与激进革命的书写融为一体。因此，不难看到，革命的乡土文学中的人物与他生长的环境是如此紧密地融为一体，乡村景色——土地、树林、田野、河流、茅舍以及农具和动物，是如此亲密地与人组成一个和谐的生活情境，革命文学在意识形态方面所面临的虚幻性，在乡土的叙事中获得了美学上的本体、和谐与安慰。

社会主义文学在相当长的一段时期内都对城市（文学）采取他者化的策略，也就是驱魔的策略，城市只有在作品行使批判性的叙事意向时才作为背景存在，而本质上与城市相关的人物总是被驱魔的对象，这就必然导致其连同城市一道"被驱魔"的命运。最典型的作品当推周而复的《上海的早晨》(1958)，这部作品的主题是描写中国历经的社会主义革命对城市资产阶级的改造，显然，这里出现的真正属于城市生活的场景，花园、洋房、客厅、宴会上的酒、轿车等，都与要驱除出历史舞台的资产阶级的主人及其后裔相关。小说也写到城市的街道和工厂，但在这种场所中，革命的气氛完全压倒客体事物，革命总是以破坏性和摧毁性为目的，它不会与客体事物构成一致性的关系。《上海的早晨》倒是写出了中国的城市如何因资产阶级被驱除出历史舞台而消失在当代文学的视野内，城市意味着现代化、西方化、资本主义、私有财产、情爱、欲望、身体等，与城市相关的符号，也就是城市的外表和内心，都与中国

---

① 例如有人论述过华兹华斯写的《汀腾寺》，那是对法国后革命时期的汀腾寺周边乡村的并不忠实的描写，那时汀腾寺周边饿殍遍野，在华兹华斯的描写中却是一派浪漫风光。同样的情形在中国五六十年代的乡土文学作品中也随处可见。

社会主义初级阶段的革命及其文化想象格格不入，被驱除是理所当然的。但城市又带着历史的合理性，也要实现为主体，这个幽灵般的他者也要以各种隐晦的形式出现在革命文学作品中。在漫长的"十七年乡土叙事"占据统治地位的年代，阅读和写作一样无法忍受没有"城市"他者的显现。我们还是能以变相的形式看到一些中国早期城市的生活场景，那些与资产阶级或小资产阶级生活方式联系在一起的城市情调。例如，在《野火春风斗古城》《小城春秋》《三家巷》甚至《青春之歌》等作品中，都会出现初具现代文明的中国城市，以及相关的一些生活场景。在这里，城市及其某种生活情调附身于革命出场，革命要颠覆旧城市的统治者，要改造旧社会的城市，城市以其幽灵化的形式模仿死亡从而获得新生。

当代"城市文学"在1980年代于不知不觉中显现，之所以说是"不知不觉"，是因为它被其他更急迫的主题所遮蔽。准确地说，"城市文学"这个概念依然难以成立，1980年代与描写城市有关的小说，都附属于其他的主题名下，"城市"还没有作为一个主题或论题被凸显出来。很显然是因为中国现代化的推进，城市生活和城市中的人们成为现代生活的一种标志，但是描写城市生活并不能构成醒目的城市文学，城市生活只有被打上强烈的"现代化"印记才能被指认为真正的城市生活。这就与乡土文学很不相同，所有描写乡土的文学都可以自在地被称为乡土文学；但描写城市的不行，因为中国的城市从农村脱胎而来，它经常是放大的乡村，城市的街道、市井与胡同，离乡村并不遥远，那里的人们也依然带着泥土的气息，具有农民的朴实与执着。很显然，城市必须被进一步放大，直到离乡村足够远，看不到多少乡土中国的影子，甚至就是西方大都市的模仿或翻板时，才构成城市文学想象的对象。1980年代的改革开放，打开了中国国门，几乎是封闭了半个多世纪的西方文化进入中国，这给急切寻求现代化的中国人提供了借鉴的对象。在文学上，现代主义就成为文学现代化的目标。在现代化的纲领底下，文学开启了现代主义的潮流，与其说这为文学表现城市提供了契机，不如说文学不得不转向城市。与城市相关的文学叙事，几乎都是在现代主义意识的支配下来展开的，"城市"的符号，或者关于城市的意识，不过是现代主义意识的副产品。

1986年，北京作家陈建功发表《卷毛》，这篇小说讲述了一个头发卷曲的城市青年高考落榜后对父亲训导的逆反心理。小说一开始就描写他骑着自行车在城市的街道上遭遇一个"小妞"的冲撞，结果摔坏了他借来的要听格什温交响曲的放录机，这使他陷入要赔偿80元人民币的困扰。反感父亲训导的他不想向父亲要80元钱，他的中学同学盖儿爷给了他80元，代价是卷毛每月到盖儿爷的小发屋理发并说一堆好话。这个企图逃离父辈的卷毛，不想却落入盖儿爷对他爷爷敬的孝道之中。一个是反叛父辈的无所事事的都市闲人，另一个则是进入改革开放努力工作的个体户；后者因为经营理念不同也与父辈产生冲突，但他恰当地解决了冲突，依然在尽传统中国奉行的孝道。这部小说描写了城市青年的生活和心理，也出现了不少城市的场景，这些场景富有活力地表现出中国1980年代改革开放的现实，诸如足球比赛、彩票、音乐茶座等，都体现出中国大城市生活正在形成的消费主义倾向和狂欢化特征。但小说的重点在于表现青年与父辈的冲突，这里所谓的"代沟"，实际上是具有现代主义倾向的青年的自我意识与传统中国（本质上也是乡土中国）父权制习惯势力的矛盾。小说叙事从城市外部转向了城市的隐蔽处所——"家"，城市的庞大表象退隐了，小说的重点在于表现被现代意识培养起来的个人主义，如何从西方的观念转向更契合现实的社会实践。那个盖儿爷土得掉渣，但代表了更具有实践品格的新一代青年，他们反倒有能力解决好代际矛盾，也有能力把个人的自我意识落实到改革开放的实践中（小说在盖儿爷身上所体现的内与外、表与里的反切，倒是显示了陈建功小说艺术技法的考究）。在小说里，所有关于城市的符号（广场、街道、娱乐场景等）都与卷毛那焦虑而空洞的自我意识相关，小说的深化体现在盖儿爷身上，这是一个面向现实和本土性实践的转向，卷毛并没有真正的城市意识，在城市里也没有真正的独立品格,城市对于他同样是一个无法统一的外在世界。小说的深刻之处也许正在于表现出这些最初的都市青年独立的个体意识,如何在现代性和传统的二元对立中寻求可能的解决方案。小说最富有反讽意味的地方在于,卷毛为了自我意识而落入他所逃离的传统孝道之中。

《卷毛》算不算都市文学或城市文学？这会使今天探讨都市文学的人们有所疑虑。从很多方面来看(即使放在今天),《卷毛》都是一篇相当精彩的小说,但当我们试图论证它的都市文学属性时,就会立即陷入困窘。事实上,这种困窘和疑虑不只是面对《卷毛》才产生,面对相当多所谓的都市文学时都会产生。

实际上,《卷毛》在20年前就以它的困扰形式包含着中国都市文学的全部秘密。当然,在1980年代中期,还有一系列描写都市生活的作品,刘心武的《钟鼓楼》、张辛欣的《在同一地平线上》、张辛欣与桑晔合作的《北京人》,以及在当时最具有现代派气息的刘索拉的《你别无选择》和徐星的《无主题变奏》,都可以看成这方面的出色之作。但这些作品的主题内容都不是城市文学所能概括的:《钟鼓楼》更偏向于对市民生活的表现,带着强烈的"老北京味";《在同一地平线上》则是个性主义的充分体现;至于刘索拉和徐星,显然当时就被固定在"现代派"的宏大栏目之内。

直到王朔的出现,中国的城市文学才显现出强烈的特征。无可否认,王朔对当代中国都市生活作出了最有力也最有争议的表现,他无疑制造了当今中国都市文学最生动的景观。不管人们承认与否,王朔第一次讲述了"都市话语"——过渡时期的、试图摆脱意识形态推论实践的"城市边缘人"的话语,这种话语一度成为城市青年自我意识表达的流行术语。

王朔的叙事携带着大量新型的城市文化代码,诸如饭店、酒吧、歌厅、舞厅等。王朔的策略在于塑造"城市痞子"这一族类的形象,这些"痞子"或"边缘人"出入于这些我们的制度无法严格控制的场所,事实上，与其说这是一群游手好闲之徒，不如说他们是存活于制度体系之外的他者。我们的经典话语之所以难以捕捉他们，是因为这些人属于另外的群体——城市正趋于形成的自由职业者，这些人在社会中没有确定的位置，既怀着不能进入的嫉恨，又带着逃避的蔑视，因而注定是他者式的"边缘人"，就像本雅明所描写的那些"观望者"和"游手好闲"的人。王朔的痞子逃离了传统的"家"，他们在街市上游荡，与社会的主流价值背道而驰，乐于在边缘状态随意游走。这些人从中国庞大而坚固的秩序中逃离出来，但又念念不忘这个秩序的力量的存在，他们是一些"后革命"的浪子，有意对那些一度令人热血沸腾的神圣格言和标榜时髦的流行术语冷嘲热讽、指桑骂槐。王朔卓有成效地给出了城市观望者和游荡者的语言，这些语言带着从意识形态的强行支配秩序中脱离出来的痕迹，念念不忘对过去的压迫表示嘲弄。王朔的人物生活在一种新的城市语言中，这使他们真正富有城市意味，城市只有在反对它的人群那里才显现出强有力的存在。这些人携带着个人的力比多步入社会，他们的行为准则、他们的自我的形成以及反抗性冲动的自由发挥，都形成了纯个人的经验。他们当然不是口头革命派，而是身体力行。《一半是火焰，一半是海水》里的张明，《浮出海面》里的石岜，《橡皮人》里的丁建，《顽主》里的于观、杨重、马青等人，无一例外都不是循规蹈矩的正人君子。他们不是干着敲诈勒索的勾当，就是玩弄倒买倒卖的冒险游戏，或是笨拙地替人排忧解难。他们在当时方兴未艾的市场经济潮流中应运而生，这些"个体户"或"倒儿爷"，构成了1980年代中国最新奇的"城市街景"。他们表征着另一种生活方式和新的生存状态，对于依然生活于传统制度体系内的中国人来说，他们是一种诱惑和奇迹，而且还是一种邪恶和威胁。多少年之后，人们可以更清楚地看出他们身上所体现出的那种精神分裂特征。王朔的那些小说篇名，诸如《千万别把我当人》《玩的就是心跳》《爱你没商量》《过把瘾就死》，等等，是对这个时代的压抑机制的抗议，也是自我觉醒的宣言。然而与其说王朔表征了文学的转型变革，不如说这是文学在这样的历史时期拐过的一个弯道,一个不得不历经的劫难。对于"文革"后的社会主义文学来说,经历过王朔就像经历过魔鬼附体。令人惊异的倒在于,历史无力驱魔。好在多年之后,王朔自己还魂,驱除了他身上的邪性。

四 城市崭露头角,不充分的主体

城市文学与城市的兴起相关,而城市的兴起不只是因为地理面积的扩大、建筑群的扩张,更重要的是要有一种城市生活方式,要有城市独特的人群。在相当长的时期,中国的城市不过是乡村的放大形式,那里面的生产、生活方式与乡村没有多大区别,那里居住的人们与乡村也没有多大区别。直到1980年代后期,中国城市才初具规模,特别是形成了北京、上海、广州与深圳等一些大都市,与之相适应的城市产业经济和城市文化也建立起来,城市变成最有活力的经济中心和文化符号生产中心。城市那些高大的建筑是经济神话和时代扩张精神的卓越见证,它们穿越历史压抑的地表而成为时代的象征。以至于八九十年代之交,令人困扰的、茫然的时代情绪也终究压制不住以"经济建设为中心"的历史需求,这使人们怀着更强烈的生存欲望去寻求个人的空间。在这样的历史背景下,有一种历史情绪通过对城市的叙事表达出来,城市文学在这种情绪中获得超越现实的表达形式。人们热衷于表达时代的表象,热衷于对生活外表的呈现,这就使文学叙事可能对城市投去热烈的目光。1980年代后期,特别是1990年代初期,有一部分小说带有强烈的时代气息,带有一种追寻个人意识的情绪,这种情绪与中国正在发生变化的现实结合在一起,也许可以说,更多的城市小说就这样应运而生了。

1980年代末期,刘毅然发表《摇滚青年》(1988)和《流浪爵士鼓》(1989)等小说并风行一时,它们显然契合了当时正在城市流行的歌厅、舞厅文化,霹雳舞、摇滚乐正是当时城市文化的最新景观。这篇小说并没有什么复杂的故事情节,其城市特征就是一种紧张的情绪。小说写一群热衷于摇滚乐的青年混乱而不安的生活状况,其叙事并没有明显的政治倾向,而是针对城市对人的束缚来表现青年亚文化群体的生活方式。现代城市总是不断创造出它的年轻而又不安分的群体,然而城市本质上又是新的集权,它显然是以空间的武断形式来控制居住的人群,同时又以文化时尚的复制形式来使群居的人们就范。这篇小说既表达了城市新兴的现实力量,又带着现代主义式的对城市的反叛情绪,城市背景被塑造成一种强大的现代文明体系,城市被赋予了权力的象征形式。

同时期还有吴滨的《城市独白:不安的视线》(1988)这种城市感很强的作品,后来结集出版的《重叠影像》也是对城市生活的表达。吴滨的小说非常直率地写出了现代城市人的"家"的危机,写出了当代城市生活的一种漂流状态。居住在城市却无家可归,这是现代城市人的精神困窘,这是一种真正的城市心灵。这些人要追寻的是真正的城市生活,传统的家不过是生活的牢笼,只有城市本身才是不安分的精神随遇而安的漂泊场所,个人主义的激情已经转化为城市的孤独感和城市中的厌世主义。这实际上是城市小说的惯常主题,对城市的态度总是带着迷恋与逃离的双重性,对城市的书写不过就是对城市的批判。

1990年代初是中国沿海城市迅速发展扩张的时期,更重要的是城市成为带动周边市镇和乡村的经济中心,1990年代初期的《花城》期刊和深圳的《特区文学》都发表了大量反映沿海城市生活的作品。这时期的城市文学带着1980年代现代主义的流风余韵,带着中国农村文明向城市文明转型的深刻创伤,同时带着日益滋长起来的个人主义情绪,显示出强烈的时代气息。1990年代初,《花城》登载了林坚的《别人的城市》(1990),这篇小说描述了沿海开放城市光怪陆离的生活场景,作者着意刻画的是各种人的生活态度。这里有暴发户、打工仔、时髦的公司小姐、雅皮士和殉情者,他们的活动构成无序的都市生活的主要部分。叙述人"我"处于无法进入都市生活的困扰之中,"我"的犹疑徘徊不过是固守住内心的道德理想的另一种表达方式。"我"的那种拒绝和不参与在都市混杂堕落的人群中显得落落寡合,那类似局外人的"城市孤独感"与欲望横流的周边环境产生强烈的反差。作者试图致力于发掘这一境况的现实理由、个人历史的依据、精神信仰等,人物关系被置放到传统与现代的二元对立中来表现,那种寻找精神家园的现代主义意识,与怀恋乡村传统的情绪相混杂,表达出对现代城市生活的强烈怀疑。王树增的《禁止忧郁》(《花城》1990年)更注重探索"都市"如何构成生存无可摆脱的内在阴影。相比之下,林坚小说中的那个叙述人"我"面临的是进入"别人的城市"的困难,而王树增的人物则陷入如何摆脱都市的困境。都市生活具有如此巨大的构成力量,道德沦丧和虚假伪善构成了都市人的基本行为方式,王树增试图塑造超越城市的"当代英雄",把他塑造成唯一有"自我意识"的人,然而这种人也只能在想象中超越自我。

张梅的《殊途同归》(《钟山》1990年)是当代中国最早对城市进行反讽性描写的小说。在对城市进行嘲弄的同时,人物与城市一起在他者化的现实境遇中狂欢,这与当时中国处在巨大反差和错位状态中的都市情境颇为贴近。这种叙事不再对城市进行独断论式的质疑,也不再怀着现代性的恐慌试图超越城市,而是借助表象的拼贴对城市完成一次快乐的书写。在对生活进行变异的描写时,张梅把人物推到错位的情境中加以漫画化的表现,嘲讽城市,也创造了都市奇景。小说叙述并不把城市作为一个对立面来思考,小说所表达的逃逸、反抗和认同,都从语词的狂欢表现和场景中流露出来,显示出城市文学与后现代自然结合的倾向。

同处广州的张欣一度是城市文学热情的书写者,她的那些城市故事以城市职业女性为主角,这些被称为"白领丽人"的女人们是1990年代时兴的中国都市的精灵、鬼怪和梦游者。张欣描写了在都市这个充满雄性扩张欲望的空间,在那些高大的、像阳具一样挺拔的写字楼的阴影底下,这些行色匆匆的职业妇女是如何像梦一样消失,像谜一样出现。如《绝非偶然》(1991)、《永远的徘徊》(1992)和《伴你到黎明》

（1993）等，都写出了转型时期城市职业女性的处境。这些迷人的白领丽人，赶时髦、挣钱、高消费、玩感情，当然也不时有高尚之举。张欣的注意力在于职业妇女所承受的精神压力和她们执拗表达自我情感的那种状态，很显然，她们的性格心理的矛盾在很大程度上是传统家庭观念作祟，在这个意义上，张欣的那些白领丽人不过是些外表时髦的小家碧玉罢了。她们的开放虚张声势，她们同样居住在城市的"家"里，而不是以"城市"为家。

　　1990年代中国经济进入快速轨道，城市化以及城市经济产业发展迅猛，随着国家将房地产和汽车作为拉动国民经济产业发展的龙头，城市建设获得了强劲的发展势头。另一方面，电信业与传媒业的发展，使中国的大城市向着后工业化的领域迈进。北京、上海、广州和深圳已经成为颇具规模的国际化大都市。文学面对这样的现实，表现出足够的迟钝。事实上，在所有的文化类型中，文学是最保守的力量。中国文学的主流是乡土叙事，对于城市生活，作家们并不是在叙事（故事讲述）方面有困难，更重要的是无法以一种有穿透力的视点切入其中。对于文学来说，城市的存在始终是一个无法被恰当表达的"他者"。长期以来，当代文学是在现代主义的流风余韵中表现城市生活，依照一种对传统乡土价值的眷恋来质疑城市，但这种书写并不能在思想内容或观念价值方面有新的突破，更不用说形成城市化的美学风格。王朔的语言是在特定的历史转折时期嘲讽性地挪用革命的遗产，这一遗产也只有王朔可以盗用，并且王朔之后再难有人重复。很显然，现代主义的观念过于模式化，王朔的经验又太个人化并且受特定历史背景的支配，中国的城市文学需要突破原有的立场和表现方式才能有更大作为。也就是说，从现代主义转向后现代主义，构成了当代文学有效切入城市生活内部的艺术取向。

　　这样的转向实际上非常困难，经历过十多年的转向，依然是一个未竟的方案。1980年代末期，先锋派文学以其语言和叙事方法的实验把汉语文学推到一个形式主义的高地，但是，先锋小说的形式主义是一项不得以接受的事实，因为其故事的现实性被删除了。那些历史年代不明的故事也包含着对人性和人类存在历史的深刻表达，但由于过于深邃和晦涩而难以被读出，人们只能感受到形式主义和形而上的观念。先锋小说无法在进行现实性的叙事的同时来展开语言和叙事方法的实验，只有年代不明的历史空间为其提供了实验场域。先锋派小说的激进语言实验奇怪地与中国当下迅速发展变动的城市化现实脱节，这成为先锋派的局限。随后的1990年代初，"晚生代"展开了对现实热烈的描写，也表现了中国当代正在变动的现实，特别是市场化经济现实中人们的激烈变化，包括生存方式和价值观念的变化。这一群体中如何顿、述平、朱文、韩东、刁斗、罗望子、鬼子、李洱、东西、李冯等人，都写作当代城市现实的故事，但他们的作品并不能被归结为典型的城市小说，他们的小说表现当代现实中人们的精神状况，其主题要宽泛得多，并不限于当代城市中的人对城市的感受与反思，也不强调城市文化符号。

在"晚生代"中，也许只有邱华栋的小说具有强烈的城市意味。邱华栋热衷于书写现代人在城市生活中的困扰，他似乎是以一个城市囚徒的身份在书写城市，但又对城市的存在有着惊人的敏感，每时每刻都对城市的外表津津乐道，比如在《时装人》里，他不断地写到电视、写到表演、写到时装人。他的叙事本身是对已经艺术化的、审美化的城市生活的表现。对于邱华栋来说，这些城市外表既是他的那些平面人生存的外在的他者，又是此在的精神栖息地。邱华栋热衷于描写城市的街景，城市没有内心、只有外表，这就是城市的本质，也是城市惊人的存在方式。邱华栋越是抨击城市，竭力撕去城市的外表，就越是陷入对城市的想象。在那些对城市充满攻讦的词句背后，掩盖着对城市深挚的迷恋。与其他作家不同，邱华栋描写的城市是具体的、客观的、实际存在的北京。他的小说中出现的地点场景，都是北京真实的地方，那些豪华饭店、歌厅、舞厅、街道和住所，都是真有其名。像长城饭店、中粮广场、建国门、工人体育馆、东单、三里河、海淀区等，邱华栋从来都直呼其名，城市在邱华栋的叙事中，不再是冷漠的异在，而是我们经验可以触及的现实实在。然而,在邱华栋的叙述中,这些实际的城市地名却更像是虚构的空间,反复的书写再也捕捉不到"原初"的城市生活现实,一切都已经被审美幻象化了,城市本身已经成为超现实。1998年邱华栋出版《蝇眼》一书,这部被标上"新生代长篇小说"的作品,实际可能是数个相近的中篇小说汇集的结果。和过去的小说相比,这些小说的故事和叙事方式没有多大变化,但可以明显看出邱华栋的小说写得更流畅也更犀利了。其中的《午夜狂欢》和《遗忘者》可以反映邱华栋对城市的态度与表现方式,他对城市生活的批判延续了现代主义的观念,从人们的自我意识和精神状况去思考城市的问题。环境污染,城市化带来的人口拥挤、能源紧张、交通堵塞、治安与法制问题,城市中的政治强权与经济强权,现代传媒构成的文化霸权,商业主义的审美专制,等等,这些现实问题并不在邱华栋的城市视线之内,对于他来说,城市出了问题,需要的依然是一个观念的、先验的形而上方案。出路也只有现代主义式的老路,丢弃城市、崇尚大自然,问题就能获得暂时的解决。

城市在它的厌弃者那里获得存在的肉身,厌弃者的态度、心理和情绪就是城市存在的情态。2000年,《大家》第4期发表巴桥的小说《一起走过的日子》,小说讲述了城市中游手好闲的青年巴乔与一个外来妹的情爱故事,从中我们可以看出这个叫作巴乔的边缘性人物,与王朔当年的城市痞子有血缘关系:他们都有意逃避主流社会,他们的人生选择显然都与主流社会的价值观格格不入。但巴桥表达的价值认同有更多另类的含义,在巴桥的小说中,这个城市的厌弃者和多余人选择了一个来自乡村的女子,而且这个女子很可能会被主流社会认作"坏女人"(按摩小姐)。显然,这里的情感认同根本是反主流社会的。在巴桥的叙述中,这个叫小晴的女子吸引巴乔是从肉体开始的,小说的第一节"白色的身体",一开始就写到"软软的""暖暖的""丰厚的腹部"……巴乔对肉感身体的迷恋成为二人情爱的基础。这既是对纯粹的身体的迷恋,也是对作为身体延伸的乡村的自然本性的迷恋,而这种迷恋是反抗城市的全部依据,这种自然的人本主义使人想起卢梭对现代文明的态度。巴乔借助一个来自乡村的肉体(大地母亲的丰饶的身体),在城市里实现了对城市的逃离。这种颓废和堕落的情调在逃离的同时,也更深地进入城市的内心,因为这也是现代城市最内在精神的一部分。

事实上,这种叙事意向隐藏在中国相当多的作家的文本之内,只是大部分隐藏得太深而难以被觉察。张炜就是如此,在他大部分的作品中,都隐含着对"城市"的厌弃,而这一点正构成他对乡村过分迷恋的依据。在张炜的《外省书》等作品中,可以看到张炜的城市总是在乡村的景致和抒情的反面若隐若现。2001年的《能不忆蜀葵》把这种情绪推到极致:陶陶姨妈那丰腴肉感的身体,与小晴的身体如出一辙,那是乡村自然、淳朴、丰饶的象征物,在大地母亲的替代性的怀抱里,对城市投去轻蔑的一瞥。所有对城市的批判仅仅源自对乡村的恋母情结,这些卢梭之子正是以其天真的稚拙书写着城市破碎不堪的怪物般的形象。随后在《丑行与浪漫》中,张炜对乡村也陷入爱恨交加的情绪,在那种表达中显示出他独有的深刻性。不在场的城市构成了张炜叙事的某种"潜文本",其意味无穷而诡秘。

迄今为止我们叙述到的城市文学,依然是在现代主义的形而上观念意义上对城市进行反思,真正与城市融为一体的对城市的表达,只有激进的消费主义时尚文化本身。也就是说,文学只有融合到消费文化中去,成为其中的一部分,才能与城市文化打成一片,成为当代城市文化的激进表达,而不是站在其对立面来反思。这一任务历史地落到了女性作家的身上,准确地说是落到了"美女作家群"身上。这些被定义为"美女作家"的女性作家们,对当代中国正在兴起的消费社会有着天然的亲和性,她们生长于经济高速发展的1990年代,与乡土中国已经相去甚远,与当代城市生活密切相关,全球资本与中国市场的互动构成了她们写作的经济文化背景。她们已经没有多少意识形态的政治记忆,对宏大的民族国家的命题与理想主义也不感兴趣,却对消费社会正在发生的时尚潮流如鱼得水,她们表现这样的现实正是在表现她们生存于其中的个人经验。她们乐于寻找生活的刺激、各种情感冒险和幻想,追求时尚生活和流行文化,漂泊不定、随遇而安……总之,一种城市的后现代消费文化成为她们写作的主题。在这些作家中,卫慧和棉棉既是最有争议的作家,也是最具代表性的作家。

卫慧的《像卫慧那么疯狂》是一篇颇有冲击力的小说,讲述了一个青春期的女子相当乖戾的心理和躁动不安的生活经历。这个叫"卫慧"的人物(当然不能等同于实际作者卫慧)在少女时代丧父,内心深处对继父的排斥酿就了奇怪的被继父强暴的梦境。"逃避继父"这个莫明其妙的举动,看上去像是弗洛伊德恋父情结的颠倒。躁动不安的孤独感构成了这类人物的基本生存方式,她们处在闹市却感受着强烈的孤独感,但也只有处在闹市中才感受到孤独感,这并不是无病呻吟,而是这代青少年普遍的生存经验。这篇小说的情节并不重要,无非是年轻女孩逛酒吧、歌厅,遇到一些男人的情爱故事,但那种对生活的态度和个人的内心感受却被刻画得非常尖锐。卫慧的叙事能抓住那些尖锐的环节,把少女内心的伤痛与最时髦的生活风尚相混合,把个人偏执的幻想与任意的抉择相连接,把狂热混乱的生活情调与厌世的颓废情怀相拼贴……卫慧的小说叙事在随心所欲的流畅中,透示出一种紧张而松散的病态美感。这一切都被表现得随意而潇洒,这才是一种符合城市后现代性的叙事风格,城市消费文化的时尚特征就是一种激进/颓废的美感。卫慧的人物绝不是一些幽闭的女孩子,她们渴望成功,享乐生活,引领时尚。她们表面混乱的生活其实井井有条,卫慧确实写出了这代人独有的精神状态——那种历史终结之后的混乱与出奇的平静相混淆的状况。

卫慧的小说叙述充满了动态的感官爆炸效果,她不断地写到一些动态的事物、街景、闪现的记忆、破碎的光和混乱的表情,等等,这些日益建构着当代城市乌托邦失控的表象,它们是对乡土中国纯净风景的狂热背离。《蝴蝶的尖叫》(《作家》1998年7月)同样是一篇相当狂乱的小说,把生活撕碎,在混乱中获取生活变幻的节奏,体验那种尖利的刺痛感，在各种时尚场景行走，构成了卫慧小说叙事的内部力量。她能把思想的力量转化为感性奇观，在感性呈现中展示商业主义的审美霸权，这一切都使她小说给人以奇特的后现代感受。2000年，卫慧的《上海宝贝》引起一阵骚动，这部小说是卫慧对以往小说的一次总结与冲刺。青年人的爱欲、反社会的行为、流行的时尚趣味被表现得更加激进。没有人像她那样津津乐道地描写当代上海的时尚文化，尽管带着极端的夸大其辞，但她叙述了一个与殖民时期的旧上海一脉相承的绮靡的上海。那些色情味浓重的酒吧、疯狂的迪斯科、欲望勃发的身体、对西方男人的情欲、毫无节制的夜生活、卫生间或浴缸里的情欲……所有的这些，都散发着颓废放纵的气息，一个在全球化时代正在旺盛生长的大上海，在它的欲望与颓废的夜色中获得了后现代的全部形状——这无疑是把上海妖魔化的叙事，也是对驱魔化的历史的反动。《上海宝贝》在艺术上充满了悖论：一方面，它与当下流行的时尚趣味相去未远，这些故事、感觉和体验可以在各类小报和流行的时尚杂志上读到；另一方面，它有着激进前卫的感觉和异常鲜明的语言修辞策略。身体的颓废主义再次在它的献祭中诱惑了城市，因为城市的妖魔在这样的时刻全部附身于如此放浪的身体上，这是城市幽灵最为渴望成为的肉身。这是城市本质的他者化，并且始终以他者另类的形式表现出来，城市在这一意义上实现了它的主体化。正因为此，它是主流文化最不能容忍的"小他者"。

与卫慧同居上海的棉棉，以及她的同代作家戴来、魏薇、金来顺、周洁茹等人，也都有风格各异的关于城市的小说发表。这些1970年代出生的女性作家俨然已经构成一个不小的群落，她们虽然未必具有什么革命性的冲击，但却可能改变传统文学的审美趣味和传播方式。这些关于城市情爱的叙事，已经最大程度地改变了经典小说所设定的那些人物形象模式和价值取向，提示了完全不同的生活经验与社会场景。这些作品已经不只是在故事和生活景观方面远离乡土中国，重要的是它们所表征的审美趣味远离了中国的现实主义主流文学。她们的写作更接受消费文化,成为城市时尚的一部分。① 更多的年轻女作家参加进来,她们的写作经常配备身体写真,再通过互联网广为传播,显示出文学在生产、传播和影响上完全不同的前景,她们也变成一群不可预测的城市精灵。

五 历史永不终结,城市他者化的延搁

1990 年代后期,特别是进入 21 世纪后,中国的城市无疑获得了更大的发展空间。按照存在决定意识或经济基础决定上层建筑的理论,城市小说应该在这几年有更大规模的发展,激进的前卫时尚应该更具潮流的领导能力,但是事实上,近几年的城市文学反倒成为一个被遗忘的话题。卫慧因为特殊的缘由旅居海外,她的书在海外获得畅销,但她在中国不只遭遇主导意识形态的狙击,即使在文学界和大众文化的读者圈,被正面认同的程度也不高。在主流文学界,卫慧充其量只是一个刚踏过文学门槛的青春写手;而在大众那里,对卫慧的热烈阅读与对她的轻蔑并行不悖,并且读者大众都以对卫慧的攻击和贬斥为乐趣。只要看看网上对卫慧的评价就够了,少有正面肯定的。相对于主流文学界和读者市场来说,卫慧不过是一个病态的另类,她像某种流行病一样,迅速到来又迅速消失。很显然,卫慧这种代表着城市激进的时尚文化的写作,无法构成一种持续的潮流;相反,主流文学依然走着原来的道路,乡土中国依然具有巨大的力量,那种典型的现代(或后现代)的"都市"在文学的写作中依然具有非法性,因为这样的"都市""都市意识"与西方资本主义文化都是一种他者的书写,是对他者的写作,也是

---

① 但是历史并不会因此终结,主流的和传统的力量依然强大,女作家走向成熟就回到了主流和传统。值得注意的倒是戴来和魏薇在最近几年的转向,她们不再讲述具有时尚特征的小说,而转向讲述小城镇底层妇女的故事,似乎在现实主义和乡土中国的那种历史叙事中找到了她们走向成熟和主流化的途径。

写作的他者。

城市是属于青年群体的,因为只有青年群体才会把生活与行动、爱与恨、渴望与绝望、进入与逃离都和城市全面联系在一起。城市属于那些另类,那些波西米亚式的流浪者,那些反对城市、逃离城市的人,而不是居住在城市的"家"中的人。被称作"城市小说"或者说对城市进行表现的小说,其最基本的对待城市的态度就是把城市作为一个精神和精灵,在人与城市发生关系的任何一个行动中,牵动的都是城市的存在意识。因为他(她)体验到的都是城市的心灵与精神,他(她)把自己当作城市精灵,每时每刻都感受到城市的整体性存在。这是一种城市的拜物教,是使城市在写作中幽灵化。显然,这也意味着一种不可能性,中国当代文学的氛围和个人经验不可能发展出这样一种城市意识。我们当然不能把城市本质化,认为存在一种本质化的城市概念,或者一种本质化的城市小说,但我们需要有一种对城市小说的基本理解和认识。尽管文学史上也存在过关于城市的作品,但它们在其所处时代实现对城市的超越性表达,这种表达本身就构成城市精神,就是城市幽灵的附身。有些表达可能偶尔存在过、发生过,但那种历史不会存在下来,没有延续性,因此就依然是一种无法现身的他者,被无限期延搁于主体的历史之侧。

例如,卫慧的《上海宝贝》或许可以被称为典型的后现代城市小说,但这样的小说写作不会被历史化,不会被确认为一种历史,不会具有历史的正当性,它被主流化的历史放逐就表明它的现身(于历史)的不可能性。另外,即使是这样的小说,也不是单纯的或纯粹的城市小说,它是关于女性用身体自恋"去—民族/国家性"的一种叙事话语。那个上海宝贝倪可,不再把自己放置进民族国家的文化秩序中,她把个人的身体欲望抬高到唯一性的地步,并把它奉献给来自发达资本主义的德国男人,在那里她获得了心理和身体的全面满足。她宁可把自己当作全球化的祭品,这是身体的献祭,就像现代性之初上海被迫敞开它的身体,被帝国主义蹂躏一样,现在卫慧不过是自愿用一具鲜活的肉体呈现给全球化时代的资本主义男人。卫慧的写作遭遇到具有民族主义和国家主义情结的男人、女人的全面反对,也就不算冤枉了。这种写作在历史的语境中只是以幽灵化的方式获得美学的合法性,这种城市叙事,进入到城市体内的叙事,不会获得可伸展的可能性,也无法建构起未来的可能性。即使在后来的时间中具有的可能性,也是以断裂的方式来呈现的。没有一种完整的自身历史化的可能性,它注定了被历史他者化,作为幽灵被主流的历史以排斥的方式纳入其谱系来完成历史化。

同样居住于上海的王安忆,她的小说的主要生活背景可以说都是与城市生活有关的,但奇怪的是,人们从来不会把王安忆的小说归类为城市小说。城市小说总是与新兴的城市经验相关,总是与激进的思想情绪相关。不管是叙述人,还是作品中的人物,总是要不断地反思城市,城市在小说叙事中构成一个重要的形象,这种小说才会因城市情调浓重而被归结为城市小说。王安忆的小说更加关注人,这些人的存在主要是与其过去的历史相关,人的历史、现实以及命运,在王安忆的叙事中是一种生活史,它与前此的强大历史经验联系在一起,指向过去——王安忆的过去不是久远的传统,而是更具有现实性的一种"前此",它与我们始终经历的历史相关。王安忆的《纪实与虚构》《长恨歌》以及《富萍》,都与上海相关,按理其城市意味很浓,但这里面显然没有城市本身存在的那种构成性的意象,没有城市新兴生长的历史情势:城市只是传统的市井,市民只是城市的居民,弄堂和胡同里的市民与农民没有本质区别,正如机关里的干部与城市也没有太多的关系一样。城市在小说的叙事中一定是与"世界都市"的历史联系在一起的,是"世界都市"的黑格尔式绝对精神的外化,只有这样,才会在文学叙事中形成一种城市体系。王安忆在近年发表的小说《新加坡人》(《收获》2002年第4期),就是描写全球化时代上海城里的跨国文化交往的状况。按说这篇小说应该很具有都市文化意味,王安忆也非常频繁地描写了那些代表着大上海都市特征的文化符号和生活场景,但它就是不像城市小说。根本原因在于王安忆主要还是透视人物的性格、行为和心理,也就是说,她的叙述视点透过城市直接进入人物,并不关注人物本身与城市的交流,也不关注人物之间如何依靠城市进行交流,那些现代化的城市代码在小说叙事中并不起到重要的关联作用。在这篇小说中,可以看出王安忆对人物的性格、心理的观察几乎是炉火纯青,她始终用一双洞悉一切的眼睛看着那个新加坡人,他的一举一动越是不露声色,就越能显示出叙述人的敏感和锐利。城市在这里只是一个外在空间,城市的繁华外表只是在那个买时装的场景中起到一点作用,但人物与环境发生关系还是重点体现在小环境中,与城市并没有直接的关系。① 在这里,更重要的也许在于一种美学原则,这种美学原则是以人为中心的叙事法则,这是现代性小说由来已久的美学原则,从现实主义到现代主义始终没有放弃以人为中心来建构小说叙事。人与人的交往构成小说叙事的主体,尽管人与物的关系构成在现代小说兴起的时期起到过一定作用,例如在巴尔扎克的小说中,资本主义的物质与人的关系不只表现在人的物质欲望的表达方面,也不只表现在资本主义生产关系对旧有的生产关系的革命取代方面,更重要的是物质环境描写对人感觉和心理所起到的作用。现代主义小说因为孤独感之类的个人主义主题,人物很少与他人发生关系,人物与特质环境的关系也被强调;但在中国的乡土叙事中,人物与物质环境的关系渐渐淡化,因为农村除了自然风景没有更多的物质可供与人物发生关系,而风景描写经常是与乡土叙事中的主角相脱节的。人的文学转化为斗争的文学,特别是斗争的文学上升到支配地位,小说中的人物关系就是人与人之间的斗争关系,这是所谓的"人学"发展的极致,在"人学"居于统治地位的美学规范中,人与物质环境、与城市的交流被压制到最低限度。

过分关注人物之间的关系,是现实主义美学的表现原则,现实主义

---

① 王安忆:《新加坡人》,《收获》2002 年第 4 期。有关购买时装的场景可参见第 11—16 页。

文学依靠人物之间的矛盾来建立小说叙事的推动机制,从而产生戏剧性转变和高潮。而在关于"人与物"的文学中,那是人与自我的关系,是物如何内化人的自我意识的一部分。人化与物化构成心理转换机制,这使现实主义的故事性无法实现,因此这种叙事是现实主义所避免的。王安忆的小说艺术无疑代表了中国现实主义小说的高峰,在这种小说叙事中,"城市"很难从人物关系的叙事中凸显出来,她太熟悉自己笔下的人物,把他们都看透了,她始终是看她的人物,她的目光不会投向人物以外的世界。在这里,没有任何理由以是否凸显"城市"形象来评判一篇(部)小说的优劣,写"城市"也就充其量有其新颖性而已,并不意味着不凸显"城市"的作用就老派,我想指出的是当代主流美学的一种规则,以及这种规则的历史背景。

当然,回到人性表现的小说叙事方面,王安忆的故事也就显得相当传统了。也许王安忆的初衷是相当前卫的,她要表现进入新世纪的上海,如何在全球化的跨国经济文化方面呈现出新迹象。进入 21 世纪,上海成为中国经济发展最强劲的区域,长江三角洲是中国经济的龙头,甚至是推动世界经济增长的动力。上海在短短几年里就从一个制造业的城市,迅速转变为国际金融贸易的中心。三四十年代的上海是远东的金融贸易中心,进入 21 世纪后上海重新夺回了它曾经失去的地位,无可争议地成为国际大都市。浦东的一座座摩天高楼、2001 年的 APEC 会议、磁悬浮列车、繁华热闹的商业街、房价的飙升、无穷无尽的国际会议与展览、黄浦江的夜景,等等,足以把上海塑造成一个经济无比发达的神话般的大都市。① 去表现与经济全球化相关的城市上海所发生的故事,无疑是一道诱人的风景。王安忆将目光投向了"新加坡人",这有它的合理性(上海是世界华人新的聚集地),但也把这个跨国

---

① 据中央电视台 2005 年 6 月 15 日新闻联播报道,到 2004 年,上海的服务业的进出口贸易量首次超过制造业的进出口贸易量,达到 241 亿美元。从 2000 年到 2004 年,服务业的进出口贸易年增长量达到 33%,远远高于制造业的 21%。

时代稍稍打了点折扣,从中可以看出她与卫慧这代人的区别,卫慧笔下的那个倪可是不屑于与华人之类的假洋鬼子乱搞的,她要的是"纯种日耳曼男人"。王安忆笔下的这个"新加坡人"就声称,他"第一是新加坡人","第二是中国人"。实际上,他的行为做派比中国人还中国人,只能说是一个维护传统的中国人。小说的主题显然是我们十分熟悉的,一个外出的男人有些寂寞,想交异姓朋友,但如此含蓄,如此优雅,三五年下来还停留在有意无意之间。在"皇军"与"炮兵部队"作战正酣的当今中国,"新加坡人"的含蓄与优雅不知有何意义?王安忆显然在这一点上也并不十分明确,"新加坡人"最终还是有所收获,也是那个准皮条客"陈先生"给他安排的。再到后来,"新加坡人"又来到上海,在那个早餐时刻,"新加坡人"扬起手向远处的男女打招呼,颇为自得地说:"我的朋友。"小说写道:"新加坡人在这城市是有朋友了,这城市的国际朋友里,多了一个新加坡人。"这篇小说也可以看作讲述了一个跨国时代的商人试图融入当地文化的困难,在这样的国际都市里,人的孤独感如何穿过个人生活历史、性格和经验才能抵达当下的现实。作为小说背景的那些女子,无论是出身贫困、颇有姿色的小女子雅雯,还是来自北方的、急迫的、更有现代感的周小姐,还是那个上海国际化的特殊产物——从日本回国的女人,都显出王安忆笔法的精湛,她对女性心理写得如此透彻,令人叹为观止。对人的心理、对人的交往的表现,王安忆的这篇小说无疑达到了极高的艺术水准,但是令人惊异的是,这篇描写上海大都市的跨国文化交流的小说关于人的话语是如此发达,却并不见得对城市有任何的感受,不管是叙述人还是小说中的人物,都没有对城市作出反思。小说最多的场景是餐桌,从餐桌有关的人物引开去的插叙,对城市本身的时空的转换,王安忆采取了逃避的策略,她的叙述只是以人物为轴心,以非当下的时间来展开。在此人物的行动也主要表现为吃饭,这是一种最古老、最简单的活动方式,与历史变化无关,也与城市无关,它是源自乡村的经典生存方式(民以食为天)。"新加坡人"在国际大都市的活动,主要是吃饭,购物作为吃饭的插曲出现,但很快又被对人物的心理分析所冲淡。王安忆在叙述中简化城市生活与城市活动,目的是集中表现人物性格和心理,这也使小说中人的形象远远大于城市的形象。

确实,在对人的表现臻于完美的小说艺术中,城市的怪影无法显灵,它被人的话语所遮蔽。在传统现实主义美学占据主导地位的主流文学史中,城市叙事只属于青春期骚动不安的、不成熟的书写。现实主义是成熟的美学的永恒归宿,它平稳、老到、细腻、精致,它是肯定性的,它是阿波罗式的,它适合所有的人群阅读,它与人民的经验吻合;而被称为城市文学的那种东西,它是狂怪、桀骜不驯的,它是反抗和叛逆性的,它是否定性的,它是浮士德式的,它是酒神狄俄尼索斯式的。

城市文学只是断断续续地以破碎的形式和他者化的方式在不同的阶段显现,没有一种完整的历史,也不可能有其完整的自身。也就是说,它是一种无法完整现身的存在,因为它不能被本质化,也无法被历史化,它是逃脱、缺席和不在场的一种踪迹。只有关于城市的感受,关于城市的书写愿望一直存在,我们只是追踪那些感受、那些愿望。而关于城市文学本身,它始终是一个幻象,是一种不可能性的存在。到目前为止,我们历数了那么多的城市文学作品,事实上,它们不只是关于城市的,甚至不是关于城市的,只是涉及城市,只是写到城市里的生活。我们依然无法确立一种类型、一种题材、一种主题可以完完全全称之为"城市文学"。城市文学只是一种永远的他者,只是我们需要的涌动着欲望和身体的他者而已。

六 乡土经验及现代性尽头的城市

在中国当代文学中,乡村经验具有优先性,这种判断可能会让大多数人感到意外,农民乃是弱势群体,乃是被现代性侵犯、被城市盘剥的对象,乡村经验在现代性中是失败的经验,城市是现代性的赢家。我在这里说的是一种话语权,中国的现代性一直在玩的"两面派",中国现代性包含的精神分裂症。现代性带着坚定的未来指向无限地前进,城市就是屹立于现代性尽头的纪念碑,乡村以它的废墟形式、以它固执的无法更改的贫困落后被抛在历史的过去。但在中国的现代性话语中,始终以农村经验为主导,这就是本章前面论述过的由革命文学创建的以人民性为主题的悲悯基调。这种基调包含着知识分子的历史责任,在民族国家建构时期,具有历史的合理性和合法性,从而变成主导的权威话语,它把知识分子上升为关怀人民的历史主体。但在中国革命话语的建构中,知识分子的主体地位被激烈的政治运动颠覆了,剩下的是话语空壳,这一话语空壳在"文革"后再度获得充实的本质。在现实主义回归的历史途中,文学叙事再度把人民/农民作为被悲悯的表现对象。应该说这种悲悯的主体态度经历过1980年代后期的文化多元化的重组有所减弱,但在中国经济高速发展的21世纪,悲悯的态度又重新回到知识分子中间。例如,关心"三农"问题不只成为一项基本国策,而且成为人文知识分子的口头禅。反映在文学领域,那就是对底层人民(或弱势群体)的关怀。进入21世纪后,中国文学一方面有着表现城市小资情调的作品,另一方面则是更具有"人民性"的作家们普遍关注底层民众,这使当下的现实主义悲悯情怀空前高涨。其他姑且不论,描写城市平民、描写农民工进城的作品多了起来,而且作家在对这种主题的表现中抓住了时代意识,获得了自觉而自信的美学表达方式。

现在,作家群划分为不同的群落,以出生年代划分构成一种作家群落的编年谱系学。这种谱系学当然不够合理,但目前也没有比这样的谱系学更合理的分类法。除了80后的写作与个人的经验密切相关外,1950年代出生的不用说,1960年代甚至1970年代的作家之所谓走向成熟,标志就是开始具有现实主义的悲悯情怀,就是可以抛开个人经验运用普遍法则,特别是有能力成为底层民众的代言人,这就在现实主义的话语体系中找到了精神和美学的支柱,从而获得了政治上的正确和美学上的正当性。2001年,在关于"纯文学"的争论中,李陀曾经批评说:1990年代依然在起作用的"纯文学"观念"使得文学很难适应今天社会环境的巨大变化,不能建立文学和社会的新的关系,以致90年代的严肃文学(或非商业性文学)越来越不能被社会所关注,更不必说在有效地抵抗商业文化和大众文化侵蚀的同时,还能对社会发言,对百姓说话,以文学独有的方式对正在进行的巨大社会变革进行干预。……还有一个更大的问题:在这么剧烈的社会变迁中,当中国改革出现新的非常复杂和尖锐的社会问题的时候;当社会各个阶层在复杂的社会现实面前,都在进行激烈的、充满激情的思考的时候,90年代的大多数作家并没有把自己的写作介入到这些思考和激动当中,反而是陷入到'纯文学'这样一个固定的观念里,越来越拒绝了解社会,越来越拒绝和社会以文学的方式进行互动,更不必说以文学的方式(我愿意在这里再强调一下,一定是以文学的方式)参与当前的社会变革"①。事实上,1990年代以来的作家始终没有放弃关怀现实,也没有放弃关注改革。特别是从1990年代后期到新世纪,中国作家的"现实主义精神"被有效强化,他们没有随着中国的经济腾飞去描绘新新中国的城市面貌,而是去写城市贫民、乡村或底层民众的受苦受难的现实。② 这些作品构成了当下中国文学的主流,受到各家主流刊物的热烈欢迎,获得各种奖项。从底层眺望文学的成功之路,如此恰当地与文学回归人民性的立场重合,这真是一代人的幸运。例如在迟子建的《踏着月光的行板》(2003)里,民工在城市中获得了一种颇具浪漫主义情调的表现,悲悯与浪漫的合谋意外地开创了一条创新之路;在须一瓜的《穿过欲望的洒水车》(2004)里,一个小知识分子硬是摇身一变成为环卫工人,但却更具浪漫主义风情,连她的绝望也具有城市情调。还有更多的作品,我们可以看到农村重新包围城市。在新世纪中国城市豪迈不群的形象

---

① 李陀:《答记者访谈录:漫说"纯文学"》,《上海文学》2001年第3期。
② 有关论述可参见拙文《无根的苦难:超越非历史化的困境》(《文学评论》2001年第5期,第72—79页)、《在底层眺望"纯文学"》(《长城》2004年第1期)、《人民性与审美的脱身术》(《文学评论》2005年第2期,第112—120页)等。

一边,中国文学在"人民性"旗帜下,再次成功驱逐了城市这个自以为是的靡菲斯特,再次使城市幽灵化——它只能以幽灵的方式显灵——也许这是我们的文学拥有历史的持续性的有效方式。

在现实主义的强大美学规范面前,在新的"人民性"的巨大悲悯力量面前,中国的城市文学其实并没有多少容身之地,它一直像幽灵一样,只在青春期无知无畏的写作中偶尔露出面目。现在,城市更完全的意象,或者说对城市更彻底的表达,只存在于非主流写作,例如网络上的文学和青春期的业余写作中。80后也许是当下和未来城市文学的强有力的写手,但在目前相当一段时间内,他们的写作还无法构成文学主流,甚至无法成为其中一部分。① 中国的主流文学场域一直没有城市文学存在的文学氛围,这并不是说主流文学在有意识地压制城市文学,事实远非如此简单,而是文学场域没有多少可以共享的经验基础,作家的主体意识、文学经验和文学观念都无法处置城市中堆积起来的后现代经验,一写到当代城市,所有成熟的作家都显得不知所措。到目前为止,主导的文学经验基础还是被现实主义所占据,还是被早期的现代性中关于深度、力量和完整性的美学想象所占据,还是被集体无意识所占据。

总而言之,从现代性的历史来看,城市文学伴随着现代性的城市的建立而形成,但中国的现代性文学从传统历史中脱身而出,并没有多少超越性的历史愿望去表达城市意识。而现代性文学转向革命,建构被压迫的民族国家叙事,也就必然转向农村。中国长期占主导地位的是现实主义乡土叙事,这样的文学观念把城市看成资产阶级文化的残余,

---

① 我们可以列举一些定位写给城市白领和小资的读物,有人说《深圳,今夜激情澎湃》是写给年薪1万元的人看的,《天堂向左,深圳向右》是写给年薪100万元的人看的,《深圳情人》是写给年薪10万元的人看的。这些作品与其说是在把城市欲望化,不如说依然也是在把城市生活妖魔化。这或许是应了杰姆逊那句话:始终的历史化,在这里或许就是把城市始终的妖魔化。

中国的无产阶级文化本质上是乡村文化,从而把城市、对城市的想象、对城市的符号表达确认为他者,只是这样的他者被历史的合理性力量怂恿,也要倔强地表达自己,试图现身于历史语境,于是它就只能使自己现身为幽灵化的他者了——在其刚刚崭露头角时,却是置身于现代性的尽头。进入21世纪,中国的城市已经在演变为国际化大都市,但是关于城市的意识,关于城市的美学想象,特别是关于城市的文学表达还无法建构起来。在目前看来,在这样的历史前提下建立起来的主导美学依然远离当代城市经验,关于城市的文学想象和叙事还是被勉强放置于现代主义的思想意识基础上,而后现代的消费性城市更是一个无法望其项背的逃离的"大他者"——它正遁入现代性的尽头之中。

(2005年9月改定于北京万柳庄;原载《文艺研究》2006年第1期,发表时略有删节。)

第四章 现代文学传统与当代作家

引言：现代传统与当代的诡秘关系

20世纪的中国文学在剧烈的社会变革中前行，它作为社会变革的一部分，不可避免也就随着社会变革而发生深刻的裂变。不管我们怀着多么纯粹的文学愿望，也无法完全弥合这其中所包含的历史断裂。在当代文学史已经习惯的表述中，现代与当代仿佛是一个深渊的两岸，遥不可及却又相互注目。在很长的历史时期内，我们习惯于在深渊的两侧行走，彼此互不干涉，20世纪的中国文学就被理所当然地分为现代与当代两个时代。所有要界定这两个时代的努力，实际上都是在加深二者的分裂，只有分裂，才可以使彼此区别开来；而一旦界定，就要使各自本质化和历史化，现代文学被给予了某种本质意义，当代也被定位于一种历史品格的名义下。一方面是要分裂和给予本质，另一方面是要给当代文学提示一种历史合法性，因此也要从现代那里获得历史前提和传统依据。现代传统于是根据当代本质而被给定了，在主流意识形态的意义上，现代传统是在当代革命经典叙事的建构中完成其传统的再造的，长时期以来，现代文学在反帝反封建的新民主主义革命文学的命名下被规定了它作为传统的意义，这一意义在当代社会主义革命文学的自我规定中若隐若现。实际上，这一传统也只有幽灵学的意义,除了被本质化的鲁迅,在"十七年"直至"文革"期间,现代文学几乎是被革命的对象。通过对《红楼梦》的批判运动清算胡适的资产阶级思想,到揪出"胡风反党集团",实际上包含着与现代文学传统的双重决裂:既与启蒙主义的文学革命决裂,也是对现代左翼革命文学的决裂。其后果则是完成革命文学历史的重新开创,那就是从延安解放区的革命文艺运动纲领中确立新的文艺方向。确实,现代与当代的断裂,与其说是历史自在生成的,不如说是当代的文学政治化运动不断促使其完成的。我们在理解当代作家与现代文学传统的关系时,一定不能忘记这种情况:当代文学一直致力于割裂与现代传统的联系并建构全新的社会主义革命文学——这个革命文学既有传统,又没有传统:有传统是因为它居然给出了自己的传统,没有传统是因为它是自我起源的历史新纪元。

这就使得在"文革"后相当长一段时期,当代文学一直奉西方文学为圭臬。尽管"新时期"文学也曾自我命名为"现实主义的复苏",但五六十年代的现实主义与"新时期"的现实主义并不是一回事,而三四十年代的现实主义似乎有其他的起源及其本质,否则赵树理的方向意义就难以理解。1980年代以后的当代作家如果要找到自己的"父亲",那一定是外国经典大师或新近翻译过来的名师大家。而1980年代追逐现代派的时代潮流,也让作家乐于认同现代主义的代表作家作为自己的精神导师,如卡夫卡、罗布·格里耶、普鲁斯特、川端康成、福克纳、博尔赫斯、马尔克斯、海明威、米兰·昆德拉,等等;或许还有一些古典主义或现实主义大师,如巴尔扎克、托尔斯泰、肖洛霍夫,等等;理论方面的大师如尼采、叔本华、海德格尔、弗洛伊德、萨特,等等,也是作家们热衷于追寻的思想资源。创作界的崇尚现代派与理论界的西学潮流如出一辙,当代文学的现代传统几乎被遗忘,只有一年一度的"五四"纪念大会,才会让人想起还有一个"五四"的辉煌时期,还有一位鲁迅是我们伟大的文学传统。

在1980年代的反传统运动与崇尚西学的潮流中,不用说,现代传统只能是一个被悬置的问题,只有在1990年代,现代传统才需要认真面对。究其直接原因,当然是八九十年代之交的历史变故使然,所谓思想史转变为学术史,以及回到"国学"的潮流,这些都足以使"传统"这个字眼不再具有保守和落后的色彩,相反,它开始具有了深厚学理的意味。所有的传统并不是天然地存在于历史的某个段落或位置,它们不过是当代根据自身需要的想象性建构。当我们说"现代文学传统的丰富性"在1990年代开始被发掘时,相当于说1990年代需要并且有可能把现代文学想象为一个丰富的传统。1990年代大学教育快速发展,在学院体制内,文学传统无疑是一个需要强调的命题,文学史研究也自然成为显学,这都使现代文学与当代文学的关系被重新考虑;或者说,当代文学面临着"重新审视自己直接的传统"这一历史使命。

确实,去探讨当代文学与现代传统的关系具有如此之大的困难,这在学术史或文学史上都是一个令人匪夷所思的问题,如此近的文学史前提,其联系无疑广泛深入,所谓千丝万缕,岂无困难可言?一方面是历史造就的结果,即当代文学在"十七年"间和"文革"时期的"去现代传统"的文学政治化运动;另一方面是1980年代作家对西方的追崇。1990年代以来,作家开始关注现代传统,但这方面的直接言论并不多见,真正转化为作品中故事母题、人物、风格、语言等艺术表现方面的质素也并不容易确认。如果是在相似性或邻近关系的比较中来确认二者的联系是否有充足的依据,还是一个疑问。作为传统,不管它如何与时代割裂,总是会起到作用,但这种作用有多大、这种联系有多深入和密切,却并不是依靠表面的相似或相近关系可指认的。

因此,本章在清理现代传统与当代作家的关系时,不得不还是依靠他们在精神上的响应、在文本上的相似性关系,甚至在当代作家对现代传统的反抗态度方面去寻求他们的内在联系。本章试图表明这样的思想:1990年代以来,当代作家与现代传统的关系正处于恢复和重建的阶段,正是对现代传统重新确立的阶段。因此,二者的关系存在着诸多复杂、暧昧和悖论式的关系。要全面阐述现代传统与当代作家的关系非本章所能胜任,这里选择几个重点视角,主要通过个案分析,来看二者之间的内在关系。

一 伟大传统的展开与变异:从鲁迅到余华

1940年2月,延安新出版的《中国文化》创刊号上发表了毛泽东的《新民主主义论》(当时题为《新民主主义的政治与新民主主义的文化》),文中对鲁迅作出了在当时无疑是石破天惊的评价:"鲁迅是中国文化革命的主将,他不但是伟大的文学家,而且是伟大的思想家和伟大的革命家。鲁迅的骨头是最硬的,他没有丝毫的奴颜和媚骨,这是殖民地半殖民地人民最可宝贵的性格。鲁迅是在文化战线上,代表全民族的大多数,向着敌人冲锋陷阵的最正确、最勇敢、最坚决、最忠实、最热忱的空前的民族英雄。鲁迅的方向,就是中华民族新文化的方向。"①鲁迅在这样的意义上成为一个方向,这个方向不用说就是指引后来的当代文学的传统。也正是在这一意义上,主流文学史的叙述确认鲁迅给定和规定了中国现代文学传统。政治化的鲁迅和鲁迅的政治学,实际上也是从现代文学中抽象出一种政治规定,它使当代中国文学力图在这个规定之下去开创自己的道路。

在把鲁迅确定为新文化的方向(也是新文学的方向)之后,现代文学的复杂性就被澄清了,就被简化和明确化了。现代文学作为前提和传统都只在这一个意义上发挥作用。一个传统被定位得如此明确和如此高昂,实际上使这一传统自然发挥作用的可能性被降低了。但是"十七年"以来的中国当代文学一直是在强大的意识形态语境中展开实践,意识形态领导权具有潜移默化的作用,作家们、理论家们对鲁迅的文学认同,也很容易转化为政治认同,而政治认同又很容易被当作文学认同的错觉。鲁迅作为一种精神的存在、作为一种思想力量的存在,

---

① 《毛泽东选集》第二卷,北京:人民出版社,1966年,第698页。

甚至作为一种人格和性格的存在,变成了无所不包的宏大叙事。在鲁迅的形象下,汇集了既是唯一的也是全部的现代文学传统。很长时期内,中国当代文学认同的现代传统就是这一被无限崇高化的鲁迅形象。每一作家都可根据自己的意愿去想象与这一传统的关系,五六十年代是这样,七八十年代乃至于到1990年代亦都是如此。不同之处在于,在五六十年代和1970年代,文化领导权的强制性转化为自觉认同,这是一种自觉的臣服式的认同,当然也不排除在一定程度上投射的个人想象;八九十年代,个人的自觉意识要鲜明得多,借助这个被意识形态领导权承认的形象,可以言说个人的意愿,鲁迅的重新阐释正是与整个现代文学传统的重新历史化相关。在这方面,钱理群、王得后、温儒敏、汪晖、陈平原、王富仁、王晓明、陈思和等人所做的一系列工作,正是在意识形态领导权可以承受的最大限度内赋予鲁迅形象以更加本真、更加文学性和更富有个性色彩的意义。这项工作正是重建现代文学传统最重要的重新奠基化的工作,既是拆除原来的根基,也是重建适应于当代现实的根基。只有可以被继承的传统才是活的传统,传统总是当代需要和想象建构的产物。

中国当代文学在其主流美学规范上被确定为现实主义,鲁迅也是作为现实主义的伟大典范而成为当代文学的精神指南。现实主义与鲁迅几乎是一枚硬币的两面,我们在谈论现实主义时,总是少不了援引鲁迅作为最典型的代表,在谈论鲁迅的创作时,总是在现实主义的伟大成就纲领底下来揭示其意义。也正是因为将鲁迅确认为中国现代文学的现实主义传统典范,现代文学与当代文学才有了一脉相承的线索——这被革命重新建构的两个时代,始终也是两个断裂的时代,在现实主义这一美学传统上,也就是在鲁迅提示的新文化(文学)的方向上,它们弥合在一起,形成一个传统、继承与发扬的历史关系。

现实主义与其说是美学规范,不如说是意识形态的律令,没有作家敢于说自己是反现实主义的。① 因为围绕现实主义已经形成一整套的美学规范:真实性、思想性、历史意识、现实感、责任与使命、人民性、群众性,等等,所有这一切都已经获得了肯定性意义。现实主义是主流、是正义、是正当,其他的则意味着相反的定位。鲁迅的传统就是现实主义的传统,鲁迅代表着现实主义的最高成就而成为中国当代作家膜拜的精神典范。

所有的当代中国作家都难以否认自己与鲁迅构成某种关系,鲁迅在精神上几乎是当代所有中国作家的"父亲"。这当然得力于当代文化经典化的体制建立起了鲁迅的伟大形象,从小学课本开始一直贯穿到大学文学史教育,鲁迅一直是所有浸淫在教育体制中的人们的精神偶像和文学导师。如果要采访中国的作家,相信每一个人都会说出一整套自己和这个伟大"父亲"的亲密关系。哈罗德·布鲁姆在写作《西方正典——伟大作家和不朽作品》时,把莎士比亚作为他之后的西方所有作家的"父亲",除了托尔斯泰等少数几个作家有异议外,几乎所有作家都视莎士比亚为其正宗的精神之父。但布鲁姆的描述也不得不把莎士比亚这个"父亲"形象看成自然形成的,而且是若即若离的。莎士比亚对众多的后代子孙产生"影响的焦虑",由此构成文学不断创新的动力。布鲁姆写道:"在某种意义上'经典的'总是'互为经典的',因为经典不仅产生于竞争,而且本身就是一场持续的竞争。这场竞争的部分胜利会产生文学的力量。"②然而,在鲁迅这一伟大形象之下,长期以来中国作家并未产生竞争的欲望,因为思想改造和学习的姿态使其难以形成竞争的地位(意识?),鲁迅这一高大形象很长时期内只是一个建构体制的规范化力量。清理鲁迅与"十七年"或"文革文学"的关

---

① 直到2003年,阎连科在其《受活》的后记中对现实主义提出批判,但他也依然是在追求更加真实和素朴的现实主义之名下。

② 哈罗德·布鲁姆:《西方正典——伟大作家和不朽作品》,江宁康译,南京:译林出版社,2005年,第40页。

系非本章初衷,即使是梳理其与八九十年代中国作家的关系也不是本章的篇幅所能承受。在这里,我想就创作与鲁迅构成一种内在联系甚至是一种竞争关系的典型作家来作一阐释,由此来揭示现代传统在当代所起的作用。

这一典型作家非余华莫属了。之所以选择余华来探讨这一问题,在于余华这一个案包含着非常复杂的肌理,他作为先锋派作家,作为原来从外国文学那里获得启蒙资源的作家,直到成名很久以后才注意到鲁迅,却迅速将鲁迅确认为真正的精神之父。这里存在着当代文学和当代作家与现代传统颇为复杂、暧昧的关系。余华在其写作之初深受外国文学影响,这是他自己长期热衷于谈论的话题,在谈论他的创作观念时,他一度没有谈过中国作家对他的影响,他所受到的启蒙和启迪都来自国外文学。1989年,他在《虚伪的作品》中谈到罗布·格里耶关于"真实性"的看法,谈到普鲁斯特在《复得的时间》中通过钟声意识到两个地名的说法。当他谈到小说作为一种传统为我们继承时,所指的传统,并不只针对狄德罗,或者19世纪的巴尔扎克、狄更斯,也包括活到20世纪的卡夫卡、乔伊斯,同样也没有排斥罗布·格里耶、福克纳和川端康成。他说道:"对于我们来说,无论是旧小说,还是新小说,都已经成为传统。因此我们无法回避这样的问题,即我们为何写作?我们所有的努力都是为了什么?我现在所能回答的只能是——我所有的努力都是为了使这种传统更为接近现代,也就是说使小说这个过去的形式更为接近现在。"①在这里,余华关于小说传统的论述,完全是西方传统,主要是20世纪的现代派传统,完全没有中国现代传统的地位。直到1996年,余华在谈到长篇小说的写作时,关注的是卡夫卡、霍桑和福克纳处理叙述的问题,而在这时,他已经完成了他目前最主要的长篇小说《在细雨中呼喊》《活着》和《许三观卖血记》的创作。也就是说,在

---

① 余华:《虚伪的作品》,原载《上海文论》1989年第5期。参见孔范今等主编《中国新时期文学研究资料汇编·乙种》,《余华研究资料》,济南:山东文艺出版社,2006年,第9页。

他的主观意图中,他的大量中篇小说和主要长篇小说的创作,按他自己的说法,所关注的艺术经验及其面对的传统还是西方现代主义的文学。直到1998年,在《"我只要写作,就是回家"》(以下简称《回家》)中,余华才第一次以文字的形式谈到他对鲁迅的看法,由此确立了鲁迅在他创作中的重要地位,这是一篇与作家杨绍斌的对话,清理了余华自己的创作道路。① 2002年,余华在苏州大学作了一场题为《我的文学道路》的讲演,随后发表于《当代作家评论》杂志。这两篇东西都谈到他的创作道路,历数他接受的文学传统的影响。综合这两篇东西,我们可以给余华列出一个传统谱系。在最后出现的这篇《我的文学道路》中,第一次出现了中国本土的作家作品,那就是1980年余华20岁时读到的汪曾祺的《受戒》,这令他吃惊。随后他读了浙江文艺出版社出版的《诺贝尔文学奖获奖者作品精选》,读了川端康成的《伊豆的舞女》,产生强烈的写作欲望。另一处的说法,是他在1982年读了陀思妥耶夫斯基的《罪与罚》后"被深深地震撼了";随后是卡夫卡的《乡村医生》,中间还有普鲁斯特。终于,鲁迅出场了。余华说:"对鲁迅的认识是一个很奇怪的过程,他是我最熟悉的作家,从童年和少年时期就熟悉的作家,他的作品就在我们的课文里,我们要背诵他的课文,要背诵他的诗词。他的课文背诵起来比谁的都困难,所以我那时候不喜欢这个作家。"②现在,重读鲁迅完全是一个偶然。在那篇《回家》的对话中,余华说:

> 重读鲁迅完全是一个偶然,大概两三年前,我的一位朋友想拍鲁迅作品的电视剧,他请我策划,我心想改编鲁迅还不容易,然后我才发现我的书架上竟然没有一本鲁迅的书,我就去买了人民文学出版社的《鲁迅小说集》,我首先读的就是《狂人日记》,我吓了一跳,读完《孔乙己》后我就给那位朋友打电话,我说你不能改编,鲁迅是伟大的作家,伟大的作家不应该被改编成电视剧。我认为

---

① 文中标注的与杨绍斌的访谈是在1998年10月22日的杭州进行的。
② 余华:《我的文学道路》,《当代作家评论》2002年第4期。

> 我读鲁迅读得太晚了,因为那时候我的创作已经很难回头了,但是他仍然会对我今后的生活、阅读和写作产生影响,我觉得他时刻都会在情感上和思想上支持我。①

从余华几次谈到鲁迅的创作(主要是《孔乙己》),可以见出余华确实是一个非常优秀的读者,他惊叹地读出鲁迅对声音的描写、对孔乙己用手走路的细节刻画。可以相信,余华对鲁迅是发自内心的赞赏。

实际上,我1996年在瑞典斯德哥尔摩举行的"文化身份与文学创新"研讨会上,第一次听到余华在公开场合谈到鲁迅,当时在场的中国作家和诗人们肯定吃惊不小。余华原来一直放在嘴边的是卡夫卡、罗布·格里耶、福克纳,怎么突然间回到鲁迅?余华有如发现一片新大陆一般发现了鲁迅——1996年,余华发现了鲁迅。当时我就想,这或许是一个值得读解的文学象征。余华那时刚完成《许三官卖血记》,按他自己的阅读时间表,他就是在这一年才重读鲁迅的。这个迟到的发现在余华的创作中到底意味着什么?写完了《许三观卖血记》之后,余华的创作记录一直是空白的,直到10年后的2005年,余华才出版《兄弟》,市场卖得热火朝天,但评论界的反应并不积极。余华没有谈到从1996年起应该时刻都会"在情感上和思想上支持他"的鲁迅到底给他的创作带来哪些直接而有益的影响。很显然,这样来理解余华与鲁迅的关系,可能显得太狭隘和功利,但这二者之间的关系到底应该在什么样的结构中、在什么样的层面上来理解才是恰当的,弄清楚也并非易事。

最早谈到余华与鲁迅之关系的应该是李劼,1988年,李劼在那篇《论中国当代新潮小说》中宣称:"在新潮小说创作甚至在整个当代中

---

① 余华:《"我只要写作,就是回家"》,《当代作家评论》1999年第1期,参见孔范今等主编《中国新时期文学研究资料汇编·乙种》,《余华研究资料》,济南:山东文艺出版社,2006年,第37页。两处标点的改动是依据《当代作家评论》上的原文。

国文学中,余华是一个最有代表性的鲁迅精神的继承者和发扬者。"①这一判断虽然有简略的分析,但更像是宣言性质的比拟。与其说是对二者艺术风格的比附,不如说是一种纯粹的表达策略,即为了使余华这样的"新潮"作家合法化——拉上鲁迅这面旗帜,使反叛的先锋派具有与现在的文学制度不相抵牾的可能性。直到1991年,赵毅衡在《非语义化的凯旋》一文中,才对余华与鲁迅进行了比较。赵毅衡认为:理解鲁迅为解读余华提供了钥匙,理解余华则为鲁迅研究提供了全新的角度。他认为,鲁迅小说最中心的思考是:被传统意义体系认为是异常、偏离、幻想甚至疯狂的方式,其实是在向新的意义开拓前进。余华能与鲁迅相比的也是这种关于疯狂、幻觉的极端个人化经验,对中国文化体系和文体的颠覆以及重估价值的文化批判精神。二者的这种相似,只能说是"神似",鲁迅的冷峻的现实主义,与余华追求的语言在虚幻中铭刻的真实感,确实有某种艺术效果上的共通性。但这种比较经常被放大为传统相承意义上的关系,传统在这一意义上,与其说是一种影响的焦虑,不如说是一种自觉的感应。事实上,如果没有传统的这种在相似性意义上的比附,传统在文学史的叙事中就无法建构起来。

丹麦汉学家魏安娜在《一种中国的现实:阅读余华》中,把余华与鲁迅的关系放在本雅明式的寓言意义上来理解。② 魏安娜看到,鲁迅"阿Q式"的解剖国民性的寓言,使得阿Q在最后一刻获得了作品中人物的主体性;但这种处理人物的手法并没有在余华的作品中显现,余华的人物始终是道具性的,他运用的是另一种寓言的叙述方式,那就是反讽性的叙述者,强调隐含的读者以及解剖文本的双重性。鲁迅这一传统在余华身上的表现是同中有异。

把余华与鲁迅联系起来,这是使当代中国先锋派文学研究具有历史感的尝试,也是给予其以历史的合法性和正当性的努力。耿传明的

---

① 李劼:《论中国当代新潮小说》,《钟山》1988年第5期,第134页。
② 魏安娜:《一种中国的现实:阅读余华》,吕芳译,《文学评论》1996年第6期。

《试论余华小说中的后人道主义倾向及其对鲁迅启蒙话语的解构》[①]一文,试图去描述当代先锋派文学与鲁迅代表的现代文学传统构成的一种反叛关系。耿传明认为,余华是为数不多的能与鲁迅所确立的"五四"启蒙主义传统进行对话甚至抗辩的作家,他的写作倾向已构成了对鲁迅所代表的以"立人"为目的的启蒙主义话语的反拨和消解,"这是鲁迅所开创的人的启蒙话语在本世纪初确立之后,所遇到的第一次正面的质疑和追问"。在耿传明看来,余华用他全然不同于鲁迅的人学观念,改写了鲁迅所描绘的人的现实和历史图画,第一次在文学作品中直面和集中描写了人的生活中最粗鄙、最远离理性的区域;余华的作品去除了人的自我中心主义立场,他的人物的主体意识趋于瓦解,无力再把握现实,更无力对抗与改变现实,鲁迅式的绝望抗争精神已经被余华改变为不可知的宿命对人的存在的支配力量;余华后来的《活着》等作品也试图用同情的目光看世界,在价值层面重新思考生活、理解生活。耿传明肯定了鲁迅关切人的命运的那种启蒙精神,对余华所表达的后人道主义倾向则持批判态度。这篇文章除了一些基本概念有不加限定的不清晰之处外,对鲁迅与余华在人道/反人道、理性/非理性的关系上展开的对比论述还是很有独到之处的。鲁迅这一传统,在余华这里以挑战和反抗的形式获得了重新建构的形式。尽管余华的那些作品未必是直接针对鲁迅,鲁迅也未必就是所谓现代"启蒙主义"的全部承担者,但作为对传统在当代被重新激活的一种形式的描述,这篇文章还是给出了相当全面的阐释。

鲁迅所表征的现代传统与余华的关系,无疑是一个相当复杂且意义深远的论域,无论如何,余华在1996年的重读鲁迅构成一个巨大的屏障,这次发现使余华与鲁迅的关系变得令人难堪:它使过去的相似性变得虚无缥缈,使后来的相异性变得风马牛不相及。确实,我们在余华

[①] 原载《中国现代文学研究丛刊》1997年第3期。参见孔范今等主编《中国新时期文学研究资料汇编·乙种》,《余华研究资料》,济南:山东文艺出版社,2006年,第149页。

早期的那些先锋派代表作,如《四月三日事件》《一九八六年》《世事如烟》《难逃劫数》《河边的错误》《现实一种》《在细雨中呼喊》等中,可以读出鲁迅的那种冷峻、残酷的笔法,其中对疯狂的书写也可以与《狂人日记》相提并论。但余华所追求的那种语言虚幻感、过分丑恶和在非理性状态下的自虐行径以及完全没有道德准则的存在事相,都不是鲁迅作品所具有的特质,毋宁说还是来自卡夫卡、福克纳、罗布·格里耶,甚至我们从中可以清晰地看到普鲁斯特和博尔赫斯的影子。余华转向写实性更强的长篇小说,如《活着》《许三观卖血记》,其中福贵所具有的那种"活着就是好",许三观的乐天知命、苦中有乐的形象,经常被人认为与鲁迅的阿 Q 异曲同工[①],但我以为可能并非如此。首先,鲁迅的阿 Q 所具有的强烈的时代批判性有着余华所不具备的历史客观语境,二者各有自己的时代针对性,不是一回事。其次,阿 Q 形象的那种在主体意识的分裂状态中来揭示人物精神的创伤,最终依然可以给予主体以自我认同的悲剧性回归,阿 Q 画圆的遗憾,被押赴刑场时的心理活动(二十年后又是一条好汉),如此深刻的主体创伤性自我回归,实在是巨大而深刻的反讽,把人物与历史如此轻易地打通,不能不令人震惊。相比之下,余华的福贵和许三观没有鲜明的人物与时代对应的那种创伤性烙印,也没有人物自我意识回归的更深刻的反讽性批判,他们都是平面且单向的人物性格,余华陶醉于人物的自我疗伤的宽慰中,试图以此化解生存的困境,来给出理解生活的某种哲学,但其对生存困境的轻易解决不可避免地削减了人物本来可能具有的更深刻的反思性意义。余华后来在《兄弟》中再次用这种幽默和反讽来建立一种文本中的欢乐情绪,就不得不为这种简便付出代价。对于余华来说,1996 年几乎就是他写作的一个中间路标,从 1986 年发表《十八岁出门远行》

[①] 参见张梦阳《阿 Q 与中国当代文学的典型问题》,《文学评论》2000 年第 3 期。作者以为余华对文学真实和人物的看法与鲁迅多有共同之处,特别是分析了福贵和许三观与阿 Q 形象的类似性。这是迄今为止最全面论述鲁迅笔下阿 Q 形象与余华作品中人物关系的论文。

到2005年的《兄弟》，在这个路标上，余华刻画了一个父亲般的鲁迅的形象，他的虔诚与真挚是毋庸置疑的，但他是否认真对待"影响的焦虑"则令人疑窦丛生。我们实在看不出《兄弟》与鲁迅有什么关系，当余华面对鲁迅这一传统时——如果真如他所说他会面对的，他是回避了，还是无力应对？余华说过："优秀作家到了关键的地方，不是绕开，而是必须要迎面冲过去。"①余华带着他的"兄弟们"冲过去了吗？只有历史可以作答。尽管如此，我们把余华放在与鲁迅比肩的位置上进行批评，无疑有苛责的味道，不过这种苛责本身已经承认了余华对文学史的贡献。

传统与当代的关系如此吊诡，既如此紧密，又如此虚幻。人们似乎时刻生活于传统的阴影中，真正要在当代具体的文本中辨析传统却又似是而非。即使像鲁迅与余华这样被人们看作紧密的父子兄弟，我们也难真正辨析其传承关系，而只能在相似性的意义上去理解传统的影响及其后果。在这一意义上，传统只能是幽灵性的，只能像幽灵一样显灵——无处不在，却又不能被真正肉身化、实在化。

二 蹊跷的遗忘：书写乡土中国的传统

20世纪的中国文学主流无疑是乡土文学，如果我们可以使用"文学题材"这个概念的话，"农村题材"通常是乡土文学的代名词（实际上二者的区别微妙且深刻）。乡土文学以其深厚的历史内涵、丰饶的文化意味、真切的主体经验以及本真朴素的表现手法，构成现当代中国文学的主流。如果要追究其历史根源的话，中国现代以知识分子为主体的文化启蒙转向民族求解放的革命，历史主体转为农民革命，正如毛泽东在《新民主主义论》中指出的那样，"中国革命的首要问题就是农民

---

① 参见孔范今等主编《中国新时期文学研究资料汇编·乙种》，《余华研究资料》，济南：山东文艺出版社，2006年。

问题",这就决定了当文学革命转向革命文学时,文学的主角就是农民。所谓工农兵方向,说穿了就是农民方向。这一方向虽然没有更为明确或精确的历史坐标,但文学叙事的主体由农村和农民构成则是最基本的出发点。由此就不难理解,中国当代文学以"农村题材"为主导形成社会主义现实主义的文学主流。

实际上,乡土文学这种说法是"非革命"的,因为乡土与城市的对立是由来已久的现代性对立,而农村题材则是与工业题材相对的,它是社会主义革命文学体制化划分的产物。乡土文学实则是现代性的产物,它是现代社会以城市为中心的历史聚集和迁徙引发的想象,那是现代性特有的怀乡病,是现代性为自身无止境发展的历史原罪所寻求的补偿情感,一种替补式的救赎心理。革命文学意义上的农村题材具有历史一元论的特征,那是革命意识形态如归故里般的自我宣泄、自我塑造,也是革命文学男性自恋主义式的怀乡病。但乡土文学则不同,那是一种精神分裂般的二元论,是对城市逃避和抗拒的矛盾情绪、一种被现代城市遗弃的痛楚,想象乡土的宁静自足和美妙清新始终包含着对城市怀疑的潜在心理。乡土总是隐含着城市的不可能性,这是城市的他者,是城市对他者的怜惜与赠予。

说到现代的乡土文学,真正的祖师爷又是鲁迅,乡土文学本来就是现实主义的主流,即使在现代文学的历史演变中也是如此。鲁迅所写作品的主题、人物、故事主要都是关于乡土,他的故事氛围总是有着浓郁的乡土气息,即使是小镇故事,也抹不去浓厚的中国南方农村的风土人情。更重要的在于,鲁迅的作品揭示了现代性深刻历史裂变中,中国农村的旧有体制和人伦风习所陷入的困境,特别是乡土中国农民所经受的命运冲击,他们在现代资本主义到来之际所陷入的那种茫然无措的精神麻木状态。孔乙己的断腿是现代教育体制确立之后,传统中国私塾教师的命运写照;祥林嫂是以她失语的重复表达了农村妇女命运的无助;阿Q是更为极端地写出了革命/变革与中国农民精神状态所形成的深刻错位;而鲁迅对闰土及其家乡自然景色的描绘,则是书写出他本人不可磨灭的乡土记忆,这本身是对现代性的一种忧虑,也是对他本人所信奉的革命、进化、意志学说的一种反面补偿。确实,没有人像鲁迅这样深刻地写出了中国现代性转型历史中乡土中国的生活情状和文化记忆。

鲁迅本人对那些书写乡土中国尤其是乡村土地上的生与死的奋争、绝境中的抗争的作家都是厚爱有加,如萧红、萧军等人;而对乡村另一种风土民情的书写,也时常为鲁迅所称道,如废名、台静农等人的作品就与鲁迅的影响不无关系。当然,令人感到蹊跷的是,鲁迅与乡土派的代表人物如废名、沈从文后来都有过节①,以至于乡土派奇怪地远离现代文学的主流,反倒成为一个边缘化的群体,这一边缘化特征直到沈从文1949年以后的边缘化而具有了历史必然性的宿命意味。确实,在1949年以后,农村题材的文学占据文学史的主流地位,而现代的乡土派却被挤出了这一历史潮流。这并不只是个人恩怨解释得清的问题,而是历史的必然。中国现代的乡土派文学,如主要代表人物废名、沈从文的作品,是具有本真性的乡土文学,之所以称其"具有本真性",是因为其对乡土生活的书写更多的是关于个人的经验和文化记忆,是远离

---

① 废名曾经对鲁迅十分敬重,但后来化名丁武攻击鲁迅,鲁迅知道后对废名也另眼相看。1930年5月12日,《骆驼草》周刊在北平出版。创刊号上,署名丁武的文章《中国自由运动大同盟宣言》有一段写道:"新近得见由郁达夫、鲁迅领衔的《中国自由运动大同盟宣言》,真是不图诸位之丧心病狂一至于此。"文末将此事归结为"文士立功",即言鲁迅等人有政治野心之意。十多天后,鲁迅在上海写信给章廷谦,信中称已读过丁武文章,并断言"丁武系丙文无疑"。"丙文"即冯文炳,也即废名。鲁迅此后对废名少有好评,认为废名太过怜惜自我,不能面向社会。而废名大抵认为鲁迅过于投入社会,文章不再纯粹云云。1935年鲁迅编《中国新文学大系·小说二集》,在导言中说:"后来以'废名'出名的冯文炳,也是在《浅草》中略见一斑的作者,但并未显出他的特长来。在1925年出版的《竹林的故事》里,才见以冲淡为衣,而如著者所说,仍能'从他们当中理出我的哀愁'的作品。可惜的是大约作者过于珍惜他有限的'哀愁',不久就更加不欲像先前一般的闪露,于是从率直的读者看来,就只见其有意低徊,顾影自怜之态了。"看来,鲁迅对废名评价并不高。鲁迅与沈从文的过节由小事误会引起,后来沈从文加入新月派,与徐志摩等人搞在一起,自然不会为鲁迅所欣赏。

现代都市文明的另一种异域风土人情,包含着对乡土自然和乡土人伦的双重肯定。而转向革命的现实主义文学,虽然也写乡土,但因时代的斗争需要,民族家国认同占据了主导地位,个人的乡土记忆被民族国家认同所替代,文化记忆被历史与阶级意识所遮蔽。只有鲁迅那样的大作家,才能把二者结合得天衣无缝。现代纯正的乡土文学是为了远离现代社会,当然也远离现代民族国家的解放斗争。1949年以后,中国乡土文学从赵树理这里找到了重新书写中国乡村和农民的道路。

但赵树理与现代的乡土文学传统关系并不紧密,他的写作资源主要来自山西地域文化和他个人的经验。实际上,赵树理也只是中国革命胜利后重新书写中国农村的最初范本,革命一旦向纵深发展,赵树理的素朴和平易就显得远远不够,书写农村需要在更为深广的历史与阶级意识的语境中来展开。赵树理的作品在两方面一直并不讨好,激进的左翼传统的理论家们认为赵树理的作品带有小农经济的保守与落后的思想,而某些保持五四启蒙文学传统立场的人则认为赵树理的作品"低级""下里巴人"。1955年,赵树理出版《三里湾》,从这本书中可以看出历史与阶级意识的分量被明显加强,但他也就到此为止,后来的作品既没有获得更高的政治声誉,他自己也并不自信。在1950年代出版的那些具有历史宏大叙事的作品面前,赵树理这个新中国乡土文学正宗的开创者,在社会主义的乡土叙事中,却越来越显得不合时宜,不得不以落伍者的低姿态去说唱文学中讨生活。

确实,从鲁迅、废名、沈从文,再到赵树理,可以鲜明地看出,在"现代传统"之名下,中国乡土文学的历史包含着太多的断裂和歧义。当代文学中的"农村题材"与现代文学中的"乡土文学"并不是一回事,它们有着完全不同的历史动机和目标。在由丁玲的《太阳照在桑干河上》、周立波的《暴风骤雨》《山乡巨变》、梁斌的《红旗谱》、柳青的《创业史》,再发展到浩然的《艳阳天》等为代表的书写农村的作品中,当代文学建构起一个中国农村社会主义不同阶段的革命历程的宏大史诗。同时"乡土"贯穿的是革命对乡土历史的重写,而不再是与现代城市文明相对的自然景色与古朴文化;"乡土"现在具有自身的历史意识,在革命中开创了自己新的社会属性与面向未来的期待。这当然是全新的"乡土",这里面活动的人们,甚至也不再是鲁迅笔下的阿Q、孔乙己、闰土们,而是创造乡土新历史和新生活的社会主义新型农民。"乡土"本来是在现代性中扮演一个反思性的角色,它不断被边缘化和被现代文明遗弃的形象,激起的是人类由来已久的怀乡病。现在,在革命文学叙事中,乡土第一次与现代性精神合为一体,在这里创建一种不断变革的激进革命神话。如果说当代文学的乡土叙事与现代文学的乡土叙事传统有什么关系的话,那就只能在悖反的意义上去理解它们。由此也就可以理解,当新中国的革命文学(不得不)选择乡土作为主流,却要拒斥沈从文,要强行把沈从文从文学的历史新纪元中分离出去,那就是与这一传统进行彻底的决裂,重新开创一个没有传统前提的革命的乡土叙事。

　　文学的历史总是随着社会历史的变动而天翻地覆,历史翻过激进革命的篇章,历史与阶级意识在文学叙事中的支配作用也让位于更加朴素的文学态度。"文革"后的"新时期",乡土文学也要开创自己的历史,这一开创无疑极其艰难且历经变异。在这里当然无法去叙述如此庞杂的历史图谱,我们可以打开被称为"寻根文学"的这个事件,来看看它与现代"乡土传统"有什么关系。

　　寻根文学无疑是中国当代文学最有气势的一个流派,在1980年代中期中国文学最具有火山爆发式激情的年代,寻根文学与现代派一起构成巅峰的景观。寻根文学与中国现代的乡土文学传统并无多大关系,这无疑是令人惊异的事情。寻根,寻什么根呢?从理论上说,寻根无疑是乡土文学的一种表述,本土化的最朴素形式就是乡土,只有乡土最能体现中国历史悠久的农业文明的本土特色,或者说民族本位的文化蕴涵最充分地体现在这一维度上。但寻根文学其实是对现代主义的呼应,是对现代主义的逃离和对话的一种形式,拉美的魔幻现实主义是其文学观念的直接前提。在与现代派的逃离/对话中,文化反思具有观念性的意义却少有中国本位文学传承的渴望。最极端的例子在韩少功这里,韩少功作为"寻根"最杰出的代表,打出的牌是楚文化或湘西文化,但令人惊异的在于,韩少功在"寻根文学"最热烈的阶段所有的言论,关于文学的种种想法,只字未提他的湘西老乡沈从文。1981年,人民文学出版社出版经沈从文本人修订过的《从文自传》,当然,在1980年代中期沈从文的名声还没有恢复,韩少功可能并未注意到这个在现代中国赫赫有名的湘西作家。虽然金介甫1977年以《沈从文笔下的中国》获得哈佛大学博士学位,但此书在中国直到2005年才有全译本,金介甫关于沈从文的研究在1980年代中期就很著名,可惜韩少功并不了解这方面的材料,否则他的"寻根"可能是另一番景象。韩少功关于"寻根"的追问,主要是寻觅楚文化的原始之根,他说他以前常常想一个问题:绚丽的楚文化到哪里去了?他自述曾经在汨罗江边插队落户,住地离屈子祠仅二十来公里。细察当地风俗,还可发现有些方言词能与楚辞挂上钩。除此之外,楚文化留下的痕迹似乎不多见。现在韩少功要寻找的就是浩荡深广的楚文化源流,他要去民间找。他说道:

> 乡土中所凝结的传统文化,更多地属于不规范之列。俚语、野史、传说、笑料、民歌、神怪故事、习惯风俗、性爱方式等等,其中大部分鲜见于经典,不入正宗,更多地显示出生命的自然面貌。它们有时可以被纳入规范,被经典加以肯定,像浙江南戏所经历的过程一样。反过来,有些规范的文化也可能由于某种原因,从经典上消逝而流入乡野,默默潜藏,默默演化。像楚辞中有的风采,现在还闪烁于湘西的穷乡僻壤。这一切,像巨大无比、暧昧不明、炽热翻腾的大地深层,潜伏在地壳之下,承托着地壳——我们的规范文化。在一定的时候,规范的范本总是绝处逢生,依靠对不规范的东西进行批判地吸引,来获得营养,获得更新再生的契机……不是地壳而是地下的岩浆,更值得作家们的注意。①

---

① 韩少功:《文学的根》,原载《作家》1985年第4期。参见孔范今等主编《中国新时期文学研究资料汇编·乙种》,《余华研究资料》,济南:山东文艺出版社,2006年,第21页。

如果不过分追究韩少功与沈从文之间错过的承继关系,那么他们试图把湘西文化作为文学的一种写作资源,进而作为他们认同的那种美学和文化价值,进而作为现代文明中的人应该具有的一种精神向往,倒是一脉相承的。沈从文当年就把湘西描绘成遗世独立、生活太平、原始能量异常充沛的乐土。① 湘西这个地区直到20世纪还与外界隔绝,那里山水秀丽奇峻,树林葱翠妩媚,悬崖岩洞,激流险滩,美不胜收。沈从文当年就极为推崇陶渊明的《桃花源记》,他是把湘西作为"世外桃源"来看的,后来有段时间沈从文住在上海租界里更是把家乡的山水美化为人间仙境,那是沈从文用于对抗城市文明的一种想象。而韩少功也是把楚文化看成抵牾当代中国文学偏向西方现代主义的一种力量,他在大谈楚文化如何之后,就对当时崇尚西方文学的倾向颇有微词,而令他欣喜的现象是:"作者们开始投出眼光,重新审视脚下的国土,回顾民族的昨天,有了新的文学觉悟。"② 虽然在发掘民间本土文化之根这点上,韩少功与沈从文无疑有异曲同工之妙,但这并不意味着他们之间构成了具有主动的历史意识的文化传承。在文学史上,明确的历史传统并不能形成,传统总是在不同的历史时期,以无意识的形式偶然相遇而形成一种源流。就在使文学"去政治化""去西化"、回归文化与大自然这点上,韩少功与沈从文构成了一种可以呼应的传统。当然,这个传统在湖南的作家群中完全可以扩大为一个庞大的阵容,同为湖南作家群的何立伟、古华、孙建中等人,无疑可去充实这一传统的丰富性。

鲁迅开创的乡土中国叙事向着更具普遍性意义的现实主义方向行进,而乡土文学更为纯朴的开创者就由沈从文来承担了。沈从文确立的中国现代乡土文学的传统,可以在汪曾祺那里看到直接的继承。汪

---

① 有关论述可参见沈从文《从文自传》,北京:人民文学出版社,1981年;或参见金介甫《沈从文传》,北京:国际文化出版公司,2005年。
② 韩少功:《文学的根》,参见孔范今等主编《中国新时期文学研究资料汇编·乙种》,《韩少功研究资料》,济南:山东文艺出版社,2006年,第21—22页。

曾祺 1940 年代曾经是沈从文的学生,他的风格和笔法与废名、沈从文有一脉相承的那种气韵。这主要是就汪曾祺的代表作《受戒》《大淖记事》等作品而言,把《受戒》与沈从文的《边城》比较一下,不难看出风格和趣味上的某些相通——当然是所谓的神似的相通。如果就其意义来说,显然各自有不同的内涵:汪曾祺的小说淡到极处,只是给出一种生活情状,语言洁净到仿佛不食人间烟火;沈从文的《边城》还是有非常鲜活的生命欲望,在粗蛮的大自然情怀中有着倔强的生的渴望。

一种传统是不能在文本的细节中去寻找的,大多数情形下,那只能是一种精神、一种幽灵化的神气,但我们偶尔可以从文本的细节中看到某种近似,这时传统就会以更加明确的形式站立于此。到了 1990 年代,沈从文已经成为现代文学中一个几乎与鲁迅比肩的传统,他的作品被广泛阅读,其文学价值被反复抬高。这得益于海外汉学,他被政治历史排斥的命运无形中加重了这样的特征。海外汉学家甚至认为沈从文会成为鲁迅的接班人,在《沈从文传》中,金介甫就说沈从文是"中国第一流的现代文学作家,仅次于鲁迅"。沈从文的影响开始显得具体而有实际成效,例如,1990 年代初阎连科发表了一篇小说《天宫图》,这篇小说除了开头部分用过分夸张的手法去写天堂地府的魔幻世界外,整体非常真切平实。小说描写一个叫路六命的农村青年倒霉透顶的命运,写出了他困苦不堪的生存事相。他如此倒霉,却又因为意外的原因有一个美丽的媳妇,媳妇与他同床共眠却拒绝与他发生肉体关系。他经常在门外听着媳妇与村长在床上做着惊天动地的事情。那时,路六命蹲在门外提着心听着屋里的动静,手中的烟一点点燃烧,最后只剩下烟灰了。他心想:"村长咋就那么大劲呢?"他还担心村长弄坏了自己的女人。冬天的夜里,他每晚替女人热被窝、捂脚丫,但女人就是不与他发生他如此渴望的肉体关系。小说写出了当今时代乡土中国农民依然不能摆脱的可悲命运。不用说,这篇小说会让人想起沈从文的小说《丈夫》,不管阎连科有没有看过这篇小说,它们之间情节和细节的相似,无疑是不同时代乡土中国农民都无法摆脱的绝望感。但沈从文的小说写得极其节制平淡,故事的主角是女人,写得自然活脱;阎连科的小说则写得狠重,对乡村政治权力的书写与沈从文关于乡村平静平和的自然生活的回忆大相径庭。阎连科是当代中国书写乡土中国最不留余地的作家,他一方面书写当代中国乡土的苦难史,另一方面居然明目张胆地反对现实主义。① 或者也可以说,阎连科已经另拓了一条乡土中国文学的道路:沈从文处于现代之初,还有乡土的恬静自然;阎连科则自觉站立于现代性的尽头,他要赋予乡土叙事以当代性的意义,他继承了鲁迅的冷峻和坚硬,并把鲁迅那种撕裂灵魂的笔法推到了极致。就此一细节而言,阎连科可能直接受到沈从文的启发,但骨子里的精神却是呼应鲁迅的。实际上,沈从文偏向平淡自然的风格颇难在当代中国的乡土叙事中重现,经历过革命宏大史诗熏陶的当代乡土文学,还是要下意识地回到鲁迅的精神。

当然,要说当代的乡土文学,莫言、贾平凹、陈忠实、张炜、阎连科、刘震云、李锐、路遥等,都是首屈一指的当代中国乡土的刻画者,但如果要追究他们与中国现代乡土文学的联系,可能是徒劳的。也不乏有研究者把贾平凹与沈从文联系起来,但贾平凹显然是在表现秦地文化的地域特征,且贾平凹的山野风情更多诡秘之气,时有鬼斧神工的笔法,他对欲望的书写也与沈从文迥异。某种意义上,也正如韩少功身处楚地寻根,是回到民间久远的文化记忆中去搜寻,当代中国的乡土作家主要是从自身的经验、自身所处的地域文化中去找到传统的源头,或者说,当代中国的乡土文学,是重新开掘自己的传统,重新建构自己的起源,可能它们伴随着现代性宏大的历史叙事的解体,伴随着历史与阶级意识建构起来的乡土文学的死去,会重获新生。这既是历史之尽头,也有可能是另一种开始,而在这即将开始的进程中,沈从文的意义有可能

---

① 在他2004年出版的《受活》的题辞中,他对"现实主义"进行了看似暧昧实则猛烈的批评:"现实主义——我的兄弟姐妹哦,请你离我再近些;现实主义——我的墓地,请你离我再远些。"

与这样的传统一起死去而后复活。

三 召回的幽灵：另一种现代性

整部中国现代文学史一直是以文学革命转向革命文学的主流的历史，在这样的历史中，文学史与新民主主义革命史构成了同步的历史结构，其主题和意义都是在这样的历史结构中被叙事和命名的。在这样的历史中，"鲁郭茅巴老曹"就构成了大半部文学史；而在当代，"三红一创保林青山"(《红岩》《红日》《红旗谱》《创业史》《保卫延安》《林海雪原》《青春之歌》《山乡巨变》)同样占据了文学史的主体。除此之外，文学史叙事就只是拾遗补缺。在这样的文学史叙事中，现代传统只能以某种单一的形式存在和发挥作用。"文革"后的文学叙事经历了漫长的修补，其格局变化之有限与这个时代思想文化的激变显得极不对称。而令人惊异的是，最早冲破主流文学史叙事的力量来自海外汉学，也就是夏志清和王德威的有关研究。夏志清先生的《中国现代小说史》1961年起由美国耶鲁大学出版社和印第安纳大学出版社先后出版，七八十年代在香港台湾都有中译本。这部小说史对张爱玲给出了前所未有的高度评价，夏志清先生认为，张爱玲以其灵敏的头脑、对于感觉快感的爱好及小说里意象的丰富，在中国现代小说家中可以说首屈一指，在描写方面甚至超过钱锺书和沈从文。张爱玲的小说世界，上起清末，下迄中日战争，这世界里面的房屋、家具、服装等，都整齐而完备。"她的视觉的想象，有时候可以达到济慈那样华丽的程度。至少她的女角所穿的衣服，差不多每个人都经她详细描写。自从《红楼梦》以来，中国小说恐怕还没有一部对闺阁下过这样一番写实的工夫。"在夏志清先生看来，张爱玲的作品甚至比之《红楼梦》都不逊色：《红楼梦》所写是一个静止的社会，道德标准和生活服饰从卷首到卷尾都没有变迁；而张爱玲所写的是个变动的社会，生活在变，思想在变，行为在变，所不变者只是每个人的自私和心性。其可贵之处在于："她的意象不仅强调优美和丑恶的对比,也让人看到在显然不断变更的物质环境中,中国人行为方式的持续性。她有强烈的历史意识,她认识过去如何影响着现在——这种看法是近代人的看法。"①夏志清先生的评价无疑是有史以来对张爱玲作出的最高评价,以此看来,张爱玲无疑是中国现代最卓越的作家。

但这个最卓越的作家却长期在中国的主流文学史中缺席。1990年代以来,张爱玲几乎是突然间成为现当代文学中最耀眼的明星,从文学史的层层迷雾中破云而出,带着历史的苍凉和神秘,更显出一种令人心碎的美感。这当然不只是借助于海外汉学的力量,也是因为其作品适应了中国当代正在形成的一个庞大的女性读者群和研究群体,更深厚的基础则是来自中国城市中广大的中产阶级(或小资阶层)。张爱玲在当代中国的走红,实在是有着深厚的文学史的、文化的和经济的深广基础。如果从现代性的意义上来看张爱玲,可以说张爱玲是中国现代资产阶级及小资产阶级在文化上和美学上的代表,这一审美的现代性被激进的革命美学(无产阶级美学)所压抑和替代,这一巨大的历史断裂使得张爱玲和沈从文一道,成为被主流文学史排除的资产阶级文化残余。现在,中国的现代性在市民文化、个人主义文化以及内在情感方面需要重新建构,更彻底地说,就是需要补上"被压抑的现代性"这一课②,将其重新释放出来,而在中国当代小资产阶级文化开始兴盛的历史语境中,正是以张爱玲为表征的那种怀旧的、感伤的、对人性有限性进行

---

① 夏志清:《中国现代小说史》,刘绍铭、李欧梵等译,上海:复旦大学出版社,2005年,第259页。

② "被压抑的现代性"是王德威的一个著名观点,他认为晚清文化和文学中就存在着现代性,这种现代性被"五四"启蒙主义、文学革命以及后来的革命文学所压抑,使得人们把晚清的文化和文学看成落后的封建主义士大夫文化的腐朽文化及美学。当然,王德威在晚清与"五四"的对立这一点上,试图抹去"五四"的断裂性和革命性开端意义,这一观点还值得商榷。但王德威的观点可以用来描述"五四"以后三四十年代被压抑的资产阶级文化及其审美需要,例如张爱玲代表的那种审美文化,这是一种被压抑的现代性需要。参见王德威《被压抑的现代性——晚清小说新论》,北京:北京大学出版社,2005年。

批判的审美态度开始有市场的时候。

然而在文学界,张爱玲的存在并不是天然地需要构成新的被认同的传统,对于中国当代文学已经形成的格局来说,张爱玲仿佛是一个搅局者,这是一个外来者、一个"知识考古学"意义上的反证,对于中国当代相当一部分女性作家来说,如何面对张爱玲的存在,是一个不得不正视而又令人备感棘手的难题。

我们确实可以在众多女作家的言谈中发现她们对张爱玲的崇敬,例如卫慧、林白、徐小斌、虹影、朱文颖等以及更多的自发的女性文学写作者①。当今文学研究界公认的张爱玲传统最重要的承接者,非王安忆莫属。但恰恰是王安忆并不承认她受张爱玲的影响,更不愿承认她的写作与张爱玲构成某种关系。2000 年,王安忆在香港参加主题为"张爱玲与现代中文文学"国际研讨会,会上作了题为《世俗的张爱玲》的发言。王安忆显然对张爱玲的人生观持批判态度,在她看来,张爱玲的人生观是走在了两个极端之上,一头是现时现刻中的具体可感,另一头则是人生奈何的虚无。王安忆认为:"在此之间,其实还有着漫长的过程,就是现实的理想与争取。而张爱玲就如那骑车在菜场脏地上的小孩,'放松了扶手,摇摆着,轻倩地掠过'。这一'掠过',自然是轻松的了。当她略一眺望到人生的虚无,便回缩到世俗之中,而终于放过了人生的更宽阔和深厚的蕴含。"②在王安忆看来,张爱玲从俗世的描绘中直接跳入苍茫的结论,这是一种简单化的做法,其结果是张爱玲的小说意味回落到低俗的无聊之中。王安忆既读出了张爱玲的特点,也看到了她的"缺陷"。用王安忆的话来说,张爱玲是用冷眼看世界,而她自己是用热眼看世界。一冷一热,是否足以说明二者的区别,还有待深究。

2004 年 10 月 10 日《新闻晨报》报道:王安忆将张爱玲的《金锁记》

---

① 这些女性作家并没有公开谈及与张爱玲的关系,但我在一些会议或小型的非正式讨论会上听过她们对张爱玲的赞赏。

② 王安忆:《世俗的张爱玲》,《文汇报》2000 年 11 月 7 日。

改编为话剧,改动显然不小,她认为这样的改动批判性更强。所谓改动不小和批判性更强,在于王安忆把原著中的主要人物曹七巧的少女时代略去,使之性格更乖戾偏执,以此对社会及其生活环境作更具批判性的刻画。很显然,王安忆并不甘居张爱玲之后,这个历史前人与晚到者构成的传统现在落在她身上,她很不以为然。人们对张爱玲的热爱,狂热地投射到王安忆身上,这使王安忆几乎是被迫扮演了一个张爱玲的传人的角色,也使王安忆在不同的场合再三声辩她与张爱玲的区别。在一篇网络上广为流传的访谈报道中,王安忆发表了"我不像张爱玲"的说法,其中有这样的段落:"说我的小说跟张爱玲有点像,不,我觉得不像。现在有一种不可思议的现象,写得好的就说是学张爱玲。对张爱玲评价这么高是否恰当,应该研究一下。张爱玲去了美国之后就不写小说了,但她对文字还是热爱的,于是研究了《红楼梦》,还将《海上花列传》译成了白话文。我则不同,我始终保持对虚构故事的热爱,从没中断小说写作。说我比张强不好,说弱也不好,总之我觉得不像她。我对她有一点是认同的,即对市俗生活的热爱。"同在这篇访谈中,王安忆还对上海发表了她的看法:上海过去是一个比较粗糙的城市,它没有贵族,有的是资本家、平民、流氓,其前身也就是农民。现在年轻人热衷于去酒吧、咖啡馆、茶坊寻访旧上海的痕迹,其实他们寻找的是旧上海的时尚,而旧上海的灵魂在于千家万户那种仔细的生活中,任何时尚都是表面的,而且不断循环,旧翻新是时尚的老戏。谈到女人,王安忆说:上海女人现实,比较独立,可以共患难同享福,这与生存环境比较困难有关,上海已婚女人都走上社会舞台了。关于上海女人的优雅,王安忆也有自己的看法,她认为当今的上海女人已经谈不上优雅,在北京人看来,上海女人只是先锋、洋化而已,并不优雅,优雅的女人在闺房里才存在。穿着高跟鞋"笃笃笃"跑到大街上抛头露面已是很可怕、很粗俗了,怎么谈得上优雅呢?白领女性并不优雅,她们的微笑、礼节、装束,只是社交上的装备罢了,白领被公式化了。这是很残酷的,女人要独立,就不能优雅。优雅现在已变成广告词了。王安忆说,她对这个词是

"很认真"的。①

不能说王安忆与张爱玲没有关系，她们之间相似处不可谓少。张爱玲写旧上海，王安忆写新上海，都是不同历史时期的上海，特别是《长恨歌》中王安忆对旧式上海的书写和对旧式上海女人的刻画，更是让人想起张爱玲的情调与风格。如前所述，张爱玲是用冷眼看世界，而王安忆是用热眼看世界，一冷一热，似乎截然不同，但还是不能斩断她们之间更为内在的联系。特别是1990年代后期，王安忆的《长恨歌》如此倾注笔力描写旧式上海的生活，那种深重的怀旧的意味，很难完全摆脱张爱玲的阴影。如果把《长恨歌》看成对张爱玲的写作的回应，并不是多么牵强的说法。对于当下的文学潮流或阅读心理，敏感的王安忆不可能不有所觉察。正如她要强行搭上"寻根"的末班车一样，对当代"张迷"之风盛行，王安忆不可能不作出她的回应。

张爱玲在现代文学史上的地位由夏志清先生一锤定音，但更为具体切实的文学史传承研究则是由夏志清的弟子王德威作出。王德威对张爱玲的经典化可谓竭尽全力，下足功夫。有王德威这样内功深厚的大方之家来努力，张爱玲的文学史地位几乎无法撼动。在王德威看来，1960年代以来一辈的港台作家，不少人是在与张爱玲"搏斗"中一步步写出自己的路来。王德威还注意到，苏童1994年在美国哥伦比亚大学的谈话中就说到他"怕"张爱玲，怕到不敢多读她的东西。苏童可能是不经意说出的一句客套话，但足以作为张爱玲在大陆作家心目中地位的证明。② 在王德威看来，已经存在一个"张派"的庞大的源远流长的传统体系，"张派"在台湾的传人众多，首推白先勇和施叔青，王祯和也

---

① 这篇报道或文章在网络上广为流传，但原始出处始终不清，目前找到的最早出处是《安徽日报》集团"中安在线"的读书吧（"中安读书"2003年3月19日），在网页登载的文章中，也有署名"作者伊东"的。

② 王德威：《落地的麦子不死——张爱玲的文学影响力与"张派"作家的超越之路》，参见《落地的麦子不死》，济南：山东画报出版社，2004年，第40页。

可归入此列。1970年代后,从台湾更年轻一代作家,如朱天文、朱天心、丁亚民、蒋晓云、林耀德、林俊颖、杨照,以及萧丽红、袁琼琼、林裕翼等人身上,都可或显或隐见出张爱玲的身影,或听出"张腔"。在大陆,王德威则从阿城、苏童、叶兆言,当然最重要的是王安忆身上读出了张爱玲的影响所在。

严谨治学的王德威在大陆并未大规模扩充"张派"队伍,王安忆就不得不承担起"张派"主要传人的重任,对此,王安忆自己的不认账已经无济于事,大家无法想象张爱玲在大陆居然找不着一个有分量的传人,这显然不只是对张爱玲的不恭,也是对被压抑的一种现代文学传统的否决。一个多元的现代文学传统,需要张爱玲来修复,也需要王安忆来进一步建构。

王德威在《海派文学,又见传人——王安忆的小说》中就全面地论述了王安忆与张爱玲的传承关系。在梳理了王安忆的创作道路之后,他在《纪实与虚构》中指出了王安忆"自觉的新海派意识",而《长恨歌》则可以见出王安忆的努力,"注定要面向前辈如张爱玲者的挑战"。王德威认为,张爱玲的精警尖俏、华丽苍凉,早就成了三四十年代海派风格的注册商标。《长恨歌》的第一部叙述早年王琦瑶的得意失意,其实不能脱出张爱玲的阴影。王琦瑶的暧昧身份,可以看作张爱玲"情妇"观点的新诠。①正是借着王安忆的《长恨歌》,我们倒可想象,张爱玲式的角色如葛薇龙、白流苏、赛姆生太太等,"解放"后继续活在黄浦滩头的一种"后事"或"遗事"的可能。张爱玲不曾也不能写出的,由王安忆作了一种了结。在这一意义上,《长恨歌》填补了《传奇》《半生缘》以后数十年海派小说的空白。②

确实,王安忆曾经评述过张爱玲的小说风格,认为张爱玲对上海的书写,最紧要的地方就在于她用独有的细节去体会到城市的"虚无"。

---

① 王德威:《如此繁华》,香港:天地图书有限公司,2005年,第197页。
② 同上书,第198页。

她是临着虚无之深渊去书写上海,才能用身子去贴近城市具有美感的细节。王德威在这二者最关键处看到了她们之间的内在关联:"而王安忆显然有意承袭此一风格,以工笔描画王琦瑶的生活点滴。《长恨歌》中的写实笔触,有极多可以征引的片段。王的文字其实并不学张,但却饶富其人三昧,关键即应在她能以写实精神,经营这一最虚无的人生情境。在一片颂扬新中国的'青春之歌'中,王的人物迅速退化凋零。"[①]在王德威看来,对旧上海的重新书写、对虚无的体认、荒凉的风格,这些都使王安忆与张爱玲具有太多的共同之处,说承袭似乎并不为过,所区别的只是张爱玲的贵族气,在王安忆这里变成了市井的批判。

王德威描绘的张爱玲与王安忆之间的历史传承或风格可比性,无疑有其真知灼见。尽管王安忆本人并不愿意承认她与张爱玲之间的关系,她曾经表示她在文学上所受苏俄影响要更多,但张爱玲在1990年代中国的文学研究界和图书市场都是炙手可热的角色,王安忆不可能不关注张爱玲,也不可能不在潜意识中与张爱玲构成一种对话关系,这就是传统潜在地起作用的结果。《长恨歌》毕竟在主题、人物和风格方面都带有张爱玲的某些特征(王琦瑶与李主任的关系,难道没有一点张爱玲和胡兰成的关系的投影吗?),当然,也不妨说,王安忆是在更为深广的历史背景上、在更为痛切的人性深度上对一种荒凉命运的重写。

当然,王安忆身处中国大陆,她的教育和家庭背景都使她与张爱玲相去甚远,更何况她成长的六七十年代,直到1980年代,中国大陆社会历经政治剧变,其精神面貌与世界观无疑不是身处破落世家、辗转惆怅于秘帏深闺的张爱玲所能比拟的。王安忆本人的写作也始终在中国大陆的主流文学史语境内,她在1980年代的每个历史潮流中都可投身于主流,但从不会与潮流同起同落,而是出于潮流而穿行于历史转换的各个场景。例如,作为知青作家,她最终却以晚到的《小鲍庄》切进了"寻根"潮流;在1990年代初的历史停滞时期,她以极为个人化的方式作出

[①] 王德威:《如此繁华》,香港:天地图书有限公司,2005年,第199页。

历史反思,她的那些作品,《歌星日本来》《叔叔的故事》《乌托邦诗篇》等,成为这个时期不可多得的穿云破雾之作。在这一时期,王安忆作品的主人公奇怪地都是男性,而且都是承载着历史重负或历史撕裂的末路英雄。从1990年代起,王安忆的作品都有一种英雄主义/理想主义的豪情,她的反思能动性得到空前加强。除了这些作品具有历史的正面性和思想的直接性,其他的作品则把小说中人物的激情转化为叙述者背后隐含的主体意识。看看《纪实与虚构》《长恨歌》《富萍》等作品,叙述人的主动性以一种无处不在的具有透视性的视点体现出来。而且在其他的作品如《香港的情和爱》《新加坡人》中,都可看出王安忆主动性的视点,带着与时代热烈对话的那种顽强的自信。所有的这些都不是张爱玲的风格所能概括和比拟的。

确实,王安忆与张爱玲的关系,已经变成一个学术难点和疑点,一个在有与无,若远与若近,相似、相近与相反的意义上都可以进行阐释的论题,我们既无法回避它,又无法真正进入它。也有论者在同中去找到差异,并且在此基础上去建构一个更具有历史发展性的王安忆的形象。例如高秀芹的《都市的迁徙》,就对张爱玲与王安忆小说中的都市时空进行比较,探究了两个女作家以独特的叙述方式连接起关于上海的想象和记忆。在高秀芹看来,张爱玲在完成对上海的书写中完成了自己,而王安忆的书写却描绘了上海的历史漂移和迁徙。在这种"空间感"的对比中,高秀芹给王安忆找到了超出和胜过张爱玲的理由。相比较张爱玲作为一个已经固定的市井的叙述者,高秀芹认为,王安忆却是上海市井的寻找者,一个重新发掘者,这使王安忆的叙述视角比起张爱玲来要高超得多。这种高超,使王安忆的叙述视角比张爱玲的叙述视角更宽广,因此更具有历史的意味,但也因此而丧失了张爱玲的浑然不觉的贴近。高秀芹写道:"王安忆对上海的寻找,有着很深刻的动机,这种动机里,无论如何也不能消除张爱玲对她的巨大的影响。这种影响,使得王安忆也想像张爱玲一样贴到这个都市的芯子里去,掘到张爱玲所说的'底子'里去。但是王安忆所能找到的芯子不是那芯子。

她找到的东西包含了张爱玲的,但又比张爱玲所呈现出来的更为广阔。"①高秀芹从空间这一角度来比较张王之间的差异,从小说具体的叙事场景与作家对人性和社会历史的洞察来展开论述,颇有深刻独到之处。不过,所谓"更为广阔"、从"封闭"到"开放"的比较、从"静止"到"流动"的分析,这些都只能作为差异性来理解,作为某种特性来阐释,高秀芹隐约中试图揭示出王安忆对张爱玲的更为成功的超越,则是要谨慎从事的判断。因为这些概念(广阔、开放、流动等)并不能作为一部作品或一个作家深刻有力的证明,它们还比较外在,与真正的美学意蕴还有隔离。当然,并不是说张爱玲没有问题,或难以超越,而是说,二者在艺术性上的较量可能要找到更为内在恰切的词汇。

张王之间的关系众说纷纭且扑朔迷离,在传统的承袭、主题与风格的相似、思想取向的差异等诸多方面,二者可以建构起一个庞大的海派文学的历史叙事,与其说是王安忆需要张爱玲,不如说是张爱玲更需要王安忆,因为王安忆的存在,海派的历史与传统才有传人,才有更加深远的历史性,正如王德威所说,"落地的麦子不死",这就是生根、开花与结果的历史。以张爱玲为标志的现代性被压抑的那种传统,可以重新浮出历史地表,重新构建当代文学史更为多元和富有张力的文学史语境。

四 左翼革命传统在 21 世纪的复活

左翼革命文学的概念主要是指 1930 年代以"左联"为旗帜的文学阵营的文学创作及其文学活动,不过"左翼"这个概念实在难以界定。②

---

① 高秀芹:《都市的迁徙》,《北京大学学报(哲学社会科学版)》2003 年第 1 期。参见孔范今等主编《中国新时期文学研究资料汇编·乙种》,《王安忆研究资料》,济南:山东文艺出版社,2006 年,第 367 页。

② 关于左翼文学的概念限定之困难,洪子诚先生在《我们为何犹豫不决》的一个注释里解释过,参见《南方文坛》2002 年第 4 期,第 22 页。

左翼文学到底在何等程度上与"左联"相关,在实际的文学作品创作和文学活动难以界定,"左联"前后的那些文学创作,直到延安解放区的文学,也可以统辖在这个大的范畴内。这样看来,我更乐于使用广义的左翼革命文学概念,即从1930年代以后具有左倾特征的文学创作都归于此行列。但一旦涉及传统问题,我们就要将讨论对象限定在最典型的左翼文学,那就是表达了对共产革命的向往、表现了阶级压迫与斗争的现状、表达了革命与解放的愿望的作品。

如果我们把眼光投入左翼文学最初的源头,则会发现一个令人困窘的情境:最早的左翼文学产生于上海的租界内。1930年2月16日,夏衍、鲁迅、冯雪峰、郑伯奇、蒋光慈、冯乃超、钱杏邨、柔石、洪灵菲、阳翰笙、潘汉年等在公共租界的"公啡"咖啡馆秘密集会,商讨成立"左联"事宜。1930年3月2日,中国左翼作家联盟召开成立大会,地址就在公共租界越界筑路区域窦乐安路233号(今多伦路201弄2号)的中华艺术大学。"左联"的大多数活动均在租界内,这当然可以理解为出于安全考虑,毕竟租界是国民党不能随便插足的地方,但同时也要看到左翼文学创作与以租界为表征的典型的上海都市文化的内在关系。研究者李永东就专门论述过"租界文化与1930年代文学"之间的联系,提出左翼文学与租界文化颇有关联:"二三十年代的上海,是租界化的上海。从事左翼文学创作的大多数作家,他们或者寓居于上海租界及越界筑路区域,或者曾有过租界生活的体验。租界化的上海为左翼文学的滋生提供了文化土壤,影响了左翼文学品质与风貌。"[①]关于左翼文学与租界的关系,沈从文曾经说道:"一部分作家或因太不明白政治,或因太明白政治,看中了文学的政治作用,更看中了上海,于是用租界作根据地,用文学刊物作工具,与三五小书店合作,'农民文学''劳动文学''社会主义文学''革命文学'……等等名称,随之陆续产生。租界既是个特别区域,适宜于藏垢纳污,商人的目的又只在赚钱,与同

---

① 李永东:《租界文化与30年代文学》,上海:上海三联书店,2006年,第94页。

业竞争生意。若投资费用不多,兼有相当保障,为发展营业计,当然就将这些名词和附于名词下的作品,想方设法加以推销。当时江西剿共战争尚相当激烈,看不出个究竟,上海租界上的工运,环境特别,实有点使当局棘手,年青学生则在时代的潮流激荡中,情感上不大安定,且寄居上海一隅更容易接受刺激。左翼文学与这两方面相呼应,商人却将作品向年轻人推销,当然就显得活泼而热闹。"[1]沈从文对左翼文学兴起的看法显然不是从历史客观的革命要求和作家们主体性的革命愿望出发,而是从具体的社会和文化环境、从图书市场的利益、从阅读心理去解释其产生的基础。因此我们也就不奇怪,多少年之后,郭沫若等左翼革命文艺家对沈从文恨之入骨,斥之为"反动文人"。也许沈从文对左翼革命文艺产生的社会基础理解得不够全面和深入,但他对具体的文化环境和阅读需求的解释,也从一个侧面揭示了左翼文学的特征。

左翼文学在租界中找到一个活动的场所,更重要的在于,相当多的左翼作家从租界这种具有殖民文化和资产阶级文化特征的场所里汲取了他们的生活体验。左翼作家一方面痛斥租界里的殖民主义文化带来的摩登洋化、浮华绮靡,另一方面又带着激情和冒险投入于其中的享乐刺激、亢奋肉欲。当时的左翼作家大部分都还是年轻的小资产阶级知识分子,他们大都出身于富裕家庭,生活放浪,出入舞场影院或咖啡馆西餐社,难免不被称为"浪漫文人""跳舞场里的前进作家"、咖啡店里阔谈的"革命文学家"。"小资情调"是其共同的特征,政治话语和欲望话语的拼合就成为他们作品的共同模式,所谓"革命+恋爱"叙事成为通行的模式也就不足为奇。[2] 当时茅盾对自己也陷入这种模式就有所

---

[1] 沈从文:《"文艺政策"检讨》,《沈从文全集》第十七卷,太原:北岳文艺出版社,2002年,第280—281页。

[2] 有关论述也可参见李永东《租界文化与30年代文学》,上海:上海三联书店,2006年,第102—103页。

反省:"作者是想在各人的恋爱行动中透露出各人的阶级的'意识形态'。这是个难以奏功的企图。"①在那个时期的左翼文学作品,例如当时影响最大的蒋光慈的《少年漂泊者》(1926)、《冲出云围的月亮》(1930)中,都不难看到这类革命与欲望话语叠加的模式。至于其他的大量作品,手法则更为直露。

左翼文学作为中国现代革命文学的起源,表达了那个时期革命与欲望相混淆的激进现代性叙事,它是具有反抗性的解放话语,是有着革命幻想的年轻一代超越历史和社会的想象。左翼文学还不能算是理想的革命文学,但构成其起源和最初的主体力量。实际上,直到1940年代,理想的革命文学还未真正产生出来。由此也就不难理解,1942年,毛泽东《在延安文艺座谈会上的讲话》会如此严重地强调作家的世界观改造问题,以及革命文艺确立为工农兵服务的方向。延安整风运动后,革命文艺产生了一批以工农兵为主角的作品,最终在赵树理那里找到了革命文艺的理想范本。也就是在革命文艺中,终于清除了小资产阶级的思想情感,清除了1930年代左翼文学的那种革命加欲望的模式。1949年之后,中国当代文学开始寻求社会主义革命文学的新道路,这条道路努力在两方面与中国现代文学传统划清界限:其一当然是资产阶级启蒙主义文学,或者说文学中具有的自由、民主、博爱之类的启蒙主义思想和情感;其二则是左翼文学的那种小资产阶级情调。在寻求中国当代社会主义现实主义文学的传统时,我们会发现革命文艺一直在努力与这个传统断裂而另辟蹊径。1930年代的左翼文学传统并未在1950年代的社会主义革命文学中作为传统而被继承,相反,那是要去除的小资产阶级残余。更不用说在"文革"时期,此前的所有"传统"都被视为"毒草"。

传统总是会以其诡异的方式在后来的文学中呈现出来,或许历史

---

① 茅盾:《写在〈野蔷薇〉的前面》,《茅盾全集》第九卷,北京:人民文学出版社,1985年,第524页。

本身就经常以重复的形式来演绎它的不死魂灵。在20世纪90年代以及21世纪，中国当代文学又一次出现"苦难叙事"与"欲望想象"相混合的文学话语。① 尽管其内涵和形式都存在鲜明区别，但在最基本的话语结构模式中有其共同性，让我们不得不思考是某种历史的幽灵在起作用，或者说，是历史在不自觉中被相同的历史情势和心理牵扯到一起。

特别是进入21世纪，中国当代文学中出现大量的苦难叙事，这会令秉持"文学是社会现实的反映"观点的理论家困惑不安。毫无疑问，当代中国社会现实发展极为不平衡，城乡差距、地区差异、贫富不均导致的社会矛盾相当尖锐。但中国毕竟处在经济高速发展阶段，中国作为世界经济的发动机、作为亚洲经济的龙头，已经是不争的事实。中国的城市化和信息化、IT产业、汽车、房地产、广告业和媒体都获得了极为迅猛的发展，但在中国当代文学期刊这些最敏锐、直接反映社会现实的晴雨表中，那些占据头条位置和获得各种奖项、被各种选刊和选本推举的代表作品，却主要是以苦难叙事为其主导，这就有失偏颇、令人费解了。中国当代文学历来不善于表现当代现实，除了概念化和理想化地正面表现，找到其他更为切实地表现当代的方式，一直是其感到困扰的难题。但现在，在表现底层民众苦难兮兮的生活状态这一方面，当代中国文学突然间找到了最畅快的表现方法，几乎可以说是驾轻就熟，如此自由、如履平地、如归故里，如果不是某种历史的深厚经验在起作用，如果不是一种传统的复活和重复，难以想象当代中国文学突然具有如

---

① 关于"苦难"叙事以及与"欲望"的关系，现在变成众多的当代文学研究者的热门话题，但也奇怪地或者说自然地与当代文学研究的所有论题一样，研究者们从不探讨同行已有的研究成果。我最早在《文学评论》2001年第5期发表了《无根的苦难：超越非历史化的困境》阐述这一问题，随后在《挪用、反抗与重构——当代文学与消费社会的审美关联》(《文艺研究》2002年第3期)中阐述了当代小说对欲望的书写，另外又在《在底层眺望纯文学》(《长城》2004年第1期)和《"人民性"与审美的脱身术——对当前小说艺术倾向的分析》(《文学评论》2005年第2期)中再次讨论这一问题，可作参考。

此活力,走向成熟的中国作家本来以为要被边缘化,突然间又成为历史的主体,又有理由承担历史的责任。

如果把当下中国与1930年代的上海左翼文学扯在一起,那肯定让很多人感到意外,甚至于认为是无稽之谈。两个时代是如此不同,各自所处的政治文化环境也大相径庭,正因此,二者在小说叙事方面所具有的两个基本点的相似,就更具有非同小可的意义。

"革命+恋爱",也就是"阶级意识+欲望话语",一直是左翼文学的主题,而这样的模式,恰恰在当今相当多的作品中涌现出来。远的不说,近几年的作品,就有熊正良的《谁为我们祝福》、荆歌的《计帜英的青春年华》、曹征路的《那儿》、东西的《没有语言的生活》、杨映川的《不能掉头》、董立勃的《白豆》、刘庆的《长势喜人》、艾伟的《爱人同志》、胡学文的《麦子的盖头》,等等。2004年到2005年,《人民文学》"茅台杯奖"的获奖作品,七成以上可以说与这个模式有关;北京大学出版社编选的年度小说选,六成以上的作品与此模式有关;其他的选本也可作如是观。如果把这个模式扩大些,不仅仅限于一部作品文本,而是拓展为一个时期的文学语境,则可以更清楚地看到:一方面是欲望化的话语,另一方面是关于底层的苦难叙事。

这确实是令人惊异的现象,历史与阶级意识突然间又回到中国当代文学中——这个久违的具有意识形态性质的文学观念,在新世纪全球化的历史场景中,仿佛幽灵式地重现。1980年代文学向内转,出现了先锋派文学,汉语言小说在艺术性上被推到一个新高度。1990年代初,"晚生代"作家面向中国当下的叙事,使欲望化的表达具有了合法性和普遍性,而"美女作家群"步入文学舞台,身体表演式的写作占据了人们的视线,这些都使消费社会的欲望化叙事具有了广阔的传播空间。欲望化叙事无疑有其合法性,它既是历史债务式的清欠、长期压抑的报复式的发泄,又是适应消费社会的感官解放和感性阅读的必要举措。但思想界的"新左派"思潮,以及走向成熟的作家对抗消费社会审美霸权的策略,又使一大批作家重新寻求批判现实社会的方式。回到现实主义甚至于回到"真正具有"批判性的现实主义,这使中国现代以来的"为人生的艺术"的现代启蒙未竟事业被重新接轨。"为人生的艺术"转向左翼文学只是一步之遥,其本质则是历史与阶级意识作为文学创作的思想依据和动力。当代中国作家再次关注现实,关心底层民众的生活疾苦,反映社会的不正义和"合法化"危机的状况。这些都再度唤起中国作家的历史责任感和使命感,与左翼文学给予中国作家的使命还是如出一辙、一脉相承。

然而,左翼作家身处上海(不少人生活在租界),深受当时资本主义消费文化的影响,同时为适应图书市场,他们也不能忘怀摩登的生活现状——自身沉迷于其中,也构成其自身想象的主导资源的欲望生活。因而,观念化的历史与阶级意识,与其切身经验的欲望想象就被糅合在一起。同样,当下的中国作家,一直承受着主流话语的现实主义告诫,又承受着1980年代后期以来累积的文学创新经验的压力,一直找不到主体意识。面对当下方兴未艾的消费社会,中国作家也一直处于失语状态。只有重新捡起批判现实的大旗,中国作家才能解决自身所处的创新困境,重新确立自身的主体意识。苦难叙事与欲望话语的重叠,几乎是突然间缝合了中国作家巨大的精神分裂。批判欲望化的消费主义,通过对身体欲望进行刻画和鞭挞,把同样如此"摩登"的形象转换到底层场景,通过"三陪女"之类的人物进行连接,那个消费社会的欲望现实就获得了在场的权力。在熊正良的《谁为我们祝福》中,那个下岗母亲一直在寻找的卖淫的女儿,总是暗示出当代社会的病症,同时也适应了当代阅读趣味。像《那儿》这样被"新左派"视为重新唤起工人阶级担当历史角色的重头作品,开篇就以杜月梅这个被损害的下岗女工穿着超短裙做暗娼为叙事引导,这无疑是蹊跷的举动。而荆歌的《计帜英的青春年华》让一个下岗女工几乎承受了所有的痛苦与不幸,但她又是作为一个性感欲望的形象被反复书写。消费社会的欲望本来是一个被批判的对象,是苦难叙事贯穿历史与阶级意识的载体,但这个载体似乎太过强大,小说的叙事总是会沉迷其中并获得解放的感觉,而不得不经常颠覆了批判的重任,其历史与阶级意识本来就不彻底,再也不可能像1930年代的左翼文学那样在概念上达到极端或自圆其说,历史批判总是不明不白、适可而止。历史的批判终究要让位于欲望化的阅读趣味和美学上创新的难题。那些苦难分争的叙事结果只能为人物性格、为小说叙事的力量和思想批判的深度提供资源,它本身并没有着落,也没有答案,以至于一些作家如熊正良(《我们卑微的灵魂》)、杨映川(《不能掉头》)去寻求美学上突破的技艺,那是在美学上的脱身术——从现代性的批判性叙事,转化为后现代游戏式的自我解构。

这一切都表明早年左翼革命文学在当代文学中的复活,某种程度上是历史在无意识中达成的重复,它们之间确实具有某种共同的文化记忆、共同的历史语境(当代主导意识形态还是在某种程度上起到暗示作用),但却是在应对各自很不相同的任务。因而,这一传统在当代的重现只是幽灵般的重现,这是只能在幽灵学的意义上才能解释的传统与当代承袭的关系。忽略它们之间的传承是片面的,同样的,不从幽灵学意义上去理解它们之间的关系也是简单化的。

结语:传统的被重建与必要性

确实,"现代文学传统"是一个含义暧昧的指称,在1949年后中国社会主义文学的一系列政治运动中,现代文学传统实际一直是被清除的对象。不管它是否真的存在,但经历过如此彻底的历史断裂,再顽强的传统也会沉入历史深处。当然,从理论上说,所有的传统都是当代想象的结果,正如所有的历史都必然是一种叙事一样,所有的传统也是一种叙事。传统总是在当代的叙事中被重构,但我们也要看到,每一历史情境都具有差异性,历史并不是在其普遍规则上可以等量其观的。五六十年代中国文学的历史无疑是激进化的政治力量占据上风,如此对传统的再造就会较大可能地偏离原有的历史事实。如果我们不承认历史情境的差异,就不可能更真切地接近复杂和丰富的历史。秉持这种观念,我们更倾向于认为,被阻断的中国现代文学传统与当代文学构成的关系是相当分裂的,它几乎很难在五六十年代的文学中保持一种完整的态势。例如,文学社会化的意义上存在的那些文学流派、社团、组织、活动都灰飞烟灭,在文学文本方面本来可以留存下来的主题与人物、故事与母题、语言与风格等,在五六十年代的文学作品中也都难以重现。直到1980年代,在社会化和文学文本两方面,我们也都难以恢复现代文学传统的建制。直到1990年代,现代文学传统的文学性品格才被碎片式地唤起,这本身是当代文学重建(修复)传统的一种努力。因此,我们也要看到传统本身不可避免地呈现为支离破碎的历史寓言,它不得不以象征化的隐喻方式在起作用,或者更恰切地说,是以幽灵化的形式在起作用。

"幽灵学"这个概念当然是来自德里达,笔者在这里不想进行理论探讨。这不过是一个比喻性的说法(在理论概括陷入困境时,我们总是寻求比喻性的说法),但在德里达却不然,他乐于作比喻性的论述,那是他的解构策略发挥效力的独特方式。我们想表明的只是:中国现代传统对当代中国文学发生的作用,无法在一个常规的意义上加以理解,必然要在非常规的解释模式中来加以阐述。因此,"幽灵学"就成为现代传统与当代文学关系的一种解释方式。在这种解释方式中,我们可以归结出现代传统与当代的关系的几种形式:

其一,现代传统的非完整性和不确切性。在我们给出中国现代传统的定义时,首先就陷入困境,因为现代传统在其被重述中是不完整的,在主流文学史中被叙述的传统现在正面临重建,因此,我们要描述何种现代传统在当代发挥作用,显示出困难。"现代传统"不是一个可以被固定的完整概念,毋宁说是一个正在被重述的叙事。

其二,现代传统在当代文学史中放逐和回归的历史。五六十年代中国当代文学所试图开创的新中国的社会主义文学,就是要放逐现代启蒙文学和左翼的小资产阶级文学传统,只有清除资产阶级残余,社会主义新文学才能重新确立自己的起源和未来道路。"文革"后的新时期,特别是1990年代,现代文学传统才重新获得自己的历史地位,并且随着大学学科中现代文学学术地位的建立,关于现代传统的叙述也就具有了重新历史化的力量。这就是回归的传统,按照德里达的思想,回归之物就是幽灵的被召回。我们也不能陷入一种假象,好像我们真的能修复一个完整的曾经客观存在的现代传统,传统总是已死的传统,只能在当代复活,只能被召回魂灵,只能以幽灵化的形式发挥作用。

其三,现代传统重现的幽灵学特征。幽灵只是一种魂灵、一种精神,它没有肉身化,就像哈姆雷特的父亲那个幽灵一样,只能戴着面具,不能现出它的真身。它也不能开口说话,就像剧中的贺拉旭对哈姆雷特所说的那样:"他们是有学问的人,你去和他们说。"现代传统是一大批"有学问的人"再造出来的,重现也是借助了一大批有学问的人给予其肉身,但一旦肉身化它就不会再是幽灵,幽灵又隐匿了。

其四,传统的有限显现与不可复制性。作为被驱逐和召回的幽灵,现代传统在当代文学中的表现是有限的,事实上,我们以上的分析也不得不证明这点。我们很难找到确切的现代传统影响的例证。在我们考察过的那些最被普遍认可的传统/当代关系模式中,例如余华之于鲁迅、王安忆之于张爱玲,他们的联系只是在相似性的意义上被认可。而且,余华是在"遗忘"鲁迅传统的写作状况中被发现他与鲁迅的关系,当他认真阅读并臣服于鲁迅时,他的写作起步与进步却与鲁迅并无直接关联。很显然,在我们考察的有限个案中,传统"显灵"并不充分,更不用说整个当代文学史的语境中,现代传统所发挥的作用只是精神性的,并且在大多数情况下,这个精神,或者更准确地说,这个幽灵,只是在想象中在场。

其五,中国现代文学传统的非本质化。实际上,我们现在认定的传统总是在相似性的意义上被给定了历史本质。肉身化的传统是被重述的,在与当代进行比较和被重现时,传统本身难有固定的形象,而当它与当代的文学事实发生关联时，也只是在相当有限的层面接近而已。这样的传统承袭关系无疑谈不上牢靠，也会经受多方的质疑，与其说它们是一种被重述的关系，不如说传统是一种历史宿命般的回音。例如，张爱玲之于王安忆，左翼传统之于当下的苦难叙事，前者得不到王安忆的确认，后者则完全是在不同的历史时空中构成的潜在关系。同样的情形也发生在寻根文学这里，"寻根"居然遗忘了现代的乡土文学，几乎没有考虑过中国现代任何传统。① 时过境迁，我们当然可以把"寻根"与现代乡土文学联系起来，但这除了证明传统确实无处不在的情形外，也同时表明传统与当代的联系的被动性和可重述性。

本章从以上几个方面论述现代文学传统与当代作家的关系，这与其说是在建立新的传统谱系学，不如说是在追踪历史散落的蛛丝马迹。尤其因为它的存在的有限性，更应该有广泛而充分的论说，但限于篇幅，本章所涉猎的范围极为有限，特别是诗歌领域，本来有着更丰富的可能性尚待发掘，在这里也只好暂付阙如。

当然，在另一种叙述中，现代传统与当代文学或作家会有更紧密的联系，这些视野无疑是有意义的。② 例如，王德威把目光投向中国文学

---

① 在对传统加以反思的1980年代，反传统的群体也未能重新反思早期现代文化保守派，如杜亚泉、张君劢、冯友兰、熊十力、梁漱溟等国学大师，都未能与当下的文化批判构成对话。这也充分说明传统在当代的断裂何其深刻，同时也表明传统只有在当代需要的愿望中才能复活。

② 王德威关于中国文学抒情传统的研究见其《抒情传统与中国现代性》，北京：三联书店，2010年。他于2006年秋季在北京大学中文系作了相关主题的系列讲座，笔者有幸聆听了讲座，触发这样的思考。王德威以其宽广的视野和立志打通两岸四地华语文学的雄心，梳理出一条20世纪汉语文学的"抒情"脉络，将众多作家作品纳入此一源流之中，并据其特征各归其类，如划入"红色抒情"名下的瞿秋白、何其芳和陈映真，以审美抒情对历史劫毁行之救赎的《游园惊梦》（白先勇）、《江行初雪》（李渝）和《遍地风流》（阿城），以生命实践"死亡诗学"的闻捷、海子、施明正与顾城等，由此试图建构一个庞大的抒情传统与文学谱系。这无疑是对中国现代传统与当代文学最深入全面的清理了。

抒情传统的研究,在他看来,这个传统是从古典时代就延续下来的,在现代得到了发展,也在当代重现。毫无疑问,看到这种传统的延续性与看到这种延续的更内在的分离,都揭示了传统存在的不同状况,传统的存在也只是以或明或暗、或隐或显、或真或假的方式来起作用。事物之不能重复,不能克服时间给予的死亡,使传统在其最根本的意义上是难以被确认的。我们怎么确定那已经结束的在历史中死去的文学事件和事实在当代发生的作用呢?怎么确认一个他者与另一个他者之间存在着一种再生性的关系呢?这一切只有在想象中,在文学的疯狂想象中才能成立。没有这种疯狂,就没有文学的历史;没有文学的过去,就没有文学的无限生命,也没有未来。这就是复活传统的非凡的意义。

(2006年11月19日改定;原载《当代作家评论》2007年第6期,有改动。)

第五章　重构多元语境中的"精神中国"

"文革"后的中国社会发生了深刻的变革,虽然社会大的框架体系并未改变,但内在社会价值体系一直处于剧烈的变动中。当代中国文学为历史留下了怎样的证词,为当代中国人的精神建构和价值重建作出了怎样的努力?这一大的问题的答案在今天的文学研究中并非十分清晰明确。众所周知,中国当代文学颇受媒体责难,同时海外中国研究对中国作家也多有疑虑,流行的观点认为,当今中国文学没有人文情怀,没有深厚博大的思想,也没有令人信服的艺术水准。当今中国在思想文化和精神价值上的危机,似乎要中国文学承担主要责任,或者中国文学正是这种危机的表征。[①] 显然,可以承认当今中国面临人文价值危机的状况,但笔者并不认为当代中国文学无所作为,或者陷入了价值混乱的境地。

很显然,"精神中国"这种说法是一种比喻性的抽象概括[②],

[①] 例如,2006年5月12日《南都周刊》刊发了《思想界炮轰文学界——当代中国文学脱离现实,缺乏思想?》的报道,学者丁东、赵诚、傅国涌等指责中国作家日益丧失思考的能力和表达的勇气,丧失了对现实生活的敏感和对人性的关怀,文学逐渐沦落为与大多数人生存状态无关的"小圈子游戏"。虽然多数人认为这不过媒体制造的一次文化噱头,只为吸引眼球,但其实也表明媒体和并无文学阅读经验的人们对文学带有普遍偏见。

[②] 本章为笔者在2011年10月在香港城市大学举行的"精神中国:转型期的中国当代文学"国际研讨会上所作的主题演讲。本次会议以"精神中国"作为反思性主题,也表明在海外及港台流行着一种观点,认为中国当代文学缺乏思想深度和精神高度,笔者当然不同意这种看法,故以此为题,作了阐释中国当代文学思想价值建构的主题发言。

来自近年在学界和媒体开始通行的"文化中国""小说中国"这种说法。笔者认为,精神中国也并非是捉摸不透的、极度高尚神圣的灵魂世界或思想体系,文学中的"精神中国"只能理解为当代文学具有的思想文化内涵的丰富性、精神价值的崇高性和情感心灵世界的生动性。

笔者个人倾向于认为,观察当今有影响力的那些作品,可以看到它们对当代中国的精神文化建构起到了积极的推动作用。因为文学的影响力在今天相对边缘化,实际上文学转向了内在的和基础性的建构,由此也表明文学的影响力具有持续性和深远性。笔者想在这里强调,当代中国有相当一部分文学作品,以其独特的方式、从不同的侧面构建当代中国的精神文化价值。"精神中国"因为这些作品的存在,故而有一种内在的韧性,有其活力和深度。

这种建构的方式是复杂的,较之1980年代激烈的社会反思性批判与整个社会的价值重建状况,这些值得关注的作品所提供的精神价值支持是以复杂的形式展开的。旧有的现实主义为主导的历史叙事受到了质疑,中国作家在回到个人经验的同时,也重新梳理了20世纪的中国历史,审视了当下中国现实的本质,叩问了当代人的灵魂。确实,在这一意义上,1990年代以来中国文学的思想意向是以重写、改写乃至解构为目标的,原有的宏大历史叙事的经典模式被破解之后,这些以个体经验为出发点的文学叙事,着眼点是小叙事,但内里还是有一种压抑不住的要为时代寻找价值依据的意向。在这一意义上,这些重写历史的(也是"去历史化"的)叙事终究要汇聚成另一种"大叙事"——其实质是重写了当下的现代性,最终还是回答了现实的大问题,回答了普遍性的、有未来面向意义的问题。[①]

[①] 贺绍俊在2010年出版评论集《重构宏大叙述》(长春:吉林出版集团有限责任公司,2009年),其中多篇论文讨论到当下中国的小说叙事的文化内涵,在解构旧有的宏大叙事的同时,也在建构另一种宏大叙事。这种对精神价值不同侧面的表现,以及重新历史化的必然性,使得当代文学中的精神性建构呈现更为复杂的形态。

第五章　重构多元语境中的"精神中国"　181

文学创作根源于它既定的传统与前提,回应现实的精神与价值建构总是要以文学的方式,现实的挑战当然也促成了那些文学变革,给予那些变革以美学的和思想的支持。因而,这种建构总是以一种多边形的结构展开,也就是说,它们是互动的动态结构。本章拟从文化价值建构、日常生活书写、发掘乡村心灵、自我经验与现实互动以及书写人性复杂性等五个方面来讨论,或许可以勾勒出1990年代以来的文学建构"精神中国"的基本状况。

一　重写现代性的文化想象

经历了1980年代的经济改革和思想解放运动,中国社会在1990年代初期面临着短暂的歇息和调整。表面的平静实际上酝酿着中国思想文化内在结构的变化,1980年代在思想和文化上的整体性趋于分离,知识分子、民众与主导意识形态已经失去了内在统一性。1980年代,在实现四个现代化和改革开放的历史意愿下,社会各方面的力量结成一个共同体。1990年代初,市场经济开始启动并加速,知识分子从社会中心退出,并且在专业和社会角色两方面都找不到方向。前者是因为教育的危机①;后者是因为民众进入市场,已经不需要改革派和保守派的论争,也不需要人道主义、人性论之类的思想旗帜。1990年代的主导意识形态着力于重建五六十年代的国家想象,其社会伦理诉求也是重建集体主义、奉献精神,重新塑造时代典范人物。② 1990年代初的市场经济一方面混乱而富有活力,另一方面也在培育适应市场经济

---

①　90年代初,中国的媒体热衷于讨论文人下海、教授卖馅饼的故事。那时教育和文化系统人心浮散,是知识分子面临又一次贬值和边缘化的时期。数年后,这种状况才有所改善。参见铁婴《"文人下海"众生相》(《今日中国[中文版]》1993年第7期)或火仲舫《文人"下海"又一说》(《中国民族》1993年第6期)。

②　1990年代重建意识形态的策略是大力弘扬爱国主义精神,倡导学雷锋、焦裕禄、孔繁森等。有关综述可参见《孔繁森:九十年代的焦裕禄》,中国青年网2009年11月16日。

的一套实用主义准则。在这样的价值重估与无序的情境中,知识分子的话语被悬置;随之出现的关于人文精神的讨论,则可以看作知识分子重返历史的一种努力。

在这种背景下,我们来看1990年代初的中国文学作品。我们不可能全面梳理那个时期的文学作品,但可以选择当时最有影响的作品,例如《废都》和《白鹿原》。这两部作品在当时发行量都极大①,引发的争论以《废都》为最。《废都》在1990年代初受到批评主要是因为其写性过于直露,以及对知识分子的精神世界揭示得并不深刻云云。写性是否直露,并非有一个绝对标准,名著写性直露的不在少数。1990年代初期,知识分子重新寻求批判性的话语,关于性话语的讨论,最能容纳道德性的批判话语,这也是中国几代知识分子最熟悉的话语。贾平凹的《废都》为那个时期知识分子的重新出场提供了批判的对象,启蒙话语在1990年代初的重建,带着强烈的道德批判意识,这是知识分子超越现实的精神依据。但这样的批判有些错位,《废都》并非只专注于性,贾平凹真正的理想在于复活古典美文。

性是贾平凹试图恢复传统文人品行风格的通道,在描写性的态度方面,庄之蝶的落寞放浪尽显无遗。贾平凹是否写出了庄之蝶的性格心理的复杂性还有待讨论,如果要从庄之蝶身上辨认现代知识分子的形象注定要大失所望。因为贾平凹并不是要写出现代知识分子的灵魂,他要复活古典时代的士大夫文人,探讨这样的文人如何在当代中国社会生存并且获得认同。贾平凹这样的设想在1990年代初显然不可能被理解,这样的想法甚至不可能被捕捉到。事实上,贾平凹一直没有进入现代,他在《浮躁》里想通过金狗这个人物进入改革开放的现实,但并不成功。他有着非常深厚的传统文化记忆,在1990年代初西方现代主义思潮在中国塌陷的短暂时期,贾平凹的古典文化就浮出了地表。

---

① 《废都》的正版销售数为350万册,《白鹿原》则超过50万册;据有关权威人士的统计,《废都》正版加上盗版的销售数不少于1500万册,《白鹿原》也超过100万册。

1990年代初确实有一种复活传统文化的诉求,这是西学退潮后自然而又别无选择的结果。一方面是主导意识形态复活五六十年代的红色记忆;另一方面是古典传统也获得了合法性。这在1980年代的反传统和西化的时代潮流中是不能想象的诉求,现在有了历史机遇。对于1990年代陷入合法性重建的主导意识形态来说,只要不直接对抗,其他任何文化都是可以存在的。而西学在那样的时期被认为是"资产阶级自由化",古典传统则可以看成"爱国主义"的有效资源。

然而,对于贾平凹来说,他并没有这样的政治意识,他只是想回到古典传统记忆,以此来规避主导意识形态的威权文化。贾平凹在这样的历史空当时期,突然想到要复活古典美文,在《废都》的后记里他表示过对古典作品如《西厢记》《红楼梦》的美学向往。①庄之蝶沟通的是复古的文化记忆,那些关于性的叙事,连接的不只是《西厢记》《红楼梦》这些传统经典文本,还有另一些野史和非主流的读物。在那些寻欢做爱的时刻,那些女人经常手持《红楼梦》之类的书籍阅读②,《浮生六记》《翠潇庵记》《闲情偶记》之类的古籍读本也使唐宛儿这样的妇人获益匪浅。《废都》关于性的叙事太容易让人想起《金瓶梅》这类古代禁书,贾平凹有意用代表"删节号"的方框框来指向这些古代禁书。在那样的历史时期,它似乎有意与书报检查制度建立一种暧昧关系。但贾平凹的真实意图在于沟通那些禁书的传统,他要唤起的是从历史至今被遮蔽的文化,这是更具有民间特征的,也是更纯粹书写"性情"的那个文化传统。固然,《废都》在这方面未必成功,贾平凹的努力方式也有值得讨论的不纯粹之处,但《废都》确实表达了1990年代初中国社会意识形态转型的境况,并且也在为时代寻求精神文化和美学价值重建的基础。

1990年代初传统文化在文学中的复活,固然有着告别西方现代主

---

① 贾平凹:《废都》,北京:北京出版社,2002年,第519页。
② 同上书,第310页。

义的实际效果,但也有告别经典革命叙事的隐秘企图。如果说贾平凹只是潜在地规避,那么《白鹿原》则是直接重写革命历史,以它的叙事来为1990年代以后的中国社会建构新的文化根基。本章在这里并不是要去分析《白鹿原》的主题和思想内涵,而是试图探讨它重写历史所具有的意义。

中国当代文学在五六十年代出现了一大批讲述革命历史的作品,它们后来被称为"红色经典",由此形成一整套宏大历史叙事的法则和艺术特性,例如《创业史》《红旗谱》《野火春风斗古城》《青春之歌》《林海雪原》等。如果不是出于意识形态立场来看的话,这些作品在历史叙事的体制方面,确实可以说有一套经验。但因为其主导模式是固定的,那就是"党领导人民……取得胜利",如此历史叙事的根基是"阶级斗争",因为人民的绝对正义而确立了一系列二元对立结构——好/坏、高/低、善/恶、美/丑等,且总是有优先项压倒对立面。"文革"后,随着思想解放运动的展开,文学上这种历史叙事的单一模式也受到质疑。1980年代中期,张炜的《古船》率先在历史叙事方面破解了这一模式:原来的人民正义变为隋赵两家的冲突(虽然还有李家,但李家并未真正建立历史冲突),隋赵两家的恩怨又以非常暧昧的情欲方式相嵌。赵家四爷爷与含章言行暧昧,小说以含章的屈辱去颠覆四爷爷恢弘的历史。张炜《古船》开启了用家族叙事替代并改写革命历史叙事,也就是用民族史诗替代和改写革命史诗。中国作家不再是扎根在革命中,而是重新扎根在土地上——这一变迁是重要的。当然,《古船》的叙事还有二元对立的基本结构,家族叙事也是在植根于历史的善恶结构,但这里的价值判断重新回到了传统语境中,不再是简单的阶级论与阶级斗争。

《白鹿原》在多大程度上受《古船》影响笔者不好妄作评论,但它们同属于中国当代农业文明基础上建立起来的宏大历史的叙述者,中国作家第一次如此逃脱开现代中国的政治意识,开始以作家的主体意识来叙述历史。虽然这样的逃脱并不彻底,也不可能彻底,也不需要彻底,但是回到土地上的叙事开始有了另一种价值取向,这是农业文明的历史所决定的价值观。从这种"回到"中可以看出,《古船》有一种乡土的亲切感,《白鹿原》则有一种更广大和普遍性的文化上的信念,尽管前者是从时代激情(另一种拨乱反正)中获得那种亲切感,而后者的信念却建立在对农业文明的信赖中。

《白鹿原》写了传统家族中的生殖、婚丧嫁娶、土地耕种等农业事务,还有大量篇幅描写了白鹿两家关于土地的争夺的故事,整个中国农村传统宗法制社会的生活形态、族规族法、家业继承、责任和义务被表现得相当周到具体。可以说这部小说是乡土中国的百科全书,也是中国现代性历史的百科全书。于是,作者在题辞里引述巴尔扎克的话:"小说被认为是一个民族的秘史。"

陈忠实当然不避讳写出中国民族的秘史,写出农业文明进入现代文明的秘史。在中国现代性历史的宏大叙事中,这样的"秘史"(推翻"三座大山",党领导人民取得胜利)本来已经通过无数的作品得到确认了,何以陈忠实还要写作"秘史",他有什么惊人的秘密要揭示?

黑格尔说过:"作为这样一种原始整体,'史诗'就是一个民族的'传奇故事','书'或'圣经'。每一个伟大的民族都有这样绝对原始的书,来表现全民族的原始精神。在这个意义上史诗这种纪念坊简直就是一个民族所有的意识基础。"① 陈忠实要写作史诗,或者说重新写作史诗,他要为民族寻找什么样的"意识基础"?至少他要清理和构建不同于原有的红色经典确认的"意识基础"。

在《白鹿原》的叙事中,文化上的信念与对革命的反思难以贯穿一致,那种文化信念在进入革命的暴力历史之后就被悬置了。小说转向了对革命的反思,文化的叙事就成为背景,只是作为对革命暴力的质询的背景。革命付出如此高昂的代价,最终的结果只是白鹿两家以不同的方式陷入绝境。既然如此,20世纪的革命的意义何在?中国传统农

---

① 参见黑格尔《美学》第三卷(下),朱光潜译,北京:商务印书馆,1981年。

业文明创建的那一套宗法制度与家族伦理,何尝不能支撑中国农业社会的生存呢?但这一问题至少有两个层面。其一是革命的层面。革命的历史在白鹿两家留下烙印,已经昭示了20世纪"革命"的相对意义(在过去其绝对性是不容置疑的)。其二是现代性的层面。传统文化价值并不能引领家族伦理走进现代,白鹿两家都是如此。那么,陈忠实要质疑的是中国现代性的全部历史吗?陈忠实推崇传统文化固然有其道理,但他如何面对中国要进入现代这个历史事实,进入这个不可避免的历史方向?传统中国的文化在现代性的历史中如何依然引领中国乡村?如何思考革命的必然性?如果陈忠实不能质询革命的必然性,那么革命合理性甚至革命暴力的必然性都难以避免。事实上,陈忠实也在叙述革命的必然性,白家已经面临沦落的命运,阶级论依然是不可避免的视角。阶级的矛盾和日本侵略造成的民族矛盾,使革命变得不可避免,《白鹿原》对此有深刻的表现。革命的必然性及其暴力后果,可能正是中国现代性历史的悲剧所在。小说或许就是对这种矛盾的表现,它留给人们更多的思考。《白鹿原》内里无法排遣的是一个古老的农业文明不得不走向衰败的历史命运。不管中国的现代性如何发生,暴力革命如何发生,这样一种农业文明的命运都变得不可避免。

当然,不管是《废都》《白鹿原》还是同时期的其他作品,对传统文化的重新关注与对宏大历史的解构,都不能说是明确、有力或有效的文学行动。我们前面说过,文学作品对现实的回应只能是在既定的条件下来进行的,它本身也是在艺术地、审美地因而也是探究性地对时代作出应答。只是众多的文学作品合力构成一种有效的文化氛围,这才可能构建一个时期积极的精神力量。

在这一意义上,我们可以看到,恰恰是西北的作家,对传统文化有特殊的情怀,有意偏离主导意识形态,试图以传统文化来作为1990年代转型期的精神依据。尽管这种来自"纯文学"的对时代思想或精神底蕴的设想影响力有限,而且在随后更加汹涌的市场经济大潮中气若游丝,但我们不能否认中国文学在以它独有的方式,持续地寻找转型期的思想文化底蕴,在经历较长时期的积淀后,它终究会对当代文化价值建构起到有效的作用。

二 重建日常生活的人伦情怀

"文革"后的中国文学着眼于拨乱反正、反思"文革",是思想解放运动的急先锋,因此而有强大的社会感召力。1980年代中期的现代主义思潮,把文学推向观念和形式的高地,无疑有其值得肯定的意义。不管是意识形态的变革方面,还是艺术创新的突破方面,当代文学一直以其观念和形式两方面来建立"进步"的合法性。1990年代以后,随着追寻西方新理论的退潮,思想文化方面仅剩回归传统可做文章;而先锋性的形式主义实验也已经偃旗息鼓,文学其实失去了方向感,不再有创新的动力和胆略(到了21世纪初,文学的创新是另一个问题)。在历史方向未明的间歇时期,回到普通日常性就是生存的必要法则,这就很好地解释了1990年代初中国文坛"新写实主义"获得广泛认同的缘由。这个口号以其含混暧昧得以生存,根本原因则是这个时期的人们有着回到日常生活的强烈愿望。意识形态的翻云覆雨的纷争已经失去威慑力,人们也已经厌倦大话和空话。正如丹尼尔·贝尔所说:"意识形态要么是全能的,要么是无用的。"但在中国特殊的历史情势下,意识形态话语可以有独立自足的运行空间,它的存在就必然能起部分作用。"新写实主义"重建生活真实性,回到普通人,回到日常性生活,这本来没有什么新奇之处,但在半个多世纪以来的中国文学中,绝对是有重大意义的选择。1990年代的"新写实",接通了中国现代市民生活的血脉,这是它意想不到的一个收获,尤其是张爱玲就隐藏在这样的血脉中,更可说是意外之喜。只是过去数年,王安忆与张爱玲重逢,回到日常生活就不可避免地成为当代文学的一项伟业。

本来是自觉庸常化的选择,何以变成一项伟业,这是颇费周折才能论证的逻辑,所有这一切依然要回到历史前提中才能理解。半个多世纪以来的中国小说以民族国家叙事为主导,所有的"生活气息"都要围绕人民、革命、阶级这些概念来展开。当然,相当多的作品也能挣脱这些概念,但具体作品(以及具体段落)的挣脱并不能抹去"日常生活"承受着政治压力的事实。"新写实"出现之后,"日常生活"才具有独立的合法性,"冷也好,热也好,活着就是好",这是池莉小说的名言,代表了那个时期摆脱观念性焦虑的态度。中国小说是到了1990年代才就生活事项来看生活本身,而不是由此想到"反思""改革"等观念性命题。

在所有的作家中,王安忆对上海市民生活的表现有着非同凡响的意义。事实上,王安忆并非甘于写作小市民的生活,某种意义上因为她的批判性企图,其叙述目标还是有观念性的野心。无奈她的日常生活写得太出色,而且现实也不再关心那些观念性的反思。把王安忆看成海上生活的精彩表现者,肯定不会有太大出入。或许王安忆并未意识到也不想去关注她对市民生活的表现有多少意义,她思考的显然是更为形而上和重大的问题,如上海弄堂小市民的生存境遇、现时代的贫富差距、城乡对立、传统现代的错位等。但王安忆仅仅凭借对1990年代以来海上生活的表现,她的文学贡献就站得住脚。因为她关于日常生活的书写,不只是具有精湛的笔法,而且还有着旧上海的全部文化记忆,厚实的历史感使得这样的日常生活具有情调、韵致和本质化。

这里尤其要谈到她的《长恨歌》,该小说于1995年在《钟山》(第2、3、4期)连载,这一年9月,张爱玲在海外黯然辞世。在此之前,王安忆出版的小说是《纪实与虚构》,这部题目很不"小说"的作品,确实有着奇怪的梳理历史的野心,那种企图无疑与1990年代初重新审视中国现代革命史有关。显然,那么庞大的重写历史的抱负并不适合王安忆,尽管她试图通过家族的故事、通过自我精神自传来缩小历史的庞大视野,但还是有些力不从心,《长恨歌》才使她有如归故里之感。小说讲述一个女子的命运,这样的命运横跨旧上海和新上海两个历史阶段,正是历史变故改变了王琦瑶的命运,这样的角度和叙述方式正是王安忆所长。

这部小说获第五届茅盾文学奖,评委会给这部作品的授奖词说道:

> 体现人间情怀,以委婉有致、从容细腻的笔调,深入上海市民文化的一方天地;从一段易于忽略、被人遗忘的历史出发,涉足东方都市缓缓流淌的生活长河。《长恨歌》的作者用自己独到的叙述方式,抒写了一位40年代平民出身,美丽、善良而又柔弱的女性的不幸的一生和悲剧的命运。其间,包含着对于由历史和传统所形成的上海"弄堂文化"的思考与开掘,对于那些远离了时代主潮、不能把握自己命运的妇女与弱者的深深的同情。一种具有普遍意义的人间情怀洋溢在字里行间,渐渐地浸润出了那令人难以释怀的艺术的感染力。

这段授奖词显然是几经推敲的产物,它比较准确地把握了这部作品的内涵品质,释放出至少四个层面的信息:其一,这是写旧上海一个女人的故事;其二,小说开掘了上海由历史与传统积淀而成的弄堂文化;其三,小说富有人文情怀;其四,小说笔法细腻而富有感染力。

很显然,在1980年代(更不用说五六十年代),按前面两个层面的意义来看,这样的怀旧式叙事非但不可能发生,且根本就是非法的。1990年代传统文化具有了传播的合法性,意识形态的强力机制不再进行绝对的支配,历史的间歇期也是平缓期,这就使各种怀旧的故事不胫而走。1990年代初,有知青的怀旧,有重唱红歌的怀旧,这些怀旧都还是在红色的怀抱里撒娇或撒野,并未脱离旧有根基多远。只有王安忆《长恨歌》的怀旧是纯粹的怀旧,它建构起一个如此完整的旧上海的形象,那是从上世纪初绵延而至的记忆,让人们如此完整地重温海上旧梦。

老上海的浮华旧梦:十里洋场、弄堂、小户人家、资本家、资产阶级小姐、电影、片场、照相馆、选美、交际花、情妇……所有旧上海的浮华符号应有尽有。只有复活了上海旧式的日常生活,今日上海的日常生活才不至沦落为小市民文化,因为这是所有地域文化的现代宗师,中国的现代性之不可替换的上海魂灵。这是上海真正的幽灵,王安忆出色的叙述居然把幽灵现实化和本质化了。

王琦瑶无疑始终是一个怀旧者,一个旧上海的守灵人,她在为自己往昔的短暂辉煌持续守灵,她是自己过去的守灵人,但所有的守灵都因为日常生活的琐碎,才捕捉住一点幽灵,日常生活是往昔重现的肉身。不断地、反反复复地演绎那些日常生活——没完没了的吃饭、围着饭桌的点心、麻将牌、小礼节……在点心中度过的人生,是上海人才有的人生。

这些日常生活淹没、覆盖了革命的宏大岁月。因为日常生活,王琦瑶可以置身于旧上海中。王琦瑶的家奇怪地与当时上海/中国轰轰烈烈的阶级斗争和革命无关,所有外部世界的纷扰都被略去,只剩下这几个旧式的上海女人、男人在一起吃饭搓麻将,只剩下敏感而患得患失的情爱。历史只有萎缩和隐蔽在那个小匣子里——李主任给王琦瑶留下的那个匣子,那里面的金条是一种始终的、反讽式的隐喻,她最终被自己卖身的钱害死。这个故事就这样以完整封闭的格局建构了一个旧式上海女子的命运,其实是复活了旧式的上海在今天留存的生活韵致。王安忆变成了一个怀旧的叙述者,一个上海老旧弄堂的代言人。

但这样的叙述方式又是王安忆不愿意认同的,王安忆原本是知青作家,反思"文革"时,她青春年少,赶上了"本次列车终点";随后1980年代中期,"寻根"骤然风起,她也不甘落后,写下《小鲍庄》。她始终处于主流,在中流击水,人们何以在1990年代要怀旧,而且把她与张爱玲相提并论,对于所有作此对比的论者,都是出于一个重构海上文坛的美好愿望。如果在张爱玲与王安忆之间可以建立一种联系,那么老上海的形象、文脉,即它的气质格调,就都复活和传承下来了,这本身就是一个动人的文学故事。敏锐的王德威就看到了这一点,他在《从"海派"到"张派"——张爱玲小说的渊源与传承》一文中,细致梳理了海派到今天的传人,为当代中国文学重建现代传统勾勒了一幅精彩美妙的图谱。随后他又写了《海派文学,又见传人——王安忆的小说》,相当细致精当地分析了王安忆作品的来龙去脉,精辟地把握住了王安忆小说与张爱玲小说的神似关系。在充分肯定王安忆小说对书写上海女性的卓越贡献之后,王德威指出:"王安忆的努力,注定要面向前辈如张爱玲者的挑战。张的精警尖诮、华丽苍凉,早早成了三四十年代海派风格的注册商标。《长恨歌》的第一部叙述早年王琦瑶的得意失意,其实不能脱出张爱玲的阴影。"①

王德威看到,在《长恨歌》的构架中,"张爱玲小说的贵族气至此悉由市井风格所取代"②。这大约是说张爱玲描写的大体是破落贵族,骨子里怎么也透着一种世家劲头;而王安忆讲述的都是上海弄堂里的平民百姓,面向的是上海现实。确实,我们看王安忆写的上海弄堂生活,无非家长里短、斤斤计较,一股市民的庸俗气息被刻画得如此精细雅致。如此的市民生活或市井风格,在当代中国文学中却有着颇为重要的意义。中国文学经历了从政治乌托邦到回归普通市民生活的变异。文学可以面对普通人的生活,真实地去表现普通人的生活——他们不是因为要献身民族解放事业才可以在文学中占据一席之地,而是因为作为人而活着——这在中国文学中居然是一种进步(说起来都是令人羞怯的进步)。同样是1990年代上半期,余华的《活着》和《许三观卖血记》写出了普通人艰难甚至悲剧性的命运,其意义也在于政治的反思性,这是延续了"文革"后反思的那种文学态度。王安忆《长恨歌》的政治反思性已经相当淡薄,王琦瑶的命运变迁固然本质上还有政治的反思性,但王安忆的小说叙事专注于命运失落后王琦瑶的生活事相,专注于那几乎与世隔绝的弄堂里王琦瑶的生活天地。而其中演绎的是从旧上海延续下来的那种生活习性、情调和品味。如此弄堂里的生活固然没有贵族气,却有着老上海的韵味。

王安忆复活的是两种东西:一种是旧上海的怀旧的美学形象;另一

---

① 王德威:《如此繁华》,香港:天地图书有限公司,2005年,第196—197页。
② 同上书,第202页。

种是弄堂里的日常生活。二者互为表里,使旧上海在今天扎下了根,使今天的弄堂生活具有了深厚的历史底蕴。日常生活的合理性、普通人的卑微需求、弱者无可摆脱的结局、当代中国文学中的悲悯情怀,由此可以有真切的根基。如果说忧国忧民是一种崇高的文学精神,那么这是中国在社会主义革命激进化时期所需要的精神支持,那种历史渴望也并非全然没有合理性。只是说,那种关于历史正义的全部叙事都是建立在民族国家的整全意识上,那种价值的崇高性压倒了所有的个人或者说普通人的真实生活,作家只是对着民族国家说话,展现的未必真正是普通人所具有的精神品格。1990年代以后,中国文学才有了真实意义上的回到日常生活,这才有真正的人道主义和人文情怀。五六十年代人性论、人道主义遭遇禁锢,自不用说;1980年代的人道主义依然是历史反思性的政治诉求;只有1990年代中国文学如此大量地描写日常生活,才开始建构贴近普通人的人道主义。在这一意义上,王安忆的小说具有双重性,她不只是复活假模假样的旧上海,还使那种市民生活及其历史具有合法性,并且与当代生活贯穿一致。在这一意义上,她是具有人道主义精神和人文关怀的。同理,当代中国文学关于日常生活的叙事已经形成了普遍的经验,在这一角度,有必要看到这种叙事对于当代中国文化建构的积极意义。

当然,王安忆本人未必认同这些意义,对她作如此定位,可能会让她有无力补天之恨。王安忆长期不能接受把她与张爱玲相提并论,对于研究者或者"张迷"们来说,这是抬举王安忆的善意,但对于王安忆来说,却是对她的创作个性和文学抱负的简化。王安忆一直是要忧国忧民,要写出"时代精神"。现在把她与半个多世纪前的张爱玲相提并论,与她历来怀有当代精神价值关怀是不相容的。把她的作品作为重温海上旧梦的注解,她更是心有不甘。与其说她要强行与张爱玲区别,不如说她有壮志未酬之憾。

岂止是王安忆不能接受如此定位,在当今中国大陆有不少读者或专业评论者,也经常责备当代小说落入写作日常生活的窠臼,没有大情怀和大思想。这种论调当然有其论说的前提,在对具体作品的论述中,这样的评判或许可以自成一格,但如果将之作为一种抽象的标准来看当今中国文学,来倡导一种大思想、大情怀的作品,恐怕会让人不得要领。当今中国文学从民族国家的大叙事中走出来不久,也不远,像王安忆这种多少有些琐碎的日常生活叙事,未尝不是在建构着当下中国的一种日常生活伦理,不能说这里面没有情怀和悲悯。"精神中国"并不只是高昂的理念,回到日常生活、回到普通人、回到生命的卑微和无能,这恰恰是中国文学少有的诚实与勇气。在这样的小叙事中隐藏着真性情,这里酝酿的"精神中国",更有一种坚实而实在的品格。

三 发掘乡村心灵的丰富性

中国文学在时代意识失去了整合的功能之后,作家的个人化写作才有了路径。确实,在揭示当代中国的文学和文化没有内在的统一思想意识时,我们也不得不承认这样的状况有可能酝酿着文学的另一番景象。比如,作家更自觉地去发掘那些个体经验的独特性,这是对历史地形成的民族本位的文化经验的某种深化,无疑也是一种丰富。在这一意义上,它拓展了我们称之为"精神中国"的那种文化想象。有一种文学的精神,那就是面对当下现实而能有效运用文学经验的积累,去挖掘民族性和人性的复杂性。

乡土文学叙事是中国文学比较成熟的文学经验,在这方面,从鲁迅算起,再以沈从文、汪曾祺为典范,可以说是中国文学最主要的乡土叙事传统。在此历史前提下,如何开掘中国乡土文学新的经验,也是一项极其艰巨的挑战。贾平凹、陈忠实、莫言、刘庆邦、刘醒龙等一大批中国作家在这方面都在寻求新的出路,无疑各自都有一套乡土叙事的路数。2009年,刘震云出版《一句顶一万句》,其开辟的乡土经验就别开生面。这部小说破解历史叙事的力度相当强大,它所涉及的乡土与现代的主题、对乡土农民人性与乡村心灵的表现、独辟蹊径的表现都非同寻常。

这部有着诙谐书名的作品，其实透着骨子里的严肃认真。它以如此独特的方式进入乡土中国的文化与人性深处，开辟出一种汉语小说的新型经验。这部作品被称为中国的《百年孤独》，但刘震云并非刻意要在马尔克斯之后说中国的故事，他一直在重写乡村中国的历史，不可谓不用力，不可谓不精彩，他此前的写作仿佛都是在为这部作品做准备。这部作品涉及重写乡村中国现代性起源的主题，它转向汉语小说过去所没有涉及的乡村生活的孤独感，以及由此产生的说话的愿望，重新书写了乡村现代的生活史，把乡土中国叙事传统与现代结合得恰到好处，所有这些都表明这部作品具有可贵的创新性。

乡村中国的经验经过20世纪的书写，已经累积了相当丰富的经验，甚至可以说已经过度成熟，这也使后来的创作要有所突破变得越来越困难。在"现代的"乡土或者"革命的"乡土之后，1980年代的中国试图从"寻根"那里来发掘乡土新的经验，使之具有现代主义的内涵。"寻根"是中国文学走向世界，与世界文学对话的努力，但这场对话最终不了了之，并未有能力持续下去，取而代之的还是重写革命历史，把乡土中国的经验置入现代性的革命历程中，去看待它经历的历史变异。《白鹿原》《故乡天下黄花》《笨花》《生死疲劳》等就体现了这样的"向内转"。乡土中国还是回到自身的世界中，对自己讲述自己的故事。显然，"向内转"的经验也已经被几部大书耗尽，留给想要进一步有所作为的乡土叙事的可能路径已十分狭窄，如果能活着走下去，那就是幸存的文学了。在这一意义上，或许《一句顶一万句》创造的就是一种幸存的文学经验。

这部小说的大结构分为上下两部，那就是"出延津记"和"回延津记"，"出延津记"的主角是吴摩西，"回延津记"的人物是吴摩西的外孙牛爱国。"出延津记"中吴摩西丢了养女巧玲，"回延津记"中牛爱国寻找母亲曹青娥（巧玲、改心）的家乡，为的是娘去世前要说的一句话，但家乡面目全非，家乡的根已然不可辨认。牛爱国回延津纯属灵机一动的意外，并非有执着的、有目的的寻根。吴摩西始终没有回他的家乡，

70年前21岁的他去了陕西就再也没有回过。他的名字也改了,改为罗长礼,这就还了他少年时期要做"喊丧"的罗长礼的夙愿。但是牛爱国找来找去没有结果,跑到陕西才知道了吴摩西的故事,最后却是听了罗安江的遗孀何玉芬说的一句话:"日子是过以后,不是过从前。"这或许是富有民间智慧的一句话,它对牛爱国"寻根"的历史化举动给予了明确的否定。始终没有那样的一句话,可以一句顶一万句,就像生活中并没有绝对的真理一样。生活就是存在着,就是坚韧地生活下去。

刘震云这部作品并没有介入现代性观念的企图,小说只是去写出20世纪中国乡村农民的本真生活,对农民几乎可以说是一次重新发现。农民居然想找个人说知心话,在这部作品中,几乎所有的农民都在寻求朋友,都有说出心里话的愿望。这种愿望跨越了20世纪的乡村历史,刘震云显然在这部小说里重写了乡土中国的现代性叙事,竟然生发出一种农民自发的自我意识。在20世纪面临剧烈转折走进现代的时代,乡村农民也有他们的要说话的愿望,他们也体验到了无可名状的孤独感,有他们的内心生活和发现自我的能力。这是对乡村现代性的另类发掘,对乡土中国的心灵的独到且令人信服的改写。

孤独感来自对家庭伦理的反思,家庭伦理与朋友之间的友爱及其背弃构成了孤独感的内在依据。在小说的叙事中,亲人、朋友之间的反目在这部小说中几乎构成了"友爱"的二律背反,在小说上部,杨百顺为了猪下水觉得师父、师母太小气,选择另谋生路;杨百顺的哥哥杨百业白捡到一个富家女子秦曼卿,缘由是老秦、老李两个大户人家因误解使气。这些故事都隐含着朋友之间的误解、反目以及婚姻的错位,友爱与婚姻都廉价化了,杨摩西变成吴摩西之后,与吴香香的婚姻充满戏剧性,这样的婚姻却隐含着背叛。吴摩西的邻居首饰匠老高与吴香香通奸,其实在吴香香与杨摩西结婚前,他们就瞒着吴的前夫姜虎偷情,后来俩人私奔,杨摩西四处寻找他们,要杀了这两个"狗男女",一日他在车站附近看到他们俩,看到他们生活于贫困中却有说有笑,全然不觉得背井离乡颠沛流离的生活有什么苦处,而是生活得挺快乐。唯一让吴摩西恼火的是,"一个女人与人通奸,通奸之前,总有一句话打动了她。这句话到底是什么,吴摩西一辈子没有想出来"①。这又应了刘震云这部小说的题旨:"能说到一块儿"对于生存的首要意义。"友爱"在一个地方失效,在另一个地方被唤起、被重建,总是以"非法"的形式重建,但这里的"非法"却是对原来合法的伦理准则的挑战,在伦理法则之外,还有更高的"法",那就是友爱建立于说话与心灵的相通这一根本意义之上。然而,小说插入的一章"喷空"却又暗含着友爱交流的自我解构,在"一句顶一万句"的言语极致、真理之侧,"喷空"时刻警惕着话语的塌陷与交流的最终虚妄。在这部小说中,借交流渴望解构友爱或许是其突出的意向,但寻找友爱、去—友爱、重建友爱,总是构成一种循环的戏剧学,不过它们总是在细微的差异中来重建。牛书道与冯世伦以及他们的儿子牛爱国和冯文修都在重建友爱,但最终反目;牛爱国与庞丽娜、庞丽娜与小蒋、牛爱国与章楚红,他们之间都在爱欲的背叛关系中隐含着重建爱欲的可能性,其重建也隐含着重复与延异的结构。

这部小说令人惊异之处还在于,它开辟出一条讲述乡村历史的独特道路。它并不依赖中国长篇小说惯于依赖的历史大事件进行编年史的叙事,其叙事线索是一个乡村农民改名的历史:杨百顺改名为杨摩西再改为吴摩西,最后把自己的名字称为罗长礼——这是他从小就想成为、却永远没成为的那个喊丧人的名字,这就是乡土中国的一个农民在20世纪的命运。

脱离历史大事件的叙事并非只是书写田园牧歌,刘震云倾心关注的是人心,是人心到底如何。他没有回避中国乡村潜在的冲突,因为那是源自于人性的困境。在某种意义上,刘震云书写的历史更加令人绝望,并不需要借用外力,不需要更多的历史暴力,只是人与人之间的那种误解,那种由对友爱的渴望而发生的误解,更加凸显了内心的孤独。就是杨百顺这种还算不坏的人,都动了多次的杀机,他要杀老马,要杀

---

① 刘震云:《一句顶一万句》,武汉:长江文艺出版社,1999年,第205页。

姜家的人,要杀老高和吴香香,在内心多少次杀了人。牛爱国同样如此,他要杀冯文修,要杀照相馆小蒋的儿子,同样不是恶人的牛爱国也是如此轻易地产生了杀人动机。当然,杀人并没有完成,但在内心,他们都杀过人。刘震云虽然没有写外在的历史暴力,但暴力是如此深地植根于人的内心,如此轻易就可激发出杀人动机。在这一意义上,那位意大利传教士老詹的故事,就是在人性与信仰的交界处发生的思考。那是一个失败的宗教的故事,不再是中西冲突,而是充满感伤的怀乡气质。

刘震云的书写在经典性的历史叙事之外另辟蹊径,过去人性的所有善恶都可以在"元历史"中找到根源,革命叙事将之处理为阶级本性,而"后革命"叙事则是颠倒历史的价值取向,但历史依然横亘于其间。也就是说,人性的处理其实可以在历史那里找到依据,而人与人之间自然横亘着历史。刘震云这回是彻底拆除了"元历史",他让人与人贴身相对,就是人性赤裸裸的较量与表演。人们的善与恶、崇高与渺小,再也不能以历史理性为价值尺度,它们就是乡土生活本身,就是人性自身,就是人的性格、心理,总之就是人的心灵和肉身来决定他的伦理价值。

我们说乡土生活的本真性,并不一定是就其纯净、美好、质朴而言,因为如此浪漫美化的乡土,也是一种理想性的乡土;刘震云的乡土反倒真正去除了理想性,它让乡土生活离开了历史大事件,还原为最卑微粗陋的小农生活。在很多情势下,历史并不一定就时刻侵犯着普通百姓生活的方方面面,百姓生活或许就在历史之外,在历史降临的那些时刻,他们会面对灾难,但大多数情势下,他们还是过着自身的"无历史"的或者不被历史化的生活。事实上,现代以来的中国文学要抵达这种"无历史"的状态并不容易,读读那些影响卓著的文学作品,无不是以意识到的历史深度来确认作品的厚重分量。一个没有战争、没有动乱、没有革命甚至没有政治斗争的"现代中国历史",几乎是不可能的历史,但刘震云居然就这样来书写中国现代乡村的历史。事实上,那只是无历史的贱民个人的生活史。

这部小说对乡村中国生活与历史的书写，一改沈从文的自然浪漫主义与五六十年代形成的宏大现实主义传统，以如此细致委婉的讲述方式，在游龙走丝中透析人心与生活那些分岔的关节，展开小说独具韵味的叙述。这种文学经验与汉语的叙述，似乎是从汉语言的特性中生发出文学的品质。文学要探索人的心灵、要建构新世纪的精神中国，只有借助这种艺术表现形式，才能真正有艺术生命力。

四　自我经验穿过现实困境

中国小说历来擅长讲述历史故事，或者有未来发展方向的故事，人在历史中，依靠历史事件的推动来推动故事情节发展。作家的自我经验当然也可以通过对历史的刻画体现出来，但自我经验总是让位于客观化的外部故事的呈现。1990年代以来，更年轻的作家也试图表现自我经验，先锋小说确实包含较多的主观经验，但多变的形式策略与过分极端的心理经验，使其自我经验在现实性上显得有疏离感。女性作家的自我经验无疑相当充分，但女性作家一旦以第一人称来叙述，审视自我经常成为女性的内心独白，尽管不无锐利，却也不妨看成向男权反抗的话语策略。1980年代以来持续展开的女性写作就可以看成对自我经验的不断深化。女作家群体中偏向于内心叙述的作家，如林白、徐小斌、陈染、海男、虹影等，其内心的伤痛经验对历史有另一种表达的意义。中国的历史在展开，中国文学的历史也在生长，女作家的书写经验也在深化和展开。女性写作并非只是徜徉于内心独白的写作中，她们有能力把自我的故事改编成历史的故事，改编成时代的故事。例如从林白早些时候的作品《瓶中之水》《一个人的战争》，到《说吧房间》《致命的飞翔》《妇女闲聊录》，都可以看到她始终顽强地讲述自己的或亲历的故事。但是，2013年林白出版《北去来辞》，以对自己生活经历的总结，写出了中国当下历史的惊人变异。把自己个人的故事写成了历史的故事，这也可以看出中国文学的自我经验有能力穿过现实的复杂性。

确实,《北去来辞》或许可以说是林白的自传体小说,据说书中可以读出她的真实生活经历。但林白决不是在记录自己的生活经历,她要写出的是自己的命运,是"这个人"的命运。林白是有命运感的作家,因为她的生命存在确实有一种命运。人们存在着,但并不一定有命运感,有些人幸运,有些人不那么幸运。如斯宾格勒所说,有力量的领着命运走,没有力量的被命运拖着走。一个民族如此,一个人的生存也可能如此。现代主义以来的文学已然无力叙述领着命运走的人,但要写被命运拖着走的人,也并非易事。林白迄今为止所有的作品之所以如此感人,之所以能击穿我们的生活,就在于她有能力描写那些没有力量的被命运拖着走的人。被命运拖着走,这是怎么样的一种生命状态?林白的书写面对自己的生命经历,面对自己的内心,面对自己永远无法遏止也无法实现的理想情怀,她有那种质朴和直率、直接和纯粹。

《北去来辞》围绕海红写了三代分属于不同社会阶层的女性:母亲慕芳、海红("我")、银禾和雨喜。当然,海红的故事是主要的故事,那就是"我"的故事、"我"的命运的故事。海红生长于边远的小城,不甘于命运现状,有着种种关于诗、理想、改变生活的冲动,邂逅被诗歌鼓动起浪漫理想的图书管理员、舞会上的猎艳者,直到遇到年长她许多的史道良,激发起她对未来的所有想象。她只身来到京城,寄居于史道良家,一场关于寄居、生活着落、情感纠葛和婚姻的故事全面展开。

不相称的婚姻、年龄的巨大差距,使海红一直有一种生活对她不公平的怨恨。她坐在自己的命运里,想摆脱来自底层的境遇,但一个边远小城的弱女子,能有何作为呢?她忧郁而惊恐不安、焦虑而又神经质、纠结同时也爱幻想,她的不切实际可以与浪漫混为一谈。她唯一的力量就是作为一个文学爱好者去逃脱命运的摆布。海红的选择和挣扎,让我们觉得林白几乎是反写鲁迅的《伤逝》,她重写并且改写了它,海红要去走一条自己的路。困苦、压抑、窒息的婚姻被她叙述得凄凄切切,却也如歌如诉。小说有意用异体字标示出一些句子,几乎可以把生活的本质挖掘出来,或者在生活的那些关节处标上诗意的停息,或者在那些伤痛的时刻留下亮点。也因此林白的叙述把自我的经验如此真实地呈现于世人,但决无做作之感,且始终不乏诗意。

林白的小说叙述一直有一种主观性,她能掌控驾驭这种主观性,使之携带一种感伤抒情的诗意。令人惊异的是,她总是在讲述个人失败的故事,那些几乎是无望的内心讲述,让人体验到无间隔的真实。她讲述的那些深陷于命运困境的人物总想逃脱,身处困境却要飞翔。这种感受得益于林白总是带着诗意的反讽态度去看她的人物,给予她们的逃脱以形式的美感。她们的心灵总是能打开另一面向,向不可能性敞开,她们总是在做不可能的事情。这就注定了她的叙述要飞翔却会跌落,从不可能的逃逸跌回现实的泥沼。这种故事周而复始,她们不会屈服,还会在沼泽地里跋涉、伺机飞翔,而后跌落。就像海红和道良结婚,有了孩子,却从未泯灭她想着外面可能有的(实则是毫无可能的)爱情。林白的叙述也充满了对海红所有的心思的反讽,并不是把海红的命运全部悲剧化,将之塑造成一个完全被损害的屈辱的弱女子。在林白的笔下,海红的生活艰难、局促、邋遢、杂乱、无望甚至不无荒诞。林白的自我书写从不往自己脸上贴金,她追求真实,相信人们的理解。海红深陷命运中,却呈现出生命存在的无比丰富和多样、向内与向外的各种可能的交叉和分岔。如果说林白的叙述要飞翔,其根本就在于,她其实一直就是折翅飞翔,她的人物、她的叙述一直就是折翅飞翔。

这部作品其实有三条线,如果只把它看成海红的故事、只有海红坐在她的命运里的故事,那是远远不够的。如果看到三条线——海红的故事和母亲慕芳的故事、道良的故事、银禾和雨喜的故事,并且读出这三条线的呼应和交叉,就能看到这部作品把个人的自我内心的故事,讲成了关于中国历史与现实深刻变故的大故事,那里面的落寞、终结与消逝,写得如此深挚有力。

母亲慕芳的故事讲述了20世纪中国历史的悲剧性经验,关于乡村中国地主阶级覆灭的故事几乎是中国20世纪的经典叙事,但林白的叙事有其独特之处,这不只是因为它的惨烈,重要的是这条线索其实可以作为海红人生的一个背景,并且可以与史道良的故事连接在一起。这两个故事虽然在小说叙述中并非有意参照,但实际的效果却是意想不到的。

这部作品中史道良的故事是感人的,其形象也独特而又含义丰富、意味深长。这个曾经的大学教授后来从政,却并未在权力体系中持久占据要津,很快就退休赋闲。史道良落入被权力遗忘和被现实冷落的地步,从此对权力和现实都不再抱有希望,他坐在自己狭窄的小书房里,保持着自己的政治态度和立场,仿佛是20世纪宏大革命遗产的坚守者。之所以说是坚守,不是因为他有多么坚强、多么坚定或多么强大,而是因为他主动拒绝外部世界,在过去的生活里停滞——平静地停留在自己的没落命运里。这部作品的历史感竟然如此平静地停留在史道良落寞的生活里。他的那件尾部上翘、永远熨不平的西装,形象地刻画出他如何停留在过去的历史中。所有关于史道良生活细节的描写刻画,真实、质朴,充满冷嘲热讽,却又让他获得了栩栩如生的生命。他这样的人竟然承担了某种历史的失败,而且他如此孤傲地接受了他的失败命运。史道良对外部具有侵略性的现实无能为力,面对强势霸道的邻居也只能自吞苦果,他批评现实,痛恨美帝国主义(也只限于发几句牢骚),他退居于自己的生活一隅,势单力薄,却有着坚韧的内心。史道良怀疑外部世界,他不放心保姆银禾护送小女儿上学,从幼儿园到小学再到中学,他多少年在背后护送二人走在上学的路上,这个忧心忡忡的年迈的父亲,在这种时刻反倒让人感动不已。大历史的消逝和小家庭的生活就这样日常性地结合在一起。多年之后,海红和道良离婚了,还每日和他通电话,诉说着一天发生的杂七杂八的事件。海红后来寻根生父的遗迹,意味着她已了却幼年丧父的创伤,道良之于海红,已然是重建了父女关系。失败的婚姻和人生,却充满了温情与和解,不得不令人惊叹林白的笔法。

这部作品写出了道良这个独特的、落寞的20世纪末知识分子形象,他不合时宜却又自以为坚守,无可奈何却不肯屈服,走在自己的末路上,自有一种遗世孤立的悲壮。就这一点来说,他与海红不无异曲同工之妙。但是道良的形象还有更为深刻之处,不管他自觉还是不自觉,他信奉的历史都对慕芳这个阶级的历史给予了断然的否决,多少年后,他与慕芳的女儿成婚。他置身其中的历史曾经让他那么自信,结果又让他落寞寂寥。他的同道在哪里呢?他如此渺小、孤单、落伍,他的困守是对他的历史的巨大疑问。他后来成为一个中国旧钱币的收藏者,历史之于他,显得如此吝啬。这部作品反复甚至有些唠叨地讲述自我经验,却把大历史装进了一个家庭的落寞生活中,流畅而有诗情的叙述自然地连接起个人、自我、家庭和历史变故的关系。在家的伦理小天地里,却有关于爱、人性和历史的末路景观。

当然并不只是林白的小说能在自我的叙述中保持与历史的对话,在个人即使失败的生活中,亦可装入历史的宏阔背景,就此而言,苏童的《河岸》、格非的《人面桃花》、阿来的《空山》《格萨尔王》、艾伟的《风和日丽》等作品尽可作如是观。在这一意义上,中国作家的思想情怀或者说个人的内心世界,并非人们习惯认为的那样缺乏宽广的精神内涵,我们在阅读过程中,重要的是要能体会和感受到不同时期文学对精神世界的不同表现方式及其所开掘的不同面向。

五　写出生命体验的复杂性

"有灵魂"或"没有……","敢于正视灵魂"或"不敢于……",这是对中国当代文学缺乏精神深度的最为常见的一种批判性表述。显然,如果不阐明"对灵魂的正视"这样的问题,就不能肯定中国文学"有精神深度"这样的命题。毫无疑问,"灵魂"只是一种比喻性说法,它的内容极其含混或者复杂,在不同的语境中会指涉不同的内涵。最为通常和简要的含义,当是指自我反思性和批判性。我们标举 1980 年代文学的精神高度时,在很大程度上是一种想象。"文革"后的 1980 年代文学总体上还是在主导意识形态引领下对社会问题进行反思或批判,伤痕文学、知青文学、改革文学乃至于寻根文学,并没有多少作家主体或个体的思想,其批判性固然有时代启蒙的精神性诉求,如人性论、人道主义以及主体论和对异化问题的探究,但对历史反思的深刻性只是到批判"四人帮"为止。时代局限性也表明那个时期的"精神高度"和批判性深度实则很有限,而对自我审视几乎还未触及。张贤亮算是在反思文学中最有批判性的作家,其反思性也只限于呈现自我伤痕,并且还要体验伤痕之美。痛定思痛,张贤亮获得的是向前看的力量。[①] 他要表达的主题是:经历过"苦难历程",最终变成一个马克思主义的信仰者。张贤亮要证明的还是经历过反右和"文革"的劫难,中国知识分子成就了自我的坚实性,这一过程也证明了思想改造、走与工农相结合的道路的政治正确性。在"文革"后的劫后余生里,他对归来的右派和知青一代人都有精神抚慰的作用,但他并没有正视知识分子面对历史劫难的本质意义,也没有正视知识分子在那样的"苦难历程"里对历史和自我的深刻认识。

张贤亮确实是一个有自我意识的作家,资本家出身在那样的年代无疑是一个原罪般的污点,这让他痛苦不堪(所有出身剥削阶级家庭的子女无不如此),但他设想通过思想改造自己能跃进到马克思主义信徒的高度。这种飞跃隐藏了他自以为出身高贵的潜在心理,资本家出身的污点却没有全部污化他的精神本质——他在骨子里的自以为高贵的本质。多年之后,在"文革"结束后的1980年代,张贤亮迅速找回的正是他曾经出身高贵的自我感觉。这种心理固然可笑,但却使作为作家的张贤亮有了某种奇怪的自我意识的深度"褶皱",也正是在这一意义上,从那种被植入主流意识形态的思想改造到马克思主义信仰者的伟大飞跃想象中,张贤亮比同时期作家的思想内涵确实要含混而又复杂得多,那些折叠和自相矛盾正是内含精神性可以形成张力的承受

---

① 参见张贤亮《从库图佐夫的独眼和纳尔逊的断臂谈起——〈灵与肉〉之外的话》,载《小说选刊》1981年第1期。

面,在煞有介事的圆滑外表下,掩盖了充足的含混和暧昧,而文学正是需要这样的含混。

　　文学作品中对自我灵魂的审视可以多种多样,每个有力量的作家都有自己的方式。托马斯·曼曾谈到席勒和陀思妥耶夫斯基出身卑微对他们精神性存在的影响,他认为这两位出身于不体面的环境里的作家,"其中验证着精神之基督教信仰,精神的国度,如圣经文字所说,'不属于这个世界'",他们和那些出身高贵的"现实主义者"的国度永远对立。① 自身也出身于贵族家庭的托马斯·曼,却认为席勒和陀思妥耶夫斯基有一种根源于世俗的宗教信徒的特征,他把二人与歌德和托尔斯泰放在一起比较:"在歌德的自我感觉中,他那种良好社会出身的意识与他那种人性的高贵,与他那种上帝之子身份的意识是多么接近,两者汇合成同一个高贵意识或者'与生俱来的成就'。"②然而,在托尔斯泰身上,这种自以为是的贵族感觉却没有那么可爱,毋宁说是极其做作。据说托尔斯泰给他岳父写信说,他对自己既是作家又是贵族感到"喜不自胜"。屠格涅夫曾谈到年轻的托尔斯泰:"他没有一句话,没有一个动作是自然的。他一直装模作样,这让我谜一般地费解,一个如此聪慧的人怎么会对他愚蠢的伯爵头衔怀有这种孩子般的自豪感呢。"③所谓公认的对托尔斯泰的评价有言:"他是优良的小说家、糟糕的思想家。"俄罗斯批评家米哈伊洛夫斯基曾经著文加以反驳,以赛亚·伯林对之表示了赞同,还特别以《托尔斯泰与启蒙》为题作过讲演,肯定托尔斯泰思想所独有的思想启蒙意义,以及他的思想矛盾所面对的那些冲突性的问题。④

---

　　① 参见托马斯·曼《歌德与托尔斯泰》,朱雁冰译,杭州:浙江大学出版社,2013年,第60页。
　　② 同上书,第61页。
　　③ 同上书,第63页。
　　④ 参见以赛亚·伯林《俄国思想家》,彭淮栋译,南京:译林出版社,2001年,第283—309页。

很显然,托马斯·曼的个人偏好,使他对托尔斯泰的精神人格多有批评,但这并不妨碍托马斯·曼高度评价托翁的作品,也不妨碍托马斯·曼去把握托翁作品中深厚的自我认识。在托马斯·曼看来,《安列·卡列尼娜》是一部反社会的小说,小说中的列文正是托尔斯泰自己的形象。托马斯·曼认为:列文"这个苦思冥想者,作者自己的形象,正是这个人物通过他的观察和思考,通过他独具的力量和他对自己批评的良知和执著的坚持,才使这部伟大的社会小说成为一部敌视社会的作品"①。这里暂不追究托马斯·曼关于"敌视社会"的说法,笔者感兴趣的在于,托尔斯泰这么一个在屠格涅夫眼里"只爱自己的人",却有着"对自己的批评的良知和执著的坚持"。这也表明,作家的自我意识、作品的精神深度与作家的精神人格并不是简单地具有一种关联。我们根据作品如何来证明作家的精神人格,或者用作家的精神人格如何来解读作品的精神深度,都有片面和简单之嫌。托尔斯泰在中国作家、读者和批评家眼中,被看作最能审视人类灵魂或者说具有伟大的道德情怀作家的代表。

这也使我们有理由认为,仅仅靠主观臆断就认定中国作家如何没有精神信念、中国作品如何没有精神深度,是难以成立的。而且,正如张贤亮身上所表现出来的那样,中国作家的精神深度、自我意识以及自我审视和批判,呈现为相当复杂的中国经验,这一切都必须深入作品内部意蕴和作家的思想心理才能作出有效的阐释。当然,并非所有的作家都在写作自传式的作品,比如像托尔斯泰那样,以列文或者聂赫留朵夫这样的人物来进行自我认识和批判,在更多情况下,作家只是塑造作品中的人物,这些人物与作者并没有直接的投射关系,但也可以体现作家的灵魂洞察。

固然,与张贤亮同时期的张承志被认为是中国作家中最具有精神高

---

① 托马斯·曼:《歌德与托尔斯泰》,朱雁冰译,杭州:浙江大学出版社,2013年,第264页。

度的,甚至他的《心灵史》被推为灵魂质问的良心。确实,张承志的精神力量值得敬佩,从1980年代知青文学中他所表现出的那种时代激情和理想主义,到1980年代后期转身离去、只身去西北融入宗教传统,他的绝对性和神圣性,即他的精神高度,因为宗教性而具有常人不可企及的高度。张承志的精神高度具有一种自我超越性,以他的决绝而具有自我意识并且疏离了普通大众。笔者曾经说过,只有一个张承志是可贵的,但如果以张承志为标准,要求所有的中国作家乃至知识分子都具有张承志的信仰态度和灵魂的神圣化祈求,那是不可能的,也未必是好事。①

当代中国的文学深植于现实之中,这与欧美主流文学有显著不同,后者以浪漫主义文化为根基,始终扎根于普遍人性和自我情感中,其美学准则具有绝对性。但是中国现代以来的文学与现实构成直接密切的互动关系,文学以反映现实为己任,这必然使我们在考虑作家的自我认识和对灵魂的审视这样的问题时,也要考虑作家所有思考和批判的现实性,前面提到的张贤亮就是如此。因此,在不同的阶段,作家对精神性的追求和对自我的审视随着现实的变化呈现出复杂多变的样貌。进入新世纪后,有一批中国作家的思想更为成熟,也体现在其对作品中人物思想意识的描写和自我的反思有了更为透彻的贯通。

贾平凹在1990年代初以《废都》表达了他对历史转折时期的看法,庄之蝶在很大程度上是贾平凹的自况。贾平凹试图写出八九十年代的历史变故,中国社会普遍存在的精神困惑,知识分子的内心虚弱和茫然,但他并不是十分了解当代知识分子,这使他关于知识分子的观照沦为对自己内心感受的书写。他描写的是庄之蝶,想去表现的则是自我心理的迷乱和痛楚。实际上,他对庄之蝶的颓废的表现,是自我超越陷入困境的写照。他在扉页上写道:"故事纯属虚构,唯有内心真实。"但是,贾平凹即使通过庄之蝶也不会透露自己的全部真实心理,他并不能真正面对自己的困扰无助,把回避自我转向了对"美文"的追求(如

---

① 参见拙文《只有一个张承志》,《文论报》1995年7月20日。

他在后记里所写的),陷入了关于那些古典美文文本的性爱场景和语言风格的想象。即便如此,《废都》也算是当代作家有意识地去审视自我心灵的作品,贾平凹也是少有的有能力把自己的精神困境投射到作品人物身上的作家,在表现人物的困境时,往往可以看出作家自己的内心世界。《秦腔》的叙述人尽管伪装成一个疯癫的少年引生,但我们从中可以看出引生所有的困扰和欲求,这些困扰和欲求也真切表现了贾平凹的心迹。引生的人生、命运和痛楚,都可以看作贾平凹的人生经验和自我反思的投射,引生实则是贾平凹的"隐身"或者"引申"。这部第一人称的小说中,引生这个疯癫的乡村少年有那么多的自我反思、自我检讨,不管是他用小刀割下自己的生殖器时的痛苦陈述,还是他躺在剧场的幕布上想起自己的人生,或者是自己在那破本上对自我人生的思索——所有的这些思绪杂乱且怨艾,其内心包含着对白雪越来越纯净的思念,对白雪身上体现出的艺术精神和文化蕴涵的向往,当然更有深切的哀伤,因为白雪代表的秦腔传统艺术和文化已经无可挽回地走向衰败。所有这些,都不是引生这个疯癫的乡村少年所具备的心理能力,但是他是"引生"——贾平凹的"隐身",他就有了这样的能力和必然性。想想看,小说早早地就让引生拿把剃刀把生殖器割了,那是斩断他与《废都》、与庄之蝶的联系。引生何以要有这个动作?他一个乡村少年何以对性耿耿于怀?这个动作既表明庄之蝶的幽灵重现,又表明从此一刀两断,从此贾平凹隐身于"引生"之中,这个乡村少年,以后在《古炉》里可以看到狗尿苔,后来在《老生》中成为一个不死的百岁幽灵。所有这些都表明贾平凹从《秦腔》后就了断了与庄之蝶这类传统文人的风流倜傥,回归到乡土的原生与自然本性中去。当然,小说的自我审视并不是如自传的忏悔录或公文体的检讨一样,要写着明明白白的斗私批修才叫正视灵魂;小说必然是通过形象、通过小说中的人物来投射作家的自我思考,反思的深刻性或许不如形象的生动性和复杂性来得更重要。因为深刻性只能隐含在生动性和丰富性中,可能被读出,也可能并不容易读出,但生动和丰富却是艺术形象最为根本的生命。

就如莎士比亚的戏剧,未必有什么自我反思批判,但是它的生动形象足以使它作为杰出的作品而存在。席勒的作品倒是更多直接面对时代和现实的激情倾诉,也更多理性的直白,但并不被马克思和恩格斯看好,那种直接的深刻性并不一定是艺术作品的根本要素。

《秦腔》中的引生充当一个视角的功能性角色,但贾平凹又试图在引生的心理独白中融合进自己的某些心迹,从中透视引生,同时又对自我进行了某种隐晦的反省。故而在这一点上,引生看到的乡村荒芜与他心理的困扰有一种相互契合的互动,引生的内心不断地陷入孤独无助的荒凉中,这个无父无母的孤儿多么渴望白雪的爱,然而却不得,但他并未泯灭对爱的向往,而是把爱作为生命随行的东西。贾平凹对引生这个疯癫的乡村少年爱欲的书写极其自然朴素,并无做作之感,既是引生个人的迷思,又是乡村最为质朴的人性使然。

如果要讨论作家对人性复杂性的发掘和对自我的审视,就不得不讨论阎连科。阎连科是颇有争议的作家,他的作品也引起多方面的批评,他的小说对人性的揭示可能是当代文学中最为极端的,但他是把自己的反思与对他者人性的探究并置在一起来看人性的复杂和深邃的。毋庸讳言,阎连科是一个极端的作家,他是在现代性的极限处来看中国当代历史,也是在命运的极限处来审视人性,这使他的小说具有强行的且强大的内在张力。《四书》无疑是一部极端之作,他要写出极端年代的人性承压,写出在求生的绝境中人性可能会呈现出的扭曲和良知是如何艰难而又坚韧地生长起来。阎连科试图通过"作家"这个人物来揭示人性的复杂性,也试图通过"作家"的良心发现去叩问历史,去寻求自我审判和忏悔的可能性。阎连科让人性任性地生长,直至它显露出变形或碎裂。他的长篇《坚硬如水》《受活》《风雅颂》《丁庄梦》直至《炸裂志》等,中短篇如《天宫图》《白猪毛,黑猪毛》等,都表明他总是要把人物推到历史的尽头,从而也是命运的尽头,在那里看人的活动、人性的坦露。作家对他者人性的理解,隐含了他的思想深度,而对人性的理解(表现)方式,则体现了他对自我的审视方式。如德里达所言:

"绝境的这种类型,不可能性,悖论,或矛盾,都是一种非通道,因为它的基本环境不允许有可称为通道、步伐、散步、步态、位移或替代的,总之,不允许有运动学的发生。不再有道路。"[①]在历史之尽头、在人性之绝境,也可以看到这种没有通道、没有步伐的绝境,在那里,生命存在必然是采取了困兽犹斗的方式,阎连科的写作总是采取与人物一起落入绝境的态度,他对人物心理意识的探究,陷入了相互挤压的状态,他笔下的人物无法完成正常行走,走不到人生通途,路六命(《天宫图》)、柳鹰雀(《受活》)、高爱军(《坚硬如水》)、杨科(《风雅颂》)、作家(《四书》)无不可作如是观。他们左冲右突,没有步伐,没有出路;他们是阎连科的投射,阎连科也沉浸于同一绝境中。这种处理方式,显示了阎连科对历史的绝情,对自己的绝情。

其实,从张贤亮、张承志、贾平凹、阎连科的作品中,我们可以读出中国作家对人性、自我的审视,对历史境遇中生命存在的复杂性的认识,即使同处一个时期,他们也显示出"精神中国"内在性的不同侧面,这里面难以确认何者为精神标杆——何者为高、何者卑下。"精神中国"的内在性具有的丰富性、复杂性和深度,正是由如此不同的作家以其坚韧的个性所抵达的。

总而言之,当代中国文学以其相当独特的方式来重构中国经验,去拓展"精神中国"的复杂性和丰富性。一方面,文学对整体性的宏大历史叙事表示了重写的愿望;另一方面,那些富有个体精神气质的表达显示出更加坚实的文学蕴涵,它使"精神中国"的建构不是以概念化的、理性化的形式存在于抽象的口号中,而是活在文本中,活在人物形象中。例如,陈忠实试图恢复的传统文化,贾平凹对文化传统中保持的人性的体验,莫言对历史暴力的反思,王安忆对日常性的文化记忆的重写,刘震云对乡村心灵的重新理解,张炜主观性的自我审视,阎连科对

[①] 德里达:《解构与思想的未来》,夏可君编校,杜小真、胡继华等译,长春:吉林人民出版社,2006年,第87页。

灵魂的直接叩问……当代的文学经验确实是因人而异,它们在各自的方位上去介入历史,回应现实。但这些以个体为本位的文学叙事,却有着共同的承担和不懈的责任,也因此,它们最终都指向富有活力的更加真实的"精神中国"。

当代中国无疑存在诸多问题[①],这不只是经济高速发展所带来的,也是历史累积的深层次矛盾更趋激化的体现。文学显然要面对这些问题和矛盾,但不等于它有能力表现和解决,因为文学对现实具有直接影响力的时代已经一去不复返了。这可能并不是文学单方面的问题,而是整个文化(尤其是思想的和哲学的、伦理学的和政治学的)在现时代的困境。是这样的时代使文学变得无能为力,是这样的时代使任何事物都变得无足轻重。然而我们依然看不清是什么力量在这个时代起作用,就像《哈姆雷特》中那个丹麦王子所说:"这是一个颠倒混乱的时代,唉,倒霉的我却要负起重整乾坤的责任!"[②]今天要文学承担文化的后果恐怕也是强人所难,这并非为文学辩护,也无须为文学辩护。本章想提示的是,在这样的时代,有一部分文学(虽然可能是极少的一部分),以它们的方式,依然在构建着一种精神,构建着"精神中国"。虽然它们并不是万里长城,但作为一道崎岖蜿蜒的道路,会在当代繁盛杂乱的文化现实之下,坚韧地伸延下去。

(写于2011年10月9日;原载《文艺研究》2012年第2期,收入本书时标题作了改动,部分段落作了较多删改。)

---

① 近年来曝光了一系列危及民众生命安全的社会事件,如三鹿奶粉、地沟油、瘦肉精、动车事故等,引起较为强烈的社会反响,使人们关注到权力寻租、诚信缺失、道德良心泯灭这些体制和价值的问题。

② 莎士比亚:《哈姆雷特》,第一幕第五场,参见朱生豪译《莎士比亚全集》第9卷,北京:人民文学出版社,1978年,第33页。德里达在《马克思的幽灵》第一章开篇就引了这一段哈姆雷特的台词,并且反复吟咏,作为他对柏林墙倒塌后的后冷战时期的一种反讽式表达。参见德里达《马克思的幽灵》,何一译,北京:中国人民大学出版社,1999年,第7页。

第六章　历史尽头的自觉
——新世纪十年的长篇小说

新世纪过去十多年,虽然短暂,但中国文学发展至今,种种迹象都足以表明它显示了厚积薄发的态势,长篇小说尤其如此。传统文学今天固然面临前所未有的困境,悲观的人们看到图书大量印刷背后的销售困境,看到本质的人们则将其理解为大调整、大洗牌,我们这些在文学中浸淫几十年的人,则看到内在的沉淀。历经如此大浪淘沙,如此风云变幻,我们要看到历史大转折所蕴藏的机遇和质地。有鉴于此,本章将通过梳理新世纪长篇小说的历史,揭示其走向,把握其价值内涵。

从整体上概述新世纪的长篇小说几乎是不可能的事。在新世纪之前的几年里,每年出版的长篇小说已经达到几百部之多。到了新世纪之后,就突破了一千部,到了最近几年,每年更是突破了两千部。2002年,《中华读书报》记者撰文:"有数据表明,从2000年开始,全国各地出版长篇小说700部至800部,到了2002年,这个数字直逼1000部。"这篇报道的记者同时对世纪之初的长篇小说创作表示了困惑:"当前的长篇小说从数量上讲,是绝对的高产,但面对如此多的长篇小说,为什么还是佳作难觅呢?"对此,"中国小说学会副会长汤吉夫认为,长篇小说驾驭起来难度较大,需要一个作家成熟的全面的艺术功底,长篇创作不应该有速度问题,好作品根本就需要耐心。他同时指出,一些作家过于浮躁的创作风气,也是造成长篇小说难觅佳作的重要原因。因长篇小说《白鹿原》蜚声文坛的作家陈忠实在谈到长篇小说创作时认为,这些年来给人以感动的作品不少,但给人以震动的作品太少。陈忠实认为,作家写作长篇本身就要耐得住寂寞,'长篇小说得慢慢来'"①。

"佳作难觅"这个问题其实是一个"永恒的"问题,之所以这样说,是因为佳作从古至今、从中国到世界都是"难觅"的。我们现在接触到的古典作品,都是经历过数百年、上千年的大浪淘沙,最后存留下来的作品。我们接触的世界文学名著,也是经过时间的考验,从无数作品中精选出来的名篇佳作。以此标准来衡量,当代作品就显得鱼目混珠、泥沙俱下。这并不奇怪,哪有那么多的佳作?佳作肯定是少之又少,难以寻觅。如果俯拾即是,怎么可能是佳作?除非奇迹发生:这是一个天才辈出的时代,或者是一个通灵的时代,所有的人都被文曲星附体,出手即是佳作——这怎么可能?

在这里,我们也只能选取少数作品,来看新世纪中国长篇小说的一些基本特点。固然,我们不能面面俱到,也无法去批评那些寻常之作,但是这些作品也构成了这个时代的文学氛围,如果没有这些基础和氛围,也不会有"佳作"从中脱颖而出。笔者以为,批评弊端、指出问题固然重要,但如何在如此浩繁的现象中、在百年中国的文学史背景下和世界性的现代文学经验框架中,看到新世纪长篇小说在艺术上所具有的特点,那些可称之为艺术贡献的特质,或许更为迫切和重要。本章设想在20世纪文学发展源流的语境中来考察新世纪长篇小说,尤其是与上

---

① 引自新浪读书频道网页:"'2002年度小说排行榜'揭晓长篇劲刮'浮躁风'",http://book.sina.com.cn/news/c/2003-03-26/3/2586.shtml。显然,这篇报道并未做深入严格的统计学调查,并未有数据分析表明有多少部是两年写作出来的,有多少都是一年或半年写作出来的,还有多少部是三年、五年乃至十年二十年写作出来的。出版数量多并不能说明"浮躁风",现有可能是参与写作长篇小说的人多了。

世纪八九十年代的长篇小说加以比较,探讨新世纪长篇小说更为独特的艺术追求和面临的严峻考验。本章同时强调,汉语白话文学历经百年的变革与发展,艺术上正趋于成熟。然而,也正是在现代以来的百年历史变革中,今天的文学走到了最后的路途,所有的艺术成就、成熟和新的突破,都是在历史的尽头,也是文学在现代性的尽头作出的坚韧努力,它以文学的形式留住了现代性,既有大地般的宽厚根基,又使面向未来的更新困难重重。

一 乡土叙事的本真性:回到生活与有质感的现实

乡土叙事构成中国20世纪文学叙事的主导领域,这固然是因为20世纪的中国社会主要还是农业社会,中国现代的历史过程就是乡村中国向现代中国转型的进程。虽然具体的历史变革我们可以用不同的社会学和政治学术语来描述,但在最普遍和最广泛的意义上,乡土叙事是一项现代性的事业。与乡村中国的现代转型相关,中国作家大部分来自乡村,或者出身于乡村士绅家族,或者出身于普通农民。这使中国现代文学经验在主体的实践性方面,也具有乡土特征。毛泽东在《新民主主义论》里说过,中国革命的基本问题是农民问题,这句话显然是指20世纪中国社会面临的现代性转型。因为它最终以暴力革命的剧烈形态表现出来,农民问题就更加突出地成为社会的经济基础与思想意识问题的核心。因此,20世纪中国文学的主导领域是乡土叙事就是必然的。

我们今天讨论的现代以来的文学,从根本上来说是西方现代文学影响的产物,与中国社会面临着进入现代的挑战一样,中国文化与文学也一样面临进入现代的挑战。而西方现代以来的文学并无所谓的"乡土叙事",其现代的转型有一个漫长的思想意识的演进,如果按照以赛亚·伯林的观点,那是启蒙意识与浪漫主义意识的对抗推进的现代意识变迁①。落实到文学艺术方面,就是以个人自我为表现中心,而不是以社会经验和社会变迁为表现的基础。中国现代文学面临社会变革的强大挑战,社会化的变迁也就构成文学叙事的主导内容,历史叙事和乡土叙事也就占据主导方面。

如果说"现代文学"时期的乡土叙事主要表现了现代与传统的剧烈冲突,如鲁迅、沈从文、废名、台静农、蹇先艾、鲁彦、许钦文、吴组缃、艾芜、沙汀、路翎等,那么毛泽东发表《在延安文艺座谈会上的讲话》之后,革命的理想主义就开始引导文学对历史进行重新表达,乡土中国的革命就成为文学叙事的主导内容。五六十年代的农村社会主义革命和改造,乃是现代性激进化的体现,阶级斗争与两条路线的斗争支配了乡土中国的叙事。1980年代的乡土叙事固然在新时期思想解放运动的推动下,走上了现实主义恢复的广阔道路,但我们今天回头看很清楚,新时期的乡土叙事总体上是表达对"文革"拨乱反正的主题,其控诉"四人帮"也好、人道主义也好,都有着明确的意识形态意义。直至1980年代后期到1990年代,意识形态的功能逐渐弱化,文学叙事可以依据作家个人的经验,可以回到文学本身,例如标榜为"新写实主义"的众多作品就是如此。新世纪的乡土叙事,显然在这方面有更为彻底的改变,乡土叙事可以在作家个人经验的基础上加以处理,乡土生活可以处理为更为单纯的生活事实,可以显现出生活的质朴性和本真性。这并不是说新世纪的乡土叙事就与一切思想意识无关,这当然不可能,而是说,在乡土叙事中透示出的历史批判意识或反思性,都是在作家个人经验意义上展开的,它是作家个人的见解,不是为了直接明确回答时代设定的总体性思想。它与意识形态规训化写作的区别在于:后者的时代总体性思想是权威意识形态明确给予的;所谓个人化写作形成的

---

① 有关此一论述可参见以赛亚·伯林《浪漫主义的根源》,吕梁等译,南京:译林出版社,2008年。其中"对启蒙运动的首轮攻击"一章有对此问题的论述,参见该书第28—50页。参见拙文《世界性、浪漫主义与中国小说的道路》,《文艺争鸣》2010年第12期。

时代,其总体思想是无数的个人小思想汇聚而成的,是多种思想交汇、碰撞、谈判与妥协的结果。虽然中国当代思想远未达到理想的协调状况,但相比于五六十年代和七八十年代中心化与一体化的思想结构,还是有明显的改变。

当然,我们并不能认为质朴性与本真性就是天然地具有"乡村的"特权,孟繁华曾经警觉地指出:"乡村身份在革命话语中是一个可以夸耀的身份,这个身份由于遮蔽了鲁迅曾经批判的劣根性,而只是抽取了它质朴、勤劳以及和革命天然、本质联系的一面。"①我们讨论的本真性问题,主要是就其叙述态度、视角和方式而言。如此,我们就可以理解新世纪长篇小说乡土叙事的"质朴性"和"本真性"的相对意义。2000年,王安忆出版《富萍》,这部作品讲述外来乡村女子融入上海的艰辛,写得颇为伤感。富萍从乡村来到上海,到未婚夫李天华在上海帮佣的祖母处落脚。城里的生活打开了富萍的眼界,她对原来的婚姻安排渐渐产生怀疑,在受够了一连串带有屈辱性的事件之后,她决心离开李天华的奶奶,独自去找寻自己的生活。后来她来到棚户区,与一位残疾青年结为夫妇。这个故事多少契合了新世纪初中国文坛方兴未艾的"底层写作",与王安忆 1990 年代的《长恨歌》那种海上繁华旧梦相去甚远。这部作品回到质朴生活的意愿相当强烈,要表现出底层生活的艰辛和困境,写出生活中那些琐碎的点点滴滴。这种对生活的观察态度不再是为时代想象所激发起来的深远渴望,而只是关切普通人生存事相的一个视角。新世纪中国社会正在为各种巨大的渴望和超级想象所鼓动,中国作家反倒更为冷静平淡地看待生活的那些边缘角落,或许可以说中国作家在 21 世纪初有一种自觉。

2001 年,阎连科出版《坚硬如水》,这部作品重写乡村的"文革"事件,虽然历史批判意向相当强烈,但书写乡村的政治历史却显示出更加

---

① 孟繁华:《重新发现的乡村历史——本世纪初长篇小说中乡村文化的多重性》,《文艺研究》2004 年第 4 期,第 4 页。

质朴的特点,历史批判的反思性与对人物性格心理的刻画结合得相当巧妙。高爱军与夏红梅在传统势力深厚的乡村建立起"红色革命根据地",欲望与革命被粘连在一起,革命根据地建到了墓地,而且也成为交媾的场所。欲望使强大的历史意愿变得空洞,革命回到身体,乡土叙事在这里从人性出发,从人的心理获得了展开的动力。小说最终是革命的疯狂完全压垮了欲望,关于革命的历史反思还是成为小说的主题。但是荒诞与反讽确实显示出新的小说素质,与荒诞同歌共舞,阎连科的历史批判另有一种微妙的深刻性。

  2003年阎连科发表《受活》,这部作品讲述了一个残疾人村庄历经的历史变故。从大迁徙的历史溯源,到农村社会主义时期的革命,这个残疾村庄过着自己的世外生活,虽然不是世外桃源,但像土改、入社、"大跃进"并未完全改变它自给自足的自然经济形态。不过在深化改革的第二次浪潮中,也就是中国社会全面向市场化推进的时期,这个残疾人村庄也面临卷入市场化的选择。带领他们走向市场的是一个叫柳鹰雀的县委书记,他异想天开地要从苏联购买列宁遗体。因为柏林墙倒塌之后,苏联走向市场经济,休克疗法一度让这个国家陷入经济困境,保存列宁遗体的高昂费用负担成为一个问题,这给河南农民可乘之机(这当然是小说的虚构)。柳鹰雀设想建立一座列宁陵园,供中国人民参观,这样带动的旅游收入将极其可观。为了筹集足够的经费,柳鹰雀让受活庄的残疾人组成艺术团四处巡回演出,结果"圆全人"(健全人)抢走了残疾人全部的劳动所得。这部作品的不同寻常处在于提出了社会主义革命遗产向处去的问题,革命以它最为痛恨的两种形式——市场化与娱乐化的形式来展开"继续革命"。柳鹰雀这个在"社校"成长起来的孤儿,以其独到的方式,领会并实践改革开放时代的社会主义市场经济,他的开拓进取精神委实可嘉,但几乎走的都是异想天开的路数,显示了当代中国市场经济特有的神话特征,他最终是一个失败者。阎连科的叙述简洁瘦硬,质朴中还是透示着他一贯的荒诞感和冷峻的反讽。乡土中国的叙事与对革命遗产的深刻思考结合在一起,在土语、历史记录、生活实录之类的叙事中,有一种强大的悲悯情怀,不只是对个人,还有对一段历史的悲悯。

刘醒龙一直是一个关怀现实的作家,笔法细腻、情怀深厚。数年前的《圣天门口》也是试图重新讲述 20 世纪中国历史动荡的故事,其中对暴力的反思颇为坚决且深刻。因为历史叙事的体制,刘醒龙追求一种话语表达的风格,长句式多少有些主观性意念透示出来。《天行者》则显得平实纯朴,这部长篇系对早年影响深广的《凤凰琴》的扩展和续写,讲述偏远的界岭小学一群民办教师的故事。高考落榜生张英才本来有颇为远大的抱负,却不得不面对现实,靠着任乡教育站站长的舅舅才当上界岭小学的代课老师。这里的偏远寂寞、穷困无望,反映了上世纪八九十年代中国乡村基层教育的真实困境。小说写出了身处偏远山区的民办教师的生活艰辛,他们为改变命运而作出种种努力,在困苦中昭示出他们默默奉献的精神品格。刘醒龙为小人物立传,真切而透彻地写出了他们的性格、心理和愿望。小说当然也没有回避人性的弱点,但善良和纯朴终归是这些人的本性,真挚与朴实使小说始终在苦涩中透着温暖,读来引人入胜。小说洋溢着冷峻的幽默感,每天伴着笛声升国旗的场面,也是小说中的神来之笔,意味无穷。小说写情深切有力,多有感人至深的细节。现实关怀与人文关怀,使这部作品内涵丰富醇厚。

毕飞宇的小说以细腻温雅为人称道,他擅长深入内心去把握人物的性格与命运。1990 年代的《玉米》写得淡雅纯净,乡村气息写得楚楚动人。新世纪出版的长篇小说《平原》显示出艺术的大气象,《推拿》则显示出他把握生活质地的那种艺术能力。小说描写一群在推拿房里工作的盲人的故事,这个小小的"沙宗琪推拿中心"也是一个小世界。他们共处于这个小小的黑暗的世界,生活如此艰辛困苦,但他们自食其力,寻找属于自己的生活和人生价值。他们可以在黑暗里看到光亮,与常人一样有七情六欲,一样有对幸福的理解和追求。然而,他们抵达幸福的道路是如此漫长艰难。小说最重要的一点,是写出了盲人的自尊自强和他们因此而具有的特别敏感的心理。他们在自己的生活中行走,如同走在盲道上,也如同在走命运的钢丝,小心翼翼,每走一步似乎都无比艰难。小说把盲人之间的友爱写得动人心弦,透过对爱的追寻,写出他们因为自强不息而在黑暗中摸索的精神品格。毕飞宇的小说叙事似乎已经炉火纯青,他能拿捏火候,把一种心理刻画得微妙而又淋漓尽致;对人物的把握也极其老到,小说写了一群人物,张宗琪、沙复明、小马、金焉、都红等,几乎个个都有性格。就这部小说而言,当然得益于毕飞宇有过担任特殊学校教师的经历,有这种深入生活的真切体验,因而能写出生活的本真性。而且,毕飞宇的小说笔法业已达至精细老到,温雅中有冷峻,细腻中有棱角,那些生活故事有一种本真的疼痛。

董立勃写新疆生产建设兵团下野地的故事,如《白豆》《米香》《下野地》等,有一种难得的生活韵味。固然这使得反思性与批判性的主体意向被生活自然的呈现所替代,但二者也很难说何者的价值更高。不过1990年代以来,中国小说在表现生活的状态方面,确实有另一种路径。董立勃的小说更为直接地写出生活本身的意味,那种从西部泥土中散发出来的气息如此真切和感人,这已经与1980年代人们崇尚观念性的冲击大异其趣。

贾平凹无疑是中国乡土叙事写作实绩最为突出的作家,八九十年代他的作品以西北风土人情独树一帜。1990年代初的《废都》引起文坛激烈争论,贾平凹也因此沉寂过一段时期。随后还有《白夜》和《高老庄》,都是他过渡时期的作品。新世纪伊始他出版《怀念狼》,叙事风格转向狼一路。固然这与他关注一种特殊的动物"狼"有关,但也表明他在寻求风格的某种变化。该作品开篇就有关于狼与一座城池的古旧传说,其中渗透着血淋淋的人与动物的生存搏斗。小说的主要故事是写记者拍摄一个由十几只狼组成的狼群的曲折经历,这个线索倒是叙事上一个较为简单明晰的处理方式。《怀念狼》还是在写西北风土人情,我们从中可以感觉到贾平凹的笔法更加瘦硬自如,叙述的散文化手法平实却精致。

贾平凹在新世纪有影响的作品当推《秦腔》，这部厚厚的长篇获得第七届茅盾文学奖。这部长篇对乡土中国的书写带着很强的现实批判性，贾平凹回到家乡，看到家乡土地荒芜，青年人都离开农村，只在村上老人丧葬时才回到村里抬棺材，如此农村景象令他震惊。1990年代中期以来，中国社会随着国企改革的深化，"三农"问题变得异常突出。1990年代后期是中国社会累积矛盾最深、社会变革转型最为激烈的时期，贾平凹看到了中国西北农村面临的困境，他要写出乡土中国正在经历的深刻瓦解和转型。转型的方向尚不清晰，但旧有一切正在瓦解却是令人忧患悲观的。这部小说可以说写出了乡土中国叙事面临终结的境况。其一，这部小说通过一个自戕的15岁少年引生的视点，来看一个唱秦腔的女人白雪的命运遭际，写出了乡土中国传统文化的销蚀。作为乡土中国叙事的传统文化销蚀之后，这种叙事的文化底蕴将是什么？将用什么来替代和补充？其二，小说写出了五六十年代创建起来的社会主义农村叙事的终结。小说中以夏天义为代表的老一辈农村干部正在老去，他们对现实迷惑不解，跟不上已经千变万化的现实社会。夏中义只能坐在餐桌旁，吃一碗凉粉，"浑黄色的泪水顺着皱纹一道一道往两边横流"。当年在社会主义革命时期气势豪迈的干部，现在也不得不面对晚景的凋零。新一代农村干部，如君亭，如何与那样的社会主义革命叙事连接在一起？当年的梁生宝、萧长春、高大泉已经不见踪影。其三，乡土中国社会的转型。如今的中国农村正在面临现代化、城市化和市场化的多重冲击挑战，转型是不可避免的历史趋势。贾平凹对此事的表现当然相当深刻，但他唱出的是挽歌。乡村中国如何保持它的田园式的旧有秩序？经过现代性的冲击甚至革命激进现代性的洗礼，乡土中国其实早已经没有了田园牧歌，一如秦腔的悲怆。现代化就是乡村的销蚀、土地的消失，中国乡村发展的前景在何处？贾平凹在思考，但无法给出方案。

这部小说对一个阉割少年视点的运用颇有艺术探索的特点。贾平凹让15岁的引生自戕生殖器，多少有意在与《废都》的欲望书写构成一种反向关系(断绝关系)。也是这种潜意识在作怪,《秦腔》的叙事风格显示出与《废都》截然不同的特征。《废都》是在古典美文的记忆恢复中寻求的一种清雅空灵的叙述风格;而《秦腔》则是回到乡土生活原生态的一种朴拙硬实的笔法。《秦腔》更明确地回到西北带泥土味的生活中去,也从那种民间的、乡土的生活风习中找到更加自然的语言呈现方式。

2011年,贾平凹出版《古炉》,67万字的篇幅还是让人们惊异于贾平凹的创造力。但人们也会有所疑虑:在《废都》和《秦腔》之后,《古炉》存在的理由何在?只要稍有语言和文本的敏感,就可感觉到《古炉》与《废都》的美学风格相去甚远,而与《秦腔》接近,但又更有贴近事物本相的那种质感。《古炉》通过狗尿苔这个孩子的视点去书写中国西北乡村卷入"文革"的全部过程,乡村农民如何与革命结合在一起、如何投身于革命疯狂中,革命的疯狂又是如何席卷和改变了乡村的伦理秩序。贾平凹确实写出了乡土中国的独特"文革"史,它区别于迄今为止所有的知识分子的"文革"史。小说中的人物霸槽等多个农民的形象被写得相当有质地,狗尿苔与牛铃就那样自作聪明地白吃了两坨屎这类细节,作为乡村文化价值守护者的善人梦呓般的说病和自焚,都让人触目惊心。小说的历史思考是相当激进的,结尾处枪毙霸槽的再吃人血馒头的细节,有意重复鲁迅的《药》,这是对20世纪启蒙与革命历史的再度反思,也揭穿了善人反复"说病"的隐喻。这部作品的思想内涵相当复杂尖锐,但对于贾平凹这样的作家来说,对于存在着的《废都》《秦腔》和《古炉》来说,更要紧的或许是去探究贾平凹的小说艺术风格的内在性变化。之所以说存在"内在性变化",是因为贾平凹的小说艺术变化不同于其他作家,他总是从此前的作品脱胎而来,不管是在顺应的路径上,还是逆反的方式上,他的小说艺术每做一次变化,都有内在的连接线索。

《古炉》的叙述颇为微观具体、芜杂精细,甚至琐碎细致到鸡零狗碎的地步。如前所述,其叙述对乡土农村世界里的"物"投注了极大热情,遇到地上的任何物体、生物(石磨、墙、农具、台阶、狗、猫、甚至屎……),都停留下来让它进入文本,奉物若神明。其叙述说到哪儿就是哪儿,从哪儿开头就从哪儿开头,无始无终、无头无尾,却又能左右逢源、自成一格、随时择地、落地而成形。这种叙述、这种文字确实让人有些惊异,有些超出我们的阅读经验,但却足以让我们感受到其不可名状的磁性质地,它能如此贴着地面蠕动,土得掉渣又老实巴交,但又那么自信地说下去,什么都敢说,什么都能说。但《古炉》确实又有一种粗粝,随物赋形,更像落地成形,贴着地面走,带着泥土的朴拙,但又那么自信沉着,毫不理会任何规则,我行我素。它试图呈现的是乡村生活的本色与本真,如此本真到如物的生活世界,被理念化的革命暴力击中,于是乡村世界在激进现代性境遇的崩溃景象被表现得彻底而尖锐。

当然,并不是说新世纪的乡土叙事只需回到生活的本真性,不需要对中国乡村展开新的探索。其实不少作品还是面对现实,探讨中国乡村生活的新的可能性。周大新的《湖光山色》写社会主义新农村建设的故事,这部小说的独特之处还在于写出了农民自发走向市场经济的过程,以及资本介入农村带来的新的机遇和挑战,特别是更大的资本进入农村形成的新的系列矛盾。新的资本与权力结合,这是薛传薪与旷开田的结合。旧有乡村权力的象征詹石磴没有抓住改革开放后市场经济的机遇,注定要失败,而暖暖抓住了,她成功了。旷开田则走了权力与资本结合的道路,也带来新的问题。作品在这方面探讨了更深层的问题,也为中国农村下一步的道路提出了思考。这其实是中国当下经济改革的某种缩影:权力与资本结合会产生巨大的能量,什么样的力量可以制衡这种能量?人民有可能吗?小说当然还是给出了一种解决方案,虽然不尽如人意,但也是一种理想和难能可贵的探索。

总之,新世纪长篇小说在乡土叙事方面,确实表现出与上世纪八九十年代颇为不同的特点,1980年代思想解放的印记与1990年代的躁动和迷茫,为更为沉静和淡定的个人思考所代替,与之相应的,在小说艺术方面也有一种自在与单纯,那就是更为贴近汉语本身,贴近乡土生活的本真性,贴近可触摸的、有质感的现实。

二 反思历史的深刻性:穿透人性与拷问灵魂

历史叙事乃是中国长篇小说的主导叙事方式,也是中国长篇小说的历史传统与现实需要。我们称之为现代小说的这种艺术样式,当然是西方现代文化影响下的产物,也是中国进入现代回应西方的挑战作出的文化革新。五四新文化运动时现代中国文学走向白话文,与之相应,现代白话小说也获得了空前发展。小说的发展本身是一项现代性事业,如梁启超就把现代民族国家的兴盛、现代民众的塑造的任务归结于小说,而蔡元培则认为美学——现代美学的传播接受和真正产生作用也有赖于现代小说的传播。因为在印刷术与报业普及的早期现代社会,美术、音乐、戏剧与电影的传播毕竟有较大限制,而文学的传播则要广泛得多。于是,小说在现代中国获得了发展的机遇。因为现代中国面临着民族国家"启蒙与救亡"的双重任务,文学就这样成为最有效的政治动员手段。这也是文学在现代得到空前重视的缘由。

由于中国传统文化的史传传统与现代社会紧急的现实动员需要,现代中国长篇小说所获得的这种发展机遇,使得它必然偏向于历史叙事。中国现代长篇小说的代表作——茅盾的《子夜》,就是为了回答中国社会要走什么道路这样的现实问题。另一部长篇小说路翎的《财主底儿女们》,以澎湃的激情表现战争动荡年代中国传统家庭的崩溃,即使带有强烈的主观情绪,也是对历史过程及其社会问题的表现,根本上也还是属于历史叙事。1942年,毛泽东发表《在延安文艺座谈会上的讲话》,确立了中国革命文艺的方向:文艺为工农兵服务,就是为无产阶级解放事业服务。丁玲的《太阳照在桑干河上》和周立波的《暴风骤雨》等解放区革命文艺的代表作,表现了土改这种历史大变动的过程,尽管意识形态的要求支配了小说创作,但也是一种历史叙事。从此,中国的革命文艺以社会主义现实主义为创作方法,压倒性地以历史叙事为主导形式。所谓 1950—1970 年代的红色长篇经典"三红一创保林青山",无一不是宏大历史叙事。

"文革"后的 1980 年代主要是以期刊发表的中短篇小说引领文学潮流,直至 1990 年代,中国的长篇小说才有成气候的发展。以 1993 年的《废都》和《白鹿原》为表征,长篇小说成为一个时期文学的重头戏。1980 年代影响大的长篇小说寥寥可数,只有张洁的《方舟》、王蒙的《活动变人形》、张炜的《古船》、贾平凹的《浮躁》、路遥的《平凡的世界》。1990 年代出现了一批有能力写长篇的作家:贾平凹、陈忠实、张炜、莫言、铁凝、王安忆、刘震云、阎连科、李锐、余华、苏童、范小青、徐小斌、阿来、刘醒龙、林白……形成比较强大的长篇小说作家阵容。这些作家在 21 世纪初更趋向于成熟,中国文学从过去的"青春/革命/变革"式写作,走向了"中年/常规"式写作,作家们在自己的艺术风格道路上行走,挖掘的是自己脚下的深井。某种意义上,正如吴义勤所说,"长篇小说是一种极具'难度'的文体,是对作家才华、能力、经验、思想、精神、技术、身体、耐力等的综合考验"①。可能真的要磨到中年以后,作家才有艺术功力驾驭长篇这样的文体,用长篇来表现中国的历史与现实,才能掘下自己的"深井"。

这样的"深井"既然根源于脚下的大地,就带有很强的中国本土特色,历史叙事就依然是其显著的艺术特征。如果对比欧美西方的小说艺术,我们会感觉到,即使是长篇小说,西方的小说也是以人物的性格和心理为中心,其小说叙事的推动力来自人物性格冲突或内心矛盾;而中国的长篇小说由外部历史事件决定其结构和情节走向,人物的命运由外部历史事件决定,大的历史变动和事件对一个家族及其个人的全部命运都产生着决定性的影响。20 世纪的中国,从辛亥革命到北伐战争,从国民革命到共产革命,从抗日战争到解放战争,从土改到"大跃

---

① 吴义勤:《关于新时期以来"长篇小说热"的思考》,《南方文坛》2009 年第 5 期,第 33 页。

进",从自然灾害到"文革",从粉碎"四人帮"到改革开放……所有这些变动都决定了每一个家庭和每个人的命运。如此说来,文学叙事确实也离不开历史,历史必然是表现人物命运的基本架构。

在人们习惯于批评中国知识分子缺乏对历史的反思时,可能也在相当程度上忽略了新世纪一部分小说对历史的直面思考:或通过人物,或通过对自我的解剖,给予历史以某种思想的深度。新世纪伊始,尤凤伟的《中国一九五七》无疑是一部相当有勇气的作品,这部作品对1957年的中国历史及那代知识分子进行了相当真实的表现。小说有一条爱情主线,那种绝望与痛楚并非寻常年代可比。在今天,如何记住历史?如何书写历史?这是小说向我们提出的严峻问题。如小说中被处决的女性冯俐所说:"我觉得我们身在其中的人有责任记下所发生的一切。"要记下历史谈何容易,谁能担负起这样的责任?尤凤伟借助小说承担了这样的责任:"如果没有文字留下来,我们所经历的一切都会像水那般地消失无踪了。相应的历史也就会成为一片空白,变得'白茫茫大地一片真干净'。"这部小说给21世纪的中国作家留下了风骨,如谢有顺所说:"历史选择了尤凤伟,让他这个没有经历过'反右'的人,在二十一世纪即将来临的时候,写下一部'五七人'的精神档案,它的确是意味深长的。"[①]这部小说写出了一群人的命运,如周文祥、冯俐、龚和礼、李宗伦、苏英、吴启都、陈涛、张克楠、董不善、高干等人,在历史的变动中,人物的性格心理刻画也相当有深度,可以说较之新时期的"反思小说"有着更彻底的直面历史的勇气。

铁凝的《大浴女》(2000)试图通过刻画尹小跳自我忏悔的心理活动,去写出人性的内在复杂性,小说叙事终究还是转向生活的历时性变化所导致的人物性格心理成长的故事。尹小跳终究从一个稚嫩的被虚荣浮夸的男人吸引的少女,成长为一个能洞悉自己人生经历的人。这

[①] 谢有顺:《尤凤伟:一九五七年的生与死》,参见尤凤伟《中国一九五七·小说跋一》,沈阳:春风文艺出版社,2004年。

似乎是一个成长的故事,原本关于自我与人性的反思,让位于历史反思,或许小说试图在两个维度上找到结合点,给予尹小跳的人生经历以一种历史性——历经人生风雨的洗礼。这样,小说就成为一个成长的历史性的叙事,对自我的忏悔和人性的反思,使成长的叙事具有某种深度。铁凝对女性心理的复杂与微妙的表现有独到之处,在历史叙事结构中来表现女性的命运,这又成为铁凝新世纪小说叙事开辟的一条路径。《笨花》显然是为纪念抗战而作,但作者对抗战的理解也有自己的角度和深度。她在20世纪中国乡村和家族变化的历史中来看中华民族的命运,来看抗战对中国乡村以及中华民族的影响。铁凝的叙事并不在控诉性上下功夫,而是去写出乡土中国的生活和自然的存在如何被20世纪的暴力所摧毁,特别是日本的侵略对中国乡村和中华民族所造成的毁灭性破坏。但小说中最令人难忘的是中国华北乡村的那种自然本真的生活,那种自然本真生活中的女性,她们在暴力的历史中所经受的灾难性的命运。笔调越是纯朴宁静,那种历史性的哀痛就越发无法排遣。最后向喜中枪掉进粪池,历史如此悲剧,又如此虚无,小说给予的历史批判又从深刻的虚无生发开去。

《西去的骑手》(2001)是红柯以在西北地区流传甚广的历史人物马仲英为原型创作的一部长篇小说,写得情绪饱满、气势昂扬,颇有西部粗犷豪迈风格。红柯一直以写西部著称,他生活于西部,试图写出西部的风土与历史。他主要张扬西部的一种生命热力,不可屈服的、强悍的西部精神。这样的历史书写本身也可视为对历史的一种招魂,其中无疑也包含对现实的某种文化批判。

李洱《花腔》(2001)一出版,就颇得评论界好评。李洱是一个学者味颇重的作家,有深厚且独到的思考,他通过对"葛任事件"的考证式书写,其实引入的是对革命史的反思。在革命中,个人到底意味着什么?革命与个人究竟构成什么关系?这本书的历史叙事有着非常大胆的探索精神,把历史教科书的常识引入叙事,非常直接地加强了历史真实性。另一方面,小说叙事手法又有大量的转折、疑虑、重复、辨析,使历史陷入疑难重重的领域。

新世纪对现代中国的书写中,莫言的作品无疑是重头戏。他此前的《丰乳肥臀》(1996)与新世纪的《檀香刑》(2001)、《生死疲劳》(2006),可以称为"现代三部曲",叙述了中国近代遭遇西方列强进入现代的民族命运。《檀香刑》对暴力的书写堪称汉语小说之最,也一直是莫言这部小说饱受责难的主要缘由。一个民族的历史生存有着多重特性,中华民族无疑有着儒家的人伦风范、道家的旷达俊逸,有着无数可以讴歌的丰功伟业,但也有着血迹斑斓的历史,有着令人惊惧的酷烈。尤其是暴力的历史,是中华民族血的教训。笔者以为莫言从酷刑角度去书写中国历史的一段暴烈时期,在小说艺术上是有其独到意义的。从一个刽子手的末世论写出中国封建社会崩溃的末世学,而且又是西方帝国主义列强以其强暴的现代侵略介入中国,如此的历史末世学与历史之断裂,以及历史要重新开始而纠结于这样的时刻,莫言的书写有着耐人寻味的深度。历史不应该轻易忘却或遮蔽,痛定思痛才是历史主义的态度。

《生死疲劳》则以动物的"六道轮回"为其叙事结构来建立历史编年体制,地主西门闹土改被枪毙,投胎错投为动物,由此开始了他不断变更动物属性的生命轮回。西门闹先后以驴、牛、猪、狗等四种动物形象转生于人间(另加上猴、大头婴作为补充的形象),这个轮回正好对应了中国当代史的土改、合作化、"大跃进""文革"和改革开放。莫言要写出20世纪下半叶中国历史的剧烈变动,这种变动既具有断裂性,又有相似性,轮回就是如此隐喻式地揭示出这种历史的本质。历史像是投错胎一样改变和轮回,西门闹虽然是一个已死之人,但他的生与死都精疲力竭。显然,莫言以这种方式来思考20世纪中国历史的痛楚与变更。当然,莫言这部作品还依靠历史框架在叙述中起作用,历史编年史被莫言强大的才华所改编,他引入佛教的轮回、动物的投胎变形记来重构历史逻辑,让历史编年本身具有了反身性解构的功能。确实,中国的历史太过强大,历史难以终结,这不只是历史记忆和历史延续性的问题,更重要的是中国故事、中国经验都要以一种历史的形式存在。当然,不管是阎连科还是贾平凹,他们都有意识地或者说以其无意识的艺术敏感性在突破历史主义的限制,阎连科依赖对历史本身的质疑,贾平凹则依赖那个阉割的视点。现在莫言则通过动物变形记的戏谑来打破历史的线性固定和压制。这些动物走过历史道路,它们的足迹踏乱了历史的边界和神圣性,留下的是荒诞的历史转折和过程——那是从驴到牛再到猪和狗的变形记。

小说的主人公西门闹原来是一个家境殷实的地主,土地改革中全部家当被分光,还被五花大绑到桥头枪毙。他在阎王殿喊冤,阎王判他还生,结果投胎变成一头驴。西门闹变的驴倒是好样的,雄健异常,却也不得不死于非命。西门闹所有投胎而成的动物都勇猛雄壮,使他摆脱了作为一个地主的历史颓败命运,在动物性的存在中复活了。这种动物的存在,这种动物的视角,使莫言的叙述具有无比的自由和洒脱,它可以在纯粹生物学和物种学的层面上来审视人类的存在。这个审视角度是如此残酷和严厉,人类的存在居然经不住动物的评判。莫言的叙述既试图抓住历史中的痛楚,又以他独有的话语形式加以表现。而历史只是在话语表现中闪现出它的身影,那个身影是被话语的风格重新刻画过的幽灵般的存在。

事实上,小说在历史、阶级与人性的叙事上,依然具有很强的实在内容。我们从莫言小说中看到的更多的是对一种历史情境中的人性的揭示,不管是对洪泰岳、黄瞳还是吴秋香,这些在历史中呈现为恶的人性都被刻画得入木三分。另一方面,虽然小说中的人物众多,但主要人物形象相当鲜明,作为主角的西门闹自然不用说,蓝脸这个忠诚愚顽的奴仆、一辈子不入社的单干户,以他的独特方式坚守着农民的历史和伦理,这个当年的"中间人物",在莫言的重写中被赋予了更多的含义。更年轻一辈的人物,蓝解放、金龙、合作、互助、杨七,等等,不管着墨多少,莫言三下五除二就在戏谑中让人物性格跃然纸上。这样一部漫长的半个世纪的乡土中国历史,经历转折、断裂、重叠和重复,最终不得不说是一部悲剧性的历史。其中悲剧的动力机制根本上是来自阶级对立的谬误,以及这种谬误的诸多变形。西门金龙烧死西门牛,就是革命中的轮回和报应,革命的弑父也在被革命的阶级内部发生。当然,历史在根本上是遭受质疑的对象。人性的谬误与悲剧来自强大的历史,强大的历史怨恨最终也化为乌有。小说以西门闹喊冤变为驴开始,最后的结尾是洪岳泰身抱西门金龙同归于尽,其他人的结局都充满肃杀之气。而小说结尾的那个细节,庞春苗骑着自行车被逆行的红旗牌轿车撞飞,酱驴肉散落一地,或许是无意的闲来之笔,但"酱驴肉"难免不让人产生联想,历史的批判与虚无在这里也就平分秋色了。莫言近年的《蛙》以计划生育为题材,写出中华民族创伤经验的另一侧面。以姑姑的一生反思历史经验,也是对民族生存命运的审视。

范稳在长篇小说方面的创作有独到之处,他书写西部藏地的异域文化与宗教情怀。他的"藏地三部曲"《水乳大地》(2003)、《悲悯大地》(2006)与《大地雅歌》(2011)不只是篇幅厚重,而且内里的文化含量也是沉甸甸的。《水乳大地》令人刮目相看,叙述激情饱满,把握历史十分自信。这部关于藏地宗教的小说,写的却是基督教在西藏的传播,同时佛教与基督教在这里展开了一种严峻的对话。在宗教情绪展开的大地上,有一种生命热力的蠕动,那就是不同部落之间的生存战斗。小说有相当大的时间跨度,讲述上世纪初以来西藏澜沧江某峡谷地区不同部族之间的生存斗争,他们各执不同信仰,既展开血与火的冲突,又有水乳相交的融合:藏传佛教徒、纳西族之间的信仰之争,其间又插入西洋基督教(或天主教)传教士的介入。小说既展现这块严酷土地上带有原始意味的生存情景,又表达着人们对自然与神灵的特殊态度,生存在这里显示出粗犷雄野的特征,又有人神通灵的那种无穷意味,作品显示出了少有的精神性气质。西藏的异域风情、严酷的大自然环境、宗教之间的生死冲突、生命的艰险与瑰丽……从上世纪初到世纪末,整整一个世纪的西藏历史,如此紧张而舒展地呈现在人们的面前,它使我们面对一段陌生的历史时,直接叩问自己的精神深处。

通过宗教回到精神生活的源头,回到最初的那种存在状态,这使我们想起了已被遗忘的"寻根"主题。但在这里,生存之根基是什么呢?直接性的答案是宗教信念。小说力图在信仰冲突中来表现出异域的生活画卷,并且充分地展示了一种"族群"的存在方式。小说展示了澜沧江一个小小的峡谷地带被宗教支配的生活,这里演绎着千百年的信仰传奇。历史发展到20世纪初,这些带有原始意味的部族又面临西洋宗教的介入,精神生活的局面变得错综复杂。基督徒关于上帝创造一切的信仰,佛教徒对来世、转世和神灵的迷信,纳西族对鬼神的敬畏,这些持不同信仰的人们之间的交流与冲突,显示出生活世界那种巨大的差异性与复杂性。这些族群生活于艰难险阻之中,他们的存在需要巨大的勇气与坚定的信念,信仰对于他们来说显得如此重要,没有信仰、没有对神灵的敬畏,他们就无法解释世界,也无法超越存在的困境。在这里,文学书写回到了"族群"最初的存在方式——明显不同于汉民族的少数民族才有的那种生存信念和超越存在困境的那种始源性的意志力量。小说始终饱含着回到生存始源状态的那种激情,精神、存在与书写本身获得了一种同一性。范稳依赖这种同一性,同一性支配着他的叙事,提示了共同寻求精神(信仰)归乡的道路;但这种同一性与他挥洒的浪漫激情叙事在美学上却又构成一种矛盾,同一性的理念多少还是束缚了叙事上的自由。

当然,小说似乎隐藏着一个更深的思想,那就是人性的爱有着更为强大的力量,信仰与部族之间的敌对、那些世代相传的深仇大恨,只有纯粹的肉身之爱才能化解。泽仁达娃之于木芳、独西之于白玛拉珍,都以肉身之爱超越了宗教与部族——这似乎才是真正的"水乳大地"。宗教的力量显得那么困难,身体的交合则是那么单纯自然,就像水乳交融一样。在这里,爱的同一性占了上风,成为与宗教一样的根基,宗教只是在最终的本质意义上具有同一性,在皈依的那个时刻具有同一性——不同的宗教在那个时刻都回到了神或上帝那里,而爱却是更为原初的同一,身体的交合是纯粹的同一,是绝对,这是生命的归乡。人类的恩恩怨怨、仇恨与苦难,都只有在宗教里才能化解,这似乎是小说从根本上要表达的一个主题。作者显然是从一个理想化的同一性角度来表达宗教观念,把宗教看作一种纯粹的精神信仰,一种维系人类平等、友善、和平共处的精神信念。这与其说是作者的现实理念,不如说是期望与祈祷。

2005年余华出版《兄弟》上部,2006年出版《兄弟》下部,上部写"文革"期间的故事,下部写改革开放后的中国现实。用余华的话来说,他试图把本质上相距甚远的两个时代连在一起书写。或许是余华太想本质化地抓住两个时代,让它们分裂与分离,二者之间精神上的联系反倒不清晰;相比之下,历史自然时间里的叙述十分清晰,人物把握和心理、细节刻画都显示出余华的艺术才能。但人们对余华的期望太高,余华的小说如果没有惊人之处,那就要引发失望。这或许很不公平,但这是享誉甚高的作家要付出的代价。

在历史叙事方面,艾伟的《风和日丽》和严歌苓的《小姨多鹤》都显示出各自不同的反思力度。前者反思20世纪的革命史,后者则在战争的背景上来看女人的遭遇。这两部作品的思想力度和艺术强度都值得称道,其思想上的彻底性与艺术上的俊朗之气,让人印象深刻。

苏童的《河岸》本来是要叙述库文轩的流放史,库文轩原本是革命的后代、烈士的遗孤、革命的子嗣,突然被怀疑真实性而被贬黜流放到船上。但库文轩的故事自此退场,隐没到幕后,他儿子库东亮的故事浮现出来,成为主导性的故事。原来是"我"库东亮的叙述,现在变成他的真正的故事。流放的故事变成了青春成长的故事,政治无意识变成了青春的醒觉意识。在青春成长中认识到了或者说客观化地展现了流放史的过程。这部小说在叙述上隐含着转换,探讨儿辈如何承载着父辈的历史,如何去看父辈的历史,如何认同父辈的历史。政治的反思性批判与"看"的美学风格化表述结合在一起,形成苏童始终具有的那种叙述风格。

这部小说思考革命历史中的身份政治问题。库文轩自戕,失去了革命子嗣的资格,也没有资格充当欲望的权威,他的命根子没有了半截,留着的半截也没有用,他成了个"半人"。他前面是半个根,屁股后面到底有没有鱼形胎记?如此反讽的叙述,"革命之根"是与生俱来的胎记。革命身份的论证,变成了身体的符号特征。小说实际上一直是库东亮在叙述,他看父亲失去革命身份的历史,就是他失去革命子嗣身份的历史。所有的故事都围绕"革命身份"问题——成分,这是那个年代的本质记忆。库文轩的成分/身份、库东亮的身份/成分,这是历史的煎熬,可悲而可笑的煎熬。革命与血缘的神秘性在这部作品中被表现得最为充分和深刻。如此重要的影响着中国几代人的政治生存方式,在这部作品中的表现是独特的,就此一点,这部作品作为一种历史书写和历史反思就有它独特的价值。那个年代青少年的成长焦虑就是对成为革命事业接班人的神授性的焦虑,整个五六十年代直至无产阶级"文化大革命"的革命焦虑就是如何进行无产阶级专政下的继续革命。五六十年代《千万不要忘记》中的萧继业、丁少纯,《年轻的一代》中的林育生等革命后代,一直在不断敲响阶级斗争的警钟。

在强大的不容置疑的革命逻辑中,虚无总是时刻威胁着这样的铁的必然性。"空屁",是"我"的历史的虚无,是革命历史的虚无与荒诞。库文轩在快死之前,身上那个鱼形胎记已经失去一半了,那是儿子库东亮在给父亲洗澡时看到的。傻子扁金也有鱼形胎记,库东亮落得与一个人们最不耻的傻子争夺革命后代的资格,但这种争夺是神秘的血缘的争夺,而血缘不可考,只有依靠胎记,革命的后代与土匪的后代之间只有一步之遥。库文轩被赵春堂打为土匪和妓女的后代,从崇高的革命烈士后代,转眼就变成了人们所不齿的"反革命"的后代。

这部小说在叙述结构方面颇有独特之处,河与岸构成的动态空间结构,使小说的叙述始终有一种空灵舒畅流动的气韵。这样的结构并非外在的形式,而是内化于小说叙事的内容。河上的赎罪的船队与岸上的世界构成一种区隔,河上是被隔离的他者,在革命史中有一个被隔离的他者的历史。岸上的世界是暴力的排他的斗争的世界;而船上的世界则有悲悯仁爱,是另一个社会,是在政治之外的另一种存在。

这部小说确实会让人想起巴西作家若昂·吉马朗埃斯·罗萨的短篇小说《河的第三条岸》,当然,苏童是在中国20世纪剧烈的社会革命中来重构中国经验,"河与岸"赋予小说一种独特的结构,苏童就此显示了他的小说艺术的内化与纯净化。可以看出苏童的叙述艺术又回到了他得心应手的状态,"我"的叙述视点、抒情语感与句式都表明苏童重回"先锋派"时期的那种艺术上的自由与自在。那种浸含了"我"/库东亮的性格、心理的叙述,始终穿行在河流与岸的交错之间,叙述与河/岸的互动,也是抒情与河流的互动。因为叙述的句式之优美,在阅读中会产生一种叙述的超时间性与空间感。"我"的视点在河与岸之间回荡、回落。当然,这部小说有抒情笔调和优美诗意的语言,是否又建构了一部诗意的流放史?如此隐晦诗意的流放小说,总是在历史批判与青春成长的意义指向之间摇摆。对诗意的追求压倒了对政治的反思性,压抑了历史批判性,这是否也构成这部小说值得思考的问题?

中国当代长篇小说在新世纪过去数年后可谓是收获之年,这正说明汉语文学确实在走向成熟和大气。2011年,长篇小说依然显得后劲十足,除了贾平凹的《古炉》外,严歌苓的《陆犯焉识》无疑是相当有分量的作品。这部以早年是阔少爷后来成为阶下囚的陆焉识为主角的长篇小说,写尽了20世纪中国知识分子历经的磨难,写尽了他们自身的弊病和漫长而惨烈的成长历史,这里面对人性的表现和对灵魂的拷问,显示出严歌苓的某种彻底。严歌苓能把个人的历史与大历史背景结合得如此贴切深刻,不只是因为她的艺术才华,还有她对祖父历史的那种理解和体验。同样,格非在写作《人面桃花》《山河入梦》之后,又有《春尽江南》,这是他写作的"江南三部曲",也是要写出20世纪现代中国的命运,写出历史中的人究竟有多大的自主性,尤其是对当代中国现实的精神危机的追问,也可见出格非的那种决绝的勇气和思想的力度。

三 艺术的张力：文体意识与叙述意识

长篇小说在艺术创新方面，当然不如短篇小说自由灵活。长篇小说的构思也必然要以故事人物为基础，没有故事和人物的长篇小说除非是激进而有真正挑战性的实验，否则是很难富有成效地展开的。中国现代以来的长篇小说——正如我们前面讨论时指出的那样——以历史叙事为其基本叙述法则，而依托历史大事件的编年体叙事几乎也是其最为常见的模式。1990年代影响最大的长篇小说，如《白鹿原》《尘埃落定》，也是以历史编年为叙事的结构。新世纪以来，中国长篇小说在艺术上有更为明确的突破意识，破解历史叙事的编年体结构也是其开掘新路径的一个方向。

当然，并不是说只有繁复变换的叙述才有好小说，平实素朴的叙述也同样可以产生相当积极的艺术效果。实际上，新世纪大多数长篇小说采用传统现实主义手法，这些作品虽然并不着力于艺术手法方面的探索，但传统现实主义方法运用得圆熟老到，也是相当精彩的作品。如成一的历史小说《白银谷》，写得气势不凡。写当代官场小人物的作品，如阎真的《沧浪之水》，以及他后来讲述女人心性的《因为女人》，都颇受读者欢迎，有鲜明的时代感。李佩甫的《城的灯》《生命册》表现城乡的冲突，也有相当出色的艺术水准。好作品并非一定要有艺术方法的探索，我们在这里只是探讨新世纪中国小说在艺术手法方面有哪些变化和突破，或者如何寻求更新的可能性——作此立论，我们并不否认传统平实手法也可以出好作品，并非唯"创新""变革"马首是瞻。

当然，也有一些作品，只是叙述语言或语感方面的变化，就可以看出鲜明的创建一种文本风格和叙事文体的渴望，也因此给予小说叙事以独特的艺术品质。如范稳的"藏地三部曲"，是以抒情性和浪漫主义风格展开的叙述，这种叙述不只是有独特的语言风格，而且文体本身也具有很强的抒情性。林白的《万物花开》充满幻想的成分，而她的《妇女闲聊录》就以十分平实的纪实手法来展开叙事。为了寻求一种文体的自由和变化,中国作家开始有意识地建构一种技术性的视点,比如通过对叙述人的肉身的特殊处理,获得一种超自然的自由能量。林白的《万物花开》让叙述人脑袋里长了一个瘤子,这使充当叙述人的人物可以更自由地行使幻觉和幻想的特权。贾平凹的《秦腔》的叙述人引生,自戕切除一段生殖器,这使他的自我意识总是有一种病态,他的行为也获得了超出日常规范的自由性。此前阿来的《尘埃落定》就是以傻子为叙述人,故而叙述视点更加自由灵活。莫言的《生死疲劳》以动物的视角来叙述,看到的世界就可以变形,使得反讽与嘲弄等超现实的叙述自由灵活地展开。范稳的《大地雅歌》不断变换叙述角度,小说根据人物的变换,让每个主要人物都成为叙述人,这使小说在叙述藏地文化和那些极端的生命经验的时刻,有了多元的视角。这无疑也是去神秘化和神圣化的手法,在这里不只是一个膜拜藏地神性的视角,也有流浪歌者、强盗、活佛、基督教传教士……叙述视角的灵活多变,让不同的人把内心的经验更为直接地表达出来。

新世纪的中国小说,文本意识——也是叙述意识——越来越具有艺术含量,多文本的叙述、叙述角度的多样变换以及个人经验与语言风格的自然捕捉,都显示出超出以往的艺术能量。

李洱的《花腔》用叙述中的悬疑手法来打破时间结构,叙述人的作用被提到更重要的位置。如何叙述这个故事本身决定了这个故事中要探究的诸多疑点,叙述变成一种探究,变成对历史的追问。在叙述上,莫言的《檀香刑》也属于历史编年体,其时间的线性结构也相当明显,但莫言的叙述以古典章回体作为展开的结构,同时吸取高密地方戏猫腔,使小说叙述有一种开启感。当然,莫言在小说艺术技法上实在自由自如,故而他的叙述并不为线性的时间所困,没有呆板单调的感觉,仅仅是赵甲那凶狠的目光与那些稀奇古怪的刑罚构成的奇观性,也可以破解时间的线性结构。《生死疲劳》虽然打定主意要写出20世纪下半叶中国当代历史的现实性,但莫言还是用轮回的荒诞感使现实性有开启转换的距离感。

莫言的《蛙》(2010)较之他以往的作品,叙述显得平实内敛,但莫言显然不会满足于简单的叙述方式,在保持平实本色的基调同时,他赋予小说叙述以变化的多种文体。《蛙》的叙述人是一个自称"蝌蚪"的文学习作者,他的梦想就是写出一部戏剧,以表现他做了一辈子妇产科医生的姑姑的故事,这些想法是他以谦恭的态度给一位名叫杉谷义人的日本作家写信表达出来的。小说中的主要人物之一名叫万小跑,那是蝌蚪在小说叙事中的形象,这个自诩飞奔如兔的人,却为蛙的形象所困扰。不用说,蝌蚪与"跑"是一种矛盾,蝌蚪只能在田里游走,只能期待成为青蛙而后才能在田地里跳跃。"蛙"在意义指向上与"娃"谐音,但在小说叙述方面依然有其象征意义。小说可看作反讽性地用"井底之蛙"的自嘲来讲述,也可看成作者有意限定在"低洼"处的叙述,但中国还有一种说法:"听取蛙声一片"——这就是声音或语言的自由抒发了。作为一个被规定了未来或许只能成为"井底之蛙"的蝌蚪,在小说叙事中却有一个"小跑"的名字,他要逃离什么?他要如何逃离?这些看似不经意的戏谑化的命名,却包含着小说美学的隐喻。

这部小说可以说是第一次直面对当代中华民族影响最大的基本国策——计划生育问题,这也是中国在政治上最受西方批评的一项"政策"。莫言没有回避矛盾,几乎是迎着矛盾上,他要写出中华民族在20世纪后期所遭遇的生存挑战,它的困境和无法解决的矛盾。姑姑的一生既承载着革命历史的接连错位,又被重新嵌入新时代的国策展开的历史进程。姑姑作为一个女人,与乡里的所有女人甚至所有家庭展开了一场斗争,几乎牺牲也遗忘了她个人的幸福,才把这项基本国策进行到底。莫言在叙述这样的民族和个人的创伤时,采用了异常冷静平实的叙述方式,他用稚拙的书信体穿插其中,再以荒诞感十足的戏剧重新演绎一番姑姑的故事。原来压抑的激情和想象,以荒诞剧的形式表现出来,给人以难以名状的冲击。

我们可以看到,莫言在试图与当下历史展开对话。《蛙》拼合了书信、小说叙事与戏剧的多种形式，打破了历史的整一性结构，自我的经验卷入其中。历史不再具有权威性，不再是无可争议的整全性的形式存在。在对现实的直接表现中，他要介入"我"的当下感受、"我"的当下性与现实对话。很显然，这样选择一个外国人/日本人，其实并不是一个倾诉对象，只是"我"的文本写作降低到非全能的角色。"我"只是一个初学写作的人、不会写的人，没有对历史的完整规划。没有历史自己的规划，只是"我"记忆的历史，而且，"我"最终只能把它戏剧化。

《蛙》以多种文本的缝合形式，重新建构当代史，它是逃离历史叙事的一个启示性文本。蝌蚪变成万小跑，原来是在艺术形式上，在小说的形式完成之后，他戏剧性地、荒诞性地撒腿就跑。小说最后以戏剧介入，尤其是以荒诞派戏剧的形式，揭示出计划生育的悲苦与荒诞，并且把当下带入历史。莫言的《蛙》通过多重文本表演，力图逃避强大的历史逻辑，"我"（蝌蚪）的经验、"我姑姑"的经验要凸显出来。莫言从"我爷爷""我奶奶"到"我姑姑"，这是一个深刻的变化，不只是叙述角度的变化，而且文本建构的基础也完全改变了。"我姑姑"的历史是无历史的历史，不再有家族史的意义，她不再有婚姻，她与革命史只是擦肩而过。那是一个歧义丛生、错位随时发生的故事，她与飞行员王小倜的闹剧般的恋爱（王小倜居然叛国逃到台湾）不再会有革命的后果，而只有几近滑稽的爱欲形式。

依靠文本间的对话，《蛙》重新建构了叙述人的地位，同时也对文本中的单一个体经验进行了重新刻画，这就把个人、人物从历史的整合性中解救出来。《蛙》的戏剧如此大胆地把文本撕裂，让悲剧的历史荒诞化。《蛙》里的叙述人蝌蚪，自诩只是一只小虫，作为一个偶然的生命，游走于历史的间隙。或者他只是一只蛙，趴在田地里，看世界与人，他充当了一个编剧者，只能编织出荒诞杂乱的戏剧。如此低的视角，却胆大妄为地作出这样的戏剧。莫言在低处运气，像一只青蛙在低处运气，这就是老到的自信和胆略！

张炜的《你在高原》的叙述人与那只趴在田地里运气的青蛙不同，

是站在高原上放眼四望的叙事。这部作品显著的艺术特点是如同有一个"我"在高原上叙述,这个"我"的叙述穿越历史。叙述人可以在历史中穿行,这是在宽广深远的背景上展开的叙述,有一种悠长浓郁的抒情性语感贯穿始终。汉语文学在历史叙事方面有自身的传统,并且达到较为成熟的境地。需要进一步发掘的是,汉语文学在突破历史叙事的现实主义或客观主义的习惯模式方面还可以有新的作为,张炜这部作品就在这方面作出了独特贡献。张炜的叙述可以称为"晚20世纪"和"早21世纪"中的文学行为,在这样一个时间跨度中,呈现出历史情境,进入历史和当下的深处。张炜的贡献当然承继了先前的厚重作品,如《白鹿原》等,但他有非常独到之处,那就是能用"我"的主观化反思性叙述穿越历史。张炜这部体大思精之作包含了历史叙事与个人的自我经验,为了在叙述上建构一个宏大的背景,他不断地引入人文地理学的知识考察。于是整部小说由人文地理学、历史叙事与自我的反思性构成一个立体的叙事空间。这是张炜非常独特的创造,小说主人公宁伽的专业和职业是研究地质学,其实张炜不是只把地质学作为主人公的职业背景,而是想由此在整个中华民族的人文地理与现代中国剧烈动荡的历史之间建构一种关系,同时也与宁伽的自我反思构成一种对话。这使整部小说有一种广阔的视野,有一种苍茫悠远的背景,叙述空间显得十分独特。

小说的故事内容经常可以反射出一种叙述效果。小说中对"50代人"的反思和"注视"的经验就不只是局限于叙事内容方面,同时会形成一种叙述的形式效果。这部小说不只是反思中国20世纪的历史,反思父辈的历史,对当代权势的无止境膨胀进行直接抨击,同时也写出了"我们"的历史,写出了"50代人"的命运。小说对这一代人的书写是当代文学所少有的,它能够审视一代人,揭示这代人的独特性,将反思、批判与同情融为一体,留下了一份"50代人"的精神传记。张炜在对"50代人"进行叙述时,经常写到"注视"。如此大的历史背景,如此苍茫的地质学和人文地理背景,小说却有非常细致的叙述穿行于其中,那些感受也是自我与当下的交流,笔者以为这得益于张炜注重对"注视"的表现。在《忆阿雅》中"注视"被表现得尤其充分和多样,这部小说里有目光,人的目光、"我"的目光、他人的目光、动物(阿雅)的目光、"我"与阿雅交流的目光,等等。过去我们的小说叙述当然也有目光,如朱自清的《背影》,就是写父亲的目光,儿子注视父亲的目光。张炜的小说是他在看父辈历史,在当下经验中他一直在审视,这个审视又被一种虚构动物"阿雅"对"我"的注视所介入,只有"我"能读懂阿雅的目光。这个动物是圣灵,在注视着"我"的一切。当然,实际上张炜在注视历史,注视友情,注视我们,注视内心,注视"50代人"。

这部大部头的作品并不显得滞重,相反,它另有一种舒畅与空旷,我们从中可以看到张炜20年的功夫,在小说叙述艺术方面,他已经磨砺出自己的风格,也把汉语小说的艺术推到一个难得的高度。汉语小说有张炜这样在高原/历史之上的高亢充沛的叙述,也有莫言的《蛙》那样低洼贴着田地却诡异的叙述。数年前阎连科的《受活》以强硬之力要点燃的后现代的鬼火,还只是在与世隔绝的多少有些怪诞的"受活庄"里强行突围;现在莫言和张炜却是以如此自然而宽广的方式显现汉语小说的魂灵。如此这般的汉语小说,已经无需斤斤计较于西方/中国、传统/现代以及各种主义的区分,可以率性而行,可以自成一格。

我们或许也要看到,这些文体上的变革、变形,乃至于抒情性的浪漫主义叙事,在某种意义上是政治无意识的变体,是以艺术手法来掩饰难以表达的现实态度和反思性意识。但这也未必是其不是之处,张清华数年前在研究莫言的《红高粱家族》时曾经指出:"而某种意义上,我们也许正在经历和已经经历了一个可遇而不可求的时代——不是因为它的完美,而是因为它的丰富与适宜,甚至它的压抑和带有悲剧氛围的时代气息也是不可缺少的一部分。"[①]从这种角度来看,这些在意识深

[①] 张清华:《〈红高粱家族〉与长篇小说的当代变革》,《南方文坛》2006年第5期,第49页。

处受阻的思想意识的表达,转化为一种艺术的变体,甚至不得不从文体与叙述的角度去寻求新的可能性,它会造就汉语小说某种新的艺术特质。

所有这些都表明,21世纪初一些中国作家有着自觉而自信的文体意识和叙述意识,也表明汉语长篇小说抵达了一个重要的阶段:经过现代文学对启蒙价值和革命理念的表现、五六十年代革命文学对创建中国民族风格的试验以及八九十年代对西方现代主义文学的广泛借鉴,21世纪初的中国文学在个人写作的晚期、在汉语白话文学的后期,抵达了这样的"晚郁时期"(迟来的成熟时期)①,在困境里厚积薄发,更自觉而执着地回到个人的生存经验中,回到个人与世界的对话中,回到汉语言的锤炼中。因此,它有一种通透、大气、内敛之意,有一种对困境及不可能性的超然。

四 回到汉语的写作:融合西方/世界的小说艺术

1980年代的中国小说主要是解决观念问题,似乎只要解决了这一问题,一切自然迎刃而解,如反思"文革"、回归人道主义、人性论、高扬启蒙精神、彰显现代主义理念,等等。1990年代的中国小说在观念变革方面几乎偃旗息鼓,但在重写历史这一点上,也建构了一个时期的共同意识。1990年代因为"回到民族传统"的呼吁,整理传统典籍成为一时热点,学术界也从思想史转向学术史。所有这些,都使中国民族性或本土性具有了合法性。文学开始关注传统文化,这与1980年代唯西方现代派马首是瞻大有不同。《白鹿原》的成功多少是一个时期错位的产物,该书固然有陈忠实艺术上十年磨一剑下的功夫,但也因为他地处西北,对"85新潮"的"现代派"和"寻根派"远远行注目礼,还是应着"寻根"的流风余韵写作,不紧不慢、不温不火,不想一拖就到了1990

---

① 参见本书第七章"新世纪汉语文学的'晚郁时期'"。

年代。时势大变,他的西北文化底蕴现在派上用场,成为有着时代依据的文化质地。而且他以文化来反思20世纪的暴力革命,这部"寻根"的迟暮之作,想不到却成了重写历史的开风气之作。它的开风气,在于它的厚实和深刻、全面而彻底、结实而有力道,这就真正开出一条路数。随后不少作品都开始重新思考20世纪中国激进的社会变革。

当然,从故事性来说,中国作家讲述的都是中国故事,当然都有中国本土性或民族性的特征.但如何讲述中国故事,1980年代以来的中国作家,创新潮流是追逐西方现代主义思潮、借鉴现代派的艺术经验。几乎每个作家身后都站着一位(或几位)外国作家。余华的身后站着川端康成、卡夫卡、普鲁斯特,格非身后有博尔赫斯,马原身后有海明威、博尔赫斯,莫言身后有福克纳、卡夫卡、马尔克斯,张炜身后有托尔斯泰、屠格涅夫、肖洛霍夫,阎连科身后有托尔斯泰、卡夫卡、马尔克斯、略萨,等等。但进入1990年代,中国作家回到本土的意识更加主动,他们并非简单从西方转向中国本土,而是开始融合,例如莫言、张炜、阎连科和刘震云等人,在立足中国本土写作的基础上,自然融合西方现代小说的经验。现在的中国小说也开始有"中体西用",有些小说就是"中体",这并非说"中体"就是好的、就是艺术自觉,只是说它们能更加自然地吸收世界文学的经验,使中国小说在艺术上显出更加自然和成熟的状态。

进入新世纪后,中国作家对世界文学经验的理解更加透彻,这表现在那种经验融合在他们的文本的肌理中。王刚与麦家的小说都深受西方文学的影响。王刚受现代派小说影响很深,早年就一直创作现代主义式的小说,如《冰凉的阳光》《博格达童话》。2004年,人民文学出版社出版了王刚的长篇小说《英格力士》,一股清新纯净之气,似乎看不出现代派的影子。显然,中国经验中的个人体验决定了小说叙事的表现手法。《英格力士》是一部典型的成长小说,故事背景设在"文化大革命"的年代,小说非常透彻地描写了少年人对知识的态度、萌生的性意识、对友情的渴望、对父辈的敌视和反叛、对成人权力的怀疑,由此导向对人性、对历史造成的强大压抑机制的颠覆性批判。如此丰富的因素,小说却写得非常流畅清澈,那种明亮感如同北疆的阳光一般透彻;叙述轻松自然,保持着一种幽默和快乐的格调;又有一种忧郁的气质,在整体的叙述中贯穿始终。从开始所表述的童年的忧郁,一直到结尾没有考上大学的那种失败感,都散发着一股忧伤的气息,但主人公显然没有放弃人生追求,他的失败掩蔽不住他的人生信念,这使得小说的叙述在透明中又包含着一种韵味和精神品格。小说最内在的思想一点点渗透出来,生命本身的倔强使得自我的存在可以在历史的别处,这就是失败的青春生命,却终于具有英雄般的史诗性,失败者的自我承诺也是一部英雄传奇。

麦家深受博尔赫斯、斯蒂芬·金的影响,但中国经验也是被他参透的经。他的故事中的中国经验已经包容住他借鉴的外来艺术经验,且手法越发老到,也使得那些外来的技法不再那么显眼。《解密》讲述中国军队 701 情报单位破解密电码的故事,着力刻画人物的心理,那本关键的密码本的丢失把故事引向玄机四伏的领域,也让读者从中去透视人物的灵魂和心理。《解密》像是侦探间谍小说的变种。在山里的黑屋子中,一群人在截听敌方的电码,麦家把书写对准这个场面,他探究的是一个场域,一个黑暗的场域。故事被秘密所牵引,进入到无法洞见的深度。这种状态显然不是指故事表面对无穷无尽的、不可知状态的密电码的追踪,而是指麦家在根本上揭示出一种生存的状态,一种存在的黑暗状况。这里面不只有博尔赫斯,多少还有存在主义哲学的体验,但这一切都在中国故事内里深藏不露。

2003 年,《暗算》又制造了一种黑暗,它更强调神秘性,那是在更加黑暗的密室里破解密码,从而也是破解命运密码的故事。在这里,"暗算"被作了双重的处理,既是指破译电码,也是指这些破译者的生活如何被暗算。坦率地说,后者在世俗化意义上的故事并不巧妙,也不怎么惊人。作者真正要揭示的,是生命永远处在黑暗中,那种光亮是从黑暗中的坚硬存在磨砺出的火花,是黑暗的极致。2007 年,麦家出版《风声》,讲述抗战时期国民党特工与地下共产党斗争的往事,情节中隐藏着一个惊人的行动:为传递情报,那个隐秘的共产党特工选择了用自己的尸体作为情报的载体。这部小说在构思上受到博尔赫斯《小径分岔的花园》的影响,作者接近博尔赫斯那个幽深的侧面,他如此热衷于书写黑暗,并在黑暗中与博尔赫斯这个盲人大师对话。

对于当代中国文坛来说,麦家的写作无疑属于独特的路数。他的小说把红色经典的故事元素与悬疑小说的叙事方法、博尔赫斯不可知的形而上哲学融为一体,当然还有斯蒂芬·金和卡夫卡的要素,这一切被组合成一种自然天成的叙事形式,使得他的小说在艺术上相当精巧和凝练。麦家写作的根本用力处还在于追逐文字的能力,汉语言文字的体验在他的写作中其实也构成一种独特力道和美学效果。在这种叙述氛围中,汉字似乎也有一种效果:诡秘、幽暗、神奇、深不可测,到处潜伏着玄机,让人透不过气来。汉字把阅读引诱到一个偏僻的山谷,而黑暗开始降临。阅读没有退路,只有在黑暗中摸索。这真是孤苦伶仃的阅读、无助的阅读,就像他的写作一样;当然,这也是极其富有刺激性的阅读。这是一种关于阅读的阅读,也是关于写作的写作。麦家以他的方式,给出了后现代小说的中国本土写作和阅读的独特经验。

确实,在什么意义上,汉语的语言特性可以从小说创作的艺术机制中构成一种动能?也就是说,汉语的特性可以引导、带动、开启小说的叙述,这就使汉语成为小说艺术的一种本体能量。这对于中国小说经验来说,是最为内在和硬性的艺术特质,也可以说,在这一意义上,汉语小说在艺术上是不能被替代的,是有其独特贡献的,汉语小说现在和未来可能会顽强地走自己的道路。不是说它不想面向世界,不想全面汲取世界文学的经验,而是它的道路如此崎岖,其文化地理如此独特,必然只能在自身的文化/精神地形中去开掘自己的道路。

《废都》在1990年代初率先尝试了汉语小说的路径,它要呼应传统经典美文,语言风格要与《金瓶梅》《西厢记》以及一些笔记小说比肩。《废都》在1990年代也是给予小说叙事以汉语特性的开山之作。

在此之前,汪曾祺、林斤澜的作品还是要在风格和意境方面加以阐释,如何理解它们的汉语特性,是否有一种汉语小说,还是难以有明确的意向。1990年代韩少功的《马桥词典》,文体上可能受到《哈扎尔辞典》的影响,实际上,二者的体例与叙述方式所要表达的意义完全不同。后者指向一段迷失的历史,以史料学的方式展开叙述,韩少功则是回到生活本身,以最简洁的语词与生活的特质加以命名。韩少功的小说意识非常鲜明,那就是汉语小说是否有超出现代西方小说的文体,是否有一种汉语小说特殊的更加自由的美学品性?到了新世纪的《暗示》,韩少功的文体探索和对汉语写作特性的探索更加明确。《暗示》无疑是跨文体写作的极端之作,称其极端并非因为文体方面有多么奇特,而在于绝大多数人都乐于把它称为小说。如果说是随笔之类的文体,它没有任何问题,但作为长篇小说,它的文体实验就很极端。小说作为现代的一种文体,总是以人物、情节、故事和细节描写为文本的主体,韩少功的《暗示》则是从一些词语入手,去读解其中隐秘的含义,其实是文化的、政治的、人性伦理的含义。这部作品要"暗示"什么?作者的暗示并无一条主导的思想线索,也没有一个作为中心的主题,而是信笔而去,让那些感觉、词语、意象带出一些故事片断,像是短篇小说的串联。《暗示》中的一些故事前后缺乏呼应关联,但这些故事、这些故事中人物的命运,都在暗示着我们古旧文化的某种特性和质地。韩少功对楚文化有相当强的认同,早在寻根时期,他就作过这方面的阐释。我们今天称之为汉语文学,其实内里的文化复杂性和多样性还是相当充足的。韩少功还是以一种立足于楚文化边界的态度,来开掘汉语写作的更加自由的方式,打破文体的界限,杂糅乡野异闻,接近历史脉络,触摸人性痛处,这是他所要暗示的一些路径。这部作品的内涵韵味十足,思考与体验于平淡中透出深刻和意外,确实有一种汉语写作的独特意味。

当然,如前所述,汉语长篇小说的显著特点是以历史叙事为主导叙事。这一方面由中国现代历史的强大社会意识决定,另一方面则在艺术上受苏俄文学以及19世纪欧洲现实主义文学的影响。奉现实主义为圭臬必然以历史叙事为根基,但新世纪的中国作家也试图通过多种艺术手法,通过文本拼贴、个人化的语言风格等促使历史叙事开放和变异。但是,如何使汉语的特点得以在小说叙事中发挥,并且成为推动小说叙事的一种力量,这才是新世纪长篇小说在艺术更深层面的开掘。莫言《生死疲劳》在语言方面的汪洋恣肆,也可视为汉语的能量在起作用。从阎连科的《坚硬如水》《受活》《风雅颂》中都可以看出汉语的文化与意蕴所起的作用。当然,《秦腔》以更为朴拙的乡土特色显示出贾平凹赋予汉语以完全贴着泥土走的那种本性,到了《古炉》则可以更清晰地看到贾平凹的叙述随物赋形的那种汉语特点,与西方现代小说表现性的语言,即与心灵和情感相关的语言相去甚远。前者的语言甚至可以带动叙述,而后者是叙述构思和结构决定了语言的走向。

　　直至刘震云的《一句顶一万句》,我们似乎可以说,出现了一种按汉语本性展开的叙事。在小说的叙述方面,这一"顶"字有其隐喻意义。它只是表面戏仿林彪的话,实际意思则是"一句顶着一句",如同英文词的"against",这样"顶"这个字就有一种叙述的起承转合的意思。这样来理解,就可以看到这部貌似忠厚老实的小说,其实有着向汉语的可能性发动挑战的叙述实验倾向。小说的叙述其实是以"顶与转"来展开的,也就是要对不可叙述的故事展开叙述。其叙述显得十分平静,娓娓道来,不急不躁,但却充满了转折:枝干横逸,一个叙述迅速转向另一个叙述,一个故事刚开始讲述,还未展开,就牵涉到另一个故事,结果转向另一次讲述。第一小节讲杨百顺他爹老杨与赶大车的老马的朋友关系,里面却穿插着打铁的老李要给他娘做寿的故事,这个故事中又套着老李与另一个铁匠老段较劲的故事,再转向老李给他娘做寿的酒席排位,老马与老杨排在一起。小说再转回来,老杨已经老了,瘫痪在床,打铁的老段来看他,讲述着当年老杨不拿他当朋友看的往事。第一节只有9页,作为开头却引出了如此众多的人物和故事,其容量惊人,或曲里拐弯,或套中套,三五个故事结成一体,似乎相干,似乎又无需拐这么多弯。接下去第二节讲杨百顺16岁之前觉得最好的朋友是剃头的老裴。接着讲起老裴的故事，由老裴转向他去内蒙古贩毛驴搞相好事发，对方的丈夫找来，结果老裴被老婆老蔡抓着把柄，从此在家里落入下风。老裴改做剃头匠，某日与老蔡口角，大打出手，引来老蔡的娘家哥哥论理，而这个故事还没有讲清楚，就要转向讲述杨百顺与朋友李占奇看罗长礼"喊丧"，因看"喊丧"而把家里的羊丢了，只好躲到外面过夜，这一躲才在路上遇着老裴。拐了一个大弯，才发现原来故事是这般绕过去又绕过来的。其实这里面还有几个附带的故事无法复述，"跑题"和"顺手牵羊"，是这部小说的显著叙述特色。如同古典小说"按下不表，且听下回分解"一样，只是刘震云的"按下"与"且听"转折频率太高，有点令人目不暇接。或许刘震云这里面有着某种叙述哲学，那就是没有什么故事是重要的，一定要在文本中占据重要地位，一定要以它为中心来展开叙述，任何叙述都可介入，叙述就是游戏，就是此一故事与另一故事的随机关联。从小说的整体叙述中可以看出这一特点，每个故事都要牵扯到另一个故事，而每一个故事都无法独立存在，一个靠着一个，一个顶着一个。这么多的小故事随着不同的人物转来转去，每个都十分精彩，都引人入胜，但都无法独立成篇，总是被其他的人物和故事侵入、打断。这即是乡土中国生活的特点，又是汉语的特点，汉语的讲述是无中心的讲述，讲述随时离题，随时按某个词语的指向开启小故事的路径。

  如此"顶与转"，使得故事简短却充满了无限的可能性，每个故事都显得生气勃勃，因为它有可能变异出别的故事，叙述如同变魔术一般。这部小说里经常用这样的句子评价两个朋友的谈话，倾听者听了半天才明白，原来"说着说着就说成两件事"。刘震云玩的叙述花招就是把一件事变成两件事，让它分岔，如同博尔赫斯的"小径分岔的花园"。只是刘震云不搞形而上，只是让乡土中国的故事自己变质、变味。这是对贱民生活的叙述，也是对20世纪宏大历史的讽喻。

  总之，新世纪之初的中国长篇小说表现出更加多样和成熟的艺术特质，其艺术特征与20世纪八九十年代颇不相同。一方面，汉语白话文学历经百年的磨砺,其艺术自然到了火候,臻于成熟;另一方面,作家们历经人到中年的修炼和积淀,在艺术上也到了形成个人风格的境地。当然,新世纪不再有硬性的任务式的时代意识,作家们可以从容地以个人对社会历史的独立思考,回到文学本身去写作。这些个人的思想超出于原来的那些已经建制化的话语套路,因而也为汉语叙事的艺术表现方法提示了更多的可能性。尽管从总体上来说,其思想的力度、深度、对现实的穿透力以及艺术表现的创新性都还远不尽如人意,但这是时代给定的条件所限,一个时代注定只能有那种文化、那种文学。中国有几位作家抵达了历史给予的极限处,在这样的极限处,有感悟、有自觉,有几部作品可以立在路的尽头,这就是汉语文学存在的路标。

(2015年3月6日改定;原载《上海社会科学》2012年第4期。)

第七章　新世纪汉语文学的"晚郁时期"

　　新世纪中国文学呈现出与上世纪八九十年代迥然不同的格局、格调和气度。不再有激烈的变革愿望,也没有焦灼的抵达现实主义高度的欲求,反倒是突然沉静下来,更加偏执地走着所谓中国的道路。八九十年代在中国文坛风起云涌的"西方",消失得无影无踪,如今留下的是如此平静朴拙的汉语文字。当然,我这里说的是主流文学史脉络延续下来的文学,事实上,当今中国文学分化得相当严重,我们说"文学"时,已经很难概括所有的文学现象。主流文学史之外的景观是青年一代作家在网络与市场上四面出击,如鱼得水,他们的创作固然可能标示着未来,意味着中国文学完全不同的另一条道路,但也有可能峰回路转,重归故里,依然成为传统的一脉。我们这类在传统文学中讨生活的人们,可能还是应该秉持着传统文学观念,以历史来看今天,以今天来期盼未来。

　　这就使我们要去思考,进入21世纪这些年,中国文学呈现出不同的格调气质到底意味着什么?到底是一种老气横秋、锐气全无,还是有另一种韵味、另一种自由?这可能要以20世纪中国文学的历史语境作为背景才能看出其中韵致。同理,那个隐匿的西方现代主义文学难道真的失踪了吗?如此疏远、遗忘、逃离,难道不是另一种惦记、遥遥相望吗?

　　确实,汉语白话文学自从五四以来,已经有100年的历史,历经动荡、变革和更新,今天我们去总结,难道仅仅只能看到这些暮霭沉沉的景象吗？是否可以换一种思路来看这个问题呢？是不是随着一批中国作家走向成熟（他们也都人过中年），中国当代文学从 20 世纪初期的"青春/革命写作"（youth/revolution writing），转向了 20 世纪后期的"中年写作"（middle age writing），或类似阿多诺和赛义德说的"晚期风格"（late style）？也许用一个更富有中国意味的概念——"晚郁时期"（the belated mellow period）来理解更为恰切。也是在这一意义上，中国当代最有分量的作品，却与西方现代主义文学渐行渐远，但正是它们所透示出的浪漫主义气质，又可能在最远处与西方殊途同归。在 21 世纪，汉语文学既具有自己独特的美学品质，又真正具有世界性。这需要我们寻求肯定性的概念来理解历经了 100 年变革的汉语白话文学，"晚郁风格"这个概念或许可以使那些迷茫和颓唐都一扫而光，而使我们在苍凉的幽暗中看到不屈的光亮。

一 "晚期风格"的美学内涵

"晚期风格"这个概念受到赛义德的高度关注，据赛义德夫人玛丽安·C.赛义德所说，在 1980 年代，赛义德就关注这个主题，并开始阅读有关资料。1990 年代，他关于音乐的论文中就曾涉及这个主题。1990 年代初，他在哥伦比亚大学开设关于"晚期风格"的讲座，并且着手写作一部有关这个主题的著作。直至去世前几天，他还在写作这部书，可惜未来得及完成。现在成书的版本，是他去世后他的学生据听课笔记整理而成的，名为《论晚期风格》，虽只是薄薄一本，却多有睿智灼见。

赛义德关于晚期风格的论述，受到阿多诺的影响。对音乐有精湛研究的阿多诺注意到贝多芬的晚期音乐创作有一种"晚期风格"：

> 晚期作品有成熟意义的艺术家不会类似那些在成果里寻找的艺术家。他们最重要的部分不是圆形的，而是向前的，甚至是毁坏性的。没有甜、苦和辛，他们不会使自己屈服于纯粹娱乐。他们缺

少所有古典审美艺术作品对协和的习惯需求,他们显露出更多的是历史的而不是生长的足迹。

以这样的讨论解释这种现象,通常的观点是,他们是非抑制的主体的产物,或者,更准确说,"个性人格",它穿透包围的形式更好地表现自身,使和音变形成为痛苦的不协和音,他们蔑视声色的魅力,控制自我精神对自由的确信。

在一定程度上,晚期作品被交给了艺术的外部区域,在文献的附近。实际上,遵循自传和命运去研究真实的晚年贝多芬很少失败。就像,面对着人死亡的尊严,艺术理论是从它的权利剥夺自身,放弃对真实的赞同。①

在阿多诺看来,晚期作品更多倾向于表现艺术家主体的个人性格,它们并不遵循完善完美的原则,而是一种生命的自我体验,这只能从他们晚年的生命状况中读出。晚年的生命体验很可能是突破性的,因为无所顾忌,甚至对现行的原则、规则都并不在意。尤其是不在意协和与完满这种规则,经常显露出毁坏性的能量,在这里,对自由的确信是其根本要义。概括阿多诺的"晚期风格",有几个要点是清楚的:1.传记性的、与生命状态相关的创作状态;2.不尊崇既定的规范,不管是个人已经完成的,还是现行的准则;3."晚期"不是一个成熟圆满的概念,毋宁说是一种毁坏、反常规和越界;4.遵循个性的表达,对自由的确信或许是其唯一的要义。

阿多诺基于他的否定辩证法的观念,从贝多芬晚年作品中读出了那种否定性。晚年的作品并不在意构成整体性,贝多芬的晚年作品也没有取得一致性,赛义德概括阿多诺的分析说,贝多芬晚期的作品不是由一种更高的综合所派生的:"它们不适合任何系统规划,不可能被协

---

① Theodor Adorno, "Late Style in Beethoven", *Essays on Music*, trans. by Susan H. Gillespie, Oakland: University of California Press, 2002, pp. 564-568. 译文引自"中国艺术批评网",张典译。

调或被分解,因为它们的不可分解性和非综合性的碎片性,是根本的,既不是某种装饰性的东西,也不是某种象征性的东西。贝多芬的晚期作品实际上与'失落的总体性'有关,因而是灾难性的。"①

赛义德显然十分欣赏阿多诺的观点,对于阿多诺关于晚期创作的言说,赛义德则给予命名,提出"晚期风格"概念。他解释说:把焦点集中在一些伟大的艺术家身上,集中在他们的生命临近终结之时,他们的作品和思想怎样获得了一种新的风格,即我将要称为的一种晚期风格。赛义德感兴趣的问题在于:

> 人们会随着年龄变得更聪明吗?艺术家们在其事业的晚期阶段会获得作为年龄之结果的独特的感知特质和形式吗?我们在某些晚期作品里会遇到某种被公认的年龄概念和智慧,那些晚期作品反映了一种特殊的成熟性,反映了一种经常按照对日常现实的奇迹般的转换而表达出来的新的和解精神与安宁。
> ……这些作品与其说多半洋溢着一种聪明的顺从精神,不如说洋溢着一种复苏了的、几乎是年轻人的活力,它证明了一种对艺术创造和力量的尊崇。②

我们通常认为,作家艺术家的创作高峰应该在盛年,有些作家青年时代才华过人,结果只是昙花一现,再也没有持续的创造力,如《麦田守望者》的作者塞林格,《在路上》的作者凯鲁亚克后来也没有什么像样的作品。青春写作的写手多半如此,依靠纯粹直接经验来写,没有虚构和把握更多生活资源的能力。但无论如何,少有人会认为,晚年会是创作的高峰期。固然,阿多诺和赛义德也没有认为晚年是高峰期,但晚年可能会创作出非同凡响的高峰作品,作家和艺术家在其晚期的创作中有着非常不同的自由精神,晚期摆脱了一切陈规旧序,反

---

① 赛义德:《论晚期风格——反本质的音乐与文学》,阎嘉译,北京:三联书店,2009年,第11页。

② 同上书,第3—4页。

倒有一种彻底的解放。因此，可以把赛义德说的"晚期风格"理解为与生命的终结状态相关的那种容纳矛盾、复杂却又体现自由本性的写作风格。

赛义德不只是简单引用阿多诺，而是把阿多诺也作为"晚期风格"的研究对象。赛义德注意到，"晚期"的概念如此惊人地出现在走向老年的阿多诺的理论言说中，几乎成为阿多诺美学的根本方面。赛义德可以从阿多诺对贝多芬的"晚期风格"的论述中提炼出诸多的观点，但有两个要点是特别值得注意的。其一是阿多诺就此与马克思主义的关系。赛义德说："马克思主义的进步概念和顶点概念，在阿多诺严厉否定性的嘲弄之下不仅崩溃了，而且使人想起运动的一切东西也都崩溃了。"①马克思主义无限进步的社会观念，转向个人的艺术风格史，显然有一个终结的时期，而这样的终结在马克思主义那里是具有革命性的，是为着未来的希望和新的开始的准备。但对于阿多诺而言，晚期就是为着晚期自身，为了它自身存在的缘故。"晚期最终是存在的，是充分的意识，是充满着记忆，而且也是对现存的真正的（甚至是超常的）意识。像贝多芬一样，阿多诺因而成了一个晚期形象本身，成了一个最终的、令人震惊的、甚至灾难性的对现存的评论者。"②

同为左派，也可以说是马克思主义的传人，赛义德寻求的是马克思的后裔们如何突破和超越马克思主义，如何给予马克思主义以新的丰富性和可能性。因而，阿多诺的"晚期"概念，拒绝了进步论，它只是向着自身，自身以晚期的形式漫长地存在，尽管这是面对衰老和死亡的存在。赛义德发掘出的阿多诺这种对马克思主义的态度，同时关联着他对阿多诺理解的另一层意义，这就是其二：关于晚期资本主义的批判性立场。赛义德这代左派知识分子，在其青年时代，正是以法国"五月风

---

① 赛义德：《论晚期风格——反本质的音乐与文学》，阎嘉译，北京：三联书店，2009年，第12页。

② 同上书，第13页。

暴"和中国的"文化大革命"为顶峰运动目标的一代激进分子。在其晚年,后马克思主义思潮已经无法找到革命的主体和革命的未来方向。在晚年读解阿多诺的立场和命运时,赛义德是否也在说着自己? 也未尝不能作如是想。在杰姆逊把后现代主义定义为"晚期资本主义"时代(反之亦然)之后,赛义德显然也用这个概念来理解阿多诺。而在阿多诺那里,这样的时期不再是隐含着马克思主义的革命辩证法,毋宁说只有一种否定性的美学。但这样的否定美学看不出社会革命内容,毋宁说恰恰是"去革命"的美学思辨。赛义德说:"在晚期风格中存在着一种内在的张力,它否认纯粹的资产阶级衰老,坚持晚期风格所表现出来的孤寂、放逐、时代错误的日渐增长的意义,更为重要的是,表现出要在形式上维系自身。"①在把阿多诺关于"晚期"的思想转变为一种纯粹的美学态度后,赛义德深刻地洞悉了阿多诺对资本主义晚期的一种同情态度。尽管阿多诺的思想无疑是政治性的,终其一生他都在谈论法西斯主义、资产阶级社会大众和共产主义,但他对它们始终是批判和嘲讽的。这就是说,阿多诺并未有一种替代晚期资本主义的社会革命方案,他只是一个在美学上与这个晚期一起放逐的老去的人。所有这些关于阿多诺的政治与美学相混淆的对资本主义晚期的态度,是我对赛义德的猜谜式的读解,甚至还有一些推理式的冒犯。赛义德显然不可能这样明目张胆地去看阿多诺,他承认他作为一个晚期风格和最后阶段的理论家的立足点具有非凡的见识,但他对于阿多诺在1960年代以后被认为有着"政治上的错误"未作辩解,看来他是同意这种说法的,并且深表同情,甚至未尝不是欣赏。晚年的赛义德政治上也不好捉摸,但对晚期资本主义任何态度都没有这样的承认重要:它或许是无比漫长的"晚期",很长时间里,当年的激进批判者都要与这样的"晚期"同

---

① 赛义德:《论晚期风格——反本质的音乐与文学》,阎嘉译,北京:三联书店,2009年,第15页。

在,也就是一起放逐。① 不合时宜的阿多诺早在他的晚期就预见到了这一点,阿多诺早就与资本主义的"晚期"同在,一起放逐,直至赛义德的晚期,这就是惺惺相惜了。

关于阿多诺对"资本主义晚期"的态度,并非是我随兴而起的对赛义德观点的发挥,在本章的构思中,它可能也具有某种隐喻的意义。很显然,本章的真正主题是讨论中国当代文学的"晚郁时期",这样的讨论需要理论参照,而且需要某种隐喻的表述方式。

二 20世纪的晚期:早衰的"中年写作"

之所以对"晚期"这个概念感兴趣,是因为现今关于中国文学的解释,多是从理论与文学史两个角度去阐释,而少有从个人风格出发,也少有从个人的心性、经验、态度、趣味去解释文学创作与文本。"晚期"这个概念对解释个人有效,同时又对解释群体、一代人有效。更有意味的是,在个人经验基础上建立起对一个时代、一个时期的美学风格的理解,可能更具有内在性,甚至能切入对历史坚韧的隐秘力量的理解。

关于中国现当代作家处于不同的生理心理状态所投射出来的文学风格的思考,近年学界亦多有论述,陈思和撰文《从"少年情怀"到"中

---

① 晚期资本主义也是革命难以确立方向和目标的时期,革命的主体再也难以塑造。就这点而言,当今西方最激进的马克思主义左派也未必能给出有效的方案,尼格尔与哈特合著的《帝国》一书一度是21世纪初马克思主义的救世之作,但他们寄望于革命主体是青年艺术家、流浪青年和在跨国公司被压迫于最底层的员工。这一想法与六七十年代法国的德勒兹和居塔里在《反俄狄浦斯情结》中表达的观点如出一辙,他们那时也寄望于激进的青年艺术家来将革命进行到底。这样的寄望的始作俑者大约是本雅明和马尔库塞。在中国(西方马克思主义者对它有很多超出实际的想象),就连艺术革命的愿望也被高速发展的经济所瓦解了,一批青年画家从圆明园搬到宋庄,置房子置地,俨然过起了中产阶级富庶的小日子。生活得好,可能比艺术革命和其他革命来得更加实在,这符合中国千百年来的价值观,这一切也宛如历史的回光返照。不管从什么主义还是文化、文明的角度看,中国社会或许都是一种"晚期",也只有从"晚期"来理解中国当今社会,诸多美学理论难题才能得到合理和深刻的解释。

年危机"——20世纪中国文学研究的一个视角》①,对这一问题作了相当全面深入的探讨。同时期我也发表一篇文章《"幸存"与渐入佳境》②,探讨当代作家超越现代"青春写作",试图从中年老成的风格角度去评价当今文学的独特意义。

现代青春写作问题当然不是一个新话题,如陈思和文章中指出的那样,近年来海内外学者,如宋明炜、梅家岭、刘广涛、周海波,都有著作或论文论及这一问题。陈思和的概括当然有更加明确的主题,分析了现代中国的"少年情怀"所依托的历史语境,对现代中国历史变革所起到的思想推动作用。关于"中年危机",陈思和的分析亦十分犀利,他直接点明了肖开愚等人的"中年危机"与八九十年代之交的历史变故相关。不过,这一变化在当代中国文学审美心态和风格方面引发的深远影响,以及1990年代以后的中国发生的深刻变化究竟如何投射在中国作家的艺术追求中,还需要进一步分析阐释,而这正是本节的任务。

回溯20世纪,中国文学几乎都是青春写作,这里并不考虑其作品的主题,仅就实际生理年龄来看,作家诗人大都是在二十出头就崭露头角,现代中国的名篇佳作几乎都出自二十几岁的年轻人之手。五四新文学运动中引领潮流的人物,除陈独秀、鲁迅年长些外,主要干将不过二十几岁。胡适提出文学革命论时28岁,郭沫若写下《女神》时二十出头,茅盾主持《小说月报》时不过24岁,发表《蚀》三部曲时不过三十挂零,郁达夫发表《沉沦》时25岁,曹禺发表《雷雨》时23岁,巴金24岁发表《灭亡》、29岁发表《家》,路翎19岁发表《饥饿的郭素娥》、22岁出版长篇《财主底儿女们》(在此之前,他写的手稿被胡风丢失,这是他根据记忆重写的作品,想来他写作原稿时也就20岁左右)。至于那时期的诗人们,如艾青等人,大多数都是二十出头,而田间只有17岁就得胡风激赏。五四时期是青年奋发有为的时期,也是青年创造新文化的

---

① 载《探索与争鸣》2009年第5期。

② 载《文艺报》2009年8月20日。

时期,主张"四十岁以上的都应该枪毙"的钱玄同,略为年长,与鲁迅年岁接近,但发表那些最激烈的文学革命主张时,也不过三十出头。那时的作家中,鲁迅就算年长些的,或许也因此,鲁迅的文笔与其他作家颇为不同。过去全部归之于思想意识方面的缘由,是否年龄不同、心性不同也是个中原因呢?

青春写作其实一直延续到1949年以后的新中国。看看1950年代的那些作家,那些本来要成熟的作家,面临世界观临,突然要重新摸索一套新型的社会主义的文学经验。他们要写工农兵,要向工农兵学习,这让他们变成了新手,力不从心。"百花时期"冒出来的一批作家,如王蒙,发表《组织部来了个年轻人》时21岁,1958年茹志鹃发表《百合花》时算得上是老作家,33岁,1954年路翎发表《洼地上的战役》,31岁,差不多也是他的文学生命终结的岁数。胡风分子以及右派的一批人,青春期的朝气尚未完全消退,写作的机会就突然断送了。一晃二十多年后,归来的吟唱已带着中年的苍凉,毕竟中间隔绝了几十年,续上的是五六十年代的记忆。"文革"时期造反的革命文学不用说,不只作者是青年,而且文学作品中的人物、具有继续革命的主动性的进步形象,无一不是青年,翻翻当时唯一的《朝霞》杂志就可看出这一点。"文革"后"伤痕文学"那一拨人,有一多半是青年。卢新华24岁那年发表《伤痕》,当时还是在校大一学生,随后是知青一代作家风头正健,就算是老知青,也还是算在青年名分下。"85新潮"涌出的现代派,最具有挑战性的刘索拉和徐星,那时也都不过刚满30岁。张炜发表《古船》时30岁,写作时大约二十七八岁。这是1980年代中期最有分量的作品,迄今为止还被对当代中国文学最为严苛的一些批评家推为最有思想也最有文学价值的作品。1980年代后期,先锋派一批作家步入文坛,呼应西方的现代主义、后现代主义,他们对汉语文学所作出的挑战无疑是激进的,也是最为深远的,那时他们大都二十出头,在那个时期写下的作品,迄今为止也还被认为是当代文学中最有艺术水准的作品。

1989年夏末,肖开愚在同人刊物《大河》上发表了一篇短文《抑制、减速、开阔的中年》,谈到中年写作问题。在这篇文章中,肖开愚探讨摆脱孩子气的青春抒情,要让诗歌写作进入生活和世界的核心部分——成人的责任社会。或许是经历过社会的剧烈变化,时年29岁的肖开愚对诗歌的"青春写作"有所不满,寄望于进入中年写作的成熟与责任。他后来也对此解释说:"停留在青春期的愿望、愤怒和清新,停留在不及物状态,文学作品不可能获得真正的重要性。中年的提法既说明经验的价值,又说明突破经验的紧迫性,中年的责任感体现在解决具体问题的能力上,而非呼声上。"[①]1990年代初的中国思想文化面临着微妙而又深刻的转折,诗人们其实是更直接地感受到这种转折。以海子的死为标志,诗歌界在1990年代初的转折带有某种内敛与精神气质,在消沉和迷茫中追求思想的纯粹性。因此,"中年写作"这种概念给诗人们提供了一种自我认同的精神空间。1993年,诗人欧阳江河在《1989年后国内诗歌写作:本土气质、中年特征与知识分子身份》一文中深入探讨了"中年写作"这个概念。欧阳江河认为,"中年写作"这一概念所涉及的并非年龄问题,"而是人生、命运、工作性质这类问题。它还涉及写作时的心情"。他进而解释说:

> 中年写作与罗兰·巴尔特所说的写作的秋天状态极其相似:写作者的心情在累累果实与迟暮秋风之间、在已逝之物与将逝之物之间、在深信和质疑之间、在关于责任的关系神话和关于自由的个人神话之间、在词与物的广泛联系和精微考究的幽独行文之间转换不已。如果我们将这种心情从印象、应酬和杂念中分离出来,使之获得某种绝对性;并且,如果我们将时间的推移感受为一种剥

[①] 肖开愚:《90年代诗歌:抱负、特征和资料》,参见陈超主编《最新先锋诗论选》,石家庄:河北教育出版社,2003年,第337—338页。关于这一问题的论述参考张立群《"中年写作":世纪初诗歌代际划分的另一种解读》,原载《艺术广角》2009年第4期。更早些时候,我在《表意的焦虑》(北京:中央编译出版社,2002年)中探讨了当代诗人的"中年写作"。而提出"中年写作"这一问题的,可以追溯到欧阳江河与程光炜1989年之后关于"中年写作"的讨论。

夺的、越来越少的、最终完全使人消失的客观力量,我们就有可能做到以回忆录的目光来看待现存事物,使写作和生活带有令人着迷的梦幻性质。①

欧阳江河带着诗意解释"中年写作"的含义,十分独到、丰富而准确地揭示了这个概念的内涵,显然,这是一种从现实疏离再回到诗性超越性中去的形而上态度,与肖开愚要表达的责任和成熟略有区分。或许在"成熟"这一点上他们有共通之处,这种成熟使他们可以在观察事物和思考现实时拉开距离,有一种"回忆录的目光"。当然欧阳江河重视的是时间的态度,重复、从容与更加客观的认识,这就有可能对语词展开修辞学的精微把握,把自身的历史与时间消逝的感受嵌入语词的修辞中。欧阳江河还解释说:

> 中年所面对的问题已换成了"多或少""轻或重"这样的表示量和程度的问题,因为只有被限量的事物和时间才真正属于个人、属于生活和言词,才有可能被重复。重复,它表明中年写作不是一次性的,而是可以被细读的;它强调差异,它使细节最终得以从整体关系中孤立出来获得别的意义,获得真相,获得震撼人心的力量。这正是安东尼奥尼(M. Antonioni)在《放大》这部经典影片中想象揭示的,也正是布罗茨基(Joseph Brodsky)"让部分说话"这一简洁箴言的基本含义。整体,这个象征权力的时代神话在我们的中年写作中被消解了,可以把这看作一代人告别一个虚构出来的世界的最后仪式。②

"中年写作"被欧阳江河重新赋予了一种神圣性,不只是诗学的神圣性,也是一种政治无意识的神圣性。但是对于这种政治无意识隐含的

---

① 欧阳江河:《1989 年后国内诗歌写作:本土气质、中年特征与知识分子身份》,《花城》1994 年第 5 期。

② 同上。

神圣性,欧阳江河试图用修辞学来隐藏和抑制,当然也不得不在实际的写作中减弱。欧阳江河观察到:"许多诗人发现自己在转型时期所面临的并不是从一种写作立场到另一种写作立场、从一种写作可能到另一种写作可能的转换,而仅仅是措辞之间的过渡。"所谓"措辞",也就是说"过渡和转换必须首先从语境转换和语言策略上加以考虑"。① 本来是有着某种政治无意识,但这里要有中年的成熟和智慧来抑制,从而顺利转换为语言修辞。隐藏的政治无意识,实际上也就是避开和疏离的当下性。中年写作对诗的活力的理解——被认为是来自扩大了的词汇及生活两个要素,这就把诗歌写作限定为具体的、个人的和本土的,仅仅依靠修辞策略就足以也更深刻地表达了知识分子的自由派立场。"中年写作"也就顺理成章地向"知识分子身份"延伸,欧阳江河的骨子里还是带着告别历史的态度,重新寻求1990年代诗歌写作的历史起点,这个起点被改变为"中年写作"。1990年代初划定的并不仅仅是一个年代的分界线,对于这一代诗人来说,还是一个个人的生活经验和精神气质的分界线,因而也变成艺术风格和学术趣味的分界线。个人写作、中年写作以及知识分子写作,都在"语词"这一轴心上汇聚并完成了转折。欧阳江河已经给一代人重新命名:"记住:我们是一群词语造成的亡灵。"

在这里,本章并不想去深入分析"中年写作"的历史隐喻含义,只是借助1990年代初对这一概念的讨论,来看当代中国诗人如何从个人的心理态度和精神状态来重新定义文学写作,重新寻求文学转折的方向和新的诗学(美学)。诗人以其敏感性把握住了1990年代标示的文学转折,这一敏感的意义不只是转折本身,还有转折的方式,也就是汉语文学的表达方式与一代人的心理变化密切相关,而我们过去只是关注外部社会现实的变化,对文学变化的所有理解,都是外部社会现实决

---

① 欧阳江河:《1989年后国内诗歌写作:本土气质、中年特征与知识分子身份》,《花城》1994年第5期。

定论,外部社会与文本直接发生关系,而并未考虑作家诗人主体的心理和经验的变化投射到文本上去的那种效果。

也许1990年代初的"中年写作"还有些超前,这当然是历史变故的投射。这种"中年感"还带着青春的感伤,1993年,37岁的张曙光写下《岁月的遗照》一诗,这首诗后来被程光炜收入以它为题的诗集,并置于篇首。这个选本被认为是引发"知识分子写作"与"民间写作"之间论争的文本,而在张曙光那里,却是要写出中年的沧桑感:

> 我一次又一次看见你们,我青年时代的朋友
> 仍然活泼、乐观,开着近乎粗俗的玩笑
> 似乎岁月的魔法并没有施在你们的身上
> 或者从什么地方你们寻觅到不老的药方
> 而身后的那片树木、天空,也仍然保持着原来的
> 形状,没有一点儿改变,仿佛勇敢地抵御着时间
> 和时间带来的一切……

这首诗写得悠扬清峻,伤感却明媚。出生于1956年的张曙光在1993年时也只有37岁,何以就会有如此强烈的中年感受?这是这代诗人少有的怀旧式抒情,这是面对时代之剧烈变化觉今是而昨非的一种历经沧桑之感,诗里透示出一种纯净的、略带失落感的中年心态甚至是未老先衰之感。过去的消逝如此真切,只留下个人的记忆。被称为历史的那种存在,到底在哪里呢?这里提到的历史,都是一系列个人的行为,只有它们是真实的吗?中年人回过身来,能留下什么记忆呢?只有词语,从宏大的历史记忆中摆脱出来的更纯净的词语,一种回顾个人的后历史叙事。

不管是肖开愚、张曙光还是欧阳江河,他们那时正值而立之年,没有壮志凌云的情怀,却有看透世事的沧桑,甚至欧阳江河在那篇文章中还反复谈到对死亡的意识,并且引述了多位同龄诗人写死亡的诗句。正当而立,却已然知天命,这当然是特殊时期给他们投下的心理感受,这里不作探究,从另一方面,我倒是可以去追问:这些在1990年代初就意识到自

己是"中年写作"的诗人作家,如果到了21世纪,又是一种什么心态?

20世纪确实是一个激烈而充满血与火的世纪,所有经历过这种血与火洗礼的人们,所有可以想象得到或直接经历过历史巨变的人们,无不有一种死亡与新生、开始与终结的剧烈体验。早在20世纪初,苏俄诗人曼德尔施塔姆就在一首题为《世纪》的诗的末尾写道:

> 我的世纪美好而凄惨!
> 面带一丝无意的笑容,
> 你回头张望,残忍而虚弱
> 如同野兽,曾经那么机灵,
> 张望自己趾爪的印痕。

法国哲学家阿兰·巴迪欧(A. Badou)在一本题为《世纪》的著作里详尽分析了这首诗。他认为曼德尔施塔姆是把对20世纪的展望和想象转化为有机的生命体,将世纪主体化为一个生命性的创作。他认为,在这首诗中,我们触及了一种在整个现代性中都至关重要的历史主义(historicisme),他感叹说"生命和历史不过是一个事物的两个不同的名字:这个变化将我们从死亡之中拯救出来,成为了我们生命的确证"[1]。战争频仍与随着1990年代的到来戛然而止的20世纪,被巴迪欧称为"短20世纪"。他提醒我们注意:"生命的连续性的非连续的英雄主义在恐怖的必然性中找到政治上的答案。最根本的问题是生命和恐怖的关系。这个世纪毫不妥协地坚持生命通过恐怖来完成传奇的进步目的(以及设计)。在这里颠覆了生与死的关系,仿佛死亡是走向新生的中介。"[2]"短20世纪"成为一种生命的有机体,它过早地终结了,或者说中断了,或者说完成了——那么,它已经提前老了,置身其中的人们、与它的生命体结合在一起的人们,过早地感觉到自己进入了"中年",随

---

[1] 阿兰·巴迪欧:《世纪》,蓝江译,南京:南京大学出版社,2011年,第18页。
[2] 同上书,第20页。

之迅速进入"晚年"——这当然未尝不可,未尝不是。

进入21世纪,1990年代初的"中年心态",是否有可能变为"老年"或"晚年"呢?如果这样的说法与1990年代初的"中年"说法同样有夸大之嫌的话,那么"晚中年"这种说法可能可以成立吧?这个概念解释的不只是这批作家随着岁月流逝也不得不步入生理学的中年,同时还有二十多年的不再喧闹的中国文学当代史。没有变革、没有流派、没有冲动、没有新理论、没有新方向的二十多年的中国文学,已然如死水一般沉静——所有的喧嚣只是岸上的喧嚣。文学本身却是沉得住气,不再作外在化的观念变革或是方法论的革新,而是作家在自己的位置深刻领会,自在地抵达自己的境界。固然,创造历史与新理论的冲动已经在1990年代终结,这是个世界性的问题,是世界文学的问题。"历史终结"这种说法在社会现实领域可能会招致怀疑,但在文学领域却是有可能会得到承认的实际情况。"历史终结"对于文学来说,或许就是世界文学步入"晚期",这才不需要与社会现实变革捆绑在一起,这才可以也只能回到文学本身。

确实,现代白话文学历经100年的变革与动荡,才终于平息下来。这100年的历史沧桑,相较于西方现代文学的历史并不漫长,但在频繁的历史剧变后的歇息岁月,它已然进入现代的晚期。相较于汉语文学漫长的古典时代的历史,这样一种难捱的平静,如同汉语文学现在真正步入"晚期"的路径。

三 汉语小说在晚郁时期的美学特征

杰姆逊在《晚期资本主义的文化逻辑》一书中,以"晚期资本主义文化"概念来替代"后现代主义"概念。[①] "晚期"虽然有指称西方资本主义处于没落时期的含义,但如果抹去杰姆逊的马克思主义批判性,则

---

① 参见詹明信《晚期资本主义的文化逻辑》,陈清桥等译,北京:三联书店,1997年。

也可以看出他揭示了西方资本主义现代性的"晚期"特征。现代性文化处于"晚期"，这才有后现代主义。"晚期"的概念确实可以与福山的"历史终结"概念等量齐观（尽管它们在对历史的看法上大相径庭），由此来看，世界文学在现代性这一意义上也可以称为"晚期"。而20世纪不断变革卷入社会革命的中国文学，到了20世纪末，也可看作"走到晚期"，尤其是在21世纪初，它更强烈地呼唤传统，也几乎是突然才意识到自己接通了古代传统与现代传统这如此漫长的传统命脉。这一历史久远至今，使得它也不得不意识到身处"晚期"的历史境遇。

21世纪初的中国文学确实有点生不逢时，才刚刚成熟老到几年，却不想处于这样波澜不惊的现代"晚期"，真所谓刚开始就要结束（现代之终结）。但我们也许未必要执着于断言"来日无多"，如海德格尔所说，人本来就是"向死而生"，以此来推断，一种文化类型向死而生也不是什么需要特别悲观的事，相反，坦然看到这一点，或许可以更加从容地理解当今文学自身的特性与命运：迫近现代性终结，但它顽抗这种终结的命运，汉语文学可能生发一种自觉的选择。

我们或许可以从这样的角度来看走向"晚期"的汉语文学：它正是在这一时期才出现了更具有汉语特性的艺术品格。对于这一代中国作家来说，我以为最为重要的是他们有了自觉的汉语文学观念。这种观念不再是20世纪上半期在中国占据统治地位的外在社会革命与批判的概念，也不是与西方二元对立的立场和情绪——而是对当今世界文学具有更加自觉与清醒的意识，是汉语写作烂熟于心的感悟，是自在自为的文本意识。也正是具有了回到语言写作的意识，才可能开始攀援汉语文学的高地。

对于中国这个民族来说，晚20世纪与早21世纪，确实可以理解为孕育转机的新的历史时刻，但相较于20世纪的历史和中国漫长的历史文化而言，它又具有所有的"晚期"的特征。它在沉静木然的外表下积累各种矛盾冲突，而处在这样历史时刻的汉语文学也在潜移默化地郁积底蕴。①

相较于用"晚期"来讨论世界现代性文化发展至今的历史特征,我更倾向于尝试用"晚郁时期"来理解当代汉语文学的气质格调。这显然是在参照了赛义德的"晚期风格"的概念后,针对汉语文学的历史命运和当下特征而作出的概括。汉语文学历经百年现代白话文学的社会化的变革与动荡,终于趋于停息,转向回到语言、体验和事相本身的写作。"晚郁时期"是指一批作家过早领悟了"中年写作"命运与汉语文化的"晚期"历史情境重叠在一起,由此形成的写作处境。它是一批人、一种文学、一个时期的现象。

晚郁时期的美学特征可以归纳如下:

1. 晚郁时期是回到本土的写作,不再与西方的某个派别或某个作家发生直接关联,这些西方古典与现代文学经验,全部转化为作家个人的经验,转化为文本的内涵品质,呈现出来的则是更加厚实的汉语写作。

现代以来的中国白话文学深受欧美及苏俄文学的影响,固然传统中国文学的影响还在,但对欧美及苏俄文学的借鉴是相当强烈的要求。鲁迅算是把现代白话文学与中国传统结合得最好的作家,但他关注创作伊始就写有《摩罗诗力说》,后来对果戈理、普列汉诺夫等苏俄作家多有赞赏,对厨川白村的《苦闷的象征》也十分肯定,他的"拿来主义"是处理现代中国文学与世界文学关系最为精当恰切的表述。确实,在鲁迅的小说及其他文类中,看不出多少明显的欧美及苏俄文学的痕迹,但都化作一种内涵与艺术品性融合于文本之中。郭沫若、郁达夫、茅

---

① 日本诺贝尔文学奖获得者大江健三郎对中国著名翻译家许金龙先生说:中国有一批四五十岁的作家,他们正在走向成熟,如此整齐的队伍,如此整齐的作品,这是当今世界上任何一个国家都难以有的现象,让他惊叹。有关资料来自大江健三郎给许金龙先生的私人信件,另外的材料来自 2010 年底北京中日青年作家对话会议,在该会议的开幕式上,大江健三郎发来了一封很长的祝贺信,主持人宣读了这封信,这些材料为我据当时在场的记忆所记。

盾、巴金、曹禺的作品之于欧美及苏俄文学就更为明显,此外还有新感觉派之于日本文学,丁玲、周立波之于苏联文学,毋庸讳言,现代中国的小说在文本体制与叙述方面,都可看出明显的外来痕迹。整个1950—1970年代的文学强调的社会主义现实主义,与苏联文学的关系更加密切。"文革"后的1980年代,改革开放与实现"四个现代化",使中国文学追寻西方现代主义文学潮流成为可能,文学的创新性标志就是与西方现代主义拉近距离。很显然,那个时期的作家、诗人背后都站立着一位或数位西方古典和现代作家。卡夫卡、普鲁斯特、马尔克斯、博尔赫斯、海明威、川端康成等,是所有小说家热衷于谈论的对象。进入1990年代后,有些作家、批评家又大加赞赏苏俄文学:在小说那里是对托尔斯泰的人道主义的再度张扬,在诗歌那里是对有特殊政治指向性的布罗茨基、阿赫玛托娃、索尔仁尼琴等人的崇尚。但1990年代的小说主流则是传统与现实主义回潮,以《白鹿原》和《废都》为代表的小说预示的是去除西方现代主义直接影响的选择。前者是回到现实主义和传统文化,后者则是回到传统美文。没有西方现代主义作底蕴,中国的小说依然有能力获得艺术上的肯定。尽管两部作品都受到不同程度的批评,但它们所预示的文学转变方向,恰恰是回到本土的传统。

1990年代后期以来的这些作家,也都人到中年,相比较西方文化的熏陶,他们所受的传统中国文学和文化教育要深厚得多,回归传统在1990年代获得了合法性,那么中国作家回到传统也就没有了压力。这是他们更为习惯的、踏实的文化根基,传统以及名为现实主义的那种平实的手法,使他们更加自如地面对个体经验。这倒使21世纪初期一些作家的作品,更具有本土的本真性。这种现象当然不能说是有意避开西方文学的直接影响而取得了值得肯定的本土性,这一切只能是历史给定的条件下作家所作出的努力。我始终坚持认为的是,不能说离开了西方文学的直接影响,中国文学就能找到更加纯粹的本土性,中国文学就能有自己的创造。如果能在更为全面和综合的层次上汲取西方现代文学的经验,这当然是更好的结果,但历史的选择使人身不由己,

1990年代的转折并不自觉,甚至有些被动,这削弱了西方文学的影响,中国文学总算在民族本位方面有所融会创造。西方现代文学的经验是在疏离的情形下,在确立本土性的自我表达的基础上,自然地融会进文学创造的。因此,在那些乡土叙事的作品中,也看不出明显的形式的和思想观念的西方痕迹。但1980年代西方现代主义文学的洗礼始终融合在其中,虽然淡薄,但却是必要的元素,它会在进一步的文本建制中一点点释放出来,也必然在未来的文学创造中,使这些具有本土性的作品与世界文学内在地联系在一起。

2. "晚郁时期"的写作是一种更加沉静内敛的写作,看不到激烈的形式变革,但却是一种艺术表现的内化经验。这种经验看上去不起眼、不张扬,却是作家对自己过往经验的极有力的超越。

前面讨论赛义德的观点时,我们注意到他的这种说法:"那些晚期作品反映了一种特殊的成熟性,反映了一种经常按照对日常现实的奇迹般的转换而表达出来的新的和解精神与安宁。"当然我们在这里不是套用赛义德的说法,但如果去看中国有些作家近些年的写作,确实也能读出一种"和解精神和安宁"。就1990年代后期以来的中国文学来说,那些有中年之感的作家或许也有和解精神和安宁,但这种状态在很大程度上是历史给予的。也就是说,中国社会的观念变革和意识形态冲突,直至1990年代才趋于平息,这样的平和是历史语境变化的结果,还是作家走向成熟之后的沉着,确实难以断言,但与二者可能都有关系。像莫言在《檀香刑》之后又有《丰乳肥臀》和《生死疲劳》,直至《蛙》,其艺术上的变化不可谓不大,其小说艺术性也颇有爆发力,但批评界和普通读者都并未有激烈反应。依靠文本间的对话,《蛙》重新建构了叙述人的地位,同时也对文本中的单一个体经验重新刻画,重要的是把个人、人物从历史的整合性中解救了出来。《蛙》最后一部分的戏剧如此大胆地把文本撕裂,让悲剧的历史荒诞化。《蛙》里的叙述人蝌蚪,传达出的是很低很低的叙述,他只是一只小虫,作为一个偶然的生命,游走于历史的间隙;或者他只是一只蛙,趴在田地里看世界与人,充当了一个编剧者,只能是编织出荒诞杂乱的戏剧。如此低的视角,如此平静和沉着,却胆大妄为地作出这样的戏剧。莫言在低处运气,像一只蛤蟆在低处运气,那种小说笔法全然没有敌手,没有要突破的方向,从书信如此自然地走向了荒诞的戏剧,透着文本自身的率性,这就是老到的自信和胆略!

同样,刘震云在《故乡天下黄花》之后,又有《故乡相处流传》《故乡面和花朵》,以及《手机》和《一腔废话》,一部比一部激进,直至2009年的《一句顶一万句》,突然沉静,再也没有此前的骚动不安。但仔细辨析,《一句顶一万句》如此乡土味的小说,内里却是包含着相当有力的变化,几乎是一改他过去的叙述风格,回到极端平实之中,小说是一句一句写来,却又一句一句转变,一个故事总要和另一个故事相关,一句话总在转向另一句话,其艺术上的考量和功力细致入微地进入到构思和每一个叙述情境中。

这就是说,艺术变革的历史已经终结,并非作家不用力,也并非文本本身没有爆破性,而是现实语境改变了,此一时彼一时,现今的文学史已经是一部静止的常规文学史,不再渴求革命或变革,充其量只是改良主义,这是历史给出的语境。另一方面,作家身处这样的语境,对艺术变革不再表达历史渴望,只求个人的写作突破,在自己过往经验中寻求变化。艺术创新只能孕育于变化中,1980年代的这种变化是与时代观念变化、新知识冲击相呼应的,现在则是个体的艺术经验的变化。恰恰是这种细微的、微妙的艺术手法的变化,扎扎实实地推进了汉语小说艺术的进步(如果进步这个概念在最低的意义上还有必要使用的话)。

3. "晚郁时期"也有如赛义德所说的"晚期写作",有一种自由放纵的态度。不再寻求规范,其创作有一种自由的秉性、任性的特征。

本章在阐释"晚郁时期"这个概念时,始终是把汉语白话文学的百年历史发展至今所处的情境与人过中年的一批作家个人的写作处境结合起来考察。文学史发展到它的晚期,这些伴随着文学史半个世纪变革的作家肯定深有体会,现在的艺术变化不再是现实发出的强烈呼吁,而是个人的想法、个人的志趣。超越文学史的羁绊,个人的艺术表达反倒获得了自由,特别是对自身的艺术特点也可能了解得更加真实和深切,因此,会有一种无拘无束的自由显现出来,甚至有一种艺术上的放纵和僭越。

从阎连科近些年的小说如《受活》《风雅颂》以及《四书》中,可以看出他的小说在艺术上颇为用力,这其实也是放纵,只有放纵才有力道出来。《受活》的构思就十分大胆,它要回答在当今中国走向市场化的时代革命遗产如何承继的问题,以及那些革命资源如何转化为当下的生产力,转化为当下活的精神和实践。小说的主导故事是讲述河南某地领导谋划从苏联购买列宁遗体建烈士陵园,供全国人民参观,以此来解决当地脱贫致富的问题,但革命遗产的继承和光大却是采取了革命原本最为痛恨的两种方式:市场经济和娱乐。内里的反讽不可谓不强大,在小说观念、叙述方式以及语言的运用方面,都可见出作者破除羁绊的力道。《风雅颂》对当今大学道义和人文文化展开批判,不可谓不激烈,但《四书》显然更加大胆,从立意、切入历史的角度,到反思历史与人性的直接性,都堪称前列。而阎连科有意与《圣经》建立对话,在生硬中透示出一种坚决的品性,不再留情,也不再躲闪,而是直接切近本质,询问天道,触摸心灵,拷问灵魂。看似生硬,实则有一种不可拘束的放纵自由。

当然,贾平凹在2011年出版的《古炉》有着另一种极致的自由。只要稍有语言和文本的敏感,就可感觉到《古炉》与《废都》的美学风格相去甚远,而与《秦腔》接近,但又更加自由,而这种自由分明是放任的自由。何以是"放任"?《古炉》是怎样的叙述?《古炉》的语言仿佛不是作者控制下的,而是丢出去的,往外随意丢到地上,就像落地的麦子一般。语言如此稠密滞重,但又有一种流动之感,如同流水落在地上,这就是落地的叙述、落地的文本了。这就应了苏东坡所说的"随物赋形,不择地皆可出,常行于所当行,常止于不可不止"(《文说》),这就是浑然天成。但《古炉》确实又有一种粗粝,随物赋形,更像落地成形,贴着地面走,带着泥土的朴拙,但又那么自信沉着,毫不理会任何规则,放任自流,我行我素。其叙述之微观具体、琐碎细致、鸡零狗碎、芜杂精细,类似分子式的叙述,甚至让人想到物理学的微观世界,几乎可以说是汉语小说写作微观叙述的杰作。其叙述遇到任何地上的物体(石磨、墙、农具、台阶、狗、猫甚至屎……)时都会停留下来,让它们进入文本,奉物若神明。这就是随物赋形,落地成形,说到哪儿就是哪儿,从哪儿开头就从哪儿开头。无始无终,无头无尾,却又能左右逢源,自成一格。如长风出谷,来去无踪;如泉源流水,不择地皆可出。随时择地,落地而成形。这种叙述、这种文字确实让人有些惊异,有些超出我们的阅读经验,但却足以让我们感受到不可名状的磁性质地,它们能如此贴着地面蠕动,土得掉渣又老实巴交,但又那么自信地说下去,什么都敢说,什么都能说,真如庄子所言,屎里觅道而已。

4. "晚郁时期"有深刻内敛的主体的态度,对人生与世界有深刻的认识。对生命的认识超出了既往的思想,表达出一种传统与现代相交的哲思。

看看刘震云的《一句顶一万句》,这部小说一改过去历史叙事的路数,讲述了一个农民半个多世纪的故事,但却并未依赖历史编年史。这里面居然看不到 20 世纪的那些大事件:国民革命、共产革命、抗日战争、解放战争、土改、"大跃进""文革"……其时间一直到改革开放的八九十年代,但这样的历史只是以杨百顺改名的过程来展开:杨百顺、杨摩西、吴摩西,最后以罗长礼这个喊丧的人的名字隐匿于西北某个不知名的处所。一个人的历史就这样消失了,以至于他的后人无法找寻历史/个人演变的路线图。对于刘震云来说,乡土农民寻求说知心话的朋友构成了这部小说的主题动机,这与现代启蒙把乡土农民写成是被启蒙和被召唤革命的阶级相比,是另一种现代性。但刘震云却是从乡村生活的本真性来抵达这种现代性的,这与其说是对历史的建构,毋宁说是回到个人生命存在的本色去超越历史的现代性——无现代的现代性。那是生命存在自在的要求,在朴实的乡村生活中就可以自然滋生的生命伦理要求。它的困境并不是来自历史,而是来自人性自身,人性给自身创造无数的困境,人是自己的困境。刘震云也是知天命的年岁领悟到生命的内在渴望与不可克服的局限,这种对人的认识、对中国乡村生活的认识、对中国历史的认识,确实有着"知天命"的虚无。

张炜算是中国当代少数浪漫主义特征比较鲜明的作家。在张炜的叙说中,自我的经验被抒写得相当充分丰富,他不回避他具有的理想性——尽管理想的内涵并不具体,但有一种精神品格是其要坚持的价值。他的叙述带着思辨色彩,情感亦很丰富和饱满,有非常细致和微妙的感受随时涌溢出来,那些当下的细节被刻画得栩栩如生,这才是小说在艺术上饱满充足的根基。那些感情表达并不空洞,而是有着扎扎实实的生活质感。2013年初,湖南文艺出版社出版张炜共计18卷的《万松浦记:张炜散文随笔年编》,这些散文作品汇集了作者近30年的写作成果,通过其中更接近中年以后的文字,当可以感受到张炜的心理情绪,用他自己的话说,那是更真实、更有疼痛感的文字。

同样,阎连科如此偏执地写作《四书》这本书,也是要表达他对中国当代史的强烈质询,那里面集合了他这些年思想郁积的最后能量。当然,要读解《四书》的思想内涵确实不是一件容易的事情。这部名为《四书》的作品,由《天的孩子》《故道》《罪人录》以及《新西绪佛神话》四部书构成,前面几部不断交替出现,最后一部《新西绪佛神话》只在最后一章出现过一次。《四书》虽然与中国古代典籍《四书五经》有名义上的共名,但它与我们过去所有的汉语小说写作都不一样,与已经形成规范的传统是如此悖谬。要读这部小说,可能要从很多方面入手。如果探讨其小说主题,我以为它是对"罪感文化"的书写。我们汉语文学其实没有认真地书写过罪感文化,《四书》可能是最深刻、最直接地书写罪感文化的一部小说。土改、反右、三年自然灾害、"文化大革命"……中国这半个世纪来的天灾人祸过去这么多年了,我们的现实主义文学主要是控诉性的文学;我们并没有去反省人作为历史主体的罪感,也很少思考我们作为一个人、作为民族的一分子、作为一种人的历史的存在的一部分,对这样的历史要负有的责任、要承担的后果——这样的后果里面应该包含有一种罪感的反思。《四书》在追问这一点,而且是非常极端、不留余地的追问,确实颇为激烈。因为对"罪感"的追问,这本书明显与《圣经》有精神上的联系,甚至可以说是《圣经》的汉语重写,是汉语对《圣经》的一次重写。这或许有点胆大妄为,甚至有点疯狂。这是在用中国传统的"四书""五经"——在这部小说中,显然隐藏着这个隐喻——与《圣经》搏斗、较量。阎连科用的是我们的历史,我们受难的历史,我们受难的人,我们受难的传统。

汉语现代小说在整个 20 世纪的变革行程中,总是把对现实问题的揭示作为文学思想内容的首要选择,其实是没有和重大的文本对话。与之相比,郭沫若的《女神》之"泛神论"的背景,曹禺的《原野》之于奥尼尔的《琼斯皇》,则是一种借鉴和对话。1980 年代的文学主要也是以借鉴的方式与西方现代主义对话,因而它在形而上的层面留下了思考,但总体上来说,还是对现实的关注构成了其思想提炼的主要来源。我们过分关注现实,但却不能深刻地关注,不能有效地关注,因为我们的关注都是浅层次的、简单重复的关注。要有伟大的传统,要有伟大的文本作为依据参照,这样的关注就是文学的关注,就是文学创造性的关注。阎连科的这部作品几乎是顽强地要和《圣经》对话,让我们的文化来经受它的审判和考验。我觉得这是一个非常冷酷的做法,阎连科是很有勇气的。我们的汉语书写,往往没有足够的勇气这样较真。

5. "晚郁时期"真正有汉语的炉火纯青。文学是语言的艺术,这当然不只是就文字和修辞而言,但语言作为文学的本体,肯定是起决定作用的。现代白话文学发展至今已有百年历史,文学语言也不能以进化论来看待,不能说今天的文学语言就比 20 世纪初期的那些现代文学大师的语言要好,语言总是会打上一个时代的特点,对于现代白话文学来说,我们只能以更短的时效来看它的特征和艺术含量。差异性与时代特征也不是绝对的,当然还是有相对普遍的标准。

相比较 20 世纪漫长的青春写作来说,汉语白话文学到了"文革"

结束后才有中年写作,那就是"归来的右派"以及他们的同代人。在诗歌界,他们带着已经苍老沙哑的声音重返诗坛,特别是1970年代末艾青历经磨难之后复出,给荒芜的诗坛猛然带来了重新播种的喜悦。1978年4月30日,上海《文汇报》刊出艾青复出后的第一首短诗《红旗》。人们把这看成一个事件,看作诗界"新的时期"的到来。该诗刊出后,有读者致信艾青称:"……我们找你找了20年,我们等你等了20年。现在,你又出来了,艾青!'艾青',对于我们不再是一个人,一个名字,而是一种象征,一束绿色的火焰!——它燃起过一个已经逝去了的春天,此刻,它又预示着一个必将到来的春天。"①但这样的赞誉并未维持多长时间,年轻一代的朦胧诗群体崛起,青春燃烧的激情要冲决历史禁锢,比"壮岁归来"的沧桑来得更加紧迫和震撼。艾青浸含人生感悟和哲思的诗的语言被那些"朦胧晦涩"的诗句所替代,而后者则带着穿越历史的激情掷地有声:"黑夜给了我黑色的眼睛,我却用它寻找光明!""在没有英雄的年代,我只想做一个人!""卑鄙是卑鄙者的通行证,高尚是高尚者的墓志铭!"这些诗句说出的是历史的声音,革命与变革的年代属于青年,而平静常规的时期或许才有中老年充当文化后盾。后者的另一个含义也有可能被表述为文化保守主义占据上风,当革命的目标难以被确立,而革命的主体也无法建构起来,世界历史都要趋向保守。

  清理这样的前提,在于给予老到的磨砺语言的写作以艺术上的合法性,很多情况下,这种语言的磨砺只有负面评价。只有当革命的欲望不是那么强烈时,人们才会关注到文学语言的意义。1980年代中期以后,反思历史与改革现实,以及追随西方现代主义的热潮有所减退,这时人们才会关注到汪曾祺、林斤澜等人的那种以平实、白描、古朴的语言写作的小说;也是在1990年代现实变革趋于平静时,张爱玲、沈从文开始备受关注。这就是说,在所有的"晚期"(文化的、文学的、西方的、

---

① 哑默(伍立宪):《伤逝》,参见贵州民刊《崛起的一代》(油印本)1980年第2期。

中国的)语境中,我们才可奢谈汉语的老到。

确实,刘震云《一句顶一万句》中的语言与其过往的语言有相当明显的差异。在1980年代末至1990年代初的"新写实"时期,刘震云的语言属于平实、白描一类,以幽默为语言特色。随后刘震云经历过相当锐利的反讽阶段,以重写历史的《故乡天下黄花》等一系列长篇小说为代表。《故乡面和花朵》与《一腔废话》是其高峰,这两部小说在语言表达方面不再节制,而是滔滔不绝,恣肆妄为,制造语言的奇观,以此颠覆历史与现实的理性逻辑。直至《一句顶一万句》,刘震云才回到平实与单纯,语言洁净却又韵味十足,如同参透了语言之道而归顺于语言之道,不再控制语言,而是让语言自身去自由表达。

如此的经验也可从莫言的《蛙》那里看出,这么多的作家语言更加趋向于平实,这或许是与人过中年相关,也与对语言有较长时期的修炼相关。这些作家大都形成了自己的语言风格,正是因为如此,总是要在超出一点的情形下,给表达更多的自由。莫言也从他过去的华丽放纵,转向了平实和细腻,这可以看出他相当强的写实功力与内在韵致。

贾平凹的小说语言艺术也一直为人称道:《废都》当年要从美文中汲取养料,自有一种俊雅清逸;而《秦腔》风格一变,转向乡土质地,显出朴拙硬朗;到了《古炉》,语言在朴拙一路更见功力,信笔而出,随意道来,叙事摹物,陈情写意,自成格调。这样的汉语艺术,不只是出于天分,也是贾平凹多少年修炼的成就,也只有老到如此,才能达此地步。然而,这样的写作决非是青春意气、自以为是,而是惶惶不安、没有方向、没有参照、没有他人,只是一个人孤寂地写,这才有与语言纯粹在一起的那种状态。2011年6月,在一次关于《古炉》的研讨会上,贾平凹回应关于《古炉》"好读"或"难读"的问题时说:"有人说我在写作过程中脑子里不装读者。我写作确实不装着读者,我就是把作品按照自己的要求写,某种程度上,作家是为自己写。"他说:为自己写,是活到这份儿上才能明白的事理。人的一生确实干不了一两件事情,有时候一生干一件事情也干不好。他从十几岁进入文坛,到现在已经是老头了,还在文坛上,又不甘心被淘汰掉,希望自己的作品写得有一点突破,会为突破想很多办法,但是突破又特别难。"《古炉》出来以后我接到好多外界的电话,说这种写法特别有意思。但是我想一想,从《废都》一直到《高老庄》,一直到《秦腔》《高兴》《古炉》,目前的这种写法也是经过几十年的探索。"①贾平凹自称"老头",文坛同人也多以"老贾"呼之,并非因为他真有多老,而是他写作的时间确实有些漫长了,他的写作状态确实有些老到了。不少作家和批评家天天叫着要为读者写作,但他们根本就不知道读者为何人,读者是怎样的千千万万、千变万化。一个作家能搞明白自己就不错,还能搞明白那么多读者?只有对文学负责的人,才会回到文学中去写作,回到自己的身心融为一体的文字中去写,写自己的语言。这就是晚期写作才有的自觉,才有的无奈,"活到这份儿上"才有的不管不顾;故而才有《古炉》那样为自己写的语言,如此极致的汉语情状。显然,贾平凹的《秦腔》到《古炉》愈来愈有一种沧桑甚至苍老的声音,《秦腔》和《古炉》的那种老到,不只是一种历史感,还是一种对生命无常的体验,二者虽然刻意选择的是少年人的叙述视角,但整体的叙述语感透示出来的古旧苍劲都与少年叙述人构成一种反差。数年后出版《老生》,那是贾平凹回归自己本心的叙述,他把《山海经》与他的文本混为一谈,以一个百岁老人的不死之神(老巫师)的口吻叙述,那种老之将至,那种超生死的生命观和看世界的态度,那种苍老沙哑的语音,那种与天地人神合为一体的语言经验,确实有一种厚实旷远的沉郁风格。

阎连科的《四书》在语言上同样做足了功夫。如此干净利落,给人以老而弥坚的感觉。我也可以看出阎连科是在动刀子,他绝不作那种温柔的、轻灵的文字的书写,依然用刀在那里雕刻。这种简洁硬朗的文字,让人想起博尔赫斯晚年的小说如《第三者》的那种叙述。博尔赫斯

---

① 参见舒晋瑜《难读还是耐读?贾平凹新作〈古炉〉引争端》,《中华读书报》2011 年 6 月 16 日。

到了晚年声称他想模仿英国作家卜巧林年轻时的小说,于是写了《第三者》这类极其简约直接且文字精练的小说。阎连科写作《四书》时明摆着要与《圣经》对话,事实上,他有一个《圣经》母本,那是20世纪初期的和合本《圣经》("国语和合译本")①。阎连科对话的对象还不只是基督教的那种信仰与原罪问题,同时还有语言问题。《四书》的语言(尤其是其中的《天的孩子》)如此简洁干脆,如此大量的短句式,像句子被强行掐断,叙述就很有些决然与断然:

> 大地和脚,回来了。
> 秋天之后,旷得很,地野铺平,混荡着,人在地上渺小。一个黑点星渐着大。育新区的房子开天辟地。人就住了。事就这样成了。地托着脚,回来了。金落日。事就这样成了。②

如《圣经》开篇神之诞生,开天辟地,"地托着脚",语言落在地上,掷地有声。短句子行使语言的干脆,就如同所有的事件在进行中都别无选择,没有任何其他可能性,也无法延伸,叙述的情境总是面临终结,因而也是断裂,到此为止,每个行动、每个句子和意群,都如同面临终审判决。这种语言,今天读来,既新奇,又古旧。和合本最早译于1890年,1919年正式出版"国语和合译本",而这一年正值五四新文化运动爆发。五四运动倡导白话文学革命,在此之前,已经有相当多的传教士使用浅显白话翻译《圣经》。今天看来,这些最初的白话文,既古旧又新奇,想不到阎连科又到那里去寻求白话文的重新开始,这像是孩子牙牙学语,又像是老人满口旧词。"地托着脚。……事就这样成了。"还带着豫南方言的泥土味。这是怀旧的老人才有的语言眷恋,是决然的眷恋,也是弃绝的眷恋。他弃绝当今流行的语言,也招致弃绝。这就是晚

---

① 我的学生许若文的读书报告《〈四书〉的零因果与撕裂的现实主义文本》中提到,阎连科的《四书》受到和合本《圣经》的影响。许若文专访阎连科时,阎连科谈到他写作《四书》时阅读的《圣经》用的是"国语和合译本"。

② 阎连科:《四书》,自印红皮本,第1页。

期写作的状态,孤寂的决然、任性与坚决,走向路的尽头,把自己钉在十字架上,如天的孩子一般。

总之,汉语白话文学历经一百多年的变革、演进,其中有为时代呐喊的激烈之举,亦有困囿抑郁的焦灼挣扎,也有自强不息的创新企图……百年白话文学,贯穿着青春动荡的激情,这是历史给定的一种命运,是给历史写作的一种命运。直至上世纪末,中国文学才为历史所放弃,这不如说是历史本身不再有聚集的力量,松懈的历史也不得不让文学回到自身,这才给了它孤寂和平静,这才有了它对自己的经营。"晚郁时期"表达的是历史沉郁累积的那种能量与一大批作家"人过中年"的创作态度的重合。这毋宁说是后者领会到前者并且给予前者以表现方式,历史又以这种方式给予文学以魂魄;而文学于苍凉中重新扎根于历史,这就是中国文学的"晚郁时期"。它能以它的方式体会到世界史的晚期风格,当然也是世界文学的晚期风格,既然如此,中国文学可能会在这种情境中把握住文学最后的精气神。在这样的情形下,中国文学没有必要妄自菲薄,人过中年的写作已然有一种自由,就更有一种解脱。真所谓,"暮色苍茫看劲松",在现代性的晚期,在世界历史的晚期,中国文学的晚郁格调正显示出文学的本色。

(2011年12月19日改定;原载《文艺争鸣》2012年第2期,收入本书时略有改动。)

下编　越界之路

这些拓路间的差异正是记忆的真正源头,
因此也是心灵现象的真正源头。
唯有这种差异能解放"这条道路的那种优先性"。

——德里达《弗洛伊德与书写舞台》

第八章　先锋派的常态化与可能性
——关于先锋文学三十年的思考

一　先锋派的历史源起

把1985年看成中国当代文学变革的一个象征性的年份已经构成当代文学史叙事的基本标志，即"85新潮"。这是由刘索拉、徐星的两篇有现代派特征的中篇小说和韩少功、阿城、李杭育、郑万隆等人的"寻根小说"构成的一段文学景观。它的意义被放大到如此大的地步，除了表明当时中国文学无比渴望的文学变革外，还表明1980年代文学界的聚焦有多么容易。只要有一个事件、有一本书、有一个话题，全部文坛甚至全体文学爱好者就都聚集在一起，形成一种热情、一股潮流和一种渴望。有人会把1985年称为"寻根年"，也有人会称之为"刘索拉年"或"徐星年"，但少有人会把这一年称为"莫言年"或"贾平凹年"。事实上，1985年前后两年，莫言、贾平凹发表了数量可观且水准不俗的小说，也有多个关于他们的研讨会在举行，而且贾平凹的小说被改编成电影，在当时可是相当出风头的荣誉。随后1986年，根据莫言小说改编的电影《红高粱》上映，张艺谋一举成为中国最卓越的导演，莫言也因此沾光，声名鹊起。贾平凹和莫言也迅速被归进"寻根文学"的阵营，尽管有壮大声势的明显功效，但这二人显然不是正宗的和核心的"寻根派"。二位崭露头角的作家对此归类不置可否，当然也乐见其成。

这也可以看出，我们今天来归纳"先锋文学三十年"时，此归纳和说法都会有东西溢出，都会有歧义和似是而非产生。在我们稍后进行的关于"先锋文学"的表述中，并不包含"85新潮"的现象和作品。通常的"先锋派"显然也不能包括刘索拉和徐星，得到更大范围认同的先锋派文学是指马原之后的一批更年轻的作家，苏童、余华、格非、孙甘露、北村，后来加上潘军和吕新。他们都有比较鲜明的共同特点，即以汉语小说过去未尝有过的强调叙述方法、主观感觉、语言风格的方式来写小说，不管从哪方面来看，他们的作品与中国当代文学已有的作品相比，在世界观、价值观、思想维度、艺术气质上都非常不同。当时，残雪已经非常前卫，她的语言和梦幻气质、她的女性主义色彩以及她的落落寡合的冷僻，都让她难以归类。当然，如果把马原推为先锋派的代表人物的话，他的《拉萨河的女神》发表于1984年，迄今也有31年了。先锋派的小说先以马原的《冈底斯的诱惑》《虚构》《零公里处》等作品为代表，这些作品大都发表于1985年至1986年间。《大师》发表于1987年。1987年的《人民文学》第1、2期合刊登载了一组小说，这一期上也有马原的作品，但更为吸引评论界注意的是孙甘露、北村、乐陵、姚菲、叶曙名等人。他们的叙述都怪模怪样，主观性、幻觉、有意玩弄叙述、语言的自在泛滥，所有这些都与现实主义小说相去甚远，对它们的命名和理解需要新的理论视角和批评术语。然而这二期合刊影响巨大，却并非是因为马原，也不是因为这些先锋派小说，而是因为马建《亮出你的舌苔或空空荡荡》，这篇小说因为写了异域风情，写了藏地的神秘的性，而引起广大读者追捧。先锋派的姿态及其小说文本与读者有较大的距离，在1980年代中后期，文学界对先锋派的接受还相当有限。那个时代的年轻作者并不考虑读者，而是面对既定的文学传统写作，超过主流传统，超过占据主导地位的现实主义规范，找到自己独有的表达方式，成为这批作家的绝对追求。这就是纯文学观念吧，显然，这样的文学观念不再是面对当下的社会热点来写作,也不是在主导的统一的重大思想召唤下来写作,如批判"文革"、人道主义、实现"四个现代化"、改革,等等,他们在文学中表达的只是个人对世界、对人性的认识。很显然,他们作品中的思想很难对应上控诉"文革"、血统论、返城、改革,等等,因为对西方现代主义的借鉴,他们的思想意识还带有陌生化的生涩。

这批作家整齐地步入文坛,显然也与当年朱伟编辑《人民文学》杂志、程永新编辑《收获》、李陀主编《北京文学》相关,这几份杂志着力于发掘青年新秀,尤其是别的刊物和编辑识别不出的、拒绝的却又是有突破的好作品,得力于这几位慧眼识英雄,让他们少年成名。除了上面提到的《人民文学》1987年第1、2期合刊外,《收获》无疑是先锋派最重要的阵地。该刊1987年第5、6期以及1988年的几期,连续推出两组小说,苏童的《1934年的逃亡》《罂粟之家》、余华的《四月三日事件》《一九八六年》、格非的《迷舟》《青黄》、孙甘露的《信使之函》《请女人猜谜》,等等,这些作品都有迥然不同于此前中国小说的气息,不管是小说方法、结构的诡计、语言句法还是感觉世界的方式,都开启了汉语小说的另一个世界,让人耳目一新,为之一振。他们的作品强调叙述方法、强调语言和极端感觉,表现出明显的形式主义倾向,与既有文学传统规范和读者拉开距离,不为文坛普遍接受,故而被称为"先锋派"也不无道理。当然,这批作家被称为"先锋派"有一个过程,也就是在批评话语中,他们有逐步被建构起来、被历史化的过程。值得强调的是吴亮1987年发表的《马原的叙述圈套》,最早意识到马原小说对小说叙述形式的追求,打开了汉语小说回归本体的界面。吴亮有极好的艺术感觉,敏锐而犀利、坚定而偏执,这使他对马原们登上中国文坛开启的意义有充分的支持。随后的1989年,吴亮发表《向先锋派致敬》,再一次强调先锋派在当代中国文学变革中不可低估的意义。尽管吴亮后来没有作进一步的阐释,但他的纯粹、激进而高调的主张,对冲击旧有的文学规范起到振聋发聩的作用。同时期有李劼的《论中国当代新潮小说》(《钟山》1988年第5期),对1980年代中期新潮小说表征的变革意义给予了极为充分的阐释,颇有新的文学史阶段就此开启的那种乐观豪迈。当然,时过境迁,李劼论述的那些崭新的"新潮文学"实际上并没有那么具有挑战性,它们某种意义上距离传统小说只有一步之遥。就在此后不久,人们开始讨论刘索拉和徐星的作品的"伪现代派"问题。

就笔者来看,如何揭示1980年代后期的文学变革,如何给予其更为深远的文学史定位,确实是一个更为重要的理论问题。笔者较早比较明确地在新时期文学中划出一个断裂带,宣告"新时期终结",在"85新潮"之后再划出"后新潮"。在笔者看来,"85新潮"因为其创作群体的身份归属于知青作家群,思想观念、小说观念和小说方法实际上与新时期的文学没有本质的区别。而在马原、残雪、苏童、余华们的创作中,笔者看到了属于另一个文学时代的东西,因此将之命名为"后新潮"。那时寄望于"后"这个前缀可以断然拒绝此前的历史,而区隔出另一个时代。在1988、1989、1990年发表的系列理论与批评文章关于"后新潮""先锋派"和"后现代主义"的反复论述中,试图确立一个新的文学阶段就此开启的时期,由此揭示当代文学正在发生的深刻变革。1992年,拙著《无边的挑战——中国先锋文学的后现代性》出版,算是笔者对先锋派文学展开的比较完整的探究。因为当年出版十分困难,辗转数个出版社,拖延数年,直至1992年才在时代文艺出版社面世。但此书被多次再版重印,也表明学界对此一论题的关切重视。

30年过去了,我们今天还是如此眷顾先锋派,尽管先锋们自己并不以为然,倒不是因为批评家们习惯于怀旧,而是对那种能激起批评去开启中国当代文学新阶段的具有群体效应的文学现象、文学时期的怀念。那是让批评话语感奋的一种文学,是能激发起理论批评创造的一种文学。尽管从很多方面来说,1980年代后期中国的先锋派都称不上标准的或完全意义上的先锋派,也不能与西方的先锋派相提并论,但我们始终保留对那个时期的先锋派的命名,保留这种名义,他们的名分和经验能留存到今天,这已经是当代文学的胜利。

二　先锋派的现代主义本质

确实,先锋派在今天这个时代已然不可能存在,就是在1980年代后期,也只是在中国特殊的历史语境中放大了他们的反叛意义,拿着他们自在自为的艺术探索说事,将之放大为对文学史的背叛和对当时文学现状的挑战。按照卡林内斯库的看法:

> 先锋派起源于浪漫乌托邦主义及其救世主式的狂热,它所遵循的发展路线本质上类似比它更早也更广泛的现代性概念。这种相似肯定源于一个事实,即,两者从起源上说都有赖于线性不可逆的时间概念,其结果是,它们也都得面对这样一种时间概念所涉及到的所有无法克服的困境与矛盾。没有哪一种先锋派的特性,就其任何历史变化形态而言,不是暗含甚或是预见于现代性概念的较广泛范围内的。然而,在这两种运动之间有着诸多重要的区别。先锋派在每一个方面都较现代性更激进。①

卡林内斯库认为先锋派还带有"自毁性",它们实际上从现代传统中借鉴了所有的要素,但将其扩大、夸大,从而制造出人意料的效果。在笔者看来,先锋派是现代性激进化的产物,在我们通常的论述中,把先锋派等同于现代主义,这也是卡林内斯库所不同意的,他的论述力图把先锋派看成现代主义运动的产物,从其中产生,又以更为激进的方式反抗现代主义的体制化和美学自律性,先锋派始终要打破僵局,要挑战和出格。就在卡林内斯库试图把先锋派等同于后现代主义这一点上,他也面临着矛盾。在先锋派拒绝大众与后现代主义媚俗这一点上,卡林内

---

① 马泰·卡林内斯库:《现代性的五幅面孔》,顾爱彬、李端华译,北京:商务印书馆,2002年,第105页。

斯库的理论也难自圆其说。先锋派总体上是拒绝大众的,但也不排除他有挟群众之势反抗资产阶级式的现代主义趣味的倾向。这里面难以解决的理论矛盾要点在于:先锋派是远比现代主义和后现代主义更为狭窄和更为极端的概念,却又可以兼具这两种主义的状态和形式。

威廉斯则更倾向于从现代政治的角度去解释先锋派现象,他显然把现代主义创建的新型社会和感知世界的方式看成先锋派产生的依据,他看到先锋派的特点不只是挑衅,而且把自己看作走向未来的突破点。在他的那本影响卓著的《现代主义的政治》中,他描述了一个令人激动的场景:1912年1月,一列火炬游行队伍,由"斯德哥尔摩工人公社"的成员带头,庆祝奥古斯特·斯特林堡63岁生日。队伍举着红旗,唱着革命歌曲,这就是典型的先锋派场景。对于中国的激进作家和批评家来说,肯定未曾想到革命与现代主义的结合就产生了先锋派,甚至可以说,先锋派就是现代主义中的革命分子,无产阶级革命写作实则是现代主义运动中最为激进的美学选项。威廉斯说,斯特林堡在三十来岁时,就从修辞学意义上把自己表现为"奴仆之子",并宣称在社会爆发的时代,他将站在来自下层、手拿武器的人们一边。[①] 他说:"它的成员并不是一种早已反复表明的进步的担负者,而是一种使人性复兴和解放的创造力的斗士。"[②]威廉斯是对先锋派经验在艺术史上的传承方式和意义作出最为深刻说明的理论家。关于如何理解先锋派的艺术史意义,如何评价先锋派在历史上的作用,威廉斯的观点值得重视,他指出:

> 先锋派的政治从一开始就可能走两条道路中的任何一条。新艺术或者可以在一种新的社会秩序中找到自己的位置,或者可以在一种文化上经过转换、但在其他方面一直是旧的和复旧的秩序中找到自己的位置。十分明确的那一切,从现代主义开始的轰轰

---

① 威廉斯:《现代主义的政治》,阎嘉译,北京:商务印书馆,2002年,第71—72页。
② 同上书,第74页。

烈烈,直至先锋派最极端的各种形式,在事实上可以完全留下来的是一无所有:内在的各种压力和不能忍受的各种矛盾将推动某些彻底的变化。除了特定的方向和机构外,这仍然是这一串运动和值得注意的个体艺术家在历史上的重要性。而且,如果用各种新的形式,由于总的压力和矛盾依然很强烈,并且在很多方面确实已经加剧了,因而还有很多东西要从它生气勃勃的和令人眼花缭乱的发展的复杂性中去获知。①

欧洲文化中总是有激进主义的传统,总是有革命和流血。从法国大革命到俄苏的十月革命,虽然其信念和价值观大相径庭,但那种激进和狂热的精神气质却不无相通之处,尤其是文化上的那种动员和煽动性。在中国共产革命的激进文化的建构中,因为其目的在于掌握群众,在形式上大量借用了民族传统和风格,不是挑动群众去反抗旧有的和既定的文化秩序,而是强调人民群众喜闻乐见的形式和风格,强调"中国气派",这就是在与传统作调和,直至"文化大革命"才彻底断绝与中国传统"封建主义文化"的联系。不过,新型的革命"样板戏"依然是旧瓶新酒——用的是旧京剧这样比现代传统更加陈旧的形式,美其名曰"革命现代京剧",但其基本形式毕竟是在传统戏剧的约束内。因此,中国的革命文化有激进的理念,却有了民族的、传统的和保守的形式,这就是被称为"无产阶级革命文化"的那种文学艺术,实则无法形成先锋派,以至于奉现实主义这种欧洲19世纪的老派创作方法为圭臬,构成一体化的文学体制与标准。在政治的规范下,任何个人的、离经叛道的可能性都没有生存余地。

很显然,中国1980年代后期的先锋派小说就是对现实主义规范的僭越,因为思想观念方面的规范性力量过于强大,故他们就朝着形式主义的方向越过界线,开辟一条路径。中国文学这才有所谓的"先锋派"

---

① 威廉斯:《现代主义的政治》,阎嘉译,北京:商务印书馆,2002年,第90页。

存在。显然,中国的先锋派不是在挑衅、有意背离或动员大众、激进革命的意义上来诉诸其文学行动,而是有限性地在文学创新性意义上来理解的"纯文学"追寻者。要知道"纯文学"在中国当代文学史上从来就不是一项桂冠,而是一项严厉的指控。这种回归文学本身的"纯文学"梦想,实际上也是一项叛逆,向现实主义规范叛逆。1980年代最具有先锋派的反叛性的运动发生在诗歌领域,无论从哪方面来看,诗歌都比小说要激进和激烈得多,也更先锋得多。诗歌领域最典型的派别当推"非非派"(也称"非非主义"),他们提出的一系列口号,集中于"反":反文化、反语言、反英雄、反崇高、反意义……在1980年代中期,他们这些口号无疑是石破天惊的声音。但是诗歌领域的激进口号也只能是口号,非非派没有在其理论宣言下形成过硬的诗歌作品,在一两年的热闹之后,也无法持续,最终不了了之。① 没有真正过硬的在文学史谱系中可以被认定为好作品的先锋派举动基本上是没有意义的,欧洲有达达派,中国有非非派。也正因此,注定"真正的"先锋派却又不是那么激进,例如中国的先锋小说,具有文学意义上的可理解性,可以在文学史和文本两方面给予文学以新的肯定性。

但整体上来说,先锋派运动难以持久,在欧洲它是现代主义的产物,是现代主义中激进的或者反对自身的文学前锋。随着现代主义运动的结束,欧洲的先锋派基本上也销声匿迹。1960年代之后,激进的社会潮流已经不再寄望于从艺术上加以突破,也不指望美学上的牢骚能改变什么社会,而是直接诉诸社会化的行动。1960年代左派激进主义运动声势浩大、影响深广,终至以法国"五月风暴"改变了整个青年

---

① 《非非》杂志最早出版于1986年,前后共出版了9卷,每卷三十多万字。《非非评论》发表理论宣言和一些评论文章,共出版过两期。1994年,周伦佑出面张罗,由敦煌文艺出版社出版了非非主义的总结性专集《打开肉体之门/非非主义:从理论到作品》。此后,周伦佑等非非成员,复刊出版《非非》,提出"红色写作""21世纪写作"和"后非非写作"等理念概念,强调要顽强变构当代艺术,并完成"自我变构",还宣称非非主义进入"后非非"阶段。

一代人的精神面貌、价值观和生活方式。没有什么先锋派的文学作品比直接的吸毒、混居、滥交、流浪更有反叛的意义。在现代主义的末端,激进先锋派干脆宣布艺术已经死亡。直至 1985 年,当年法国最激进的先锋派居伊·德波为《冬宴》重版写的序言还在声称,艺术在 1954 年就已经死亡,因为从那时起就再也没有出现过一个具有丝毫价值的艺术家,而艺术终结的证据是 1954 年居伊·德波和同伙对这一事件的公告。居伊·德波领头的"字母国际主义"团体可称得上最激进的先锋派,其特点是什么都不做。他主编的刊物《冬宴》自命不凡,充斥着幽默,投了那些热衷恶言谩骂艺术的人,是现今所谓"酷评"的先驱。艺术史家说,作为一种评论,《冬宴》的文章短小,不讨论或不参与讨论,而且攻击读者。艺术家对居伊·德波的评价饶有趣味:

> 从革命的观点来看,字母国际主义的政治立场是激进和忠诚的反斯大林主义,是不做任何让步的生活方式的表达或结果,并使字母主义的惰性具有某种精神支柱或革命合理性:通过不做任何事情来无所事事和通过声明支持各种类型的革命事业而不做任何事情是完全不同的情况。这甚至是切实可行的——通过几乎秘密分发的一个最初印刷量不到 100 份的刊物——使这些政治立场成为具有革命性附属品的字母主义者的生活方式的目标。①
>
> ……
>
> 它是曾经存在过的最懒惰的先锋派评论,结果也成为与先锋派一起终结的最匆忙的一个。②

激进的先锋派后来诉诸社会行动,或者什么都不做,既然宣称艺术已经终结,那还有什么必要从事艺术探索呢?只要发布艺术的讣告就足矣。显然,欧洲的先锋派随着现代主义运动的终结,也早已终结了。

---

① 樊尚·考夫曼:《居伊·德波——诗界革命》,史利平译,南京:南京大学出版社,2014 年,第 110 页。

② 同上书,第 113 页。

三 潜藏于常规化中的先锋意识

很显然,中国1980年代中后期的"先锋派"可留存下来,并且创造了文学史上立得住的成果,这一方面固然可以说明它们不是"真正的"先锋派,但换一个角度也表明,它们又是"真正的"先锋派,因为这样的先锋派才能在艺术史(或文学史)上真正留存下来,真正具有文学艺术史的意义,否则只是社会行为,只是打上艺术标签的社会骚乱而已。在这样的意义上,我们有理由去肯定中国1980年代后期的先锋派,因为中国的现实语境,他们成就了自己,文学史也成就了他们。他们有一系列的文本留存下来,直至今天,他们的文学信念未见衰减,技艺却更趋圆熟。当然,也正因此,他们已经距离当年先锋的姿态略远,回归于常规之中。先锋文学的经验却存续下来并以不同的形式生发出中国当代文学的活力。

中国的先锋文学经验从来就不激进,从来就不是与反社会的混乱行动混为一谈,它专注于文本的个人创新,其先锋性被中国当代现实语境放大,也因此符合中国国情。如果说"先锋派"这一概念是来自欧美,要按欧美先锋派的标准,那中国确实没有标准的或典型的先锋派,因为中国没有发生过深入广泛的现代主义运动,中国的现代主义运动只是浅尝辄止,不了了之。如果要在中国经验语境中讨论先锋派,那么只有这样的先锋经验才在中国具有可能性并且是有意义的,否则没有必要、没有理由讨论。也正因此,多年之后我们重新回顾或反省先锋派,倒是更应该去看看,在先锋派回归常规之后,我们的当代文学流变趋势中是否还有先锋派的经验?在什么意义上它们可以被称为先锋经验?我们为什么还需要先锋文学经验?或者,这样的先锋文学经验是必要的和成功的吗?

正如中国的先锋派文学有其特殊语境,历史发展到21世纪初,文学经受着市场化和体制化的双重规训,"文学适应读者"成为主流趋势,即使当年那批先锋派作家,也并不想激怒或悖离读者大众。文学再难花样翻新——这就应了美国1960年代先锋派(实验小说家)的论断,但文学又比以往任何时候都更严峻地承受着创新的压力,没有陌生化的经验,读者和社会都会失去兴趣,作家的创作冲动也难以为继。这就是文学主流的常规化趋势与个人创新的紧张关系。

新世纪以来,当年的先锋作家多有新作出版,苏童出版《河岸》《黄雀记》,余华出版《兄弟》《第七天》,格非则有大部头"江南三部曲",这些作品无疑在一定程度上保留了他们当年的先锋语言感觉,对历史和人性的洞察更全面和敏锐,当然只能归属于常规小说。对于作家和文学史来说,好作品当然是首要的,"先锋""主义"与否并不重要。我们在讨论先锋经验时,思考先锋经验是否还可能存在,以何种形式在生长和变异,只是一个纯粹的理论问题,无关乎评价鉴赏好小说或不好的小说。

既然中国文学史(包括艺术史)上并无真正成"派"的先锋派,有的只是先锋意识,那么我们更应该关注的是在不同时期文学还会存在怎样的先锋意识,怎样的先锋意识是有效的,具有肯定性和开辟性的意义。

也是因为今天的主流文学的常规化和个人创新的常态化,先锋意识本身也必然是潜藏在常规化和常态化的文学表层之下,我们尤其需要去关注和发掘那些有自我突破的创新性和超越常规化的文学行动,去发现那些反常规的文学文本为当代文学提供的活力机制,以及由此预示的文学缓解终结的可能性。

1980年代后期的先锋派作家群崭露头角时也就20岁出头,似乎文学史上的创新、叛逆和挑战永远属于青年人。但是,纵观1990年代以来的文坛,70后、80后很少出现激进的先锋派,这是因为1990年代中期以后中国社会整个风气改变,适应、中庸、安稳成为社会的生存之道;同时中国的市场经济正在形成,促成文学去适应市场经济,必然不可能在艺术创新上走极端。然而,这种判断貌似正确,却也并非是一项具有普遍意义的论断。例如,恰恰是最具有市场效应的作家可能会选择非常偏激的个人化的表意策略,换句话说,可能是他们更具有先锋意识,对小说艺术创新耿耿于怀、孜孜不倦。

比如,刘震云用6年之力,于1998年出版4卷本的长篇小说《故乡面和花朵》,这部小说尽情书写荒诞、反讽,对乡村的历史、现状和未来都进行了极端的解构。这部4卷本的小说竟然没有明晰的故事可以归纳,小说的时间或许在21世纪中期,就小说中的人物而言,大都是滑稽可笑的丑角:如小刘儿、孬舅、白石头、孬衿、瞎鹿等。小说内容只能概括为描写了来自农村的一群人在城市混迹的种种怪象。小说叙事把过去/现在随意叠加在一起,特别是把乡土中国与现阶段历经市场经济改造的生活加以拼贴。小说把以权力和金钱为轴心的人物心理漫画化,无比幽默有趣,也极端辛辣尖刻。乡土中国在这里被与即将到来的后现代社会重构在一起。要说先锋性,这部作品显然超过1980年代后期的任何先锋小说,这样的文学行动发生在具有市场号召力的刘震云身上,却也匪夷所思。2009年,刘震云出版《一句顶一万句》,这部作品如此乡土、如此中国,却也无可否认,它又如此独异,现代主义与后现代的主题及其美学隐藏于其中,中国与世界、文学与哲学、历史与政治都以不同的形式交织于文本之内。可以说这部作品开辟出汉语小说的新型经验,它开掘出汉语小说过去所没有的诸多主题,把汉语小说土得掉渣的乡村经验与后现代的激进主题混淆在一起,对历史的解构不露声色,全部转化为个体的日常经验。个人的心史与20世纪的大历史竟然可以如此恰切巧妙地结合在一起。如果说这样的小说不是站在汉语小说的艺术前列,还不够先锋,那还有什么小说先锋呢?

要说当代的激进写作,那可能首推阎连科,没有人像他那么坚决,那么爱另辟蹊径,那么走极端。2003年,阎连科出版《受活》,他在题辞里写道:"现实主义——我的兄弟姐妹哦,请你离我再近些;现实主义——我的墓地,请你离我再远些……"他的写作一开始就被定义为"在墓地写作"。这部小说其实很靠近现实,很有现实感,其书写的主题要义在于：乡土中国要脱贫致富，借用革命遗产进入市场经验，这导致20世纪的革命遗产不得不借助市场化与娱乐化得以继承光大——这显然与革命的初衷相去甚远，是继续革命或革命的转型？就其主题的明确、人物形象的完整、叙述逻辑的清晰几点而言，与先锋小说有意制造形式的复杂性和障碍完全不同。但其颠覆旧有的历史逻辑、挑战思想禁区的勇气，其现实的批判性和穿透性，其叙述建立起来的进入现实主义又将其瓦解的那种力道，以及其多种文本拼贴的叙述形式（如絮言和方言），所有这些，都表明它的顽强的先锋意识。就《受活》里的多种叙述方式而言，也可视为另一种形式的文本游戏——那个上岁数的瘸子向县长数落道："我们受活村二百五十多口人，有老少瞎子三十五口哩，聋子四十七个哩，瘸子近着八十口人哩。那些少了一条胳膊，断了一根手指，或多长了一根指头的，个儿长不成人样，七七八八，不是这不全，就是那残缺的也有三十口或者五十口……"①这与其说是诉苦，不如说是戏谑，阎连科的叙述制造了一种强硬鲁蛮的戏谑，这是他的独特的或者说具有河南地域特色的叙述风格。小说有意采用"黄历"记时法，在急迫的现代性开创中，却用了最为古旧的记时法，这样的反讽是本质性的。所有的时间都在中国古旧的黄历中展开，现代性的时间观念、革命史的时间记录，在这里都消逝在古老的黄历中。诸如"阴农历属龙的庚辰年，癸未六月……""庚子鼠年到癸卯兔年……""丙午马年到丙辰龙年……"，甚至柳县长在回答地委书记关于列宁的生卒年时，也用"上两个甲子的庚午马年家历四月生，这个甲子的民国十三年腊月十六日死"这种老黄历加以表述。这些莫名其妙的时间标记，顽强地拒绝了现代性的历史演进，革命历史与激进现代性陷进了这样的时间标记里，也如同变了质的"现代性"的未竟事业。

《受活》无疑是阎连科小说创作的高峰，也是汉语小说的一个重要高度，走到这一步的阎连科如何突破自己？如何突破汉语小说的难度？

---

① 参见《收获》2003年第6期，第143页。

这个在乡土中国叙事里始终冲锋陷阵的原二炮战士,他再往前走两步就严重"越界"了,这点他是十分清楚的。如何写?写作什么?对于别人可能不成问题,但对阎连科这个不断建构自己困境的作家来说就会是一个难题。对于他来说,与其在既定的常规的文学经验里求生,不如掉到墓地里死去。《受活》之后,他是如此困惑苦恼,脚下的道路在哪里?汉语文学的新的可能性路径在哪里?在《风雅颂》的后记《不存在的存在》里,阎连科的表述让我们看出一些曾经的绝望,他谈到奔赴家乡参加大伯丧葬,同时举办的还有堂弟的冥婚,在堂弟灵棚里的棺材上,他看到了飞落着的上百只"红红黄黄的粉色蝴蝶",这些魔幻般的蝴蝶给予他写作开启新的路径以极大的启悟。

顽强地突破旧有规范,突破自己此前经验的阎连科,每往前走一步都显得极为艰难,以至于要经历这样的生死现场他才能领悟走出汉语文学绝境的路径。于是他写出了《风雅颂》这样的作品,这部作品无疑有其独特的意义,也属于上乘之作,但对于阎连科来说,肯定不是能超过《受活》的作品,这又是何其痛楚的事情!伯父与堂弟的生死经验、传统中国的丧葬现场、落满棺材板的蝴蝶、冥冥之中的灵异天启……这么多幺蛾子的邪乎事都没有把那困局彻底捅破,这又是怎样的文学的悲情故事呢?这就是始终要突破自己,要越过文学既定的经验,越过文学前沿的先锋意识在作祟,才会有如此困扰,才会有如此绝望。多年后,他要再走极端,出版《四书》,固然那是历史意识在起作用,但他在文本方面的变化,在个人突破方面作出的努力也是很拼的。再其后,2014年,他出版《炸裂志》那样的作品,不是要炸裂中国的现实,不是要炸裂文学,是要炸裂他自己。作为一个文学写作者,他就是文坛的共工,他要用头去触不周山。如果这还不具有先锋意识,那就找不到殉难者了。这里无关乎价值判断,只是关于状态和性质的判断。

这一现象确实令人惊诧,年轻一代作家已经对文本实验或者挑战既定的历史经验和文学经验不太感兴趣,反而是所谓"50代"的几个作家,他们不断地要越过界线、突破自我、穿透历史、挑战现实。看看贾平凹在《废都》之后出版的《怀念狼》《秦腔》《古炉》《老生》,也无不是在历史意识、现实感和文本结构、叙述方面不断越界。莫言的《檀香刑》《生死疲劳》《蛙》都在极为大胆地探索,寻求把传统小说、戏剧经验与西方现代主义小说经验混为一体的方法。如今最保守的创作经验由"50代"作家坚守,最激进的创作经验也是由"50代"作家得出的。这是因为愈老弥坚,还是因为突破自我本来就是最优秀作家的基本素质?有一点是可以去思考的,那就是在主流文学常规化的趋势中,这些看似常态化的文学经验,其实就包含了先锋意识。先锋不分先后,先锋也不分年龄,但其老龄化的现状,确实是一个值得探究的问题。

四 反常规与越界的可能性

今天中国文学已经很难在某种共同的美学规范下写作,在现实主义历史叙事占据主导地位时期,文学形成了一种习惯性或常规性的表现形式,例如时间的线性发展体例、人物形象的明晰与正统、道德主义价值观、语言的朴素简单、理性主义的认识论和世界观等,所有这些都表明传统的、常规的现实主义作为文学的基本范式的必然性基础。很显然,现实主义作为常规的基础是必要的,也是必然的,但是如果全部文学只有此常规规范,那一个时期的文学必然在艺术上没有变化,缺乏丰富性和自我更新的活力。如果说文学的创新性体现在陌生化经验的探索方面,那么创新性经常要依赖反常规的挑战来作出。这些反常规的探索本质上就具有先锋派的意味。当今时代文学已然没有群体性的行动,个体则要在很大程度上去突破自己,这种突破的力量达到相当程度时,反常规的写作就出现了。当然,反常规也可能是纯粹的胡闹,但是在对反常规作一种评判时,可能需要更加宽容和同情理解的态度。正如米勒在《小说的重复》中所言:

> 文学的特征和它的奇妙之处在于,每部作品所具有的震撼读者心灵的魅力(只要他对此有这心理上的准备),这些都意味着文

学能连续不断地打破批评家预备套在它头上的种种程式和理论。文学作品的形式有着潜在的多样性,这一假设具有启发性的意义,它可使读者做好心理准备来正视一部特定小说中的种种奇特古怪之处,正视其中不"得体"的因素。①

米勒在他后来转向解构主义的批评理论中,力图在对文本的分析中去识别并阐明那些异常的因素,使文本中的那些出格的因素合法化。很显然,他对反常因素的阐明与常规理论预先设定的法则(例如,它假使一部好小说在形式上必定是有机统一的)迥然有别。

很显然,如今经典和常规的力量如此强大,作家要让一部作品获得独特的存在并非易事,在某些情况下,反常、不得体、冒犯、越界,可能就是某些试图另辟蹊径的作家赋予其文本的特征。例如,王朔早年就是一个不安分的作家,1980年代他以他的价值观和社会态度以及语言表达方式冒犯文学秩序,也因此成为文学变革时期的先锋。1990年中后期王朔沉寂了一段时间,到了新世纪,又有所表现,这回却是有过之而无不及。2007年,王朔出版一本被称为"长篇小说"的小说集,媒体大肆渲染,读者翘首以待,王朔于是拿出了他重出江湖的《我的千岁寒》。实际上,这部作品由几个不同的文本构成,其中包括《我的千岁寒》、北京话版《金刚经》《唯物论史纲》《宫里的日子》以及剧本《梦想照进现实》的小说版、调侃性的影视评论《与孙甘露对话》。这部作品中其他文本另当别论,其中可勉强称之为中篇小说的同题作品《我的千岁寒》则颇为让人意外,对于小说而言,无疑与常规小说观念和写法都相去甚远。王朔这回写起佛教禅宗的故事,他叙写的是他对佛学禅宗的一种心境、感觉和感悟。小说中也似乎玄机四伏,围绕五祖弘忍、六祖惠能和北宗神秀的故事展开叙述,入法门、传衣钵也可以视为故事脉络。从中我们可以看出王朔研读过禅宗典籍,其对禅意禅心的体味和对语

---

① 希尔斯·米勒:《小说与重复》,王宏图译,天津:天津人民出版社,2005年,第5页。

言的锤炼,颇有点先锋小说的意味,行文叙事极其节制,一改他过去耍贫嘴的风格,文字降低到最简略的地步,几乎不成段落,更不成文,只是勉强成句。行文讲究心性,性之所至,写到哪儿是哪儿,说到哪儿是哪儿,只求意会,不求言传。文中多有意象纷呈,暗含机锋。此番王朔走反常规的险僻之路,追求的是纯粹写作,随心而写,直至极端。

如今汉语小说的突破是如此困难,这些已然进入晚期风格的 50 后作家,要越过自己给自己矗立起来的纪念碑,那是他们自己每一次写作的生死之交,他们要突破自己,必然生发出先锋意识。尽管我们在 70 后、80 后作家中鲜见小说形式的探索,先锋意识也不常见,但他们几乎都不在体制内写作,多数是从网络上生长,再从市场中获得生存的支持,还是有可能滋生出先锋意识的。

如果要说"反常规"或冒犯,冯唐与王朔一脉相承。尽管冯唐写小说未必是受王朔的影响,但他从北京的民间生活中生长起来,这与大院里出身的王朔未尝没有惺惺相惜之处。何以北京地面上会出王朔、王小波、冯唐这样三位作家,这是一个发人深省的现象。他们骨子里有一种极为相似的品性,那就是挑衅常规、越过界限、冒犯权威的姿态。尽管说他们的作品并没有多少语言形式方面的实验(王朔的《我的千岁寒》是个例外),但他们骨子里无疑有挑衅、冒犯的反常规的倾向,有一种任性的对自由状态的追求——称其为先锋意识恐不为过。冯唐的小说经常在性禁忌方面有胆大妄为之意,其《不二》是否受到过王朔的《我的千岁寒》影响我们不得而知,但这两部小说写的都是六祖惠能、神秀的故事①。王朔因为写的是中篇小说,故事简略,语言则追求禅意;冯唐写的是长篇小说,故事含量要多得多。冯唐固然有他更为极端尖锐的对禅宗的理解,他的小说则是通过打破性禁忌来反常规,冒犯之举不可谓不大胆。

---

① 在王朔的《我的千岁寒》中,六祖写作惠能,冯唐写作慧能。按佛教说法,二者皆可。这里依先前提到王朔《我的千岁寒》,将冯唐文本中的慧能改为惠能,以求行文的统一。

继《不二》之后,冯唐再出版《女神一号》,这次是对当下社会的情爱进行挑衅。小说通篇随处可见"毛片""自摸""液体""小弟"等词汇,如果正经来写,稍加节制一下,对于冯唐当然不是难事,那么聪明的人,当然知道如何处理这类词语和这些行为。但他存心要冒犯、要挑衅,不这样露骨就落入"情色"之类的大路货中去了。他要的是"色情",有冲击性、有力量、有叛逆性的色情。小说的故事其实很简单,就是在QH大学学生物工程的田小明,后来到美国继续读博,在美国湾区搞生物工程,再后来回国和同学王大力创业,赚得满盆金银。这些经历都只是小说依托的线索,小说的关节点是两个女人——白白露和万美玉,前者经历过一段时期的乱搞成为田小明明媒正娶的老婆,后者则是田小明工作中的合作伙伴,后来成为其乱搞的情人。但这些情节、人物、关节点依然不重要,小说通篇都有野性十足、生气勃勃的叙述,那些兴致盎然的色情细节,喋喋不休又机智幽默的言说,所有的色情场景、行为与所谓的当今时髦的科技文明,对人性的洞悉、刻薄,对时事的挖苦讽刺都混淆在一起,这样的叙述不得不让你惊叹于它的混杂、饱满却条理分明。关于色情的想入非非与关于时事政治、人情世故的胡说八道结合得妙趣横生;关于成长、友爱、背叛的记忆与胆大妄为的色情行动的此情此景杂糅交错,你不得不佩服冯唐这几下子越界的才情,中国小说家中能这么无所顾忌、自行其是、挥洒自如地叙述的高手实在少见。

很显然,冯唐小说的成功在于写活了他笔下的人物,其秘诀大约在于他把自我的生命体验全部融入其中。他让人物自己活起来,让人物随心所欲地活,不想控制人物,不想把握住人物,而是让人物失控,让他们按自己的性格去活。性格即命运,人物的命运、故事的情节源自于人物的性格。他笔下的人物永远生动有趣、丰富饱满,他们不是好人,也不是坏人,你说他高大上,他又经常猥琐下流,你说他低级趣味,他又不无道义情怀。这部小说中的田小明多多少少投射了冯唐个人的自我意识、趣味品性,如果没有对人物的那种自我认同和心理投射,没有此情此境的物我相忘,冯唐不可能把人物写到如此真切而富有活生生的质感。白白露、万美玉这两个女人,既真实,又超出一点真实,完全是当今消费社会训导的男性集体幻想的产物。

冯唐投身于写性的运动,想来也未必只是他一时心血来潮的冲动,多少还是可以看出他受到巴塔耶的《色情史》之类作品思想的影响,要对这个时代发言,要借助情色或色情,来击中这个时代的某个方面——欲望化的、无止境的消费消耗,有目的、无目的的作死,等等。如此耗费身体直至虚脱,超越有用性消耗,这是当代生活的双头怪兽。一方面如此功利,连身体都是利益交换的工具;另一方面却又是毫无实用的放纵。有用与无用、男性与女性,仅仅围绕身体,他们就开始了全部的游戏,直至虚脱。小说的主人公最终 hold 不住身体,完全耗费的身体没有去处,田小明作过多个尝试,从城市高楼飞身落地,或者在公寓里腐烂,或者有点科技含量地消失——去到@里,那是何处?

那个耗费的身体没有 hold 住灵魂,灵魂与身体的二元关系一直是这部小说隐含的一种关系,但冯唐显然没有去直面,因为直面太老旧了,且没有巴塔耶的神学作为最后的依托。放任自流与犹疑不决经常会互为表里,冯唐还是缺乏一点定力,小说最终并未真正有效地拆穿身体与灵魂的二元关系,生命中什么被虚空化了,什么东西可以留存下来,这还是需要定力。

柴静为冯唐的《不二》写过一篇《火炭上的一滴糖》,在文章的结尾处,柴静写道:

> 能痛惜这样的夏夜,又知道自己非死不可,这样的人才有肿胀,才写,他的博客名字叫"用文字打败时间"。
>
> 归根结底,没什么是不朽的,我们终将化为粉尘,归彼大荒,但还是要写,写是一件没有办法的事,什么也不图,却非这么不可。王小波说,双目失明的汉弥尔顿为什么还坐在黑灯瞎火里头写十行诗?那就是叫"自我"。
>
> 他说,"我永远不希望有一天我心安理得,觉得一切都平衡了,我情愿它永不沉默,它给我带来什么苦难都成,我希望它永远

'滋滋'地响,翻腾不休,就像火炭上的一滴糖。"①

这是写作的献身,也是绝对的写作,当然,也是先锋性的写作。

小说进行艺术探索并非必须走如此极端的冒犯与越界之路,也可以在艺术综合多元结构中来重建汉语小说艺术,经常会有意想不到的效果。麦家的小说就综合了悬疑和先锋小说的要素,如前所述,往外说,他吸收了斯蒂芬·金和博尔赫斯的小说经验,往里说,他运用了红色经典的故事框架。麦家小说中的要素相当丰富,其创造性不是原生的单一,而是巧妙且灵活的综合,与八九十年代的先锋小说有一脉相承之处。

回到传统寻求资源,把传统与现代小说杂糅一处,未尝不可以创作出先锋文本。当年格非的《迷舟》《风琴》等作品,古典味就十足。庞贝的《无尽藏》可以说又复活了中国当代先锋派的这一维度的经验,甚至传统的资源用得更加充足。《无尽藏》的显著特点之一无疑在于它的古典性与现代小说意识结合得精妙老到。中国当代小说的古典性回归在1980年代后期,彼时先锋派崭露头角,苏童、格非、余华都以不同的方式表达古典性。苏童的《妻妾成群》不只是书写传统夫权制下男人的欲望生活,更重要的是写出了一种文人传统的颓靡的生活态度,由此折射出一种文笔格调的古典风格。格非的一系列小说以其语言韵致、格调和意境,重温了古典辞章之美。余华则是在重写一些"古典爱情"或是传统记忆,以此与古典时代貌合神离。余华几乎是用卡夫卡的方式强行摧毁古典,但他的小说因此有了意外之喜,这是时代使然。但历史没有给先锋派更多的机会,时代的突变使传统或古典以另一种方式获得生存之道。这一历史路径断裂经年,试图重新接上这个茬儿的却是大器晚成者庞贝。2014年,庞贝发表《无尽藏》,先锋派当年那么明火执仗的形式实验下的古典性,在庞贝这里也被更加内敛的现代小说

---

① 柴静:《柴静看冯唐:火炭上的一滴糖》,参见冯唐《不二》,香港:天地图书有限公司,2011年,第304页。

方法所替代。实际上,如今在年轻一代手中的小说艺术,形成了更加杂糅也更有内在张力的东西——他们的小说艺术更具有兼容性。往上可以兼容传统古典,往下可以兼并网络穿越;向外可以吸取西方现代主义,向内可以修炼写实叙事。庞贝尤其奇特,他把典型的传统中国的语言笔法、韵致风格与西方现代小说的叙述结合在一起,使小说生机勃勃而又韵味深长。

  《无尽藏》的底蕴确实是古典性占据主导地位,整个故事的史料性使得这部小说的历史现场感和古典性结实可靠。当然,引起我关注的还是这部小说兼容多样的现代小说艺术的探索,它在传统与现代之间穿行越界显出自然与自由的状态,这或许可以理解为小说艺术的自觉。小说的构思相当巧妙,其独特之处在于富有变化的空间感。小说用韩熙载的《夜宴图》作为导引,一个局部接着一个局部展开,以一个总体性而又具体的空间布局作为叙述的纲领,故事情节的展开随时回到那张图,一直是"按图索骥",结构层次错落有致,又富有悬念和变异。小说多次强调空间四象:青龙、白虎、朱雀、玄武,即青龙在东,白虎在西,朱雀在南,玄武在北。因为空间感的设置,小说叙述的时间感的推进也显出了层次。这部小说在叙述上的细致推进,得益于叙述时间在空间里的有序展开。[①]《无尽藏》多有细致的空间环境描写,在这部小说中比比皆是,与中国传统的绘画、诗词戏曲不无同工之妙。说起来当然也无特别之处,不管是从传统还是现代的意义上,环境、风景或者空间描写都是基本技法,然而,在注重人物及内在意蕴的现代小说叙事上,环境描写甚至退居到了次要位置。但庞贝的叙述却偏要反其道而行之,他要在空间环境方面建立起一种情境、一种氛围,给予人物和故事以特定的情态。对于他的小说来说,情态和意境、韵致和风格,可能是小说的重要美学品质,在这一意义上,《无尽藏》的古典意味是落在字里行间的。

---

  ① 参见庞贝《无尽藏》(北京:作家出版社,2014年,第82页)对韩府的空间的描写。

当然,《无尽藏》的空间意识也受到西方现代主义理论的影响,作者很可能熟读约瑟夫·弗兰克的《现代文学中的空间形式》和巴赫金的《小说中的时间和时空体形式》这些论述小说叙述空间的著作,这使作者对描写的事物在空间中的"并置"尤其敏感,并倾注笔力。当然,我们还可以体会到作者肯定熟读普鲁斯特的《追忆逝水年华》、乔伊斯的《尤利西斯》、博尔赫斯的《指南针与死亡》《小径分岔的花园》、帕慕克的《我的名字叫红》……这些作品,并且已经心领神会。庞贝在徐徐展开的韩熙载的那张《夜宴图》上,演绎着传统绘画美学与西方现代小说艺术的融合。总之,能从古典与现代交集的高处来落墨下笔,《无尽藏》为当代小说的"纯文学"开掘作出了独特的探索,也可以说先锋小说的实验意识在这里已经显出常规的自然。

五 开辟汉语文学的可能性

今天文学写作越来越有难度,那么多的经典名著放在那里,有成就的作家也登高到一定限度,每一次的写作都要突破自己,都承受文学史上的经典的恩泽,同时也承受它的阴影。按照哈罗德·布鲁姆在《西方正典》里的说法,每个作家都要与他的写作上的"父亲"搏斗,才能找到自己的出路——这里就可能滋生先锋意识。而西方文学史上,莎士比亚就是后世所有人的"父亲",后世的作家都承受着莎士比亚的"影响的焦虑"——实际上,布鲁姆早年就写过一本《影响的焦虑》,多年后他试图正本清源,写出的要镇住欧美文坛的大著《西方正典》还是秉承此说。他甚至认为托尔斯泰终身与之较量的对手就是莎士比亚,在他看来,托尔斯泰的《哈吉·穆拉特》是其最好的作品,这部托翁晚年写作而又不断修改的作品,不知道耗费多少时间,却直到死都没有发表。托翁死去时嘱咐棺材里放进六件物品,其中一件就是《哈吉·穆拉特》的手稿。这是怎么样的带着写作去死?怎么样的写作能向死而生?死去的托翁或许寄望这部作品能让他复活以及永存,才会有如此行为。

阎连科(墓地写作)、贾平凹(坟头哭泣写《老生》)、刘震云(《一句顶一万句》"喊丧"),他们把小说中叙述的死亡经验,把面对死亡经验的写作,转喻式地投射到当今文学身陷困境、艺术上面临枯竭的痛楚上,这就是一种突破自身的先锋意识,就是要越过常规和打破常态的越界意识。笔者相信作家在反复描写那些死亡或极端反常的行为时,文学的笔触是越过界限的,并且因此获得了一片自由区域。如今相当一部分写作肯定不会是轻松和令人愉悦的——当然,大量的甚至绝大部分的写作都是轻松和愉悦的,否则就没有那么多的人参与,但我要说的是,要保持住文学突破自身的那种生命能量,每次的写作都能或多或少有新生的可能,那就要经历困境,要穿越峡谷,就要有生死穿越。一句话,还是要在绝境里向死而生。

对于今天身处常规和常态的文学来说,忍受平庸和重复的压迫就如身处困境,越界才有新的论域开辟出来。奉巴塔耶为师的福柯在论述巴塔耶越界思想时说道:

> 今天,界限与僭越的游戏已经成为衡量一种源始思想的基石。而尼采从一开始就在他的作品中向我们展示了这样一种源始思想——这是一种把批判和本体论融为一体的思想,一种追究终极性和存在的思想。①

当然,文学的越界较之思想或哲学的越界更具有自由度,它无须在此前的知识谱系下作出批判或建立起新的逻辑结构。文学以个人的才情、以自己的艺术修炼,突破此前的樊篱。"越界"并非只是"突破",这里之所以把"向死"与"越界"放在一起,意味着如今的文学突围不能只是对前人亦步亦趋,而要有一种极端的反常规行动。这种越界甚至不是早年先锋派的那种形式主义本体论意义上的唯美,它是裂变、腾飞、穿越、无所顾忌、撞击。如果冯唐只是写写性、写写黄书,那有什么意义

---

① 哈贝马斯:《现代性的哲学话语》,曹卫东译,南京:译林出版社,2004年,第249页。

呢？他显然有更高的抱负，他要结果他自己。他说："写完《北京，北京》之后，我决定不再写基于个人经验的小说了。基本意思已经点到。对于成长这个主题，《北京三部曲》树在那里，也够后两百年的同道们攀登一阵子了。"①这种自诩当然是玩笑话，但他说起这么写可能会被没有参透的佛教徒打死，这样的可能性是相当大的，即便如此，他也要知其不可为而为之。对于他来说，当然也并非只是冒犯、越界、亵渎、色情、放纵一把就得胜了，并不是如此。"过程中发现，编故事，其实不难，难的是还是杯子里的酒和药和风骨，是否丰腴、温暖、诡异、精细。"这才是冒死的写作要完成的业绩，小说艺术抵达这等境地才是"向死而生"。

也如多年前德里达所说：

> 我／坟墓（je/tombe），我／坠落，我／坟墓。通过让我醒悟，让我开始和以我的名义设想的倒行逆施的嬉戏，我不止一次地踩躏了一些花卉，开辟了通向原初场景的斑茅的处女丛，我做出谬误的描述，收获了系谱学……父亲的栖居。②

很难想象，德里达把他要进行的一本自以为最有挑战性的作品命名为《丧钟》，"丧钟"为谁而鸣？是为他的写作吗？是为他自己吗？是为书写本身吗？他的存在本身、他的写作就在坟墓里，坠落本身就形成坟墓。想不到酷爱在坟墓里写作的阎连科在这里可以找到师父，向死而写的冯唐也可以在这里找到鼓舞。他们都向墓地进发，从墓地出发。谁能想到他们或许是幸福的，他们不止一次地踩躏了花卉，但却开辟了"通向原初场景的斑茅的处女丛"。

总之，今天文学写作已经变得如此紧急和艰险，我们却难以看到鲜明而勇猛的先锋派挑战。先锋作为一派已经无法在当代文化中存在，

---

① 冯唐：《不二》，香港：天地图书有限公司，2011年，第208页。

② Jacques Derrida, *Glas*, trans. by John P. Leavey Jr. and Richard Rand, Lincoln & London: University of Nebraska Press, 1986, p. 175. 中文译文参考德鲁西拉·康奈尔《界限哲学》，麦永雄译，开封：河南大学出版社，2010年，第129页。

但作为一种精神和意识,隐藏在我们看似常规化和常态化的文学现状中,它要起到撕裂和开辟的作用。我们有必要在不可能性中去思考文学在今天的创新,去看汉语文学在这里拓展出一条顽强生存的路径,那是寥寥几个先锋派行走的路径,直至今天,开辟汉语文学的可能性还是需要先锋精神。

(写于2015年9月19日;原载《文艺争鸣》2016年第2期,收入本书时略有改动。)

第九章　在历史的"阴面"写作
——论《长恨歌》隐含的时代意识

　　文学作品与现实的关联是多面且形式多样的。固然那些直接反映现实的作品,所有的表象和经验都具有可还原性,但能够切进现实内里、能表达一个时期的更为内在的心理意识的文本,往往不是那些直接表象,而是文学作品的一些情绪、故事性的逻辑结构、讲述故事的方式,甚至一些修辞性的描写。文学作品的修辞手段在美学层面上有可能建立起与时代心理意识独特的联系方式。本章分析王安忆在《长恨歌》里反复描写阴影、暗处和阴面的表意策略,揭示它不仅仅是表达了一种特殊时期的怀旧情绪,还折射了更为复杂的时代意识。这些东西并非具有现实的直接性,但却可能真正印下一个时期的精神纹章,隐藏着作家这个叙述主体的心理意识。由此可以让我们把握住这样一些时期的精神实质,这些时期的历史主体的"心情"。

　　也是因为带着这种认知文学作品的观点,本章去读解王安忆的《长恨歌》,试图发现一些与时代有着特殊关联的蛛丝马迹,去解开这个时期文学作品与现实关联的方式,也去解开这个时期作家(这个特殊知识分子群体)具有的精神状态——或者说时代意识。当然,笔者承认这种理解方式是被逼无奈,像《长恨歌》这样的名著,已经被经典化,研究和谈论它的作品汗牛充栋,谁还有能力、有胆量去碰王安忆这样的

"海上传人"呢？除了走旁门左道,外埠人如何能走进海上生动奥妙的胡同呢？

因此,本章选择从"历史的阴面"进入《长恨歌》这部不凡的作品,以期能进到文本的深处,进到那个时期文学的深处,或许也能触碰到当下中国文学的一些难言之隐,这当然是奢望了。对于笔者来说,文学批评只是尝试接近作品的一种方式,我相信文学,它会敞开一个世界以及一个逝去的时代。

一 阴面、暗处,何以成为一个问题？

王安忆在《长恨歌》开篇里对上海的描写,是与外滩完全不同的上海弄堂的景观:

> 站一个至高点看上海,上海的弄堂是壮观的景象。它是这城市背景一样的东西。街道和楼房凸现在它之上,是一些点和线,而它则是中国画中称为皴法的那类笔触,是将空白填满的。当天黑下来,灯亮起来的时分,这些点和线都是有光的,在那光后面,大片大片的暗,便是上海的弄堂了。那暗看上去几乎是波涛汹涌,几乎要将那几点几线的光推着走似的。它是有体积的,而点和线却是浮在面上的,是为划分这个体积而存在的,是文章里标点一类的东西,断行断句的。那暗是像深渊一样,扔一座山下去,也悄无声息地沉了底。那暗里还像是藏着许多礁石,一不小心就会翻了船的。上海的几点几线的光,全是叫那暗托住的,一托便是几十年。这东方巴黎的璀璨,是以那暗作底铺陈开。一铺便是几十年。如今,什么都好像旧了似的,一点一点露出了真迹。①

就这部小说的开篇来说,王安忆对"暗"——阴面的、隐性的上海城市

---

① 王安忆:《长恨歌》,海口:南海出版公司,2003年,第3页。着重号系笔者所加。

面向的描写，实则就是对老弄堂（或者说老上海弄堂）的描写，充满了眷恋和欣赏。她几乎是要拨开光明、亮堂来感知和触摸那些暗影与阴面，也几乎是在这样的时刻，她欣慰地触摸到老上海的魂灵，它真正生生不息的命脉。另一方面，我们也不难体会到，王安忆对新上海——点和线、光和亮的新上海掩饰不住的揶揄。这是执拗地要把两个历史时期重叠在一起的表意方式，是对逝去、再现、到来的应急的思索。

一个是暗的、阴面的、隐藏在光亮底下的逝去的上海，它是有根底的、有历史的、有内涵的上海；因为它不在明处，实则也是幽灵化的上海。王安忆如此坚定执着地要把那个老旧的上海，已经被光亮的华美的上海所遮蔽的旧上海呼唤出来——她知道这不是一件轻松的事情，她几乎是运足了底气，要从那"深渊般的"的暗处把它召唤出来，这如同是在召唤一个逝去的幽灵。当新上海正在兴起（欣欣向荣）时，王安忆却有些眷恋这个幽灵般的隐藏在暗处的上海。20世纪90年代中期，这样的怀旧是何种心理？老旧的上海为何如此让人难以释怀？

《长恨歌》出版于1995年，写作时间应该在1990年代初的几年，正值上海开发浦东进入如火如荼的阶段，上海大有压倒深圳成为中国经济起飞的龙头之势。但是社会的心理意识变化却远比经济发展来得更为缓慢和复杂，文学作品显然是时代情绪直接的、也是微妙的表达。在时代的深刻变化与上海的发展机遇重叠的时空中，敏感的王安忆当然有自己的领悟。

1990年代初，王安忆在她的一次谈话中表白说她的"世界观、人生观和艺术观已经很成熟了"[①]。陈思和先生据此再加上王安忆"一系列既密集又重大的小说创作"，读解出中国当代精神领域一个不容忽视的信息："在九十年代文学界的知识分子人文精神普遍疲软的状态

[①] 陈思和：《营造精神之塔——论王安忆九十年代初的小说创作》，《文学评论》1998年第6期。陈思和此说据王安忆的一次谈话记录稿，参见《王安忆：轻浮时代会有严肃的话题吗？》，《理解九十年代》，北京：人民文学出版社，1996年，第48页。

下","仍然有人高擎起纯粹的精神旗帜,尝试着知识分子精神上自我救赎的努力"。①按照陈思和先生的看法,1990年代初王安忆完成的三部曲《叔叔的故事》《歌星日本来》《乌托邦诗篇》,是在营造"精神之塔","及时包容汇集了社会转型过程中各种最主要的或者次要的声音,使这座精神之塔成为个人精神的纯净性与时代精神的丰富性紧密结合在一起的艺术表现对象"。②陈思和先生是在1990年代后期写下的这些文字,他对"精神之塔"的向往,也寄寓了当代相当一部分知识分子对重建时代意识的期许。

一个作家的"精神之塔"的建构无疑是依赖长期持续的创作来完成的,也是由其全部作品的丰厚思想内容、艺术创造和美学风格来呈现的;但所有的整体都是由局部一点点来形成的,某些代表作品无疑更为充分地体现了作家精神性的重要内涵。也是基于此种认识,笔者试图去看《长恨歌》这部作品对"暗"、对"阴面"的书写,对于这部作品的精神性价值意味着什么?对于王安忆的"精神之塔"的建构起到什么样的作用?对于王安忆与1990年代的社会(现实)又有什么样的关联意义?

《长恨歌》发表后有一段沉寂,随后口碑暗暗传颂,好评的高潮在2000年第五届茅盾文学奖到来。《长恨歌》的获奖评语如是写道:"体现人间情怀,以委婉有致、从容细腻的笔调,深入上海市民文化的一方天地;从一段易于忽略、被人遗忘的历史出发,涉足东方都市缓缓流淌的生活长河";"一种具有普遍意义的人间情怀洋溢在字里行间,渐渐地浸润出了那令人难以释怀的艺术的感染力"。③ 这里有几个关键词读来颇让人值得玩味:"被人遗忘的历史"当指王琦瑶当年寄居于"桃

---

① 陈思和:《营造精神之塔》,《文学评论》1998年第6期。
② 同上。
③ 《长恨歌》评语由吴秉杰撰写,《第五届茅盾文学奖评委会委托部分评委撰写的获奖作品评语》,《文艺报》2000年11月11日。

丽丝公寓"的旧上海年代,那段历史已经被新中国的雄健历史所遮蔽;"弄堂文化"也为轰轰烈烈的革命的上海和变革的上海所放逐,故而远离"时代主潮"。这样的"旧上海"只能是从生活长河"缓缓流淌"而来,其美学效果也只能表述为"渐渐地浸润出……",尽管王琦瑶从旧社会的上海到了新社会的上海,但她始终表征旧上海的生活,她根本就是、一直就是躲在暗处(阴面),若隐若现,不见天日。她怎么能不被遗忘呢? 现在,王安忆以她敏感的天性,以她对文学特有的视角,看到了历史的暗处/阴面,以她"委婉有致、从容细腻的笔调",呼唤"人间情怀",呼唤王琦瑶出场。

这个出场困难且有顾忌。王安忆只有站在高处看上海的"低处",看到那隐藏在弄堂里的暗,看到被光遮蔽的阴面,才能看到历史深处的王琦瑶。要把她召唤出来,那就是要让她从历史的暗处复活,随之复活的是全部的老上海的生活。

《长恨歌》有一段描写王琦瑶到电影片场,看到一幕拍电影的场景,小说叙述说:"王琦瑶注意到那盏布景里的电灯,发出着真实的光芒,莲花状的灯罩,在三面墙上投下波纹的阴影。这就像是旧景重视,却想不起是何时何地的旧景。"于是,王琦瑶再把目光移到灯下的女人,"她陡地明白这女人扮的是一个死去的人,不知是自杀还是他杀","奇怪的是,这情形并非阴森可怖,反而是起腻的熟"。① 关锦鹏执导改编的电影,也是选取这个场景作为电影的开场,可见其暗示与伏笔的功能。这一段叙述反复强调"熟",甚至"起腻的熟",固然这是王琦瑶的视点和感觉,但王安忆何以要把这个场景给予王琦瑶,并要让她觉得"起腻的熟"呢? 王琦瑶的"熟",无疑是王安忆埋下的伏笔,王琦瑶在四十多年后临死时才又想起这个场景,这才明白她当年觉得"熟"的缘由,但这就是宿命论或者神秘主义了。这一套路数并不是一向的唯物论者王安忆所擅长的,与其说这里是要说服王琦瑶觉得"熟",不如说

---

① 王安忆:《长恨歌》,海口:南海出版公司,2003年,第25页。

王安忆是要说服她自己觉得"熟"。这样的场景只是听说过,只是在传言里或老画报上瞥过一眼,何曾到"熟"的地步呢?王安忆多少有些故作惊人之论:这是"起腻的熟"的啊,何以我们都遗忘了呢?现在王安忆要讲述的这个故事,绝不是虚构的,而是上海人耳濡目染、耳熟能详的往昔。

这样一个暗示了王琦瑶命运的叙事,被忧郁地描写成阴影里重现的故事,虽然这里出现了光亮,但光亮是在阴影里面敞开的,三面墙上都是阴影,可想那样的光亮实则是被阴影包围的光亮。那是什么样的光亮?只能是"旧景重现"!王安忆在小说开场就暗示王琦瑶终将死去,这本来是一个人的必然结果,但她要让小说一开始就笼罩在宿命论的氛围里,王琦瑶在那个表演死者的女人身上看到自己未来的命运,而王安忆则在王琦瑶身上看到逝去的(已死的)上海的模糊身影。要让王琦瑶来复活旧日上海,那早已销蚀的往昔的华美绮丽,这实在是一次关于复活、招魂的书写,是一次在暗处、阴面的书写。

二 "海上旧梦"在阴影里的顽强复活

王安忆知道那是隐藏在暗影里的人物和城市,按她的说法,她写了一个女人的命运;然而,"事实上这个女人只不过是城市的代言人,我要写的其实是一个城市的故事"①。一个女人和一座城市,一个女人就可以代表一个城市,通过写一个女人就可以写出一座城市,这是什么样的女人?除非这个女人就是这个城市的魂魄,或者她是这个城市的幽灵,这个女人的复活就是这个城市的复活。显然她不是革命的、现代化的、工业主义的、人民性的上海城市的代言人,那么她是什么样的上海的代言人呢?她是已经消失的上海,那个过去的弄堂闺阁或现代资本主义兴盛的上海,那其实也只是现代上海的某一片区域。因为它消失

---

① 参见齐红、林舟《王安忆访谈录》,北京:作家出版社,1995年。

了,或者只留下痕迹,在那些老街旧弄里还可见一点当年风情。而那曾经浮华绮靡的海上排场早已萎缩成一个精灵,蛰伏于城市的深处?或者蛰伏于城市的梦中?很显然,它在1990年代初以来关于上海的想象中显灵,虽然远没有复活,但一段一段的高光闪回的灵异现象,足以构成隐约可见的旧上海的肖像。

一个人和一座城市,一个人能代表一座城市,那这个人就只是城市的幽灵,是那座/那种城市的幽灵了。这座城市不是别的,甚至不是过去的,只是海上旧梦,只是旧梦重温中被拼贴起来的城市(想想茅盾《子夜》中的上海、想想周而复的上海如何不同就足够了)。

这就可以理解,王安忆为什么花费那么多笔墨,几乎是不厌其烦地去反复描写上海城市,尤其是弄堂。令人感到蹊跷处还在于,她在叙述中强调这个城市的"暗",那些阴面的暗影。因为这个人和这座城市隐藏于此,它/她一起隐藏于此,它/她不能被光亮照彻,不能在明处显现,只能半明半暗、影影绰绰、若有若无,这才真真切切,是更为致命的本质。这座城市被缩小为弄堂——因为它是这座城市的内里的魂灵(它托住它),王安忆对上海弄堂的描写可谓匠心独运:"街上的光是名正言顺的,可惜刚要流进弄口,便被那暗吃掉了。""上海的弄堂真是见不得的情景,它那背阴处的绿苔,其实全是伤口上结的疤一类的,是靠时间抚平的痛处。因它不是名正言顺,便都长在了阴处,长年见不到阳光。爬墙虎倒是正面的,却是时间的帷幕,遮着盖着什么。"①王安忆笔下的弄堂,总是被阴影笼罩住,即使有阳光或亮光,她也宁可写那些阴影或暗处。暗所具有的无穷性,如深渊般的不可测定性,那才是真实和虚无,才是历史之幽灵隐身的去处。只有阴面才有历史,才有可把握的生民的、日常的、活生生的历史。或许如陈思和所说,那是"民间的""潜在的"、生生不息的历史。它是如此吊诡:在暗处、在阴面才有历史的生动性,才能自我显灵。

---

① 王安忆:《长恨歌》,海口:南海出版公司,2003年,第6页。

而弄堂进一步缩小为闺阁,前者本来就在暗处,要命的是,闺阁还在弄堂的阴面。关于闺阁,小说一触及这个处所,马上要给予其定义:"在上海的弄堂房子里。闺阁通常是做在偏厢房或是亭子间里,总是背阴的窗,拉着花窗帘。"这阴面的窗还显不够,王安忆要赋予这个海上旧梦的闺阁更多些梦幻色彩:"梦也是无言无语的梦",在后弄的黑洞洞的窗户里,"恍惚而短命","却又不知自己的命短"。① 上海的闺阁隐蔽得如此之深,但它距离海上的浮华只有一步之遥,这才是它的魅力之处。王琦瑶的故事就是如此,小家碧玉摇身一变成为海上美人。王琦瑶成为一个桥梁,连接起旧上海弄堂与海上浮华的关系,这或许是旧上海的自发现代性的特征之一,也是商业资本主义的上海始终具有平民性的缘由。这与老北京、老南京的官场权贵建构起城市上层或中心的文化明显不同。也因此,所有关于旧上海的想象,都具有某种平民性或日常性,其回归因此具有更加普遍的可能。1990年代,所有城市的怀旧,都不如上海有魅力,其历史具有魅力固然是一方面,另一方面,跟它能把弄堂与浮华连接起来也不无关系——因为它与1990年代蓬勃昂扬的上海构成了一种隐喻映射关联。

王安忆把上海的弄堂和闺阁这道布景描画得精细微妙,做旧得极其充分时,才让王琦瑶从历史深处款款走来。先是吴佩珍,后是蒋丽莉,她们与王琦瑶卿卿我我地制造青春往事;弄堂、学校、片场、照相馆,上海小女子的友情、小心眼、心气、烦恼,等等,都被王安忆写得如歌如画且淋漓尽致。如此微妙,又如此坚韧;如此善解人意,又如此捉摸不定;似梦似幻,又如此清晰逼真。

这个从海上旧梦中走出来的女子,历经了20世纪的沧桑,然而,王安忆此番的书写却有着她的独特之处。她并不是让王琦瑶的故事深深地嵌入20世纪的历史动荡之中,而是让她置身于历史的边界,让历史在她身上投下一道阴影。与其他对20世纪历史控诉性或颠覆性的书

---

① 王安忆:《长恨歌》,海口:南海出版公司,2003年,第11—12页。

写不同,20世纪的历史暴力在她身上划下几道伤痕——这当然是不可避免的,但她却能规避历史的强大暴力,她的故事几乎是完好无损地保持了旧上海的故事。王琦瑶的故事不是与历史冲突的故事,而是与男人的故事,准确地说是与旧式的上海男人的故事。看看那些历史变故的支撑点——李主任、程先生、康明逊、萨沙、老克腊,这几个在王琦瑶肉体上留下印记的男人,都是老上海的传人。这是用情爱包裹历史的做法。中国当代的历史叙事习惯于用历史牵引家族争斗,而王安忆用情爱来覆盖历史,这倒是她的独到贡献。这确实是有些蹊跷,当然更是巧妙。李主任自然不用说,他是旧上海集白道黑道于一身的大佬式的人物,旧上海社会关系的复杂性通过这个人物得到了高度概括。后来的康明逊,是旧上海工厂主家里的花花公子,革命竟然未能去掉他的旧上海的派头,当年的西装革履,现在换成了一身蓝咔叽人民装,但"熨得很平整;脚下的皮鞋略有些尖头,擦得锃亮;头发是学生头,稍长些,梳向一边,露出白净的额头。那考究是不露声色的,还是急流能退的摩登",懂得时尚风情的王琦瑶"去想他穿西装的样子,竟有些怦然心动"。①

王琦瑶虽然生活于新中国,但她的生活小天地却还是旧上海的延续。然而,"外面的世界正在发生大事情,和这炉边的小天地无关。这小天地是在世界的边角上,或者缝隙里,互相都被遗忘,倒也是安全的"②。他们是"半梦半醒的人",因为他们活在旧上海的时光里。王琦瑶家的一方小饭桌,承接了旧上海昔日浮华和家长里短的流风余韵。再加上严师母和萨沙,这样就全了,旧上海的日常生活、娱乐、浮华、心思、记忆都有了。这就可以理解,在那样充满历史暴力,足以使人颠沛流离的1940年代末到1980年代初,王琦瑶虽然心灵上伤痕累累,但她基本上(从外形上来看)还是完好无损的,那个小盒子竟然也完好无损。因为藏着那个小盒子,她的现在始终和旧上海的历史联系在一起。

---

① 王安忆:《长恨歌》,海口:南海出版公司,2003年,第145页。
② 同上书,第159页。

王琦瑶与其说在和这几个男人发生情感和肉体的纠葛,不如说始终在和旧上海发生关系,这样的纠葛让旧上海一点点复活,历史在变,但都有旧上海的男人在场,革命的强大的历史反倒是背景,旧上海的情爱与生活始终在场。

　　王安忆显然并不是有意识地设想,在革命的光天化日之下,另有一道阴影是革命的亮光不能照彻的地方,有那种历史隐藏在这个世界的阴面,它总是会隐约显现。这就可以理解,在讲述王琦瑶的故事过程中,所有关键的时刻,所有最为吃劲的时刻——要建构起当下性的时刻,那道阴影总是如期而至。因为这样的时刻要归属那个历史谱系。王安忆借助康明逊的视点去破解王琦瑶的秘密,从她身上看出昔日的华美。王琦瑶的一举一动都有一种时光倒流的意味:"灯从上照下来,脸上罩了些暗影,她的眼睛在暗影里亮着,有一些幽深的意思,忽然地一扬眉,笑了,将面前的牌推倒。这一笑使她想起一个人来,那就是三十年代的电影明星阮玲玉。"康明逊在琢磨王琦瑶是谁的追忆中,就感受到"这城市里似乎只有一点昔日的情怀了",有轨电车的声音也使康明逊伤感满怀。"王琦瑶是那情怀的一点影,绰约不定,时隐时现。"①所有当下发生的情感与事件,都归属于历史,归属于旧上海。

　　康明逊的怀旧有着弗洛伊德意义上的童年经验,这个二妈所生的工厂主的独生子,从王琦瑶身上竟然看到了二妈的背影。对二妈的怜悯和嫌恶,如今都转化为对王琦瑶的眷恋。康明逊带出了旧上海生活的创伤性的内里,它与王琦瑶过往的浮华表面相映成趣,实则也成为王琦瑶的故事的另一种说法,延续下来的还是旧上海的故事。到了1950年代,新中国退居幕后,连隐约的面目都没有,旧上海的故事则是演绎得有滋有味——"那样的场景里,总有着一些意外之笔,也是神来之笔"②。这些场景就是那些阴影漂浮情境,都是"神来之笔"。屋里的灯

---

① 王安忆:《长恨歌》,海口:南海出版公司,2003 年,第 168 页。
② 同上书,第 174 页。

光投下的不是亮,而是暗,影比光多。于是两人偎在沙发上,"看着窗帘上的光影由明到暗",房间里黑下来,他们也不开灯,"四下里影影绰绰,时间和空间都虚掉了,只有这两具身体是贴肤的温暖和实在"①。王琦瑶和康明逊都罩在暗影里,也就是罩在旧上海的影子里,他们两人如此心心相印,惺惺相惜。只因为他们共同生活在旧上海,他们与眼下的现实无关,也与未来无关(王琦瑶说想都不用去想)。在康明逊眼里,王琦瑶就是过去时代的复活,他的二妈的背影重现。王琦瑶那个小屋里,复活的是旧上海的生活,情爱方式和全部的心理都属于过去的时代。

  康明逊的这一页历史翻过去了,到了老克腊的时代。按王安忆的说法,王琦瑶已经是寄居在别人的时代里,那是张永红、女儿微微、长脚的时代,但实际上何尝真的是如此呢?老克腊年纪轻轻却有着浓重的怀旧情绪,他其实是一群时髦朋友中默默无闻的一个,看来老克腊的怀旧和寂寞的分量不轻,要不是这做旧有底色,那些新潮一钱不值。也是有这新潮做背景,老克腊的做旧才有古董一样的价值。在小说叙事的推进中,老克腊实则承续了康明逊的角色,但康明逊是自然的恋旧,他有着二妈的童年记忆做底,老克腊却要靠想象。他把自己想象成40年前的冤死鬼:"再转世投胎,前缘未尽,便旧景难忘。"②他走在上海的马路上,恍惚间就像回到了过去,"女人都穿洋装旗袍,男人则西装礼帽,电车当当地响","他自己也就成了个旧人"。

  正是通过老克腊的态度和视点,王安忆把八九十年代改革开放的

---

  ① 可参见《长恨歌》第174—177页关于王琦瑶和康明逊颇为细腻冗长的情爱过程描写。

  ② 老克腊想象自己40年前在电车上被追杀重庆分子的汪伪特务所误杀,这几乎就是在暗示他是李主任的转世。而李主任这个重庆方面的人,也几乎就是汪伪特务的翻版,既想暗示又想刻意回避胡兰成的汪伪身份,这使人疑心《长恨歌》未尝不可能是写张爱玲的故事。常德公寓与"桃丽丝公寓"未尝没有几分相像,等待李主任与等待胡兰成又有多少区别呢?张爱玲在1949年后如果不是去了香港和美国,何尝不是王琦瑶的结局?《长恨歌》最后要如此了结王琦瑶的故事,这或许就是"海上传人"不得不表现出的拒绝姿态。

新上海再一次做成了背景,就是在这样的时期,上海真正有魅力的是旧上海的遗迹。老克腊习惯在上海西区的马路常来常往,有树阴罩着他。"这树阴也是有历史的,遮了一百年的阳光","他就爱在那里走动,时光倒流的感觉"。如此怀旧的老克腊穿越时光恋上 40 年前的上海小姐,就变得不那么荒谬了,甚至演绎成这个时代最为动人的故事。老克腊的怀旧,那还只是对街景、旧物、老音乐的抚物追昔,王琦瑶的出现,才让他的怀旧有了更为清晰的对象。"她就像一个摆设,一幅壁上的画,装点了客厅。这摆设和画,是沉稳的色调,酱黄底的,是真正的华丽、褪色不褪本。其余一切,均是浮光掠影。"①老克腊看到王琦瑶就看见了三十多年前的那个影,然后,"那影又一点一点清晰,凸现,有了些细节"②。当然,这才触及旧时光的核,穿越时光的爱才能使老克腊的怀旧刻骨铭心,也才能使王琦瑶带着旧日的魅力在她寄居的时代显现价值。一个是回忆,一个是憧憬,"使得他与王琦瑶亲近了"。

怀旧的叙述从容典雅,但是情爱的经验却糟糕透顶。小说叙述说,又有一夜,老克腊来找王琦瑶,他们俩上了床,后来,"月亮西移了,房间里暗了下来,这一张床上的两个人,就像沉到地底下去了,声息动静全无。在这黑和静里,发生的都是无可推测的事情"③。小说临近结尾几乎是急转直下,王琦瑶露出老态,老克腊的怀旧并不彻底,更不纯粹。王琦瑶终至于被长脚掐死,这一悲剧性的结局对比此前的怀旧的美好、围绕王琦瑶的三四个男人的深情眷恋来说,实在是破灭了海上旧梦。既然编织了一个美妙诱人的怀旧之梦,何以又要让它破灭?那道阴影不只是在做旧,标示着海上旧梦的模糊与不可能,同时始终给予怀旧以宿命论的意味。一个复活海上旧梦的故事,与一个女人一生的悲剧纠缠在一起,最后是一个女人的故事压制了怀旧的叙事,怀旧终将露出不

---

① 王安忆:《长恨歌》,海口:南海出版公司,2003 年,第 294 页。
② 同上。
③ 同上书,第 319—320 页。

可能的底色,除了那道阴影,还有什么样的内涵?

三 重复的阴影,历史与修辞

王安忆对海上旧梦的书写,何以在那些关键时刻总是要笼罩一片阴影?这些阴影、暗处或阴面反复出现,肯定是有意为之的修辞,或是不得已为之的修辞。固然,任何小说在叙事中都可能出现对阴影、阴面、阳光、光线、昏暗等之类的描写,但像《长恨歌》这样如此明显、刻意、详尽地描写阴影、阴面或暗处的,还不多见。问题同样在于,它们在文本中占据着某种中心化的位置,在那些关键性的、重要的时刻出现。如果作简单归纳推论,"阴影""阴面"或"暗处"或许可以归结出以下一些要点:其一,它们制造了一种怀旧气氛,给予了一种历史的距离感。其二,它们暗示了一种宿命论的意味,表明这样的场景注定要转向悲剧性。其三,它们包含着欲望与已死的本性,那些场景总是散发着情欲感,情欲具有向死的本性,连接着死亡。其四,幽灵化的本性。为什么要在阴面出现,为什么那些故事总是要从阴影里出来,又在阴影里消失?

围绕分析阴影的修辞性表述,我们固然也可以建立起一套关于这部小说的丰富多样的文本组织结构,但本章的目标不在于此,笔者更愿意去读解它(及其作家)与时代的关系,或者如米勒的《小说与重复》,"向熟悉的文本提出当代问题,来重新激发它们的活力,如是澄清文本,深化它们的神秘内涵"[①]。

这样我们也试图去提问:"阴影"与王安忆书写《长恨歌》的1990年代构成什么关系?为什么王安忆在1990年代中期讲述这个故事,会有意识地描写阴影?王安忆对"阴影"表征的叙事持何种态度?

[①] 这段话为《纽约书评》登载的评价米勒《小说与重复》的文章所言,参见 J.希利斯·米勒《小说与重复》封底,王宏图译,天津:天津人民出版社,2008年。

当然,阴影首先笼罩在王琦瑶身上,构成了王琦瑶存在的氛围,这使王琦瑶的形象代表了旧上海这个城市的记忆。这就应了王安忆的说法,她是想通过一个女人来写一座城市。有王琦瑶在,就有阴影在,她的身影投在这个城市上面,让城市显出昔日的幽暗,也透出昔日的内涵。这道阴影其实就是一道纽带,把王琦瑶和城市捆绑在一起。王琦瑶带来的是旧上海,在阴影底下复活的旧上海。其根源则在于1990年代初开始的怀旧文化,在这场没有方向感的怀旧运动中,只有上海有方向感,它要作为怀旧运动的领头羊,因为上海的怀旧才有历史依据。它的怀旧可以与新上海连接起来,甚至可以说,上海的怀旧是因为新上海的崛起。

何以王安忆也卷入怀旧?这是令人奇怪的。从王安忆过去的创作来看,她并不习惯于怀旧,甚至她不会/不能怀旧。1990年代初的《叔叔的故事》《乌托邦诗篇》《纪实与虚构》,可以看作历史反思,其思想资源和动力可以在当代思潮中找到依据。其对革命史的关注,依然可以纳入革命/后革命叙事的范畴之内。但是《长恨歌》在王安忆的所有创作中很特别,这不只是说她讲的故事,还包括她讲述故事的态度,她讲述的故事的面向——她并不反思历史,她愿意欣赏做旧的历史;她的故事可以面向败落的已死的历史。这在王安忆其实是很例外的。

"阴影"的本质就是时间,就是历史距离感。王琦瑶在18岁时就领悟到这一点。在等待李主任的日子里,"她不数日子,却数墙上的光影,多少次从这面墙移到那面墙。她想:'光阴'这个词其实该是'光影'啊!她又想:谁说时间是看不见的呢?分明历历在目"[①]。这里写的是寂寞,却道出了"光影"(其实也是阴影)表征的内涵。这种时间感不只是王安忆赋予王琦瑶的,也是王安忆赋予自身的,她要与那种历史拉开距离,不愿意身陷其中,用阴影遮住、保持距离,不失为一个聪慧的策略。在这样的时刻,叙述人王安忆变成了一个旁观者,阴影把历史他

[①] 王安忆:《长恨歌》,海口:南海出版公司,2003年,第103页。

者化。她想强调那是历史本来的面目,历史就是包裹在阴影中,只有阴影中的历史才是苏醒过来的历史。她想藏得更远些,让他者的历史从深处走来,但又总是在远处,在别处。他者的历史不能靠近看,始终不能清晰地看,阴影总是如期而至。终至于结尾处,王琦瑶要以悲剧了结,就像老克腊和王琦瑶,他们俩在床上,"沉到地底下去了,声息动静全无"。

王安忆何以要对王琦瑶最后的结局施以噩运?一直美得不可方物的王琦瑶,最后就像一张旧报纸一样被揉成一团而后废弃。在长脚的眼里,王琦瑶又老又丑,守着那个木盒子,她就该死。王琦瑶和海上旧梦在老克腊和长脚的介入下破灭了,这只能说王安忆对于"海上旧梦"并无真正的眷恋,对于王琦瑶这样的人物也没有发自内心的喜欢,她只是看这个人物,更愿意把她"他者化",就这一点而言,王安忆显然没有女性主义的姐妹情谊。王琦瑶勾起的不过是与当时的怀旧心理有可能契合的旧上海的生活。一个作家对历史和现实要把握住坚实性,只有把自己全部投入进去,只有动用全部的情感才会完成这个人物的生命完整性。王琦瑶后来被掐死,她想起的是早年片场的电影拍摄现场那个死去的女人,随后的叙述是:"再有二三个钟点,鸽群就要起飞了……"似乎王琦瑶是注定了要被到来的时代抛弃的,她本来就不属于她所寄居的时代。

当然,并不是说在小说结尾女主人死去就是作家对她不同情,缺乏爱或悲悯。安娜·卡列尼娜最后卧轨自杀,苔丝被施以死刑,包法利夫人在最后死去,《呼啸山庄》中的凯瑟琳也不得善终……所有这些,其实是可以从字里行间透示出叙述者的情感、态度和悲悯的程度的。王安忆曾谈到过这部小说的结局,她说道:"女主角的结局十分不堪,损害了她的优雅,也损害了上海的优雅,可是倘没有这结局,故事就将落入伤感主义,要靠结局来拯救,却又力量单薄,所以,略一偏,就偏入浪漫爱情小说,与时尚合流。"这是王安忆后来解释她当时创作时的经验,她想用悲剧来给予这部作品以命运的重量,不愿意落入"感伤主义",这是因为她对复活王琦瑶和"海上旧梦"不信任,故而才对结局如此处理。

事实上,对于王琦瑶这样的人物,对于怀旧,王安忆后来的怀疑和反思更为彻底。十多年后,她甚至全盘否定《长恨歌》。2008年,李安根据张爱玲的小说《色·戒》改编的同名影片在大陆热映,有媒体报道,王安忆在与法国龚古尔文学奖得主葆拉·康斯坦的一次文学对话中说,她在获得茅盾文学奖的小说《长恨歌》中,写了上世纪40年代的老上海,招致很大的误解和困扰。"由于对那个时代不熟悉不了解,这段文字是我所写过的当中最糟糕的,可它恰恰符合了海内外不少读者对上海符号化的理解,变成最受欢迎的,"王安忆抱怨说,"《长恨歌》长期遭遇误读,几乎成了上海旅游指南。"①一个作家如此批评甚至否定自己的作品,还不多见,其勇气固然可嘉,但里面是否有什么奥妙呢?在2008年为《白玉兰文学丛书》作序时,王安忆详细解释了自己对《长恨歌》的看法,她对第一部"沪上淑媛"那一章的描写表示了"不如人意",以为是"想当然"的结果,被"安在潮流的规限里,完全离开小说的本意",而认为重要的情节发生在第三部,即王琦瑶如何与下一辈人邂逅,"在人家的时代里,就好比寄人篱下"。她同时表示,第二部虽然是一个过渡,但却是写得最为称心的部分,她认为这和感性有关。她说道:"六十年代,在我是知觉初醒,人和事渐渐浮向水面,轮廓绰约,气息悠然弥散,无处不至。这一部,一旦开头便从容而下,就像自己会生长一样,枝叶藤蔓盘错。这是写作中最好的状态,所有的人物都在自由活动,主动走向命运。我被自己所感动。"②

当然,这是作家对自己作品的解释,但作家理解自己的作品未必十分准确。第二部写得确实好,邬桥的故事、平安里的故事与康明逊的情

---

① 参见王安忆《〈长恨歌〉是我最糟糕的作品》,《北京青年报》2008年3月25日。
② 王安忆:《七月在野,八月在宇》,《长恨歌·序二》,上海:东方出版中心,2008年,第26—27页。

爱,这些都写得有声有色、自然舒畅、委婉有致。但第三部写得未必理想,尽管王安忆认为它重要,下了大气力。寄居在别人时代的王琦瑶只是一个摆设,无所适从,却不是王安忆要把握的自觉的"无所适从",王安忆并不清楚在这个时代王琦瑶这样的人物会干什么,会如何生活,她甚至也并不能看清这个到来的时代究竟意味着什么。她只是想让王琦瑶重复和康明逊的情爱,却没有什么起色。再次出现的怀旧人物老克腊也显得十分勉强,老克腊与王琦瑶的爱情就很做作,上床及其糟糕的后果也是刻意为之,长脚掐死王琦瑶的意外事件也做得不漂亮,王安忆只是强行把王琦瑶推向悲剧的结局,去呼应开篇片场看到的那个死去的女人的宿命论,当然,也是为了表明对王琦瑶及其怀旧的历史否弃。

王安忆对《长恨歌》复活王琦瑶和海上旧梦有着矛盾的态度:一方面,她以怀旧、欣赏的眼光去写旧上海的生活,去写有旧上海品性韵致的王琦瑶;另一方面,她不愿意全身心投入海上旧梦,骨子里不能全盘接受王琦瑶这种人,她们不是一路人。尤其是时过境迁,王安忆看到自己描写的海上旧梦被作为怀旧的典型,甚至被作为海上旧梦的导游手册,这让她十分不满,实在是既有今日,何必当初。王安忆认为这是读者对她这部作品的误读,虽然她自己也承认她对那段历史有想当然之嫌,但被"安在潮流的规限里",是谁来安放?王安忆自己难道没有对1990年代初方兴未艾的怀旧潮流有意接近吗?

王安忆一直有着对潮流的敏感,虽然她未必是潮流的领路人,但她决不会落下1980年代以降的哪一拨潮流,因为她是一个有现实感的作家。这没有什么不好,而恰恰是她的优势。但问题在于,1990年代初的中国的思想情境是一个不置可否的空场,知识分子全体实际上失去了方向感。虽然1992年之后有一些知识分子的声音还是很响亮,例如,批王朔、批《废都》,重新倡导启蒙,张扬人文精神,等等,但整体上来说,这一时期中国思想界没有未来的方向感,也没有明确的现实肯定性。比如:强调放弃思想史而重建学术史、回归传统、整理古籍,总算与主导意识形态的"爱国主义"并行不悖;娱乐文化在重新建构红色经典叙事;等等。所有这些,顺理成章地培养起全社会的怀旧情绪。1990年代初中国社会弥漫着怀旧情绪,这与1980年代的实现现代化、团结一致向前看完全不同。然而,1990年代初再难有中心化的和整合性的思想意识。事实上,社会已然分化为三元格局:主导的思想意识、知识分子的文化立场、民众的当下利益选择。1992年似乎是一条分界线,以经济建设为中心成为中国现实发展的道路。对于民众来说,当下已然清晰,无须往前看——因为未来普通人左右不了;1990年代初刚滋长起来的怀旧情绪则成为人们乐于保持的心态。不再有宏大的观念性的询唤,也没有对未来的执着期许,怀旧或许是填补空洞情怀的恰当材料。1990年代初的知识分子张扬学术史而贬抑思想史,认为1980年代崇尚思想史导致了激进主义盛行,此一思想脉络可以追寻到现代以降的激进革命理念。[①] 这些情绪和思想意识都延展到1990年代上半期。

1990年代初民众向后看的怀旧情绪[②],知识分子转向传统和整理学术史的保守性立场,所有这些都铸造了1990年代上半期的文化情境——其本质是缺乏现实坚实性和未来面向的彷徨场域。王安忆身处这样的场域,当然不能超出历史,她在1995年出版的《长恨歌》里一定程度上要重构"海上旧梦",也并不奇怪。但这并非王安忆所愿——如前所述,那道反复降临的暧昧的阴影可为佐证,这是时代情境使然;一旦时过境迁,王安忆必然翻悔,因为她是"共和国的女儿"。

---

① 有关这一论述可以参见拙文《反激进:当代知识分子的历史境遇》,《东方》1994年第1期。另可参见余英时《再论中国现代思想中的激进与保守》,香港《二十一世纪》1992年4月号。

② 关于1990年代初的怀旧情绪,可参考拙文《重唱革命歌曲》,《中国论坛》1992年第20期(总第381期)。另可参见拙文《怀旧的年代:1994年的精神症候学》,《上海文化》1995年第3期。

四 "正当性"的焦虑或阴面的历史寓言

2004年,王安忆和张旭东教授进行了一场十分深入的对话,话题涉及文学创作和当代文化的诸多方面,见解鲜明犀利。其中谈到高行健自诩"纯粹的、普遍的、自由的个体",王安忆则认为,自己并没有那么纯粹,"我恐怕就是共和国的产物,在个人历史里面,无论是迁徙的状态、受教育的状态、写作的状态,都和共和国的历史有关系"。据王安忆披露,台湾的媒体或知识界给她起的外号就叫"共和国的女儿",王安忆不无赞同地表示:"'共和国'气质在我这一点是非常鲜明的,要不我是谁呢?"张旭东高调赞许说:"你的文学也是一种共和国的文学,共和国的政治、文化、日常生活经验在文学里面的一个结晶。"①

显然,这里不能过度阐释,其中有高行健和台湾的语境,王安忆只是强调在中国不能抹去"共和国"的影响,她并不是要自我标榜为"共和国的女儿"。但是她承认她身上有鲜明的"共和国"气质。什么是王安忆的"共和国气质"呢?首先,那就是承认自己是共和国的产物,按张旭东的看法,"产物就是成果",这一定义在张旭东的论证中向着政治认同转发,张旭东说:"在文化史的意义上,对正当性是一个印证,正当性就是这样建构起来的。"这个"正当性"的概念相当复杂,笔者以为这几个层面是需要厘清的:其一,因为产生了王安忆这样的作家,共和国的存在是正当的,因为王安忆必然是共和国的成果。其二,王安忆这样的作家认同共和国是正当的,既然是其成果,岂有成果不认同母体之理?其三,正当性是唯一性的,正当性的根源是正义,而正义具有绝对性。对于一种历史存在来说,对于王安忆认同共和国这一政治选项来说,认同是正当的,不认同是不正当的。其四,也是基于这一逻辑,张旭东以法国作家与共和国的关系为参照,批评了那些不敢承认自己是共

---

① 张旭东:《纽约书简:随笔、评论与访谈》,上海:上海书店,2006年,第184页。

和国产物的作家,那些企图撇清自己与共和国关系的作家,以及那些试图标榜自己是自由个体的作家。

很显然,在以法国作为参照标准这一点上,王安忆还是有些犹豫,对话语境出现了一点小小的分歧,这里可以看到王安忆的审慎。但是张旭东的理论语境起了支配作用,在政治认同这一点上,王安忆几乎是宣誓般地表达了她的立场:"别人说,因为我父母都是南下干部的关系。我不晓得。我不敢说,但其实我很想说,我是人民的作家。像张承志就可以说,他是伊斯兰教的作家,还有李锐,他们有更多的权力,因为他们对这个国家有更自觉的关怀。还有莫言,他肯定敢说,他是农民的作家。我觉得,莫言的小说始终坚守农民的立场,这个立场将他与其他同是农村出身的作家,有力地区别开来。"①

尽管张旭东说的"正当性"的逻辑自洽性还可再讨论,但他第一次把一个严峻的问题提到了作家面前,让作家无可回避。当王安忆说出自己是"人民的作家"时,不能说是张旭东的理论语境促使她作出这种抉择,而是她溯本求源,在她自己的血脉(家庭伦理)里找到了这种依据。在"共和国"和"人民"这两个概念之间,王安忆选择了后者这个更为习惯的"低调的"概念。

这就可以理解,多年之后,王安忆对被定位为上海怀旧指南的《长恨歌》表示了不满,对倾注笔墨书写王琦瑶这种分明是资产阶级文化遗产的人物表示了反省。问题的实质在于,并不是"怀旧"让她有一种被误读的不快,根本上是"怀旧"和王琦瑶的历史/政治属性与她潜意识中的政治认同有分歧。王安忆说出"人民的作家"肯定不仅仅是在与张旭东对话的语境中形成的,她的潜意识中一直就有如此抱负。

这样对小说叙事中重复出现的"阴影"就可以有更深一层的理解。阴影当然不只是怀旧,不只是要与怀旧拉开距离,还有在本质上的不认同。那种旧上海的女人,王安忆骨子里是不能完全欣赏的。根本在于,

---

① 张旭东:《纽约书简:随笔、评论与访谈》,上海:上海书店,2006年,第185—186页。

那是没落的、已死的、被历史压抑的过去,或者说,那是在历史的阴面的写作。王德威据《长恨歌》第一部分的叙述十分精当地指出王安忆"不能脱出张爱玲的阴影",试图认定她为张爱玲的"海派传人"。① 王安忆何能甘心罩在"阴影"里? 她有更大的抱负。

1990 年代初及整个上半期,其实知识分子看不到历史的肯定性,也不能全部认可"正当性",他们更愿意选择对历史的反思与怀疑。陈忠实出版《白鹿原》,是对革命历史叙事进行深度改写。他寄望于乡土中国传统文化,却又在乡土的宗法制文化中看不到希望,甚至产生了更深的绝望(例如,鹿三杀死田小娥,也杀死了她肚子里白嘉轩的长子白孝文的孩子)。贾平凹的《废都》对 1990 年代的知识分子精神状况作了一个极限性的反映,固然我们可以说庄之蝶未必是现代知识分子的典型代表,而更像是传统中国文人在当代的替身,但不管如何,《废都》相当深入地反映了 1990 年代初的文学对现实的极度迷惘的态度。再如莫言的《酒国》《丰乳肥臀》,对现实的喜剧性的揭露与对乡土中国历史的悲剧性再现,都带有彻底性,那是基于一种无望的情绪才可能有的决绝态度。或者如王朔和王小波,前者宣称"千万别把我当人",以表示另类姿态,后者则以完全逃离的方式寻求消极自由。尤其是那篇《我的阴阳两界》,王二只有在阴面才能感受自己的自由,这就与现实化作出截然的区分。直到 1998 年,刘震云还出版 4 卷本的《故乡面和花朵》,这是 1990 年代绝无仅有的关于未来的作品,然而,它对未来却极尽嘲讽之能事,除了混乱的变了质的流窜到城市的乡土盲流,哪里有什么未来呢? 1990 年代上半期的中国文学,不再能像 1980 年代那样,站在所谓"思想解放"的前列,"团结一致向前看"。至少在整个 1990 年代上半期,中国当代文学与现实有着深刻的裂隙,失去现实肯定性的中国作家当然不会去打开未来面向,而是在"无地"彷徨,站在历史的

---

① 王德威:《海派文学,又见传人》,《如此繁华》,香港:天地图书有限公司,2005 年,第 197 页。

阴面,去审视历史,回避现实。

即使敏感如王安忆,在1990年代上半期,也把自己"安在潮流的规限里"。在那个时候她并没有对这一潮流心悦诚服,王琦瑶悲戚地死了,而且是被长脚掐死了。长脚何许人?这个号称去香港继承遗产的人,实际上是坐人家的三轮车去洪泽湖贩水产的小贩。但是,谁能保证日后的一些个体户,再往后的民营企业家(如马云、俞敏洪、潘石屹们)不是从他们里面诞生的呢?长脚们难道不是市场经济的先驱吗?何以是长脚们在道德上被审判呢?固然,长脚只是小说中一个随意的个别人物,但是,为什么不是老克腊弄死王琦瑶?或者不是王琦瑶自杀了结呢?再或者,为什么不是谁谁(如程先生)偶然误杀了王琦瑶呢?或者过马路的车祸之类?但是长脚——这是小说中唯一与1990年代跃跃欲试的个体经济相关的人物,这个群体后来创造了中国50%以上的GDP产值。某种意义上,1990年代乃至于新世纪,这个群体创造了中国新经济的神话,他们顽强地从"共和国"的企业的残羹剩汤里面发掘出国民经济的活力,这未尝不是现实的和未来的肯定性。在王安忆的笔下,长脚不幸只是扮演了一个骗子无赖瘪三的角色。

在1990年代中期,中国作家乃至于中国知识分子群体,都不可能从"长脚们"的身上看到现实的肯定性,也看不到历史的正当性,更不可能看到未来。大多数人到历史中去表达迷惘,王安忆却试图面对现实,但她并没有看清现实的未来面向。因为看不起长脚,于是她也看不到未来,至少是将一种最有活力的未来丢弃了。事实上,自1990年代以来,长脚们就充当了中国知识分子批判"非正义"/"非道德"/"非正当性"的主要对象。在当代文学中,这些人从来没有扮演过正面角色,它们的历史永远被滑稽化/污名化。王琦瑶的历史与长脚的现实几乎同归于尽。确实,1995年写作《长恨歌》的王安忆也被那些"阴影"遮住了聪慧的目光,因为她也站在历史的阴面。也正因此,王安忆不甘于被阴影遮蔽,她要去除阴影,她在寻找历史中具有未来面向的正能量。那就是从40年前繁衍至今的鸽群吗?它们是历史的见证,生生不息,永不中断。王琦瑶死了,"鸽群就要起飞了"。它们从40年前飞到今天,它们的名字叫"人民"吗?谁解其中味?

事实上,这没有什么奇怪,自现代以来(姑且只推到这个时间段),文学就在阴面书写,所谓审美的现代性就是"反现代性",就是对现代性的前进性的质疑。正如张旭东所说,左翼文学实际上是"小文学",它在文学史中只是很小的一个段落,甚至是一个特例,因为它书写前进性和肯定性,书写未来性。但是随着乌托邦的终结,无限的前进性也无法再被书写,只有回望历史,反省/改写或荒诞化。1990年代初,中国作家几乎是初次面对非前进性,不是向前看而是向后看。《长恨歌》也几乎是初涉"非前进性"的区域,王安忆1980年代直至1990年代初的作品,实际上都是在"前进性"的意义上来书写的,即使如《叔叔的故事》和《乌托邦诗篇》,反思/批判也并未掩映住她急切地寻求肯定性。她的困扰在于,为什么"叔叔们"的那种前进性遇到挫败?经历了如此这般的困扰之后,她确实有着不可排遣的迷惘,否则她不会呈现那么浓重的反复呈现的阴影,那种可见的甚至可触摸的过去/非前进性。当然,这只是暂时的,如果是有内在性的"非前进性",可能并不一定需要那些可见的表象和氛围。因为并没有非前进性的自觉意识,或者说思想底蕴,这就需要可见的图像志,把稍纵即逝的思想固定住。

在历史的阴面,王安忆并不能心安理得,对于她来说,还是要回到人民中间,还是要一种"正当性"做底气。正当《长恨歌》获得第五届茅盾文学奖不久,2000年9月,王安忆出版《富萍》,这次是写一个苏北农家女孩,她并没有坚持在弄堂做保姆,而是去到了梅家桥,那是一片建在垃圾场上的破旧的棚屋,居住者是收破烂的、磨刀的、小商贩、糊纸盒子的以及残疾人……总之是来上海讨生活的社会最底层的外地人,这是大上海城市边缘的另一番景象。《富萍》中大部分篇幅并不在梅家桥,但梅家桥却是富萍后来寻求生活的归宿,她在这里"心境很安谧"。富萍站在锅台边,这时,"房间里暗下来,门外却亮着,她的侧影就映在这方亮光里面"。关键在于,王安忆还是喜欢这种光亮,在光亮里她才踏实。

以敏锐著称的王晓明在分析《富萍》时,提出一个问题:"《富萍》一共是二十节,梅家桥的故事只是到最后三节才开始,为什么作家要改变那已经覆盖了小说大部分内容的叙述态度,不惜从多面走向单一,从深刻走向浅描?"①提问很有见地,回答也很直接。王晓明认为:这就在于王安忆要凭感性和诗情去深入"生活"、摆脱"强势文化"的决心,"自然要处处与那新意识形态编撰的老上海故事拉开距离"。所谓新意识形态是指"资本主义""现代化""发展""全球化""新经济","顶着上述名号的势力沆瀣一气,席卷世界的时候,当它们不但控制了物质的生活,而且深入人心"。② 不过要对抗如此强大的"沆瀣势力",只凭借"感性""诗情"或者"浪漫主义"显然是不够的,需要坚定的立场,需要更加强大的、更具有历史背景和当下正当性的思想意识。

关键还是要看站在历史的哪一个侧面。在王晓明先生看来,"她的用力甚苦的长篇小说《长恨歌》里,不也有一部分没有能避免那怀旧风的洇染,依然可以在一定程度上被人看成是那些老上海故事的巨型分册吗?"③现在,即使"王安忆把她描述淮海路时的敏锐和洞察力统统收起来",凭着《富萍》这部17万字的薄薄的小长篇最后三节关于"梅家桥"的内容,也"清楚地显示了她对现实变化的敏感、她因此而生的悲哀、她对这悲哀的反抗、她这反抗的'浪漫主义'的情味,都已经远远超出上海,超出城市,也超出了中国广阔的大陆。与十五年前比,甚至与写《长恨歌》的时候相比,她都明显是变了,我想说,她真是有一点大作家的气象了"④。这"梅家桥"的三小节意义何其重大!如果没有某个意义上的"正当性",没有强大的时代意识作为后盾,这样高的评价

---

① 王晓明:《从"淮海路"到"梅家桥"——从王安忆小说创作的转变谈起》,《文学评论》2002年第3期。
② 同上。
③ 同上。
④ 同上。

和结论恐难作出。

显然,这些思想背景在历史的另一侧面,或许是在历史的阳面。关于底层、贫困、压迫、反抗、人民、大众、正义、启蒙、民族、共和国……这些概念也有一个漫长的谱系,在中国现代以来的文学传统中,它比那些"新意识形态"或"沉潜势力"要长久得多,也强大深厚得多。虽然在1990年代以后出现歧义,"被压抑的现代性"沉渣泛起,但中国文学并不习惯被压抑在阴面,一有机会和足够的理由,它更愿意选择到光天化日下——也就是说,它是具有"前进性"的那种存在,并且是在今日中国语境中,可以冠冕堂皇说出的语言,具有响亮的公共性的、历史化的、超越文学的语言。

王安忆在《富萍》时期,还有另一部作品《上种红菱下种藕》(2001),也要写出某种纯朴单纯的乡村生活。2007年的《启蒙时代》可能是王安忆要完成的一个夙愿,她要通过这一群干部子弟,去写出一种历史的起源论,只有站在历史的高处才能如此回望历史,才能看清发生、成长与流向。这部作品的历史感和观念性似乎太重了些,以至于故事和人物显得有些"磕磕绊绊、拖拖沓沓"①。

有意识地站在阳面写作,即指要有一种历史的前进性,要代表和体现一种批判性的历史意识,这无疑是一种强大的写作,在现代以来的文学中一度占据主流,在中国1990年代以来的文学中渐渐式微。王安忆试图重新去建立这种写作的素质和态度,无疑是极其可贵的努力;况且她历经了《长恨歌》创伤式的阴影,要寻求更加明亮的东西无可厚非。不停息地探索,寻求突破自己的创新之路,这正是王安忆的创作生命所在。然而,她面向历史阳面的姿态和路径是否真的正确,或许还是要考究的;或者,她建造自己"精神之塔"的历程是否真的那么明确和明晰,也是值得探讨的。

---

① 张旭东:《"启蒙"的精神现象学》,《开放时代》2008年第3期。实际上张旭东虽然高度评价王安忆这部作品,但也认为有些地方并不流畅。

不管如何,遭到王安忆自己和她的上海同仁否定的《长恨歌》,目前可能还是最受读者和研究界欣赏的,虽然这不是王安忆所愿意接受的,但却是一个事实。这究竟是因为围绕《长恨歌》的经典化工作更为充足,还是因为这部作品本身包含了某种更为丰富的文学品相?至少在笔者看来,在1990年代初历史歇息的时期,写作《长恨歌》的王安忆没有那么明确的历史意识,没有强烈的要给历史下论断的企图,没有那种把握住现实走向的信心。她身处阴面,看不到那么多的东西,想不了那么远的问题,她只专注于自己的"感性和诗情",故而有某种气质散发出来。阴面固然并非什么永久的诗意的栖息地,但是站在阳面,而对八面来风,哪个作家还真的能够站稳自己的脚跟并看清文学的路径呢?这就是难题所在。

(2013年7月12日改定;原载《文学评论》2013年第6期。)

第十章　他"披着狼皮"写作

——从《怀念狼》看贾平凹的"转向"

2013年,在《带灯》的后记里,贾平凹说"不写作的时候我穿着人衣,写作时我披了牛皮"。这就是说,他写作时就回到乡村土地上,感受到泥土的气息。如果我说他也"披了狼皮"写作,相信包括贾平凹在内的大多数人都会感到诧异。连我自己刚写下这个题目时,也还是顾忌重重。但这个题目如此吸引我,让我切近那个不为人知的贾平凹的另一个侧面,让我在偶然一瞥中看到贾平凹的另一副面目;这个题目让我激动,几乎让我摩拳擦掌去写作此文。否则,我真不知道在如今汗牛充栋的关于贾平凹的研究中,如何再说出自己的言语。

固然,这个题目是我在重读贾平凹一些旧作时——准确地说是在重读《怀念狼》时产生的。《怀念狼》这部作品完稿于2000年3月24日①,那时正值全国人民乃至全世界人民都怀着期盼进入新千年。贾平凹当然也意识到《怀念狼》是他"新千年里的第一本书",在这个世纪末与新千年开始交接的时间坐标上,他的写作意味着什么?他是一个对时序日历很敏感的人,时间和生命的流逝对他有着无形的压力。《怀念

---

① 完稿时间据书末标出的最后改毕时间。《怀念狼》是贾平凹在写《高老庄》时就谋划于心的作品,按作者在后记里的说法,原本可以在1999年写出,却未能完成,使之变成一次跨世纪的写作(《怀念狼》首发于《收获》2000年第3期)。

狼》的后记里说:"新的世纪里,文坛毕竟是更年轻的作家的舞台,我老了,可我并不感觉过气。"他是不服老的,其实彼时他才48岁,未曾想到自己随后有一系列大部头面世:《秦腔》《古炉》《带灯》《老生》……这些作品都富有现实感或历史感,都有相当尖锐的批判性。那种在地的属性,与前此的《废都》之颓靡飘逸何其不同!这里面到底发生了什么样的变故?这让我们不得不去面对,这样一个中国纯文学的"最后的大师"(之一?),有如此旺盛的创造力,而他的创作道路却又如此曲折多变。在人们看到他风格鲜明独异的同时,却又惊异于他每部作品都在寻求蜕变与突围。奇怪的是,他再怎么变,都万变不离其宗,他的作品中总是有一种沉潜下去的东西,正如前期的《废都》有飘上去的东西一样。

贾平凹何以要、何以始终会发生这样的变故(转向)?对于一个时期的文学史来说,重要作家不是存在于文学史中,而是文学史存在于他们之中。所有对重要作家的深层解释,都是对文学史的内在深度的解读。对于重要的作家来说,或者说对于有创造力的作家来说,他总有一部作品是关键性的作品,这部作品未必是他最好的作品,但却是他最重要的作品,若无一部这样的作品,他就走不出自己,而有了这样的作品,他会走上一条宽阔自由的道路——从此走向"从容启示的时代"①。甚至衡量一个作家的创造力,就是看他有没有一部离奇的作品,对于他自己的创作、对于当代文学史来说,都是奇怪的、突兀的,就像《酒国》之于莫言,《故乡面与花朵》之于刘震云,《受活》之于阎连科,《怀念狼》之于贾平凹。莫言关于《酒国》说过一段让人十分意外的话:"如果把《酒国》和《丰乳肥臀》进行比较,那么《酒国》是我的美丽刁蛮的情人,而《丰乳肥臀》则是我的宽厚沉稳的祖母。"莫言声称:"它是我迄今为

---

① 这是苏珊·桑塔格描述罗兰·巴特的话,她说:他把先前的文学时代称作"一个从容启示的时代",能够说出这种语句的作家真是幸福呀。参见罗兰·巴特《符号学原理》,李幼蒸译,北京:三联书店,1988年,第196页。

止最完美的长篇,我为它感到骄傲。"①莫言如此表白在他的创作生涯中还属少数。贾平凹在发表《怀念狼》后接受采访时说道:"狼的近乎灭绝如我们的年龄一样,我在过四十五个生日之后,才猛然地觉得我已经开始衰老了。"他说他一直在寻找这样的写作路子:"意识一定要现代的,格调一定要中国做派。虽然我能力太差,未真正形成自己的文学观而笔下常常无能为力。如果这一部作品这样,那一部作品又那样,都是我在适应着我的自在。"②说到转变之类,他说:"我认同佛法中关于运用心的科学,通过修行,完成个人的转化和对事物究竟的本性的认识的说法。人活着的意义就是做自己的转化,如把虫子变成了蝴蝶,把种子变成了大树。"③

这些关于"变"的说法,让我对探讨作家创作道路上的某部作品隐含的秘密或辐射能力有了一定的信心。这些作品实则是路标,它们点出作家的风格学和精神年代学的纹理。因而,本章并不只是关涉《怀念狼》的文本解读,还试图以此文本为轴心,去探寻贾平凹创作的隐蔽路径,也由此去显现中国当代小说的美学演绎的独特道路。

一 狼皮与小说的神奇化

《怀念狼》又一次讲述商州地界的故事,这次是关于狼的故事。擅长讲述远山野情的人的故事的贾平凹,这次要讲狼的故事,而且是关于狼的灭绝的故事。那个叙述人"我"——子明是个摄影记者,住在京城里,已然疲惫不堪。"清晨对着镜子梳理,一张苍白松弛的脸,下巴上

---

① 莫言如此说法,或许与学界对这部作品的关注较少有关。这本 1989 年 9 月开始动笔的《酒国》,出版于 1992 年,出版二十多年来,研究文章并不多见。要把握这部作品,尤其是与 1990 年代特殊的历史背景联系在一起,颇有难度,它之被忽略和回避不难理解。

② 廖增湖:《贾平凹访谈录——关于〈怀念狼〉》,参见《当代作家评论》2000 年第 4 期,第 88 页。

③ 同上。

稀稀的几根胡须,照照,我就讨厌了我自己!"关于有 15 只狼编了号还在商州地界活动的消息,让这个萎靡的中年男子振作起来,他去寻找那 15 只狼,想给它们拍摄,并设想能造出影响大的新闻!小说就是在这个摄影记者一路探访中进行。小说的叙述转机始于"我"路遇"舅舅"——打狼队队长傅山,故事就在"我"与傅山一起寻找狼的惊险疑难中展开。遭遇 15 只狼的时刻无疑是惊心动魄的,这就可以想见这部小说是如何越写越凶险,越写越神奇。这 15 只狼无一幸存,都在这位最后的打狼队队长傅山的眼前,也在摄影记者"我"的眼皮底下丧生。最后那只狼已经成精,一会儿变成头上长着一撮白毛的老头,一会儿变成一头猪披着雨衣蹲在摩托车后座。但它死得也惨,被傅山认出来就是小时候叨过他的那只狼。这狼竟然活了几十年,真是成精了。这部小说从萎靡的城里人写起,几乎是困顿地开始叙述,却越说越神,更恰切地说是越说越邪,最后邪乎其邪,那个打狼队队长傅山成了"人狼"。

这部小说的邪乎起源于那块会乍起毛的狼皮。小说在困顿的叙述中,不经意说到那块狼皮,这块狼皮是傅山外出的被褥,关于它的来历却有着怪异的故事。那是傅山在收缴最后一杆猎枪时遇到的美丽母狼,这只母狼与最后一杆猎枪的主人肉身搏斗同归于尽。傅山将那张狼皮剥下来背在身上,后来就成了他外出的被褥。在这部小说中,每当有特异情况出现,这张狼皮就率先反应,狼毛就乍起来了,而且无法用手扑摩下去。傅山第一次遭遇狼皮反应,是他邀暗恋的女人上了狼皮,狼毛全乍开了,"坚硬如麦芒",结果他失败了。

第二次狼毛乍起来是在"我"(子明)与傅山同居一室的时候,半夜傅山惊醒,提枪跑出去,回来说是七号、八号狼迁徙。也是在这一晚上,"傅山"与"我"相认了舅甥关系。狼皮不只是与傅山有感应,对"我"也时有异常回应。"我"第一次接触狼皮,是"我"抱了一堆有关狼的小说(《聊斋志异》《祥林嫂》《热爱生命》等),躺在舅舅那张狼皮上读,不想读了一会儿,狼毛竟然竖起来了。"我"把它挂到窗户外,不一会儿就听到窗外有奇怪的叫声,接着是狗叫声一片,还有服务员敲门问"听见狼叫吗?"①此后大大小小的反应计有10次之多,而且每次都不一样,每次不只是狼毛"乍起来",随之还会有各种与狼出没相关的事件发生。"舅舅"后来与"我"分别时将这张狼皮送给了"我","我"夜夜睡在狼皮上,夜夜做着噩梦,有狼或人与"我"争着这张狼皮。

很显然,这张狼皮在这部小说中非同小可,它贯穿始终,几乎是所有叙述关节的推动力,是小说情绪和想象生发的动力。在贾平凹所有小说中,这部小说可以说是写得最为神奇邪乎、酷烈诡异的作品。小说从开篇困顿平淡的叙述,一步步走向神奇怪异,靠的就是那张狼皮发动的叙述进攻。而且小说越写越紧张、越写越怪诞,也越写越自由,都是靠了这张狼皮。因为有了这张狼皮,贾平凹有恃无恐,几乎是出神入化,他披着这张狼皮,为所欲为,无所不能,笔力所及,目击道存。这张狼皮几乎是玄而又玄,实际上,它不只是在这部作品中"玄乎",如果放在贾平凹的整个创作道路上来看,它也是玄机四伏的一个关节。

毋庸讳言,这张狼皮受到马尔克斯的那张飞翔之毯的影响,或者也会使人想起哈利·波特的那把会飞的扫帚。② 尽管贾平凹没提到那张鼓满玛雅古风的毯子,叙述人"我"(子明)只是不断在读《聊斋志异》,以此显示它还是中国传统或民间的产物。但马尔克斯的毯子还是太有名了,贾平凹无疑是能领会其妙处的。当然,贾平凹的这张"狼皮"用得极为出色,且是在参透了那张毯子的奇妙后制作了这张狼皮,故而就真正赋予了这张狼皮以中国经验和贾平凹自己的独特经验。这甚至在他的写作中、在他的写作转型和变异中都起到了非同寻常的作用。

对于这部小说来说,15只狼的灭绝是其主体故事,如何描写这15只狼的死,则是一个难题。或者说,贾平凹写这部小说,计划要写15只狼,而不是一只或三四只狼,这是一次野心勃勃的冒险。这意味着他要

---

① 贾平凹:《怀念狼》,沈阳:春风文艺出版社,2006年,第39页。
② 《百年孤独》中有关于飞毯以及蕾梅黛斯抓住床单升天的描写,或许是受到阿拉伯神话《天方夜谭》的影响,马尔克斯7岁时曾在外祖父影响下读过这部书。

写出15只各不相同的狼,15个不能雷同的场面(狼的出现与死亡)。这表明贾平凹要在神奇化方面下功夫,如果没有艺术表现方面的自由,没有充沛的想象力,要处理这样的故事应当不可能。况且打死狼是残忍暴力的行动,如何让其戏谑化和荒诞化也是必要的表现方法。如此,由狼皮催生的各种神奇、玄乎、荒诞就应运而生,狼皮事先酝酿的神奇就使那些场景的出现不再显得突兀。

子明第一回真真切切见到狼是看到那只伏在木板上的狼,这木板由一个叫海根的农民背着,后面还跟着一只小猪。这个场景自然十分怪异滑稽,傅山朝天放枪,结果狼撒腿就跑。15只狼的出场和被打死都不相同,都颇有戏剧性,这也可见出贾平凹的笔力不凡、诡异莫测。因为小说中不时提到《聊斋志异》,竟然也有多处狼变成女人、老头或者猪之类的动物。神奇化的、诡异的语境,使得这些怪诞的情节得以合法地存在和展开。这都是因为有了那张狼皮作为里衬,它如同小说神奇化起跳的跳板,使小说具有了艺术上的弹跳力,轻松就越过了不少障碍。

在《怀念狼》的后记里,贾平凹解释了他创作这部小说时的一些想法。他要重新捡起《太白山记》试图用过的写法,即以实写虚。《怀念狼》不满足于局部的意象,而是直接将情节处理成意象,如此写法使他在写作中产生快慰。他说,以前小说企图在一棵树上用水泥做它的某一枝干来造型,即是说,小说技巧并不顾及事物本身自发的、能动的生命意识,而是人为地、外在化地赋予其某种状态或功能。而"现在我一定是一棵树就是一棵树,它的水分通过脉络传递到每一枝干每一叶片,让树整体本身赋形。面对着要写的人与事,以物观物,使万物的本质得到体现"[①]。贾平凹在这种以整体作为意象来处理的写作中获得了自由,其难点是这些物的意象获得生命的自主意识后,能融入生活的具体过程,合乎生活的逻辑。这当然是难度更大的生活真实或者说生活逻

[①] 贾平凹:《怀念狼》,沈阳:春风文艺出版社,2006年,第183页。

辑,它要在具体的生活流程中来完成,一旦物被激活,整个生活就不只是生活客观过程,而是整体意象,具有了整体的生命意识。贾平凹说:"如此越写越实,越生活化,越是虚,越具有意象。以实写虚,体无证有,这正是我把《怀念狼》终于写完的兴趣所在啊。"①

于是,贾平凹说《怀念狼》"必须是我要写的一部书"。

《怀念狼》是在新旧世纪之交,也是在贾平凹觉得自己老了(48岁)时写的一部书,此前他写下那么多的作品,已经声名卓著了,但他仿佛是走在一条路的某个节点上,向前看,向后看,他的去向如何?《怀念狼》其实如同一盏灯,照彻了他过去的写作,又照亮了他前面的道路。有了那张狼皮,他仿佛获得了重生,他裹着那张狼皮,看得清世人,世人未必看得清他。他也似乎有了隐身术,也成精了。

二 从实到虚,或邪异的隐秘踪迹

贾平凹其实是喜欢写虚的,他赋予这张狼皮以玄乎的特性,就像马尔克斯的那张毯子一样,借助它那个美人儿可以飞上天;但此番在贾平凹这里,却是他想飞上天,能让这张狼皮活过来,他就上天了。但是,这个"虚"中却是暗藏玄机,贾平凹的"虚"绝不是变成虚无,而是要让这个虚变成痛,变成残忍。这个虚依靠实来转化,这个实里就隐藏着怪异性的事物,因为怪异性才能脱离自身,才能产生变异的能量。贾平凹悟透了这个变异的玄机,他的叙事在那些关节点上就追逐那些酷烈的事物,其中包含着怪诞的要素,它就能变异、能变虚,变虚后还能折射出伤痛和绝望。

贾平凹的叙述一直以文字之古雅朴拙而透出飘逸之气令人击节,全靠了这飘逸朴拙而有灵气,也因为有飘逸之气,故他敢于一路朴拙。贾平凹过去的叙述因为总是要等着释放飘逸之气,朴拙还略显心机的

---

① 贾平凹:《怀念狼》,沈阳:春风文艺出版社,2006年,第183页。

痕迹。因为所描写的对象事物仍靠着文字显现,文字与对象事物还是二重世界。若是给予对象事物以生命意识,则是事物自身在显现出意象,文字已然不存在。只有物象在活动,世界呈现为物象,而不是世界被描写成物象。其实贾平凹这样构造出的世界并不仅仅呈现为物象,而是物象包含着变异,能变异的物象才是他要达到的目的。世界与世界的连接,不再是按情节逻辑,而是按物象的某种暗示;某种相似、邻近或隐喻,就可以让事物从而也是故事连接在一起。这种连接出现了大片的空白——也就是虚,虚之后是变异,给出的感觉和情绪则是痛楚和绝望。

此前,贾平凹在《太白山记》(1989)曾以瘦硬的笔法讲述了乡村诡异的生活,这些故事最终都以荒诞作结。[①] 这对于一直以现实主义笔法写小说的贾平凹应是一次不小的实验,是他小试牛刀以突破现实主义樊篱。这组小说共20篇,都十分精短,故事奇崛多变。《寡妇》一篇讲述儿子夜里睡觉朦胧中看到娘与别的男人偷情,误以为是死去的爹。某夜又见着爹(其实是别的男人)在与娘偷情,儿子扔去一块砖头,把那人的男根砸中了。翌日早晨,儿子与娘去爹的坟上看,看到棺木早已开启,爹在里面睡得好好的,"但身子中间的那个东西齐根没有了"。整篇小说写得似真似幻,尤其"邪乎"。

《挖参人》写丈夫外出挖参,妇人独守空房,丈夫担心有贼潜入家中偷窃,于门口置一镜子。妇人每天早晨开门看镜,镜中都留有贼与丈夫搏斗的影像,心中惊异。数日都有类似的各种影像留于镜中,某日镜中看到两个贼联手来家中偷窃,丈夫中其计,被贼捅了一刀。镜中影像复又消失。三日后,山下有人急急来向妇人报丧,说是挖参人卖了参,"原本好端端的,却怀揣着一沓钱票死在城中的旅馆床上"。这篇小说

[①] 《太白山记》首发于《上海文学》1989年第8期,贾平凹曾经化名金吐双,写有《〈太白山记〉阅读密码》,发表于同期《上海文学》。小说结集出版时题为《太白》,1991年由四川文艺出版社出版。

也写得同样"邪乎",镜中所见,可能是三个人在不同空间、同一时间汇聚于一起,集中投射于镜中而成镜中之像。这就是说,可能有某个贼惦记着要去妇人家里偷窃;丈夫在城里卖参担心着家里有贼;妇人想着可能有贼潜入,丈夫如果在场的话,她希望丈夫会如何对付贼。镜子如妇人夜间心理活动,早晨醒来梳理心中所念、梦中所想,犹如镜中之像。但小说结尾总是有转折变异,丈夫果然遭遇不测,这就不只是心理活动,而是冥冥中的宿命。有一个看不见的"暗世界"其实在决定着"明世界",镜子能显现那个"暗世界"。

《猎手》也可见出一些《怀念狼》的踪迹。猎手杀狼剥皮十分凶狠,矮树林里的狼被他杀光,猎手无狼可杀。某日猎手碰见一只狼,再施猎杀之技,不想狼跳起抱住了猎手,人狼在地上滚翻搏斗,从崖头滚落数百米深的崖下去。猎手在跌落到 30 米、60 米、100 米、200 米时,分别看到崖壁的洞里有狼妻、狼子、狼父、狼母。最后猎手坠在一块石上,弹起落在地上,"然后一片空白",等到"猎手醒来的时候,赶忙看那只狼。但没有见到狼,和他一块下来已经摔死的是一个四十余岁的男人"。明明是狼与他抱在一起翻滚落崖,到了地面却变成一个四十余岁的男人。当然,这篇小说可能有另一种读法,也有可能猎手杀狼心切,在树林子里搏杀的并不是狼,而是一个四十余岁的男人,掉下崖看到的那些狼子、狼妻、狼父、狼母,都不过是猎手的幻觉。最终掉地下后猎手才看清楚,和他一起摔下来的是另一个男人。但这种读法被隐去了,贾平凹要写出的恰恰是这生活世界何以没有发生的另一种可能性。

这 20 篇精短小说有着比较统一的叙述风格,笔法瘦硬凌利,生存事相凄苦惨烈;故事情节逻辑反常,玄机四伏,险象横生;结果总是出人意料,怪异荒诞,却又能扣上小说原发的机理。这组小说在写法上的显著特点就是"邪异":"邪"是指故事内容,"异"是指小说的叙述方式。中国传统美学讲情志,其内里是正。《论语·为政》:"《诗》三百,一言以蔽之,曰:'思无邪。'"中国古代的神话志怪之类,则是走的"邪路",从《山海经》直至《聊斋志异》,讲的是"邪",实则也是"邪异"。《太白山记》这组小说无疑受到西方现代派的影响,那种生存无可名状的宿命、那些偶发的意外、那些不可克服的劫数,都是现代主义文学以其叙述方法折射出的哲学。在贾平凹这里,显然还有中国传统的志怪在作祟。贾平凹熟读《聊斋志异》自不用说,问题在于,贾平凹何以此时要用如此手法来重温古典,或者用古典志怪来消化西方现代派?

当代中国文学在1980年代经受了"85新潮"的变故,那是传统现实主义在西方现代派冲击下所作的应急反应。1980年代上半期,依靠思想解放运动的推进,文学追逐或创造意识形态的热点,对社会现实产生直接影响。文学的现实主义被奉为圭臬,文学的表现方法也以"客观真实"为最高原则。贾平凹一直是现实主义的马前卒,但也想充当现代主义的同路人。他是一个不安分的人、一个不肯故步自封的人,时时在寻求变化。当他的艺术能量蓄积到相当的程度时,他对变化的渴求变得异常的强烈。突破现实主义的藩篱,与主流现实主义分道扬镳一直是他的追求,或者说是他不得不选择的道路。他在文坛崭露头角,就是借助西北异域文化和别具一格的风情。他是一个来自乡村的人,与知青这一代为同龄人,又与知青一代有着根本区别。其实莫言、阎连科、贾平凹(或许还可以包括刘震云)这几个人都与同代的知青作家群有着深刻差异,相比之下,知青一代有着强烈的观念性。不管是以北岛、芒克、江河、梁小斌、舒婷、杨炼等人为代表的朦胧诗群体,还是以孔捷生、张承志、韩少功、梁晓声为代表的知青小说群体,都有着对时代、现实、历史等宏大叙事的观念化的追求,说到底他们有一种强大的现实的/历史的观念性作为依托语境。但莫言、贾平凹、阎连科这几个出身并生长于乡村的作家与其显著不同——他们或许勉强称得上是"回乡知青",但有更直接的乡村经验,有一种滞重的在地性。

从观念性的现实主义变身为观念性的现代主义可能更为困难(如知青群体),但从在地的传统主义变出现代主义可能只有一步之遥(如回乡群体)。因为传统的庞杂与乡村经验的粗蛮正好混杂出一种无法命名的现代杂种,它们用来"冒充"超前的现代主义是绰绰有余的。拉美的魔幻现实主义就是这么干的,他们也是在参透了现代主义这本经后才这么干的;而中国的乡村无产阶级则以浑然懵懂、误打误撞而别开生面。谁曾想到,那些激进的现代主义者(后来被称为后现代主义者)苦心孤诣寻求的东西,就是中国的文学土豪们信手拈来的东西——这当然是多少年之后,我们事后诸葛亮才看明白的一点点道道。

这并不是要把贾平凹往所谓"后现代"的路数上推一把,只是试图揭示出贾平凹早在1990年代初期,就跃跃欲试要突破现实主义藩篱。其实贾平凹一开始就与新时期主流文学貌合神离,他恰恰没有新时期的观念性。新时期文学至少有两个原发性的主题,其一是批判/反思"文革",其二是人性论。这两个主题经常纠缠在一起,但都是被批判"文革"的观念性所包裹。即使如鲁彦周的《天云山传奇》和古华的《芙蓉镇》,都有人性论、人道主义作底,但批判与反思的观念性还是太过明显,也因此,当时被认为思想性很强大。贾平凹早期的作品在现实主义之名下,写得淡雅平实,批判力度也不激烈。随后在1984年和1985年出现的一系列小说,如《鸡窝洼的人家》《腊月·正月》《黑氏》,在淡雅中就透出了沉峻的伤痛,再到《远山野情》(1985),就写出了一种粗粝奇崛。贾平凹倾注笔力写人性,其人性不再是与批判性的观念结合在一起,而是与地域文化混合一体,相得益彰。极度贫困的西北生存环境,背矿的求生之路,命运不济的西北女子,坚韧不屈的西北汉子,终究私奔于荒僻的天地之间。这就是一种生活,一种生命,贾平凹充其量开始是新时期文学作家们的同路人,随后就与新时期主流文学分道扬镳。他偏居西北一隅,以他的经验和对西北风土人情的执拗把握,而有了那种粗蛮倔强。他把粗往细里做,把细又拿捏得瘦硬直愣。香香、吴三大、跛子、队长——通过分析这些人物的性格和他们构成的关系,就能体验到他们共同处于什么样的生存境遇。看看这段描写:

> 回到家里,香香已经回来了,在门前的石头上洗脸,满手皂沫,浮动一丝暗香。跛子说:"回来啦?"香香说:"回来啦。"跛子又说:"东沟有人砸死啦!"香香说:"我听说了。"跛子就伸手在女人的裤

>子口袋里掏,香香说:"钱在柜子盖上放着哩!"跛子颤着腿进了屋。①

这是从吴三大的视角看到的一个场景。这里有香香洗脸,对于吴三大来说,那道暗香意味着对女人肉体的温馨感觉(女人的名字就叫"香香"),但又有"砸死人"的惨烈信息不经意透出。再有跛子伸手进女人裤子口袋里掏钱的动作,在三大看来,原来也有可能是一个带有性意味的细小动作,但结果跛子却是要钱。他不顾老婆香香的安危,让她去背矿,自己却坐享其成,关心的是香香口袋里有没有钱,这个细小的动作包含着严酷的残忍。

1980年代中期的贾平凹还是在破解现实主义的"正"的单一性,他要揭示出他所看到的乡土中国的生存酷烈景象,要写出这些生存于土地上的人们的生的挣扎、意志和绝望。在贾平凹的创作中,一直存在着越过主流正统边界的欲望,1980年代中期,他关于西北远山野情的叙事,还是可以在人性论、人道主义甚至人民性这些时代主题中获得正当性,他把西北地域文化强化了,把过去"社会主义农村"概念下的现实主义叙事,变成了偏远的世外荒山野地。他去除了观念性,而露出了西北山地的粗粝严酷,暴露出人性赤裸裸的伤痛。

贾平凹一直要偏离正统的、已经格式化的现实主义,只有往偏斜的路上落荒而走。如果说贾平凹还是现实主义,那也是异质性的现实主义。他要寻求文学表现的异质性,始终的异质性,这就造就他终究要抵达"邪异美学"。从《鸡窝洼的人家》《腊月·正月》那一系列小说中的西北异域风情,到《远山野情》中那种更具异质性的生活事相,可以看到贾平凹小说艺术追求的方向。直至《太白山记》这样实验性很强的作品,那是贾平凹隐蔽的艺术抱负的偶然显露,因为其纯粹性,而凸显出直接而精当的含义。固然,贾平凹在1987年出版过《浮躁》这种拥

---

① 《贾平凹小说精粹中篇卷·艺术家韩起祥》,北京:人民文学出版社,2006年,第141页。

抱现实的作品,但权威的贾平凹批评家李星就认为这部作品并不成功,贾平凹自己也认为其中教训甚多。究其原因,或许是距现实太近之故,这部小说急于表达时代的直接意识。随后贾平凹有多篇写"匪事"的作品,如《美穴地》《白朗》(1990)、《五魁》(1991)、《晚雨》(1992),这些作品都以不同的方式与土匪这个杀人越货的凶狠角色发生关系。贾平凹何以这个时期突然写了一系列这类故事?他自己的解释是八九十年代之交写别的不行,只好写写不着边际的"匪事"。①这些关于"匪事"的小说都有一个特点,土匪的凶狠在这里只是一个预设的由头,小说追求的却是一种飘逸的风格,故事里包藏着奇风异俗。

《美穴地》讲述年轻的风水先生柳子言先为大户人家看风水,受到四姨太的诱惑,后来为土匪看风水,蒙受了诸多的羞辱,但他终于得到了年轻美艳的四姨太,并有了一个儿子。待儿子长到12岁,他让儿子出外谋生,为自己看了一个墓穴,最后是他们俩相拥而卧于那处美穴。10年后,柳子言的儿子只是在戏台上饰演黑头,没想到,柳子言踏了一辈子坟地真穴,到头来为自己看却是错将假穴当真。儿子原本是要当大官,现在却只能在戏台上演戏。小说写得凄楚乖戾,看似俊逸的柳子言,实则走在一条怪异的险峻之路上。正如小说的叙述,看似在追求飘逸的风格,实则内含偏执的怪异:墓穴的神秘邪性、生活的变故起落、人生无常而命运不可抗拒……

《五魁》中的五魁15岁就干起背新娘的营生,没想到有回背新娘路遇土匪,随后的故事就直往邪路上展开。打家劫舍的土匪头唐景是个白面书生,因为压寨夫人荡秋千,裙子被风吹起露了下体,他掏枪就结果了心爱女人的性命。这故事也够邪乎的,随后五魁告知唐景新娘是白虎。女人就这样从土匪掌心逃出来,但等待新娘的却是更悲惨的命运。男人因要去夺回新娘取枪走火导致自己瘫痪,果然也应验了白

---

① 这个解释来自于2013年12月,贾平凹应邀在北京师范大学作过一次驻校作家演讲,笔者当面问及这一系列作品写作的动机,贾平凹对此作了解释,当时北师大张清华教授在座。

虎带来的厄运。女人从此遭遇男人百般虐待,终于在某天与五魁私奔到荒野。五魁对女人还敬若神明,不敢有非分之想,哪想到女人难以抑制性欲与狗交媾,发觉被五魁知晓后投崖自尽,五魁也去当了土匪。

同样,《白朗》中的设局与圈套、勾引与色相、麻风病与砍头救友;《晚雨》中的土匪天鉴冒充了县官,却与王娘痴情相爱,砍下自己的阳具以绝欲念……所有这些故事中都包含着怪异邪乎的事件或事相,它们在故事的发展变异中起到关节或支点的作用,致使故事的变化超出了生活现实的逻辑。贾平凹走在一条这样的路上,却如归故里,叙述起来有一种自在飞花的感觉。这就是何以他在叙述这些本来凶险的"匪事"时,却显出了一种飘逸的笔法。贾平凹的这一飘逸,终至于在《废都》那里找到总体性的释放。经历一系列的匪事后,庄之蝶身上不可能不沾染一些匪气,就像土匪唐景、白朗、天鉴身上散发着太多的文人气一样。匪气和文人气的混合,就如他做文人像土匪,做土匪却像文人。此时的贾平凹不只是去除了人性的阶级性,而且去除了人的本质化。他总是要在人的社会属性中劈开另一个侧面,让异质性的东西介入,重建人性的结构。所有这些人性或事相,通过"虚"、通过飘逸都可以显出意味复杂的情态。此时的贾平凹已经把人性、性格和事相,与笔法的风格化结合得如此艺术,只差一点就天衣无缝。留下的那道缝隙,正好是飘逸与邪乎出入的通道。

三 邪异的极致:了结和开辟

在贾平凹的创作道路上,《废都》无疑是一个最为重要的转折,它是贾平凹前期创作的一个总体性的神龛,又是转向后期的祭坛。经历过八九十年代历史之交的变故,在"匪事"里浸淫良久的贾平凹,终于在《废都》这里找到超神入化的场地。《废都》何曾是在写那么一点"性事"?贾平凹是要做恢复古典美文的长久伟业,他在后记里写道:

……中国的《西厢记》《红楼梦》,读它的时候,哪里会觉它是作家的杜撰呢,恍惚如所经历,如在梦境。好的文章,囫囵囵是一脉山,山不需要雕琢……这种觉悟使我陷于了尴尬,我看不起了我以前的作品,也失却了对世上很多作品的敬畏,虽然清清楚楚这样的文章究竟还是人用笔写出来的,但为什么天下有了这样的文章而我却不能呢?![1]

贾平凹经过关怀现实、查录商州地方志、书写远山野情,再到野史笔记、重温传奇匪事,现在想来,可以在"废都"上歇息下去。既然是身处一个"废都"时代,那也只能在古籍范本、在颓废美学尤其是在空无的境界里寻求归宿。现在他发现了古典美文,在1990年代初回归传统的时代氛围里,在西方现代派遭遇迎头痛击的历史关头,本来就在野史传奇、旧闻轶事中养精蓄锐,现在正好到古典美文里颐养天年。谁曾想到1990年代初的沉寂和茫然只是一个假象,知识分子禀性难移,只要一有机会就要兴风作浪。1992年之后的中国知识界正是一个跃跃欲试的时刻,1993年的《废都》风行一时,正好是荒疏数年的知识界重操旧业的时刻,道德理想主义通常是整装待发的必然旗号,《废都》的肉身不幸是道德主义这根长矛最容易击中的目标。摩拳擦掌的批评家和非批评家一哄而上,致使《废都》成为一个临时的舞台。道德主义的表演人人都得心应手,它使1990年代初的落寞突然就有了悲壮感。批王朔、评《废都》、倡人文精神、标举启蒙旗帜……1990年代的重新出场已经有了足够的剧目。1980年代是倡导人道主义,那是对"文革"的极"左"路线和新时期思想解放的强烈渴望,历史终究有了实际的成效。在1990年代的批判和倡导风潮中,道德理想主义并没有充足的开启未来的思想和知识的准备,不管是对告别历史的愤懑,还是面对到来的市场经济的恐慌,都显得虚张声势,但对于摧毁《废都》和击垮贾平凹却是绰绰有余的。本来自以为抓住中国传统文学/美文命脉的贾平凹,正

---

[1] 贾平凹:《废都》,北京:北京出版社,2002年,第519页。

聊以自慰,不想遭遇这样的迎头痛击,悲从中来。① 贾平凹因此几乎大病一场,生活也发生变故,离婚又再婚,随后还有作品问世,如《白夜》(1995)、《高老庄》(1998),但这些作品没有引起预期的反响,甚至让人疑心贾平凹从此一蹶不振。很显然,贾平凹需要有一部作品能够让他摆脱过往的阴影,越过"废都",去开辟新的道路。《怀念狼》无疑就是这样的转折之作。不管从哪方面来看,《怀念狼》与《废都》的"性情""爱欲"都相去甚远,也与那种飘逸虚空的美文风格大相径庭。《怀念狼》沉郁、悲愤、瘦硬、怪诞、奇崛,在诸多方面都预示了贾平凹随后的写作方式和语言风格。

贾平凹在《怀念狼》的后记里强调他写这部小说是"再次做我的实验",这表明他很看重这样的实验,一定要作通这样的实验。说到底,就是局部的意象转化或拓展为整体,使情节具有了意象的特性。即这张狼皮不再是单个的、偶然的意象,也不是象征性的意象,而是一种情节,甚至是推动情节发展的意象。这张狼皮贯穿了全部叙事,在每个关键时刻都起到发动叙述的作用,是引发重要的行动的意象。过去在诗里或小说里的象征性意象只是静态地起到象征作用,起到隐喻或寓言作用,但这部小说中狼皮却要引发行动,使情节发生变化,它是动态地跟随或推动情节发展变化。即使像马尔克斯的那张毯子飞上天,在小说中起到功能性的作用,并赋予小说以独特的文化内涵,但马氏并没有让毯子在整部小说中反复起到作用。贾平凹显然是在挑战某种叙述的极限,他反复使用这张狼皮,让它在其他狼出现时、在人物要有大的动作时,都率先作出反应,且每次的反应都不相同,都有独特的情景和怪异的

---

① 《废都》出版后,很快就有十余本有关贾平凹的评论集,诸如《〈废都〉之谜》《〈废都〉废谁》《失足的贾平凹》《〈废都〉滋味》等。其中《〈废都〉滋味》被出版商任意删改,引发撰稿者强烈不满。《废都》出版半年后,被北京市出版局以"格调低下,夹杂色情描写"为由查禁。盗版随之蜂拥而起,据统计,盗版数量累计超过 1200 万册。1993 年 10 月贾平凹肝病复发,住进西安医科大学第一附属医院。

情节出现。他要披着这张狼皮飞越过去、告别过去,去到另一个地界。

《怀念狼》相对于贾平凹此前和此后的创作来说,意味着总结、了结和转向定位。理解《怀念狼》标示的转向的意义,就在于看到贾平凹此前潜在的被压抑的意识和表现手法,通过这部作品抵达极致,从此做了一个了结。此后,这些意识有一部分沉潜为作品底蕴,另外一部分发生变异,再有就是从此获得表达的自由。

首先,《怀念狼》把魔幻邪异推到极限,这是对贾平凹既往的总结,也是一项了结。按贾平凹的说法,是把《太白山记》的实验更推进一步,使物象/意象具有情节的意义,这是把荒诞与魔幻结合在一起的手法,他要融合的是西方现代派和中国传统志怪。但能让贾平凹作出这样的实验,要让那张狼皮飞起来,而且贯穿和带动小说叙述,是基于他背后郁积了足够的愤懑。飞起来的不只是那张狼皮,还有贾平凹与过往历史诀别的态度。事实上,这部作品是被那张狼皮拯救了。小说开篇延续了"匪事"系列小说中《白朗》的故事,这个故事将太平军白朗带来的匪乱与白狼带来的狼灾混为一谈,只是开篇写得如此惨烈,如何往下写?小说笔锋一转,写"我"——子明,这个州城的萎靡困顿的摄影家无所作为,小说的叙述也进入缓慢单调的阶段。直到遇到舅舅傅山,小说叙述才找到感觉。贾平凹笔力明显矫健起来,随后的叙述几乎是眉飞色舞、随心所欲了。如果有一门叫作"创作心理学"的学说的话,《怀念狼》就是一个最为值得探究的案例。

其二,《怀念狼》把孤独感表达到极端。《怀念狼》不断地去表达痛楚的心理,在小说中那就是"我"一次又一次目睹着狼被打死,15只狼最后一只不剩。"我"本是为狼留下纪念照,但却目睹了实际上是参与了屠杀最后的狼的行动,"我"的心情的沮丧和痛楚难以言表。痛楚心情背后的心理则是孤独感,贾平凹的作品作为乡土中国叙事的异数,令人惊奇之处在于书写了乡土中的那些孤独个体。但此前作品中孤独的人物总有情爱如期而至,他们在情爱中或者获得一种对象化的关系,或者毁灭,但总是有一种情感对象化的交流结构,让他们的孤独感得以释放或消除。《五魁》中的五魁,15岁就开始背新娘,但谁能理解他的欲望呢?谁能理解他的英勇和对少奶奶的那种离奇的眷恋呢?甚至土匪唐景都是孤独的,他一枪就打死了他心爱的露出下体的压寨夫人。少奶奶不得不与狗交媾,她面对着五魁的爱恋却要走向变态。这里面的人本质上都是孤独的,他们只有走向存在的反面,只有走向命运的极限。《白朗》中的土匪白朗是孤独的,遭遇暗算,兄弟背离,被监禁在顶楼,如此孤立无援却有一个女人来诱惑他,但也是来算计他。兄弟砍下头来相救,这样的友情何以回报?最后结果是白朗只身一人在某个山洞里出家修行。《怀念狼》其实是写末路打猎英雄傅山的孤独感,但同时写了"我"这个州城里的人无望的孤独感。打猎队解散后,傅山孑然一身,出场时,小说写他如何英勇地把一个凶蛮的无赖给制服了,多少有些像水浒好汉。但通过傅山表现出的那种与环境格格不入的姿态、那种愤怒和随时行使暴力的冲动,可以看到他的孤独感是如何难以忍受,随时要爆发出来。陪伴他的只有那张狼皮,只有在打狼时,他仿佛才找回自己的生命。但15只狼都消灭完了,傅山的生命也走向了极限,他终于成了"人狼",不用说他是人类群体中一个最为极端的另类。同样的是,子明在这部作品中绝大多数时间里都是落寞的,最后他的拍摄任务没有完成。傅山送给他那张狼皮,他晚上独自睡在狼皮上,夜夜惊醒,感觉自己的生活是死了,只是死了的他还活着。老婆把那张狼皮埋了,他寻找那张狼皮,小说结尾最后一句话是他的呐喊:"可我需要狼!我需要狼——"何以会如此?身边有老婆,同床异梦,却需要与狼为伍。作为人类一员,"我"是否太孤独了?

这种孤独感的书写,在贾平凹那里也是极致的。从《废都》遭遇的冤屈,到此后《白夜》等作品的反应平平,让贾平凹几乎遭遇壮士暮年的悲愤。读读《怀念狼》结尾处那一段关于《商州的故事》的议论,这不是强行地要把作品中那个"我"往真实的贾平凹身上靠吗?他要表达的未必是关于《商州的故事》这部作品对他的讥讽,更重要的是《怀念狼》这部作品如何是他真实心境的写照!表达完这样的孤独感,贾平凹的小说关于"自我"的心境和态度,可以暂时放下。随后的《秦腔》《古炉》《带灯》,他都不以第一人称来写,且要表达的更偏向于历史感和现实性,至少这几部作品并不关注"自我意识"问题。

其三,《怀念狼》把酷烈、龌龊、奇丑的事相、物象写到极端。① 贾平凹在《远山野情》等几篇小说中,已经把生存事相写得相当严酷悲情,但里面还是流宕着一股人性的韵致,不时也散发温馨之气。在"匪事"系列小说中他也着手关注暴力,把怪异、离奇演绎得惟妙惟肖,但在《怀念狼》中,开篇就是匪乱和狼灾,十分酷烈的场景浓墨重彩,与叙述人"我"的萎靡构成一种强烈反差。小说中出现的怪异邪乎比比皆是,随着那张狼皮随时发作而随处可见。最为极端的描写是傅山、子明和烂头一行三人到罗圈腿家,转过谷草垛就看见屋山墙下一个头发蓬乱如斗的女人坐木墩子上解着怀捉虱子,落日的晚霞还有一抹照着。她喊她男人相当怪异,这个字就是现代汉语大词典里也找不到,电脑字库更是无法输入。其意也让"我"不解,烂头解释说,这是当地方言骂人的话,即"精液",以此喊老公名字,也属离奇。吃饭时竟然端上来一只蒸全鸡,却是木刻的。蒸好的黑面馍上面印着手纹,不用说那是刚才一边梳头,一边用口水抹头发的女人的手印。显然,"我"饥不择食已经顾不得了,但当"我"去抓第三个馍馍时,"女人突然手就抻进怀里,摸了摸,似乎摸出个什么来,放在手心看了看,罗圈腿立即踢了她一下,她看着我笑笑,手一丢,说:'我还以为是个虱子哩!'"②这一段描写显然是要把粗陋、龌龊写到极端。这不就是扪虱而食吗? 比庄子的"扪虱而谈"还要更进一步。再想想乔治·巴塔耶的《眼睛的故事》或《艾德沃妲夫人》中那些老牌欧洲怪诞的污秽和色情,书中人物内心无尽的无聊、绝望和虚无,顶着神或神秘主义之名,堂而皇之地向资本主义现

---

① 就这方面而论,贾平凹遭到一些激烈的批评,例如李建军《消极写作的典型文本——再评〈怀念狼〉兼论一种写作模式》,《南方文坛》2002 年第 4 期。

② 贾平凹:《怀念狼》,沈阳:春风文艺出版社,2006 年,第 55 页。

代社会投去蔑视的一瞥。贾平凹何以要铆足劲把粗陋、龌龊做到如此地步呢？他固然要表达内心的愤懑，看看那个州城的文化人子明那么困顿的样子（他苦于自己长久做不出像样的作品），他要去除掉所有外部的概念和说法，也无力去升华自己。他只有崩塌下去、垮下去，于是去到山野深处，面对最底层的生活，也是最粗陋、最原生态的生活——这其实不只是走现实主义的极端，走回到生活的极端，而是去到文学的另一边，当代中国文学其实还少有抵达那一边。这是越界、冒犯、反常规、自渎……一边是如此粗陋、原生的实在生活，另一边是怪异、邪乎，它们在文学的另一面殊途同归，正好同流合"污"。

《废都》的颓靡情色因为追求美文，从中透出一种飘逸之气，不能不说是得古典美学的某种韵致。但《怀念狼》显然是在背道而驰，它不再向古典美学顶礼膜拜，而是回到生活本身，回到最为粗糙的原生态的生活本身，所有过去被压制、剔除掉的生活原始状态，现在都沉渣泛起，怪模怪样、无所顾忌，生活在文学中呈现为更加自然粗糙的形态。

在那条通往古典美文的道路受阻之后，贾平凹开辟了另一条路径。《怀念狼》是贾平凹的必由之路，他如此追求文化异域性、人性的奇异性和生存事相的异质性，需要抵达某种异质性的极限，那就是邪异的极致。《怀念狼》就是一个转折，通往另一个方向的标志。随后的《秦腔》不说对三农问题的现实关怀，而是那种表达方式、那种贴着地面的叙述方式、粗陋的乡村日常生活，都可以在《怀念狼》中找到先声。《古炉》对物的不厌其烦的表现、对乡村原生生活不加修饰的呈现，未尝不是《怀念狼》的延续。至于《带灯》，这部作品的品相事迹与《怀念狼》异曲同工。各种方法、最酷烈的表达在《怀念狼》中都演练了一番，写完《怀念狼》后贾平凹就获得了一种自由，随后的作品虽然也写了粗陋的乡村现实生活，也写了乡村的痛楚，写了生命的困境，但要沉静得多，内敛得多，也深远得多。也因为对纯粹性的演练，他终于可以释怀，可以把这种艺术理念重新隐含于常规化的小说叙事中。尽管如此，《怀念狼》的实验、开启和转折的意义却是如何高度重视都不过分。

四 人的终结与物的哲学

《怀念狼》把一张狼皮搞到邪乎的地步,固然有贾平凹追求艺术实验变革的动机,但也包含着他的思想观念的深刻变化。具体地说,就是他从早期信奉的人道主义/人性论,转化为崇尚物的哲学,而后者则是融合了中国传统哲学的某些要义。

贾平凹在新时期伊始就崭露头角,那时他在思想解放运动的激励下信奉人道主义和改革开放,他的作品贯穿着人性论,也试图去表现改革开放的现实。1980年代早期及中期的作品如《鸡窝洼的人家》《腊月·正月》以及《远山野情》等,都写出了西北乡村的人情世故。相比于那个时期对"文革"批判性的反思,贾平凹反倒不作政治性的表述。例如,他的作品中并没有非常典型的所谓代表极"左"路线的人物形象,他专注的是西北地域中人物的个性情状,尤其是那些西北女子,被他写得精细而富有个性,文化与性情一开始就让贾平凹与时代保持了一种距离,这是他赢得更长时段的缘由所在。

其实贾平凹也没有多么信奉人道主义,思想性这种东西与他并没有直接关联。他更信赖的是他对生活的直接观察和体验,他不是一个主体意识和主观性强烈的作家,这使他一开始就没有现实主义意义上的观念性,即并没有强大的历史反思性。他并不批判生活外在介入的力量,例如制度、权力、社会性的灾难——即使多年后,他在《古炉》中写了社会性的灾难,也写了外在异化力量,但他是在写足了乡村沾着泥土的生活世界之后,再去看外来介入的现代政治强力如何酿成乡村的灾难。这就可以理解,贾平凹最初对现实主义的越界,是回到乡土生活本身。就这一意义上来说,他可与沈从文、汪曾祺比肩。[①] 沈从文写出

[①] 贾平凹曾经在西安建筑科技大学作过题为《沈从文的文学》的讲座,可见他对沈从文是十分关注的。

湘西的俊秀纯朴,汪曾祺写出江南的清净明丽,贾平凹则写出西北的荒蛮粗粝。沈从文的俊秀中透出野性,汪曾祺的清净中闪现出空灵,贾平凹则能于荒蛮中透出飘逸与诡谲。只有写出生活的直接性的作品,才能在一种情状中透出另一重的韵致。唯其能抵达生活本身在于对观念性的规避,或者与时代拉开距离。看看沈从文,他当是现代中国作家中最少观念性的人,汪曾祺亦如是,贾平凹则是新时期作家中观念性最少的作家。如果用另一种表述,沈、曾、贾都是反潮流的作家——他们与时代潮流有疏离感:只觉跟不上,或者生性如此。整个中国现代以来的作家群,都被强大的历史理性所裹胁,就中国现代以来的乡土作家来说,他们是一群远离历史理性的作家。① 但到了1942年以后,文学试图以激进的方式介入现实、重构现实。赵树理直接介入当下问题,他还不能从历史理性的高度去重构中国乡村现实,结果"赵树理方向"难以为继。周立波、柳青、浩然无疑是1949年后乡土文学中的佼佼者,他们都以强大的历史理性重构中国乡村,建构起阶级斗争和路线斗争的历史叙事模式,其作品一度被推为现实主义的高峰之作,但结果如何呢?他们与那个被重构的时代一起终结。新时期的作家都带着强大的历史理性抱负,所不同的其实只有三个人,莫言、贾平凹和阎连科,他们与知青一代作家是同代人,但却奇怪地不是精神上的同代人,仅仅因为他们脚踏实泥土,从小生长于乡土的土地上。他们很长时间扮演着落伍者的角色,莫言仅仅是1986年以其《红高粱》闯入文坛,"我爷爷""我奶奶"打断了1980年代中国向往西方现代派的梦想。贾平凹那时充满无奈和无力,只好发狠地回到他那干涩的泥土地上,握住那粗糙的生活,

---

① 所谓"强大的历史理性意识",即是按明确的社会变革理念来认识、改造和描写现实,把现实作为既定历史目标的时间起点的激进的现代性意识。鲁迅最初也被视为乡土文学的引领人,鲁迅1905年写下《摩罗斯力说》,后读叔本华和尼采、翻译厨川白村、接近弗洛伊德等,再后来,按主流说法,鲁迅接触到共产革命学说。鲁迅的哲学背景不可谓不强,但鲁迅的小说并不包含强大的历史理性,即使是"批判国民性""救救孩子""吃人的历史"等,也未尝显现出强烈的历史理性意识。

抚摸那西北风吹裂的伤口,只有生活本身,如同只有人与自然一样。①不用说,他是越界了。不是他有多么强的观念自觉或道路自信,而是他无奈和无力——他追不上那么时髦的观念,赶不上那么快的变化。他只有回到他的商州地界上,去开垦那些荒林野地,去写那些与他肌肤相亲的人们。

哪想他慢了半拍却走在自己的道路上。贾平凹天性有一种质朴性,有回到生活本身去的感悟力,他能直接抚摸生活,这意味着他能直接触摸存在本身。也许他最开始写出人物的真性情,一半源自新时期的人性论,另一半则来自他的生活的直接性。正是后者使他愈发认识到人的有限性,人越是有本真性,越是真性情,就越归属于自然,越是与自然一体。在对诡异和命运之不可知亦不可抗拒的探索中,人的主体能动性就会受到严重质疑。正如《美穴地》所写的那个柳子言,他能看得了"美穴",为自己探得"美穴",却没想到他的儿子只是一个舞台上的戏子,只能表演王公贵侯。实际上,人生在世即使做了帝王将相又如何呢?不也只能到"美穴"里找到永久归宿吗?天地命运如此,贾平凹此后1990年代的作品,人的主体性就不是那么强烈了。《远山野情》里自然的严酷、生活的惨烈,是人的生存意志的背景。吴三大和香香最终远走高飞私奔了,他们的性情战胜了生存环境。但看看贾平凹1990年代初几部作品的结局:五魁爱恋的女人跳下山涧,五魁当了土匪,山底下到处贴着他的通缉令。白朗从被囚禁的土楼上逃脱出来,重新执掌山寨大王,但他却不辞而别,据传言在一个山洞里修行。《晚雨》里的天鉴一刀砍了自己的男根,王娘自绝而死。多年后,天鉴也叫手下平了王娘的那个坟堆。这一切终了得如此简单寻常,曾经爱得惊天动地,如何也不动声色就平复如初呢?直到《太白山记》里随处可见的诡异和蹊跷,人其实生存在一个玄机四伏的世界里,如何能成为世界和命运

---

① 数年后,《钟山》亮出新写实主义的旗号,说得五花八门,其实最具有"新写实"意义的作家,在当时可能贾平凹真正算得上一个。

的主宰呢？到了《怀念狼》，固然那张狼皮是为着小说艺术而设，但动物（狼）的消失与人的萎靡病态则是殊途同归。动物的消失引起发现动物，进而警告人不能成为动物的主宰。人是动物的一部分，回归人的自然属性也是回归人的动物性，这当然没有多少新鲜的思想。但是再进一步就有新意了，这是在人与动物的平等问题上的反思，人的优先性和无限性受到质疑。如果这还不够的话，那再进一步发掘贾平凹就可以不同凡响，从这里出发，贾平凹逐步发展出一个关于物的哲学。

从人的哲学到物的哲学，这在哲学史上谈不上多么了不起的变化，我们也不可能在这里勾勒一个物的哲学的谱系学。即使在一般的文学思想性的演进意义上，也并不值得如何夸耀。但放在贾平凹的身上，在他的作品中有如此结实自洽的内涵思想，却是值得肯定的。

《怀念狼》那张狼皮的通灵性实则是赋予物以生命力，生命不死而成为物，物不死而有生命。贾平凹采取的是"以物观物"的态度，使万物的本质得到体现，也就是使物我相望，物有人性，人有物性，物物相通。因此，物固然有优美丑陋，但人并不能厚此薄彼；物固然有龌龊洁净之分，这是人所作出的褒贬是非，对于文学表现来说，亦不能一味描写优美洁净，对于丑陋龌龊贬抑排斥或视而不见。故而在《怀念狼》中，贾平凹用了不少笔墨去描写那些丑陋龌龊的"物"或事相。这可能会让一些读者以及专业评论家有不同看法，毕竟任何突破既定规则的文学表现都会受到责难，但我们亦要从中看到一个作家创作变化的意义和挑战自我的那种胆略，文学的新经验的拓展无疑都要打破陈规旧序，否则就谈不上创新。

这种物的哲学把人和物放在自然平等的地位，人之于物并无优越感，物之于人却也可以息息相通。这里并非是贬抑人所致，而是揣摩透了人性所致。贾平凹一度要写出人之性情的极致，这就是物极必反，写人写到极致，那就是人本自然、人本天性。在这一意义上，都是师法自然，道法自然。如老子所言："人法地，地法天，天法道，道法自然。"贾平凹其实深受庄老道家的影响，这一时期他的很多思想都与庄老道家不无相通之处。

恰恰是在物的哲学这一意义上,贾平凹解决了他的思想资源问题。中国作家大都缺乏厚实的思想资源,惯常的思想资源就是"社会批判性",但其批判性的依据经常受应景潮流的影响,本人并无多少长期蓄养的思想底蕴。贾平凹逐渐明了的思想底蕴则是与他的天性相通,他本人长期浸淫于此道,终有所悟。他来自乡村,对中国传统文化尤其是民间文化有独到体验。从小生长在乡村,他的脚踩在那些粪土上,很自然很妥帖,那是他的童子功,他不会认为乡村的粗陋环境在美学上要归于次一等级。他对乡村的老旧和凋敝谙熟于心,所有这些传统、民间、乡村、环境浑然一体,贾平凹写出了一个混沌、物性充分的乡村世界。这是贾平凹的乡土中国叙事所不同于其他作家的地方,或者说较之其他作家有过人之处。

《怀念狼》终结了人试图通过重归自然完成自我救赎的梦想。子明想通过摄影记录15只狼的最后生存来改变他萎靡困顿的职业人生,他在乡村亲历了最后15只狼的死亡,但既没有挽救15只狼,也没有确证自我,倒是体验到玄机四伏的狼的生存世界。傅山成为"人狼"了,子明在狼皮上不得安生。能够自我存在并且与这个世界的存在深度一致的是那张狼皮和那块最后也摔成两半的金香玉,这两件舅舅送予"我"的物件通着灵性,并且与世界的物性存在相关,它们没有人的惶惑不安,只在暗中预示人的命运。

世界因为物性的存在而变得邪异玄乎,让物性在文学叙事中充分呈现,让人与物打交道,让物进入人的世界,这成了贾平凹后来在小说艺术表现方面的耐人寻味的特点。在《怀念狼》之后,贾平凹连续出版几部厚重之作,《秦腔》(2005)、《古炉》(2010)、《带灯》(2013),看上去都有朴拙凝滞的特点,究其缘由在于物的存在相当充足。西北乡村的贫瘠、原始、荒蛮,以及贾平凹有意关注的滞重压抑的环境,都是对乡村中国当代现实的直面呈现。历经了《怀念狼》的邪异玄乎和物是人非,此后的贾平凹才能如此平心静气地面对西北乡村的物的世界,他习惯于表现的泥土山石、墙基瓦楞、驴马鸡狗,显示出更加本真朴拙的面目,只是偶尔情趣盎然。但是它们构成了西北乡土中国的存在世界,人回到这个世界中,在这个世界中过活。

当然,贾平凹对乡村物性的书写,并不是使乡村回复到贫瘠粗劣的状态,以物性来闭锁乡村的存在。他尽力去描写物的通灵性,以物观物,物性相通。这就是以实写虚,写物即是赋予物以精神气质,物也就通了虚的一面。这就可以理解,贾平凹描写那些看似朴拙的乡村事物,任性而随意,随物赋形,落地成形,物的世界向着自由自在生成。《秦腔》中写到少年引生在水塘边遇到他钟情的白雪,结果他掉到水里,白雪留下一个南瓜,引生激动地抱了南瓜跑回家,将南瓜放在了中堂的柜盖上,"对他爹的遗像说:'爹,我把南瓜抱回来了!'我想,我爹一定会听到的是:'我把媳妇娶回来了!'这南瓜放在柜盖上,我开始坐在柜前唱,唱啥呀,唱秦腔……"①这南瓜有了灵性,连接起白雪、引生及其死去的爹,贾平凹总是通过物的作用,使故事的过程显出不寻常的意味。

《古炉》有着深远的思想抱负,这部关于20世纪中叶中国乡村进行"文化大革命"的故事,几乎是要完成鲁迅未竟的现代批判事业,夜霸槽不过是事隔半个多世纪的阿Q,他把阿Q要革命的缘由与失败结果重演了一遍。夜霸槽这个人物不只是回答了鲁迅当年提出的问题,而且提出了更多的问题。但是在写一个现代"文化大革命"在乡村发生进行的过程中,乡村的生活被表现得滞重、琐碎甚至黏稠,这与乡村的物质生活环境相关。贾平凹花了大量琐碎的笔墨去描写乡村中的物发生的具体情境,例如小说的开头,狗尿苔爬到木橛子上去闻一股味道,一个青花瓷油瓶掉地上就碎了。这可是婆嫁到古炉村时家里装豆油的瓶子,婆说"这瓶子的成色是山上的窑场一百年来都再烧不出来了"。狗尿苔硬不承认他碰倒了这个瓶子,申辩说是瓶子自己掉地上的。显然,小说开篇描写这个家传的青花瓷油瓶破碎具有一定的象征

---

① 贾平凹:《秦腔》,北京:作家出版社,2005年,第115页。

或隐喻意义,它意味着传统乡村可能面临着一次最彻底的破碎。小说无比详尽地描写了这个油瓶跌落碎了一地,婆扫那些碎片,再用勺子往碟子里拾地上的油,拾不净,拿手指头蘸,蘸上一点了便刮在碟沿上,油指头又在狗尿苔的嘴上一抹,狗尿苔伸舌头舔了。收拾这个破碎之物的过程、动作细节都写得不厌其烦。①

整部小说主要通过狗尿苔的视点来展开,狗尿苔总是在村里的路上东奔西跑,但每次总是让狗尿苔一路走去,并不直接就写他要到达的目的,而是写他路上遇到的各种鸡零狗碎的事情,遇着鸡、狗、牛屎或石头,狗尿苔都要停下来。狗尿苔是个好奇多事的乡村孩子,这符合他的性格,乡间生活就是如此鸡零狗碎,它不只是人的生活,还有土地、牲口、家具、房舍、灶台,等等。② 这样的现实、这样的世界存在,与现代要进行的"阶级斗争""文化大革命"如何协调一致呢?但它就是后者强行介入生成事件的场所。人居于这样一个属物的世界,与物息息相通,现代事件的降临激发的是这样的属物的世界的崩裂。人开始崛起成为世界的主宰,一些人要主宰另一些人,斗争、打倒、砸烂,终至于枪械的火并。贾平凹要把乡村的物的世界写得充分结实,看似琐碎凝滞,却是以一种世界呈现的方式表现出现代激进革命与乡村的巨大裂罅。中国乡村有着它的存在方式,现代激进革命强行降临到这片土地上,历史再次重演,枪毙夜霸槽的场景与枪毙阿Q何其相似,并且《药》的人血馒头被贾平凹刻意戏仿,对激进革命表现出令人惊惧的历史反诘。

贾平凹在《带灯》的后记中对他的《秦腔》和《古炉》的笔法作了解释,奇怪的是,那是他在看欧冠杯时的体会。看着巴塞罗那队烦琐细密而华丽的倒脚技法,他想到他的小说叙事也是靠着细密的细节推进的。

---

① 贾平凹:《古炉》,北京:人民文学出版社,2011年,第3页。
② 有关这类描写,《古炉》里追蹑狗尿苔的行踪随处可见。例如:第204—207页,写狗尿苔做瞎女干大的故事,狗尿苔行走的一路不只是和各种人物发生关系,还有关于村口的石头、石碾、燕子、鸡之类,这经过如此细琐却饶有趣味。

到了《带灯》,他表示要对他的笔法作改变。从《怀念狼》之后,那种力道被激发起来了,贾平凹一直在规训它,其实也是要逃避它。他想通过《带灯》让它平静下去,至少让它内化。《废都》《秦腔》和《古炉》都崇尚明清的韵致,但到了"这般年纪"时,心情却变了,不要那么多的灵动和蕴藉,他更感兴趣于中国西汉时期那种史的文章的风格,"它沉而不糜,厚而简约,用意直白,下笔肯定,以真准震撼,以尖锐敲击"①。其实这里说的是他的老乡——陕西韩城人太史公的笔法。这种自觉反省无疑是可贵的,不过从我们读者的角度,《废都》的笔法与《秦腔》《古炉》应该是十分不同的吧。但对于贾平凹来说,他现在要作再一次的变异,又一次到了"这个年纪",他要在《带灯》的写作中完成又一次转变。但是这次转变是多么困难,按他自己的说法,他甚至伏在书桌上痛哭。他哭什么呢?当年从披了狼皮而有一种灵动和诡谲,他触摸到物,物物相生,以实写虚,也占尽便宜;如今要脱胎换骨,去到一种西汉风格,怎么就那么难呢?《带灯》真的就去到了西汉风格吗?小说中带灯给元天亮发的无比抒情的"白日梦般"的短信,小说对高潮的追求,那一场盛大剧烈的打斗,换布、拉布、乔虎和元家兄弟的死战,堪与任何武侠小说中的决战媲美。《带灯》在太史公的西汉风格中,还是不能抑制随时要迸发的情怀,因为他的身上可能还披着那张狼皮。据说他的桌上摆了一块巨大的自然凹石,现在"我将它看作了火山口敬供,但愿我的写作能如此"。也是在这一段文字中贾平凹说:"火山口是曾经喷发过熔岩后留下的出口,它平日是静寂的,没有树,没有草,更没有花,飞鸟走兽也不临近,但它只是活的,内心一直在汹涌,在突奔,随时又会发生新的喷发。"②这说明贾平凹并不甘于只是平实朴拙的文字,他还要突奔、要

---

① 贾平凹:《带灯》,北京:人民文学出版社,2013年,第361页。
② 也是在这一段文字中贾平凹说:"火山口是曾经喷发过熔岩后留下的出口,它平日是静寂的,没有树,没有草,更没有花,飞鸟走兽也不临近,但它只是活的,内心一直在汹涌,在突奔,随时又会发生新的喷发。"参见贾平凹《带灯》,北京:人民文学出版社,2013年,第361页。

飞翔、要灵动。他披过那张狼皮,内心还汹涌着不安分的热力。确如他所说,《带灯》表面看上去是静寂的,但内里却还是有着一种不可抑制的力道要突奔出来。那张狼皮果真让上了年岁的贾平凹不再自在了么?我们倒要看看更加寂静的、更加"西汉化"的贾平凹——或许这更令人期待。

(2014 年 2 月 14 日完稿;原载《文学评论》2015 年第 1 期。)

第十一章　给予本质与神实
——试论阎连科的顽强现实主义

> 其实,你们永远不知道我写作的秘密,说了你们也不知道,说了也无法更改。
>
> ——德里达《隔离与信仰》

阎连科或许是中国大陆最容易把握的作家,也是最难把握的作家。最容易在于他的创作风格、手法十分鲜明,作品有冲击力,可以直接感受的东西就十分丰富;难把握之处在于,他的小说要揭示的东西处于声东击西的诡异中,他自己也是触及就转而寻求荒诞感或者反讽式的修辞手法。他总是要在一种矛盾的情境、矛盾的态度中来处理那些困难的当代批判性主题。也正因此,阎连科自己祭起"神实主义"的旗帜,去开辟他的道路,也用神实主义去遮蔽他的创作本质。在今天的中国文学格局中,大多数作家都不关注本质,无本质或反本质主义的写作也在后现代主义哲学那里找到依据,故而也算是适应了时代、顺应了潮流。显然,我用"给予本质"做题目,可能要冒对阎连科不恭的风险。难道如此激进先锋的阎连科,如此冲撞历史高度和难度的阎连科,还要"给予本质",回到现实主义的老路上去吗?而这正是阎连科"神实主义"坚持逃离的路径。

"神实"中的"实"是什么呢?是现实主义的"实"吗?

是,又不仅仅是。如果没有"本质"——历史的、现实的、时代的本质,现实主义的"实"又是什么呢?又如何确认呢?"神实"的"实"如何做实,神如何依托于"实"呢?而且要神其"实",让"实"神起来,这又是怎么样的写作、怎么样的文学呢?

要去"神实",要去"给予本质",这需要什么样的勇气和能力?阎连科或许有,或许没有,也不一定真有。但在他的写作中,我们可以感受到他凭借"顽强",一直在顽命地写作,他的写作一直在"顽命"。这里不说"玩命",而是"顽命",后者的含义要复杂丰富得多。尽管后者的"顽命"有时也可以通"玩命",但"顽命"还有顽强、顽固、顽抗甚至顽皮之类的意思。1990年代初,在美术界有过"玩世现实主义",包括"政治波普"那一套。在特定的历史时期,它们无疑有其独特的历史意义。但是,其意义总是简单、表面,也难以持续,难以深入。多年后,在我看来,阎连科的写作可以理解为"顽强现实主义",他在与他的写作顽命,他在顽命地、强行地书写现实,他的写作要用那么强的力道,那么使狠劲。缘由就在于,他要顽强地给予如此复杂多变的现实以本质,顽强地写,让写作/文学进入"顽强"的状态,他的叙述感觉才油然而生,给予本质道出了"神实"的理路,而顽强则给予神实以形态。神实合二而一,这才是阎连科追求的小说美学,他的兴趣全部在此。因此,也只有用"顽强现实主义"才能比较深刻而真实地把握住"神实主义"的美学要义。

一 给予本质:顽强写作的美学意味

本节题目用了"给予本质"一语,前面我们只是简要提到我何以要用这个题目,尚未对阎连科的"本质"作出具体的解释。尽管这项解释非常困难,但也是不得不进行的解释。在西方后现代的哲学中,本质化已经被解构。本质化是一项污名,是现代性的在场梦想。后现代的游戏和反讽,崇尚的是反本质主义的写作。但是,反本质主义必然是相对的,反本质主义要反对的是唯本质论、本质决定论,但并不等于完全否定事物具有相对的本质,事物的性质、本质存在有相对的稳定性和确实性,否则我们不能理解任何事物,也不能区别任何事物。

关于本质,后现代批判良久,已经被当代批评放逐出文本讨论了。在哲学当中,本质(Essence)又被称为实质,是指某一对象或事物本身所必然固有的,从根本上使该对象或事物成为该对象或事物,否则该对象或事物就会失去其自身的特定属性或特定的一套属性。

本质主义(Essentialism)又译为本质论,是一种认为任何的实体(如一只动物、一群人、一个物理对象、一个观念)都有一些必须具备的本质的观点。这种观点同时会认为无法对现象作出最终解释的理论都是无用的,因为其不能反映客观事实。在本质主义看来,你必须抓住本质,其他现象是没有意义的。"本质主义"这个术语是由卡尔·波普尔在1935年第一次提出的,此前无论是持本质主义观点的学者或是质疑本质主义观点的学者都没有使用这个术语。本质主义观念在西方的出现最早可以追溯到柏拉图和亚里士多德那里。早期为人所知的关于所有的思考和观念背后必定隐藏着一个必要事实(理式)的理论是"柏拉图主义"。可以说柏拉图主义就是典型的本质主义,柏拉图的本质是永恒的本质,是不变的。变的就不是本质,所以它有一个绝对的理式。我们存在的世界是由这个存在的、不变的、永恒的理式所掌控的。亚里士多德的《范畴篇》主张所有的对象都属于某一基本存在,基本存在决定了对象到底是什么。乔治·莱考夫概括亚里士多德的观点为"那些使得某个事物是什么的特性,失去了那些特性这些事物就不再是'那'同一种东西了"。这个观点与"非本质主义"对立,非本质主义声称没有一种特殊的特质是某类型实体必须拥有的。

现在看来,可能会有人认为本质主义太迂腐、太过于绝对,它跟绝对主义和独断论联系在一起,所以在这里,我使用本质而不是本质主义。我不认为阎连科是本质主义,但是阎连科恰恰是一直在追问本质。究竟20世纪的历史的本质是什么,他总是试图给予一种确切的意义,给予准确的指称。他不断地去冲撞这一点——如果不理解这一点,就无法理解阎连科的这种写作。始终要去撞击,这决定了他写作的意图、态度、方式、形式和方向。我在阎连科《炸裂志》封底语中写过这样一段话:"《炸裂志》的叙事从'震惊'出发,如受惊的野马,脱缰而去。也可以说阎连科在叙述中更为自由,无拘无束,无法无天;或许可以说,他的叙事要用更加狂怪、荒诞的展开,要用'震惊'的连环套,让小说人物有共工的模样。或许阎连科本来就是中国当代小说家中的共工,他为什么就不能头触不周山呢?"①

怎样去理解阎连科的本质化呢?在什么样的意义上去理解本质化与反本质化?阎连科的本质化是要把历史本质化,历史是本质化的历史,他让它进墓地——在这一意义上,他又是半途而废的,他指证,却又将其销毁。在这个意义上,阎连科质询本质、给予本质,也是解构本质。这是终结,被死亡封存的终结为本质的历史。他的所有叙事转化为后历史(在本质化与超离本质化的紧张二元关系中来书写历史),因而他的历史意识就是"墓地"意识——他总是在"墓地"写作,就是要把历史本质化从而又将其安葬。他的写作总是要向死,给予这样的本质是一个过于重大的行为,只有向死才能解除那种恐惧。

在理解阎连科的创作时,有必要去思考,是什么促使他一直怀着那么大的一种激情、一种顽强,以那种方式始终要冲撞某个东西?这让人不得不去追究,他可能一直想去握住一个坚硬的东西,或者说,就是一个本质的东西,更准确和更后现代地说,是他要指认的一种本质——当然也是他要给予的一种本质,所以他去给予并且去冲撞它,而后痛苦地去安葬它。

在这个意义上,我们去思考一下我们的历史。从某种意义上说,20世纪的那种历史终结了,历史曾经被给予一种本质,但如今发现在解构

---

① 参见拙文《"震惊"与历史创伤的强度——阎连科小说叙事方法探讨》,《当代作家评论》2013年第5期。

的思维中,那样一种本质没有确实性,没有永久性。但是,它会有另一种本质积淀下来,会在后来的批判性的思考中,形成另一种本质。但是,如今人们都遗忘了,只是在历史的虚空和虚无中穿行。在20世纪的中国,是否真的如此,真的没有本质吗?发生过那样的具有本质的历史吗?那样的历史不可定义吗?难道那样的历史没有对和错、好和坏、善和恶,没有痛苦和理想吗?这一切对于讲述20世纪的中国故事的作品来说,在某种本质化的意义上是可能的,而且是必需的。20世纪被巴迪欧称为"短20世纪",即从第一次世界大战至柏林墙倒塌,世界历史经历了巨大的战争、灾难、激进革命、社会剧变。在巴迪欧这位坚定的马克思主义理论家看来,20世纪是一个唯意志论的世纪。"历史是一只巨大而凶猛的野兽,它将我们陷于囹圄之中,但我们必须抵挡住他那重若千钧的目光,驯服它并让它屈从于我们的麾下。"①巴迪欧在论述曼德尔斯塔姆一首关于20世纪的诗时说道:"生命的连续性的非连续性的英雄主义在恐怖的必然性中找到了政治上的答案。最根本的问题是生命和恐怖的关系。这个世纪毫不妥协地坚持生命通过恐怖来完成传奇的进步目的(以及设计)。在这里颠覆了生与死的关系,仿佛死亡是走向新生的中介。"②巴迪欧这里所说的"生命的连续性与非连续性",其意大体指生命之从生到死的完整历程,生命具有整体性。"生命的非连续性"意味着生与死无法构成一个自然的完整过程,这两个概念与"英雄主义"连接在一起,表示了英雄主义的生命内涵所具有的不同形式,"非连续性的英雄主义"可以引申来描述破碎的、断裂的、不彻底的、不完整的英雄主义。尽管巴迪欧试图从历史宏观的视野来看"短20世纪",也试图抹去从道义上来评价20世纪的倾向,既然历史被如此多的巨大事件裹胁,任何个人、政治群体的作用都是历史自身运动的结果。但是,20世纪的历史发生的那些实实在在的事件、灾难,无

---

① 阿兰·巴迪欧:《世纪》,蓝江译,南京:南京大学出版社,2011年,第19页。
② 同上书,第20页。

疑可以反省并且从道义上加以评判,人们对此也有理由从人道、人性的角度进行审视。对于文学,尤其如此。

如此看来,在后现代的哲学和语境中,我们不能一味地消除本质化问题,而是看它如何去处理本质。而恰恰在当今中国,在"反本质"或"非本质"这样的旗号中,我们没有面对历史的难题,没有面对历史曾经深深刻下的那些伤痛和病症。这是我耿耿于怀的,估计这也恰恰是阎连科耿耿于怀的。所以在这个意义上,我认为阎连科的写作在顽强地"给予本质"——有一种本质化的倾向,并不是一种贬抑,而是在一个更加接近他的存在方式的意义上,在更具有归属性的意义上去接近他,接近他写作的本质。很显然,试图给予本质,甚至摆出如此顽强的姿态给予本质,然而,他又转身逃离而去追逐美学,这可能是阎连科写作的秘密方式。

并不是说在后现代之后我们再也不能使用"本质"这个概念,再不能接近这个词汇了。我觉得我们放弃了这个词,就意味着我们完全地放弃了历史,完全放弃了责任,完全放弃了文学应有的一种承担。既然别的词我们没有完全把它空洞化,没有把它完全消除掉,比如说责任,比如说承担,比如说期望,这些词我们没有完全放弃的话,我觉得本质这个词也不能完全放弃。

这里,我们要去思考,"神实"如何"给予本质"?这里可以从阎连科自己的说辞开始讨论。阎连科在《风雅颂》的后记中说:

> 是的,我不再问我为什么写作。然而,我不能不问我要写什么样的小说。闲静下来,我总是这样地逼问自己,审讯自己,像一个法官威严地审逼着一个不能控制自己去偷盗的孩子。也许,那个法官得到了他理想的回答;也许,那个孩子被逼问至死,都回答不出自己为什么要去偷盗别人。可是,被自己逼问久了,就渐渐似乎明白了这个问题:原来,写作也许是一种对人生的偷盗。

一个作家如果写作自己的生活,就不存在偷盗问题。如果写作的是一个敞开的历史,历史仓库的大门是打开的,作家就可以进去合法性地拿东西。如果历史之门被紧闭,层层封锁,就必须溜门撬锁,爬窗翻墙,进去偷盗,才能有所斩获。其行为一定有"不能告人"之处,或者"不可告人"之处。"不可告人"一方面是做贼心虚,另一方面恰恰也说明是"被"不可告人。在我们生活的现实中,在我们语言表达的规则中,有许多东西是不可告人的。阎连科说,他的写作是一种"偷盗",就像普罗米修斯一样,要盗来火种。他说自己像一个小偷,其实在这里他还有一点自诩,自诩自己是某种英雄。普罗米修斯盗来火种,从鲁迅到现在一直作为一种英雄主义的现代文学行动被我们引为美谈。作为一种"偷盗"的行动,在这一意义上,阎连科也是一种写作的个人英雄主义,他是在20世纪的历史中从事了一种"偷盗"的活动。这也是中国文学在20世纪遭遇的一种特殊命运。

《四书》上写有这样的题辞:"献给那被忘却的历史和成千上万死去与活着的读书人。""被忘却的历史"是在记忆中被忘却,也是在历史中被封存、被上锁,这个仓库的大门被紧闭,除了以偷盗的方式打开,把东西拿出来,几乎别无他法。阎连科是个有争议的作家,他把他的写作比喻为一种偷盗,说明他知道他的写作并不光明正大,所以他总是要审讯自己。这种审讯是在什么样的一种前提下、什么样的一种语境中,让他痛苦、让他受苦?在某种意义上,《四书》这个故事其实很简单,它写了五六十年代——饥饿的一段历史。有一批所谓的知识分子被放逐到河南的某一个地方,在那里劳动、思想改造。这里的思想改造很奇怪,是由一个十五六岁的孩子在管理这群知识分子。在奥威尔的小说里是"老大哥"在统治,那个老大哥总不露面;《四书》里是一个孩子在统治,这个孩子一直在现场。这部小说在向那部小说致敬,这部小说和那部小说构成了一种对话关系。奥威尔小说中的老大哥是被本质化了的,代表了一种极限;《四书》里这个孩子是一个特殊区域里的管理者,其本质也是"不可告人"的一种叙述。在小说里,这个孩子一直有一种孩子气,有一种游戏和闹剧色彩,但是小说高妙同时也是蹊跷处在于,最后这个小孩的形象转换了,变成了耶稣,自己钉死在十字架上。这部小说在语言上要与《圣经》——1919年的和合译本对话。1919年中国发生了五四运动,也是在这一年,中国出版了《圣经》在中国的和合本译文。《四书》一方面承接中国的"四书""五经",另一方面却要与1919年《圣经》的和合译本对话,在精神上、信念上和语言上和它对话。在这样一个书写行为中,可以看到历史如此强大而极端,如此被阎连科不留情面地抓在手上。他的写作有某种个人英雄主义的气质,他要面对历史,要承担对历史的反省和忏悔。

这部作品仅在香港出版。香港媒体报道说,阎连科作为一个本土的中国作家,声称自己总是怀着一次"不为出版而胡写"的梦想,虽然并不彻底,但小说里对"习惯文学"变节的笔墨,让阎连科终于做了一回"写作的叛徒"。这时大家就会知道什么叫"写作的叛徒","偷盗""叛徒"都是阎连科赋予自己的一种"罪名",与其说是有意给自己打上一种"不光彩的印记",不如说也是赋予自己纯粹写作的气质。阎连科说,自己总是怀着一种"不为出版而胡写"的梦想,《四书》就是这样一次因为不为出版而肆无忌惮的尝试,虽然并不彻底,"不是简单说故事里讲些什么粗粮细粮,花好月圆,或者是鸡粪狗屎,让人所不齿。而是说那样一个故事,我想怎样去讲,就可以怎样讲,在写作上真正地、彻底地获得语词和叙述的自由与解放,从而建立一种新的叙述秩序"。在中国作家关于自己创作的讨论中,阎连科在谈到自己创作的关键性本质的时候,总要打滑:一方面讲什么"粗粮细粮,花好月圆""鸡粪狗屎";另一方面又讲他要真正地获得叙述的自由与解放。他是个形式主义者吗?他是个完全且纯粹重视小说艺术的人吗?如果是那样的话,他不需要去偷盗,也不需要胡写,完全可以正儿八经地写,光明正大地写,堂而皇之地写。什么叫作不为出版而"胡写"?他是胡写吗?他是在用行动表明他是中国最明白的作家之一,最不回避本质的作家之一,他所从事的恰恰是给予本质的写作——这是他的关键。他的给予和馈赠却是一项偷盗?!

这是他的一套说辞,其中夹杂着关键词,他的有些说明、说法是外在于他的文本的一些环绕性的语言,里面却包含着他试图说出的写作的秘密:坚硬如水、墓地、现实主义、神实主义、炸裂、蝴蝶、冥婚、絮言……诸如此类,一个长长的省略号。《坚硬如水》的书名富有奇特的、象征的、隐喻的、挑衅的意味:"坚硬"又像"水"。中国俗语说"水火无情",水是柔弱的,柔弱如水;《红楼梦》里说男人是泥做的,女的是水做的;水可载舟亦可覆舟,讲的是人民;上善若水,这是道家的人生精神境界;人往高处走,水往低处流……"坚硬如水",未曾听过此种说法。何以"坚硬如水"?那是阎连科对自己写作的象喻,其中也不无英雄主义的意志。他有一种坚硬的要撬开历史本质的东西,坚硬如刀,锋利如刃,来撬开某种历史的内壳。但是他在做这个坚硬行动的同时,又选择了像水一样地溜走,水能够绕道而行——行到水穷处,坐看云起时,他又采用了这样一个静默如初的方式。"如水"其实能够随地赋形,落地赋形,绕道而行——他的"坚硬"化为水——他有坚硬,企图坚硬,他是一个坚硬的物体,是一种坚硬的面向,但是他的方式最终选择了"如水"。"坚硬"如同他给予的本质,"如水"又逃离了这个本质;能够"坚硬"的当然是实体的,如钢如铁的那种东西,是要去冲击本质、打开内核的那种东西;"如水"与其说是主体再次赋予对象的特质,不如说是主体自身采取的一种美学策略。这二者之间,在他的作品里是否真的完好无损,结合得天衣无缝?还是二者其实恰恰正是不相融的?"如水"是如何落地成形,随物赋形,绕道而走的?这和那种"坚硬"到底是以什么方式展现出来?真是所谓英雄气短、美学情长。阎连科知道他的坚定的英雄主义盗来火种的行为,还要有文学的独特手法。事实上,阎连科的小说叙述艺术极具个人风格,硬中有柔、曲中有直,刚柔相济、软硬兼施。

这恰恰是阎连科小说中最独特而诡异的手法。阎连科总是谈到墓地:比如他的《受活》的题辞及小说里的主体故事;《坚硬如水》开篇就是高爱军和夏红梅在坟墓空洞的洞穴里交合,并且发出革命誓言;《风雅颂》特别在后记里又一次谈到了墓地。《风雅颂》的结尾引向了《诗经》的废墟,那其实也是墓地,是墓地的另外一种形式。他经常谈论现实主义,后来他自己杜撰(创建)出一个"神实主义"的说法,这个"神实主义"的"神",不只是"神形兼备"的"神"、"神似"的"神",更重要的是"神奇"的"神"。"神奇"与"实"如何粘连在一起?他的《炸裂志》写出的不只是一个村庄的炸裂和扩张,还有小说叙事中一直要胀开、炸裂开来的力道。他的作品和写作想象,总是有神奇灵异的事物相伴,如《风雅颂》后记里的提到的蝴蝶、冥婚等。《受活》不断用"絮言"来干扰主题,他无法直面这个主题,这个主题无法书写,无法正面强攻,只能用絮言、一些方言卷进去,按他的说法就是"胡写""胡说"。他总是有一套说辞:坚硬如水、墓地、现实主义、神实主义、炸裂志、蝴蝶、冥婚、絮言。他的作品最不可忽视的、必须去抓住的,就是给予本质的那种意向、态度和方式。本质、给予本质、神实主义、炸裂、荒诞、震惊、神幻……我们可以尝试用这些关键词去接近阎连科。

他总是要坚韧,而又试图逃脱。坚硬而又能如水,这是他所追求的美学形式。他并非一味地顽强、使劲、使愣、耍浑,而是也有一种巧妙、有一种神奇、有一种游戏,给予本质、盗来火种,他就逃离,如水一样,消失得无影无踪。因此,他要神实,他只能神实。本质化终究要坚硬如水,要如水一般逃逸,绕道而走,这不只是处理历史和现实的方法,更重要的还有他的小说艺术手法。

2011年3月,阎连科的《"神实主义"——我的现实,我的主义》由中国人民大学出版社出版。2013年11月23日,《中华读书报》刊登阎连科的文章。文章中,阎连科对"神实主义"作出解释:神实主义大约应该有个简单的说法,即在创作中摒弃固有真实生活的表面逻辑关系,去探求一种"不存在"的真实,看不见的真实,被真实掩盖的真实。神实主义疏远于通行的现实主义,它与现实的联系不是生活的直接因果,而更多的是仰仗于人的灵魂、精神(现实的精神和事物内部关系与人的联系)和创作者在现实基础上的特殊臆想。有一说一,不是它抵达真实和现实的桥梁。在日常生活与社会现实土壤上的想象、寓言、神话、传说、梦境、幻想、魔变、移植等,都是神实主义通向真实和现实的手法与渠道。神实主义绝不排斥现实主义,但它努力创造现实和超越现实主义。神实主义既汲取20世纪世界文学的现代创作经验,而又努力独立于20世纪文学的种种主义之外,立足于本民族的文化土壤生根和成长。它在故事上与其他各种写作方式的区别,就在于它寻求内真实,仰仗内因果,以此抵达人、社会和世界的内部去书写真实、创造真实。创造真实,是神实主义的鲜明特色。

阎连科要发现小说,发现历史,发现世界。所以,神实主义实际上是写实而不能,抓住本质而不得,他只好神实。其实,正如阎连科自称的那样,他并不是有多么伟大的美学抱负,而是有着坚定的现实抱负。他对现实有着自己的坚持,否则他完全可以写魔幻,何必还要神实呢?他念念不忘的还是实,还是历史的本质,他还要对历史的本质发问。他要撬开历史的本质,而在历史本质被遗忘或者在时间中流失时,他要顽强地给予本质,这是他一直耿耿于怀的。然而,历史如此复杂多变,既激进、又保守,既片面、又中庸,既酷烈、又圆润……更不用说要固定住坚硬的历史本质。如此要拥抱历史与现实的阎连科,如此热烈地投身于现实的阎连科——按他的说法,是生他养他的现实,他又如何能简单明确地给予本质呢? 不是他圆滑和注重策略,而是真的难以以偏概全。所以要理解他在给予本质与逃向神实之间选择、平衡,终究是在神实当中完成他的写作。但是他也深知他给予的本质不能扎根,不能永久,他无法固定住它,不是坚硬如钢,而是坚硬如水,随风飘散。他不得不相信,神实主义有着强大的魅力,也带来更多艺术的可能性。

二 20世纪激进历史的本质质询

阎连科何以在书写历史时,总是要写到墓地,总是要在墓地写作? 他的写作一开始就面向死亡,总是在悲戚的动机下开始叙述。他要面对本质,要握住历史本质、抓住历史要害。他知道他这是在顽命地冲进真实,撞击真实,其实他是一个先验主义者,又是一个魔幻师,一开始就设定了他表现的空间,他设想那是如同进入禁区或雷区的空间,无异于冲进墓地。英雄主义总是有一种向死的意志,总是置生死于度外,故而他总是要在墓地边缘或墓地里来写,干脆事先就把"写"放置进墓地。其实他的那些叙述和故事,也并非什么离奇的越过雷池,只是他要思考:20世纪的激进现代性究竟给社会、民族和人民带来了什么?推动历史进入灾难的机制和能量究竟是什么东西?剧烈动荡的历史对百姓造成了什么伤害?……阎连科一定要把这样的问题说透,用他的文字顽强地去撞击、敲打、叩问。他显然不满足于业已形成的那一套关于20世纪历史的经典叙事,特别是那种宏大的叙事。现在阎连科要说出更为广阔和深远的历史背景,更为严峻的历史真实,更加严酷,更加壮烈,也更加深重。

他要写那些坚硬的生命创痛。《坚硬如水》是关于"文革"那样一段历史,在中国当代文学中有不成文的规定,"文革"是禁区题材,大部分作家不去触及这段历史。既然是不成文的规定,总有作家去触碰,阎连科、贾平凹、莫言都是坚定直面这段历史的作家。阎连科的《坚硬如水》对"文革"的反省无疑有他的角度和方法,他十分尖锐地揭示了"文革"中极端崇拜的病态狂热,写出了那种荒诞和向死的气质。小说中那种高亢的叙述语调与人物的躁动不安,以及故事向着悲剧方向的挺进十分协调,扭曲的叙述之力与历史的变异之力纠合在一起,小说突显出历史之荒诞与在劫难逃的命运。

《受活》看上去是一个更加夸张的故事,其实质却有一种令人惊异的真实。小说讲述河南某县长柳鹰雀在《参考消息》上看到一则消息:由于苏联解体,独联体没有钱保护列宁的遗体。他异想天开筹集一笔资金去把列宁的遗体买到河南,修建一个瞻仰列宁遗体的烈士陵园。他认为,中国有无数的人都要参拜老祖宗,门票加上在当地的消费,会是一笔巨大的收入。柳鹰雀说服"受活庄"的村民组织起绝术团去演出赚钱,以补上购买列宁遗体的差额款项。这部作品思考了中国当今乡村要脱贫致富、走市场经济的道路时面临的选择和行动。显然,列宁遗体是一个象征,这是一个关于20世纪社会激烈变革的遗产在全球化和市场化的时代如何继承的问题。这项遗产在今天的继承和光大采取了它最为痛恨的两种形式,即市场化和娱乐化。关于遗体和建烈士陵园,一直是所有的行动的目的,这仿佛也是一开始就被注定了向死的本质的宿命论。

阎连科的《四书》是对20世纪发生在中国的知识分子改造历史进行的讲述,这里面呈现的痛苦与磨难固然并非阎连科的发现,但阎连科的叙述还是令人惊惧。① 不用说,其真实性早已有无数的纪实类的报告作为注脚,作为20世纪中国知识分子的罪与罚,阎连科的书写既不留余地,又试图赋予其文学的意味。小说由《天的孩子》《故道》《罪人录》《新西西弗斯神话》四部分组成书摘体小说,书写知识分子的改造史以及在那场自然灾难中的遭遇。人祸与天灾共同作用,使知识分子在劫难逃。

小说描写的育新区——九十九区距离黄河47公里,就是在河南的洪泛区,既具体又抽象,既实在又具有象征性。这是一群知识分子改造的场所,时间是1950年代"反右"之后,应该就是右派劳改农场。小说

---

① 张定浩:《皇帝的新衣——读阎连科〈四书〉》,《上海文化》2012年第3期。该文对阎连科严厉批评,认为阎连科写的"大跃进"题材(实际上是右派改造那段历史)没有什么新鲜之处,作者没有什么可以为题材得意的地方。张定浩可能忽略了一点,现在已经没有几个中国作家会写作这种题材。文学作品的存在权利并非只是按题材来划分,比如爱情、战争、"文革"、土改、婚外情、凶杀、诉讼等,每种题材都有无数的作家在写,不同的写法、不同的语言表现形式、作家不同的思考和态度,都可以给予每一次的写作以存在的权利。这其实是一句老话,关于"写什么"与"怎么写"的问题,文学作品重要的是"怎么写"。当然,"写什么"也表明作家的眼光、勇气和态度。实际上,阎连科的写作可能并非只是按题材来划分那么简单,他关注的是社会问题,有比较尖锐的问题意识(而这一点是中国作家普遍缺乏的)。如果要按传统的文学理论来划分,阎连科的小说可能属于"社会问题"小说,在这一意义上,他秉承赵树理的路数,但显然与赵树理所处的社会方位十分不同。

中的人物以在文化体系里的专业分工为名:"作家""学者""宗教"和"音乐"。这个区的最高领导者是一个"孩子","孩子"设计了一套程序,这些人劳动表现得好,特别是有告密行动,就可以得到红花,得到足够的红花就可以离开用来"改造"人的育新区。这些人为了得到足够的红花,都按"孩子"的指示和要求做事;而"孩子"为了得到"上边"的嘉奖、为了戴着红花去省城和京城接受接见,又跟着"上边"的要求做事。他们要做的第一件事就是焚书,书的种类包括这些知识分子带来的文学孤本、研究报告、乐谱琴谱,甚至《圣经》里玛丽亚的画像也没逃过被"孩子"撒尿和糟蹋的命运,所以前面一直有"孩子"看似恶作剧实则恐怖的统治。

经历一次又一次的检查、揭发、充公和焚烧之后,精神、信仰都被禁止,人们越来越习惯于空虚和空洞地活着,随后按着上面的指示和要求,虚报亩产、用人血种粮、黑沙炼铁、饥荒吃人肉、互相告密。生活与劳动都在荒诞地展开。最后,"孩子"让大家回家,却把自己钉死在了十字架上。他死后人们发现,他的床头摆着《圣经》故事的连环画,屋里粗糙的书架上,大家交公的书基本都在,一尘不染。"孩子"表面上把大家的书收来焚烧,其实是藏起来。"孩子"不是绝对的坏人,甚至还一步步地表现出良知,最后他主动把自己钉上了十字架。这部小说的这一点让人惊异,阎连科居然可以这样打开这个面向,超越了《一九八四》的老大哥,"孩子"是这么的诡异、孩子气、恶作剧,甚至暴戾、喜怒无常,但是最后却把自己钉在十字架上。我们不知道他和屋里的书构成什么关系,当知识分子都堕落了,都互相告密、互相撕咬的时候,这个"孩子"的圣洁是怎么完成的?

这个"孩子"生长在神实主义的小说空间里。联想到《坚硬如水》,会发现这是阎连科小说艺术的独有手法:他是那么坚硬地叩问历史的本质,就像这个"孩子"一样。"孩子"身上曾经凝聚着历史的本质,但是关于"孩子"怎么转换过来、他的良知怎么升起来,仿佛有依据,又仿佛无依无据,这点很蹊跷。严格从现实主义的逻辑来说是很难理解的,也不可思议,没有这样的"孩子",没有一个地方的革命交给一个"孩子"统治,没有"孩子"在那样的语境下能够生长出良知,也没有"孩子"能把自己钉在十字架上。从纯粹现实主义的可操作性逻辑上来说也不可能,有谁能把自己钉在十字架上?这个操作起来是有难度的,但是在神实主义的意义上,阎连科解决了这个难题,他让我们忘记这些现实的逻辑,让我们去想象一个在恶的绝境处也有善、忏悔和觉醒生长,也能开花,也能壮大,也能有果实的那么一种历史。历史在他的演绎当中,也能有一种新的果实,让人思考良多。

在这个作品中,其实有几个具有现实感的主人公,如作家、哲学、音乐,"孩子"仿佛一直是一个外在的、漂浮在上的管理者,完全是一种符号化的象征。但是小说后来赋予这个"孩子"以一种实在,赋予其一种肉身和本质,这是阎连科的笔力让我们惊叹之处。《四书》对知识分子的品性的描写值得注意,伤痕文学一直在讲述一种故事,这种故事中的知识分子在"四人帮"极"左"路线横行时,都保持着一种纯洁性、一种圣洁,保持着对事业的忠诚,像《大墙下的红玉兰》《绿化树》,这些小说赋予知识分子和老干部以特殊的精神禀赋,显然是一种历史特殊时期要求的想象。我们其实看不到在那么一种残酷的历史岁月中他们的真实面目。时代愿望的要求掩盖了历史真实的那一面,伤痕文学对"反右""文革"那段历史的书写,至今没有真实的深刻性。后来,也就是直至1990年代以后,重写"文革"的很多作品中,揭示了更多的更加充足的一种真实。阎连科的《四书》无疑具有彻底性,他直击历史的本质,直击事物的本质,直击人的本质。在"反右"和三年自然灾害的历史中,知识分子无疑是被迫害者,但是他们毫无疑问也有需要自我反思和忏悔的一面。我们总是指责别人不忏悔,却很少反省自己。指控别人的目的是证明自己的清白,证明自己的伟大和光明磊落,获得一种安全感,但是经常会进入自己设下的圈套,成为下一个牺牲品,《四书》就描写了这种悲剧境遇。

作品中有一个"作家"的形象,这是阎连科最下功夫去写的。"作家"是一个颇负盛名的作家,某单位的领导,因分派去育新区的名额定不下来,他竟然成了人选,这是对政治民主和群众运动的极大反讽。他告密,用血种粮食,背"音乐"的尸体,从身上剜一下块肉,祭悼"音乐",以求悔罪。"音乐"是音乐学院的一位美丽女教师,为了换取一点粮食不被饿死,被另一个区的掌控者占有身体,结果在被奸污和吃豆子的过程中死去(更有可能是被那个掌控者掐死了)。"作家"目睹了这个场面,非常悲痛,于是背着她的身体到种粮食的地里给她建了一座坟墓,他决定要祭奠她,因为他自己曾举报"音乐",也曾经参与捉奸"音乐",于是在自己身上剜下一块肉。介子推割股救重耳是表示忠诚,"作家"在这里是表示忏悔和哀悼。

"音乐"爱学者,不屈从于领导的强迫,但在饥饿来临时,还是出卖了肉体。这部小说是对罪感文化的汉语书写。汉语文学其实没有认真地书写过罪感文化,《四书》是最直接地书写罪感文化的一部小说。"土改""反右"、三年自然灾害、"文化大革命"……中国这半个世纪来的天灾人祸,过去这么多年了,我们的现实主义文学仍然主要是控诉性的文学,我们并没有去反省罪感,从来没有思考我们作为一个人的存在、作为一个民族的一分子、作为一种人的历史存在的一部分,对这样的历史要负有的责任、要承担的后果,这样的后果里面应该包含有一种罪感。《四书》在追问这点,尖锐且不留余地地追问。

就阎连科的本质追问而言,他的小说艺术依赖了一种修辞学的转换。他并非彻底的直击本质,这样一个本质,他握住,他转身离开,他的兴趣在于坚硬如水,这又与他的"神实"书写建立在一起。这个本质是难以言说的,20世纪激进的历史、摧毁性的历史,其动力机制究竟何在?根源是什么?对于阎连科来说,他一直想去探究这个本质,一直想去给予这个本质,但是这个本质可能要复杂得多,也可能是无法概括的。作为一种理性的表述,其概述恐怕总是不周全,总是无法企及或无法抵达。不如将其隐身,而历史之本质可能原本就是隐身的,这就是其复杂性和丰富性的魅惑所在,它把自身神秘化、秘密化。阎连科乐于遵守这种秘密化,甚至强化这种秘密化。说出这个秘密,就像德里达在《隔离与信仰》这本带有自传体色彩的书里所说的:"其实,你们永远不知道我写作的秘密,说了你们也不知道,说了也无法更改。"用这句话去说阎连科也很恰当,但是应该在相反的意义上来使用。恰恰是阎连科写作的秘密并无真实的神秘感,他试图指向的本质也并非惊人发现,也是当代政治学和社会学以及历史学惯常会涉猎的内容。阎连科知道这个"本质"对于文学叙事来说,无需说出,也不能说出,文学作品依然要依赖形象。这一点充满矛盾和反讽——他的姿态、立场,都只能摆样子。他说出了什么秘笈吗?他有什么惊人的发现吗?只有他更有本事能把本质提取出来,像提取精华素一样吗?他一直在直击、敲打,仿佛要握住一种坚硬的历史实在。他用笔触去接近它、打开它,他让它存在于那里。然而,他却在可以握住的那个瞬间,再次脱手、失手,让它落地,让它碎裂。故而我们看到的,只有历史的碎片,一些碎片化的历史叙事,所谓"坚硬如水",其实也是落花流水!也因此,与其说这是历史的本质,不如说这是阎连科小说的艺术化本质,用阎连科的话来说,这就是"神实主义"揭示的本质。

其实阎连科在解释他的神实主义内在含义时,举了他最为钟情的小说——巴西作家若昂·吉玛朗埃斯·罗萨的《河的第三条岸》为例。阎连科强调神实主义的内因果必然带有一种"寓言性和神秘性",这也表明他并不会刻意追求他要讲述的故事内里明确的本质意义,恰恰是内含一种深切的创伤性经验,无法言说,无法固定住意义。这篇小说中的父亲有一天突然离家出走,在村子外边的河上漂流了一辈子。为什么父亲会作出这样的决定?家究竟对父亲有什么不能让他生活下去的缘由?没有任何交待,没有任何蛛丝马迹。相反,小说后来描写的家庭生活都是很正常甚至是充满人情味的。"我"这个儿子对父亲也是如此关切和惦记,每日站在岸边眺望在河上漂流的父亲。但是,父亲就是坚持在河上漂流了一辈子至老不归家。阎连科概括这篇小说的寓意时说:"真实之岸是人类在心灵上对婚姻、家庭的逃离和对人伦亲情的无可逃离的情感矛盾。"很显然,这样的感受只能是小说形象与我们的经验重构后得出的一种归纳,有没有这样的归纳对这篇小说的存在来说并不重要。阎连科也很清楚,对于自己的作品他并没有能力、也没有兴趣去把某种意义提升为多么具有理性效力的表述。其"给予本质"抓住"内真实"的姿态,只是一种写作姿态和叙述方式。

当然,我们如果要作再次归纳的话,并不困难,也并非忤逆之举。这都是 1980 年代初"伤痕文学""反思文学"在思想解放运动中展开学理讨论时反复揭示过的问题。只是 1990 年代以后的中国文学已经不再关注这样的历史追问和社会反思。阎连科给予本质的写作秘笈其实就是在探究 20 世纪那些扭曲历史和人性的力量根源何在,中国进入现代何以要进行如此剧烈的变动,何以要付出如此惨烈的代价,他要质询的在于:权力崇拜何以成为中国社会的普遍心理?这是最让他痛切而又困惑之所在。在他所有的书写中,最为本质的追问都聚焦于此,这也是他的写作之力的支点。他的小说叙述那么用力(那么多的夸张、神奇、荒诞和反讽),就要一个坚硬的支点,一个本质化的支点。这并不是他的最后栖息地,毋宁说只是他的出发点。

三 填补的实在:肉身的神实

马尔克斯《百年孤独》开头写道:"许多年以后,面对着行刑队,奥雷良诺·布恩迪亚上校会回想起他的父亲带他去见识冰块的那个遥远的下午。"奥雷良诺上校的父亲带儿子们去抓这个冰块,父亲把手放在冰块上,然后叫儿子去摸,这时候还是孩子的奥雷良诺上校用手去抓,发现冰块"像火一样烫",灼伤了他的手,而后他松开手。他父亲把手放在冰块上,告诉孩子们说:这是 20 世纪最伟大的发明!这就是《百年孤独》的开头。马孔多最终像冰块一样消散融化了,那张羊皮纸上空无一字。

但是,阎连科的历史却有实在性,却要有本质的意义,它是中国真正发生过的历史和正在发生的现实。《受活》回答了20世纪革命道路转变的难题。20世纪历史终结和转型的时段,就是20世纪的革命遗产如何继承、发扬光大的问题。如前所述,《受活》试图去抓住当代中国现实最为深刻的特色即人们对革命遗产的继承采取了革命最为痛恨的两种方式:一个是市场化,一个是娱乐化(让受活庄组成绝术团去表演赚钱,用娱乐化的方式来募集资金)。这是这部小说直接而尖锐之处,因为在经典理论的构想中,革命和市场是截然对立的。小说则试图虚构:苏联(在独联体时期)保存不下去列宁的遗体,而中国走了市场化经济的道路,允许搞活企业,甚至允许办大型烈士陵园来供大家参观,把烈士陵园办成可消费场所,可以卖票盈利,这是柳鹰雀的构想(当然是妄想,是后革命的狂想曲,也是革命遗产的乌托邦重现)。为了保持革命导师的遗体,可以做任何事情;也因为有了革命导师的陵园,可以做任何事情;而任何事情则使对革命导师的膜拜变了味、变了质。

德国在2003年2月上映电影《再见列宁》①,《受活》最早于2003年6月由十月文艺出版社出版,由此看来阎连科不大可能看过这部电影。这部电影当时在欧洲影响非常大,柏林墙倒塌之后,它是对革命终结之后的反思,引起了人们对革命的怀旧情绪的追捧,有一种历史离去的深沉感伤。如果比较的话,小说《受活》比电影《再见列宁》要厚重深刻得多。《再见列宁》着重于表现1989年前后东德民众的矛盾心理情绪,而《受活》却对20世纪中国社会变迁的各个阶段——"土改""入社""大跃进""文革"进行归纳,去书写激进变革给中国社会,尤其是中国农村带来的剧烈震荡,其当代思考更加深刻尖锐。

---

① 影片由沃夫冈·贝克执导,于2003年2月在德国上映,讲述了儿子为了不让患有心脏病的母亲受到刺激,隐瞒民主德国已经解体的事实。时间背景定在1989年柏林墙倒塌之际,影片通过运用各处媒体手段,一直重现与外面巨变的世界截然不同的"民主德国"的故事,通过母亲的态度表现出柏林墙倒塌后普通东德民众的复杂矛盾心理状态。

对于阎连科来说,"坚硬如水"这样一个本质,要让它像水一样地流走,他把它转化为神实,转化为系列的修辞、叙述,他的抒情、他的描写、他的表白。那么在这样一种本质空缺的场所,所有这些空缺的场所,阎连科其实用一个身体去替代它。这是一种非常吊诡的做法,看到身体如何以一个肉身——我们人的肉身去填补它。《坚硬如水》的一开始高爱军和夏红梅在一个墓穴当中交媾,他们的身体其实是被情欲扭曲的,而革命燃烧的激情与情欲的身体在墓地正好合二为一,它们都有新生与向死的同一性。《受活》题辞说:"现实主义,我的墓地,我的亲兄弟姐妹。"在小说中,那个墓地就体现为安放列宁遗体的那个巨大的墓穴。那个墓地本来要在水晶棺材里安放列宁的遗体,结果遗体没有运来,水晶棺材下刻上了"柳鹰雀之墓"。一个伟大的革命至圣先师的墓地,却被柳鹰雀占用了。但柳鹰雀还活蹦乱跳的,墓穴是空的,柳鹰雀的身体却是实在的。他最后的身体也是残缺的——扭曲之身还是具有实在性,理论上说还可以填补那个空的水晶棺材。

其实给予出的本质并不能做实,不能被固定住,因为对于小说来说,本质化的语言无法实存,实存也并没有多少美学的意义。因而,阎连科大量描写"身体",他用身体来填补本质的缺席。那些身体都是扭曲的或者多少有些狂怪的,它们就是历史本身的在场,是历史的肉身化。现在本质无需追究,无需握住或揭示,而是铭写在肉身上,让肉身的线条、窟窿、圆润、残缺与断裂去显现它。这是给予本质的一种方式,是替补性的本质存在。

《受活》里写道,运来列宁的遗体需要经费,只好组织受活庄的残疾人组成绝术团去表演,残疾人的身体表演带着一种预期、期盼,用他们赚的钱去购买列宁的遗体,这也是一种身体的置换。历史的本质、遗产,都以一种身体的形式固定下来,或者用身体去转换。在《四书》里,不断有身体的饥饿、压抑、伤害直至戕害。作为美的象征的"音乐"的身体,先是被捉奸,接着因为饥饿被奸污、死亡。"作家"把身上的肉割一块下来表示忏悔,对激进革命年代的痛楚回忆,只有通过身体的全部戕害形式才能进行,才能抵达。这全然是磨难史的书写,历史本质无法实体化,但铭刻在扭曲、残缺以及被戕害的身体上。不过,"孩子"的身体钉在十字架上,这一极端行为昭示了得救的希望。

对于阎连科来说,所有的危机可能都从身体开始,《日光流年》的身体却是被注定印上了死亡的纹章,这个村庄里的村民如此不幸,他们注定了短命,活下去或者改变生活的方式就是去出卖身体。《丁庄梦》也是如此,为了脱贫致富卖血,没想到身体被死亡的鬼魂缠上。这样的身体让人几乎不忍观看,但是阎连科还是要直击这样的身体,其残酷书写让人惊惧。《炸裂志》不断地以夸张的笔墨写到裸露的身体,身体的出卖与当今的市场经验构成合谋关系,而在这样的关联中,灵魂在哪里?这让阎连科陷入思想的困境。他的办法就是以更顽强的笔调、顽命的力量,举起历史,让它变形,让它具有身体形状,不断扩张,不断壮大。从小村庄变成小镇、小城,再变成大城市、超级城市——让它炸裂。阎连科的小说有很强的形状感,他要集中表现的本质含义都具有形状,可以具象化,可以有质地并获得质感。阎连科的法宝就是让身体承受着本质的压迫,变形或向死而生。

四 在墓地书写:消解本质或者向死而生

在墓地书写,在这样的场所给予本质,就是向死的写,就是企图向死而生的写。也只有阎连科如此顽强,如此带着非连续性的英雄意志写作。历史之死,或死去的历史,也是他的历史、他自己的历史,是他的亲情与亲缘。让本质去死,要感悟本质的亲情。他生长于20世纪中国的历史当中,也生长于那样激进变革的历史当中,这些都构成了他生命本质的一部分。这是他的"后革命"记忆,是他记忆革命的方式。

阎连科的所有书写,都包含着对20世纪激进历史的反思:《坚硬如水》《为人民服务》《受活》《丁庄梦》《四书》《炸裂志》。它们是"后革命"场域的书写吗?是在革命终结之后的书写吗?当代中国少有作家像阎连科这样对20世纪激进的历史、现实与未来的可能性思考得如此紧迫、如此紧张,他的小说是对现代史的了结、终结的书写。所有关于墓地的看法,都隐藏着他对20世纪终结的看法,而且依然是对激进现代性的本质化而又无法本质化的探询——他只能走向"神实",在不可言说本质中走向神实。中国作家一旦写作"硬"的中国经验,就用曲笔,就用絮言,就用"神实",这是无可奈何的伎俩,这种书写是否因此获得了意外的美学效果呢?既是真实地重述历史,也是重新把历史神奇化、神实化。但是阎连科借助"神实"则是企图让本质显灵,让本质现形,究竟是使其本质现形,还是让本质具有形象的存在方式?这意味着给予本质是否能够最终完成。在我看来,给予本质终究让位给了"神实",由此可以认为,给予本质是展开"神实"书写的一个动机,一个根本性的不可实现的动机。本质具有形象的质地后,它必然又隐匿了。阎连科解释他的神实主义的当代书写,需要强调的不是作家在写作中如何地"神"——神奇、神秘、神经,"而是要透过'神'的桥梁,到达'实'的彼岸,那种存在于彼岸的'新的现实'和'新的真实'"[①]。其实,阎连科的美学策略也可以作反向的理解,可以理解为他的"真实""本质"似乎是先前铁定要给予的,然而他并不能够,转而只能是交付给"神"的美学,荒诞、夸张、戏谑、自戕等,他都不厌其烦,又乐在其中。

在阎连科的小说中,出现了大量关于墓地的叙述。用他的说法,是哀悼现实主义,祭悼他最亲近的历史的仪式。所有墓地的死亡都关乎亲情或爱情——那是他的历史,他的亲历,他的亲缘,他的血脉!他对墓地这一空间,这一地理性的空间、死亡的空间有奇怪的迷恋。《坚硬如水》在墓地里发生爱情,甚至干脆就在墓地里交媾。对身体和性爱的渴望始终交织在高爱军和夏红梅的革命行动中,情欲高涨与革命热情已经无法分辨。高爱军看到夏红梅的裸体时,他表达的是革命的决心:

---

① 参见阎连科《发现小说》,北京:人民文学出版社,2014年,第166页。

> 我说:"红梅,不管你信不信,为了你,我死了都要把程岗的革命搞起来,都要把程岗的革命闹成功。"
>
> 她又有些站累了,把重心换到另一条腿上去,让那一条日光照在她的臀部上,像一块玻璃挂在她的臀部上,然后望着我说:
>
> "高爱军,只要你把程岗的运动搞起来,把革命闹起来,我夏红梅为你死了,为革命死了我都不后悔。"

交媾在这里不是交流关于快感的体验,而是宣告革命与向死的誓言,革命就是去死,就是以死相许。阎连科写的都是极端的、不可思议的经验。这两个要闹革命,他们是躲到墓穴中筹划革命。阎连科特别会利用空间,这就如同卡夫卡的《地洞》《城堡》。激进的冲动在墓中谋划宏伟规划,主人公在爱的高潮与死亡的誓言中,向乌托邦奉献。

在《风雅颂》的后记《不存在的存在》里,阎连科写道:

> 二〇〇四年冬末春初,八十岁的大伯病故了,我匆匆回去奔丧,在出殡的过程中,发生了这样一桩事情:我大伯的第六个孩子,在二十几年前当兵远赴新疆之后,在部队上因故结束了他不到二十岁的生命。依着我老家的习俗,父母健在,早亡的子女不能进入祖坟。这样,就给我的这个未婚的叔伯弟弟找了同村一个溺水死亡的姑娘,冥婚合葬在了我老家的村头。二十几年后,大伯的病逝,才算可以把我这个弟弟一并送入祖坟。因为我的叔伯弟弟当初冥婚时,没有举行过"婚礼"仪式;因了这次出殡,要给他们补办一个冥婚的仪式。也就在出殡这天,我家乡寒风凛冽,大雪飘飘,世界上一片皑白。然而,我叔伯弟弟和他的"妻子"的灵棚里,主葬主婚的人,给那对小棺材上铺了大红的布匹,贴下了喜庆的冥婚对联。就在那天早上出殡的过程中,在我们上百个孝子披麻戴孝、顶着风雪、三拜九叩的行礼过程中,我的一个妹妹过来对我悄声地说,后边我弟弟的灵棚里和棺材上,落满许多红红黄黄的蝴蝶。
>
> 我愕然。

慌忙退回到后边灵棚里看,竟就果真地发现,在那充满喜庆的灵棚里的棺材上,帆布上和灵棚的半空里,飞落着几十、上百只铜钱大的红红黄黄的粉色蝴蝶,它们一群一股地起起落落,飞飞舞舞,而在前边我大伯充满白色的灵棚里,却连一只蝴蝶的影子也没有。这些群群股股的花色蝴蝶,在我弟弟的灵棚里停留飞舞了几分钟后,在众人惊异的目光中,又悄然地飞出了灵棚,消失在了寒冷而白雪飘飘的天空里。

之后,我怔在那一幕消失的奇异里,想天还大寒,雪花纷飞,这些蝴蝶从哪里飞来?又往哪里飞去?为什么只落在我弟弟冥婚的灵棚里,而不飞往相邻的我大伯那丧白的灵棚里?为什么在我人到中年之时,人生观、世界观、文学观都已形成并难以改变之时,让我遇到这一幕"不真实的真实","不存在的存在"?这一幕的真实和奇异,将会对我的世界观和文学观产生什么样的影响和作用?这是不是在我的写作无路可走时,上苍给我的一次文学上天门初开的启悟呢?

这就是阎连科讲述的中国故事,由冥婚、棺材、死亡所建构起来的中国想象。这里所有的死亡也都关乎亲情:堂弟、伯父。阎连科在写《风雅颂》之前很痛苦、很焦虑,他觉得写不出来,担心写作生命终结。在参加冥婚之后,他突然明白了自己今后的作品怎么写。作为中国作家,他要超越自己,写出自己理解的现实,这有多么难。贾平凹写《带灯》之前也是这样,很长时间无法下笔成文,后来他认识了一位不断给他发短信的乡镇女干部,有了灵感,于是写了《带灯》。

是什么原因使阎连科要面对棺材和丧葬仪式才能展开书写?而且还要蝴蝶翻飞?中国作家似乎对蝴蝶特别有兴趣,蝴蝶几乎是他们想象的象征。贾平凹看到乡村女干部工作累了,趴在山坡上睡觉,有蝴蝶飞过来,停在女干部的衣服上,如山花般烂漫,让他感动不已。《废都》中的庄之蝶,庄生晓梦迷蝴蝶,却又梦里不知身是客,更有梁山伯、祝英台哀婉凄楚的"化蝶"故事。但阎连科的这个冥婚化蝶版却要凄厉得多,那是乡土中国的绝望写照,阎连科却残忍地从中获得他的写作的绝处逢生。

"是不是在我的写作无路可走时",何以会无路可走?谁逼他了?什么样的东西难以书写,不可书写?贾平凹写作《秦腔》是看到家乡没有人抬棺材,写《带灯》时他要伏在桌子上哭,写《老生》时他要在祖坟上点灯,要面对死去的祖辈。所有不真实的真实,所有不存在的存在,都是说辞。其实,他是要通过不真实的真实、不存在的存在,去写出绝对真实、绝对存在,要给出被遮蔽和遗忘的本质。写出绝对本质,他要握住的本质,这才是他的困难所在。

阎连科也是总要看到墓地才能写作,他对墓地着迷。《受活》安置列宁遗体,《四书》在田头给"音乐"做了一块墓地,"作家"每天去祭悼。你难以想象,中国还有第二个作家,只要写到墓地就如此神奇,如此才思泉涌,如归故里。在"音乐"的墓地上,"作家"割肉祭悼,阎连科知道自己一直在墓地写作。只要是在墓地,就总是有亲情、爱、恨、兄弟姐妹……这些始终环绕,它们有一种超越和重构墓地的归属于生命的气质。

这种墓地意识构成了阎连科写作之谜,也是最为迷人、最令人困惑之处。《风雅颂》也是在墓地,最后是以考古学的名义发现所谓的遗址(墓地的另一种形式)。历史已然是废墟,只有废弃和终结。《四书》的结尾处是关于埋葬、坟阵里迷路以及钉在十字架上的故事。"作家"背着"音乐"的尸体走了七八里地,而后给"音乐"挖坟,但他却无法把"音乐"抱到墓坑里。他发现"音乐"和"学者"早就知道他是告密者,于是决定把自己身上的肉挖下一块煮了,以供奉"音乐"。那些人要离开九十九区,经过爱国检查站,绕来绕去,却还是在坟阵里走。

所以,必然要这样来理解:让本质去死(消失、本来的空),死亡之后,总是要到达墓地,他给出本质,让它在墓地的空洞的空间和悲戚的气氛中消解。所谓"给予本质",就是要写出20世纪历史中的苦痛,写出中国人生存现实中以往所承受的历史创伤。所有这些,在中国当代文学中并非是缺席的主题,但是未有真正写得透彻的。而阎连科自以为能写透、要彻底、要反复确认,使之本质化——不是浅尝辄止的描写,不是点到为止的高明,不是恰到好处的奇妙,而是全部聚焦于此,集中所有的笔力去刻写的笨拙、死理、顽强。墓地是所有历史的终结,终结之后,这里面空无一物,但是阎连科一定要去探究。他在这空无一物的墓地当中,感悟死亡的亲情。他和已经消失、消散的20世纪历史其实始终是在一起的,这也是他的亲情和兄弟姐妹,是他的祖宗,是他的伯父。所以,他在墓地里,这并不是咒语,而是一种誓言,同时还是一种亲情的低语,对亲情的絮言。他以这样的方式呢喃:"现实主义——我的兄弟姐妹哦,请你离我再近些;现实主义——我的墓地,请你离我再远些……"如果不能理解阎连科在这句话中的语气、语感、亲情、痛楚,就不能真正地理解阎连科。阎连科不是一根筋要撕碎本质的作家,也不是不顾及一切困境的作家,他有他的矛盾和逃遁的方式,这句呢喃之语实则包含着阎连科的秘密。

在阎连科的多部小说里,历史已然是废墟,但并非只有废弃和终结。《四书》的结尾处是关于埋葬、坟阵里迷路以及钉在十字架上的故事。这也是死亡与哀悼,所有的死亡和哀悼都陷入更深的悲戚,更深地沉迷于痛悔之中。在所有的丧葬仪式上,都可以看到亲人之间的忏悔,关于亲情的抒发和悔恨几乎是丧葬哀悼的根本内容。那个"孩子"统治的第九十九区(意味着九九八十一道难关),在政治的酷烈氛围下,又环绕着什么样的亲情?小说叙事甚至是在不知不觉中透出了一种亲情的氛围。"孩子",当我们说"孩子"的时候,表达了一种对他的亲善,"你的孩子""我们的孩子",这个被"上面"指认的管理者,却有着亲情的意味。这个称呼本身也消解了政治的残酷性,他也意识到他以及我们都生长于这样的历史中,那样的历史本质终将要消解,而后会有一种力量生长出来。这又是一种英雄主义的期望,它内里包含着可能的转化,"孩子"终究会读书、内心向善,将自己挂上了十字架。这是历史终结的一种不可能的方式,阎连科终究对历史寄予了一种理想和期盼。

五　写作的叛徒或顽命的孩子

正如我们前面指出的那样，神实主义的本质，恰恰因为阎连科要书写本质，而这个本质无法表达，于是在无法言说中裂变。神实主义其实就是在无法实现中神实，在无法言说中神实。他不断地顽强冲击这种不可能的境界，只能顽命，只能顽命地写。他甚至扬言要做"写作的叛徒"，在《四书》的后记里，他写道：

> 终于把自己称为"写作的叛徒"，让我犹豫了许久。因为这是一种太高的荣誉，我自知不配这样荣耀的美称，如同阿Q不配姓赵一样。然最后还是把这句话写入《四书》的后记，是想到《四书》中的许多对"习惯文学"变节的笔墨，即便称不上真正的背叛，也还是一种端倪的开始，权作为对今后写作的激励，也就这样写下罢了。①

何以阎连科要自贬为"写作的叛徒"？作为军人出身的阎连科，无疑深知"叛徒"身份意味着什么。他背叛什么？他背叛现实主义，用他的话来说，他背叛的是"控构现实主义"，即权力控制和构成的现实主义，他认为这是从苏联传来的现实主义，对中国当代文学影响深重。

阎连科其实一直在给予本质与反本质的解构绝境中写作。他要建立一个本质化的压抑机制——历史中心主义——把它设计为目的。于是，他转向书写墓志铭、无法言说的墓志铭，最后出现了《炸裂志》，其实也是墓志铭。这样的历史本质无法言说，于是裂变、于是飞翔，如死亡的蝴蝶一样化蛹为蝶。《风雅颂》无法言说，如化蛹为蝶一般。这也是裂变，也是神实。神奇而后能实，在神中来"坐实"，让"实"裂变后而化蝶。《受活》，明明是受难，他说"受活"。为了神实，他只好不断地进行语言实验，要用一种非现实化的语言来抵达本质，絮言、革命誓言、方

---

① 参见阎连科《四书》后记，《四书》，自印红皮本。

言、土语……其实他是在追求一种本质化的体验,有一种本质化的干脆、决绝、不管不顾,给予不可能的语言。

其实从《受活》开始,阎连科的语言就追求瘦硬奇崛。他在追求一种语言,包括《坚硬如水》,这个"如水"也包括语言。那么"神实"也包括用语言来包裹这个实,用语言来化解实,用语言让"实"逃逸。《四书》追求斩钉截铁的语言、决然的断然的语言。决不拖泥带水,只是绝对地描述、陈述、叙述。没有铺垫,只有直接性的叙述,甚至是紧张的、没有历史谱系的语言。这种语言没有由来,只是阎连科的(虽然说他试图和《圣经》对话),只是属于他这种叙述的,只是这次叙事的;不是与历史联系在一起,不是与历史叙事的庞大谱系联系在一起,而是这次叙述行为的结果。语言的产生即意味着死亡,这样的语言叙述现代性的向死的历史,是现代性向死的自我呈现。

确实,读《四书》那种语言,简明、干脆、利落,非常断然,非常决然。在表意策略上只是三重形式,戏谑、反讽甚至童话,正是这几种小说艺术要素混淆在一起,形成他独有的叙述语气和语感。而内里涌动的关键,是他的小说人物都有孩子气,其实像柳鹰雀那种人物也有孩子气。《四书》的孩子不用说了,《坚硬如水》中的高爱军也很孩子气,他们都有孩子气。这或许构成了阎连科小说人物与小说叙述的某种原动力。因为孩子气,他的小说有一种任性,其实他给人的楞性感觉源自于他的人物具有任性的性格特征。而革命语境中的任性,构成了强大人物性格的历史反讽语境。

阎连科的小说人物在革命中成长,他们在革命中拒绝成长,无法成长。值得注意的是,阎连科笔下的人物因此混同了英雄主义和孩子气两种截然不同的气质。看看他的人物:《受活》里的柳鹰雀,这是带头脱贫致富的能人,无疑是这个时代的英雄;《四书》里的"孩子"对枪的爱好,对死亡的蔑视,"作家"对"音乐"的奉献和哀悼;《坚硬如水》中的高爱军作为村子里发动"文革"的风云人物;《炸裂志》里具有无限想象和现实实践能力的孔明亮。所有这些人都具有英雄主义气概,但是又奇怪地具有孩子气。这是阎连科处理人物时最为独特的艺术手法。

《四书》戏仿《圣经》天之子、上帝之子，在残酷戏剧中加入童话轻的象征性的因素。关于"孩子"的故事他就写得很虚幻，甚至有些美丽的残忍。《受活》里的柳鹰雀异想天开，完全是孩子式的不可理喻的想法。小说写到柳鹰雀14岁那年，养父去世，把他叫到床前，并给他一把钥匙，他下到仓库看到一摞又一摞的革命经典书籍。从这里起，柳鹰雀就成长了，就长大成人了。但也可以说，从那时起，柳鹰雀就再也没有长大。他的想象力和行为方式，完全是孩子式的游戏，洋溢着童话的稚气欢乐。他当上乡长，思考怎么做出业绩，怎么让这个乡变化。那个乡连一条通往大路的公路都没有，都是山路。他打听到村上有一个南洋客要回乡探亲，就动员全村的人把红衣服、红毯子捐出来，然后从南洋客下车的地方铺了一条三十多里长的红地毯，往山上看去，是蜿蜒崎岖的红地毯路，南洋客就被感动了，感动了就捐了钱，就修了这条路。要致富，先修路，这是1990年代中国市场经济通行的法则。但是，柳鹰雀也有失算的时候。后来他又调到一个更大的乡里去当书记，乡里面修水库没有钱，他又打探到一个南洋富商的母亲死了，富商没有时间来奔丧，柳鹰雀就动员村民来帮忙哭丧，这样来换取富商捐修水库的钱。柳鹰雀动员了一千个人给富商哭丧，哭得哀鸿遍野，结果这个南洋客没有履行承诺，柳鹰雀被欺骗了。他和村民白哭了一场，钱也没拿到。整个过程如同孩子式的闹剧，阎连科的书写本身却也如同孩子式的恶作剧。他写的这些不无荒谬、荒诞，让人哭笑不得，在那种酸楚里又让人体会到1990年代中国的魔幻现实。

我们可以看到，阎连科有一种孩子式的任性、孩子式的不知好歹和打破砂锅问到底的对历史之本质、历史之荒诞、历史之不可能性的追问方式。他的书写实在是因为孩子式的无知或明知故问，要去对本质进行追问。所以在这里我们可以看到给予本质并未被认真对待，作品呈现的是孩子式的疑惑、无聊、游戏与逃离。这实质上是掩盖本质的混淆，是现代与后现代的混杂，现代性的构思、现代性未竟的事业被后现代叙述打破。与其说无法本质化,不如说本质化无法书写,他是在进行不可能的书写。

当然,我们需要去追问,这是否是再—革命、再—政治的书写?还是重新回归革命、讲政治的叙事?柏林墙倒塌后,20世纪激进现代性的历史已然终结。阎连科是祭悼式的书写,不是"去—革命",而是"再—革命",钉上十字架,或者掩埋到地里,重新革命或重新政治化,获得一次肉身、被钉的肉身,这就是"再—"重现。这是我对他《四书》的一种追问。一本未出版的书要通过"再—革命"祭起历史,以这种方式祭起革命,要赎罪,但这是真正终结了。历史在遗忘式的终结中,本来可以被超越,但是唯有阎连科要去招魂,只有他被革命的灵魂附体,不只在书写革命的遗产,也在书写革命的后历史时代。他在《发现小说》中写道:

> 我确真是一个现实主义的不孝之子。……最令我痛苦不安的,是我灵醒明白,我无法彻底地告别它们,逃离它们;更无法真正地一刀杀死它们,置它们于死地而后快!一如一个逆子把刀搁在父母的脖颈上时,想起的却是父母含辛茹苦的养育之恩。而那种养育之恩,又无力让这行凶的孩子放下屠刀。最终悖理矛盾的结果,就是这个逆子不得不在选择、诅咒中逃离家庭,流浪远方,到一个没有方向的写作的荒原,孑然独立,长默无语。①

现实主义养育了他,他一直是其中成长起来的佼佼者,他的翅膀已经长硬,坚硬如水!但他确实是一个不孝之子——一个孩子(返老还童?),他并非一个写作的"叛徒",他拿着刀写作,顽命地写作,如同《四书》里的那个孩子,他是一个写作的顽皮的孩子!

(写于2015年12月12日,原载《文艺争鸣》2016年第2期。收入本书时略有改动。)

---

① 阎连科:《发现小说》,北京:人民文学出版社,2014年,第4页。

第十二章　逆现代性的异质写作
　　——雪漠的"灵知通感"与西部叙事

　　1990年代以后,统一的审美规范只能潜在地起作用,当代文学不得不以个性化的探寻为突破的动力。进入21世纪,作家们在寻求个性化创作方面剑走偏锋,更注重经验的异质性,开掘出属于自己的区域。尽管现在看上去文坛呈现为松散的结构,既没有中心,也没有方向,但却有个人异质性的经验在实实在在地发掘,在本土化的道路上渐行渐远。一方面,我们确实可以说再大的动作动静,也不可能唤起小说革命之类的景象,也就是说,小说艺术革命已经终结;另一方面,我们却不能对个体性的艺术创新保持麻木不仁的态度。革命无法进行是一个现实,小说有新的经验产生出来是一个事实。我们可以看到莫言、贾平凹、阎连科、刘震云、阿来……这些作家都已经在属于自己的道路上走得很远,他们是以小说的艺术化的方式开掘自我突破的路径,或者说以小说艺术带动异质性经验,其结果还是落在小说艺术上。由此形成了一种更具综合性的艺术方法,内里融合了中国传统、民间资源以及西方现代主义。另一方面,我们也可以看到,另有一些作家,尤其是生长于西部的作家,以其历史、文化、地理之独异传统及个人记忆,表现出与主流文学十分不同的经验与美学风格。1980年代活跃的当然有一大批,小说与诗歌都以不同的气象给新时期文学打开了一片雄浑开阔的天地,不管怎么说,那时的西部在主流的意识形态的规范下,主导意识和表现风格与当代主流文学更具有同一性。1990年代以后,尤其是新世纪以来,更年轻一辈的西部作家表现出更为独特的个人风格。他们多数人一直试图以极为异质性的经验来带动小说艺术,开掘出另一片独异的文学世界。这种突破的路径显得更为困难却更为大胆。例如,西部比较突出的小说家叶舟、雪漠、徐兆寿、李学辉……他们不只是书写西部大地的风土民情,而且试图探寻西部在现代进程中的困难和命运。在这样一个群体中,雪漠的创作尤其显得引人注目,其独异性可能尤为典型。正如陈思和先生在论述雪漠时所说,重要的在于要看到西部文学的民族的精气,在现代化的进程中,我们几乎忘记了"民族自身的一种精气"。他认为雪漠的作品里有一种民族精气,"这才是西部的一个概念"①。雪漠的作品追寻西部的精气,他沿着此路走,甚至走得更远去寻求神奇的和具有灵知的生命体验——或许他相信那里面隐含着西部的"精气"。他的某些作品呈现的经验令人惊异,他也试图从这里去开掘出属于自己的文学道路。

在"一带一路"的国家战略展开得如火如荼的时代,关注西部文学的独异经验,不应把西部另类化,而要有胆略面对西部的真实现实。文学的西部无疑显示出更加饱满的情状,西部作家以不同的方式在书写西部的真实,这也是我们今天在"一带一路"格局中认识西部之复杂性的形象依据。在新的、更急迫的现代化进程中,去理解西部的历史文化、理解西部的风土民情,并不是把西部文学作为另类或他者来看待,而是看成对汉语主流文学写作有推动甚至另辟蹊径的丰厚资源。

这样我们就不能对西部那些充满异质性经验的创作现象无动于衷,而是要进行积极的阐释,甚至不惜过度阐释。这与其说是在探询方向,不如说是在开辟中国文学的多样性,无疑是极其必要的。某些作品着力于开掘异域生活经验,甚至相当另类的神秘体验,可能尤其需要重

---

① 参见《文艺争鸣》2010年第3期。

视。理由无他,中国文学在其内部疆域里,太缺乏异质性经验,也缺乏那些极限的经验。雪漠写作多年,他介入文学的方式开始还是着力发掘和打磨西部艰难困苦的粗粝生活、异域的风土民情;随着写作的笔力更加坚硬,他开始向灵知经验和宗教经验方面拓展。① 他的那些困苦极端的西部生活,几乎呈现出一个前现代的荒蛮的西部;而要更着力去开掘那些灵知和宗教经验,则是有意在"逆现代性"而行(说"后现代"太大,"逆现代性"只是个体的朴素自然的作为)。通过独自领会的"灵知经验",他能在小说中重构时空,更加自由地把不同的事物、不同的人物,把因果、必然、意外、神奇、怪诞组合在一起,充满了时空的穿越和折叠以及对命运的先验感悟,他的小说有意区隔了现代性的理性经验。也因此,雪漠的写作显出他自己的独特路数,他也是当今中国少数有切实的宗教体验的作家,显然在这条路上行走了很久,而且领略到了他自己的方向。雪漠的写作表征了当今中国文学寻求突破的最为个性化的和极端化的形式,他的创作意义也需要放在 1990 年代以来的文学转型的过程中去理解,才能看出其独特性和必然性所在。实际上,在这里也是试图通过读解雪漠的作品,看到当代中国文学向前拓路的困难所在,看到其突围的多种可能性。

---

① 在雪漠的小说中,"灵知"和"宗教经验"并不一定能等同,故把二者区别开来:"灵知"是就他的小说中表现出的神秘经验的统称;"宗教经验"在雪漠的小说中主要表现为他所信奉的"大手印",属于禅宗经验。虽然前者受后者的影响,但前者更为笼统,更为个人化和神奇化。"灵知"一词有中国传统用法和西方的特殊用法。中国传统的"灵知"指众生本具的灵明觉悟之性,有佛教的专用意思,也有世俗经验中的奇异指向。晋支遁《咏八日诗》之一:"交养卫恬和,灵知溜性命。"南朝齐王融《法乐辞》之八:"灵知湛常然,符应有盈缺。"南朝梁宣帝《迎舍利》诗:"灵知虽隐显,妙色岂荣枯。"也用作指"良知",例如清黄宗羲《与友人论学书》:"为陆王之学者,据灵知以诋程朱,是以佛攻老。""灵知主义"则是西方基督教的特殊用法。灵知主义(Gnosticism)即诺斯替主义,是对人类处境的一种独特类型的回应,它的思想原则和精神态度普遍地存在于历史的各个阶段。把 gnosis 译为"灵知",相应地把 Gnosticism 译为"灵知主义",此一译法是刘小枫独创的意译,现在也逐渐为学界使用。但这样也会有一个问题,"灵知"的普通用法和中国传统用法就容易与"诺斯替主义"造成混淆。

一 从历史到文化：当代小说的内在变异

现代汉语小说的兴盛，受到两个重要的现实情境的推动。其一是城市商业社会的兴起，这就有了 19 世纪末韩邦庆《海上花列传》这种反映市井生活的作品；在王德威看来，那是"被压抑的现代性"，是中国早期现代性的表现。其二是民族国家的紧急任务，文学被用于动员社会各种力量，提供时代激情和想象，这就有了现代现实主义及其左翼文学。李泽厚先生将之理解为"启蒙与救亡的双重变奏"，结果救亡压倒启蒙。事实上，今天看来，救亡也是启蒙，甚至是一种更紧迫、更激烈也是更有效率的启蒙。至于其后果是否有诸多问题，又当别论。历经中国建国后的各种政治运动，中国现代文学转变为当代文学之后，其政治功能被极端地拓展，文学成为无产阶级革命事业的一部分，革命构成了叙事的内在动力机制，由此也发展出革命历史叙事的一套叙事法则，汉语小说在这方面完成了它的早熟。"文革"后的文学，有一个漫长的"去政治化"与"向内转"并"回到文学本身"的过程，但也恰恰是通过历史叙事的对话，亦即重写革命历史而形成了一种新的历史叙事的策略。这方面出现不少相当成功的作品，如李锐的《旧址》、陈忠实的《白鹿原》、刘震云的《故乡天下黄花》、阿来的《尘埃落定》、刘醒龙的《尘天门口》、铁凝的《笨花》、莫言的《丰乳肥臀》、张炜的《家族》等，它们已经无可争议地成为当代汉语文学最重要的作品。也正因此，当代汉语文学在历史叙事方面积累了丰厚的经验，也在艺术上进入了最成熟的境地。

很显然，历史叙事的成熟，得益于历史观念的改变。首先，这是对 20 世纪激进变革的反思，如此集体性地构成了一种反思性，中国作家的思想意识在这里建立起独有的深度。其次，这是文化意识的介入，试图避开主导意识形态的支配而寻求文化上的依托，这是 1980 年代文学孜孜以求的创新倾向。寻根文学显然是最初的，也是最明确的尝试。

寻根文学并未在文学方面形成持续阵势,但却在西北两个作家那里获得积淀——这就是陈忠实和贾平凹。因为当代文学寻求文化依托来替代意识形态支配,这二人应运而生。西北的作家与文坛主流一直若即若离,这倒使他们保持距离,有自己的路径。陈忠实与贾平凹二人实际上是"寻根文学"的幸存者,直至1990年代初,陕军东征,才让文坛大吃一惊。所谓"陕军",主要是陈忠实和贾平凹二人,再加上陕西籍的批评家,这支队伍人数并不庞大,但却气势恢弘,让1990年代初的文坛震惊不已。一个溃散了的茫然的文坛,突然又被重新组织起来,而且是以来自西北的、穿着老旧装束的队伍为主力,这种重新出发就显得十分蹊跷。与其说他们是一支出征的队伍,不如说是一帮收拾山河的人马。

陈忠实的《白鹿原》于1993年出版,实际上可能构思于1980年代后期,可谓十年磨一剑。本来这是一部在中国现代主义运动中的落伍之作,也是寻根文学的迟暮之作,不想却在1990年代初抓住了历史间歇期的无意识。那就是反思20世纪的剧烈的历史动荡,隐含着对20世纪历史选择的深刻反思,试图探究进入现代的中国走过的激进道路,或许会有另一种选择,即回到传统文化根基上去寻求自我调整的内化之路。作品本身显然也未能令人信服地提示出这种历史选择的可能性,而作为一种实践性的反思也显得并不充分。然而,陈忠实的《白鹿原》却意外地开启了传统文化在1990年代中国文学中的复归,也顺理成章地开1990年代文学上的文化保守主义之先河,仿佛历史之降大任于斯人,《白鹿原》成为1990年代的开山之作,无疑也是这个时代的奠基之作。

贾平凹的《废都》在1990年代初引发巨大的争议,话题集中于小说的性描写,可见那个时期的中国知识分子思想之贫乏、锋芒之困顿,这样的批判性话题全然没有任何时代意识的含量。但贾平凹被选中后,人文知识分子找到了出场的契机,以如此简单粗陋的道德话语出场,这成为1990年代知识分子重建自我形象的高调主题。它与"人文精神"讨论呼应或者成为其具体实践,却又有非常现实的意义。经历过八九十年代的变故,中国知识分子正以退守书斋的历史失意者的姿态"独善其身",但"人文精神"大旗的举起,一呼百应,对于振作知识分子的精神无疑是有意义的,用于抵抗市场主义和商业实利主义价值观却未必有实效。对《废都》的批判形成了一种声势,道德主义的话语获得了出场的机会,并形成了1990年代文学理论与批评的一项重要资源。道德质疑裹胁着暧昧的"政治"质疑,相当长时期内构成那些在媒体活跃的"酷评"的话语方式。在密集强大的道德话语以及更为强大的行政干预狙击下,贾平凹不得不退场,他回到乡土,回到现实,于是有了《秦腔》(2005),这倒是让贾平凹有了一次摩挲泥土样生活的机会。贾平凹过去的写作就以文化取胜,他以性情来切入人性,文化想象与心理描摹大于生活内涵,这使贾平凹与传统现实主义相距并不遥远。进入21世纪,贾平凹的写作更贴近事物性,直接握紧生活的质感,《秦腔》就写出了生活的原生态。《古炉》(2010)在切近生活的存在样态方面,显示出炉火纯青的技法,几乎不讲章法,随心所欲,信笔而至,落地成形,却能刻写生活的物性而有棱有角,显示出独有的质感。

确实,令人意想不到,在1990年代以来,中国长篇小说大发展的潮流中,成大器的作品都出自北方有着深厚历史文化传统的作家之手,而且带着浓重的泥土气息。南方作家的纤细精致和灵秀韵味,没有在长篇小说的创造方面留下惊人之笔,只有北方作家显出气象万千。看看陈忠实、贾平凹、莫言、张炜、阎连科、刘震云……都是北方作家,一出手就是厚厚的沉甸甸的作品,除了陈忠实,都是一部接着一部。长篇小说在中国的现代文学史语境,靠的是历史编年体制,在八九十年代,靠的是对历史的反思以及重写历史的观念。北方作家在重写历史时,用的是厚重的文化作为底蕴。外有历史大事件的编年体制,内有家族关系为结构,这使长篇小说可以有漫长的历史与厚实的生活。南方作家在这方面就不讨好,靠语言和叙事风格难以撑起大梁,历史必须有另外的变异,中国的南方作家或许可以另辟蹊径。

经历过八九十年代直至新世纪的历史叙事的磨炼,已经炉火纯青的北方历史体制的长篇小说其实也走到了尽头。经历了这么多的大师们的演练,历史编年体无论如何都已经模式化。只要写到20世纪,那就不外乎是从晚清入手,到北伐建立民国,再到国共斗争、抗日战争和解放战争,1949年后则是从"土改"以降的历史,随之是"反右""三年饥饿""大跃进""文化大革命",直至改革开放,历史编年清晰可见。长篇小说的叙事已经没有了自己的时间和结构,只要贴着历史大事件走即可,这就把历史叙事推到了尽头。贴着历史走的小说,因为文化的加入,而替换了原来的意识形态观念,但文化与历史不过是一枚硬币的两面,本质上是可以融为一体的。当代中国作家对文化的理解,也无法冲决历史编年体制。或许在不久的将来,南方作家可以从别的思维进向那里获得叙事结构的根本改变(目前尚未见出端倪),北方作家靠的还是文化。只是文化里有一些变异的东西在蠢蠢而动,刘震云的《一句顶一万句》(2009)是以不可思议的哲学狡计来冲破历史编年,说话、喊丧、改名、喷空、友爱、幸存,等等,难以想象这些后现代伦理哲学,何以会在这样土得掉渣的作品中流宕,但刘震云就是写出来了。如此平易,又如此诡秘,这就是不可思议,这就写出了不可思议的作品。

另一现象是可以在贾平凹的《秦腔》中看到彻底回到乡土的那种自信和自觉。在贾平凹早期的中短篇小说,如《远山野情》《鸡洼窝里的人家》《商州纪事》中,西北的生活包含着风土民情,自有一种疏朗和俊逸,人性的温暖偶尔散落其间,更添一种意味。《废都》风格上向着古典美文如《西厢记》《金瓶梅》靠拢,虽保留了西北性情的神韵,实则是在生活情状方面疏离了西部的荒蛮。《废都》遭遇到阻击后,贾平凹或许痛定思痛,干脆转向了更加纯粹的乡土。我们在《秦腔》里可以看到,贾平凹干脆掉到泥地上,宁可用他的身子贴在乡村的土地上写,也不站着把目光投向虚空灵动的乡村"性情"——尽管那曾经是他最为拿手和出色的伎俩。《秦腔》《古炉》《带灯》《老生》《极花》之后,贾平凹回归乡村的写作越来越彻底、越来越随性,也越来越自由,这得益于他更单纯、更自然地回到乡村的大地上。他去写作生活本身,写作人本身。所有这些前提,都表明中国文学不可避免从历史走向文化,并且要在文化中打开一条更加个人化的通道,在那里去触及他们理解的乡村中国的当代生活,当代的困苦。同样生活于大西北的雪漠,甚至更西、更北、更荒芜的雪漠,握住生活的原生质地,并且从这里再度掘进,去触及生命经验中更异质的经验,在他的作品中,开始出现神灵和鬼魂,它们不只是偶尔闪现,充当技术的或形式的装置,而是经常在场,在小说叙事中起到内在意蕴构成的作用,当然也起到叙述引导的作用。在历史退场之后,在"反思性"消解之后,他的写作却走上了"逆现代性"的路径。

二 异域性与原生态:现代性的另类生活

雪漠原名陈开红,1963年出生于甘肃省武威市凉州区的一个偏僻村庄,幼时家贫如洗,父母目不识丁。父亲是马车夫,雪漠幼时就当牧童以挣工分,每天牵着村里的枣红马到野外放牧。据说雪漠小时就显露出惊人的记忆力,开学几天就把语文课本背得滚瓜烂熟。雪漠后来读了中师,怀着极大的热情阅读,因为家贫,也因为勤奋,他节衣缩食,长年靠面糊和馒头片勉强充饥。雪漠一度有正式工作,受聘到武威市教委编辑《武威教育报》。为了文学,他离职专事写作,没有正常的经济来源,变得穷困潦倒,常常身无分文。"有时,到处搜寻一些旧报,才能换来一顿菜钱。……没有住房,没有写作空间,一家三口,只有10平方米的一间单位宿舍。夜里,两顺一逆地排列,才能挤在一张单人床上。除了生存必需,他几乎将所有的钱都用于买书。苦极了,雪漠就给自己打气:就这样殉文学吧。要当,就当个好作家。失败了,活不下去,就跟妻子回老家种地。"[①]在20世纪末的中国西北,一个青年因为要搞文学而处于如此境遇,也堪称现代奇观。

---

① 参见《人物:走近"苦行僧"雪漠》,《兰州晨报》2005年1月29日。

1988年,25岁的雪漠开始创作《大漠祭》,并进行了无休止的修改和重写,屡废屡写,但一度如梦魇一样,毫无起色。直到某日,据说是雪漠进入了武威的古老汉墓的密室,出来后当晚做了一个奇怪而恐惧的梦,此后不久,脸上长出大胡子,似有神助,写作时思如泉涌,迅速完成了《大漠祭》。不管是生活经历,还是创作经历,雪漠都经历了非同寻常的困苦,而且极富传奇色彩。① 雪漠17岁拜师修炼禅宗大手印,开悟大约也是他25岁获得文学创作感悟之时,此后,自觉充当"大手印"传承者②;他于悟后起修、闭关专修"大手印"近二十载,创办香巴文化论坛,影响十分深广。雪漠还有大量关于"大手印"研修的著作,如《大手印实修心髓》《光明大手印:实修顿入》《光明大手印:实修心髓》《无死的金刚心》等。中国作家中像雪漠这样有深厚宗教经验的作家并不多见,他在"大手印"中浸淫多年,无疑也会影响到他的创作。然而,在雪漠创作之初,宗教的渗入并不十分鲜明,更重要的是他个人的生活经验,他秉持着现实主义的创作方法,作品还是以其异域生活经验和对生命的真切体验为特征。

雪漠最早产生影响的作品当推《大漠祭》,这部作品耗时12年,直至2000年才正式出版,是一部具有强烈的现实主义精神的作品。小说讲述西北凉州地区贫困农民的艰难生活,老顺一家在贫瘠的土地上苦苦劳作,想要改变生活的困窘,但是命运总是捉弄他,天灾人祸不期而

---

① 雪漠这段经历可见一些报纸杂志文章及他个人的回忆录。2015年夏天,我到武威和雪漠一道进入那个著名的汉墓,走出汉墓后,雪漠也和我说起那段经历,我也深信不疑。

② "大手印",梵语曰 Mahāmudrā,意为大印,藏译曰差珍(Chagchen),意为大手印。印即印契,与法印之"印"同,乃以世间国王玉玺,喻法王佛陀亲许的佛法宗要。藏译于大印加一"手"者,表示佛祖亲手印定。此印为至极无上之佛法心髓,故名为大。在密乘瑜伽部(唐密金刚界)法中,大印为四种密印(大印、羯磨印、法印、三昧耶印)之一,藏密所言大手印,主要属无上瑜伽部法,指本元心地之心传口授,略当于汉传佛教的实相印、佛祖心印。大手印是藏传噶举派、息结派、觉域派等所传法的心髓,它直承印度晚期瑜伽成就诸师之传,以简易明了的诀要,总摄一乘佛法之见、修、行、果(参见360百科)。

遇,不断打击这个家庭摆脱命运的期望。但老顺一家人却还是在辛劳地耕作,希望并没有离开他们内心。这部小说的故事整体上较难概括,要说它究竟写了些什么、怎么写的,雪漠自己的解释是再准确不过了:

> 我想写的,就是一家西部农民一年的生活,(一年何尝又不是百年?)其构件不过就是驯兔鹰、捉野兔、吃山药、喧谎儿、打狐子、劳作、偷情、吵架、捉鬼、祭神、发丧……换言之,我写的不过是生之艰辛、爱之甜蜜、病之痛苦、死之无奈而已。这无疑是些小事,但正是这些小事,构成了整个人生。我的无数农民父老就是这样活的,活得很艰辛,很无奈,也很坦然。
>
> 我的创作意图就是想平平静静告诉人们(包括现在活着的和将来出生的),在某个历史时期,有一群西部农民曾这样活着,曾这样很艰辛、很无奈、很坦然地活着。仅此而已。
>
> 《大漠祭》中没有中心事件,没有重大题材,没有伟大人物,没有崇高思想,只有一群艰辛生活着的农民。他们老实,愚蠢,狡猾,憨实,可爱又可怜。我对他们有许多情绪,但唯独没有的就是"恨"。对他们,我只"哀其不幸",而从不"怒其不争"。因为他们也争,却是毫无策略地争;他们也怒,却是个性化情绪化的怒,可怜又可笑。
>
> 这就是我的西部农民父老。①

小说流荡着强烈的西部气息,大漠荒凉寂寥,劳作艰难无望,生存事相令人扼腕长叹。小说中贯穿着激烈的矛盾冲突和不可捉摸的命运力量,所有这些都显示出现代之前或之外的西部生活,让人体会到西部生存仿佛处于另类状态。雷达曾说:"我认为中国需要《大漠祭》这样的作品,因为中国'沉默的大多数',正在从作家的视野中逐渐淡出。"②

---

① 参见雪漠《大漠祭·序言》,《大漠祭》,上海:上海文化出版社,2001年。
② 雷达:《我读〈大漠祭〉》,载《人民日报海外版》2004年6月18日。

《大漠祭》发表后不久获第三届冯牧文学奖,评委会评价道:"《大漠祭》那充满生命气息的文字,对于我们的阅读构成了一种强大的冲击力。西部风景的粗粝与苍茫,西部文化的源远流长,西部生活的原始与纯朴,以及这一切所造成的特有的西部性格、西部情感和它们的表达方式,都意味着中国文学还有着广阔而丰富的资源有待开发。"①不管是雷达还是冯牧文学奖评委会的颁奖辞,均未提到宗教经验,都是着眼于雪漠的现实主义创作精神,这也是那时雪漠创作的整体状况,对于他来说,文学是第一义的,他关注的是生活于荒蛮中的人们的苦难命运,那种在困苦中求生的命运是支撑他的小说展开的基本动力。

雪漠那时对文学怀有赤子之心,他信奉现实主义的悲剧美学,把西部沉甸甸的生活握在手上,如此生活的重负,他也要以强有力的小说艺术与之抗衡。他早期的作品开掘的是西部沉重坚韧的生活原生态层面,他熟悉那种生活,自己就亲身经历过,那种生活情境、那些人物和事物、那些原生态的生活过程,他都与之同呼吸共命运,能写出铭心刻骨的伤痛。雪漠的书写本身包含着对西部大地的深沉的忧虑,西部著名批评家李星先生指出:"从《大漠祭》到《猎原》,雪漠都在致力于以理性批判的眼光揭示出西部高原这种存在的真相,希望以纳入世界现代化进程的中国式的现代化运动——改革开放来改变它,但后者却以新的生活经验对日益迫切西部的现代化的影响表示了深切的怀疑。属于前现代化阶段或现代化初期的西部土地已经不堪重负,人们赖以生存的物质根基和精神根基已经发生了根本性的动摇,甚至面临崩溃。现代化真的是拯救西部这城沉沦了的土地的灵丹妙药吗?"②李星先生从雪漠的作品中读出了更为复杂的时代感,雪漠和时代的这种歧义,在于他

---

① 参见第三届冯牧文学奖颁奖辞,"中国作家网"(http://www.chinawriter.com.cn) 2007年1月8日15:13。

② 李星:《现代化语境下的西部生存情境——从〈大漠祭〉到〈猎原〉》,《小说评论》 2005年第1期。参见《解读雪漠》(上卷),北京:中央编译出版社,2014年,第255页。

的心灵和西部大地上处于困苦中的农民的命运连在一起。

丁帆是最早关注雪漠的评论家之一,在他主编的《中国西部现代文学史》中,他把《大漠祭》放在城乡对立和人道主义的二重视野中来探讨,敏锐地看到雪漠的作品揭示的现代性困境具有严峻的挑战性,指出雪漠固然书写了西部农民的文化人格与传统及自然环境的关系,但给西部农民造成巨大的压力的是城乡的对立,雪漠同时看到城市对农民的诱惑和排斥也是农民痛苦的根源。雪漠笔下老顺一家的命运表明,"在这种严重不平等的城乡对立格局里,乡民'毫无策略的争'与'个性化情绪的怒'是无用的,结局只能使他们更加'可怜又可笑'。正因为如此,作者基于人道主义和现代平等意识的'哀'经基于启蒙理性的'恨'和'怒',在西部乡土现代性转化的历史进程中,更能够唤起人们对城乡关系的格外关注与重新认识"①。西部生活是如此荒蛮,现代性与他们何干?城市在诱惑他们的同时更在排斥他们,现代化的发展在他们生命存在的另一侧轰轰烈烈展开,他们其实既无法理解,更无法进入,相反,只能表现为卑微的他者。雪漠这个时期的作品让人痛楚,也很难看到真正的希望。雪漠固然杜绝了廉价的希望,但西部的出路在哪里?这也是需要回答的问题。

2008年,雪漠的《白虎关》由上海文艺出版社出版,可以让人明显感到,他在小说艺术上的冲劲更充足、更有力道了。在西北的粗粝生活之中,苦难的色彩被描摹得相当浓重。老顺家有三个儿子,不想大儿子憨头暴病死去,留下大媳妇莹儿。小儿子灵官与嫂子偷情,那似乎是甜蜜的爱情,憨头死后,灵官到外面闯荡世界。二儿子猛子转眼间长成了大人,不时与村上的女人偷情。老顺头想教育他,一句话就被他顶了回去:"你给找一个。"猛子搞野女人还理直气壮。在贫困的农村找媳妇谈何容易,大儿子憨头就是换亲得来的媳妇,女儿兰兰被换给莹儿的哥哥白福,但白福经常实施家庭暴力。在这样的农村,家庭暴力比比皆

---

① 丁帆主编:《中国西部现代文学史》,北京:人民文学出版社,2004年,第349页。

是，女人都是家庭暴力的牺牲品。兰兰实在忍受不了残忍的家庭暴力，就跑回了家。小说始终有条线索，就是白福要兰兰回去，兰兰不回去，白福就要把莹儿弄回娘家，但莹儿又不愿回娘家。老顺头家就琢磨着把莹儿改嫁给猛子，但最终没有成功。猛子要了从城里打工回到村里的月儿，婚后发现月儿在城里被人包养，并染上了梅毒，月儿最终死于梅毒。这就是西北农村的现实生活境况，苦难中磨砺的人们还在顽强地存活。显然，这里的生活处在现代又远离现代，雪漠似乎下死命要去发掘那些与现代忤逆的生活，现代侵蚀着他们，却并未给他们带来现代的福音，在那片土地上，生活只能跟随生存本能，或被看不到的蛮荒力量推着走。雪漠也是逆流而上，去刻画最为质朴、最没有希望却还不甘愿屈服的生活。

乡土苦难最深重的承受者就是妇女了。这部小说可谓把当代西北妇女的痛楚写得极为深切，莹儿、兰兰、月儿等，还有上一辈的妇女，几乎无不身处苦难中。物质生活的贫困还在其次，重要的是她们在精神上所遭遇到的屈辱。这里的妇女几乎都遭遇家庭暴力，兰兰就是被丈夫打怕了，心也被打冷了，决定躲在娘家，死也不肯再到丈夫家。更让妇女感到屈辱的是，她们的婚姻经常以换亲的形式来完成，自己无法选择，变成交换的商品，变成男权社会的等价交换物。20世纪末，中国西北农村还存在着这种婚姻生产方式！与其说这是一种风俗，不如说是一种冷酷的选择。不这样，男人如何获得妻子呢？如何完成欲望与传宗接代的重任呢？而妇女的命运则无足轻重，她们只有顺从，只有充当商品和奴仆。兰兰和莹莹，这两个换亲的女人，又殊途同归聚在一起，我们可以看到她们在隐忍中蕴藏的坚强力量。

雪漠写出了她们的不幸，更写出了她们不肯屈服的性格。在苦难中，她们有自己的爱，莹儿与灵官偷情，虽然有些不伦之恋（叔嫂通奸）的意味，但在雪漠的笔下，憨头性能力不行，青春的莹莹还是要让自己的生命力伸展开来。本来她与灵官可以结合，但严酷的命运安排，使得她只能以偷情的方式来实现自己的爱欲。兰兰也试图与花球恋爱，但这样的爱显然不可能。花球的媳妇对她下跪,也给她的心理造成强大的压力。这里的女人都不易,都有自己的辛酸。莹儿和兰兰这两个女人,为了重新坚守自己的生活而团结起来,去挣钱给白福娶媳妇。她们要去盐场打工,那可是艰苦至极的劳动,路上与豺狗子的生死较量惊心动魄,算是死里逃生。历经千辛万苦后她们到达盐场,开始了艰难繁重的劳作。这里有人要追莹儿,有钱的和有力气的,但莹儿都不为所动,捍卫了农村妇女的自尊和操守。

苦难中的人们并没有被压垮,雪漠怀着他对西北人的爱,尤其是对西北妇女的深切同情,写出了他们在土地上与命运顽强抗争的勇气。相比较写女子的抗争,雪漠写男人的抗争另有一种意味,那是一种凭着生命本能和欲望来展开的几乎是盲目的抗争,就此而言,雪漠的叙事带有很强的西北韵味。西北的生活、艰难与困境、生命的血性和盲目,都呈现了生命的另一种情状。白虎关采出了金子,镇上先致富的双福占据了全部的资源,留给猛子、花球和白狗的,就是到他的金矿上"打模糊",即将别人涮过的沙再涮一次。小说描写的1990年代后期的西北正处于经济剧烈变革时期,现代化已经严重渗透进西北贫困地区。在这里引发的工业化,就是对资源的占据和争夺。小说描写了现代化对西北乡村造成的后果,那是资本原始积累时期的残酷掠夺,先富起来的人为富不仁,底层农民没有机会也没有任何保障,"猛子们"靠卖苦力难以为继,农民式的狡猾和顽劣也就暴露无遗。小说既写出了当今农村贫富不均、新的阶级差别迅速产生,批判了新生的暴富阶级的不仁不义,也非常真实地描写了农民的性格心理。猛子、花球和白狗,各自既有不同的性格,又有共通的心理,这在开始出现的农村利益分化中显示出鲜明的时代特征。贫困农民与新生的权力和富裕阶层的冲突,几乎到了你死我活的地步。王秃子、白狗、猛子与大头、双福们的冲突,终究要以流血的冲突加以表现。农民想摆脱困境却找不到出路,他们甚至寄望于在金刚亥母洞修道,以获得超度的机缘。一方面现代化、工业化野蛮地渗透进中国西北贫困地区;另一方面,这里的人们的精神心理还是亘古不变,一样陷落在盲目的迷信里。在对这样的信仰的描写中,雪漠也带着犹疑,他试图为这里的人们的精神世界找到一种可供寄托的神灵;但他又深知这样的逆现代性的信仰并不踏实,也不可靠。因此,在他的严肃中又带着一些反讽,反讽中又似乎有一种认真。中国传统乡村的伦理价值开始解体,这是一个迟到的解体,但现代性带来的危机更加深重,解体得也异常猛烈。对于西域来说,现代性的价值与信仰从何而来,也一直是小说思考的重点所在。

这部作品猛烈地抨击了农村遭受现代化侵蚀的状况,现代商业主义对乡村进行瓦解与诱惑,欲望开始蓬勃生长,在脱贫的道路上带来了新的灾难。为了开采金子,白虎关的自然资源被严重破坏,农民要摆脱土地,有的去了城里打工,有的加入了工业主义践踏农村的队伍。更有甚者,官商勾结,出卖农民的利益。月儿经不住城市的诱惑,这个农村长大的清白姑娘,在城里染上了梅毒,最后死于非命。这些都指向了农村在现代性的剧烈蜕变中所遭遇到的严重问题,原来的贫困令人悲哀,现代性激发起来的欲望也让人痛心,西北农村似乎并未找到一条正确的发展道路。雪漠显然对现代性对西北的影响有诸多困惑,他是带着严峻的批判性来写作这部作品的。

当然,这部作品在艺术中颇有西北粗犷的气象,这并不只是说它描写的西北地域性的原生态的生活情状,更重要的是雪漠的那种开阔的叙述视点,以自然荒漠为背景的写作视野。雪漠的文字因此有一种瘦硬奇崛的力道,带着西北的泥土和风沙味,粗粝中透示出刚健。相比于红柯的叙事,雪漠的文字显得更硬实些。红柯的那种抒情韵味,与天地融为一体的叙述,给人以一种辽远的感觉;雪漠则带着泥土的原生硬实扑面而来。这也说明,西北的文学虽然同样打上地域的特征,但它们各自都有自己的风格,都有自己的文字的力道,都有自己的美学气象。

文学的地域化特色一直很可疑地在文学史叙述的边缘地带徘徊,它总是作为一种非主流的、欠大气的艺术特色得到一席之地。这在中国当代文学史上,实际上早已是一桩不明不白的案件。中国革命文学席卷了乡土文学,也可以说是在乡土文学这里找到了它的寄宿体,结果显然就像所有的宿主最终变成了寄生者的营养资源一样,乡土文学也成了革命文学的营养资源,这也是中国革命文学的成功之处。中国的革命文学力图反抗资产阶级启蒙文学,它无法凭空创造一个更新的宿体,只有寄生在比资产阶级文学更加"落后"的农村/乡土身上,来创建革命文学。这本来是(可能会是)一个奇妙的结合,但革命文学意识形态力量过于强大,几乎压垮了中国乡土的本真经验。那些乡土、地域性特色,都只是主流革命叙事在艺术上的补充,经常还是勉为其难的补充。但直到历史宏大叙事面临解体危机时,人们才如梦初醒,文学单靠意识形态的机制来生产是难以为继的;文化转而成为一种更为靠近文学本身的资源。1980年代,西方的资产阶级小说已经难以花样翻新,尽管后现代的文学也是以反抗资产阶级艺术自律为任务,但仅仅依靠语言的反抗远远不够,也难以有持续的力量。文学还是要回到历史的可还原的情境中,才可能找到更有力的支撑。故而1980年代的拉美文学受到了追捧,那种文化在"前现代"的异域神奇上面做足了功夫,以至于魔幻色彩可以点铁成金,令西方资产阶级文学望尘莫及。

实际上,拉美魔幻现实主义的作家,不管是鲁尔夫、马尔克斯、略萨,还是博尔赫斯、萨朗等人,都深受欧美现代主义的影响,在文学观念和小说方法方面,他们都属于西方的现代主义体系。只是南美的生活和文化传统,尤其是神秘的玛雅文化为他们的作品注入了"前现代"的神奇灵性。中国西部的作品却是以更加朴素的生活原生态的形式仿佛回到现代之前的原始荒蛮状态,我们或许可以认为其艺术表现方法比较粗拙,但那种生活的质地却挣脱了现代性惯常的历史理性以及观念性,当代中国文学更为本真地回到了生活和生命本身。雪漠作为一个西部作家,并不是直接把日常经验临摹进作品,而是站在西部的大地上,激活了西部的文化底蕴、历史传承,甚至是那些传统和神灵,以及那种来自大地的气息。雪漠的西部书写几乎是遵循着生活本身的逻辑回到"前现代",反倒是以最为真切的方式打开了这一片异域天地,当代中国文学在正视生活和生命本身的时刻,也获得了它坚韧存在的理由,并因此成为世界文学的"另一部分"。

三 神灵经验的发掘:文本的开放与自由

雪漠在西域生活的荒蛮状态中找到了他的文学表达,随着雪漠的宗教经验的积累和对宗教的领悟,他对生命存在之不可洞悉的深度有了更敏锐的体验,并且寻求可以将之表现出来的文化形式。2011年,雪漠出版《西夏咒》,这部作品就显示出相当大胆的探索,他所表现出来的反常规的方法,与其说是在呼应先锋小说当年的形式实验,不如说是他自己对西部异域历史的探究所致,也得益于他浸淫禅宗"大手印"法门的文学感悟,因而,他有胆略和能力把历史、文化、自然、生命与神灵混为一体来建立他的文学世界,看上去是在冒险重构"怪力乱神"路数,但也是对汉语文学的强行探索。

雪漠此前几部小说的主题以悲苦基调,追求持续性的故事发展的张力结构,情节设置追求完整性,粗粝和硬实则是其美学上的显著特点。但《西夏咒》却是要开辟出另一条路数,小说叙述显得相当自由,甚至十分灵活多变。尽管小说有不少的细节、段落和句子还值得推敲,有些写法似乎还欠妥当,打磨得还很不够,但却是一个全新的东西。其新不是因为假托发现古代遗本,也不仅仅是随意变换的叙述角度和人称,最为重要的是其内在推动机制,内里有一种无法驯服的灵异冲动在暗地使劲,表现在文本叙述上,就是如同神灵附体,使得小说叙述可以如此沉浸于那种情境,如此无所顾忌地切近存在的极限。灵异冲动使得西部长篇小说对文化的关切发生质的改变,贴近历史、大地和文化,现在变成贴紧事相本身,使事相本身具有灵性。写作就变成神灵附体,叙述就是被神灵附体,仿佛就是神灵在写,由此才生发出小说文本自由多变的结构和无拘无束的修辞性表述。当年最早由孙甘露在《我是少年酒坛子》和《信使之函》尝试过,后来又由刘震云的《故乡面和花朵》以及《一腔废话》更极端地实验过的修辞性表述策略,在先锋派那里是语言的修辞机能引发的延异游戏,在雪漠这里却是一种本体论式的灵知写作,其背后有个不得不说、不得不如此说的叙述人。雪漠有他开掘的灵知资源,有他几十年的灵修作底,进入这个领域后,他仿佛摆脱了现世的羁绊:

>因为抛弃了熟悉的笔法,他再也写不出一篇文章;因为有了新的文学观,他不再有满意的素材。他再也没写出一篇像样的东西;为了摆脱扰心的烦恼,雪漠开始每日禅修,并按苦行僧的标准来要求自己。因饭后影响大脑的正常思维,雪漠过午不食,并坚决地戒了与他相依为命的莫合烟,怕的是作家没当成,先叫烟熏死了。
>
>坐禅之余,他形疲神凝,恍惚终日,昼里梦里,都在练笔。
>
>终于有一天,雪漠豁然大悟。眼前和心头一片光明。他说他从此"放下"了文学,不再被文学所累,不再有"成功"的执著。奇怪的是,这时反倒文如泉涌了。他明白,能重写《大漠祭》了。①

据说1993年30岁生日那天,雪漠剃光了头发和胡须,躲到了一个偏僻的地方,度过了几乎与世隔绝的4年。他的创作从此进入宁静和超然,笔下的"人物"自然成形,文字从笔下自然"流"出,似有神助。这些说法,可见诸报端,也为笔者与雪漠的多次交谈所印证,雪漠笃信他的写作是突然开悟。

《大漠祭》还是以现实主义方法作底,也以大量西部现实生活作为素材,只是雪漠的叙述进入了自由的状态,《白虎关》显然也还是由叙述人控制整体的叙述,但《西夏咒》的叙述却几乎进入迷狂状态,被一股自发的力量任性地推动。这部作品可能会让大多数读者摸不着头脑,但只要读进去,我们无疑能体会到其过硬的内涵品质。如此多的历

---

① 参见《人物:走近"苦行僧"雪漠》,《兰州晨报》2005年1月29日。

史文化、宗教信仰、生与死的困苦、坚韧与虚无、时间之相对与永恒等，这部名为小说的作品居然涉及这么多的观念，显然是当代小说的一部奇书，可能小说这样的概念都要随之变化，至少它对我们当今小说的美学范式提出了严峻挑战。中国当代小说的先锋派探索在1990年代已经转换，或者沉寂，或者隐蔽为更内在的经验表现。在小说形式方面作激进探索的文本越来越少，而能作出令人信服的文本实验则更少。因为，今天的形式变化可能是更为复杂的探索，需要更加充分的知识准备和极其独特的经验发掘。也正因此，在西北凉州的雪漠，以他独有的灵知感悟、如此任意而又自然的方式，开辟出了小说的自由形式，提示了可供汉语小说拓展的别样路径。

这本书从"本书的缘起"写起，这是对书本身、也是对写作本身的重新思考。这本书居然有缘起，这本书的写作居然需要交待缘起，它的合法性在哪里？它并不是天然地、自明式地成为书或小说的。它的起点或起缘在哪里？它开篇就有几句类似诗的句子："庄严的你乘象而来/堕入子宫/世界顿时寒战出一点亮晕/喷嚏婆娑了几千年。"这显然是对佛教的时间与空间的重新表述。这部书或小说的写作，就是要探索时空观，寻求独特的叙述视点和新的叙事法则。

这部名为《西夏咒》的小说——我们姑且称之为小说，显然，采用了多文本的叙事策略，它由几个意外发现的古代遗稿拼贴而成。它自称来自几个汉子修筑洞窟时在土堆里发现的总名为《西夏咒》的书稿，用西夏文和汉文写成的书稿有8部，小说就是不断糅合《梦魇》《阿甲吃语》《遗事历鉴》等8部遗作而展开叙事，显得相当灵活自由。内容上一直是在与人谈论或介绍这几本书，就是说，叙事是一种转述，也以转述的方式借用了所谓"遗稿"的风格。这样，小说就自然地进入了风格怪异的叙述，飘忽不定的、迷醉般的、魔幻的叙述，各个文本之间的转承，如同碎片的拼贴，也由此自然地切入那些极端经验。

小说令人惊惧之处在于，古西夏的生存事相被展示得如此真切而又惨痛。尽管小说存在大量的魔幻描写、大量的超现实的叙事，但大多数的片断、那些痛楚的经验写得极其逼真,写得白森森的。在真实与虚幻之间,如同西部荒原上冬日的阳光照在泥土上的那种苍白,真实而又无力,虚幻而又着实。在那种历史中,战争杀戮,人杀人;饥饿,人吃人;仇恨报复,人害人;淫欲,污辱人……《西夏咒》对西夏历史中的罪恶进行了彻底的控诉,那都是人犯下的罪恶。确实,小说也有意无意夹杂着对当代历史的隐喻,某些情景有意与当代历史重合,例如饥饿的三年自然灾害,批斗游行与"文革"时期的斗争运动。有什么可以去除和超度这些人的罪恶呢?信仰,唯有信仰。雪漠在书写的是两个根本的主题:其一是汝勿杀人!其二是信仰。所有人对人的迫害,极限就是杀人,战争以某种正义之名,进行大规模的屠杀;而日常生活则是以各种同样冠冕堂皇的名义,进行人与人之间的迫害。

《西夏咒》确实是一部奇特的极端之书,它要写出一个受尽磨难的西夏,那里容纳了那么多对善良的渴望、对平安的祈求,但却被罪恶、丑陋、阴险、凶残所覆盖。历史如同碎片涌溢出来,那个叙述人或者阿甲或者雪漠,只有如幽灵一般去俯视那样的大地,去追踪那些无尽的亡灵,去审视掂量那些大悲大恸之事相,他如何写作?只有附体的写作——他如神灵般附体于他书写的历史、故事与事相上;他也是被附体的写作——如同某个魂灵附在他的身上,那是阿甲、琼或是一直未显身、未给出名分的哪个魂灵附在他的身体上。如此附体的写作才有灵知通感,才有他在时空中的穿越,才有文本如此随心所欲的穿插拼贴,才有文本的自由变异与表演。

在第十七章"《梦魇》之'怙主'"有一节这样写道:

> 看得出,写这部分内容时,琼已没了梦与非梦的界限,时不时地,他就恍惚了。那情形,跟写高老头时的巴尔扎克很是相似,但也仅仅是相似而已。因为阿甲始终认为,琼进入的,其实是另一个时空。见我不理解,阿甲解释道,你知道记忆吗?短的记忆叫记忆,长的记忆——当那"长"度超过了肉体极限时,它就有了另一

个名字:宿命通。①

初读这样的叙述,可能觉得有些凌乱,飘忽不定,东拉西扯,让人摸不着头脑。如果细读这部作品,则可以体会到雪漠用心良苦。他做的就是穿越,这就如现在的网络小说中大量存在的穿越叙述一样,没有穿越,就没有网络小说大量的、批量的码字式写作。但雪漠的写作显然不同,他其实非常注重叙述的语言和时空的处理,也注意叙述中的反讽修辞。确实,如梦呓一般的叙述,完全打乱现实逻辑,随意穿越现实时空的区隔。雪漠这里说的"宿命通",来自佛教语,其意为梵文的意译,谓佛、菩萨、阿罗汉等通过修持禅定所得到的神秘法力,亦即能知众生的过去宿业,知道现时或未来受报的来由。② 雪漠在小说里多次以"宿命通"作说辞,他说的"宿命通"有所转义,亦即看到某个生命的前生来世、看到其不可逃避的劫数以及对报业的敬畏。用现在的话来说,就是洞悉了全部命运的结局,就是一切均在命运的算计中。能看透命运的,也只有幽灵了。叙述人本身就是附着在命运算计程序中的魂灵,就是能算计命运的鬼怪的附体。雪漠有意把他的叙述神灵化,他如此热爱这种命运,他就附在这种命运中,于是进入"宿命通"。

小说写了众多的人物,但叙述却很集中,主要是以琼、雪羽儿、谝子三人为中心展开叙事,再关联到雪羽儿她妈、吴和尚、舅舅、瘸拐大、宽三、驴二等人来结构故事。琼是修行者,与雪羽儿构成恋爱关系,而老谝又是琼的父亲,他是一个类似村长的族长,并且是一个乡间恶霸。琼

---

① 雪漠:《西夏咒》,北京:作家出版社,2010年,第193页。

② 如《楞严经》所述,在世间上各种的力量之中,最大的力量并不是神通,而是行为的力量,也就是业的力量。即使神通再大也救不了有业障的人。自己所造的业,一定要自己去受报,丝毫也逃避不了。目犍连不信佛陀的话,以神通飞入被军队围得水泄不通的城内,挑选了五百位优秀的释迦种族成员,把他们一一盛放在钵内,飞出了城墙,满心欢喜地来到了佛陀的面前说:"佛陀!我已救出了一部分释迦种族。"说完打开钵一看,大惊失色,原来五百位释迦种族成员变成了一摊血水。这就是说,神通敌不过业力,目犍连的业报注定要被外道打死,大家不要怀疑神通的无用,而应该用心于三业的净化工夫。

的沉思默想与渴望修成成就,与谝子、瘸拐大、宽三等人的恶劣构成一种参照。琼与阿甲分别是不同的视点,琼作为一个人物,有时也引用阿甲的视点,他们也构成一种对话。在这里,直击人性的恶劣是其写作的要点,如由谝子主持的抓住雪羽儿妈骑木驴、煮食、手剥人皮做法器等。小说写人物并不考虑人物性格的完整性,而是以那些残忍经验为出发点,人物随时介入这些经验,故事也无需完整性,只是直接切入那些残忍事相。

小说讲述的故事确实相当极端,超出了常规小说中的残忍经验。或许作者要抵达的是当代小说描写人性的极限。因为要抵达这样的极限,小说的写作也因此而获得自由,或许虚构的自由因为完全摆脱了现实逻辑而自行其是。小说写饥饿却不像常规小说那样去写饥饿感之类,而是直接写饿极了就人吃人。固然,历史上有各种传闻,饥饿年代就是人吃人,战争年代有些凶残的将军以人肉当军粮。雪漠这部小说的叙事既然托为洞窟里捡到的古籍,他也就无所顾忌地去写作那些极端经验。小说中有一片断写到雪羽儿送狼肉到舅舅家,舅母非但没有感激,反而乘着月夜与舅舅和几个孩子一起,要将雪羽儿勒死再煮来吃了。这等残忍而颠覆亲情伦理的场面,雪漠却写得异常平静流畅,甚至有些优美。这是 1980 年代后期以来的先锋派惯用的手法,他们总是用优美的笔法书写残忍的场景。但 1990 年代写实风格占据主导地位后,这类笔法已经不常用了。雪漠再次用优美从容的笔调来写作那些残酷事件,显然比当年的先锋小说有过之而无不及。斗争雪羽儿妈妈和抓她骑木驴那些段落也是如此,那么残忍的事件,雪漠写来却还是娓娓从容,这种笔法下的残忍行为让人目不忍睹,只有等待天诛!

小说中插入不少的笔记,对那些杀人战争进行直接的痛斥,这些文字倒是十分直白激愤。作者在这里要表达的主题就是反对一切对生命进行践踏的战争行径,显然,雪漠要对杀人暴力进行彻底的颠覆,在他的观念中,生命为生存的第一义,任何人没有任何理由剥夺他人的生命,没有任何的正义高到可以剥夺一个人的生命。雪漠的这一观念,与当今西方的反战宣言和反对死刑的后现代运动如出一辙。雪漠更有可能是从佛教接受的思想,不杀生是很多宗教的第一戒律,佛教、犹太教、伊斯兰教都是如此。但宗教的教义如此,并不等于在现实化的实践中人们会真正遵行。历史上只有佛教在不杀生这一点上做得最好,因为佛教从历史到今天介入世俗权力的几率最小。在雪漠看来,并没有什么正义的战争,也没有什么不正义的战争,战争都声称自己的正义,都声称是为了捍卫民族国家的利益,但在战争中被杀戮的就是老百姓。雪漠在小说中对战争与生命作了颇多议论,也引用了不少材料,这些说法及材料无疑尚有争议,但雪漠试图以文学笔法来强调生命的第一义价值。有意插入的这些笔记,可以视作雪漠写作的思想背景,是对西夏这个地界出现的践踏生命的事件、人类自相残害的行径的直接批判。

对生命与死亡的思考,导向对人丧失尊严的痛惜与对权力和暴力滥用的控诉,使得这部作品的主题显出了坚硬和深刻,也正因此,雪漠不惜把他所有的描写和叙述推向生命的极限状态。雪漠基于对生命的尊重,表达了对杀生和污辱生命的诅咒,他以宿命通的报业作为他叙述的精神依据,一方面,那些恶障一定要现身、一定要以行为力量显现出来,另一方面,作恶多端必会遭报应。这一切都是在雪漠体验到的灵知通感里展开并完成的,包含着他对恶的历史的严厉拒绝。

四 宿命通的感悟:重构西部的大历史

如果要说对生命极限经验的触碰,2014年雪漠出版的《野狐岭》又是一次极端体验。神鬼、死者、幽灵,这些在西部的灵知通感体系里,全部登场。阅读雪漠的作品,每一次都会对我们既有的文学理论产生巨大的冲击。雪漠的作品直接挑战过往经典的文学观念,迫使我们再次思考:过去我们所理解的文学是全面的吗?是完整的吗?是封闭的吗?雪漠的作品让我觉得,文学始终是一个未完成时,是一个进行状态,甚至始终是一个开始状态。难道雪漠不也是在打开中国文学的当代面向？如此独特的面向难道不具有当代性吗？他的创作无疑也是对文学所处境遇的一种反应，或可视为超越这种境遇的极端行为。

　　雪漠的风格一直在变，自《西夏咒》后，他的灵知特征愈发明显，也更明确，他提出"宿命通"这种概念，就是对灵知的西部解释。他能在宿命通里找到小说叙述的特殊路径，能开启一个来去自由的世界。他的写作一直渴求自由的状态，宿命通助力他获得了自由的时间空间。现在，他的每一次写作都是对过去的决断，都是转身离去，都是去到一个未知的冒险的区域。变化或突破自己是成熟作家必然要面对的难题，不过，其他作家虽然也在变化，但变化的线索非常清楚，而且可以从自身的完整性中得到解释，包括贾平凹、阎连科，甚至也包括莫言。相比之下，雪漠是一个非常奇特的作家。从《大漠祭》《猎原》到《白虎关》，再到《西夏咒》，2014年的《野狐岭》就不只是表现手法上的变化，而是某种内在的作用于文学的思维方法上的变化，这一点令人惊异。

　　该怎么理解雪漠呢？用我们现有的东西去规范他、归纳他，会显得捉襟见肘，或许这样的表述可以接近雪漠：他在以西部独有的灵知思维重构一个西部神话。

　　触动雪漠写下《野狐岭》这部长篇小说的缘由在于他少时就听驼把式讲的关于两支驼队的故事，一支是蒙驼，一支是汉驼，各有二百多峰驼。在千里驼道上，他们有一种想改天换日的壮志，做金银茶叶生意，去俄罗斯，换军火，梦想推翻清家朝廷。结果这两支驼队竟然在野狐岭烟雾一样消失了。雪漠说，小时候的脑海里老是出现野狐岭的骆驼客。但怎么样接近这样的地方、这样的历史？直至有一天，雪漠说，他的上师（一位相貌高古的老喇嘛）神秘地望着他说："你不用去的，你只要修成了宿命通，你就会明白那真相。"（《野狐岭》第2页）直至有一天，作者上路了……小说叙述就是以一个现代采访者的进入作为导引，去接触那死去的魂灵，让他们说出历史，说出自己的命运。他现在要探究的是西部久远荒芜的历史究竟留下多少回声，究竟会有怎样的回声留下。

让死魂灵说话在当代小说中并非雪漠首创,1980年代方方就有中篇小说《风景》,让一个埋在火车铁道旁的小孩的死魂灵叙说家里的往事。后来有莫言的《生死疲劳》,其实是死去的西门闹变成驴马牛猪在叙述(小说到了后面又似乎是大头蓝千岁在叙述)。在国外的小说中这种设置更为多见,帕慕克的《我的名字叫红》开篇就是正在死去的"红"在叙述。雪漠这回则走得更远,他要让众多的死魂灵都说话,说出他们活着时的故事,企图复活那段所谓真切的历史。前面提到的小说,最终都有可辨析的现实逻辑,最终都要完成一个生活世界的真相,这个真相是可理解的,是合乎现代理性秩序的。但雪漠仿佛是为了魂灵重现,他们说的既是曾经存在的历史,又始终与死去的世界相通相成。雪漠并不想复活一种历史秩序或完成历史真相的确认,他只是让死去的魂灵和历史呈现,并且还是要以那种已死/向死的方式呈现。这或许真的是修成了宿命通的人的叙述?

当代小说的叙事规则逃不脱西方现代性的工具理性约定的逻辑关系,其基本规则就是在理性主义的基础上建构一个完整的故事,这个故事有核心,人物有完整性。而且,在这个秩序中,天地人神的分界很清楚,各自的规定性也是很清晰的。海德格尔说荷尔德林的诗包含了天地人神四重世界,即使在已经接近疯癫的荷尔德林的诗里也是清晰分明。很显然,雪漠的小说并非按照宗教(佛教?)的条律来设计,他的灵知感悟非常个人化,也非常随性,过去那种由理性主义建构的完整世界,在他那里出现了分裂。《西夏咒》是一次挑战,雪漠还是用多文本策略和相当强硬的文本介入来制造小说灵异的效果;而《野狐岭》则是试图让死魂灵来讲述,还原当时的生活场景,它让死魂灵从历史深处走出来,穿过时间的迷雾,直接呈现出一个个场景。灵知和灵异在这里显现为文本内隐的灵性。

在传统的神话作品当中,天地人神是密不可分、浑然一体的,这种思维我们过去认为是幼稚的,是人类孩童时代的思维。只有进入成人理性思维的境界,我们才算是长大了,能对世界进行理性的区分、分门别类,对与错、正与反、是与非、黑与白,等等。后现代思维有诸多思考世界的方式,宿命通的方式无疑是其开辟的一个重要维度。后现代思维的建构,在某方面有如重建一个神话时代,这是回到原初时代的又一次开始。当然,这个开始肯定跟以前并不一样。最初的神话是一种口传文明的神话,所以最初的神话世界是在口传文明的体系中建立的。后来书写文明建构到极致,就形成了完整的理性世界,但书写文明和口传文明有时是有所重叠的。然后,我们今天在网络与视听的世界里,灵知经验与神话思维变得异常活跃。这会让人们疑心,人类是否要重新进入神话时代。

显然,电影与网络文学在这方面已经走得很远了,1999年由安迪·沃卓斯基兄弟编导的《黑客帝国》就露出端倪,随后2009年由詹姆斯·卡梅隆执导的《阿凡达》则把人类的今生来世展现出来,把地球和宇宙的内在关系表现得触目惊心。我们至少要认识到人类和地球只是宇宙的一部分,生命存在的空间无限大,而时间如此有限,如此难以克服。2010年,克里斯托弗·诺兰执导《盗梦空间》,深入人类的意识深处,把梦境现实化,无疑也是我们生存的实在世界陷入根本的虚幻之中。如何克服时间则是人类生命存在的最大难题。生死仿佛一墙之隔,甚至在虚拟时空里,已经无法分清实在与虚拟。事实上,中国内地的网络小说异常发达,这些时空的超越性难题在网络小说中轻而易举可以解决,毋宁说网络小说就是专注于克服时空限制而使得小说表现获得了巨大的动能。网络上大量的穿越小说,本身就在建构一个神话时代。当然,雪漠《野狐岭》里的"穿越"与网络小说的穿越并不是一回事,但它们都属于这个时代借助灵知对神话的一种重构,雪漠借助的是"灵知通感"这种认知世界及事相的方法。

科幻电影是重塑神话思维最强大的推手。大量的科幻与星际想象,在电影中越来越成为最有活力和生长力的艺术思维。如此来看雪漠的穿越就不足为奇,他着眼的还是对人类历史的穿越,试图打破历史界限,消除生死界限。人类最难超越的无疑就是生死。佛教对此已经作出了解释,比如轮回和因缘。佛缘经常让人们的现世友爱超越了世俗和在世的有限性,消解了一切现世的恩怨和功利。就是说,在佛教的视野中,生死界是可以超越的,生命具有无限性。所以雪漠的神话思维在很大程度上受佛教的影响,当然,他的灵知(宿命通)还有他个人一些独到的因素。

野狐岭的故事萦绕雪漠多年,他说在他童年的幻想中就会经常看到百年前的黄昏里出走的两支强大的驼队。他仿佛看到那两支起场的驼队阵势很大,"驼铃声惊天动地",甚至"响彻了当时的凉州"。雪漠说,在他童年的幻想里,这是最令他激动的场面。

小说省略了铺叙和过渡,直接就进入了招魂的叙述,招来两百年前驼队的那些幽魂讲述各自的经历。他点上了一支黄蜡烛,"开始诵一种古老的咒语"。他最先招来的是一个杀手,小说就这样开始了讲述。随后登场的是一个个幽魂的讲述者:齐飞卿、陆富基、马在波、巴尔特、豁子,还有汉驼王黄煞神代表骆驼们发言,以及木鱼妹说。这众多的人物乃至于动物以不同的角度和不同方式来讲述汉蒙两支驼队的经历和遭遇。这部作品的构思和叙述雪漠是下了功夫的,而且打开了一个自由自如的叙述空间。这不只是超生死的问题,他以死者讲述来重现当时场景,而当时的叙述则以真切和实感让人印象深刻。因为死魂灵只是一个假定,"宿命通"是使之具有合法性的一个依据(或口实),死魂灵的讲述则是使第一人称的讲述更具有亲历性,逼真的身临其境感显示出雪漠的写实功力。因为宿命通的前提化和内在化,并不直接构成小说叙述的技术装置,故而小说具体叙事反倒显出了原生朴素的真实性。有论者认为《野狐岭》贯穿了"寻找"这一主题,小说以"寻找"历史为切入点,从总体上是"我"寻找童年记忆中的传说,以求证传说的真实性;故事内里则是驼队在野狐岭的离奇遭遇这一故事的具体展开。"两条线索在两个不同的时空独立发展,却在特殊的时空以特殊的方式相遇,在碰撞和互动中构建了一个富于寓言化和象征化的'野狐岭'

世界。"①这应当说把握住了小说的要领。

雷达对《野狐岭》有高度评价,认为雪漠一度"向宗教文化偏移,离原来意义上的文学有些远了,那么从这本《野狐岭》走出来了一个崭新的雪漠。不是一般的重归大漠,重归西部,而是从形式到灵魂都有内在超越的回归"。雷达赞赏雪漠在这部作品中讲故事的能力:"他把侦破、悬疑、推理的元素植入文本,他让活人与鬼魂穿插其间,他把两个驼队的神秘失踪讲得云谲波诡,风生水起。人们会明显地感到,雪漠变得较前更加丰沛了,不再只是讲苦难与超度的故事,而将阴阳两界、南北两界、正邪两界纳入视野,把诸多地域文化元素和历史传说揉为一体,把凉州贤孝与岭南木鱼歌并置一起,话语风格上亦庄亦谐,有张有弛,遂使文本有一种张力。人们还会发现,其实雪漠并未走远,他一刻也没有放弃他一贯对存在、对生死、对灵魂的追问,没有放弃对生命价值和意义的深刻思考,只是,人生的哲理和宗教的智慧都融化在形象中了,它超越了写实,走向了寓言化和象征化。我要说,人人心中都有一座野狐岭。"②雷达先生的评价准确而深刻,小说的具体叙事确实更贴近现实主义手法,又回到了雪漠早年的生命原生态的书写中,只是更加精准自如了。不过,需要看到的是,《野狐岭》后面还是有宗教生死观念,有生命之轮回无常的虚无世界观,小说对生命的把握独有一种态度:生命曾经如此饱含着渴望和涌动不止的冲动,不管是男人还是女人,不管是人还是骆驼,历经千辛万苦,终归都要化为尘埃虚无、不见踪影,成为幽灵才有永远。确实,雪漠对生命价值的思考是深刻而令人震惊的,这也是这部作品非同凡响之处。

小说叙述的独到之处在于,故事是在悬疑、神奇、探秘、险峻、恐惧的背景上展开叙述,但呈现出来的却是相当真切的现实生活。小说开

---

① 刘雪娥:《论〈野狐岭〉"寻找"主题的意蕴表达》,《甘肃广播电视大学学报》2015年第2期,第25页。

② 雷达:《雪漠〈野狐岭〉》,《深圳晚报》2014年8月10日,第A14版。

篇以宿命通的名义招来死魂灵开始叙述,第一人称的效果显现了重新现实化的在场特征。每个人讲述自己的故事,讲述自己所见所闻,相当真实地还原了当时当地的生活场景和人物心理。这使小说叙事具有了形而上的"宿命论"的背景,又不失生活的现实性和本真性。宿命通的假定作为叙述的前提,反倒让雪漠又彻底回到了生活的原生态,显示出雪漠笔下生活和生命活动特有的粗粝硬实的质感。显然,《野狐岭》几乎是颠倒了《西夏咒》的叙述,在《西夏咒》中,雪漠在小说的整体构思上还是追求故事的完事性,小说内里有一条整体的线索,《野狐岭》在整体上打消整体性,它要把故事化整为零,让所有的死魂灵出来说话:"我是一个死者,我有什么不能说呢!"《西夏咒》是生者对死者说,《野狐岭》是死者对生者说,后者在叙述方面显得更为自由彻底。

这些死魂灵的叙述不只是重现了当时的生活情状,还表现了西域那种生活的传奇性和原始蛮荒,生命在如此粗陋困苦乃至险恶的境遇里坚韧地存活,愈发显示出坚韧顽强。当然,小说的叙述也有着浓浓的西北生活情调,日常习俗、人情世态、男欢女爱也写得栩栩如生,引人入胜。小说开篇不久,飞卿的叙述就显得极其精彩:

> 拉姆进了驼场。她长个银盘大脸,很壮实,也很性感,周身洋溢着一种叫人蠢蠢欲动的味道。我的直感中,这女人跟别的女人不一样。她定然有种特殊的经历。
>
> 拉姆笑了。她虽然一脸正经,但骨子里却透出一股荡味来。她瞟我一眼,笑道:"你瞅啥?我又没人家骚,谅你也看不上。"陆基富接口道:"你才说错了。人家的骚是面里的,你的骚是骨子里的。"这话对,我不由得笑了。
>
> "就算是。"那女人笑道,"可你进不了骨头,就发现不了骚。"[①]

[①] 雪漠:《野狐岭》,北京:人民文学出版社,2014年,第37页。

这里可以见出,雪漠的写实功力相当了得,寥寥数笔,就写出了西北女子的形神体貌、心性性格。那种原始生命热力,给人的印象极为鲜明。小说笔力雄健却多有细腻圆润之处,西域的大漠风情还保持着那种古朴传奇,包含着生命自然的那种质地本色,在小说中表现得极为充沛、结实而真实。也因此,《野狐岭》由一个个小故事构成,像是人物自己诉说、自己立传。

这部小说写的是两支驼队,却写了一群驼把式,人物塑造相当有力度。小说主要人物飞卿,是作者儿时就记取的人物,雪漠也是怀着为英雄作传的心愿而写作此书,飞卿的故事据说有历史传说作为依据。雪漠提到,在《武威市志》的记载中,"飞卿起义"是辛亥革命背景下发生的一场农民暴动事件。雪漠一方面想重塑英雄传奇,另一方面却也对农民暴力的历史进行了批判。作为一个坚定反暴力的作家(佛教徒?),雪漠对飞卿的故事显然包含了双重态度。作者对飞卿带着偏爱,把他作为一个西北汉子来写,要写出他活生生的精气神、他的英雄意志、他的心理性格、他的坚韧和凶狠、他的善与爱。飞卿这个人物被他写得极为神奇也极为传神。雪漠写飞卿的笔法有点独特,他并不过多让别人叙述飞卿,而是经常让飞卿说,让飞卿行动,让飞卿看到人和事相,让飞卿表现出对人的方式和态度。直面可能是沙眉虎的那个人,也是飞卿的一个行为,这位隐藏的土匪首领神龙不见首尾,若隐若现,他并不直接出场,却被写得无时不在、无处不在。小说里写到飞卿到荒漠里找沙眉虎:"我跟那人进了房子。果然,有一股浓浓的羊粪味。有一个清瘦汉子,模样有点像女人。他穿个羊毛坎肩,坐在坑上,正用刀削羊肉,见我进来,也不动屁股,只扔过一把刀,说:'来,吃肉'。"[1]这个人可能是沙眉虎,沙眉虎也可能是个女人。这些不确定性、有意制造的障眼法,给小说提供了很多变幻不定的层面和维度,富有趣味和意味。人物的动作、神态和对话都写得干净利落,极为传神。《野狐岭》标志

---

[1] 雪漠:《野狐岭》,北京:人民文学出版社,2014年,第181页。

着雪漠小说艺术所达到的一个可贵的境地,他的现实主义笔法更加精湛,构思故事更为自由自如,以人物讲述来建立结构也不失为一种史传体例。人鬼神灵混为一体的小说世界,大气磅礴而又玄奥通透,所有这些都显现出雪漠在艺术上的成熟大气及其所抵达的自由境界。

这部小说对骆驼的描写可能无人可及,从中我们可以看出雪漠对骆驼的生活习性非常了解,他显然下了很足的功夫。雪漠笔下的骆驼活灵活现,它们通人性,有喜怒哀乐,有爱欲脾性,小说中的两只头驼黄煞神、褐狮子,被写得如同英雄般神武,另外像俏寡妇、长脖驼、白驼等,既表现出骆驼的动物特性,又被赋予以人性。动物是其所是,我们人如何理解它们、文学作品如何表现它们,确实也有不同的方法,总之把动物写得可以理解、更贴近人性也是人类理解动物不可避免的基本方式。雪漠历来关注动物,他的小说多处写到动物,而且都写得非常充分细致。关注动物在雪漠那里或许是受佛教的影响,而在当代文化思潮的背景上,则可以称之为典型的后现代主题。比如德里达就有一篇文章《我所是的动物》,开启了后现代"发现动物"的论域。在理性主义时代,我们人是中心,现代哲学一切都要回到康德,就是人是主体,人是出发点,人的主体性被抬到最高。因为人是有理性的、能自我启蒙的,因而"回到理性"决定了整个现代哲学的走向。从某种意义上说,康德提升了现代美学也压制了现代美学。从美学的意义上来看,尼采是反康德的,尽管所有论述尼采的人都不愿把尼采放在康德的对立面上,但尼采的酒神狄奥尼索斯精神本身,就是要打破康德的审美理性基础。在康德的三大批判中,《判断力批判》是最高的批判,但这个批判对审美价值的最高评价是崇高判断,崇高就有理性的成分,所以康德最后又把对美学的判断拉回到了理性的基础上。这使1750年鲍姆加登建立现代美学概念以来,美学始终没有办法越出理性的藩篱。鲍姆加登的美学也是世俗中一种启蒙的形式,但这种形式在后现代时期同样遭遇了一种挑战,因为尼采开启了福柯、德里达、巴塔耶等人的那种走向,在这个过程中,我们会看到感性是如何完全抛离了理性、消解了理性的绝对权威。① 在这个消解的过程中,人作为理性的最高主宰者的地位,也受到了影响。所以我们会看到,德里达的"发现动物",对整个后现代哲学的影响甚大,就是说,"人理所当然在动物之上"这一观点在后现代已经被颠覆了,人和动物变得平等了,或者说人没有任何权利宰杀动物,也没有任何权利蔑视虐待动物。所以,德里达说的"我所是的动物"、人如何尊崇动物,就成了后现代伦理的一个基本规则。当然,在佛教世界中,人和动物也是平等的,是不分高下的。理解这些不同的表述,再看雪漠的作品,就会感受到,他的思想既有最古朴的道理,也有最后现代的特征。雪漠热爱动物,热爱骆驼,但子非驼,焉知驼之乐、之苦、之悲?除了拟人化还能如何呢?这是尽可能与动物平等、理解动物的最好方式了。雪漠对骆驼的描写,将来可能会成为绝笔。

雪漠这部作品当然有他大的构思,他要打破整一性。但他还是想有些东西能贯穿始终,如寻找"木鱼令"、他对时空的考虑、他让叙述人暗中接近的机关、通过人物的相似性来制造叙述上的距离效果,这些都表明他想作叙述的探索,同时赋予小说结构以特殊功能。雪漠试图用宿命通去探究西部的大历史,让我们对西部的生命和世界、人和神性、动物和自然等,有了新的思考和感悟,他传导的这种人文情怀,对人和自然、动物、神鬼甚至灵魂的相处以及超越生命界限的一种可能性,都作出了非常可贵的探索。雪漠说:在那诸多沧桑的叙述中,他后来一直牵挂的,是那个模糊的黄昏。"黄昏是扎眼的,仍是那个孤零零悬在大漠上空的白日,它显得很冷清。"他说,他分明看到,几个衣服褴褛的人,仍在晕圈里跌撞着。他们走出了那次掩埋了驼队的沙暴,但能不能走出自己的命呢?这是雪漠关心的,也是《雪狐岭》留给中国文学的当代道路的一个独异景象。

---

① 相关论述可以参见哈贝马斯《现代性的哲学话语》,曹卫东译,南京:译林出版社,2004年。

五　附体与宿命通：越界的境遇

雪漠以他西部生活的艰难困苦作底，以他对佛教世界的感悟为引导，以他自撰的宿命通为装置，使他的小说跨进一个另类的世界。这个世界并非玄幻的异托邦，而是就在这个世界之中，就和我们的生活相连，就和我们心灵相通。雪漠的写作一方面有极为平实的生活经验，另一方面却也多有玄奥神秘的各种说辞。相较于内地小说，雪漠的写作可谓严重越界，这不是接受了来自西方的激进实验的怂恿，而是来自他自己的灵修的感悟，并且完全融合进他的文字。他对文字有虔敬之心，想让它们通灵，他的文字或许就处在宿命通的境界。毋庸讳言，雪漠的小说多有反常和极端的描写，这一点在《西夏咒》和《野狐岭》中随处可见。雪漠对肉体的伤痛、对心灵的破碎、对人类的绝境、对人鬼神的混淆、对命运的无常等，都形成了一整套的表述，既让人觉得不可思议，又令人震惊。

雪漠也是在神性关怀之名下来写作，故而他的写作经常会有反常和越界冒犯。巴塔耶当年带着强烈的宗教情绪来描写那些人性残忍和丑恶，他认为在那些极端的恶劣处才有神的意志抵达，才有对神的绝对性的祈求。巴塔耶去世后，他的多年好友雷利斯（Michel Leiris）对他有这样一段描述：

> 在他变成不可思议的人之后，他沉迷于他从无法接受的现实当中所能发现的一切……他拓展了自己的视野……并且意识到，人只有在这种没有标准的状态下找到自己的标准，才会真正成人。只有当他达到这样的境界，在狄奥尼索斯的迷狂中让上下合一，消除整体与虚无之间的距离，他才成为一个不可思议的人。①

---

① 哈贝马斯：《现代性的哲学话语》，曹卫东译，南京：译林出版社，2004年，第247页。

这一段描述被哈贝马斯在他后来名重一时的著作《现代性的哲学话语》中用作论述巴塔耶的开篇段落,看来对巴塔耶的把握相当精准。后来奉巴塔耶为师的福柯在论述巴塔耶跨界思想时说道:

> 今天,界限与僭越的游戏已经成为衡量一种源始思想的基石。而尼采从一开始就在他的作品中向我们展示了这样一种源始思想——这是一种把批判和本体论融为一体的思想,一种追究终极性和存在的思想。[①]

本章当然不是试图用巴塔耶来与雪漠作比较,一个是巴黎国家图书馆的著名馆员,一个是中国西部穷困偏僻角落的文学写作者,几乎没有多少可比性。但这样几个描述性的词汇则是有参考意义的:写出这样不可思议的作品、这样极端的作品,雪漠自然也变成了"不可思议的人",在他的写作中,"他沉迷于他从无法接受的现实当中所能发现的一切",我也不得不承认,他"拓展了自己的视野……"。雪漠如此这般的写作,也是在"没有标准的状态下找到自己的标准",这"才会真正成人"。

在"界限与僭越的游戏"中,说雪漠与巴塔耶殊途同归并不过分。二者天差地别,一个是已经经典化为世界级的大师,另一个不过是大器晚成的西北写作者。但天地间事物并无高贵低贱之别,在事物与事实之间所能达成的那种相近,正是其存在的敞开状态,它不是封闭、不可接近和不可抵达的,而是有着开放的面向,有着亲和的面向。雪漠也是在玩着界限与僭越的游戏,他要僭越那个界线,他是有些胆大妄为,他要在没有标准的状态下找到自己的标准——这谈何容易,这样的西北偏僻地区的写作者,如此卑微,如此不为人所称道,他只有僭越,越过界线,去抵达那个极限处、那个绝境。

雪漠或许在文学之外,在文学圈和文坛之外。数年前我读他的作品《白虎关》,就觉得他是在文坛之外,那样的作品很硬气,但有些生

[①] 哈贝马斯:《现代性的哲学话语》,曹卫东译,南京:译林出版社,2004年,第249页。

涩,有些愣。但《西夏咒》确实让我意外,雪漠这部小说不同寻常,如此大胆,他像是被什么神灵附体,否则哪有这样的胆量?哪有这样的手笔?哪有这样的气度? 神灵附体或许有些夸张,但他从宗教关怀那里获取直接的精神动力和信心,倒是不用怀疑的。直至他的《野狐岭》面世,我们终于可以看到越界之后的雪漠所获得的那种坦然和自由。

雪漠可以说是当代中国作家中极少数有宗教追求的作家,据说雪漠坚持几十年灵修,研究过世界上的多个宗教,关注宗教有二十多年的历史。① 他尤为致力于研究"大手印",他写的《大手印实修心髓》是一本颇有影响的书。尽管他表示不会成为教徒,但确实有相当执着而深厚的宗教情怀。

雪漠在《白虎关》的后记中曾经写道:

> 多年来,我一直进行在"朝圣"途中,而从不去管我经历过什么寺院。某年,我朝拜了五台山的几乎所有寺院,但我没有记下一个名字。只记得,数十天里,我宁静地走在那"朝"的途中。当然,我心中的朝圣,不是去看哪座建筑或是地理风貌,而纯属于对一种精神的向往和敬畏。我所有的朝圣仅无诚意机在净经自己的灵魂,使自己融入一团磅礴的大气而消融了小我。
>
> 更多的时候,我的朝圣都选择偏僻而冷落的所在。因为只有当自己拒绝了喧嚣而融入宁静时,你才可能接近值得你敬畏的精神。我曾许多次接近朝圣的目的地,却选择了远望静思,而后转身。因我朝的不是那几座建筑,或是那几尊佛像。不是。我在向往一种精神并净化自己,这也许是真正的朝圣。我心中的圣地,已不是哪个地域,而成为一种象征,一种命运不可亵渎或碰撞的所在。它仅仅是我的期待、遥望、向往的某种东西的载体。我生命中

---

① 有关雪漠研究宗教的自述,可参见他的《白虎关》后记,后来在《西夏咒》后记中他又再次引述了这段表白。参见《西夏咒》,北京:作家出版社,2010 年,第 440 页。

汹涌的激情就源自那里。①

这段文字后来又在《西夏咒》的后记里抄录过,可见他自己对这种宗教态度是十分认真的。

雪漠关于宗教态度的表述,并非只是局限在口头上,他的作品文本中也大量写到宗教生活,在《西夏咒》中,关于雪羽儿和她妈妈的故事实际上是宗教故事,琼、阿甲和吴和尚代表的宗教生活同样写得相当充分,以阿甲的角度叙述的《诅咒实录》则带有密宗与魔幻结合的意味。《西夏咒》在艺术表现手法上,就是把宗教,或者更准确地说,是把宗教传说、地域秘闻与拉美的魔幻相结合,故而它的艺术表现十分另类。这里面,宗教意识是它叙事的底蕴,也是它能走得很远、能够僭越的内在动力。

雪漠在宗教方面所投入的关注,并非只是一种专业爱好,而是来自他的生存现实,更具体地说,是他对死亡经验的感悟。雪漠在《狼祸》的序里写到他生在西部农村,那里的生活"是能感受死亡","用不着专注聆听,那哀乐声、发丧声、发丧的唢呐声、号哭者便会自个儿来找你;老见花圈孝衣在漠风中飘,老听到死亡的信息……"当然最让雪漠内心触动的是他弟弟的死亡:"弟弟的死,很大程度上修正了我的人生观,并改善了我的生存质量。掩埋了弟弟不久,我的卧室里就多了个死人头骨,以充当警枕。它时时向我叫喊'死亡!死亡!'……"②个人直接经验在文学写作中可能具有不可替代的作用,不管我们如何强调文学的虚构能力和天分才华,直接经验给予的那种与生命融合一体的创作源泉,将是文学作品内在精神的底蕴。在这一意义上,雪漠之所以能够沉浸于他书写的那种生命状态,在于他的思维和想象也被宗教情绪所渗透,因而他才有勇气越界,才有那种神灵附体般的书写,才有对那种抵达极限状态的书写。雪漠的写作经验也确实让人感悟甚多,汉语

---

① 雪漠:《白虎关》,上海:上海文艺出版社,2008年,第520页。
② 雪漠:《西夏咒·后记》,《西夏咒》,北京:作家出版社,2010年,第436页。

小说在今天还有雪漠这样的执着的作家,他是一个有着灵修经验的作家,佛教讲究不执,或许灵修之后,他会放下不少,但对于文学却始终不渝。汉语文学今天要超越旧有秩序规范显得何其困难,要走出自己的当代道路又需要何等的执着,这是雪漠作为一个作家的境遇(想想谁能多年来在卧室放着死人头骨呢?),也折射出中国文学另辟蹊径的当代境遇。

确实,在当代中国小说中,宗教情绪是一种较少见的写作底蕴,这是中国文学与基督教文化中的西方文学的显著区分所在。即使自现代以来,尼采宣告"上帝死了",但宗教精神和情绪在西方文学中所起到的作用无疑是极其深刻而强大的。不用说托尔斯泰、陀思妥耶夫斯基这类古典作家,在艾略特、卡夫卡、普鲁斯特、乔伊斯、卡尔维诺、巴思……这些现代作家的作品中,宗教也都以不同形式起到内在思想精神的支撑。但中国没有以教堂、经卷、仪式崇拜为主导形式的宗教,在漫长的革命年月,宗教都作为封建迷信被扫除干净,1990年代以后才有所复苏,但也只限于那些宗教——主要是佛教传统深厚的地区,如西部地区,宗教才与人们的日常生活发生密切联系。对于大多数中国作家来说,宗教作为写作资源可能是一种比较外在因而也比较困难的形式。

这对于中国作家来说是一道难题。现代中国小说,以民族国家的启蒙意识为文学作品的思想内涵;1980年代,历史反思和现实批判构成了思想动力;1990年代直至21世纪初,文化与某些现代哲学成为文学的思想底蕴;但21世纪必然是一个哲学与思想终结的时期,文学作品内在性从何处获得思想底蕴,实在是一个普遍性的难题。后现代主义提供的解构方案固然可以作为一种方式,但那也是依附在传统或现代思想上获取思想冲力的做法,如果没有高妙手法,也容易枯竭和厌倦。对于文学作品来说,固然每一种写作、每一次写作、每一个文本都可以从具体的叙事中提取思想,但一个时代需要大的思想基础,需要基本的思想资源。现在也有人经常拿托尔斯泰一类作家的人文关怀作为标准,托尔斯泰有他的文化背景和宗教信仰,中国作家要抵达彼时的那种思想是行不通的,虽然他们可以从中汲取某些思想资源,但不可能照搬,还是要在自己的生存现实和个人的经验中获得精神动力。这就是21世纪中国作家被给定的命运,实际上也是包括西方文学在内的当代所有文学的困难所在。

也正因此,宗教情怀在中国当代还有新奇性,可以产生意外,可以开辟出个人独特的道路。甚至像阎连科这种惯于强攻的作家,在2011年也写出了一部难以出版的小说《四书》,这部作品显然是以中国的传统为背景,与西方基督教的《圣经》来对话,宗教情怀极其浓厚。对于阎连科来说,写作这样的作品已经不是为了发表,甚至他写作时已明知不能发表。同样令人奇怪的是,中国作家一旦表达宗教的关切,写作就要走向极限,就要僭越。反过来说,他要越界、要抵达极限,就要借用宗教情绪,就要神灵附体。只有附体的写作,才让他可以摆脱现有的羁绊,可以飞翔,可以穿越,可以逃离。

固然,不管是雪漠还是阎连科,在中国文坛都算是走极端的作家。阎连科一向走极端,但他确实是一个极端叙事的硬汉,在叙述方法和修辞表述上,可以做得相当精当。而雪漠凭着神灵附体让他的《西夏咒》走了极端,又以宿命通的感悟让《野狐岭》出生入死,显然,这种经验也不能普遍化。雪漠依托于灵修经验,不能说他找到了自己的写作道路,他的《西夏咒》显然还有不少问题,例如关于"汝勿杀人"的绝对性问题、关于小说叙事的时空任意重叠问题、关于语句修辞的准确性以及关于反讽的恰当性等问题,雪漠的小说还是有诸多值得斟酌和打磨的地方。他的《野狐岭》对农民暴动历史的重新审视不见得恰当,现实化的生活记忆与神鬼非现实化如何混合,也值得再加推敲。尽管如此,雪漠的《西夏咒》和《野狐岭》无疑是不可多得的富有挑战性的作品,他叙述上的那种丰富多变,对人物的富有张力的刻画,对时空重叠的处理和修辞性的反讽(我说过这方面有些地方还不尽如人意),都显示出这部小说不同寻常之处。这样的小说出自西北某个偏僻角落的作家之手,既令人意外,又在情理之中。当代中国文学要开辟自己的道路,要以小说的方式意识到自己的历史境遇和当下命运,并非易事。雪漠以他对天地的虔诚、对生死的敬畏,以他靠近生命极限处的灵修体验,获得了神灵附体般的迷醉和酒神狄俄尼索斯式的迷狂。他为当代小说呈现了独异的文本,这与其说是一种敞开,不如说是一种关闭,因为这样的写作也仿佛是一种咒语,一种终结的咒语。只有咒语般的写作才能给出自己的内在生命经验——向死的经验。这样的写作当然也走到了尽头,这就是在道路尽头的写作,宿命通的意义在于:只有尽头的写作具有当代性,可以感悟当代写作的境遇。

(2017 年 5 月 16 日改定;原载《人文杂志》2011 年第 4 期,收入本书时有较大改动。)

第十三章 "歪拧"的乡村自然史
——《木匠和狗》与现代主义的在地性

> 没有什么是不能被他创造的
> ——从人性到自然……都是如此。
> ——赫尔德(Herder)

中国当代小说一直在现实主义的旗号下谨慎行事,客观冷静、忠实真实乃是最高的艺术评价,白描也一直是让人们赞叹不已的高妙笔法。1980年代初期,欧美现代主义浪潮涌进中国,开始有"意识流"小试牛刀。1980年代中期,在"实现现代化"的时代精神鼓舞下,欧美现代主义哲学思潮和文学开始发酵,对中国作家产生直接冲击,并且有了不俗的成果。所谓"85新潮"就是中国现代主义运动的一个小高潮,而"现代派"和"寻根派"则扮演了前卫的角色。很显然,莫言的出现,突然搅乱了"现代派"和"寻根派"的局面,他显现出的爆发力,在当时显示出的高昂激情,怎么看都有某种错位和不协调;就像当时崔健那么激烈的新长征摇滚一样,那种热烈和狂欢,分明内里是压抑在作祟。但莫言的怪模怪样完全被他乡土中国的原色调遮蔽了,就像崔健舞动那面红旗,让人看不清情绪的真相。多年之后,我们来看莫言的创作,怎么看都觉得他的怪异之处实在是太多,且太过蹊跷:他那么土,土得掉渣;他那么现代主义,神龙见首不见尾。别人都以为他自由放纵,实则诡异莫测、变化多端,也无法被规整安置。把莫言放在什么格式下、什么主义、什么体系中来解读都显得捉襟见肘,勉为其难。莫言的内涵实在太过丰富,王德威就感叹:"千言万语,何若莫言"!尤其有意义的是他身上包含着相当丰富的文学史蕴涵,重要的作家、有创造性的作家,是引领了文学史的变革的。就像斯宾格勒所说,有力量的领着命运走,没有力量的被命运拖着走。有力量的作家就是领着文学史走,没有力量的只好随波逐流。上世纪八九十年代以来,中国文学变革尤为剧烈,此一时彼一时。归结起来,最为内在的变革,其实还是对欧美现代主义的回应作出的创造性转化。需要提起的是,八九十年代以来,对欧美现代主义回应最为得力的曾经是马原、残雪、王朔、苏童、余华、格非、孙甘露等人,但 1990 年代以后,潜在、自觉而持续地探索现代主义在中国的落地的作家却是莫言、阎连科、刘震云、阿来这些人。马原、格非们确实有着非常鲜明的观念和方法,有着更为充分而坚实的现代主义经验,故而他们都曾经以最为激进的观念或形式回应现代主义,但他们后来或是放弃了现代主义,或是走了一条重建个人风格的道路。莫言、阎连科和刘震云却是几个身陷乡土中国泥泞里的作家,他们何以能如此搅拌现代主义,而且弄得最为恰切,弄得花样百出,弄出了中国味道!?这里面包含着什么样的玄机?是否喻示了当代中国文学变革、创新、拓路的秘笈?显然,这里面层层叠叠,混沌一片,要解开并不容易。令人惊异的是,莫言有篇短篇小说《木匠和狗》,却有可能隐含了诸多秘密,它讲故事的方式,故事的交错、断裂与变异,呈现出的乡村中国的自然史,隐喻和象征……所有这些,不只是表明莫言本人小说创作艺术的多样变化,同时表明中国文学(小说)在突破旧有的现实主义创作规范、回应现代主义文学观念时所作出的自主性探索。它本身以不拘一格的表现形式,体现了中国当代文学变革的延展范围,表明中国当代文学在重新规划本土、传统与世界文学经验的关系,尤其是那种内化重构的深度及其越界的能量。所有这些,都必须回到文学文本中去阅读和分析,文本形式的那些关节、那些有力量和反常规的技巧处理方式,其实都在文学史变革进程中铭刻下印痕,文学变革的轨迹并不只是观念性的,重要且有效的是,它由文本的艺术形式来形成最有本体性、实在性的谱系。这也是为何我们如此重视莫言的这篇可能是不经意写下的短篇小说,正因为其不经意,或许更能显现历史之无意识——它是历史自在自为地而又不得不如此抵达的境地。

一 叙述的变异、钻圈与穿越

《木匠和狗》发表于《收获》2003年第5期。此前莫言已经完成了他大部分最重要作品的创作,出版了《红高粱家族》《酒国》《丰乳肥臀》和《檀香刑》,已经可以被称为"大作家"。但莫言自己并不这样自诩。2003年8月,新浪网的读书节目就独家采访莫言,莫言辩解自己"不是一个大作家",甚至直言不讳,说在20年的创作历程里面,"也有很多事情,有一些小说,我认为也是不及格的",这当然是过谦之辞。莫言在这一年发表的数篇小说,例如《拇指铐》,都是相当诡异的小说。我们或许会去追问,这一年莫言何以怀着这种心境来写这种小说?他在这一年遭遇到了什么样的事情,需要他以这种笔法来写这样的小说?作些比附性的求证或许会让我们有所收获,也会有一些解释效力,加深对这篇小说的理解①,但我宁可从小说的艺术形式所折射的寓言意义去理解它所具有美学意义。

这篇小说当然秉持了莫言一贯善于讲故事的风格,但如此短的篇幅里故事转折如此之多,缠绕、折叠、插入,叙述仿佛具有了钻圈穿越的功效。在莫言所有的作品中,像这样复杂、变化多端和玄机四伏的小说实在不多见,甚至可以说这是莫言作品中最为玄奥的作品。一个写了那么多厚重的长篇小说,且作出姿态要回归传统和民间的大作家,何以

---

① 比如说这一年莫言因为刚出版的《丰乳肥臀》而遭遇明枪暗箭,这两年的心绪难免有所烦闷,写下一些有"狠劲"的小说表达潜在情绪也未尝不可理解。

又要在故事讲述方式,也就是小说的形式方面弄出如许花样?——尽管说它可能是浑然天成、一气呵成。

这篇小说讲述一个村庄里的故事,管大爷常去木匠家里看他们爷孙三代人锯木头,木匠对管大爷的到来爱理不理,管大爷却执拗地要与木匠祖孙三代人套近乎,抓着所谓的贤侄钻圈要说个"木匠和狗"的故事。木匠的故事还没有讲几句,就讲到他爹管小六捕鸟的故事,并且占据了大量篇幅,捕鸟的故事又引出爱吃鸟喝酒的书记的故事。管小六的故事足以引人入胜,故事却不往下讲,管大爷话锋一转:"钻圈贤侄,我给你讲木匠与狗的故事。"小说甩下这一句却又是一转:

> 钻圈老了,村子里的孩子围着他,嚷嚷着:"钻圈大爷,钻圈大爷,讲个故事吧。"
>
> "好吧,那就讲木匠和狗的故事吧。"钻圈说,"早年间,桥头村有一个李木匠,人称李大个子。他养了一条黑狗。浑身没有一根杂毛,仿佛是从墨池子里捞上来的一样……"

颇为蹊跷的是,小说到这里再来一个转折,"那个嗵鼻涕的小孩,在三十年后,写出了《木匠和狗》",这才带出木匠和狗的完整故事。

很显然,这篇小说的讲述方法,或许未必要用"现代主义"或"后现代主义"来解释,在中国传统小说中,"按下不表"和"话锋一转"早已是十分通行的习惯。尽管这两种方式是古代话本小说或者章回小说里常见的方式,但莫言用得确实巧妙。这个巧妙就是略微的歪拧,"按下不表"随着"话锋一转"实则是歪拧到另一个方向、另一个错层。这样的歪拧在小说内里包含着有力道的转折,却看不出用力,自然而不留痕迹,巧妙且洋溢着游戏精神。那个管大爷何以唠叨着要把自己父亲的故事讲与他的所谓贤侄钻圈听呢?何况"俺爹的下场,吓破了我的胆",管大爷几乎是一个强行"说故事的人"。说着说着就说到别处,说到歪处,始终不得要领,几乎都是"歪理邪说",故事却一样的我行我素、趣味无穷。正如王德威所说:"莫言敢于运用最结实的文字象征,重新装饰他所催生的乡土情境,无疑又开拓了历史空间无限的奇诡可能。"他甚至可以用最写实、最土气的讲述去表现"小说家不断越界的嘲仿"。①

管大爷作为一个讲述者,不只是把握不住自己的要领,他实在是饶舌,几乎是追着钻圈讲(也是钻着圈讲)。这篇短篇小说竟然动用了三个讲述人。其一是钻圈大爷,整篇小说其实是他的讲述,几乎等同于作者;他是亲耳听到管大爷讲述故事的人,也是一个转述者,但只是一个象征性的讲述者。其二是管大爷,他是具体故事的讲述者,实质性的讲述人。其三是那个"咂鼻涕的小孩",30年后他把钻圈大爷讲的故事写成小说。这三个讲述者,既是套中套式的讲述,也是钻圈式的讲述,或许更像是歪拧而拼合起来的讲述。其实小说开篇就作了暗示和隐喻:"散发着清香的刨花,从刨子上弯曲着飞出来,落到了地上还在弯曲,变成一个又一个圈。如果碰上了树疤,刨子的运动就不会那样顺畅。"②从叙述的层面来看,钻圈是钻进管大爷的圈套了。但钻圈又重述了管大爷的故事,他从管大爷的那个圈里钻出来,又把管大爷的故事装入了他的故事圈套。作为一个讲述者,钻圈只是一个虚的作者,他的转述几乎只有一句话,只有那个小孩写下钻圈讲述的故事。这个钻圈"变成一个又一个圈"。在这里,经历了讲述—转述—写作的三级转换。只是钻圈并不是那么顺畅和严丝合缝,而是在"歪拧"的结构中颇为荒诞地凑合在一起。

"歪拧"这一概念我在数年前曾经在一篇短文里用过,是我重读巴金的《憩园》时注意到的一个概念。日本作家堀田善卫认为中国小说结构上有"平板之嫌",对此,日本学者坂井洋史则试图从《憩园》中发掘出复杂的结构关联。传统作家大都不赞成过于复杂的结构,也不欣赏作家过多的主观性介入造成小说结构上失衡。大江健三郎就是如

---

① 王德威:《当代小说二十家》,北京:三联书店,2006年,第218—219页。
② 《木匠和狗》,参见莫言《与大师约会》,上海:上海文艺出版社,2009年,第377页。

此,他担心作家主观介入太多,会出现损害文本整齐性的"歪拧"。①这一"歪拧"的说法,大约来自于此,可见大江健三郎并不赞同"歪拧"。但坂井洋史却为"歪拧"辩护,他在《〈憩园〉论——"侵犯"与花园的结构》一文中,就分析了《憩园》的复杂结构。但他还只是着眼于在结构层次上分析"歪拧",最终抹平了《憩园》的"歪拧",实际没有坚持"歪拧"的艺术表现力。② 我对《憩园》的分析是要发掘出巴金小说中作者介入的心理感受和人物性格方面构成的歪拧,试图阐明:"在结构上的失衡、套中套的脱节、人物的不可融入关系、叙述人的自责与不安……所有这些'歪拧'都表明作者在这次写作中不想控制文本的整全性,他想放弃作者的主权统治。"③

比之《憩园》,莫言这篇小说的"歪拧"有过之而无不及,在讲述方式和结构层次连接方面,在人物的行为和语言方面,在表现的乡村生活内容和方式方面以及其中体现出的人伦价值方面,都明显偏离了常规的、正常的、习惯的规范秩序。乡村生活被歪拧了,人物关系被歪拧了,小说结构被歪拧了,小说叙述(叙述和写作)被歪拧了,小说结局也被歪拧了……再仔细深入分析下去,被歪拧的还不止这几项。当然,只要小说的方向被歪拧了,其后的东西都会被弄歪,关键要歪拧得顺畅自然,而这篇小说做到了,做到极致了。

莫言曾经十分高调地强调小说结构的重要性:"结构从来就不是单纯的形式,它有时候就是内容。长篇小说的结构是长篇小说艺术的重要组成部分,是作家丰沛想象力的表现。好的结构,能够凸现故事的意义,也能够改变故事的单一意义。好的结构,可以超越故事,也可以

---

① 参见拙文《现代小说的"歪拧"面向——〈憩园〉的另一种解读》,《文艺报》2011年11月16日。

② 该文收录进坂井洋史的《巴金论集》中文版,上海:复旦大学出版社,2013年。

③ 参见拙文《现代小说的"歪拧"面向——〈憩园〉的另一种解读》,《文艺报》2011年11月16日。

解构故事。前几年我还说过,'结构就是政治'。如果要理解'结构就是政治',请看我的《酒国》和《天堂蒜薹之歌》。我们之所以在那些长篇经典作家之后,还可以写作长篇,从某种意义上说,就在于我们还可以在长篇的结构方面展示才华。"看来,莫言很早就意识到并且一直就在经营小说的结构。他在叙述上的"歪拧",必然引发结构上的"歪拧"。或许文本就已经隐含了结构上"歪拧"的态势,里面的人物、行为和生活都发生了"歪拧"。

确实,这篇小说讲述的方式如此不同,与莫言过去的小说也十分不同,与中国经典现实主义的表现方法更是大相径庭。这篇小说看上去杂语混成却又错落有致、凌乱破碎却又张弛有序、东拉西扯却又气韵横生、简单平易却又诡异多端……看上去简单易行的歪拧,就是那么偏斜了一点,莫言还是我行我素讲着他的高密东北乡那些陈芝麻烂谷子的故事,但内里却足以包含诸多现代主义乃至后现代的要素和方法。最土的、最朴素的、最原生态的乡村生活,被"歪拧"了一下,何以就变了调、变了味,这实在是耐人寻味的事情。我以为在表面随意杂乱的叙述中,至少有以下几个方面是值得探究的:

其一,复调与杂语。这篇小说最显著的特征就是叙述的多声部、多音调和多转折。一篇短篇小说有几个人在讲述,并非《罗生门》式的明辨真假,而是要"换个说法",唠叨的管大爷、虚设的钻圈大爷、嗵鼻涕的小孩,小说呈现出几个声部、几种声调。他们讲述的声调和方法都不尽相同,尤其管大爷并不是一个称职的讲述者,他唠叨而啰唆,东拉西扯,闲言碎语,杂语纷呈,说着说着就岔开去,由木匠和狗的"绿油油的血",说到死,说到棺材——管大爷把"发财"迅速和棺材联系在一起,几乎是兴高采烈地说到做棺材:

> "我要是发了财,"管大爷目光炯炯地说,"第一件事就是去关东买两方红松板,请大弟和二叔去给我做。我一天三顿饭管着你们。早晨,每人一碗荷包蛋,香油馃子尽着吃。……"

做棺材是一件大事,甚至是喜事。中国人信奉"未知生焉知死",对死怀有深深的避讳,但却对棺材,俗称寿材,有着某种近乎敬畏的尊崇。但是,管大爷在这里对钻圈贤侄说要讲个木匠和狗的故事,在管大爷之上其实还有一个作者——从后面交待来看,这是钻圈后来讲述的故事,这个作者理论上来说是钻圈,实际上是作者本人。这个作者喜欢东拉西扯,再转向管大爷的讲述,这就扯到棺材,管大爷立即就来了精神头。"杂语多舌"几乎是莫言叙述的显著特征,从《红高粱家族》开始,他就有这个本领,在《酒国》里一发不可收拾,《第四十一炮》经常脱缰而去,《檀香刑》《天堂蒜薹之歌》或多或少还有所节制,《丰乳肥臀》《生死疲劳》相当放纵,到《蛙》已经很节制了,但也还是控制不住要由业余作者蝌蚪出来饶舌一番。他经常把他的叙述交付给语言,让语言任性地播放,杂语纷呈,插科打诨,过完了饶舌的瘾,再绕回来。莫言何以如此? 这在于他并不相信也不愿意讲一个四平八稳的故事,也并不认为语言可以完全及物。他经常要获得不及物的快乐,让小说回到叙述本身,让小说变成语言本身,甚至让语言变成声音本身,让我们在听,让我们在场。莫言在反对叙述声音中心主义的同时,也在制造声音多元主义。罗兰·巴特与雅克·德里达强调的可写性文本在莫言这里并不完全有效,他要做一个说故事的人,就要让小说被说出,让小说变成说出来的故事。

其二,折叠与错位。通过转换叙述人来连接不同层级的结构,"歪拧"的叙述其实也是在对小说结构进行折叠,把一个故事单元打住,折叠进另一个故事单元。所谓钻圈,也只有折叠起来才能钻圈。在如此短的篇幅中,管大爷的故事并没有讲完,他说他爹的下场吓破他的胆,但并没有讲到他爹管小六的下场,包括他奶奶咒他爹管小六"被鸟啄死",小说里也并未兑现。管小六的下场并没有讲完,准确地说是并没有讲出来,却变成讲李木匠的下场,是李木匠被管小六和黑狗设圈套活埋了。管小六的下场被折叠进李木匠的下场,甚至有可能更可怕。然而,为什么李木匠被活埋还没有到"吓破胆"的地步? 管小六还有更可怕的下场吗? 当然,也可以说是那个钻圈大爷或者"嗵鼻涕的小孩"改变了故事,本来被活埋的是管小六。30年后的讲述,就更加不可靠了。"嗵鼻涕的小孩"更愿意李木匠去死,他被活埋。这很可能是故事的错位,有意地改写了结局"下场"。

其三,空白与非完整性。这篇小说留下诸多空白,是小说的疏漏还是有意为之?或者是"歪拧"的叙述和结构不可避免地留下的裂罅缝隙?如德里达所说,文本自身在完整性这一意义上必然倾向于解构。这里无需作解构式的探究,只是有几处空白或隐瞒需要去追究。管大爷为什么在不受待见的情况下,还要蹲在那里看钻圈爷孙三代人锯木头?他为什么要喋喋不休地讲那些故事,特别是木匠与狗的故事?李木匠为什么不续弦?管小六捕鸟的故事跟木匠与狗的故事有什么关系?插入书记吃烤鸟儿的故事在文本整体上来看是出于一种什么意图?其实小说里讲了两个木匠和狗的故事,二者有什么关联?为什么小说没有交待管小六的下场?或许这些追究对于一篇小说并不特别重要,好小说也并不是事事都符合逻辑或者都可弄明白原委。何况在解构的意义上所有的文本都无法建立起自身完整的逻辑。过度阐释或许也可以勾连起蛛丝马迹,这取决于我们对于文本有什么样的目的。如此,多个叙述人和多文本的折叠或钻圈来展开故事,莫言并不在乎文本的完整性,这无疑与传统现实主义的小说规范严重抵牾。

其四,不可靠的讲述与不可讲述性。在莫言的小说中,一直存在讲述和写作的两种文本张力。莫言乐于经常在讲故事的人与写作者之间变换角色。也就是说,在他的文本中,有一种明显的在场讲述的注重声音的叙述,又有一种是有叙述的距离感的更具有书面文体的文本,甚至他经常以写成的手稿寄给莫言(如《酒国》),或者寄给其他作家(如《蛙》寄给日本作家杉谷义人)。莫言似乎对作为在场者讲述的文体更偏爱,对于"寄过来"的文本他声称是初学写作的人或者是不会写作的人写成的文稿。在这篇小说中最后对故事的完整表述,则是在30年后由"嗵鼻涕的小孩"来完成,刻意用"三十年后",显然意在表明时间已经过去很久了。是否记得真切?是否尊重原来的故事?恐都有疑虑。

另一点是一个"咂鼻涕的小孩",显然是在祛魅,把作家的权威性和确实性尽可能降低。在莫言的作品中,经常存在讲述和写作各行其是的状况,这也是莫言的所有小说在不同程度上都存在的"歪拧"的情势。他显然对作为讲故事者经常不满,故而他要"写作",写作"正经的"文体;但他也对写作不满,经常扮演一个"不会写作的人",例如《酒国》里的李一斗、《蛙》里的蝌蚪,《月光斩》里全文都是表弟发来的"伊妹儿"。这些人都是"初学写作的人",也就是"不会写作的人",但他们的作品或文字,在莫言的文本里,经常占据大量篇幅,莫言把这些"业余作者"写的东西,拼贴进他的小说里。他在戏弄写作本身,也是打破他的文本单一叙述的声音和写作风格,破坏严肃性的、完整性的文本建制。

莫言显然不是一个形式主义实验的热衷者,他的兴趣在于故事性,在于人物和生活的状态以及语言的快感。因为他的讲述弄"歪拧"了,他的小说在叙述和结构上生发出(当然是自然地生发出)这些形式的要素、关节、机制和功能,它们并不是独立于或抛离于故事性及文本内容,毋宁说是"歪拧"的直接产物。某种意义上来说,莫言要进入一种乡村生活,要说出一种乡村故事,他几乎是说不出来、说不下去,只好"歪拧"。从另一方面来说,他也只有"歪拧",才能说出他要说的乡村故事,他的高密东北乡独有的故事。这显然并不只是管大爷这个做儿子的人要说出他的父亲管小六的"下场"的故事,而是中国乡村"令人吓破胆的"故事。这到底是一个什么样的故事?何以要"歪拧"地说出这个故事?

二　乡村的自然史与废墟的寓言

莫言这篇小说究竟要说什么,实在是令人费解,与其去困难地猜测其主题意义,不如简要概括一下其要讲的故事。说起来,题名"木匠和狗",固然可以说这篇小说讲的就是这件事,但这只是一个题目,众所周知,小说题目与实际所讲未必完全相符。实际上,这篇小说的讲述者有一句关键性的表白,也就是他给要说出这个故事作的定性表述,即他要讲一个他爹的下场的故事。他爹的下场让他"吓破胆",他何以要讲出来?何以要追着钻圈讲?在小说的形式上,却是钻着圈地讲,钻进圈去讲。他爹管小六的下场却被隐瞒或被替换了,我们读到的是李木匠的下场。显然,这个下场是某种报应,但却是错位的报应,血淋淋的、惨烈无比。

这是一个悲恸的、恶的、创伤性的乡村故事。莫言擅长讲这种故事,尽管如此,我们还是要说,莫言讲述的乡村故事,不同于中国现代以来典型的乡村故事如沈从文的浪漫化的、怀乡病式的湘西记忆,中国社会主义革命时期的乡村斗争如柳青的被革命理念规划过的乡村想象,或者如陈忠实的沉积了传统和民间文化底蕴的乡村,再如贾平凹笔下的西北乡村,即使在破败中也还有人伦风情弥漫开来……莫言自己讲述的诸多乡村故事,那些生长着"透明的红萝卜"或是"白狗千秋架下"的乡村,有时还是有某种生命的主动气息透示出来,或者"自我"以某种方式介入到故事中。但在这篇小说中,作为讲述者莫言已经完全让位于人物,他更加追求客观化的小说世界,管大爷、钻圈和当年"咂鼻涕的小孩",这些人都不是理想的讲故事的人,甚至都不是称职的讲述者,或者东拉西扯,或者不愿讲,或者写下来(可靠吗?写作的快感与故事的真实性没有矛盾吗?)。但是他们构成了一种乡村的自然生活,他们在讲乡村的自然史。这就是要义所在。

乡村已经无法讲述自己的历史,管大爷或是钻圈大爷都未必讲得出来、讲得下去、讲得圆满,他们一再兜圈子,或是推脱不讲。乡村自己任性地过着自己的生活。那是冷淡的、恶的、有着向死本能的生活。只有面对死亡才是一件大事,一件需要去做的事情。管大爷成天忧心且盘算的是什么呢?不就是一口棺材吗?他看钻圈爷孙三代人在锯木头,不被待见还如此不厌其烦,支持他坚持下去的不就是对一口棺材的期盼和想象吗?只有这样的渴求会让他激动不已,或许真的是因为他爹看到李木匠被活埋没有棺材,管大爷最大的愿望就是自己到时会有一口棺材。这就是乡村生活,关于生与死,关于婚丧葬娶、耕作收获的故事。但在这篇小说中,显然没有乡村的积极的、蓬勃生长的、充满生机的生活(例如耕作和收获),那是人的生活、人伦的生活,是人的繁衍生活。而莫言这里所写的,则是乡村自在自然的生活,一切向着客观化生成,客观性地存在,并不被理想性烛照,并不按照人的愿望生成。钻圈爷爷对管大爷的冷淡表明邻里关系的淡漠,甚至里面可能隐藏着两家人的过节。只是管大爷腆着脸要去看锯木头,当他没来时,钻圈爷爷又有点怜惜,等他再次来时,也就是踢过一个草墩子,就算是表示了友善。但管大爷接着讲的故事却是惨兮兮的木匠和他的狗与狼生死搏斗的事,"绿油油的血……诸多的印象留在钻圈的脑海里,一辈子没有消逝"。

管大爷接着再讲的是他爹管小六捕鸟的故事,那是造孽的事:杀死成千上万只鸟,最后发展成用网子网,拿到集市上烧烤了卖。就连他妈都咒他:"小六啊,小六,你就作吧,总有一天让这些鸟把你啄死。"一个母亲这样咒儿子也少见,看来管小六杀生在乡村是多么恶的品性,母亲都认为他会遭报应。在这篇小说里,乡村的人伦关系并未表现出友善美好的特征,乡村的品性随意涌现出的大都是恶行。邻居那个黑大汉子,谁要跟他老婆说句话,就要遭他的怀疑嫉恨。他拖着老婆两只脚"在街上虎虎地走","老婆哭天嚎地,汉子洋洋得意"。小说笔法高妙,竟然不给人伦的美妙留下痕迹。木匠架不住女人苦苦哀求,要救小牛犊,他"又想起那只牛犊,缎子般的皮毛,粉嫩的嘴巴,青玉般的小蹄子,在胡同里蹶着尾撒欢,真是可爱"。这段描写显然暗含着隐喻,完全可以套用在女人身上(其实就是形容女人的形貌身姿)。黑大汉子不许别人与他老婆说话,有两种可能:一是他老婆颇有姿色,二是他老婆多有风情。李木匠想的岂止是牛犊?他对女人也是想入非非,况且他一直未续弦。莫言显得有些绝情,他不给乡村的人伦留下任何美妙的情景,宁可转到动物身上。他要从客观化的视角看到人的自然存在,人与动物存在的同一层级。这篇小说的本质就是写乡村里的人和动物——这就是乡村的自然史。

当然,自然史是一个相对的说法①,如何去书写自然史同样是一个相对的说法。自然史并不是指自然界的历史,在这里显然带有转喻的意义,指乡村生活具有像自然的客观性存在的那种形态和历史。乡村生活本身是人类的、社会性的生活形态,称其为自然史,是指它有着自身生长衰败的历史进程,能消弭人类施加的历史时间。自然史的表现有多种书写方式,莫言采用的视角是尽可能的客观化的寓言性表现方式。它让自然史以具有原生质感形态去存在、去自我生成,唯一的方向就是向死的方向,只有向死是明确的,其他的我们都无法知晓。这里使用"自然史"这一说法,是试图和本雅明构成一种对话,也由此来打开莫言小说的独特意义。本雅明把寓言性看成自然史的表达,反之,也可以说寓言表现了自然史的那些破碎的、衰败的和死亡的时刻,因为自然史无始无终,只有死亡的时刻是其自然要发生的终结(或节点?),寓言在自然史的那些令人震惊的时刻显现出其意义。

本雅明区别象征与寓言处理自然史不同的方式,这点正好可以帮助我们加深理解寓言和自然史的基本含义。他指出:

> 在象征中,自然被改变了的面貌在救赎之光闪现的瞬间得以揭示出来,而在寓言中,观察者所面对的是历史弥留之际的面容,是僵死的原始的大地景象。关于历史的一切,从一开始就是不合时宜的、悲哀的、不成功的一切,都在那面容上——或在骷髅头上表现出来。尽管这种事情缺乏全部"象征的"表达自由、全部古典的匀称,和全部的人性——然而,正是这种形式才最明显地表明了人对自然的屈服,而重要的是,它不仅提出了人类生存的本质这个谜一样的问题,而且还指出了个人的生物历史性。这是寓言式的看待事物的方法的核心,乃是把历史解作耶稣在现世的受难的巴

---

① "自然史"的概念是法兰克福学派特别关注的一个概念,本雅明、阿多诺、马尔库塞都有相关论述,以本雅明的论述为源头,形成关于"自然史"的颇为复杂也各不相同的阐释谱系。

洛克式凡俗解释的核心,其重要性仅仅在于其没落的不同阶段。意义越是重要,就越是屈从于死亡,因为死亡划出了最深邃的物质自然与意义之间参差不齐的分界线。但是,如果自然始终屈从于死亡的力量,那么,同样真实的是,它也始终是寓言式的。①

在这里,可以读出本雅明的基本意思:自然史并非自然界的历史,人类社会历史同样可以视为自然史;而且本雅明关注的正是人类社会历史具有的自然史特征,即人对自然的屈服,人的生物本性决定其自然的归属性。说到底,人的历史与自然平等、平行,它归于自然史,本来就归于其中。只是我们赋予人的历史以诸多的观念和理想性,使其独立和超越于自然史。本雅明之所以让人费解,在于他把人的历史放回到自然史中去,由自然的时间性决定其存在的方式。所以,本雅明把寓言看成自然史的巴洛克形式,正是由于自然与历史奇怪的结合,寓言的表达方式才得以诞生。

在这篇关于乡村生活的小说中,其实是写了人和动物的世界,更具体地说,是两个人和动物的故事:其一,管小六捕鸟(杀鸟);其二,李木匠和狗(相互残杀)。其实质则是把人和动物划归到同一层级,即自然这一层级上。在这里,人与动物的区别并不明显,动物也会开口说话,都具有人的某些品性,而人性并不见得比动物性更优越。管小六杀鸟,李木匠砍树,树也会流血。这是人和动植物共同的自然史,不幸的是,它们在这里都摆脱不了向死的命运。毋庸讳言,小说在这里显现出来的,都是自然之恶,自然趋向颓败和死亡。这两个故事并不相干,但管小六穿越到李木匠和狗的故事,这两个故事仅有的相同点就是死亡,管小六设圈套活埋李木匠。因为死亡的事件,他们才纠结在一起,这两个故事才被连接和重合在一起。但是,管小六要弄死李木匠的原因并不清楚,尽管小说最后李木匠喘息着说:"小六,小六,也好,也好,我现在

---

① 瓦尔特·本雅明:《德国悲剧的起源》,陈永国译,北京:文化艺术出版社,2001年,第136页。

想起来了,知道你为什么恨我了。"当然,这里只活埋了一半,可能最后并未活埋李木匠,但估计是把李木匠弄死了,否则管小六难逃一劫。显然,这个结尾使这个故事的内容变得更为扑朔迷离。

很显然,小说没有终极的统一性的解释,更没有完整和确定性的解释。它是破碎的和充满歧义的故事,这只是呈现出生活的废墟特征。在这一意义上,莫言的这篇小说可以视为本雅明意义上的寓言性写作。他在书写乡村的自然史,在把乡村生活当作自然史来书写,使之具有了寓言的意义。如本雅明所说:"历史呈现的与其说是永久生命进程的形式,毋宁说是不可抗拒的衰落的形式。寓言据此宣称它自身超越了美。寓言在思想领域里就如同物质领域里的废墟。"很显然,在这篇小说中我们或许找不到美,在人伦的社会意义上,与其说故事里的人和动物都处在生命的困境中,不如说它们都必然地趋向于绝境,为死的必然性决定,都要走向废墟。管小六设圈套挖好的墓穴,难道不是本雅明意义上的生活进程中的(历史的)废墟吗?

三　恶的伦理或万物为刍狗

莫言对乡村中国生活的表现有些灰暗消极,这与乡村在文学作品中总是呈现出的温馨美好的形象实在相去甚远。但中国许多作家把乡村写得诗情画意,写得温情脉脉,实则投射了他们太多的想象和乡愁情绪。关于故乡,那样一个回不去和再也不会回去的地方,几乎绝大多数作家都乐于把它写得美好,寄予自己的怀念和情怀,就像纪念一个死去的亲人。显然,关于故乡,关于中国乡村生活,已经被中国作家定格在一种格式中,莫言、贾平凹、阎连科以及刘震云这些地道来自乡村的作家,却总是去写出乡村的另一面,他们更少理想化的想象,更少美化和主观化。我们固然不能说他们写的乡村和故乡更加真实,但他们确实写出了一种更加具有原生态的乡村生活,更多地关切乡村的苦难和病痛。当然,这与他们的个人经验相关,莫言曾经说过,他出生的房子

"又矮又破,四处漏风,上边漏雨,墙壁和房笆被多年的炊烟熏得漆黑"。出生在一个大家庭里没有人管他,他几乎是悄悄地长大。他"小时候能在一窝蚂蚁旁边蹲整整一天,看那些小东西出出进进"。他说,"作为一个地地道道的农民在高密东北乡贫瘠的土地上辛勤劳作时,我对那块土地充满了仇恨。它耗干了祖先们的血汗,也正在消耗着我的生命。我们面朝黄土背朝天,付出的是那么多,得到的是那么少。我们夏天在酷热中挣扎,冬天在严寒中战栗。一切都看厌了:那些低矮、破旧的茅屋,那些干涸的河流,那些狡黠的村干部……"莫言说,他当年想,假如有一天离开这块土地,他不会再回来。当然,莫言后来表示,当他当兵几年回到家乡,看到老母亲和其他亲人时,也忍不住热泪盈眶。①

不论如何,我们可以认为莫言记忆的家乡或中国乡村至少有他自己亲历的直接经验,他看到更质朴、更直接、更少被想象加工过的乡村生活,更乐意于去写乡村生活的粗粝贫瘠,去看乡村生活的艰辛、生命的卑微和无助,尤其是这里爱的缺乏与恨的肆意生长。无论如何,我们试图把握住莫言这篇小说里所描述的乡村生活的"自然史"特征,它不能完全等同于本雅明所说的"自然史",但无疑有着某种形态、气质和性状的相似性,比如,在客观性与超历史的时间性上、在向死的本能和废墟般的结局意义上,本雅明确实赋予了"自然史"形而上的意味。这也使我们在理解莫言表现的乡村那样一种生活的状态时,能看到其中反常和超常的本质。莫言曾经说过,他"把一般的生活上升到神话世界,让人的生活、人的命运在神话氛围里展开"②。这里的"神话"世界,也可理解为超现实的世界,它不是在真实性的及物关联中来建构表征

---

① 参见莫言《我的故乡与我的小说》,《当代作家评论》1993年第2期。引文参见孔范今主编《中国新时期文学研究资料·乙种》,《莫言研究资料》,济南:山东文艺出版社,2006年,第23—25页。

② 参见莫言、陈薇、温金海《与莫言一席谈》,原载《文艺报》1987年1月17日。引文参见孔范今主编《中国新时期文学研究资料·乙种》,《莫言研究资料》,济南:山东文艺出版社,2006年,第21页。

体系,而是不及物的、不现实的,这使它具有疏离的客观性,自成一格。"神话性"与"自然性"或许可以相通,它们共同作为一种隐喻性的说法,可以具有同一层级的客观效果。

莫言的作品经常在人伦情感或价值指向方面招致批评,如果从自然史的角度来看,则不难理解莫言的态度。在理想性的乡村叙事中,爱的伦理与美好的情感是其基本方面;而在莫言、贾平凹、阎连科、刘震云这几位作家这里,乡村的伦理经常地或主要地表现为不信任的态度,我们固然不能以反向的逻辑就此确认他们所写就是所谓的"自然史",也无法确证"自然史"的起源性逻辑,但可以以此作为一种理解的视域,去接近他们的那些作品、那样的文学世界。实际上,也确实只有在"自然史"的语境中(借用这个概念,依然是"概念"!),他们的伦理态度才能得到比较周全和充分的阐释。对于自然史来说,它只有自然存在的意义,不得不是"超善恶的"①。善与美确实是人类的理想性存在,而恶与丑似乎可以在自然史中获得客观性的存在,甚至更为客观化地体现了自然的自由表达。恶在"是其所是"这一点上,是自然的。在自然的存在这一意义上,自然可以表现出恶。因此,我们在莫言这篇小说里,在自然史的表现方面,恶的伦理随处可见,甚至还占据了表现的核心。邻里的冷淡,内里藏着的过节,狗与狼以及与人的恶斗、伐树、捕鸟、母咒子、子坑爹、家庭暴力、偷情,人狗反目血拼、邻里活埋……所有这些,都看不到友善的乡村伦理,相反,恶则随处可见。虽然莫言并未渲染大恶,但描写了偷盗(偷吃了那盘肉)、通奸(汉子动不动打老婆)、杀生(捕鸟及活埋李木匠),对于一篇短篇小说来说,也足以表明其伦理内容和情感基调。

显然,莫言关注"恶"多少受到他所欣赏的卡夫卡的影响。指出卡夫卡对"恶"的偏爱并非什么新见,他乐于把所谓感官世界的东西看成

---

① 这里借用尼采一本书的书名《超善恶——哲学序曲》,中文版可参见张念东、凌素心译,北京:中央编译出版社,2005 年。

精神世界中的恶。对于卡夫卡来说,"恶"或许是生活世界难以避免的东西。在1918年某天的日记里,卡夫卡写道:"对于我们来说世界上有两种不同类型的真理。我们可以把它们描绘成认识之树和生活之树,也可以说成行动真理和休息真理。在第一种真理中善和恶是分开的,而第二种真理并不是别的什么东西,它就是善本身,它对善和恶都是一无所知。对于第一种真理我们确实很熟悉,而对于第二种真理我们却只能去猜想,这是令人悲伤的景象。令人感到高兴的景象是:第一种真理属于瞬间,而第二种真理则属于永恒,因此,第一种真理也就在第二种真理的光芒里逐渐消失了。"[1]按照卡夫卡的设想,在生活世界中,善与恶存在一起,都是生活本身的内容,而生活本身并不能区别善与恶,而必须全部接纳,使之存在和发生作用。这一点也像自然史的观念一样,它们属于自然史本身的内容,并且始终以此方式存在。而被标为善的那种东西,则需要我们人类赋予观念和价值,只有和我们的评判相关时,其善的价值才会显现出来。这一点,表明卡夫卡深受克尔凯郭尔的信仰理念的影响。德国理论家彼得-安德雷·阿尔特认为:"由于人固守在感官世界里,因此他就必然生活在恶那里。而恶不允许他清楚地感知到自己的境遇只允许他感知到认识的表面现象。卡夫卡的许多文学作品都述及到这种对于善和恶的区分破坏。"[2]这一说法可能有片面之嫌,但也不乏片面之深刻,道出了恶与人的生活的内在联系。当然,阿尔特是在具体的文学语境中来讨论这一问题。阿尔特分析说,卡夫卡在作品中谈论的恶是其文学虚构的一个组成部分,对于更准确地界定恶这个概念,小说本身并没有提供一个明确的依据。当然,那些在我们的价值观和伦理观中可能被定义为"恶"的品性,对于莫言来说,可能就是生活中的一些破坏性力量。莫言并非出于什么观念来表现它

---

[1] 引述参见彼得-安德雷·阿尔特《恶的美学历程》,宁瑛等译,北京:中央编译出版社,2014年,第420页。

[2] 同上。

们,对于他来说,实际上就是出于表达的快感属性,它们更具有感官体验的能量而已。

莫言早年读卡夫卡的小说,例如《乡村医生》之类,主要是被那种荒诞感所震惊,这对于他的小说叙事是一次极大的解放。① 多年后,莫言已经回到高密东北乡,在更加本色自在的乡土生活里找到了更大的自由。他曾经表述过,促使他回到高密东北乡的契机是川端康成的那只"舔着热水的秋田狗"。回到故土的莫言还有一点温情和感伤,1987年,他发表《白狗秋千架》,那是一只"白狗",多少还有点"暖意",虽然那里面多有痛楚和遗憾。16年后,他再写家乡,那是一只"黑狗"在作祟。为了强调黑狗,他写了两只黑狗,一只与狼搏斗死去,另一只与人反目遭到杀戮。从"白狗"到"黑狗",这是怎样的创作心理的变化?又是怎样的美学的急变?"白狗"还是关于家乡的记忆,还是在他主观性经验介入的情境下的表现;而"黑狗"只关乎自然,只有黑狗与"恶"的客观史相联。如果说"白狗"是人的记忆的话,"黑狗"才是自然的绝对精神。黑狗是关于自然史的神话里的魔鬼。这几乎也可以看出福克纳的那种美国南方哥特小说的趣味及风格。

在这一意义上,我们也更容易理解莫言的其他作品,他总是有一种"自然的""神话的"相混合的意味。他的《檀香刑》可以那么毫无惧色地表现各式各样的酷刑,对于他来说,那是人类的自然行为,甚至只是"自然的"一种行为。固然在作品的整体意义上(以及客观效果上),莫言揭示了晚清帝国必然崩溃的命运、古老帝国统治者的昏聩和官僚的丑恶,也无情揭露了帝国主义列强侵略蹂躏中国人民的罪行。这些批判性的意向包含在整体的叙事中,它们在莫言不露声色的语词和自行其是的表达中一点点透示出来。他的《生死疲劳》表现了人变成动物的那种生命经验,人变成动物对于莫言来说并没有那么困难,因为他本来就是在自然史的视野里来看人类的活动。莫言形成这种看待人和自

---

① 莫言:《影响我的10部短篇小说》,北京:新世界出版社,1999年。

然的观念,无疑来自多方面:既有现代文学的直接影响,也有他自己幼年时就生长于山野田地之间的经验,当然还有中国传统思想和民间文化的熏陶。说莫言受到老子思想的影响并非无稽之谈,至少他们在自然万物的平等性这一点上是相通的。如老子所言:"天地不仁,以万物为刍狗。"古往今来,对这句话的解释始终语焉不详、多有争议。其实道理很简单,其基本意义无非是:天地无所谓仁道,对万物平等对待,视之如草芥;对于天地来说,万物都会枯荣衰败。这一思想就是宇宙万物平等论,正如恶的事物它也要表现出来,也要实现其破坏性,必然要实现破坏性。当然,所有的事物终究都要消亡。我们去责怪作家热衷于表现恶的破坏性是没有必要的,或许这类作家更冷静客观地提醒人们恶的事物的自然属性,它们必然要存在,并且必然要表现破坏性。人们唯有警醒,好自为之。

　　这也可以解释为什么莫言在众多的作品里表现人性和动物性的相通与互换,在他看来,他们同处自然之中,莫言总是用"自然史"的眼光来看它们的活动。所有人类社会的恩爱情仇,在莫言笔下,其实质都不过是自然的事物的相互关联,自然之恶固然存在,但人类又何从评价呢?《生死疲劳》的结尾,蓝解放将春苗的骨灰埋葬在他父亲那块著名的土地上。莫言描写说:"春苗的坟墓紧挨着合作的坟墓,他们的坟墓前都没有竖立墓碑。起初,这两个坟墓还有所区别,但当春苗的墓上也长满野草后,就与合作的坟墓一模一样了。"①后来还有老英雄庞虎、蓝解放的老岳母王乐云,他们的骨灰都埋葬在父亲蓝脸的坟墓旁边。这里面包含着他们在世时多少的男女之爱、阶级之别,然而归于泥土后,他们的墓地连成一体,一切都被在地的泥土和野草抹平了。莫言也忍不住重复那句古老的格言:"一切来自土地的都将回归土地。"这是莫言的世界观,是他的自然史观念决定了他的小说会以这种态度来处理人与人、人与动物的关系及命运。

---

① 莫言:《生死疲劳》,北京:作家出版社,2006 年,第 519 页。

四 中国现代主义的在地性属性

把莫言这篇小说和现代主义联系起来,应该不再会让人觉得勉强。表面上随意散乱与唠叨杂陈,内里却藏着诸多机关与力道;它看上去既无节制,也不深思熟虑,却折叠转换、钻圈脱身、无比巧妙。它的技巧是说不下去的那些无计可施,仿佛是精心布局,因为不留痕迹,反倒显出自然浑成的高妙。它确实令人匪夷所思,如此诡异多端,又仿佛只是返璞归真,随性所致。证明其是否是现代主义或后现代主义并无多少意义,实际上,现代主义及后现代主义,作为一项主义的命名,主要是具有文化思潮的意义,这种思潮已经不再具有变革的动力,这类命名已经没有必要性,也没有意义。只是在现代主义和后现代主义的理论体系里,形成一整套说辞,它对于文学作品构成了一种阐释背景,可以在一个巨大的谱系里来讨论,具体的作品可以获得已经形成的普遍性的基础含义。正如我们在本章前面所论述的,这篇小说当然可以在传统小说的名目下来阅读分析,也可以读出它的独特价值。同样,也可以着力于探讨那些叙述和结构方面的"歪拧"、折叠、钻圈、转折,等等,它可以在现代/后现代的语境里来阐释,可以释放更为丰富复杂的意义。怎么读示,只取决于个人趣味罢了,既没有学理的优先权,也没有作品本质化的唯一性。一篇小说在叙述上以如此方式处理故事发生的连接方式,随意嵌入以及交替和补充的方式,不妨理解为是现代主义以来的小说才有的方法,它放弃可靠性和绝对性,寻找重新讲述的形式,甚至不断重复,这与某些现代/后现代哲学(美学)思想不谋而合。

很显然,在莫言这篇自然与技巧如此奇异地折叠在一起的小说中,我们不只感受到乡村生活的自然属性,同时可以读出相当丰富的现代思想。在自然史意义上的归于一与讲述者任性杂乱的发挥,最终以一种跨越时间的重复讲述完成故事——如此做法,就小说具有的形而上冲动来说,实在是一种奇怪的回归和重复的运动。这种运动曾经被德勒兹解释为尼采永久回归的思想。他认为永久回归将不是引起一般的同一性回归的永久回归,"而是进行选择,既驱逐又创造,既破坏又生产的一种永久回归"①。不管是在莫言关于乡村自然生活的描写方面,还是在这篇小说的文本构成方面,确实有此品性。德勒兹更深入地论述了重复和差异:

> 真正的对立并不是最大限度的差异,而是最小限度的重复——被简约为二的一个重复,向自身发出回声、回归到自身的一个重复;已经找到了定义自身的手段的一个重复。
>
> 如果我们认为带有不确定性内涵的概念是自然的概念,那就能更好地理解这种情况。这样的概念总是在别的事物之中;它们不在自然之中,而在思考自然或观察自然、并为自然再现自身的精神之中。②

笔者之所以要在尼采和德勒兹的思想中来理解莫言这篇小说,只是想采取一种简要的方式确认其沟通现代思想及现代主义美学的可能性。无需作更具体的分析,莫言的这篇小说不只是在表面的形式技巧层面可以与现代主义相连,就是在最为极端的现代哲学思想方面亦可通融。尽管我们尤其强调莫言是有着极其深厚的传统和民间背景的作家,他的泥土和大地的品性如此实在,但我们同时说莫言的思想与现代主义或现代哲学相通,这也不会是夸大其词的。早在 1987 年,莫言就在他那篇后来影响甚广的《两座灼热的高炉——加西亚·马尔克斯和福克纳》中谈到了马尔克斯对他的影响:

> 《百年孤独》提供给我的值得借鉴的、给我的视野以拓展的,是加西亚·马尔克斯的哲学思想,是他独特的认识世界、认识人类

---

① 德勒兹:《重复与差异》,参见《游牧思想——吉尔·德勒兹 费利克斯·瓜塔里读本》,陈永国编译,长春:吉林人民出版社,2011 年,第 49 页。

② 同上书,第 52 页。

的方式。他之所以能如此潇洒地叙述,与他哲学上的深思密不可分。我认为他在用一颗悲怆的心灵,去寻找拉美迷失的温暖的精神家园。他认为世界是一个轮回,在广阔无垠的宇宙中,人的位置十分渺小。他无疑受了相对论的影响,他站在一个非常高的高峰,充满同情地鸟瞰着纷纷攘攘的人类世界。①

相比较于艺术技法,莫言更看重的是马尔克斯作品中所展现出的那种现代哲学思想,这才引起莫言看待世界和人类方式的深刻改变,也就是说,莫言因其非凡的悟性,把自己的哲学思想调整到新的高度。他在谈论福克纳的影响时也说道,最初让他注意的是艺术上的特色,但"这些委实是雕虫小技。后来,我才醒悟,应该通过作品去理解福克纳这颗病态的心灵,在这颗落寞而又骚动的灵坛里,始终回响着一个忧愁的、无可奈何而又充满希望的主调:过去的历史与现在的世界密切相连。历史的血在当代人的血脉中重复流淌……"可以说,莫言的思想、世界观不只是有传统底蕴和民间养料,还经受了欧美特别是拉美现代主义文学表达出来的现代哲学的激烈冲击。他能把传统、民间与现代主义的本性相混合,再重构出自己的世界观。

确实,莫言能把自己的在地性存在与现代主义的精神气质融合在一起,也就是说,他把中国的乡村生活,把传统、民间的内容形式和现代主义如此自然妥帖地糅合在一起,而且不留痕迹,这有助于我们去思考不了了之的中国当代的现代主义问题。

1980年代风生水起的中国现代主义文学运动短暂而粗浅,过硬的成果并不多,其困境在于:其一,当时的现代主义运动与现代化的意识形态相连,现代主义当然代表着最先进甚至激进的文学观念及其艺术形式,占主导地位的传统现实主义找不到与现代主义连接的关节,除非以激烈的思潮和变革行动来完成跨越。其二,现代主义代表着更为复

---

① 参见莫言《两座灼热的高炉——加西亚·马尔克斯和福克纳》,《世界文学》1986年第3期。

杂也更高层级的文学形式，它所表现的人物及生活都是"现代的"，而这样的人物和生活在中国当时的现实中却又并不普遍，这使绝大多数作家茫然无措。其三，乡土叙事、乡村生活及老派的现实主义叙事几乎与现代主义格格不入，二者几乎是隔绝于不同的文学空间。我们一直没有办法解决乡土叙事的现代主义难题，写乡土总是白描朴素，大多数情况下是老套简陋。莫言、阎连科、刘震云、阿来、贾平凹等人的乡土叙事（尽管贾平凹的情况比较特殊，但效果却是异曲同工），同样也是朴素自然，但却更接近泥土，几乎是与泥土混合一体，所谓"出水才看两腿泥"，他们踩在泥地里很深。因而他们在乡村的土地上，也是如鱼得水、随心所欲。他们首先是与乡村的泥土奋战，去写出乡村的历史与血脉。而后几乎是意外地、也是自然地与欧美以及拉美现代主义小说经验接通了命脉，中国小说因此获得无限生机。其内里猛然间爆发出巨大的艺术能量，迅速打通并混淆了乡村叙事与现代主义这两个隔绝的场域。当然还有其他作家的作品，只是他们几个人更为普遍和典型而已。

然而，现代主义在中国以如此自然的形式接通传统、民间与自然朴素的乡村生活，这确实是始料未及的，或许表明现代主义在中国具有在地性，亦即它有如此多的中国本土的原发性和原生态的内容，发生和完成的根基还是在其本地。在1980年代乃至1990年代，人们会把乡土叙事和现代主义作鲜明区别乃至对立。当年那么渴望"现代派"时，铆足劲也弄不出"合格的"的现代派（如被指责为"伪现代派"），1990年代初是传统回归的年代，先锋派、现代派都迅速式微，甚至销声匿迹。如今回过头来看看莫言的作品，其实早在1990年代，莫言和阎连科以及刘震云写下的作品，就已经越过了二者的界线，填平了二者的鸿沟（莫言在1980年代的某些作品亦可作如是观）。在新世纪初，莫言这篇简短的小说，几乎是在人们完全遗忘了现代主义的历史境遇中消化了现代主义，从而完成了现代主义。现代主义以其不存在的方式、以其幽灵化的方式，在文本中被招魂并显灵。罗兰·巴特曾经指出："每种写作都是一种回答这种有关'现代形式'的俄尔菲式问题的尝试：即无文学的作家。百年以来,福楼拜、马拉美、兰波、龚古尔兄弟、超现实主义者、凯诺、萨特、布朗绍或加缪,都设想过(或仍在设想着)促使文学语言完整化、分裂化或自然化的一些途径。但是代价并不是形式的冒险,并不是修辞学工作的结果或词汇的大胆运用。每当作家在探索一套复杂字词时,所质疑的正是文学存在本身。现代主义显示于它的多种多样的写作之中,这也正是其本身历史日暮途穷之时。"[1]罗兰·巴特列出的这个名单显然应该加上中国的莫言,而且莫言以及他的中国同道正是以意想不到的多种多样的写作,在中国的土地上完成了现代主义并且使之走向终结。

对于新世纪初的文坛来说,现代不现代已经完全不重要,甚至小说观念和方法都已经被遗忘。今天我们已经无法辨析现实主义、现代主义、后现代主义,不是因为理论贫乏,而是没有理论的冲动,没有理论回旋的场所。如今,现代主义确实已经过时,后现代主义也同样如此,不是因为别的,只是因为"主义"本身的终结。人们当然可以在"现代主义/后现代主义"的理论系统里来谈论问题,但它已经不具有理论/学理的优先性。也是在这一意义上,莫言的《木匠和狗》完全没有必要在现代主义的层面上来讨论,之所以我们还要在现代主义这一层面上提出并讨论问题,恰恰是来看中国的现代主义在当代小说中是如何完成和消逝的。它完成得如此自然和有效,消逝得如此不留痕迹,几乎完全消逝在中国的传统中,消逝在民间中,消逝在自然史中。

现代主义在中国作为一种思潮和观念已经终结,作为一种方法却若隐若现。莫言在这一年写一篇这样的小说——这种写作在他的作品中并非是俯拾皆是——对于他或许是随性所致,却也未必轻而易举。这一年他还有一篇小说《拇指铐》,无疑是向鲁迅致敬的作品,但也没有人会怀疑它是现代主义表现手法极其充足的小说。这一年莫言何以要重新捡起小说的艺术形式,重温已经冷却的现代主

---

[1] 罗兰·巴特:《写作的零度》,李幼蒸译,北京:中国人民大学出版社,2008年,第32页。

义"高炉"①,也并非难解之谜,至少我们可以说,莫言在这一年发表的这两篇小说都是在艺术形式上最用力的小说,这也表明莫言对于中国小说与现代主义及世界文学经验重新进行对话的努力。莫言此举至少在提醒我们,中国的现代主义不了了之并不表明我们完成了现代主义,也不表明我们可以完全放弃现代主义。在与世界文学经验对话与在传统、乡土和现代主义之间确认自我上,中国文学还有许多可为之事,甚至"歪拧"一下就可开掘出一条秘密路径。那个叫作"莫言"的人,一直在默默地做着一些事情,他并不想告诉我们秘密,他的作品唠叨,同时又是缄默和关闭的,就像这篇叫作《木匠和狗》的小说中,那个木匠在被活埋时才意识到什么。意识到什么呢?他真的意识到了什么吗?许多年前布朗肖说:"一部文学作品,对于懂得深入其中的人来说,是一段沉默而丰盈的停驻、一种坚固的防御和一堵会说话的无边界的高墙;它走向我们,并让我们离开自己。如果在原始的西藏,圣迹不再被揭示,整个文学便宜停止讲述,是缄默带来了缺失,也许正是缄默的缺失显现出了文学言语的消亡。"②朗西埃对这段话颇有兴致,甚至把它作为今天重新辨析文学的绝对性的范本来分析。对于我们来说,这段话只是提醒我们,那些缄默和关闭的文本,可能包含了某些深远的启示思想。在我们渴求提升中国小说的艺术水准,要与世界小说经验(包括现代主义和后现代主义在内)接轨时,可能就在创造世界小说的新的经验;在我们执着于要回到传统、民间、本土时,可能正在重构这些东西,把它们纳入世界的体系之中。在今天,所有在地的,也就是在世的;所有在世的,必然要在地。这需要我们重新回到文学本身,回到中国文学走过的路径。

(2016年仲秋改定于北京大学人文学苑)

---

① 莫言曾经把马尔克斯和福克纳称为他要躲避的两座"高炉"。

② Maurice Blanchot, *Le livre à venir*(《未来之书》), Paris: Gallimard, 1959, p.267. 转引自雅克·朗西埃《沉默的言语》,臧小佳译,上海:华东师范大学出版社,2016年,第6页。

第十四章　我们为什么恐惧形式？
——传统、创新与现代小说经验

中国当代文学理论和批评往往贬抑形式探索,在把小说形式视为外在之物时,又担心它所携带的"西方的""外来的"影响(这说明形式根本就不是外在的)。我们一直赞赏那些"看不出"形式意味的、回归传统的作品。与1980年代颇为不同,1990年代以来,中国小说确实有一个恢复传统的趋势,也因此取得了实绩。但久而久之,中国当代小说与世界其他国家(尤其是西方)的现代小说经验渐行渐远。今天的汉语小说要突破自身的局限性,要有新的创造,可能还是要最大可能地汲取西方现代小说的优秀经验。对《繁花》《老生》等作品的探讨表明,虽然西方小说早已成熟,但中国的汉语小说还未获得充分的现代形式,对此中国作家还有一种不肯罢休的劲头;考察当代小说让我们对传统与创新的关系有更深刻的认识,汉语小说创作不只是要从旧传统里翻出新形式,也能在与世界文学的碰撞中获得自己的新存在,从而介入现代小说的经验。

2014年的中国小说创作波澜不惊,没有令人耳目一新的作品——或许如今我们的耳目不再能"一新",或许我们的耳目已经麻木;再不就是为陈规所囿,我们不能感受到2014年中国文学发生的变化,也不能从中发现到什么新奇的东西。中国当代文学批评已经为"批判"的主体性张扬搞得晕头转向,不能睁眼看看文学作品,看看世界现代以来的文学潮流。1980年代,黄子平说:"文学被创新这条狗追得满街跑,连撒尿的时间都没有。"1990年代以后,中国作家是被批判这只"狼"追得满田野里乱跑,连喘口气的时间都没有。我们批判作家,要作家批判社会,要作家去重新祭起"恨"的大旗。固然,在中国强大的社会转型时期,作家书写底层、批判社会、悲悯弱者,这是必要的,但是中国文学就像中国社会一样,总是要寻求某种真理的。然而文学一旦彰显自己批判社会的价值观,就要以批判为唯一要义;文学只要有"批判",作家就有道义担当,作品就有人道关怀,文学就建立起社会正义。这些年,人们热衷于讨论文学伦理和批评伦理,文学及文学批评几乎要被划归到社会学和伦理学的名下,但是批评的伦理和文学的伦理一样,只有在美学的意义上才有真实的意义。一部文学作品只有在美学原则下的表达,才具有文学的伦理学意义;文学批评也同样如此,其伦理信念也只有在合乎美学规则的意义上,才能构成文学批评的伦理。

其实是我们已经遗忘了文学/小说形式的意义。先锋文学自1980年代发轫已然过去了30年,1990年代以来的很长时间里,嘲讽先锋文学的形式已经变成文学批评的睿智表现之一,如果批评家要表现得有现实感或道义责任,或者对小说艺术有高深莫测的领悟,似乎只要反思或嘲弄一下先锋小说就可以。实际上,除了极少数作家在小说艺术上不断琢磨,不断突破形式的既定模式,不断挑战自我的套路,1990年代以来的中国小说(普遍地来看)在形式上乏善可陈。绝大多数中国作家没有形式感,没有与世界文学已经取得的艺术经验直接对话,因而不知道现代文学已经发展到何种程度,甚至逐渐形成了这样一种"共识":中国小说有自己的传统,可以走自己的路(由他们说去);这与1980年代对待现代派热烈追踪的态度天壤之别。可是,时过境迁,后者只能引人发笑了。所幸的是,2014年出版的部分长篇小说,又让我们看到小说艺术形式的生机,尽管这些形式未必十分完美——形式一旦惹人眼目,总会是不完美的。但形式意识在当前小说创作中有所抬头,这意味着什么呢?或许意味着当代中国小说到了再不突破旧有的形式局限就难以为继的地步,或许还表明当代中国小说到了不破不立的地步。

如何去寻求自我更新的机遇呢?文学批评至少应该清理出一条道路。①

一 老到的体式眷顾传统

说2014年的小说有些形式意味,主要也只是指几部小说有此特征。如贾平凹的《老生》,用《山海经》作为导引,以一个百岁的唱阴歌的唱师为叙述人,把20世纪的历史切成四块,把硬邦邦的历史拿捏在手上。范小青的《我的名字叫王村》,叙述人和弟弟何者有"精神病"尚有疑问,"找弟弟"是小说的主导情节线索,但这个弟弟是否真的存在也有疑问,通过叙述人找寻丢失之物(人)这一行为和叙述人的自我辨析,小说写出了当今中国乡村的刻骨伤痛:土地的失去、村庄的消失、家的离散,等等。小说对这一主题的表现始终以反讽幽默的叙述语式来进行。乡土中国的当下存在,获得了一种现代/后现代的形式。中国作家能够驾驭如此复杂的形式,却又能与现实感结合得如此恰切自然,还属少见。宁肯的《三个三重奏》把一个反腐的故事写出了哲学的意味,不同的叙述区隔相互构成一种内在的连接。外在视点和文本的介入时

---

① 需要作点理论交待的是,我们这里说的小说的艺术形式,要准确地归纳出它的要素已然显得十分困难。小说的艺术形式已经被叙述学(叙事学)搞得极其精致细密。我们这里只在最为基本的意义上,关注和谈论小说的叙述和结构问题,即小说采用什么样的叙述方法?叙述方面包括叙述人称的处理、可靠性叙述和不可靠叙述、隐性叙述和潜在叙述、叙述角度和叙述时间、叙述语式和叙述距离等;结构方面,则主要是关注故事情节发展的处理,包括线性或多线索的时间结构,或者是空间并置结构,或者是套中套的多重结构等。本章并不想介入叙述学复杂烦琐的文本修辞分析,只是就具体作品的叙述和结构,对传统或现代小说经验的体系中的评判作出一种阐释,以求对中国当代小说的创新意义作出一种评估。

时提醒:文本可以以更加自由的方式展开。小说的形式未必十分妥帖,但这样的形式意识却是富有张力的。这些作家都年过50甚至60,竟然还有如此饱满的探索形式的激情,实属难能可贵。更年轻一些的作家如徐则臣的《耶路撒冷》,小说的形式探索不是很鲜明,但当下性意识相当饱满,对70后这代人的生存事相的把握十分结实。冯唐这些年生长于体制外,试图另辟蹊径,最近两年的《不二》《不叫》,就有意到欲望的乌托邦里寻求狂欢之道:《不二》要在佛教的世界里大行冒犯之举,把形而下的身体与形而上的无限世界怪异地连接在一起;《不叫》则是再次放纵身体欲望,要看那个耗费的身体究竟能不能"hold"住灵魂,灵魂与身体的二元关系一直是作家在这部小说里思考的一种重要关系。当然,也可能因为形式并不完全到位,小说自我放纵的笔法还没有更有力道的反转、破解横逸而出,因此略有遗憾。

在讨论小说的"形式"这个问题时,我们不得不首先触及这两年最受瞩目的长篇小说《繁花》。我毫不犹豫地承认,这是近几年最优秀的汉语小说之一,但同时也会反思它在传统与现代小说创新的关系方面究竟意味着什么?透过《繁花》,或许可以探究当代汉语小说在形式方面的诸多意味或难题,尤其是它对传统形式的过分依赖,在今天表明了什么样的文学的共同经验?我们也可以从中看出,当代汉语小说在艺术上有所作为的可能性究竟有多大。

《繁花》作者金宇澄,做《上海文学》编辑30年有余,半世为别人编辑小说,时值退休才有功夫动笔写作。这样经验老到的老编辑,不知读过多少小说,可谓历练了火眼金睛。《繁花》大概是作者的长篇处女作,不想一炮而红、一鸣惊人,一俟出版,好评如潮。作者原本是在网上应网民之约写一段,逗一段,放不下心,一发不可收拾,所以《繁花》原本并非精心构思之作。我们探讨它的形式问题似乎不够厚道,但也正因此,它可能是以最自然、最朴实的形式介入文学,没有作者自身业已形成的形式套路或有限装置是作者在历经漫长的编辑生涯、目睹了那么多的潮流起伏之后作出的一种自然而然的选择:有一种写作的冲动,便自然而然地写下了。

《繁花》如潮的好评(出版近两年来获得的奖项也足以说明它所获得的承认)说明,在当代中国何种小说可以成为公认的"好小说"。其可圈可点处甚多:笔墨之精细圆润,游龙走丝;故事之娓娓动听,幽怨婉转;近半个世纪上海生活之繁花落尽,尽收笔底。如此浓重的上海韵味,工人阶级的上海与小市民的上海、老旧上海与新近繁盛的上海,逐渐呈现,沪上的小户人家、工厂码头的营生、街头弄堂的流言蜚语、酒席饭桌上的相逢投机……无论家长里短或男欢女爱,在金宇澄的笔下,活生生地写出近半个世纪上海生活的方方面面,而且自然朴素,真切老到。要论小说的地域特色,尤其是上海本地方言(吴语?)的运用,那可谓精彩纷呈。

当然,《繁花》的讲述体式老到,试图重温话本小说风格。小说名为"繁花",依说书人的讲述,也如花瓣一般一片片徐徐开出。沪上老旧弄堂,海上新梦,繁花落尽,也道是天凉好个秋。小说犹如说书人所说的小故事的合集,娓娓道来:说者从容不迫,控制住讲述的节奏;人物轮番登场,错落有致;话本讲述方式,当是翻出不少新意。

这部小说由于相当浓重的海上文脉的承继因袭,可算是传统胜利的成果,更会让人想到汉语小说自成一格的不二法门。话本的样式,一条旧辙,今日之轮滑落进去,仍旧顺达、新异。① 小说用说书人的这种形式,先在上海话的网上发布,读者迅速云集,进而鼓励作者继续。这就像老上海说书人与听书人的关系,只是如今换了一个场地,搬到网上。作者写着写着,就有了整体感;当然,成书肯定也有调整,也有整体构思,但话本的基本样式还在,而且是如此醒目,以至于金宇澄强调的"今日之轮"并未受到多少关注,实际上也未见得能在作品文本中显现出来。

这么老旧的形式,却能做得这么好,甚至这么地道,让这么多人喜

---

① 金宇澄:《繁花》,上海:上海文艺出版社,2014年,第443页。

欢,叫好还叫座,这在今天多么不容易啊!这么多人都迷恋欣赏老形式,这说明什么呢?作为一个曾经沧海、阅尽各路小说的老编辑,他最自然自发的写作,选用的形式就是老形式,这又说明什么呢?这至少说明传统的根深蒂固,说明传统依然具有生命力;这二者又都建立于文学共同体对小说形式变革无需重视的基础上,或者说,因为形式变革失效而使传统具有了生命力。这一叙述看上去是传统胜利,但是,如果追究主体的缘由呢?不管是创作主体还是接受主体——所谓构成文学共同体的主体,他们没有对形式的敏感和变革的欲求,这难道不是一个问题吗?《繁花》并非没有形式,其内部还是有"今日之轮"碾过的诸多痕迹,只是在话本的形式下,这些痕迹不易显现出来。例如,小说让每个人去讲述,力图造成多声部,让每个人的讲述显现他的语速、语感、语调。这当然不大容易做到,那么多的人物,每个人物的讲述也不太可能完全脱离作者的总体性讲述的语感。但是,小说在讲述方法上确实十分讲究节奏与语感,尤其是慢和静的讲述,运用得最为成功,使得小说在不断变化的语气中始终有一种坦诚与交流的讲述。小说题辞写道:"上帝不响,像一切全由我定……"这句题辞虽然可能是正式发表时外加的,却十分贴切地内在于小说讲述。在小说讲述中,讲述者不时地提醒读者"不响"(据统计整部小说频繁出现"不响"达1500多个)。故事场景中的一个人物时常充当听者,因为说书式的讲述要让位于故事中的人物讲述,而大多数情况下,这个人物要充当讲述者,为使故事的单元讲述不至于冗长,对话者只好设置为"不响",这样讲述者可以比较完整地把故事讲完。而讲述者的某些提问,并非真的是要听者回答,只是起一种缓冲作用。这种叙述有时也确实起到此时无声胜有声的效果。因为"不响"强调了静的场景,在说书式的现场中,讲者、听者和读者共同静下来、慢下去。例如,小说第二十三章第三节写到春香和小毛的婚事(春香是二婚,小毛却是第一次结婚,春香还比小毛大两三岁,这里面的人物关系十分微妙),这一节也就七八页(第304—311页),却写了一个完整的故事,从他们相识到结婚、到春香难产死去,整个故事的推进相当快速,主要的两个片断就是新婚之夜与春香难产死去,一喜一悲,如此人生,甜酸苦辣尝尽,春香是主要的讲述者。小说不时出现的"小毛不响",尤其让空间静下来、让时间慢下去,这是要让读者仔细品味这里面的意味;小说的不响是期盼最后有一个寂寥的结局:

> 小毛眼泪落下来。春香说,老公要答应我,不可以忘记自家的老朋友。小毛不响,悲极晕绝,两手拉紧了春香,眼泪落到手背上,一滴一滴,冰冷。小毛眼看春香的面孔,越来越白,越来越白,越来越白,眼看原本多少鲜珑活跳的春香,最后平淡下来,像一张白纸头。苏州河来了一阵风,春香一点一点,飘离了面前的世界……①

小说连用三句"越来越白",春香的离去用"飘离"形容。红颜薄命,薄得如一张纸片,这是春香的命运。不响、安静、寂寥、空无,这是小说讲述的方式本身营造的氛围,也是对生命的一种体验态度。这里,形式的意味无疑做得恰到好处,又相当成功。但是,"不响"的过度使用也会产生一些问题,对话语境呈现单边势态,另一个人只是被动倾听,讲述者只顾讲出自己的故事。在小说中,对话是一种情境,它要形成情节和行动,要推动故事进展。而在"不响"的讲述中,经常是转述,是讲述听说来的或者是过去已经发生的故事,不具有当下性。这也是为什么当下性情境中,听者无法插话对话,只有"不响"。

很显然,小说的讲述有一种总体的历史感,这是可贵之处。小说不只是写出了半个世纪上海的历史变迁、生活形貌,更重要的是写出了上海人的悲欢离合,写出了上海人独有的世态风习和冷暖情怀。小说写了那么多人物,男男女女,如走马灯一样,历经几十年的风雨沧桑,多少辛酸愁苦、得意风光。旧人换了新人,老街多了新楼,沪上生活更替有序,人心却越磨越软,这或许就是沪上人家的善与美。小说写到陶陶与芳妹离婚,经过那么长的对抗和冷战,竟然也没有深仇大恨,最后平静

---

① 金宇澄:《繁花》,上海:上海文艺出版社,2014年,第311页。

和气分手,这或许是沪上文化特有的宽容吧?哪想到小琴意外身亡,这样的人生对于陶陶是何等的悲哀,但人生要承受的东西何止于此,陶陶也要生活下去,这又让人看到沪上人家的坚韧。小说的结尾写到沪生与阿宝在苏州河边的漫步,他们领教的人生,历经千辛万苦,如梦如幻,但都有了一份淡定,都有了一种通透和坦然,此时也让人们理解了沪生们的心性与品格。《繁花》重温了海上文坛旧日笔法,做旧翻新,自有独到之处。小说的语言最为人称道,除了大量的沪上方言,还有那种简洁准确、清雅质朴,它表明了沪上文学及文化传统在当今的命脉传承。

二 不能回避的现代小说经验

当然,《繁花》的成功也并非只是让我们一味称道,究竟什么是中国当代小说,究竟汉语小说与传统、现代是什么关系,究竟今天中国小说与世界文学经验构成何种关系,这都是《繁花》留给我们的思考和疑问。说到海上文脉,韩邦庆的《海上花列传》、张爱玲的《金锁记》、王安忆的《长恨歌》,都是抹不去的前提。即使作者无意于传承,他们同处于这一条河流中,息息相通自不待言。在某种意义上说《繁花》是向《红楼梦》致敬的作品未尝不可,说《繁花》是传承《海上花列传》精神情韵的作品似更恰切。张爱玲对《海上花列传》也颇为青睐,她后来旅居美国之后还将它改写为英文。依王德威的看法,《海上花列传》为晚清读者至少引介了三种现代性事物,"一种特别的'欲望'类型学,一种有'现代'意义的现实主义修辞学,还有一种新的文类——即都市小说"[①]。在现代之初的语境中,如何肯定《海上花列传》的现代意义都有理由,王德威凭借《海上花列传》"运用传统狎邪小说话语",就说它展现了"本土的现代性",甚至"超越'五四'作家浪漫主义与现实主义的

---

① 王德威:《被压抑的现代性——晚清小说新论》,宋伟杰译,北京:北京大学出版社,2005年,第111页。

实践"——这一"本土"当然也只能限于上海,并且是区分甚至区隔于中国现代的启蒙与革命的现代性,否则,《海上花列传》之"超越"实在是难以想象的事。"欲望"与"颓废"过去是启蒙和革命打入黑暗王国的东西,现在借助现代性的华丽舞台,重新发散出魅惑之光。百年前的《海上花列传》可以是现代的,百年后的《海上花列传》肯定是古典的或古董了。假定说《繁花》从小说方法、历史观、美学态度真的都很靠近《海上花列传》,那么我们在小说艺术的创新性问题上该如何评价它呢?

很显然,这肯定不是金宇澄的问题,相反,我们理所当然要向金宇澄致敬。他能在当代小说与传统对话的关系中把小说写得如此精彩,已经是不小的贡献了。然而,我们要追问:何以中国当代小说只有向传统靠拢时才会成功,才会受到欢迎?换句话说,任何小说方法形式的创新探究是否都要戴上传统的面具,要有传统的庇护?若果真如此,这又说明什么呢?

对于传统与创新的关系这个问题,可能有正反两方面的理解。正方——关于传统的创造性转化:任何艺术探索创新都要与传统相关,都只能在传统所给予的条件下、传统许可的限度内进行才可能有效。因为,无论你意识到与否,传统对艺术变化、创新与探索都起着支配作用;这就是说,艺术创新探索的方向、可能性及有效性都由传统所给定。反方——关于传统的束缚限制:当创作主体摆脱传统的愿望不够强烈时,其受制于传统的可能性便增加,所谓艺术变革只能是传统允许的有限变化,不能大幅超出传统的陈规旧序;因此,所有借助传统的幽灵来寻求艺术变化的创作行为最终表明,创作主体并无多少有意识的创新愿望。

事实上,正反两方面的情况都存在,这对《繁花》和其他作品也同样适用。在多大程度上借用传统、击破传统并超越传统,或是为传统所限,成为传统嫡传弟子,这完全取决于人们理解问题的角度或者人们的阐释方向和能力。

金宇澄并非一个传统主义者,也不迷信古典,相反,他在多次访谈中都谈到对西方现代主义文学的欣赏,在这方面他的修养和积累可谓深厚。例如,他说他喜欢法国作家克洛德·西蒙的那种色彩感,《弗兰德公路》的颜色就为他所欣赏。关于西方文学,他亦如数家珍:从薄伽丘、斯威夫特到普希金、肖洛霍夫,从加缪、纳博科夫到博尔赫斯,甚至列维-施特劳斯、诺曼·梅勒、索尔仁尼琴,他都有涉猎。[①] 这些修养和积累都以不同的方式渗透在他的《繁花》里,否则他也不可能蛰伏20年,一出手就有如此优秀的作品。但是,我们依然要面对的问题是,《繁花》毕竟是与传统话本、上海方言、海上文脉息息相通的作品,西方现代文学的经验至少在形式上没有明显的流露,所有的评价众口一词都对其与传统和上海本地性关系表示了赞赏。

毫无疑问,单独作为一部作品,《繁花》值得高度肯定;但是,如果今天中国最好的小说承载了这么重的传统信息,在艺术上不以创新、出奇、突破为主要特征,而以保守、承继、怀旧为品质,那可能表明文学共同体出了问题,我们只能在传统给定的可能性中寻求有限的变化,始终难以真正突破传统的樊篱。这表明中国当代小说艺术张力(或冲击力)不足,我们还没有形成普遍、自觉的艺术变革的氛围,这也是形式创新始终不充分的根源所在。

在传统的意义上,《繁花》可圈可点处甚多,但放在现代小说的文本意义上,《繁花》可能在一些小说叙述的逻辑自洽方面还值得推敲,比如,小说开篇《引子》就写到沪生经过静安寺菜场,陶陶打招呼,与陶陶见面聊上了。小说交待陶陶是沪生前女友的邻居,从小说的叙述和交待来看,沪生应是很久未见到陶陶,甚至多年不见,且并非有多深关系,只是前女友的邻居,准确地说是间接关系,何以见面就会表达对陶陶的老婆芳妹身材的赞赏?这明显有情色意味,在现代交往方式中是不礼貌的,而且陶陶马上就聊到自己与老婆的性生活,似乎还有点炫耀的意思:芳妹天天晚上要"学习","比如昨天夜里,好容易太平了,半夜

---

① 参见金宇澄、木叶《〈繁花〉对谈》,《文景》2013年第6期。

弄醒,又来了"。① 如果是在说书的方式上,这种讲述可能没有问题,因为逻辑性让位于讲者与读者的交流互动,只要能吸引读者,读者在交流语境中认可就可以;但在现代小说文本的意义上,这可能就会有问题:两个男人可能很久没有见面,他们的关系也未见得有多深挚,见面就谈自己与老婆的性生活,可能性不大。或许上海读者可以理解这种情况,但在一般读者看来这就是个问题:从普遍经验出发,久未见面的男人一见面对话就触及这些内容,恐有失体统。在现代小说的叙述逻辑中,人物对话,说什么、怎么说,要说出非常隐秘(或隐私)的内容并非不可能,关键在于在什么样的前提下、为了什么理由说出。另外,如小说第十六章,苏安当着众人面质令汪小姐去做人流手术。对于女人来说,这是极失面子且又痛楚的事,但随后汪小姐却对阿宝和李李解释起事情原委;这是汪小姐个人非常丢人的隐私,她何以会以玩世不恭的轻薄口吻对阿宝和李李详尽地说出事情的全部经过,也有点匪夷所思。汪小姐的性格被写得十分泼辣,也透着精明算计,但她就是再不要脸,也不能把自己和男人到处乱搞且还藏着小算盘的勾当,对相知不深的人诉说。如此这般的讲述还有多处,由于故事讲得精彩有趣,故事讲述发生的逻辑就被忽视了。《繁花》让人物成为讲述者无疑是非常高明的叙述方法,只是在现代小说叙述的意义上,人物在何种情况下可以讲出隐秘(隐私),需要有足够的铺垫,需要有氛围描写的依据。

现代小说叙述的内在逻辑需要做得尽可能缜密,人物在什么情况下会说出什么样的话都要合乎文本逻辑,而文本逻辑又受制于经验逻辑。因此,小说中的人物要说出个人隐私需要有足够的逻辑依据,如果主体性的依据不充分,那么就要依靠文本制造的细密氛围来促使人物在特定的场合说出她"不可告人"的秘密。

在莫迪亚诺的《青春咖啡馆》里,谜一样消失的女子露姬(雅克林娜)十五六岁就离家出走,此前她称自己是大学生、名牌高中毕业

---

① 金宇澄:《繁花》,上海:上海文艺出版社,2014年,第1页。

等——都是出于虚荣的谎言。小说要探究(要让读者知道)她的真实身份,因为整个叙述存在不确定性,几个叙述人都是不可靠的叙述人,作者只有让露姬自己作为讲述人讲出,读者才可能知道她的基本情况。她如何能说出自己的真实经历呢?她十五六岁时离家出走,被警察带到警察局,这一次,这个警察比较和蔼可亲,她觉得他问问题的方式很有意思:

> 这样一来,就有可能把心里话说出来,而坐在你对面的某个人对你的所作所为也听得饶有兴致。我对这种情况一点也不习惯,所以我都不知道用什么话来回答。……于尔·费里高中没有要我,这件事难以启齿,但我还是深深地吸了一口气,向他坦白了这件事。他朝我俯下身子,仿佛想安慰我似的,声音温柔地对我说:"于尔·费里高中活该倒霉……"这句话让我大吃一惊,我好想笑。他朝我微笑着,直视着我,目光跟我母亲的目光一样炯炯有神,但他的目光更温柔,更加专注。他还问了我的家庭状况。我感觉自己放心大胆起来,我终于把少得可怜的家庭情况告诉他……他听着我说话,有时还做些记录。而我,我体会到了一种全新的感觉:我把这些少得可怜的细节和盘托出的同时,我自己也如释重负。那些事情说出来之后,跟我就不相干了,我说的是另外一个人的故事。①

小说先是叙述那个叫露姬的年轻女子的出现和迅即消失,自称美术编辑的罗朗试图破解这个谜。但小说已经形成这样谜一样的开局、以不可靠的叙述人开始的叙事,现在只有露姬自己作为叙述人才能使她的真实身份、"少得可怜"的经历被揭示出来。但是,这样一个捉摸不定的女子,要对警察说出她的真实情况,需要足够的逻辑支撑,于是小说中出现这样一句话:"他朝我微笑着,直视着我,目光跟我母亲的目光

---

① 莫迪亚诺:《青春咖啡馆》,金龙格译,北京:人民文学出版社,2010年,第60—61页。

一样炯炯有神,但他的目光更温柔,更加专注。"这在逻辑上也会引起怀疑,何以一个警察能比母亲的目光还"更温柔"?小说此前有一段描写,母亲有次把雅克林娜从警察局带回家,她冷漠地说"我可怜的孩子"(可见母女关系十分隔膜),而后目不转睛地凝视着雅克林娜,"她还是第一次注视我那么久,我也是第一次发现她的眼睛是那么明亮,眸子呈灰色或者淡蓝色"。作为巴黎红磨坊女招待的母亲,与女儿几乎没有对视过。这里对家庭伦理和亲情的描写自然平淡,却有一种深沉的感伤,以至于在那一时刻她会觉得警察的目光比母亲的还要温柔,会对警察和盘托出一点可怜的私密。所有这些描写都意味深长,小说无需更多的议论,这个十五六岁的女孩子为什么离家出走,为什么后来谜一样出现又谜一样消失,她的人生、她的困扰和悲剧,其实都包含在这些叙述和描写中。

自福楼拜以来的西方现代小说,叙述人只能讲述他视点所及的范围,转述都要合乎经验逻辑。现代小说在19世纪科学实证主义的背景下逐渐走向成熟,也深受其影响;后来出现的现代主义、后现代主义,可以有荒诞感、魔幻等,但那是存在之大逻辑意义上的,有存在论哲学作为支撑。而在生活的小逻辑上,西方的小说还是非常严谨的,其可能性一旦建立在现实生活的基础上,就有诸多的限制。也正是在把虚构的不可能性转变为可能性,并与现实性/真实性建立起自然联系之后,作家的叙述才能显出功夫。

《繁花》以讲述为小说表现手法,主要是关注对读者(听众)的吸引力,故而不太考虑整体的小说结构和情节构思。另一方面,其主要人物之间也不构成矛盾或戏剧性关系,这些人物只是在小故事单元内自成一格。以传统小说的观点来看,这样叙述并不成问题,所谓"花开两朵,各表一枝"。这部小说主要也是由沪生、陶陶、阿宝、小毛等几个男性人物为导引,叙述从这里发生,由此带出几个女人的故事(女人的故事是小说最为生动之处,不用说下笔多的人物,就是雪芝这样偶尔闪现的人物,几笔勾勒,也是"吐嘱温婉,浅笑明眸")。其实,《繁花》也有结构上下的工夫,那就是过去和现在的两条平行线索或双重结构。小说写过去年代的故事明显更为精彩,历史的沧桑感与生活的苦涩结合得恰到好处,其中温婉愁苦最为感人。但"现在"的故事(即改革开放以来的故事)则是另起炉灶,虽然主要人物有延续性(如沪生、阿毛、阿宝、陶陶等),但故事几无关系,主要是男男女女在酒桌饭局上讲述男女苟且之事外带一些生意经。之所以出现这种情况,我以为也是因缺乏现代小说结构意识,没有从总体上来把握小说的故事走向和人物性格命运的发展逻辑。现在部分单靠讲述和转述来展开小说,这就使小说大量篇幅不是人物的行动、关系形成和推动情节,既不是在历史中、也不是在人物的整体命运中来展开故事,而是一些贫嘴段子或奇闻轶事。在现代小说的意义上,这应该说还是有不足的。

从叙述的可能性和结构方面来思考《繁花》,并非是要对《繁花》这部公认的优秀之作吹毛求疵,而是思考:何以传统形式在今天小说创作中的运用是理所当然的事情,而作为现代小说的必要的形式意义则可以被忽略不计?

三 形式的决定意义

回到传统问题上。从传统小说形式中发掘出新形式,这当然有可能,也有可能会有意想不到的效果。事实上,这正是中国小说在 1990 年代之后的选择。1990 年代以来,中国社会有一个急速的回归传统的过程,知识界一改 1980 年代崇尚西学的普遍态度而转向回归传统、尊崇国学。文学本来一直是中国社会进入现代的激进先导,但在 1990 年代,文学界悄然无声地转向传统,也开始向民族本位、古典承继发出呼应。1990 年代初文学界的转向以"陕军东征"拉开重新出发的序幕,而在这次出发中,回归传统是其主要方向。《白鹿原》从传统那里借来文化底蕴和价值观,以重写 20 世纪的历史;《废都》试图从人生态度(颓废、旷达与虚无)及语言两方面重新沟通传统文脉①;《秦腔》则贴着泥土生活走,语言也以自然朴拙取胜,直至《古炉》《带灯》,贾平凹不想用几十年来他喜欢的明清以至1930年代的文学语言,到了这般年纪,他的心性变了,"却兴趣了中国西汉时期那种史的文章的风格,它没有那么多的灵动和蕴藉,委婉和华丽,但它沉而不糜,厚而简约,用意直白,下笔肯定,以真准震撼,以尖锐敲击"②。身处今天的白话汉语时代,贾平凹如何能去到西汉呢?这只是一种向往,但也表明贾平凹相信承继传统语言在今天文学写作中的意义。贾平凹是一个相信语言至上的人,固然小说可以说"语言至上",语言与故事是他考虑的;他也不是一个关注现代小说形式的人,他相信语言的透明性和准确性就可以完成文学品质的创造。其实他还是要靠他的乡村生活经验作底,他的乡村生活经验实在太地道了,他握住那种生活质感就可以了。贾平凹也并非忽略现代小说的形式,只是他的形式被时间逻辑所限制。他也想从内变换这个逻辑,例如(本书第十章所述)他的《怀念狼》利用那张狼皮的诡异,要赋予小说形式以非现实的逻辑;他的《太白山记》虽然简短,也还有中国传统笔记小说的遗风,但其"变"的逻辑却有后现代风尚。贾平凹终归是相信语言的作家,几十年的创作最后使他体悟到的是,握住那种语言就握住了文学的全部——他的全部文学。迄今为止,他在这方面还是自成一格的。

2014年他出版《老生》,着实让文学界吃了一惊,不只是他还在重写20世纪的历史,也不只是他搬来《山海经》,而是他用《山海经》和一个唱阴歌的、老不死的唱师一起倒腾的小说形式。贾平凹这是何苦来哉?他也不得不如此挖空心思来经营形式?贾平凹要还债/还愿式地重写20世纪。如何书写这百年的历史?他截取四个片断,何以这样截

---

① 因为《废都》受到阻击,贾平凹无法回到传统人生态度,也没有机缘再成就古典的语言风格。参见贾平凹《废都》,北京:北京出版社,1993年,第519页。

② 参见贾平凹《带灯》,北京:人民文学出版社,2012年,第361页。

取？如何截取？他的理由无法言说。现在一个百岁不死的老唱师在念叨《山海经》，他说一句，我们念一句，那还有什么话可说？但这个形式是必要的，上通五千年前的山川日月、鬼魅走兽之天理天道，下穷20世纪世道无常、人间劫难之生死大观。20世纪的历史直接连续着中国民族的史前史，那还有什么不可说的？

由于莫言对历史的把握以及对高密东北乡的大地的亲近，人们更乐于谈论的是他与传统、民族性、民间的联系。现在人们更愿意把莫言看作一个土生土长的文学大家，而很少去理解他对世界现代文学经验的广泛吸收，当然也很少关注他的作品中现代小说的形式因素。《红高粱家族》总体结构是四个相对独立的中篇相继发表后联结组合成长篇，因为"红高粱"的整体格调，主要人物余占鳌及"我爷爷""我奶奶"贯穿始终，使得小说具有结构上的整体感。其实，我们从这部小说内含的叙述方式、叙述人、叙述语感、修辞与抒情的语言等，可以看出其现代主义因素。1987年，莫言在《世界文学》发表了一篇题为《绕开马尔克斯和福克纳这两座高炉》的文章，他说那时就已经非常明确地认识到，不能跟在他们后面亦步亦趋，因为他们是灼热的"高炉"，而我们是"冰块"，如果靠得太近了，就把自己蒸发掉了；我们要学习他们处理题材的方式、观察生活的方式，要学习他们思想的高度，而不是简单地在情节、语言和结构上进行模仿。[①] 因为莫言超强的悟性和创造力，他迅速领悟到了他们的叙述时间、历史感、叙述人的主观性、语言的自由，等等。他的作品已经领会了马尔克斯和福克纳的精髓，当然还有卡夫卡和川端康成。他随后的小说在把握人物和历史的关联形式方面从容自由，敢于以强大的主观化视点介入故事，以强劲的语言表现力推动叙事。莫言的小说看上去不讲究构思，但仔细分辨，他的小说的结构还是颇见功夫的。只是莫言从1980年代的现代主义氛围里走出来，在

---

① 参见莫言《影响的焦虑》，《当代作家评论》2009年第1期；也可参见笔者主编的《莫言研究》，北京：华夏出版社，2013年，第191页。

1990年代加强了向传统和民间文化借鉴的力度,评论界乐于去强调他转向传统的意义。就他的《檀香刑》而言,虽然用了传统章回体形式,写了自古以来的酷刑政治,写了近代中国转型的困局,但其构思、结构和叙述却是现代主义式的。小说以赵甲的儿媳妇孙丙的女儿孙眉娘的出现开篇,写道:

> 那天早晨,俺公爹赵甲做梦也想不到再过七天他就要死在俺的手里;死得胜过一条忠于职守的老狗。俺也想不到,一个女流之辈俺竟然能够手持利刃杀了自己的公爹。俺更想不到,这个半年前仿佛从天而降的公爹,竟然真是一个杀人不眨眼的刽子手。①

这样的开头与马尔克斯的《百年孤独》不同,但两者对时间的处理则有异曲同工之妙。很显然,《生死疲劳》要用投胎动物轮回来对应历史,而《蛙》用书信、叙述和戏剧打破历史线性的单一结构,这些都表明莫言在小说叙述形式方面的自觉。形式并不只是为了"更好地"表现内容,形式本身赋予小说以特定的美学品格,甚至赋予小说以特定内容;对于小说来说,只有形式的介入可以确定内容,只有形式可以完成内容。

在具体文本的构成上,甚至思想高度或深度都要取决于小说的内在(内部)形式。例如,冯唐的小说《不叫》就一直在形而下的肉体自娱/自虐里无限下坠。冯唐自认为,在下坠到极限时就会有越界的思想迸发出来,他的叙述意识很好,在放松的谐谑中演绎着生命放纵又向死的境界;他也过分相信自己的叙述才能,期待在小说的最后能出现这种状况。但事实上,显然还差一点,故事最后的了结只是一个死亡和出走之类的自杀事件,这显然落入俗套,思想的力道也没有给人足够的冲击。在这最难的一点上,不是冯唐的哲学思想有所不逮,而是他的小说艺术还未达到一定境界。从技术层面上说,就是他还没有给小说核心

---

① 莫言:《檀香刑》,北京:当代世界出版社,2004年,第3页。

问题赋形——以小说叙述形式、故事的形式,甚至故事核的装置之类来破解思想。最后单靠思想性来抵达高度——而思想没撤,只有选择死亡或出走——显然不可能,小说的思想高度必然要借助形式,小说的故事(或情节、人物关系)最后要完成于形式,思想高度要在这里产生出来。

以赛亚·伯林在谈到小说艺术与哲学社会科学抽象思考的区别时指出:

> 因此每个人和每个时代都可以说至少有两个层次:一个是在上面的、公开的、得到说明的、容易被注意的、能够清楚描述的表层,可以从中卓有成效地抽象出共同点并浓缩为规律;在此之下的一条道路则是通向越来越不明显却更为本质和普遍深入的,与情感和行动水乳交融、彼此难以区分的种种特性。以巨大的耐心、勤奋和刻苦,我们能潜入表层以下——这点小说家比受过训练的"社会科学家"做得好——但那里的构成却是黏稠的物质:我们没有碰到石墙,没有不可逾越的障碍,但每一步都更加艰难,每一次前进的努力都夺去我们继续下去的愿望或能力。[①]

作为一个哲学家能如此体会到小说艺术对时代、生活与世界的表现,实属难能可贵。小说艺术既不是用明确清楚的语言说出所谓的真谛,也不是直接单纯地反映生活原型。它要具有自己的形式,以其独特的形式描绘出一个生活世界,它的世界比我们直接去感知、生活的世界有着更丰富、更深刻的意蕴。它的形式本身不只是一种表现,还是一种概括和提炼。

传统小说通过把生活的过程呈现出来、制作鸿篇巨制以尽可能充分地反映生活的原貌,让人们去感知艺术形象,去认识和体会表层之下的意蕴。现代小说则需要通过形式,通过给历史和生活赋形,以更加鲜

[①] 以赛亚·伯林:《现实感》,潘荣荣、林茂译,南京:译林出版社,2004年,第22页。

明乃至于更加精当的形式给出生活和存在的形态。而这些只能通过小说家特别富有想象力和才情的赋形来实现。很多年前,卢卡奇在讨论小说的内部形式时说道:

> 与史诗的单纯天真相反,小说是成熟男性的艺术形式;生活方面的戏剧形式则处于那种人生——即使被理解为先天的类型,被理解为标准状态——之外。小说是成熟男性的艺术形式,这意味着,小说世界的构成,客观地看是一些非完美的东西,从主观体验上来看则是一种放弃。①

卢卡奇用"成熟男性的艺术形式"来描述小说。这个比喻有点让人费解,但我们可以综合卢卡奇的思想作出一个相对接近的解释。卢卡奇区别史诗和小说时指出:"史诗可以从自身出发去塑造完整生活总体的形态,小说则试图以塑造的方式揭示并构建隐蔽的生活总体。"②这就是说,史诗的讲述有一种集体的总体性,这一总体性有充分的(孩子般的)自信,要讲述自认为完全的、充分的生活形态,说到底,史诗是总体性叙述给出的生活形态,小说则是有限的叙述给出的生活部分。小说家因为意识到不具有充分完整性,小说要转化为人物的塑造,依靠小说中的人物来感受生活。"小说中规定形式的基本观念就客体化为小说主人公们的心理状态;他们是探索者……它们在心理上直接而不可动摇的给定存在,绝不是对真实存在着的关系或伦理必然性的明白认识,而只是一种心灵上的事实,不管是在客体的世界,还是在规范的世界,必定都没有某种东西与这种心灵上的事实相吻合。"③卢卡奇此说极有见解,当年卢卡奇写作此书时才26岁,你难以想象他能对事物有如此深刻复杂的认识。这就是说,小说对生活形态的表现是不周全的,它要通过小说中塑造的人物的心灵世界来感知外在世界,也不可能与

---

① 卢卡奇:《小说理论》,燕宏远、李怀涛译,北京:商务印书馆,2012年,第63—64页。
② 同上书,第53页。
③ 同上书,第54页。

客体的世界或规范化的世界完全吻合。而在这一意义上,卢卡奇说小说是成熟男人的艺术,因为相对于单纯天真的孩童,只有成熟男人才能意识到自己认识的世界是不完备的。这意味着小说叙事要有所放弃,作家不可能包罗万象——再包罗万象也不可能表现出生活的完全形态。卢卡奇说:"艺术——在与生活的关系中——始终是一种[来自生活]又[高于生活的东西](Trotzdem);对艺术形式的创造是应加以思考的不和谐定在的最强有力证明。"① 这一段话今天已经是老生常谈,但在当时有振聋发聩的作用,尤其对于处于草创阶段的中国革命文艺家。考虑到卢卡奇的《小说理论》写于1914年至1915年间,后来在延安的胡乔木和周扬给毛泽东起草《在延安文艺座谈会上的讲话》时,很有可能(通过俄语或翻译)读过卢卡奇的小册子,《在延安文艺座谈会上的讲话》最重要的理论"文艺来源于生活,又高于生活"极可能来源于此。但卢卡奇讲文艺高于生活,是指文艺不可能全面完整地把握生活,文艺(小说)自身的规则只有通过塑造人物来感知生活,只有在高于生活的意义上才能尽可能充分地反映生活世界的完整性。这里包含的还有另一层意思,即小说由其形式所创造的生活是属于另一种(高于)现实生活的形态。它们不属于同一层面,不属于同一生活逻辑,小说表现的生活只能在它的形式范围内来理解。

我们一直把形式作为内容的表现手段,或者作为内容自然而然具有的形态,这是过去反映论哲学长期起主导作用的结果。仿佛物质世界、生活现实可以自然投射到我们的意识中,而主观意识认识世界给予的意识形式则被忽略了,或有意地压制了。语言构成了我们的直接现实,即是说,我们感知的世界只能存在于语言世界里,只能通过语言去感知和理解世界;文学作品作为语言的构成物,更是如此,以何种语言构成方式来建构文学的世界,就有什么样的世界呈现出来。当然,这些都是老生常谈,我们需要强调的是,文学作品的形式之所以被忽略,是

---

① 卢卡奇:《小说理论》,燕宏远、李怀涛译,北京:商务印书馆,2012年,第64页。

因为它一开始是作为一种意识形态,随后作为一种艺术真理,进一步被当作一种自觉的潜意识,从而成为一种理所当然的常识。我们对旧形式无限重复的复制有足够的忍耐度,而对形式探索有一点不协调或不到位就感到难以忍受,充满反感和愤懑。要知道,新形式肯定是"不协调的"或"不到位的",因为我们适应的是旧形式,新形式——如果真的是新形式的话,总是超出我们的经验范围,甚至超出我们的理解能力。

不论如何,我们从《繁花》这部近年被普遍推崇的优秀作品中,看到传统的自觉承继所焕发出的生机,但是,我们也要反思,传统形式是否可以完全准确并且深刻有力地表现当代生活,这依然是一个疑难问题。《繁花》像是对1990年代以来传统主义复活的一次全面总结,却未能给当代小说的创新面向开启一条路径,这不能不说是一种缺憾。如果是当代有创新精神的优秀之作,必然是也只能是在形式上有新的开启能力的作品。但如今这样的作品在中国着实是少了些。我们深感于70后的作家们创新的激情并不饱满,我以为,其中的主要原因还在于他们对小说形式探索没有形成执着的追求。"批判性"和所谓的"人文关怀"这些大而无当的观念召唤,这些年在文坛风起云涌、振振有词,而事实上,这些大话对于作家的创作来说根本不得要领。即便作家有再强的批判意识,有再崇高的"关怀",却根本不知道如何开始叙述,不知道如何刻画人物,不知道如何进行心理描写,不知道如何把一个故事写得曲折生动,不知道如何将语言形成独特的韵味和风格,那"批判"和"关怀"又有什么用呢?那些对于写新闻稿或政治读物是可以的,但对于小说,首要的是解决形式的难题,只有真正来源于生活,又对生活烂熟于心,能把握到生活的精髓,才敢于给生活赋予新的形式。作家对他要写的一部作品,如果没有获得形式感,没有获得语感和结构,是无法建立其虚构的语言世界的;也就是说,其作品不能给出高于生活的文学形式,那样的文学作品其实是无效的,其实并不存在——实际没有自身的存在。在这一意义上,文学作品的形式具有决定意义,即它决定了此一作品存在的文学性形状,它的完整性和总体性,一句话,它的文学性在世方式。所有的思想内涵、精神或价值关怀都只能在其获得了文学性的在世形式后才有意义。一部作品只有获得自己的独特形式,特别是在文学性上具有真实的生命(例如它不是一部糟糕的作品),它的思想性、批判性或价值关怀才是以文学的方式获得意义,否则它就是枉担了文学的虚名。

卢卡奇在20世纪开始不久的历史时刻对小说满怀着期望,并意识到小说将会在这个世纪里充当最重要的文化(艺术)形式。那个时候,小说存在本身就是一种新的形式,"与其他[文学]类型在完成了的形式中静止着的存在相反,小说表现为某种形成着的东西,表现为一种过程"①。他对小说的理解为后来20世纪的历史实践所证实,"小说是在历史哲学上真正产生的一种形式,并作为其合法性的标志触及其根基,即当代精神的真正状况……作为生成的理念将变成一种状态,并因此在变化中把自身扬弃为生成的标准存在:'行程已开始,旅行将圆满结束'"②。20世纪已成过去,小说也几乎走完了它最后的旅程。只有中国的汉语小说不肯终结,似乎从未获得它的现代形式,这也是为什么我们在21世纪初还会如此期盼它重新开始。贾平凹在《老生》的封底写道:"我有使命不敢怠,站高山兮深谷行。风起云涌百年过,原来如此等老生。"可见贾平凹还是有一种担当,中国作家还是有一种不肯罢休的劲头,哪怕垂垂老矣。汉语小说还是值得期待的,它不仅能从旧传统里翻出新形式,也能在与世界文学的碰撞中获得自己的新存在。

(原载《中国文学批评》2015年创刊号)

---

① 卢卡奇:《小说理论》,燕宏远、李怀涛译,北京:商务印书馆,2012年,第64—65页。
② 同上书,第65页。

第十五章　乡土中国、现代主义与世界性
——1980年代以来的乡土叙事的转向

2012年莫言获得诺贝尔文学奖,为中国当代文学赢得了国际声誉,也促使国人对中国当代文学的评价可以更加客观公允些,不那么为偏见和道听途说所左右。如今说莫言以及他的一批同道,标志着中国当代文学的高度,这样的评判当不至于引起太大的争议。说出这样的评判,并非是我们要对莫言顶礼膜拜,或者躺倒在这个高度的阴影底下乘凉。或许可以说,对莫言最真诚的尊敬,莫过于去思考中国当代文学何以是由莫言在今天来代表高度?莫言何以能/何以会代表这样的高度?这个高度是从何处来,又能到何处去?其实这个问题更加学理化的表述应该是这样的:今天中国文学的这种状况是如何形成的?这是中国当代必然要走的文学道路吗?它还能(要)如何拓展进一步的路径?

莫言在1980年代中期,中国文学变革最为剧烈的时期步入文坛,他与当代文学的变革构成什么关系?当代文学随后形成的趋势与莫言有直接关联吗?如果把莫言标志的当代中国文学的高度确认为"乡土中国叙事文学的高度"——肯定没有错,但这个标识包含着几个问题需要澄清:其一,莫言的创作是完全的乡土叙事文学吗?如此产生第二个问题:如何理解莫言作品中的现代主义因素?如此必然要回答第三个问题:如何理解莫言把西方/世界文学的经验与乡土中国的传

统、民族性、民间性结合起来？同样会派生出第四个问题：西方/世界与中国的经验之间的搏斗或交融，何者占据了主导，最终呈现为一个主导性的标识，例如：何以乡土中国叙事会占据当代文学的主导方面？

这几个问题有必要进行历史化的处理。本章并不想着力探讨莫言创作的特征或历程，而是试图通过对莫言及其几位同道的创作的历史化分析，来看莫言及其同道与八九十年代以来的文学变革的关系，去探讨的问题归结为：莫言何以走到今天建立了自身的文学经验并且标志着汉语文学的高度？当代文学的转型变革与莫言构成了什么样的关系？今天中国文学形成的这种创作态势是值得我们坚守的吗？还是说今天中国文学可能需要进行更深刻的变革？变革的方向在哪里？其实莫言并非孤军深入，而是有多位殊途同归的同道，在八九十年代文学转折的时期因势利导，以不同的方式、独创的风格，推进了八九十年代的文学变革，形成了乡土叙事为主导的中国文学道路的当代进向。

让我们重新去打开历史，打开那些历史转折变化的关节点，去理解历史的目标和结果与其原初的动机、与那些介入的外部因素构成的关系，温故知新，从历史曾经放弃的可能性去看今天我们是否可以促成新的可能性。

一 "85新潮"与莫言、贾平凹的出场

我们的思考要回到"85新潮"，那是中国当代文学深刻转型的一个节点。这一年在文学上有两股趋向：一股是现代派，以刘索拉的《你别无选择》、徐星的《无主题变奏》为代表；另一股是寻根派，以韩少功、阿城、郑万隆、李杭育、郑义为代表。寻根的队伍后来一直在扩大，连王安忆也加入其中，更为有利的是出现了莫言和贾平凹，变局在这里形成。

确实，"寻根"是当代文学由作家群体自觉形成的一次集体行动，此前作家的文学观念、要表现的冲突，都是来自主导意识形态的询唤，因为意识形态的规训已经内化为作家的经验。但是，"新时期"这一概

念之所以成立,不在于它真的代表着"文革"后中国文学历史的新纪元,而在于它酝酿了不可遏止的历史变革——随后的历史要告别、拒绝它自我命名的历史依据。从寻根群体就是知青群体变种这一事实,就可以预见寻根的实质。它还是要在观念上回答时代的问题,有着巨大的"历史理性抱负",只是这一次是作家群体自觉发出的历史要求。读一读寻根派当时发表的几篇纲领性的短文,如郑义的《跨越文化断裂带》、韩少功的《文学的"根"》、郑万隆的《我的根》、李杭育的《理一理我们的"根"》、阿城的《文化制约着人类》等,就可以理解他们的抱负。但是他们创造出来的寻根形象却是模棱两可,让人们对"根"的含义莫衷一是。可以看看当时影响大的作品中的人物,如韩少功《爸爸爸》中的丙崽,对他的刻画是在批判文化劣根性还是重新发掘楚文化的原始根基?郑义《远村》中的杨万牛,他身上的隐忍品性是当时实现四个现代化的中国人要保持的精神还是要唾弃的品性?阿城《棋王》中的王一生,他真的崇尚庄老之道吗?在为实现四个现代化寻求解决之道的中国作家看来,庄老之道的意义何在?或许这篇小说根本就与"寻根"无关。

寻根的目的与目标并不明确,但动机却是大家心知肚明的。那就是在文学现代化的压力下,去到现代派那里不可行,只有回到传统。1980年,中国社会科学院外国文学研究所编纂的《外国文学研究》季刊在第4期发起讨论"西方现代派文学",持续一年多时间。徐迟的《现代化与现代派》,就发表于该刊1982年第1期,更是把实现四个现代化的时代任务与文学向现代派学习联系起来。由此形成向西方现代派学习的一种时代氛围,这对于急迫走在时代前列去创新的中国作家来说,是一个重大的挑战和压力。现代派在理论与翻译引介方面很热闹,随着袁可嘉编选的《西方现代派作品选》第一、二、三册的出版,欧美现代派文学已经形成一股强有力的影响势头,任何有创新意愿的作家都不能忽略现代派的存在。对于知青那代作家来说,尤其如此。这代作家从"文革"后步入文坛,1980年代上半期正是他们崭露头角的大好时机,在"批判文革"上他们充其量与"归来的右派"平分秋色,表达时代意识的风头正被"改革文学"占据,只有柯云路携带他的《新星》搭上了这趟车。知青作家这代人其实并没有对"新时期"文学创新作出实际有效的贡献。"知青文学"只有作为一个独立的文学现象才有自己的主题、风格,归属在"新时期"的名下,由这代人开创的东西并不多。现在,现代派是一个机遇,他们能作出什么反应呢?奇怪的是,对现代派作出强烈反应的是王蒙、高行健、李陀以及在舆论上支援的冯骥才、刘心武、陈建功等人①。整个知青作家群体并没有向现代派挺进,焦灼只是内心的无力,写作则要依靠个人既有的经验以及更为直接的、普遍有效的文学观念,那就是"恢复的现实主义"的文学观。因此,知青群体转向寻根派是一次迸发,也是一次撤退。前者是因为寻根派也可以归属于现代派的范畴;后者是因为转向寻根的知青作家群其实是回到了传统、乡村以及现实主义,实际上是逃离了面对现代派的焦虑。

　　论证寻根的合理性是以文化作为前提的,美学上依据的则是旧有观念,例如文学不能与传统脱离,文学不能没有本民族的根基,等等。而 1980 年代上半期中国文学创新的焦虑并不是回到传统,而是如何与西方现代派对话,如何在文学现代化的意义上借鉴和吸收现代派。现在,回到乡村经验、发现传统,又貌似张扬了现代派,当然,所有这些都是因为有拉美魔幻现实主义作底。关于寻根和传统,韩少功在《文学的"根"》里首先提问道:"那么浩荡深广的楚文化源流,是什么时候在什么地方中断干涸的呢?都流入了地下的墓穴么?"但很快就有了答案,一位诗人朋友"找到了"楚文化的根,"在湘西那苗、侗、瑶、土家所分布的崇山峻岭里找到了还活着的楚文化"。现在韩少功可以肯定地

---

① 例如,当代文学史所说的"现代派的四只小风筝",《上海文学》1982 年第 8 期设立"关于当代文学创作问题的通信"专栏,随后《文艺报》《人民日报》《读书》展开关于现代派问题的讨论,即王蒙、李陀、冯骥才、高行健等人引发的讨论,他们四人之间的通信和讨论被称为"现代派的四只小风筝"。

说:"文学有根,文学之根应深植于民族传统文化的土壤里,根不深,则叶难茂……"韩少功认为贾平凹、李杭育、乌热尔图等人都开始找到了"根"。这不是对方言、歇后语之类的浅薄爱好,"而是一种对民族的重新认识,一种审美意识中潜在历史因素的苏醒,一种追求和把握人世无限感和永恒感的对象化表现"。①

寻根找到回到传统、回到现实主义的理由,是不要被现代派绑架,不要在艺术创新的观念和形式的边界上作困兽之斗——这一斗,虽败犹荣,但中国作家不会选择可以预见的失败。今天看来,没有经历与现代派的搏斗,这是中国文学转型不彻底的重要缘由。1980年代的中国,在知识界占据主导地位的思潮是反思(批判)传统,承继五四新文化运动的精神,把现实中国的问题归结为文化传统的痼疾。文学界有胆略回到传统且要寻根,尽管还是包含着对传统的反思和批判,但批判的锋芒和态度都很含混,远不是"走向未来丛书"派那么立场鲜明。而在实际的文学寻根进程中,沉浸于传统文化的审美态度开始成为一种时尚,当时的讨论津津乐道于阿城的《棋王》里面有道家文化,评价贾平凹的"商州纪事"系列以及《远山野情》等作品表现了西北文化的质朴气息,李杭育的《最后一个渔佬儿》对现代化的拒绝也得到了赞赏,王安忆的《小鲍庄》在寻根的讨论声中出版,里面有人物的名字干脆就叫"文化子"。1980年代中后期,文学界与主流知识界在对待传统的态度方面,已经有明显的分歧。这种分歧在欧美的现代性叙事中被分为社会化的现代性和审美的现代性,寻根文学抵达的审美的现代性则是一项权宜性的文学举措——它不是根源于哲学观念、宗教观念或美学的传统,而只是一个时期文学在创新的压力下无所适从而作出的应急反应。这说明文学界有自己的任务,在自己的历史前提条件下的创新始终要面对它的首要压力,它没有跟从知识界的潮流。

---

① 韩少功:《文学的"根"》,参见孔范今等主编《中国新时期文学研究资料汇编·乙种》,《韩少功研究资料》,济南:山东文艺出版社,2006年,第18—20页。

寻根如果只是依靠知青群体,能否扎下根是值得怀疑的。"85新潮"的寻根实际上有两拨人,他们看上去都是同代人,在回归传统的道路上志同道合但实际上貌合神离、志趣各异。在寻根的旗帜下,出现了贾平凹和莫言,正是这两位作家的强大(及其后劲),使得回到传统、回到乡土中国、回到民族本位有了切实而深厚的内涵,并且在1990年代直至21世纪初,使中国文学在乡土中国叙事方面达到了前所未有的高度,甚至在世界文学的平台上,也使汉语文学有了一席之地。

贾平凹在"85新潮"期间就有相当本土的作品,因为他不够现代派,所以那时虽然影响很大,也很受重视,但毕竟不是在现代派的潮流中,意义没有充分体现出来。今天看起来,贾平凹走得这么远,始终保持充沛的创造活力,就在于他一开始就走在自己的道路上。1984年,贾平凹发表中篇小说《鸡窝洼的人家》(《十月》第2期),以其浓重的乡土韵味和西北风土民情、细腻而有韧性的人物刻画,显示出相当饱满的小说品质。小说发表后,西安电影制片厂将其改编为电影剧本,电影定名为《野山》。1984年7月,贾平凹作品讨论会在西安召开,同月中篇小说《腊月·正月》发表在《十月》第4期。小说发表后,《文学家》杂志召开了贾平凹中篇近作讨论会。8月,北京的《十月》杂志社也组织召开了贾平凹近作研讨会,贾平凹参加了这次会议。随即《腊月·正月》被珠江电影制片厂改编为剧本,后拍成电影《乡民》。1985年,《腊月·正月》获全国最佳中篇小说奖、《十月》文学奖、北京市新中国成立三十五周年创作竞赛一等奖和陕西省文艺"开拓奖"。显然是在此鼓舞下,贾平凹次年再发表《远山野情》,西北风土之困苦粗粝,人物形象之坚韧厚实,生命之顽野强硬,乃当代现实主义小说从未有过的写实笔法,刻画出生活素朴而瘦硬的面目。以吴三大、香香、跛子、队长等为代表的人物,终于回归到乡村的真实生活之中。

当然,贾平凹关于商州的系列散文,在当时也令人刮目相看,在批判传统、反思文化的思潮中,他却对地域乡土文化眷恋不已。在1983年发表《商州初录(笔记)》之后,1984年贾平凹又发表了《商州又录》。

同年9月，长篇小说《商州》面世，从中我们可以看到贾平凹早先发表的散文的底子所在，这是贾平凹第一部长篇小说，对于一个32岁的在乡村中成长起来的文学青年来说，无疑是神话般的成就。这一年的贾平凹除了前面提到的《远山野情》外，还发表了《天狗》《冰炭》《蒿子梅》《初人四记》《商州世事》《人极》《黑氏》《西北口》。1985年没有被称为"贾平凹年"，这在今天的人们看来匪夷所思。然而，在"85新潮"阶段，贾平凹显然不是神话，神话特征更为鲜明的是刘索拉和徐星，他们竟然各自凭着一篇被称为"真正的"现代派的中篇小说，就抢尽了风头，甚至让创造力如此旺盛的贾平凹都黯然失色。这除了说明那时中国的文坛有多么渴望"现代派"外，还能说明什么呢？只有现代派能证明文学真正的创新、前沿、新潮……它预示着中国文学的未来道路，只要开辟一条与世界同步的直通路线，中国文学就再无落伍、陈旧的屈辱。

其实，贾平凹一直关注文坛的潮起潮落，但不知何故，或许是偏居于西北一隅，他总是慢了半拍——这半拍成就了他一系列的伟业。"85新潮"时期风风火火闹现代派时，贾平凹刚刚摸到"人性论""人道主义"的门道，他不是从意识形态的热点和流行的需要，而是用他自己的生命经验和对文学的感悟，把他的天性融入自己的文学风格中，他觉得这样把握住的人性才是准确而踏实的。现代派在1980年代中期演绎得如火如荼，刘索拉和徐星之所以出尽风头，只是因为他们起到了火上浇油的作用，但他们只是两勺油，并没有点燃这片火，也没有持续的燃料。更准确地说，在1980年代中期开展的现代派运动，只是虚火上升。那只是人们内心的火、很多现实渴望、文学反压抑的创新欲望、摆脱旧模式的愤懑，等等，只能找到一个象征性的词汇——一个足够大、足够叛逆的词汇——现代派，去容纳如此巨大的历史渴望。事实上，中国作家对现代派并没有真正充足的准备，也没有真正充沛的热情，在被历史浇了一盆冷水之后，现代派几乎是灰飞烟灭。1990年代代之而起的是传统的复活和乡土中国叙事的长足发展，并且走向了它们的顶峰状态。这当然是后话,但是事后诸葛亮至少会让我们看清此前的历史门道。

现代派之转向传统,或者说现代主义之与中国传统叙事结合在一起,得益于莫言的横空出世。在1980年代,相比于贾平凹,莫言在气质上更接近现代派,他的现代派潜质是他无拘束的个性或天生的叛逆性格所致,加上他的民间传统的文学教育,甚至孤独的放羊生涯。贾平凹骨子里渴望正统化,他天性温厚,生活于底层,对自己的命运几乎无能为力,渴望走在正道上。传统、现实主义很容易对他构成规训,不超离主流太远,很长时间会成为他的文学生存的基本底线。当他足够强大时,就不知不觉地对中国的现实主义文学构成了尖锐的改革。贾平凹是从内部破解了现实主义的陈规旧序,而莫言则是从外部攻陷了中国现实主义的堡垒。如果说中国的现实主义有了一次彻底的(也是最后的)更新的话,那么这两个人无疑拔了头筹。

莫言几乎是与贾平凹同时崭露头角,他的作品早先也是标准的现实主义。当他稍微摸到文学的门道,迅速就有了自己的路数。"85新潮"期间,他的《透明的红萝卜》《白狗秋千架》《爆炸》《球状闪电》这些作品,明显透示出对乡村生活、对人性和命运、对现实的断裂有着个性化的理解,他的叙述和语言已经有了自己的格调。1986年,《人民文学》第3期发表中篇小说《红高粱》。该作一发,引起轰动。随即莫言再出手系列中篇《高粱酒》(《解放军文艺》)、《高粱殡》(《北京文学》)、《狗道》(《十月》)、《奇死》(《昆仑》)。是年夏天,张艺谋和莫言合作,将《红高粱》改编成电影。1987年春,由几个系列中篇结集出版长篇小说《红高粱家族》,至此,莫言的声誉如日中天。

莫言一夜之间成为"85新潮"的弄潮儿,谁能想到这个半路杀出的高密汉子有这么强的爆发力,又有这么凶狠的后劲。多年后,在乡土中国叙事这一路上,贾平凹与莫言不相伯仲,莫言获得诺贝尔奖,那也是没有办法的事,贾平凹要让出三分。在1980年代中期,看看贾平凹那些作品,与莫言比肩当是毫不逊色。贾平凹的乡土传统因为过于地道,不得不被现代派的亮丽遮蔽部分光鲜。但莫言的绚丽却把现代派压下去了,这是以其人之道还治其人之身。《红高粱》燃烧般的激情在那个时期与客观冷静、中规中矩的现实主义相去甚远,它同样是"别无选择"地要被读解为现代主义。《红高粱》的元素如此丰富:它有乡土中国、有寻根、有革命叙事、有现代派的叛逆性激情、有强烈的主观化抒情,力大无比,冲决了任何束缚和条条框框。

《红高粱家族》被看作寻根派作品显然有充分的理由:"我爷爷""我奶奶"的叙述表明了家族认同的寻根意向,同时也折射出对传统、对历史、对民族性的肯定。莫言的寻根又表现出与其他寻根不同的精神气质,它是如此肯定、如此自信地寻求和回望祖辈的生命搏斗,它所激荡的生命意志,与此前暧昧含混的寻根态度大相径庭。尽管说"我爷爷"余占鳌的所有行动都是在野性的暴力与人间正义的双重悖论中展开,但"我"这个后辈对"我爷爷"的那种膜拜是不容置疑的。在1980年代普遍性的反传统、批判家长制的时代背景下,这种对传统和家族的态度是在反潮流的。

说《红高粱家族》具有现代派的特征并非夸大其辞。尽管"85新潮"更加流行的概念是"新潮小说",这是与现代派暧昧勾连的一种方式,人们心照不宣,说现代派太激烈,与主流意识形态构成直接冲突,容易招致封杀。而且把那些有些新颖的作品都称为"现代派"也显得有夸大之嫌。"新潮"这个概念则解决了这一矛盾,这是在中国文学变革的语境中来说事,是相对于此前的现实主义主导的美学规范而言,"新潮小说"在不同的方面突破了旧有的框框。显然,莫言的《红高粱家族》在新潮小说中也是属于更有挑战意味的作品,说它靠近现代派并不为过。尽管它的世界观和历史观还有现实主义的残余,但重述历史表明它对历史从根本上是怀疑的,历史被暴力裹胁,最终只是剩下虚无的意义。它那种主观化的叙述与人物的生命搏斗意志相混合,已经远远越出传统现实主义的边界;那么狂放、绚丽以及抒情化的叙事,也给人以超量语言的轰击感觉。汉语言的表达欲望以如此不可遏止的方式涌溢而出，这无疑是现代以来的新文学所没有的，比之路翎的《财主底儿女们》有过之而无不及，比之胡风的"主观战斗精神"也有过之而无不及。要说它承继中国现实主义这一源流未尝不可，要说它开启中国现代主义运动的本土化道路也恰如其分。

莫言在"85新潮"的热闹时期出场，推动的是当代文学变革的潮流，他关于家族与传统的寻根显然没有他的主观化叙述的力道大。莫言的叙述方式直接影响到他身后一批先锋派，如苏童、余华、格非、孙甘露、北村等人，当然对这些人产生影响的还有马原和残雪，但莫言的意义在于使主观化的叙述具有合法性，作家的主体意识可以介入叙述、重构历史，并且语言本身能构成审美层面。马原则使叙述方法可以具有游戏性质，历史的本体真实被解构，小说不属于客观真理，而是作家的虚构。由此，作家的世界观和历史观都发生了深刻的变革。

二 马尔克斯的助推与回归本土的选择

"85新潮"的现代派不了了之，甚至还被看成"伪现代派"[①]。随后出现"先锋派"其实与刘索拉、徐星并无干系。先锋派是从莫言、马原那里得到启示，当然还有他们对欧美现代主义小说家如卡夫卡、普鲁斯特、伍尔芙、马尔克斯、博尔赫斯、福克纳等的接受。因为先锋派这批人并没有太深厚的传统记忆和乡村经验，因此，他们接受的马尔克斯和博尔赫斯还更偏向于现代主义，而不是拉美的魔幻传统与民族化的神秘倾向。先锋派即使有魔幻或神秘，也是在哲学的形而上学意义上的世界观，而不是和文化或生活经验相关。如此，我们就可以更清晰地看

---

① 1988年左右，有一系列文章反思"85新潮"期间的现代派，有些文章称其为"伪现代派"，有关文章有：黄子平：《关于"伪现代派"及其批评》，《北京文学》1988年第2期；李陀：《也谈"伪现代派"及其批评》，《北京文学》1988第4期；张首映：《"伪现代派"与"西体中用"驳议》，《北京文学》1988年第6期；李洁非：《"伪"的含义及现实》，《百家》1988年第5期。

到,在现代主义退潮之后,莫言和贾平凹还能走得更远。事实上,1990年代初率先出场的反倒是贾平凹,在1990年代贾平凹的风头要盖过莫言,这主要是由于他那部风靡一时的《废都》。《废都》虽然是写了性,但贾平凹自己则声称他是在向传统美文致敬,在寻求传统美学的复活。① 此前,也就是八九十年代之交,贾平凹原本试图在"文化"上加大他的表现力度,《浮躁》的现实感并不成功,他要在《黑氏》《人极》《天狗》里探究人性与文化的品性。但面对历史变故他也无所适从,只好写了一系列关于"匪事"的故事②,如《美穴地》《白朗》(1990)、《五魁》(1991)、《晚雨》(1992)。这些作品显示出贾平凹对人物性格的拿捏十分精准,传奇性的故事讲述得波澜跌宕、峰回路转,小说叙述节奏尤其控制得好。匪事与民间奇风异俗、怪癖淫邪多有相关,文化大抵能从这些地方透示出来;当然,他对人物性格的拿捏,用意在于捕捉一种飘逸的风格,这就是有意去切近中国传统艺术的风格了。这一系列的"匪事",意外让他蓄积了文化底蕴,打磨了叙述风格。

莫言在1992年出版《酒国》,该书写于1989年底,显然带着历史的态度。《酒国》讲述的是一个"吃人"的故事,几乎是强迫性地让人想起鲁迅的《狂人日记》,那也是"救救孩子"的呼声。小说看上去与这一主题无关,可以更为恰当地解释为是反对吃喝之类的浮夸奢靡之风,但莫言的抱负显然不止于此。莫言对《酒国》这部招致冷落的作品说过一段具有广告效果的话,他把《酒国》称为"我的美丽刁蛮的情人",并且声称"它是我迄今为止最完美的长篇,我为它感到骄傲"。

1990年代初的莫言如同一个独行侠,《酒国》这种作品前不着村、后不着店,他几乎是在以一己之力与历史较劲,与文学史的变革较劲。

---

① 参见贾平凹《废都·后记》,《废都》,北京:北京出版社,2002年。
② 2013年贾平凹先生应邀在北京师范大学文学院作演讲,笔者作为现场嘉宾陪同,在讲座前曾问贾平凹,何以在1990年代初发表一系列关于"匪事"的作品,他表示那时他和刊物都很茫然,他就想写"土匪"磨磨笔头。

此前,受他影响的先锋派作家如苏童、余华、格非,已然把马原和莫言的精气吸取干净,写出了俊丽、苍凉而玄妙的小说。这种风格比之莫言的小说多了俊雅之气,比之马原的小说多了语言的华美,比之残雪的小说多了身体的温度。相形之下,刘索拉、徐星的现代派则露出了青涩稚拙。但莫言显然不愿意在语言形式方面耗费太多的能量,他还有那么厚实的生活经验和现实的批判激情,还是要按自己的方式写作。《酒国》是他创作的必经之路,他要历经这样的夸张变形、历经这样的荒诞和伤到骨子里的痛楚才会罢休。这也是他清理现代主义记忆的必要仪式,他需要完成一次与先锋派的激进形式主义的对话。看看莫言此后的作品,《天堂蒜薹之歌》《第四十一炮》,另有中篇《父亲在民伕连里》《怀抱鲜花的女人》等。那时的文坛并不知道莫言在干什么,甚至为莫言的落荒而逃惋惜不已。但紧接着莫言出版《丰乳肥臀》《檀香刑》《生死疲劳》,一时令文坛目不暇接。这些作品再没有《酒国》的夸张与怪诞,也不会显得平淡无奇。他能使一股子蛮劲,终至于在故事中变成巧劲。这是他的过人之处,那么多的作家自以为在使巧劲,结果使着使着就成了蛮劲。那些狂怪和嚣张并不构成主导性的叙事,却能化为一种劲道或要素糅合进作品的结构中。莫言此后更加自由自在地去到了历史中,回到乡间,牢牢地站在他的高密东北乡的土地上。

如此,我们则要去思考,对现代派的了结与回到乡土中国究竟构成了什么关系?

稍微归纳一下我们的叙述逻辑:贾平凹的乡土中国叙事在"85 新潮"时期已经相当饱满而有力道,明显突破了正统现实主义的藩篱,但是风头没有压过刘索拉和徐星。莫言的出场既"寻根"又"现代",他的风头改变了寻根的方向,引领了——也是逼迫了先锋派去另辟蹊径。莫言何以有如此能量,真的是他的天分奇高吗?是他的高密东北乡更为强大吗?他的高密东北乡从何而来呢?

这个问题于是切近我们要探讨的问题的深处。在"85 新潮"和随后的转型中,是什么外力促使中国一批作家有能力进行转向?这样的转向是完全的吗？还是可能是蓄谋已久的（不得已的）撤退？结果真的是中国文学达到一种高度吗？

莫言的"高密东北乡"是一种比喻性的说法，其实是说回到更为坚实明确的、与自我经验相关的乡土中国叙事。莫言第一次意识到"高密东北乡"是受到日本作家川端康成的影响，其直接的产物是中篇小说《白狗秋千架》。1999年10月，莫言应邀赴日本京都大学发表了题为《我变成了小说的奴隶》的演讲，其中谈到他读川端康成《雪国》中所描述的"舔着热水的秋田狗"时的感受，他说当时自己已经顾不上把《雪国》读完，便放下手中的书，抓起笔，写出了这样的句子："高密东北乡原产白色温驯的大狗，绵延数代之后，很难再见一匹纯种。"莫言声称，这是他自己的小说中第一次出现"高密东北乡"的字眼，第一次出现关于"纯种的概念"。莫言坦承，在读到川端康成的这一描述之前，他一直遵循教科书里的教导，到农村、工厂里去体验生活，但归来后还是感到没有什么东西好写。正是川端康成的"秋田狗"唤醒了他，从此以后，他便高高地举起"高密东北乡"这面大旗，开始着手创建自己的文学王国。①

但实际上，《白狗秋千架》这篇极其出色的小说引起的反响有限，很长时间都并不为人们称道，而1986年发表的中篇小说《红高粱》则红极一时，直接影响了莫言周边的一群作家。关键在于，这篇小说携带着马尔克斯和拉美魔幻现实主义的能量，把乡土化的民族本位与现代主义融合在一起，让寻根的观念性具有了现实感，具有了直接的生活经验：把客观历史变成主体经验，把他们的故事变成了"我们的"故事，并且是"我们"正在进行的文学故事。川端康成或许可以点燃莫言的想

---

① 参见莫言《小说的气味》，北京：当代世界出版社，2004年。关于莫言与川端康成的关系，可以参见康林《莫言与川端康成》，《中国比较文学》2011年第3期，第130—131页。康林的研究表明，短篇小说集《白狗秋千架》在日本翻译出版时，莫言写下一则序言，特别感谢川端康成那条"秋田狗"，以此向川端康成致敬。

象,引发他开启个人突破之路,不过川端康成不具有集体性和时代性的重建功能,但马尔克斯有——他新近获得诺贝尔文学奖的感召力、他的第三世界文化背景、他的自由与出神入化的"魔幻"、他的现代派本性,这些都足以使马尔克斯在"85 新潮"时期成为文学变革的助推神力。寻根的背景、莫言的乡土生活经验与他的时代感,三者的叠加实际上使得马尔克斯在中国的着陆成为一次膜拜的仪式。知青群体集合而成的寻根派,还是回到人性和生活真实性的乡土派(例如贾平凹),其实是由于他们不能从观念上转化现代派的经验,于是当然更乐于从文化上来响应魔幻现实主义。后者可以使中国传统、民间、乡土生活有更大发挥余地,这样的方向要轻松自在得多,也更容易见效。由此可以看到,1990 年代初期直至 21 世纪初,乡土中国文学叙事占据了当代文学的主导地位,1980 年代后期的先锋派激进实验只是一次现代派渴望的紧急释放,中国作家那时并没有充足的现代派底气,乡土中国迅速卷土重来。更不用说现实还不断提供机遇,"三农问题""底层问题""新左派思潮"……这是后话。

在当时,《百年孤独》像是启示录,也像是火种,足以使乡土中国叙事瞬间有了新的表现形式。乡土中国叙事的革命几乎只需要马尔克斯的一个句子就足够了。"多年以后,面对行刑队,奥雷里亚诺·布恩迪亚上校将会回想起父亲带他去见识冰块的那个遥远的下午"(旧版,黄锦炎等译),这句开头文字成为中国当代文学变革的启示录。中国作家突然意识到叙述的时间问题,意识到叙述人的存在,小说讲述的故事不再是客观历史的自在呈现,而可以是"我"的虚构和想象。于是莫言《红高粱》的开篇这样来讲述:"一九三九年古历八月初九,我父亲这个土匪种十四岁多一点,他跟着后来名满天下的传奇英雄余占鳌司令的队伍去胶平公路伏击日本人的汽车队。"我们今天没有必要为这样的开篇多少有点模仿的痕迹而觉美中不足,如果没有学习和模仿是不可能有文学的进步的。就是马尔克斯也是有师法的,他曾写了多年而依然不得要领,某天出版家阿尔瓦罗·穆蒂斯来到他的房间,随手给他丢下一本皱巴巴的手稿说道："学习着点儿。"此作出自后来马尔克斯终身尊为师长的胡安·鲁尔福之手，名为《佩德罗·巴拉莫》。《百年孤独》开篇关于一个村庄马孔多的叙述，与《佩德罗·巴拉莫》开篇探访死去的父亲的村庄不无几分相似。马氏直言不讳地说过，是《佩德罗·巴拉莫》点燃了他的想象，让他知道如何写小说。马尔克斯说他读这篇小说熟练到能背诵的程度，甚至还能倒着背。马尔克斯说，虽然"他的作品不过三百页，但是它几乎和我们所知道的索福克勒斯的作品一样浩瀚，我相信也会一样经久不衰"。作家之所以能长成大树，就在于他能发现伟大作品，能从伟大作品中吸取自己的养料。

莫言也曾说过他读到马尔克斯时的感受。早在马尔克斯刚进入中国的 1980 年代，莫言就在军艺马路对面的魏公村书店里读到马尔克斯、福克纳和海明威，还有法国新小说派的一些作品。当时读到《百年孤独》时，"读了几页以后就按捺不住自己创作的冲动，觉得原来小说可以这样写，那么我为什么没有早想到这样写呢？生活当中自己经历的类似的情节和故事很多嘛，于是拿起笔就开始写"①。莫言说《金发婴儿》和《球状闪电》明显是受到马尔克斯的影响。莫言何以翻了几页就不再细读马尔克斯的作品？莫言谈他读福克纳的感受时也有过类似的表述。莫言早在 1987 年就在《世界文学》发了一篇题为《绕开马尔克斯和福克纳这两座高炉》的文章，他后来解释说，那时他已经非常明确地认识到不能跟在他们后面亦步亦趋，因为他们是灼热的高炉，而我们是冰块，如果靠得太近了，就把自己蒸发掉了。很显然，莫言不能太靠近马尔克斯或福克纳，他们的作品对他的独创性构成启迪，同时也存在威胁。一定是因为精神气质太相近了，故而一点就通、一通就灵。他要离他们远一点，他要发挥的是他自己所具有的乡土中国经验，是中国的传统性和民族化。多年以后，莫言一定会为自己当初的明智和坚定感到侥幸。

---

① 参见莫言《小说的气味》，北京：当代世界出版社，2004 年。

走笔至此,可能已经接近我们讨论的问题的核心:莫言究竟从马尔克斯那里学到多少现代主义的东西?还是他只是从马尔克斯那里获得了回到乡土经验和民族本位的信心?马尔克斯当年从《佩德罗·巴拉莫》这部汇集了所有现代主义技巧的作品中,学到的很可能就是把现代主义消融于拉美的超验世界中的那种方式;莫言从马尔克斯那里学到的,也有可能是摆脱现代主义回到乡村经验和民族本位的态度。二者看上去殊途同归,其实大有区别,预示着后来各自不同的道路方向,因为二者的期待和创新的紧迫感不同。如果说《红高粱》里有现代主义,那不是作为小说技巧而存在的现代主义,而是莫言巨大的激情和超人的才华越过语言规则和限度的副产品。它们是语言、句式、格调、风格的产物,而不是作为构思、结构、叙述的本体存在。《红高粱》给人的更直接深刻的印象,是乡村经验、生存意志、家族传奇、革命历史,等等,这些获得了新的语言表现形式。1980年代中期中国作家集体并没有坚决的现代主义意志,个人的创作准备和现实感都没有足够的根基。知青那代作家只有自我的现实感,农村经验曾经是他们不堪回首的"被耽误的岁月",只是城市的现实让他们更难找到自我肯定的场所,于是只有回望乡村。很显然,寻根使他们被动的现实境遇变成了一种主动的自我塑造,寻根群体成为有时代意识的创新者。现代主义繁复的艺术形式和哲学意味浓重的思辨,不适合当时的艺术水准,更不适合当时的思想氛围。显然,莫言从马尔克斯那里获得一点启迪就足够了,他在自己的历史条件下创造了自己的历史。

这无疑是合理的、必然的选择,但是我们确实要看到,莫言由此开启了中国乡土文学叙事的一个新面向,甚至是一个广阔的天地。那就是回到一个更为本真、以真实的个人生活经验为基础的乡土叙事——它与此前意识形态规约下的农村题材迥然不同,也与1980年代复苏的乡土叙事不同,后者是单一现实主义的规范支配下的创作。莫言则具有更为强大的历史批判性,并且表现出多样化和复杂化。如果要坚持在现实主义的意义上来谈论莫言的话,那么可以把他的手法称为多元的现实主义。它确实具有现代主义的历史观和世界观,但这一切都包裹在乡土叙事和乡村生活形态中,太过强大的乡土经验吞没了现代主义的精神气息。

莫言的小说给予人们以充沛的本土精神气质印象,而贾平凹的作品则显现出中国传统神韵的风貌,自1990年代以降,中国文学与西方现代主义渐行渐远,已然走在自己的道路上。因为"50代"作家代表着中国文学的中坚,这一方向实则表明中国文学的主导走向,这一趋势让人们有脚踏实地之感,但是否真的让人们心安理得、一劳永逸呢?这可能是需要去追问的。

三 "西方"的失效与乡土终结?

21世纪中国文学在乡土叙事这一维度上有很高成就,这一点是毋庸置疑的。这是由莫言、贾平凹、阎连科、刘震云、张炜、陈忠实、阿来等人标示的高度,但他们的同代人——那一大批知青作家呢?他们在1990年代大部分沉寂了。何以他们没有取得应有的文学成就?如前所述,知青作家群是观念性的一代人,他们从观念出发来理解中国的历史和现实,来建构他们的文学观念。但是他们的观念只是现实批判的观念,而没有完成文学的现代派观念的转型,没有上升到文学的现代主义观念层面去展开他们的文学探索。现代派那批作家刘索拉、徐星则昙花一现,因为他们的现代派观念准备并不充足。他们也是靠现实批判观念,没有现代主义的形而上的哲学观念。"60代"的那批作家如余华、苏童、格非、孙甘露、北村,处于"50代"乡土派的一侧,某种程度上以他们的方式调和了现代主义经验,即用历史记忆与现代主义的审美表达方式加以重构。但是在他们的作品中,现代主义的经验也越来越稀薄,个人经验、"中国故事"、对语言的掌控力构成了写作的主要资源。1990年代初期以后,中国文学对现代主义的崇尚基本上终结了。

看知青作家群的创作,在1980年代后期就难以为继,因为他们在两方面都没有落实:一方面是现代主义文学经验的学习借鉴没有完成;另一方面是并没有充足的与生命个体生长在一起的乡村经验。在转向传统与乡土的1990年代文学进向中,他们没有过硬的本领。先锋派群体的创作在1990年代上半期告一段落,苏童、余华、格非都向常规小说转化,也出版了一批相当有分量的作品,但群体性的变革和持续的探索没有了,取而代之的是常规化。在1980年代末和1990年代初,先锋派的风头甚至盖过莫言、贾平凹、马原(彼时阎连科的影响力还没有显现出来),何以他们后来不敌莫言、贾平凹、阎连科呢?1990年代形成回归本土和传统的文学趋势,生活体验和现实感在创作中起决定作用,先锋派在乡土经验方面也不扎实,甚至还不如知青群体。莫言小时候在村庄里长大,十几岁上山放羊,常跟母亲去乡村的集市上讨生活。阎连科在耙楼山的村子里劳动,家里是地道的农民,他就像土地上长出的庄稼。贾平凹十八九岁还在田里的小道徘徊,招工的希望一次又一次落空,他真正觉得自己是一个无用的人。像这几位作家这样的乡村经验在中国作家中并不鲜见,但谁又有这几位对现代小说的感悟力,尤其是把现代(主义?)的小说经验与个人的生活经验融为一体的能力呢?没有。比之知青作家群和先锋派,他们并不缺乏现代主义的小说经验,却要多出厚实的泥土味。这就是在1990年代以来转向传统和乡土的叙事中,他们可以高出一筹,而其他人难以比肩他们的创造性的缘由所在。

  今天看来,"85新潮"在本来酝酿中国的现代主义的运动——更准确地说,是在中国文学渴求现代主义到来的高潮中,转向了寻根并且转向了回归传统和乡土的道路,中国文学也因此收获了一大批令人欣慰的成果。但是我们同时也要看到,这一转向压抑了1980年代的现代主义冲动,中国文学自1980年代至今没有经历过比较深入的现代主义熏陶,除了少数创造性强悍的作家外,起主导作用的还是单一的现实主义,以至于从整体上来说,中国文学生产还处在直接模仿现实的低水平重复写作中,或者说单一现实主义的类型化写作占据了创作的习惯思维。

现代主义在中国要形成深入影响当然十分不易,况且如今现代主义作为一场声势浩大的运动在西方也早已终结,本章论述的用意所在是去探讨:我们1980年代的现代主义热望如何被压抑和扭转向另一个方向?这是我们去考量这样的难题寻求的一个历史依据,即在今天寻求现代主义艺术方法作为新的艺术变革的借力是否正当?是否必要和可能?因为没有绝对真理性的原理论的支持,我们试图寻求历史的依据,在对历史的阐释中来理解我们现在面对的难题及其解决方案。在1980年代中后期,现代主义不一定会如期到来,不一定就会顺理成章替代传统。因为传统的力量过于强大,是故在既定的传统名目下文学要革新、要完成现代转型,现代主义与其说是一个方向,不如说是一个机遇——一个想象的外力机制,它能迫使传统四分五裂,使现代文学艺术获得解放。在传统顽强的英国文坛,詹姆斯·乔伊斯说过:"我反抗英国的成规积习,不管是文学成规还是其他成规,都反抗,这是我的才能的主要源泉。"乔伊斯这一说法深得特里·伊格尔顿的赞赏[1]。作为马克思主义的文学理论家,伊格尔顿对现代主义的态度既恨又爱——恨是因为其为垄断资本主义共生的现象;爱可能谈不上,只是因为他看到现代主义包含对资本主义的反叛。伊格尔顿作为一个有着强烈爱尔兰民族情结的人,出于对大英帝国霸权的憎恨,对那些瓦解英格兰传统的艺术反叛当然给予肯定评价。他认为詹姆斯、康拉德、艾略特、庞德、叶芝、乔伊斯以及贝克特"能从外面审视英国本土传统,出于各自的目的将传统的东西客体化或占有,既疏远又进入英国文化,而在虔敬这一传统中长大的人是做不到这一点的……他们能够把英国本土传统看作一个问题对象,而不是一笔需要保护的遗产"[2]。现代主义的反叛意义就在于破解传统的规训,进入现代主义,也就是重构传统、重新打开文

---

[1] 特里·伊格尔顿:《历史中的政治、哲学、爱欲》,马海良译,北京:中国社会科学出版社,1999年,第209页。

[2] 同上。

学艺术的新向度。在伊格尔顿看来,"现代主义大胆消解民族构成,一往无前地僭越艺术形式和政治国家之间的边界"①。英国的传统主义极其牢靠,正因此,需要现代主义来冲击一下。他说:"英国文化具有惰性的传统主义性质,充斥着文学现实主义和自由主义经验主义,这样的文化必将全力抵制现代主义实验,但是它的反动恰恰激发了乔伊斯和劳伦斯等人的现代主义实验。"②伊格尔顿对传统的态度与他的马克思主义阶级斗争观点相关,也出自他的爱尔兰背景,无疑有他的偏颇之处。但他的观点亦有可资借鉴之处,一个民族的文学艺术过分迷信传统肯定会有问题。百年中国文学都是在反传统的激进革命中来获得它的现代身份,历经苏俄的社会主义现实主义同化,中国文学的民族性和传统性基本上七零八落。激进革命对传统的冲击不是艺术上的革命或转折,而是把中国进入现代的文学观念化和政治化,那些以民族性和传统性面目出现的东西,也必然是被政治观念规训的派生物;恰恰是那些逃避了历史体制的民族形式和传统符号,具有了现实性和当下性。当然,这也只能是在"文革"后,准确地说是1990年代后文学转向的结果。例如《檀香刑》里的传统民间形式和地方习俗、《受活》里具有反讽意味的民族性、《一句顶一万句》里的小叙事和叙述转折,这些东西恰恰是在"现代"的视域里展开的探索,它们的手法和观念几乎可以说是现代主义式的。对于中国现代以来早已零落的传统来说,现代主义只是某种象征手法,重构传统可能是一种比较成形、成规模的变革形式。事实也说明,1990年代以来传统的复活,很容易复活到现实主义的成规套路中。只有在莫言、贾平凹、阎连科、刘震云、阿来等少数作家的作品中,可以领会到与现代主义碰撞过的传统究竟是何种情形。从中可以看到他们与马尔克斯、福克纳、卡夫卡甚至乔伊斯、奥威尔的潜在对

---

① 特里·伊格尔顿:《历史中的政治、哲学、爱欲》,马海良译,北京:中国社会科学出版社,1999年,第213页。

② 同上书,第215页。

话,那些作品中呈现出的具有当下活力的传统,恰恰经受到现代主义观念的撞击、重构。

固然,人们会说,中国文学之所以没有发展出深入的现代主义运动,是因为现代主义舶来品在中国水土不服,注定了不能有深入的传播、吸纳和转化。中国绝大多数作家对现代主义嗤之以鼻、不以为然,1990年代知识界在文化上开始奉行传统主义与主流意识形态结合的道路,对西方当代的思想文化更有抵触情绪,虽然有研究、借鉴和传播,但并不信服。固然,不再像1980年代那样唯西方马首是瞻表明了一种成熟和自觉,然而觉今是而昨非也似乎太彻底了点。"中国特色""中国自己的""本民族""传统"等概念,已经有碍于知识界认真借鉴"人类一切优秀文化成果"。文学界则几乎遗忘了西方的文学经验,莫言、贾平凹以及阎连科开启的新乡土中国叙事的道路上,是不是所有的人都可以像他们几个人一样步步为营、步步挺进,还是一个需要追问的问题。这其实不是说艺术能力高低的问题,而是文学打开的自我更新的面向究竟指向何处。

莫言、贾平凹有雄厚的乡土经验和传统本性,也有对西方现代派文学的借鉴和感悟,而且他们内心始终还保持着对西方现代派文学经验的向往。莫言1998年还写过一篇短篇小说《拇指铐》,那篇小说固然是对鲁迅《药》《野草》致敬之作,但同样也是对人们久已淡漠的现代派的缅怀之作。买中药而又被莫须有铐住的阿义、冷漠的围观人群、恍恍惚惚的太阳、坟地野草,所有这些,充斥着现代派的象征、隐喻、反讽,把中国现代传统与西方现代派进行了一次令人心痛的融合。这固然只是一篇短篇小说,但莫言小说中的现代主义因素是相当充沛的,《酒国》的象征和隐喻、虚实的双重结构、冷峻的历史反讽、解构实在性的决心,等等,所有这些都可以在现代主义小说的意义上加以阐释。《丰乳肥臀》《檀香刑》《生死疲劳》虽然有明确的历史叙事谱系,也有历史编年史暗合的结构,但是莫言的叙述可以在历史场域中自由穿行,对历史的质疑时刻在场,其内里的诸多表现手法、荒诞化和寓言化的处理、悲剧性和戏谑化的混淆,尽可能避免了重建历史的野心。虽然莫言小说中很多因素借助于民间和传统,但与现代主义的小说要素最大限度地融合,从而成就了莫言小说的超常表现力。贾平凹看上去是一个极其传统的、风格单纯的作家,其实也关注现代主义的小说观念和表现方法。早在1990年代初,他就写出了《太白山记》系列,如此的极简小说,固然有对中国传统笔记小说的借鉴,但其中刻意寻求的"变"和荒诞感,也可见现代主义的因素在起作用。他在1999年写下的《怀念狼》,对那张狼皮给足了象征的意义,而且小说贯穿始终的通灵论与幻觉以及狼的变身等情节细节,是贾平凹向马尔克斯的致敬,也是把《百年孤独》与《聊斋志异》合并起来的尝试,其实显示了十足的现代主义甚至后现代主义的意味。虽然莫言、贾平凹和阎连科并非标准的现代主义作家,但他们的作品在一定程度上融合进了现代主义的小说因素,以至于现代主义与乡土中国的民间性和传统性混淆,具有更为丰富和多元综合的美学特质。

并不是说西方现代主义文学多么了不起,而是历史发展到这一阶段,中国文学应有能力吸收更为丰富多样的表现手法。一种有活力、有自我更新能力的文学,必然要表现出开放性,必然有能力和世界文学的经验对话,并吸收为自己的有机组织。实际上,现代主义在中国传播已有半个多世纪,按盛宁的考证,艾略特的名字最早在中国的文艺刊物上出现是在1923年8月,赵萝蕤翻译的《荒原》于1937年由上海新诗社刊行,乔伊斯在1920年代初由茅盾和徐志摩介绍到中国,萧乾在1939年就读到两卷本的《尤利西斯》。[①] 在整个五六十年代、1970年代,现代主义作为资本主义没落、腐朽、垂死的文化现象而被拒之门外;现代主义在1980年代的传播也始终未能脱离"清除精神污染"和"反对资产阶级自由化"的污名化语境。即使如此,中国作家还是怀着热望寻求创新的范本,西方现代主义作家还是让大多数中国作家向往。1990年

[①] 参见盛宁《对"现代主义"在中国影响的再思考》,《文学评论》2011年第1期。

代中期以后,现代主义的传播与中国作家的创作并不发生直接关系,市场的兴起使相当多的中国作家相信市场为王,接着是媒体为王,文学界的纯文学标杆已然破败不堪,除了遭遇怀抱"人民性""现实性"的各路人马的攻讦嘲笑外,已经少有人敢理直气壮地有所张扬。

为什么中国文学需要吸收现代主义的因素?大多数艺术史家倾向于认为现代主义开启了一个新的时代,它产生于一个深刻的思想再评价以及社会和思想变化的时期:

> 它日益支配着我们伟大作家的情感、美学和思想,而且成为我们最敏感读者的幻想中适当的、必不可少的东西……它也是一场革命运动,利用了思想上广泛的再调整,以有人们对过去艺术极端不满的情绪——这场运动在本质上是国际性,其特点是拥有丰富的思想、形式和价值,它们从一个国家流传到另一个国家,从而发展成西方传统的主线。①

这样的说法在今天已经不会让人深信不疑,甚至有可能让人哑然失笑。今天回到中国民族本位,"中国传统"等说法都是实实在在的立场,都有坚实的根基。显然,现代主义作为一场运动早已终结,我们不可能复活所谓现代主义运动。我们这里谈论现代主义也只能是一种象征性的指称,是自现代主义运动以来,西方文学所形成的那些复杂的、多样性的、具有形而上世界观和表意策略的文学方法。时过境迁,我们再给现代主义下定义已经很困难,不过在历史中来理解现代主义倒是可行的办法。伊格尔顿是一个批判现代主义的理论家,我们来看他理解的现代主义可能另有一种参考价值。他指出,把现代性击碎的人是尼采,尼采力图结束现代,"他要揭开某种称为现代主义的东西"②。这里的阐释表明,现代主义与现代性并非一回事,现代主义具有反现代性的意

---

① 参见马尔科姆·布雷德伯里、詹姆斯·麦克法兰《现代主义的名称和性质》。
② 特里·伊格尔顿:《历史中的政治、哲学、爱欲》,马海良译,北京:中国社会科学出版社,1999年,第221页。

义,更加温和的说法是反思现代性,例如,现代主义可以划入审美的现代性的范畴,波德莱尔、艾略特、王尔德、乔伊斯、纳博科夫等可归属此列。杰姆逊把现代主义、后现代主义看成晚期资本主义的产物,伊格尔顿则将之看成垄断资本主义的结果,对于他们来说,二者都是资本主义的没落文化,但是,他们还看到现代主义具有对资本主义的批判性和破坏性,故而又发掘出现代主义中的积极意义。伊格尔顿分析现代主义的特征说:"二十世纪现代主义的潮流之一支完全接受了尼采的这个大胆思想。现实主义到现代主义的转移是从现实到经验的转移,是从外部的实在之物向流布于身体里的种种零散感觉的转移。"①从中我们可以理解到现代主义的美学所预示的主体性经验的爆发,这也是尼采的酒神狄奥尼索斯精神。伊格尔顿说:

> 我们离开现代主义还不够远,不能清楚地鉴别那些潮流:一方面可能指向死亡集中营,另一方面可能预示新的主体性模式,新的关系样式,新的语言和艺术版本。现代主义既有非常丑陋的一面,也有非常坦诚的乌托邦的一面,只不过往往是一种消极模式的乌托邦而已。因此,我们只能像瓦尔特·本雅明那样,在废墟中耐心寻觅,筛滤破瓦碎石,拣起可以到手的东西。②

伊格尔顿出于他的左派马克思主义立场,对资本主义文化持激烈批判态度,但也道出了现代主义所表征的一个深刻的历史转折,那就是主体的非理性的爆发,对其当下的社会现实具有强大的冲击性,更为有效和有力地表现了现代人的精神心理。我们当然也是在本雅明所指称的废墟上拾遗,要变消极乌托邦为积极的文学表意策略,找到那些为我们所用之物。

也是基于对中国当代文学史变革的理解,我们才有这样的策略性

---

① 特里·伊格尔顿:《历史中的政治、哲学、爱欲》,马海良译,北京:中国社会科学出版社,1999年,第222页。

② 同上书,第226—227页。

的设想。我个人以为,1980年代以来表面而潦草的"新潮"没有深化现代主义运动,是当今中国文学欠缺了艺术内在表现力的根本缘由。今天中国文学想凭着单一的现实主义的小说观念和方法,凭着所谓的"现实关怀",凭着复活早期左翼文学的"底层写作"资源,凭着1990年代以来驾轻就熟的乡土中国叙事路径,就能在文学的穷途末路闯出一条通衢,可能是异想天开。或许这类主张和这种倾向,只是当下的功利性在起作用,文学的理想性同样不值得提起,因为它们与"现实无关",并且"政治上"也不正确。

"85新潮"寻根的转向迎来了中国乡土叙事的转型,并且达到了一定高度,这是1980年代渴求文学创新的人们所意想不到的结果,得益于莫言、贾平凹独特而厚实的乡土生活经验、超常的小说天分和才能以及阎连科、刘震云、阿来等人独异的倔强——他们其实是孤军深入。乡土中国叙事也只有做到这个份儿上,才能在今天与世界文学并驾齐驱,其存在才具有真实的当下性;否则那些在当代存活的作品,其实是活在五六十年代或者最多1980年代初期[①]。

这也是为什么,今天中国文学在回到本土、乡村经验和现实主义的趋势中,其表面和内里并非一回事。有少数作品(主要是就小说而言)在彰显汉语文学特性时,也达到了一定的艺术高度,而许多作品则是简单的重复。这说明文学界并不真正寻求和向往艺术变革、文学创新以及与世界文学经验对话。因为在一个并不推崇艺术创新的文学生产传播情境中,参与的人可以更多,人气更旺,这符合国情。百年来的白话文学运动,文学迅速成为救国救民的有效工具,现实性、民族化和大众化是其主导的文学诉求,这些诉求都导致文学通俗化,始终不把文学的

[①] 本章在这里只讨论今天什么样的文学有创新意义,是有活的创造性的文学,一句话:什么样的文学是最好的文学,具有今日世界性的意义,能够引领文学的趋势。对于大量常规的、没有创新性的文学而言,它们的存在无疑是必要和有意义的,否则我们无法构成一个文学共同体。

艺术创新作为它的主导诉求。今天我们讨论文学的意义时,总是一再谈到文学作品的艺术性、水准和价值,何尝想过我们的文学从来不是把追求艺术性作为文学共同体的首要目标。作家写作也不是将立起文学的艺术性标杆作为第一或唯一的追求,而是被种种现实的企图、向往和期待所支配。

这也是今天我们讨论当代文学究竟在何种意义上达到了一定艺术水准或者可以获得世界文学的承认——这一文学的根本问题所面题的困难,因为这实际上从来就没有成为现代以来白话文学创作的首要问题。

尽管今天依然有诸多附加于文学的评价标准——例如"现实性""真实性"以及"人民性"等还在作为评价文学和要求文学的重要参照,但是在其上还有对文学的更为美学化的准则,也因此,今天对文学的美学水准的要求比过去任何时候都来得强烈。21世纪初这些年,欧美、南美和日本的大量文学作品在中国翻译出版,这使自足式的关怀现实问题的阅读转向文学经验的阅读,中国当代文学不得不又一次面临世界文学的挑战。尤其是年轻一代的读者群已然受到西方现代/当代文学的熏陶,已经形成了一定阅读趣味和水准,这使我们在寻求中国当代文学的下一步方向时,不得不在当今世界文学的经验框架中来考虑问题。

实际上,60代、70代的作家正在蓄积能量,他们不太可能从乡村生活经验中获取主要的创作资源,当然也可能信赖历史叙事,在对本土的历史观照中来建立起自己的文学天地。但他们又一次面临怎么写的难题,这次的难度要大得多,它既不是单方面地回到乡土中国,也不能直接参照西方某位大师的经验,而是要在综合的、融会贯通的意义上来完成。60代的一批代表作家,如余华、苏童、格非、毕飞宇、麦家、东西、李洱等人,深受西方现代、当代作家的影响,持续阅读欧美经典名家作品,思考和探索自己的创作。他们与莫言、贾平凹、张炜、阎连科、铁凝、王安忆貌合神离,明确了解不得不走自己的路。他们有自己的路,在中国当代文学下一轮的突进中,他们要担纲主角。也许有人会说,60代作家都50挂零或者至少年近50了,还能有什么大的作为?但我以为,今天的文学进入了晚期风格时代,一方面是青春写作的低龄化和早熟,另一方面是传统文学创作的高龄化和晚期再生。前者暂且不论,对于后者,看看莫言在近50岁才写出他的一系列重要作品,贾平凹年近60还写出《秦腔》《古炉》《带灯》,阎连科50好几了还写出了《风雅颂》《四书》和《炸裂志》,刘震云也是过了50岁才出版他最好的作品《一句顶一万句》,金宇澄过60岁才出版《繁花》……①今天的传统文学要登上艺术高度,必然要长期积累,艰苦打磨,再也不可能像中国现代白话文学刚刚革命时,凭着青春激情和时代精神就一鸣惊人。

70代作家近年来成为热闹话题,其焦灼的主题则在于他们也都人到中年了,却未见到几个成大气象的作家,在50代和60代的后面,70代作家何去何从,后劲何在?这几乎令人忧心如焚。

70代作家生长的历史、面对的现实都发生了严重的变化。他们生长于"历史空场"时期,或者说"历史性终结"时期。② 八九十年代之交是中国最为暧昧隐晦的一段历史,整个1990年代是旧的事物逐渐消逝、退出历史的时期,而新的却蒙昧未现,社会之变迁如浮光掠影。政治秘闻和娱乐八卦混为一谈,文人下海与学子出国平分秋色,难以置信的商业神话与国有资产流失、下岗、三农问题让社会严重脱序……按说这样的现实很有看点,也能让人长见识。但对于70后人来说,其实是局外人和旁观者,远不能像知青一代人那样参与"文革"串联、文攻武

---

① 当代国际文坛也同样如此,看看门罗、大江健三郎、阿特伍德、菲利浦·罗斯,都是六七十岁还时有大作出版。

② 或者用詹尼·瓦蒂莫的话来说:如果我们讨论的是"历史性的终结"(the end of historicity)而不是"历史的终结"(thd end of history),也许会有所助益。他指出:"当前,后现代经验中的历史终结是通过这种事实来描述的,即在历史性的观念对于理论变得更加麻烦的同时,作为一种统一过程的历史的观念对于历史编纂学及其方法论的自我意识也正迅速消解。"瓦蒂莫:《现代性的终结》,李建盛译,北京:商务印书馆,2013年,第58页。

卫或上山下乡。所有的中国人对于1990年代仿佛都是局外人，谁都不知道历史在何处、现实在何处，人们只是抓现实机遇，每个人必须只看清鼻子底下，路就那么一小条，你摸黑走对了就有了，否则都不知道自己消失于何处。更何况那时正值少年懵懂的70后一代人呢？70代只有回到自己个人的小史中去写作，他们长期带有青春写作的痕迹也足以说明这一点。不能说他们拒绝长大成熟，而是他们置身于其中的历史和现实发生了根本的变化。有人说：50代人写他们看到的历史，60代人写他们听说的历史，70代写他们自己的历史。这种说法很可能就是70代人放出的口风，但70代人写自己的历史还是略显狭窄。

70代也确实并不关心文学史，60代中的叛逆者如朱文和韩东们还带着愤懑发表《断裂》，向传统文学史发动进攻，葛红兵当年也出于激愤发表《为二十世纪中国文学写一份悼词》。但70代几乎不关注这样的历史存在，对于他们来说，这样的历史可有可无，因此要把他们纳入这样的历史也显得如此困难。这代作家其实面临着艺术史的终结，他们处于艺术史的末端位置。多年前我用"晚生代"来概括60代作家，相对于知青作家群，60代作家是晚生代，主要是就"文革"经验和对中国传统的记忆以及面对艺术史上的大师和可创新的余地而言。相对于50代和60代来说，70代更像是"晚生代"。70代还置身于传统的精英主义的文学的体制里，他们所追求的文学理念还是可以被经典化的文学，文学史留给他们的余地已经很小。当年的50代作家和60代先锋派还有一个教条化的现实主义作为其对立面，而这道屏障已经被50代和60代所破解①，他们也因为是在对抗性的文学史语境写作，才有一种挑战的意味，甚至纯粹的形式主义实验都能折射出锐利的社会意义。但是对于70后来说，无需作形式主义实验，也没有艺术的难题和高度

---

① 中国现代作家就是拓荒者，古典文学的标准对他们反传统的现代写作来说构不成压制；50代作家面对的是被苏俄现实主义规训了的"社会主义文学成果"，他们冲破禁锢、突破单一现实主义几乎是一夜之间的事。

要他们去克服,他们要在所有迄今为止已经存在的中国文学的成就底下写作,要崭露头角谈何容易,更不用说还要高人一等。

70代确实鄙夷历史,现实也没有给他们提供精神凝聚力,因而他们在美学上也没有方向。他们乐于各自为战,并从中找到自行其是的生存方式。这样的方式确实有值得嘉许之处,中国什么样的人群都被聚集,尤其是中国作家,50代、60代、80后,不被聚集就找不到历史的坐标,就没有现实的方位。70代的出场就显得十分蹊跷,先是一群"美女作家"在《作家》杂志上集体亮相①,她们以消费社会的招贴画的形式企图改变传统作家的形象,但很快就风光不再。男作家的出场则是零落冷清的,直至他们有些人已经出手不凡时,主流文坛还对他们浑然不觉。70代不是成长于主流的文学期刊,而是存活于网络媒体,从媒体再到传统期刊。走这么大的弯路,既有今日,何必当初?今天如此壮大的媒体还不能成就一代作家的辉煌?80后的作家初出茅庐就敢鄙视文坛("文坛是个屁"),但文坛还没有解散,传统文学的价值标杆还在,媒体似乎至今也不能推倒它。这让70代何去何从?

70代的生长期正值中国媒体迅速壮大时期,他们得益于媒体的塑造,分享着媒体给他们带来的粉丝拥趸。② 中国媒体扩张时也在寻求自己的文学,以发现新闻和故事(深度报道)的方式发现文学,从而塑造文学。当然网络另当别论,它是文学存在的另一种形态。70代作家介于网络和传统之间,结果是他们要转向传统文学,这是他们正经的归宿。也因此,才使70代作家在传统文学的意义上可以展开讨论,有必要展开讨论。在媒体中被塑造的文学,必然原本就带有并且还会沾染媒体的性状。这其实有利有弊,其利在于有新的素质出现,其弊在于媒体并不能全能塑造一种新型的文学。如果媒体有足够的持续的能量,

---

① 1998年第9期的《作家》杂志推出一组由卫慧、棉棉、周洁茹、金仁顺、戴来、朱文颖、魏微等人照片组成的封二、封三,一时间标志着70代的"美女作家"横空出世。

② 据评论家何平统计(参见陈思和、王德威主编的《文学》)。

并因此而创建起新的美学原则、开启新的文学时代——或者有限一点说,打开一个全新的文学论域,那当然未尝不可。在欧美,媒体当然也塑造文学,如《纽约时报》上的文学版、《纽约客》等,它们有能力以"纯文学"的方式统摄主流媒体,而后者也服膺于斯。故而它们与西方的经典化的文学传统可以顺接起来,即使有创新和另类,也都是在西方的经典化的体制里来说事。媒体立下的文学标杆与传统经典文学、主流文坛都可顺接起来。但中国的媒体不行,追新求异只是出于新闻效应想象,或者与出版商结合,相信市场为王的法则。今天中国的传统文学或传统作家从媒体和市场那里尝到了甜头,但也吃了不少苦头;70代、80代作家从媒体、市场那里获得诸多好处,但也留下诸多问题。今天中国文化的浮夸局面一大半要由媒体负责,但媒体却也是有苦难言,个中缘由毋庸多言。

当然,70代有独特的优势,这种优势在今天中国文学面临又一次转型(甚至是更截然、更深远的转型)时显得尤其可贵。他们可能创造更加充足的个人经验,这使他们的写作与现代主义未竟的任务联系起来。他们没有深厚的乡村记忆,即使有也是小镇记忆,二者有着显著区别,后者是城镇化的雏形,是现代的初始阶段。当然70代作家也有去描写乡村的作品,如梁鸿的《梁庄记》和《出梁庄记》以及《梁庄在中国》,但她始终是以一个城里人、一个青年知识分子的视角来写父辈或祖辈的生活。梁鸿确实是70代作家中具有敏锐思想和艺术直觉的学者,她书写中国乡村当然和贾平凹、莫言、阎连科不同,这也给她提出更大的难题:她要更多依赖反思性和批判性,乡村中国对于她来说必然是一个异化的他者,她想关心它、爱它也好,恢复它的往昔记忆也好,乡村中国的当代性只能被她重建、改写。70代几个锐气十足的作家如冯唐、徐则臣、路内、蒋一谈、阿乙、狗子、朱三坡等人,也不是沉浸于乡村经验中的人。他们写乡村却写出对乡村的逃离与哀悼,再难掩饰他们对乡村的陌生和困惑。这使他们的写作有可能开辟新的生活经验,打开新的生活世界。当下有一批70代女作家显出另一种风格,例如鲁敏、乔叶、安妮宝贝、计文君、李娟、付秀莹、黄咏梅等人,她们不像男性作家那么直接寻求生活的痛感,而是经常以更为阴柔的方式去揭开生活的残缺破损。尽管这么多年来,70代作家一直在打开、一直在发掘,但新的经验的抵达确实有一个较长的磨炼期。按中国过去的题材划分方法,经常把他们的作品描写的生活主体称为"城市",这样的说法在严格限定的讨论语境前提下未尝不可。但更为合乎文学本性的说法则应该是相对于历史叙事而言,他们的写作更具有个人化特征,也就是说,他们不再以大历史为他们的写作的背景,也不以揭示外在社会化的真理性为任务;他们的故事以个人记忆为支撑,以回到个人的身体创伤或欢娱为目标。莫言、贾平凹、阎连科、阿来、刘震云等人的乡土中国叙事,可以通过被生命内化的乡村经验去揭示外在社会化的历史难题,而70代的作家们对这样的内化无能为力,对其社会化的问题(宏大叙事)也不想把握,或者不可能重走那条老路。但他们的新的路径在哪里呢?道路并不清晰,也不宽广。

他们在小说艺术上杂糅当代欧美小说的艺术经验,因而他们的小说艺术直接与当代世界文学接轨。不管他们连接得如何,艺术上的开放性对话与兼收并蓄已经不可避免。中国本土性、民族本位、传统民间性等在他们这一代人身上已经不再可能完整地体现出来,但是他们的作品还带有青春写作的痕迹,还是太依赖以个人经验为依据来描写生活,从青春情绪及后遗症到社会化情绪其实只有一步之遥,这是他们所需要警惕的。

当然,我们并非说乡土、传统、民间等资源不再具有真实性,不再具有当下性的活力,而是说这些东西从过去延续下来,应该有更为多元化和多样化的表现形态。乡土叙事今后无疑还会是中国文学书写的主要对象,我们要强调的是借助现代主义更具反思性的世界观,寻求更为丰富多样的艺术表现手法来表现乡土,也最大可能地打破简单的城/乡二元对立的书写模式。不是回到封闭性的乡土中国,而是打开,是在乡土叙事中有能力"去乡土"。现代主义在这里显然只是一个象征性的指称,它表明了自现代主义以来世界文学形成的那种文学观念和表现方法(很可能包含了后现代主义的世界观),中国文学有必要从敞开中去对话、碰撞和交融,生成更具有表现力的小说艺术。

四 结语或出路:民族的或世界的?

本章试图去审视1980年代上半期中国文学界酿就的那么高昂的现代主义创新趋势,何以会在1980年代中后期转向乡土叙事和历史叙事?1980年代后期也有激进的先锋派形式主义实验,但并没有真正拓展出他们这批人的文学道路。简要而言,缘由主要有五:其一,现代主义在当时的现实语境中承受了太强的社会压力;其二,文化反思的转向和出现以马尔克斯为代表的拉美魔幻现实主义范例;其三,出现了莫言和贾平凹这样的有强劲而深厚的乡土经验的作家;其四,1990年代初以后形成的回归传统、民族本位的保守主义思潮;其五,中国文坛单一现实主义的庞大根基。

如此看来,中国当代文学在1980年代中期转向乡土叙事,就是历史的必然选择?与其说是必然,不如说是侥幸。如果莫言、贾平凹和阎连科等乡土叙事干将没有持续的创造力,如果莫言没有获得诺贝尔奖,那这一转向带给中国当代文学的未必会是令人庆幸的乡土文学的高度与成就,而可能徒然剩下普遍化的乡土故事大全。换句话说,因为"文革"后的中国当代文学没有经历更为深刻切实的艺术变革,并没有真正形成可以在当今世界文学的一定水平上对话的创作规则,因此并未更全面地融入世界文学的场域。

很显然,关于中国文化走中国"自己的"道路、中国文学走"自己的"路这种说法,在今天比任何时候都盛行并显得理直气壮。越是如此,越需要去怀疑这种态度和选择的真实性。除了1980年代中国文学渴求进入世界之内——那时中国文学就在世界文学的边界上,1990年代以后,中国文学一直都在以为或者想象自己在世界之外,而且渐行渐远,仿佛是开辟了一条道路。

"越是民族的就越是世界的"——这种说法现在已经让人们深信不疑,这些普遍性的论断如同一劳永逸的方案,也如同包治百病的万应良药,民族的如何就能够转化为世界的?它们的连接关系在哪里发生?在什么意义上发生?要在什么情境下实现?这显然值得推敲。不管怎么强调"民族的",终究还是不能拒绝"世界的",还是要面对"世界的"。我们宁可面对更为实际的现状来寻求解决方案,不得不承认中国当代文学如此旺盛的创作状况已经遗忘了小说的艺术性(其实诗歌也差不多,以至于数年前"口水诗""梨花体"那种东西堂而皇之地四处风行,成为一个值得争论的话题。这里仅限于讨论小说,未能更多涉及诗歌领域)。固然,我们今天能读到欧美翻译过来的作品大都是经典,或者已经被以各种方式选择过,拿它们与中国当今大量普通的或者并不成熟的作品相比显然不能说明问题。然而,我们这里讨论的是小说那种普遍化的艺术追求,那种方法、格调、规则。说得更直白些,"民族性"与"世界性"处在不同的艺术层次上,这就是问题的症结。1980年代时,不管差距有多大,我们一直在试图接近那种层次,因而抵达那个层次也是迟早的事。但1990年代至今,我们其实已经遗忘了那个层次,甚至不以为然而自以为是,认为回到中国传统、民族和民间就可以有足够宽广的道路。"中国经验"固然很独特,说出"中国故事"并不等于就有文学的优先权,正如张清华所言:"真正意义上的艺术的书写,即'作为文学叙事的中国经验',还要还原到个体生命与个体形象的主体之上,也就是要写出具体的'人物形象',落实到'艺术的主体'上,才会产生出更具有现实和历史载力的叙事。所以,只有当这些最切近我们周身现实的故事与景象同我们再度'拉开距离'之后,才会变成'文学意义上的中国经验',而不只是'现实意义上的中国经验'……"[①]而"拉开距离",我以为要依靠比较充足的艺术手法,包括现代主义及后

[①] 张清华:《"中国经验"的道德悲剧与文学宿命》,《当代作家评论》2012年第4期。

现代主义的艺术手法。

今天中国的文学应该重新接上1980年代与世界文学连接的路径，也就是说，我们要走回到1980年代渴求自我更新的历史起点，确立面对世界的文学目标。能够介入世界、能够与世界沟通的民族性才是有效的民族性，才是有创造性的、有当代性、有生命力的民族性。

当然，也有人会怀疑，在后殖民理论已经盛行过的时代，比较文学理论寻求多样性的国别文学时期，"世界文学"作为一个普遍性的概念早已受到严重质疑，所谓"世界文学"经常就是欧洲中心主义的代名词。在文学/文化的多国化和多民族性备受重视的时期，去贴近以欧美文学为标准的所谓"世界文学"，是否是逆历史潮流而动？笔者并不以为然。

实际上，美国比较文学界前些年热衷于讨论"世界文学史的新建构"(A New Construction of World Literature History)，其理论代表是哈佛大学原比较文学系主任达姆罗什，他在主编《朗曼世界文学文选》时，注重选择欧美以外的国别文学，尤其注重将中国文学经典选入世界文学经典的体系中。

当然，这种选择是基于世界文学的多样化的平等考虑，还是基于文学的丰富性和水准考虑，不得而知。可能文化的多样性考虑更多些。文学的世界性或世界主义，是基于什么样的参照背景？达姆罗什在数年前发表的一篇题为《一个学科的再生，比较文学的全球起源》的文章中，考察了"世界文学"的源起和早期关于此论的几个卓有贡献的人物。众所周知，世界文学的观念在源起时于18、19世纪的德国最为盛行，但19世纪德国文学的"世界主义"本身就是民族主义的表现形式，达姆罗什引述奥古斯特·威廉·施莱格尔在1804年说的一段话："普世主义、世界主义是真正的德国性。"[①]对于施莱格尔来说，文学之所以

---

① 参见达姆罗什《一个学科的再生，比较文学的全球起源》，中文译文参见《新方向：比较文学与世界文学读本》，达姆罗什、陈永国等主编，北京：北京大学出版社，2010年，第42页。

是世界性的,世界文学之所以是可能的,是因为"绝对性"在起作用,即所谓"绝对诗",而"德国性"也是在绝对诗的意义上达成一致,故而普遍性在这里同一,具有世界性的意义。对于德国的浪漫派来说,这背后还有神学的根基。小施莱格尔(弗里德里希·施莱格尔)在《断想集》里说:"只有通过与无限的联系,内涵和功用才产生出来;凡与无限没有关系的,完全是空虚的和无用的。"关于诗与神学,他说:"永恒的生命和不可见的世界只能在上帝那里寻找。一切精神都生活在上帝心中,他是包容一切个性的深渊,是唯一的无限充实。"①或许我们这样归结这些概念谱系就清楚了:普世主义、世界主义、绝对诗、上帝、德国性……它们都能一脉相通达成一致,故而德国文学具有世界文学的包容性。我们说到世界文学总是要谈到歌德,歌德通常被认为是世界文学最早的倡导者。但歌德的世界文学的观念同样建立于此基础上,即因为文学的绝对性(绝对诗)使世界文学成为可能。这样的世界性并不与德国的民族性相悖,相反,这二者是相通的。达姆罗什引述一位早期的德国比较文学学者梅尔兹的话说:歌德的世界文学的(Weltliteratur)世界主义观念被迫服务于狭隘的民族主义关怀。歌德的世界文学观念强调民族文学吸收外国影响并在外国发生影响,这都是因为文学的普遍性足够强大,德国的民族性足够强大才有可能。总之,歌德的世界文学观念还是着眼于德国民族文学的建构,德国文学着眼于普遍性的建构,故而可以吸收其他民族的文学并且也能影响其他民族的文学。当然,经历过欧美广泛的现代主义运动,超越民族性的世界文学的艺术标准才被逐渐建立起来。不管我们如何去发掘现代主义背后的时代背景、意识形态的诉求,相比较以往时代的任何文学主张,现代主义强调的世界性和艺术性无疑更为纯粹,也更为明确。

很显然,比较的视野已经不再追随歌德这一意义上的世界文学观

---

① 参见菲利普·拉库-拉巴尔特、让-吕克·南希编著《文学的绝对——德国浪漫派文学理论》,李双志译,南京:译林出版社,2012年,第164—165页。

念,既否决了欧洲中心主义的世界主义,也否决了普遍主义的世界主义。但是多民族或国别构成的世界文学会是什么样的情景?是以文化的多样化或相对主义为基础的世界性吗?还会有关于经典文学的世界性的标准存在吗?或者更简要地说,是否有关于好的文学和差的文学的分辨呢?

我们这里并不想过分关注比较文学理论的视野,只是适当地梳理一下"世界文学"、文学的"世界性"究竟有哪些基本含义和历史变化。显然这样的清理把我们的主张置放在一个困难的境地,我们既要面对世界主义中的普遍性衰落这一实情,又试图强调一种具有普适性的精英主义的文学准则。在这一矛盾的境地中,我们并不关注既有经典如何去构建一个多民族、多国别的世界文学这一问题,而是着眼于创作实践环节,即中国当代文学创作如何能在世界文学的经典标准下增强自身的艺术表现力,提升自己的艺术水准。这并不会削弱民族性,抹平文学的民族性和地域性的特点——这些东西始终在那里,举凡中国历史上或当代的故事,地域性的文化特点和生活习俗,中国人的人性特征、语言以及从传统中获得的艺术资源……都是民族性的充足依据和在作品中的艺术形象显现的感性特征。我们无疑始终要立足于中国立场来理解中国故事,但是这一立场显然不能被固定住,被绝对化和封闭化,而应同时具有开放性和对话性。尤其是在小说的艺术表现方式方面,无疑要以世界文学业已取得的经验和建立起来的标准为衡量的依据,这才能有当下真正有活力的民族性的文学,才能真正融合进世界文学的框架中。"世界文学"这一概念不能只是作为一个文化意义上的概念,只具有文化研究的意义——文化研究只关注多元主义语境中的差异性平等,但文学研究则始终要考虑好的文学和经典文学的承接与更新。

当然,需要反省的还不只是"世界文学"或"世界性"的概念,"西方文学"或"西方小说"同样也是需要反思的概念。西方小说现在果真有很多值得中国作家学习的东西吗?这也是本章的主张会面对的质疑。

尽管欧美的小说早就显露疲惫枯竭的困窘，1960年代的实验小说家（约翰·巴思、巴塞尔姆、托马斯·品钦、苏珊·桑塔格等人）把小说的各种形式都实验了一番后，发出"小说死亡"的惊叹，巴思也有文章以《枯竭的文学》命名，那是指作为一种艺术的花样翻新的可能性不再。但是，也正如伊格尔顿所讥讽的那样，那种惊叹不过是建立在把小说艺术神秘化的神话基础上，实验小说家执意要把小说变成无所不能的文体，面临困窘实属必然。但此后数十年，西方的小说也不断有名家大师涌现，欧美小说家或有新锐涌现且出手不凡，或老当益壮而炉火纯青。看看诺贝尔奖、布克奖、龚古尔奖的名单，就小说类而言，虽然形式和语言上不可能大起大落，但小说笔法千姿百态，各显神通。看看门罗、莫迪亚诺、勒克莱齐奥、菲利浦·罗斯、多丽丝·莱辛、阿特伍德、帕慕克、库切、奈保尔，更早些的作家如卡佛、迪伦马特等，更不用说南美那些大师，这个名单当然无法开列。在实验小说之后，当代小说也不再试图在形式上作激进的探索，而是在小说既有经验的基础上抵达个人风格的极致。如此，欧美当代小说积累的经验，确实值得当代中国小说家好好琢磨。恰恰是吸取世界文学的优秀经验，汉语文学在它的自我更新中才能在艺术上跃进到更高的层次。

当然，也有人会质疑说，中国与西方有着完全不同的文化传统、不同的民族心理和面对的现实，我们如何能把世界文学的经验吸纳进来，并且内化为我们自己的文学经验？尤其是西方现代小说建立在浪漫主义文化的根基上，而这样的浪漫主义文化是中国进入现代未竟的"现代性事业"①。中国作家还是要从自己的传统中、从民族的文化遗产中充分吸取养料。这种说法貌似有道理，但容易演变为抵挡世界文学经验的借口，也容易成为固守旧有套路的托辞。世界性内化与外向的可

---

① 有关论述可参见以赛亚·伯林《浪漫主义的根源》，吕梁等译，南京：译林出版社，2008年，第10页。也可参见拙文《世界性、浪漫主义与中国小说的道路》，《文艺争鸣》2010年第12期。

能性可以从以下几点理解:

其一,全球化经验的包容性。在全球化的今天,在对现代生活的体验上,中国的城市居民与欧美发达资本主义国家的人们差距已经愈来愈小。在日常生活与人际交往方面,在情感建构与伦理价值方面,在教育、娱乐、社会管理方面,差异也愈来愈小。某种意义上来说,中国人与当今欧美人的差异,要小于与半个世纪前的中国人的差异。对于更年轻一代的人们来说,理解当代欧美人,显然要比理解五六十年代、七八十年代的中国人容易得多。因此,文学艺术经验相通包容的可能性比之过去大大加强。

其二,民族性的有限性。意识到传统与民族性的有限性,恰恰是珍惜传统与民族性,那种在今天把传统与民族性无限放大的行径,实际上在把传统和民族性封闭起来,不能在与世界性的交流沟通中建构具有当下活力的民族性。今天的世界留给民族性的余地其实非常小,如果再剔除那些意识形态和痼疾陋习,那就更少。恰恰是这"更少"的民族性,与世界性交流并获得自身的坚实性,使得民族性具有强健的生命力。想想百年现代性进程中的中国,其他姑且不论,文学上历经苏俄现实主义的全面塑造,还能留下多少与民族传统一脉相承的实质内涵,其实是值得推敲的。今天的民族性不再可能是一个庞然大物,张开双臂去拥抱世界性,而是一种更小的、坚韧而灵活的质素,它有能力在世界性中游走,并在其中闪闪发光。

其实有限的民族性才显示出它的可贵和真实。如果说这样的理论阐述难以让人信服,那么去读读土耳其、波黑、捷克、印度等国家乃至非洲作家的作品①,就可以理解它们是如何在西方文学经验的整体框架

---

① 比如帕慕克(土耳其)的《我的名字叫红》《雪》、弗里德里希·迪伦马特(瑞士)的短篇小说《抛锚》《狗》、戈兰·萨马卡季奇(波黑)的短篇小说《凡尼水》、阿位文德·阿迪加(印度)的短篇小说集《两次暗杀之间》、吉玛朗埃斯·罗萨(巴西)的《河的第三岸》等,从中我们可以看出他们如何在西方文学的基地上建构起本民族文学的特质。

中,保持住有限而坚韧的民族性,尤因如此,其民族性显示出那么结实的力量。此前的拉美魔幻现实主义何尝不是如此呢!？马尔克斯、博尔赫斯、略萨、罗萨等(此说可以包括所有拉美作家),都是在西方文学经验中培育起来的作家,民族性或传统资源只是为其所用,以有能力与世界性博弈、融合,构成了小说叙事的原材料和生活内涵。小说的体制是西方的,内容和内在的精神气质则是民族的,故而有一种真正坚韧的民族性。所谓西学为体,中学为用,这一用则能反用为体,成为一种幽灵深陷其中,从深渊处能有一种光照彻出来,那就真正有一种不可消逝的民族性或传统的当下质地留存下来。

总之,中国当代文学正面临又一次变革,这其实是延搁了30年的变革,它已然实现了乡土中国的百年梦想;现在则面向现实,去夺取文学史最后的胜利。这就要看它是否有能力进入世界文学的场域,在其中自由驰骋,并在那里面去开辟汉语文学的独特道路。

(写于2012年7月2日;原载《文艺争鸣》2014年第7期。)

索 引

A

阿城　36,164,177,279,477,478,480

阿多诺　2,18,248—253,440

阿来　17,20,57,61,202,223,234,389,392,429,451,492,495,500,506

艾略特　7,425,494,497,499

B

巴迪欧　16,47,260,363

巴金　66,69,72,88,89,254,264,432,433

巴塔耶　23,77,78,297,301,348,419,421,422

白先勇　163,177

保罗·策兰　26

暴力　15,16,24,89,109,185,186,213,217,221,225,226,231,240,312,335,347,348,400,401,410,411,418,444,484

北村　60,91,280,485,492

北岛　339

本体论　44,45,66,301,406,422

本土化　115,154,239,240,264,265,389,485,506

本雅明　55,117,147,252,440—443,499

本质化　21,32,50,62,106,128,133,138,139,176,188,190,230,343,360,362—365,368,376,378,380,384—386,388,448

表意　20,256,290,304,306,386,498,499

博尔赫斯　139,149,240—242,245,264,273,298,300,404,463,485,514

布鲁姆　71,143,300

C

残雪　91,280,282,429,485,487

差异性　1,72,73,167,174,229,270,511

昌耀　30,48,49,63

超现实　123,234,407,443,452

超越　16,17,21,41,42,45,46,55,56,62,63,79,85,97,118,120,135,163,167,170,171,182,206,229,251,254,265,267,268,277,289,297,328,369,372,382,383,388,412,414—416,420,425,433,441,442,461,462,510

超越性　22,62,128,136,206,257,414

陈思和　34,35,38,42,43,67—69,142,253,254,306,307,310,390,504

陈忠实　50,57,58,158,185,186,193,209,212,223,239,324,392—394,438,492

川端康成　139,144,145,240,264,446,469,488,489

D

当代性　1,2,14,17—22,25,31—38,40,41,43,45,47—57,59—63,73,158,412,427,505,509

德里达　4,21—23,25,26,47,77,78,101,105,175,176,208—210,278,302,359,375,419,420,435,436,523

丁帆　400

断裂　3,7—10,36—38,42,46,96,108,111,129,138,139,142,153,160,170,174,177,226,227,274,282,298,363,378,429,478,483,503

F

反讽　16,116,120,147,149,190,200,210,216,231,234,235,267,272,290,291,359,360,374—376,386,403,409,426,456,495,496

反思　3,7,12,14—18,20,39,57,62,70,89,95,97,102,122,124,129,132,149,154,166,177,179,180,185,187,188,190—192,195,202,203,206—209,214,216—218,220,222,224,225,228,230—232,237—240,267,270,271,317,319,324,326,340,350,353,373,376,377,379,392—394,396,425,455,457,474,480,481,485,499,505—507,511

福柯　7,8,23,45,77,78,301,419,422

福克纳　60,139,144,146,149,240,446,449,450,452,469,485,490,495

福山　3,4,262

G

高行健　322,479

格非　16,17,20,60,91,202,232,240,280,281,289,298,429,485,487,492,493,501

个人记忆　389,506

H

哈贝马斯　2,23,24,39,74,76—78,301,419,421,422

海德格尔　2,21,23,55,77,78,139,262,413

海明威　69,139,240,264,490

海子　36,177,256

喊丧　94,195,196,245,268,301,395

黑格尔　4,39,40,42,44,48,50,55,77,78,105,129,185

后现代性　13,17,23,125,282

后现代主义 3,10,20,41,75,78,79,81,82,85,92,93,100,104,121,252,255,261,262,282—284,340,359,425,431,448,452,453,466,497,499,507,509

J

激进现代性 6,15—17,19,20,57,170,219,221,291,370,380,388

激进主义 84,285,286,321

贾平凹 16,20,50,57,69,92,158,182—184,193,206—209,218—220,223,227,232,234,244,267,272,273,279,292,301,324,330—358,370,382,383,389,393—395,412,438,442,444,451,456,467,468,475,477,480—483,486,487,489,492,493,495—497,500—502,505—507

杰姆逊 40,44,45,136,252,261,499

解构主义 294

金宇澄 457,458,460,462,463,502

绝境 23,82,85,152,185,208,209,292,301,373,385,421,422,442

K

卡尔维诺 425

卡夫卡 69,139,144—146,149,240,242,264,298,381,425,444—446,469,485,495

康德 78,87,419

克尔凯郭尔 445

L

拉康 23,77,105

朗西埃 9,453

浪漫主义 10,19,20,64,65,73—76,78—83,85—100,103—105,112,113,135,198,206,213,233,238,248,269,327,461,512

老子 353,447

李敬泽 524

李陀 134,135,281,479,485

理查德·罗蒂 2

理式 252,361

理性主义 76—78,293,413,419

历史暴力 91,94,96,196,197,209,312

历史化 16,40,42,106,128,129,133,135,136,138,142,171,176,180,195,197,281,328,477

历史境遇 57,58,62,63,209,262,321,427,451

历史意识 39,40,89,110,143,154,156,160,292,293,328,329,362

历史语境 33,91,137,160,174,247,254,265,283

列维纳斯 105

灵知 389—391,406—408,411—415

灵知主义 391

另类 50,123,126—128,195,324,347,390,396,398,421,424,505

刘震云 69,94,95,158,193—197,209,223,240,244,245,266,268,269,272,290,301,324,331,339,389,392,394,395,406,429,442,444,451,492,495,500,502,506

鲁迅 15,16,66,69,72,88,139,141—154,156—158,168,176,193,199,214,215,220,254,255,263,351,355,365,452,486,496

罗兰·巴特 46,112,331,435,451,452

M

马尔克斯 60,139,194,240,264,334,336,345,376,404,449,450,452,469,470,485,488—491,495,497,507,514

马建 280

马克思 4,18,22,42,47,51,52,54,59,101,103,105,109,110,208,210,251

马克思主义 4,42,44,46,47,78,81,90,103,105,203,251,252,261,363,494,495,499

马原 91,240,280—282,429,485,487,493

毛泽东 42,90,110,112,141,150,170,213,214,222,473

毛泽东思想 42

孟繁华 37,38,215,524

民族性 20,65,70—72,193,239,240,469,477,484,495,508—511,513,514

民族主义 129,509,510

陌生化 281,289,293

莫迪亚诺 464,465,512

莫言 17,20,36,60,69,91,93,94,158,193,209,223,226—228,234—236,238,240,244,265,266,272,279,293,323,324,331,332,339,351,370,389,392,394,412,413,428—440,442—453,469,470,476,477,481,483—493,495—497,500—502,505—507

墓地 82,158,216,290,292,301,302,362,367—370,378—380,383,384,447

穆旦 37

N

内在性 34,209,220,253,326,425

尼采 23,24,46,76—78,89,93,139,301,351,419,422,425,444,449,498,499

女性主义 280,318

P

帕慕克 300,413,512,513

批判性 7,15,17,20,44,47,59,75,112,113,149,162,173,174,182,188,202,203,218,219,232,251,261,291,328,331,340,350,354,359,363,393,403,446,474,475,491,499,505

普鲁斯特 139,144,145,149,240,264,300,425,485

普实克 88,96

谱系　14,15,94,96,129,134,145,177,286,301,313,328,353,386,430,440,448,496,510

Q

弃绝　41,274

启蒙主义　139,148,160,170

前卫　93,126,127,131,280,428

潜意识　21,165,220,323,474

乔伊斯　7,10,144,300,425,494,495,497,499

去革命　231,252

去历史化　94,180

去政治化　156,392

全球化　64,65,126,128,129,131,172,327,371,513

R

让-吕克·南希　510

人道主义　147,148,181,192,203,214,239,264,281,340,341,344,350,400,482

若昂·吉马朗埃斯·罗萨　232

S

赛义德　18,248—253,263,265,266

莎士比亚　52,59,71,143,208,210,300

神实主义　359,360,367—369,372,373,375,380,384,385

世界文学　1,14,15,24,63,65—67,71,73,87,194,212,240,242,261—263,265,275,369,405,429,450,453—455,461,469,475,476,481,490,497,500,501,506,507,509—512,514

世界性　43,64—74,78,79,86,92,97—99,212,213,248,261,476,500,508—514,523

世界主义　509—511

视点　84,96,121,130,166,219,220,227,232,234,308,313,314,356,403,407,410,456,466,469

苏童　17,20,36,56,57,60,91,163,164,202,223,230,232,280—282,289,298,429,485,487,492,493,501

宿命论　104,108,308,309,315,316,320,371,417

宿命通　408,409,411—415,417,420,421,426,427

T

他者　76,77,90,101,102,105,106,108,109,111,113,114,117,120—122,126—129,133,137,151,178,208,231,317,318,390,400,505,523

逃离　48,49,84,105,115—117,119,124,128,137,154,235,236,247,324,359,364,367,368,375,376,387,388,426,479,505

铁凝　16,20,69,92,223—225,392,501

同时代性　45—47

托尔斯泰 7,9,49,54,69,139,143,
　　204,205,240,264,300,425
脱序 502
陀思妥耶夫斯基 69,145,204,425

W

歪拧 428,431—437,448,453
晚生代 122,172,503
晚郁时期 18,239,247,248,253,261,
　　263,265,266,268,270,275
汪晖 7,9,45,142
王安忆 20,36,129—133,161—167,
　　176,177,187—193,209,215,223,
　　304—329,461,477,480,501
王德威 5,6,12,13,15,35—38,87,
　　107,159,160,163—165,167,177,
　　190,191,324,392,429,431,432,
　　461,504
王朔 116—118,121,123,294,295,
　　320,324,344,429
王小波 295,297,324
王晓明 142,327
文本 15,21,22,25,26,46,51,79,83,
　　89,92,94,99,107,124,140,147,149,
　　150,155,157,172,175,183,207,209,
　　220,221,233,234,236,240,243—
　　245,253,259,262—268,270,273,
　　274,280,286,288—295,298,304,
　　305,316,332,348,361,367,405,407,
　　408,413,416,424,425,427,429,430,
　　432—437,449,451,453,456—458,
　　463,464,470
文学史 11,12,15,32—36,38,43,44,
　　62,87—89,102,107,128,133,138,
　　140,141,143,147,150,152,156,159,
　　160,163,165,167,175,176,212,247,
　　253,266,267,279,282,283,286,288,
　　289,300,326,331,394,400,403,404,
　　429,430,479,486,499,503,514
乌托邦 15—17,56,111,125,166,191,
　　283,307,317,326,377,381,457,499
吴亮 281
五四 5,6,12,13,33,43,50,70,87,
　　111,139,148,153,160,222,247,254,
　　274,366,461,480

X

希尔斯·米勒 294
先锋派 1,14,60,61,91,121,122,144,
　　147—149,172,232,255,279—289,
　　293,298,301—303,406,407,410,
　　451,485,487,489,493,503,507
现代性 5,6,12,38,41,54,56,291
现代主义 43,431,497
现实主义 14,15,158
现象学 39,40,328
乡土叙事 26,38,64,92,114,121,130,
　　136,153,154,158,193,194,213—
　　216,218,221,265,451,476,477,491,
　　492,500,506,507

乡土中国　15,16,37,57,60,92,94,95,105,114,115,124—127,150—152,156—158,185,194—196,214,216,219,220,225,227,245,290—292,324,341,346,354,355,383,428,429,456,476,477,481—484,487—490,496,497,500,501,506,514

相异性　148

新文化运动　5,6,12,87,222,274,480

新文学　13,33,72,87,111,141,152,176,254,485

形式主义　60,121,122,187,281,285,301,366,437,487,503,507

幸存　94,194,254,333,393,395

虚构　80,81,123,129,162,164,166,188,206,216,238,250,257,280,309,317,377,410,424,445,466,474,485,489

叙事学　456

雪漠　389—391,396—427

寻根　57,58,154,155,158,163,165,177,190,194,195,201,203,229,239,240,243,279,280,392,393,428,477—481,484,485,487—489,491,493,500

Y

延异　22,196,406

阎连科　20,69,142,157,158,208,209,215,216,223,227,238,240,244,267,269,270,273,274,290—292,301,302,331,339,351,359—362,364—389,394,412,426,429,442,444,451,492,493,495—497,500—502,505—507

以赛亚·伯林　74—76,78,80,86,92,204,213,471,512

意识流　81,428

意识形态　3,11,15,35,37,38,50,53,54,103,105,112,113,116,117,124,127,138,141,142,151,170,172,174,181,183,184,186,187,189,202,203,214,222,265,321,327,328,339,390,392,393,395,404,450,474,477,482,484,491,496,510,513

幽灵　4,22,93,101,103—106,111,114,126,128,129,136,137,139,150,157,159,171,172,174—176,190,207,210,227,306,309,310,316,408,409,411,416,451,462,514

余华　20,36,60,91,141,144—150,155,176,191,223,230,240,280—282,289,298,429,485,487,492,493,501

约翰·巴思　84,512

越界　1,168,249,277,292—294,296,298,299,301,302,349,350,352,420,421,423,424,426,429,432,470

Z

在地性　339,428,447,450,451

詹尼·瓦蒂莫　2,3,502

张炜　20,95,96,124,158,184,209,223,236—238,240,255,269,392,394,492,501

终结　2,3,17,18

主体性　25,51,87,147,169,352,419,454,464,499

自然史　428,429,437,438,440—448,452